L'intégralité de votre livre accessible en ligne

avec une simple connexion Internet !

W0181929

Smartphone   Tablette   PC/Mac

+ Des outils utiles et intuitifs :

- sommaire interactif
- surlignage en couleurs
- notes personnelles et marque-page.

Pour ACTIVER votre livre en ligne

- Rendez-vous sur www.nathan.fr/livre-en-ligne .
- Créez un compte **Nathan** en suivant les indications en ligne.
- Cliquez sur « Activer un livre », saisissez votre clé d'activation personnelle puis le mot du livre qui vous sera demandé.

Votre clé d'activation personnelle :

BDLMXC-8JE-B24G

Pour toute CONNEXION ULTÉRIEURE

Connectez-vous sur www.nathan.fr/livre-en-ligne avec vos identifiants **Nathan**.

IMPORTANT

Votre clé d'activation est unique et personnelle : une fois utilisée, elle ne sera plus valide. Elle offre un accès de 24 mois à compter de la date d'activation. Elle est réservée à un seul utilisateur et ne peut être partagée.

Configuration minimale requise : Internet Explorer 8, Mozilla Firefox 3.4, Chrome, Safari, Opera toutes versions.

Retrouvez les conditions générales d'utilisation sur www.nathan.fr/livre-en-ligne.

Nathan

BAC STI2D Terminale 978-2-09-501735-4

BAC STI2D Réflexe

Terminale

Toutes les matières

Les fiches « Je gère mon Bac »
Éric BAUSSON
Jean-Louis CARNAT
Claire DELAROCQUE
Mathilde IROLLO
David LAFOLIE
Gwenola LAUNAY

Ingénierie, innovation et développement durable
Gwenola LAUNAY

Mathématiques – Physique-chimie
Éric BAUSSON
David LAFOLIE

Philosophie
Mathilde IROLLO

Histoire – Géographie
Jean-Louis CARNAT

Anglais
Claire DELAROCQUE

Espagnol
Arielle BITTON

Nathan

3 VIDÉOS de physique chimie

Les notions essentielles mises en œuvre dans un sujet du BAC.

Une **méthode calculatoire** pour éviter les erreurs le jour de l'épreuve.

1 VIDÉO de 2I2D : le grand oral

Les notions à aborder lors du grand oral en physique - chimie.

J'ACCÈDE AUX VIDÉOS de Physico Chimico Méthodo

En flashant sur les QR-Codes ou via les liens mini

CHIMIE
L'oxydo-réduction
liennathan.fr/3q4sq9

PHYSIQUE
Les ondes sonores
liennathan.fr/7b93ps

PHYSIQUE CHIMIE
L'épreuve du bac : les erreur à éviter
liennathan.fr/7x77xi

2I2D
Le grand oral
liennathan.fr/9mm9y7

2 VIDÉOS de maths

Une méthode interactive, pour assurer sur « Les nombres complexes » et « Les équations différentielles ».

J'ACCÈDE AUX VIDÉOS de j'ai 20 en maths

En flashant sur les QR-Codes ou via les liens mini

MATHS
Les nombres complexes
liennathan.fr/uf57n3

MATHS
Les équations différentielles
liennathan.fr/wy6j38

En + pour réussir

20 TUTOS INFORMATIQUES
à retrouver sur **liennathan.fr/ressourcesSTI2D**
ou en flashant le QR-Code ci-contre

Crédits photographiques
p. 229 : Fotosenmeer/Shutterstock ; p. 232 : CobraCZ/Shutterstock ; p. 233 : Sunti Wongyai/Shutterstock ; p. 237h : Petr Bonek/Shutterstock ; p. 237b : zhukovvvlad/Shutterstock ; p. 238h : **jirastudio/Shutterstock** ; p. 238bg : **WAYHOME studio/Shutterstock** ; p. 238bd : **KK Tan/Shutterstock** ; p. 242 : DesignRage/Shutterstock ; p. 256g : **Kim Christensen/Shutterstock** ; p. 256m : **JIPEN/Shutterstock** ; p. 256d : **smereka/Shutterstock** ; p. 264h : Bennyartist/Shutterstock ; p. 264b : **gualtiero boffi/Shutterstock ; p. 275 : chrisdorney/Shutterstock ; p. 332 : AFP ; p. 333h : Albert Harlingue/Roger-Viollet ; p. 333b : Deligne.**

Édition : Aliénor Benzékri, Anaëlle Féret, Karine Leforestier, Marguerite de la Taille, Marine Vives
Fabrication : Emmanuelle Perrier
Conception couverture : Vincent Rioult
Maquette intérieure : Aude Paradis (Graph'm)/Évelyn Audureau/David Bart
Composition : Nord Compo
Illustration : Corédoc et STDI

ISBN : 978-2-09-501735-4
Code éditeur : 224301

Sommaire

Je gère mon bac

INGÉNIERIE, INNOVATION ET DÉVELOPPEMENT DURABLE

Savoirs

MATHÉMATIQUES

Savoirs

Enseignement commun

Enseignement de spécialité

PHYSIQUE-CHIMIE

Savoirs

Sommaire

PHILOSOPHIE

HISTOIRE ET GÉOGRAPHIE

ANGLAIS

ESPAGNOL

Présentation de la filière STI2D

La filière STI2D (Sciences et technologies de l'industrie et du développement durable) s'adresse aux lycéens qui s'intéressent à l'innovation technologique, dans le respect de l'environnement, et se montrent sensibles à une approche concrète de l'enseignement des sciences.
Les enseignements sont conçus dans une logique interdisciplinaire pour développer chez les élèves la curiosité, le goût d'apprendre et la capacité à s'adapter, tout au long de leur vie, aux évolutions technologiques.

Les horaires

CLASSE DE PREMIÈRE		CLASSE DE TERMINALE
Enseignements communs	**h/sem.**	**Enseignements communs**
Français	3 h	Philosophie
Histoire-géographie	1 h 30	Histoire-géographie
LVA et LVB	3 h	LVA et LVB
Enseignement technologique en langue vivante (ETLV)	1 h	ETLV
Education physique et sportive (EPS)	2 h	EPS
Mathématiques	3 h	Mathématiques
Enseignement moral et civique (EMC)	18 h/an	EMC
Enseignements de spécialité	**h/sem.**	**Enseignements de spécialité**
Innovation technologique (IT)	3 h	Ingénierie, innovation et développement durable (2I2D)*
Ingénierie et développement durable (I2D)	9 h	
Physique-Chimie et Mathématiques	6 h	Physique-Chimie et Mathématiques

*avec choix d'un enseignement spécifique (voir ci-dessous).

Les enseignements spécifiques en classe de terminale

L'enseignement de spécialité ingénierie, innovation et développement durable (2I2D) se compose d'un enseignement technologique transversal qui assure à chaque élève une formation polyvalente et d'une spécialisation à choisir parmi :
- **SIN (systèmes d'information et numérique)** : cet enseignement aborde la façon dont le traitement numérique des informations (sons, images, données) permet le pilotage des produits et l'optimisation de leurs usages et de leurs performances environnementales. Les études portent sur les réseaux informatiques, les systèmes de télécommunication et les produits multimédias.
- **ITEC (innovation technologique et éco-conception)** : cet enseignement aborde l'étude et la recherche de solutions constructives innovantes relatives aux structures

matérielles des produits en utilisant des logiciels de modélisation 3D. Il apporte les compétences nécessaires à l'analyse, la conception et l'intégration d'un produit dans son environnement dans une démarche de développement durable.

• **EE (énergies et environnement) :** cet enseignement aborde l'amélioration de la performance énergétique et l'étude de solutions constructives (barrages hydroélectriques, panneaux photovoltaïques, éoliennes ...) liées à la maîtrise des énergies. Il apporte les compétences nécessaires pour appréhender les technologies dites « intelligentes » de gestion de l'énergie et les solutions innovantes du domaine des micro énergies, dans une démarche de développement durable.

• **AC (architecture et construction) :** cet enseignement porte sur la conception et la réalisation de bâtiments et d'infrastructures en respectant des contraintes de design, de confort d'utilité, de choix de matériaux, de réglementation environnementale mais aussi de durabilité et d'intégration des bâtiments dans l'environnement.

Le Grand oral en STI2D

En fin d'année de terminale, vous passerez un Grand oral. Cette épreuve évalue des compétences essentielles, en particulier la maîtrise d'une parole personnelle, structurée et argumentée, la capacité à déployer avec clarté et conviction une réflexion, à dialoguer et à débattre, à adopter une distance critique par rapport aux savoirs acquis et à votre projet de formation.

Présentation et déroulement de l'épreuve du Grand oral

• **Durée** : 40 minutes, dont :
– **préparation** : 20 minutes ;
– **passage devant le jury** : 20 minutes.

• **Évaluation** :
Note sur 20 points
Coefficient 14

Critères évalués :
– Qualité orale de l'épreuve (élocution, vocabulaire, volume de la voix) ;
– Qualité de la prise de parole en continu (fluidité du discours) ;
– Qualité de la connaissance (précision) ;
– Qualité de l'interaction avec le jury ;
– Qualité et construction de l'argumentation.

Cette épreuve orale prend appui sur la présentation de deux questions que vous aurez travaillées en amont et qui s'appuient sur un projet adossé à l'un ou aux deux enseignements de spécialité.
Elle se déroule de la manière suivante :

1. Présentation des questions : vous présentez vos deux questions au jury, qui en sélectionne une.

2. Préparation (20 minutes) : pour mettre en ordre vos idées et éventuellement créer un support sur une feuille qui vous sera fournie, et qui sera remis au jury mais non évalué.

3. Passage devant le jury (20 minutes)

Exposé sans notes (5 minutes)	Échange avec le jury (10 minutes)	Échange sur le projet d'orientation (5 minutes)
Explication du choix de la question, développement des arguments, réponse à la question.	Approfondissement et précisions pour évaluer les connaissances et les capacités argumentatives.	Lien entre la question et le projet de poursuite d'études ou projet professionnel.

Le choix des questions

Vous devez rédiger deux questions qui s'appuient sur un projet réalisé en enseignement de spécialité.
Les questions doivent vous permettre de construire une argumentation pour définir les enjeux de l'étude menée, la mettre en perspective, analyser la démarche engagée au service de sa réalisation ou expliciter la stratégie adoptée et les choix opérés en termes d'outils et de méthodes.

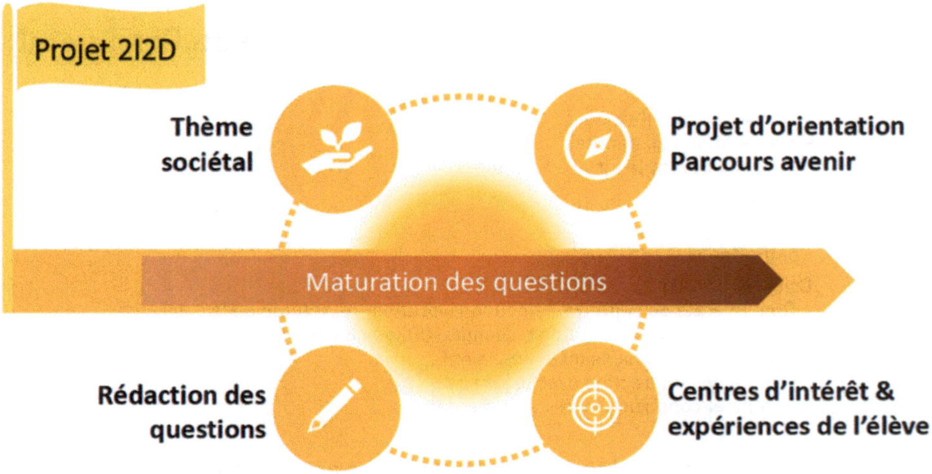

Source : eduscol.education

Conseils pour réussir le Grand oral

- **Le discours :** il doit s'appuyer sur un plan rigoureux et compréhensible par le jury.
- **Le vocabulaire :** utiliser des mots précis. Vous devez maîtriser le vocabulaire employé et éviter d'utiliser un jargon technique que vous ne maîtrisez pas.
- **L'élocution :** la voix doit être claire et audible. Le débit ne doit pas être trop rapide.
- **Les erreurs à éviter :**

– Ne pas répondre à la question posée ;
– utiliser un langage familier ;
– ne pas regarder la personne à qui vous parlez ;
– Avoir une attitude désinvolte ;
– Réciter par cœur un texte sans conviction.

Préparer son orientation

La série STI2D permet d'acquérir des compétences technologiques étendues, transversales à tous les domaines industriels, ainsi que des compétences approfondies dans un champ de spécialité ce qui offre un vaste panel de poursuites d'études.
Dotés de connaissances en sciences industrielles, les bacheliers STI2D ont accès à des études diversifiées : BTS et BUT principalement, mais aussi écoles, université et classes préparatoires.

Comment construire votre projet d'orientation ?

Pour construire votre projet d'orientation, vous devez commencer à identifier les métiers ou secteurs d'activités dans lesquels vous pourriez vous épanouir. Vos cours d'enseignement technologie et les discussions avec vos professeurs vous permettrons de d'affiner vos connaissances en liens avec ces différents secteurs.
Cette réflexion, vous permettra de choisir l'enseignement spécifique (SIN, ITEC, EE, AC) qui vous conviendra le mieux en terminale.

Quelles poursuites d'études après un bac STI2D ?

La série STI2D propose un enseignement technologique transversal qui assure à chaque élève une formation polyvalente ce qui permet un accès à un large panel de formations :
- **BTS :** formation en 2 ans, associant cours théoriques, mises en pratique et stage en milieu professionnel. Elles permettent d'entrer dans la vie active ou de poursuivre ses études, principalement en licence professionnelle (en 1 an) ou en école d'ingénieurs.
- **BUT :** formation en 3 ans, associant cours théoriques, mises en pratique et stage en milieu professionnel. Elles permettent d'entrer dans la vie active ou de poursuivre ses études en école d'ingénieur.
- **écoles d'ingénieur post-bac :** formation en 5 ans, nécessitant un bon dossier scolaire et une forte motivation. Un certain nombre d'écoles proposent un accompagnement spécifique pour les élèves issus de la filière STI2D.
- **TSI (classes préparatoires aux grandes écoles d'ingénieur) :** formation en 2 ans vous permettant de vous préparer aux concours d'entrée dans les écoles d'ingénieur.
- **Université** (licence principalement).

De nombreuses formations peuvent être suivies en formation initiale ou en alternance. *Si vous envisagez d'autres formations, n'hésitez pas à vous renseigner directement auprès des établissements qui les dispensent. Très peu de portes sont fermées aux bons dossiers.*

Je prends des notes pour préparer mon orientation

L'ingénierie, l'innovation et le développement durable

La spécialité Ingénierie, innovation et développement durable (2I2D) avec l'enseignement spécifique

Le développement durable est une composante incontournable des différents secteurs industriels. Les entreprises ont des objectifs d'économie des matières premières, de réduction des transports et de diminution des impacts écologiques de leurs produits.

En 2I2D, vous serez amené à intégrer les contraintes techniques, économiques et environnementales lors de la conception d'un produit. Trois champs sont abordés : gestion de l'énergie, traitement de l'information et utilisation et transformation de la matière. Au cours du 2e trimestre de l'année de terminale et ce jusqu'à la fin de l'année scolaire, vous travaillerez sur un projet de conception en lien avec l'enseignement spécifique que vous aurez choisi (SIN, ITEC, EE, AC) qui vous amènera à la réalisation d'un prototype ou d'une maquette. Ce travail vous permettra de mettre concrètement en application les connaissances acquises.

Au mois de mars de l'année de terminale, vous passerez l'épreuve écrite de 2I2D. Cette épreuve a une durée de 3 heures et un coefficient 16.

Objectif de l'épreuve

L'épreuve prend appui sur les programmes d'IT et d'I2D de la classe de première et de 2I2D de la classe de terminale. Elle a pour objectif de vérifier que vous savez mettre en œuvre les démarches de résolution liées au triptyque matière-énergie-information.

Au cours de l'épreuve, vous serez amené à :

- exploiter des graphes, tableaux de données, chronogrammes, résultats de simulations numériques ou d'acquisition de grandeurs physiques ;
- réaliser des schémas, croquis et algorithmes ;
- analyser des solutions constructives ;
- valider des modèles et analyser des écarts avec la réalité ;
- argumenter vos choix ;
- rédiger des commentaires et argumentaire, des synthèses en mobilisant la terminologie adéquate.

Structure

L'épreuve se compose de deux parties indépendantes :

- La première partie consiste en l'analyse d'un produit pluritechnologique qui permet d'aborder les trois domaines : matière, énergie et information, relatifs au contenu commun des quatre enseignements spécifiques de la spécialité.
- La deuxième partie consiste en un exercice de résolution de problématique technologique relevant du programme de l'enseignement spécifique (AC, EE, ITEC, SIN) dans lequel vous êtes inscrit.

L'ingénierie, l'innovation et le développement durable

Le sujet comporte des documents techniques qui mettent en situation le, ou les, produits étudiés dans leur environnement d'utilisation et indiquent leurs principales performances ainsi que les éléments déterminants de leur cahier des charges en vue de la résolution des problèmes posés.

Conseils pour réussir l'épreuve

Tout au long de l'année

• Soyez attentif en classe pour bien comprendre les notions étudiées. De nombreux apprentissages se font en TP, vous devez donc vous impliquer à chaque séance.
• Apprenez les formules avec les unités associées à chaque grandeur.
• N'hésitez pas à travailler à plusieurs pour vous entraider.

Le jour de l'épreuve

• Vous devez présenter votre convocation et une pièce d'identité.
• Vous devrez utiliser une calculatrice disposant du mode examen (ou une calculatrice non programmable « type collège »).

À avoir en tête tout au long de l'épreuve

Les correcteurs attendent de vous de la réflexion et des connaissances techniques. L'épreuve vise à évaluer votre capacité à analyser, modéliser et synthétiser.
• Écrivez le plus lisiblement possible.
• Précisez le numéro de la question.
• Pour chaque réponse, donnez les expressions littérales, faites ensuite le calcul et soulignez votre résultat, n'oubliez pas d'indiquer l'unité.
• Si vous bloquez sur une question, laissez de la place sur votre copie et continuez l'épreuve. Vous y reviendrez en fin d'épreuve, s'il vous reste du temps. La plupart des questions sont indépendantes les unes des autres.
• Relisez-vous pour corriger un maximum de fautes d'orthographe.

Les mathématiques et la physique-chimie

Les disciplines

L'enseignement de spécialité de physique-chimie et mathématiques vise à vous donner une formation scientifique solide pour vous préparer à la poursuite d'études supérieures. Si chacune des disciplines qui le composent a ses enjeux propres, les contenus du programme donnent une cohérence et une unité à l'ensemble.

Les modes de pensée spécifiques à chaque champ disciplinaire s'acquièrent au travers d'un ensemble limité de savoirs, savoir-faire et méthodes qui trouvent leur efficacité lors de l'étude de problèmes communs, sur lesquels les différentes disciplines apportent des éclairages complémentaires.

L'épreuve du baccalauréat

L'épreuve écrite dure **trois heures**.

Le sujet comporte de trois à cinq exercices indépendants les uns des autres abordant des domaines différents du programme.

L'un au moins des exercices propose l'étude d'une situation où les mathématiques et la physique-chimie interagissent et se complètent pour apporter chacune son éclairage. Les autres exercices permettent d'évaluer les connaissances et les compétences propres à chacune des disciplines qui composent l'enseignement de spécialité physique-chimie et mathématiques.
L'un au moins des exercices comporte une partie d'évaluation des compétences expérimentales, d'instrumentation et de mesures, adaptée aux contraintes de l'épreuve écrite.

Les sujets traités en physique-chimie lors de cette épreuve portent sur des situations contextualisées en prenant appui sur des applications scientifiques et technologiques contemporaines ; à ce titre, ils peuvent contenir en nombre limité des documents à analyser ou des données expérimentales à exploiter.
Les sujets traités en mathématique peuvent porter sur des situations contextualisées ou sur des situations internes aux mathématiques.
Le sujet précise si l'usage de la calculatrice, dans les conditions précisées par les textes en vigueur, est autorisé.

Important : certaines notions du programme ne sont pas évaluées lors de l'épreuve écrite. Dès le début d'année scolaire, vous devez en prendre connaissance sur le site www.education.gouv.fr.

Quelques conseils

Pour optimiser vos chances de réussite au baccalauréat et de poursuite d'études, il faut veiller à :
- être assidu(e) en cours ;
- privilégier le travail en groupe pour progresser plus rapidement ;
- être acteur / actrice en se posant sans cesse des questions concernant le contenu des cours (applications scientifiques et technologiques contemporaines, mesures à effectuer et instruments à utiliser, etc.) ;
- étudier ses cours régulièrement et effectuer les exercices associés ;
- utiliser cet ouvrage à bon escient en relisant de temps en temps les fiches de cours et en cherchant les exercices associés, pouvant mettre en jeu plusieurs chapitres de cours.

La philosophie

La discipline

La philosophie est enseignée 2 heures par semaine en terminale STMG. L'objectif de l'année de philosophie est de vous apprendre à émettre des questionnements, utiliser votre esprit critique, remettre votre opinion en question, structurer votre pensée et comprendre un texte philosophique.
Le programme comporte **sept notions** sur lesquelles vous serez susceptible d'être interrogé(e) à l'épreuve du baccalauréat :

- L'art
- La justice
- La liberté
- La nature
- La religion
- La technique
- La vérité

Ces notions sont mises en relation avec les trois perspectives du programme :

- L'existence humaine et la culture
- La morale et la politique
- La connaissance

« Ces perspectives [...] définissent le cadre dans lequel elles peuvent donner lieu à des sujets de baccalauréat et orientent ainsi, sans le contraindre, le traitement des notions par les professeurs et leurs élèves » (*BO* juillet 2019). Les perspectives vous donnent un cadre de réflexion et vous invitent à confronter les notions entre elles pour forger votre esprit critique et votre sens de l'analyse philosophique.

Ces notions sont assorties de **repères** que vous devez maîtriser :
Absolu / Relatif – Abstrait / Concret – En acte / En puissance – Analyse / Synthèse Concept / Image / Métaphore – Contingent / Nécessaire – Croire / Savoir – Essentiel / Accidentel – Exemple / Preuve – Expliquer / Comprendre – En fait / En droit – Formel / Matériel – Genre / Espèce / Individu – Hypothèse / Conséquence / Conclusion – Idéal / Réel – Identité / Égalité / Différence – Impossible / Possible – Intuitif / Discursif – Légal / Légitime – Médiat / Immédiat – Objectif / Subjectif / Intersubjectif – Obligation / Contrainte – Origine / Fondement – Persuader / Convaincre – Principe / Cause / Fin – Public / Privé – Ressemblance / Analogie – Théorie / Pratique – Transcendant / Immanent – Universel / Général / Particulier / Singulier – Vrai / Probable / Certain

L'épreuve écrite

Le format de l'épreuve

Durée : 4 heures – Coefficient : 4

L'épreuve de philosophie présente trois sujets au choix : deux sujets de dissertation et un sujet d'explication de texte.

La dissertation

Les deux sujets de dissertation se présentent sous la forme d'une question. Vous devez être capable d'en étudier toutes les dimensions de façon méthodique et structurée. Le but est de formuler le problème philosophique que soulève la question posée.

Le sujet renvoie toujours à une ou plusieurs notions du programme étudiées en classe. La dissertation doit être rédigée de façon soignée et cohérente, dans un français correct. L'objectif est que vous montriez au correcteur que vous êtes capable de mener un raisonnement logique et structuré. La dissertation doit mener à une véritable réponse – claire, approfondie et justifiée – au problème posé par le sujet.

L'explication de texte

Le troisième sujet est constitué d'un texte d'une vingtaine de lignes accompagné d'une série de questions : A – Éléments d'analyse, B – Éléments de synthèse, C – Commentaire. Ces questions doivent vous permettre de réfléchir sur le texte et de guider votre explication :
– la **première série de questions (A – Éléments d'analyse)** vous invite à expliquer certains éléments significatifs du texte (sens d'une phrase, d'un terme précis ou d'une expression dans le texte) ;
– la **deuxième série de questions (B – Éléments de synthèse)** vous invite à dégager l'idée principale du texte (thèse) ainsi que les grandes parties qui le composent, la façon dont le texte est organisé logiquement ;
– la **troisième série de questions (C – Commentaire)** vous guide dans la rédaction du commentaire structuré du texte étudié. Il s'agit ici de rendre compte d'une compréhension détaillée et structurée du texte ainsi que de votre capacité à mettre en perspective la thèse de celui-ci. Vous avez le choix entre deux manières de rédiger l'explication de texte : soit en répondant dans l'ordre aux questions posées (option n° 1), soit en suivant le développement de votre choix (option n° 2).

L'épreuve orale de rattrapage

Temps de préparation : 20 minutes – Temps de passage : 20 minutes

Pour passer l'oral de rattrapage en philosophie, vous devez présenter une liste de textes étudiés en classe. L'épreuve porte sur l'un des textes présentés. Vous devez réaliser l'explication de ce texte, c'est-à-dire exposer le problème posé par le texte, expliquer sa thèse, sa structure, et le mettre en perspective.

Quelques conseils pour réussir l'année

Ne négligez pas la philosophie car, malgré la difficulté apparente de cette discipline, un minimum de travail peut vous permettre d'avoir des résultats très satisfaisants ! Pour ce faire, veillez à :
– apprendre votre cours ;
– apprendre les citations extraites des œuvres étudiées ;
– comprendre les repères et savoir les utiliser à bon escient ;
– soigner l'orthographe et la syntaxe dans la rédaction de vos copies ;
– être curieux/curieuse, et être capable de remettre vos représentations habituelles en question.
Enfin, une bonne culture générale permettra d'enrichir vos copies de philosophie grâce à des exemples pertinents. Lisez, allez au cinéma, au musée, etc. Bref, cultivez-vous !

Savoir 1

Les enjeux technologiques liés au développement durable

1 Les impacts environnementaux de l'activité humaine

1.1. Trois catégories d'impacts

Les activités humaines ont principalement trois types d'impacts :
- l'**épuisement des ressources** ;
- la **pollution** ;
- la **destruction des habitats.**

Ces trois types d'impacts sont souvent liés les uns aux autres.

1.2. Description de quelques impacts

- **L'augmentation de l'effet de serre**

Les gaz à effet de serre (par exemple le CO_2, le méthane, les CFC…) bloquent le rayonnement infrarouge. Leur augmentation participe ainsi au réchauffement climatique, qui entraîne la fonte des glaces, et donc l'augmentation du niveau des mers.

Les gaz ont des pouvoirs de contribution à l'effet de serre différents, donc pour les comparer, on les exprime en kilogrammes équivalents de CO_2 (kg éq CO_2).

- **La dégradation de la couche d'ozone**

La couche d'ozone nous protège des rayons ultraviolets du Soleil. Certains gaz, comme le fréon (utilisé pendant des années comme gaz propulseur dans les aérosols et encore aujourd'hui comme agent frigorigène), dégradent cette couche, avec pour conséquence une réduction de la photosynthèse qui peut entraîner une diminution des rendements et de la qualité des cultures, et la disparition du plancton.

- **L'acidification**

La combustion du pétrole et du charbon produit du dioxyde de soufre (SO_2). Le SO_2 réagit avec l'eau et produit de l'acide sulfurique. Cet acide sulfurique est responsable de pluies acides qui perturbent l'écosystème.

- **L'eutrophisation**

La concentration excessive, notamment dans les milieux aquatiques, d'azote et de phosphore, produits utilisés dans l'agriculture comme engrais, a pour conséquences les marées vertes (prolifération excessive d'un type d'algues) et un appauvrissement de la biodiversité.

- **L'épuisement des réserves de métaux rares**

Les métaux rares (lithium, antimoine, gallium, niobium, germanium, tantale…) sont très utilisés dans les secteurs technologiques de pointe (batteries, moteurs synchrones, laser, LED…). L'expansion de ces secteurs pose des problèmes d'approvisionnement en métaux rares.

- **L'épuisement des ressources**

Nous sommes actuellement très dépendants, à l'échelle mondiale, de certaines ressources non renouvelables comme le pétrole ou le charbon. Ces ressources diminuant, il est nécessaire de trouver des moyens de s'en passer.

- **La diminution de la biodiversité**

La modification rapide du climat, la disparition des habitats naturels et les pollutions industrielles et agricoles entraînent une diminution de la biodiversité.

2 Les différentes formes d'énergie

2.1. Énergie primaire, énergie secondaire, énergie finale

Pour fonctionner, les systèmes ont besoin d'énergie.

- **L'énergie primaire**

L'énergie primaire est la forme d'énergie que l'on peut trouver dans la nature, non transformée par l'homme. Les énergies primaires se classent en deux catégories : les énergies renouvelables et les énergies non renouvelables.

EXEMPLES

ÉNERGIES NON RENOUVELABLES	ÉNERGIES RENOUVELABLES
– Énergies fossiles : pétrole, gaz naturel, charbon – Énergie nucléaire, parfois appelée « énergie fissile », dont la source principale est l'uranium	– Énergie solaire, dont on peut utiliser la propriété thermique ou photovoltaïque – Énergies liées au vent, aux vagues, aux marées, à la chaleur du sol (géothermie), à la biomasse...

- **L'énergie secondaire**

L'énergie secondaire est l'énergie issue de la transformation de l'énergie primaire. C'est sous cette forme que l'énergie est transportée et stockée.

- **L'énergie finale**

L'énergie finale est l'énergie utilisée par le consommateur. Elle est le résultat d'une chaîne de transformations à partir de l'énergie primaire.

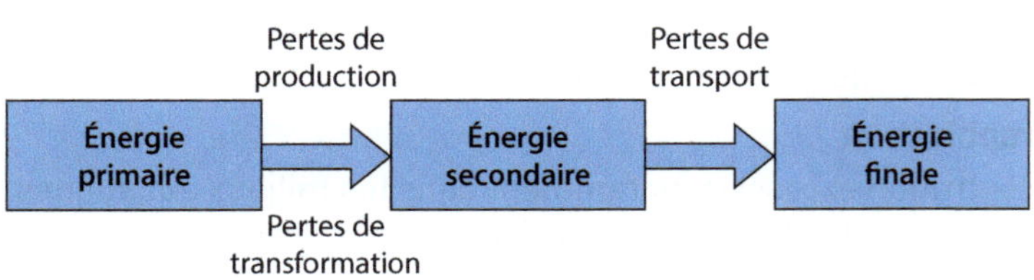

En France, l'énergie électrique distribuée sur le réseau peut provenir d'une réaction nucléaire, de la combustion de pétrole, de gaz, d'un barrage hydraulique... Il existe une valeur conventionnelle qui lie les énergies primaires (EP) et l'énergie finale (EF). Actuellement, en France, on a :
– pour l'électricité : 1 $kWh_{EF} \leftrightarrow$ 2,58 kWh_{EP} ;
– pour les autres énergies (gaz, réseaux de chaleur, bois, etc.) : 1 $kWh_{EF} \leftrightarrow$ 1 kWh_{EP}.

2.2. La tonne d'équivalent pétrole

La tonne d'équivalent pétrole, de symbole « tep », est une unité d'énergie qui permet de comparer entre elles des formes d'énergie différentes. On les rapporte à l'énergie produite par la combustion d'une tonne de pétrole, ce qui représente environ 11 630 kWh.

2.3. L'énergie grise

L'énergie grise, ou énergie intrinsèque, est la quantité d'énergie consommée lors du cycle de vie d'un matériau ou d'un produit.
C'est donc l'énergie consommée lors de la production, de l'extraction, de la transformation, de la fabrication, du transport, de la mise en œuvre, de l'entretien et enfin du recyclage du matériau ou du produit.
L'énergie grise d'un bâtiment est la somme des énergies grises des matériaux et équipements qui le composent à laquelle on ajoute :
– l'énergie nécessaire à l'acheminement des matériaux et équipements entre l'usine et le chantier ;
– la consommation d'énergie du chantier : base vie, énergie de mise en œuvre, transport des personnes ;
– les énergies grises liées au renouvellement des matériaux et équipements qui ont une durée de vie inférieure à celle du bâtiment ;
– l'énergie nécessaire à la déconstruction de l'ouvrage.

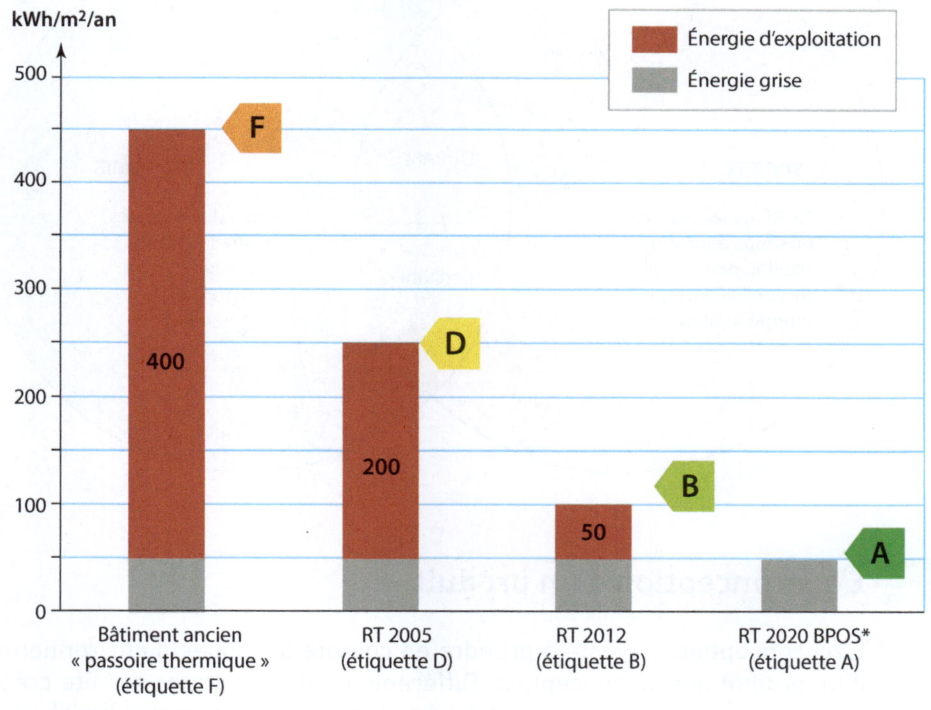

*BPOS : Bâtiments à Énergie Positive

3 Le développement durable

3.1. Définition

Le développement durable est un « développement qui répond aux besoins des générations du présent sans compromettre la capacité des générations futures à répondre aux leurs » (1987, Nations Unies, rapport Brundtland).

Le développement durable doit être à la fois économiquement efficace, socialement équitable et écologiquement tolérable. Le social doit être un objectif, l'économie un moyen et l'environnement une condition.

3.2. Les piliers du développement durable

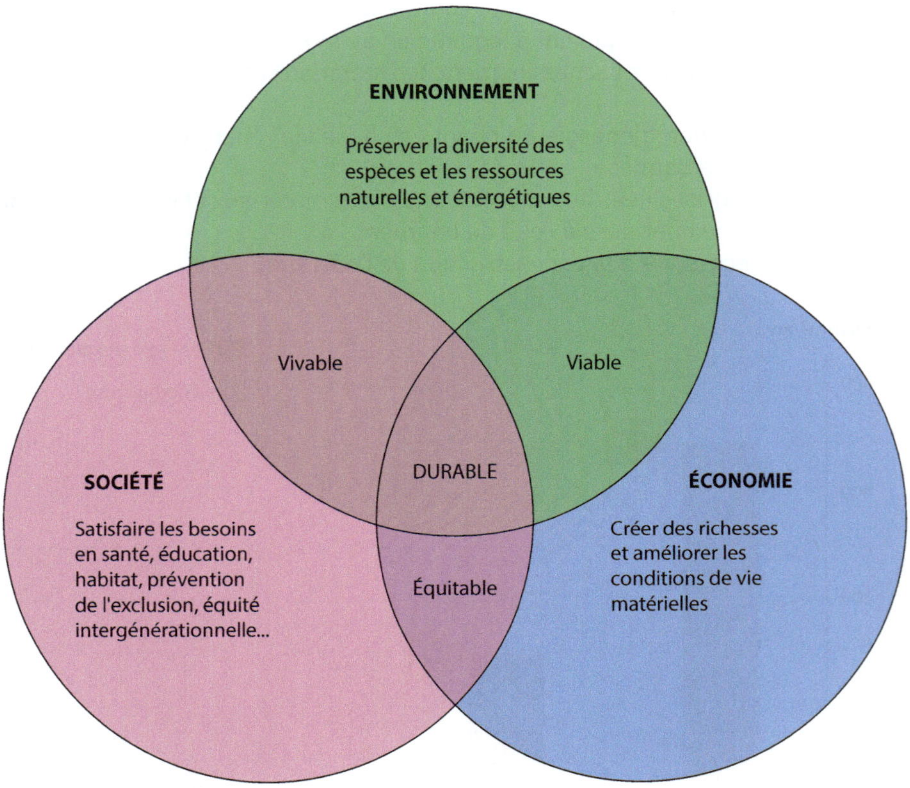

4 L'écoconception d'un produit

L'écoconception consiste à prendre en compte les aspects environnementaux d'un produit dès sa conception. Différents outils et normes ont été créés pour aider les concepteurs à réaliser des produits qui ont un impact limité sur l'environnement.

4.1. Les 5 étapes du cycle de vie d'un produit

Le cycle de vie d'un produit suit les 5 étapes suivantes :
1. **Prototype**. Le produit est en développement, les coûts sont importants et la rentabilité du produit est nulle. Pendant cette étape le produit représente une perte pour l'entreprise.
2. **Lancement**. Le produit arrive sur le marché, les coûts liés à la promotion et à la production du produit ne lui permettent pas d'être rentable.

3. **Croissance**. À cette étape de son cycle de vie, le produit devient rentable pour l'entreprise. Le produit commencer à gagner des parts de marché, l'objectif étant de maintenir cette étape de croissance le plus longtemps possible.
4. **Maturité**. Le produit ne connaît plus de croissance, il ne gagne ni ne perd de parts de marché. La rentabilité est forte mais elle stagne. Les coûts de production sont faibles car le processus est maîtrisé.
5. **Déclin**. Le produit est en fin de vie, ses parts de marché et sa rentabilité diminuent. Ce déclin est le signe d'une perte d'intérêt des consommateurs envers ce produit ou de l'arrivée d'un produit de substitution.

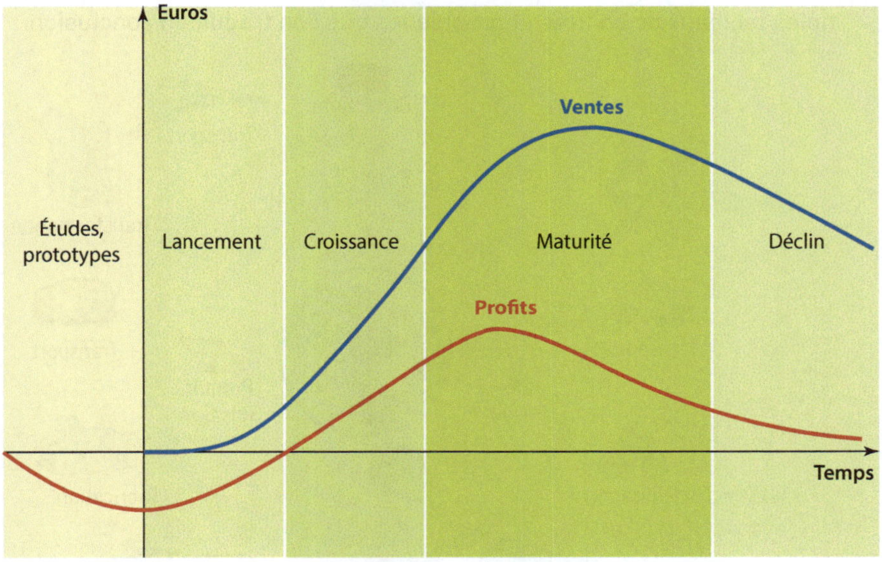

4.2. L'analyse du cycle de vie (acv) d'un produit

L'analyse du cycle de vie d'un produit permet de quantifier les impacts environnementaux d'un produit (pollution de l'eau, de l'air, des sols, utilisation d'énergies non renouvelables ou de métaux rares...) tout au long de son cycle de vie.
L'analyse du cycle de vie d'un produit est composée de quatre étapes

- **La définition des objectifs et du champ de l'étude**

Dans cette étape, on cherche à cadrer l'étude d'analyse du cycle de vie du produit étudié.
Pour pouvoir comparer des produits entre eux, il faut définir **l'unité fonctionnelle** qui servira de référence.
L'unité fonctionnelle (UF) est l'unité de mesure utilisée pour évaluer le service rendu par le produit. L'UF doit répondre aux questions : « Quoi ? Combien ? Comment ? Combien de temps ? »
Exemples d'unités fonctionnelles :
- pour une ampoule : éclairer avec une luminosité de 450 lumens pendant 1 000 heures.
- Pour un stylo : écrire sur une distance de 20 km.
- Peinture : couvrir 1 m^2 de mur en plâtre avec un degré d'opacité de 0,98 et pour une durée de vie 10 ans.

- **L'inventaire du cycle de vie (ICV)**

Dans cette étape, on inventorie les flux entrants et les flux sortants de chaque processus élémentaire au cours de la vie du produit.

- **L'évaluation des impacts**

Dans cette étape, on traduit l'inventaire des flux en impacts environnementaux grâce à une modélisation sur logiciel d'ACV. Ici, on obtient un premier résultat « brut » de l'analyse.

- **L'interprétation des résultats**

Dans cette étape, on interprète les résultats obtenus, afin de comprendre les multiples tableaux de chiffres et graphiques que l'on traduit en conclusion.

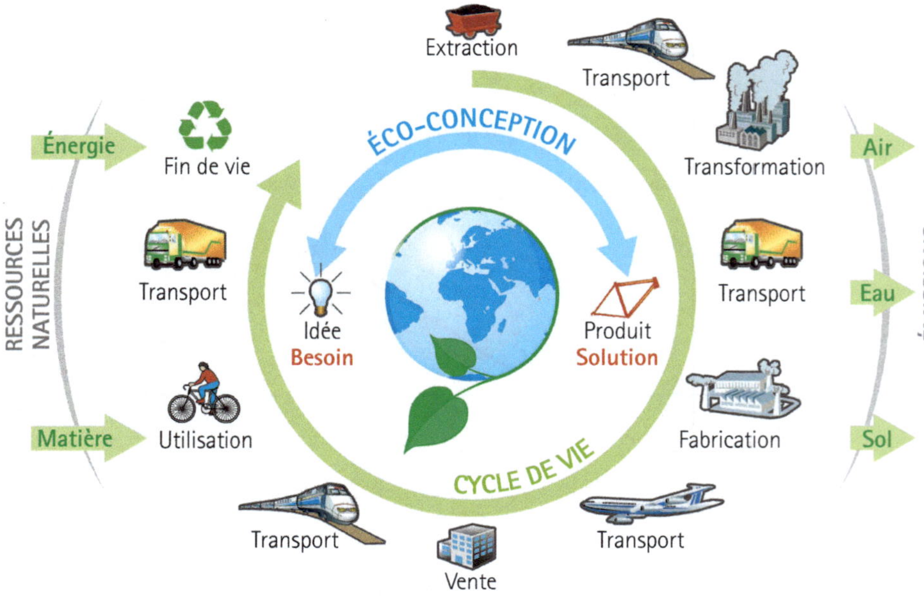

L'analyse du cycle de vie peut être étendue au développement durable en prenant également en considération les aspects sociaux (exemple : des conditions de travail respectueuses des travailleurs et de leur santé lors de la fabrication et du recyclage du produit) et les aspects économiques (exemple : l'activité de l'entreprise génère un renforcement de l'économie locale, la fabrication des produits crée des emplois de qualité).

4.3. La roue de stratégie de Brezet

L'objectif de cette méthode est de quantifier chacun des items de la roue ci-dessous, en indiquant leur niveau de performance sur le diagramme, et de définir ensuite des axes d'amélioration du produit.

4.4. Le Bilan Carbone®

Bilan Carbone® est une marque déposée par l'Ademe (Agence de l'environnement et de la maîtrise de l'énergie). Ce logiciel permet d'évaluer l'empreinte carbone d'un produit (émission de CO_2) au cours des différentes étapes de son cycle de vie.

4.5. SolidWorks® Sustainability

SolidWorks® Sustainability permet, à partir d'une maquette numérique, d'établir un bilan de l'impact environnemental en termes de bilan carbone, de consommation des ressources naturelles en eau, de pollution de l'air...
Ce bilan évolue en fonction du matériau, du mode de transport, du lieu de fabrication...

4.6. Les réglementations thermiques

Lutter contre le réchauffement climatique et contre les consommations excessives d'énergie, qui en sont la cause, est un enjeu important pour le secteur du bâtiment. Le logement représente le gisement d'économies le plus important.
Des indices ont été mis en place pour quantifier les performances énergétiques des bâtiments.

- **L'indice Bbio** est un indice de bonne conception bioclimatique du bâtiment. Il prend en compte les besoins de chauffage, de refroidissement et d'éclairage de l'habitation. Pour avoir un bon indice Bbio, les bâtiments doivent être bien isolés, avoir un système de ventilation performant, être orientés par rapport au soleil de façon à favoriser l'éclairement naturel, utiliser la chaleur du soleil à travers les baies vitrées en hiver et limiter la chaleur du soleil, à travers les baies vitrées en été. L'indice Bbio du bâtiment doit être inférieur à l'indice de référence.
- **L'indice Tic** (Température intérieure conventionnelle) est la moyenne des températures relevées au cours des cinq jours les plus chauds. Cette moyenne ne doit pas dépasser le Tic de référence, défini selon la localisation géographique de la maison. Pour répondre à cette exigence, la maison doit limiter l'entrée de chaleur, ou favoriser l'évacuation de la chaleur dans le but de maintenir une température agréable.
- **L'indice Cep** (Consommation en énergie primaire) représente la consommation conventionnelle d'énergie primaire du bâtiment : consommations de chauffage, de refroidissement, d'éclairage, de production d'eau chaude sanitaire et d'auxiliaires (pompes et ventilateurs).

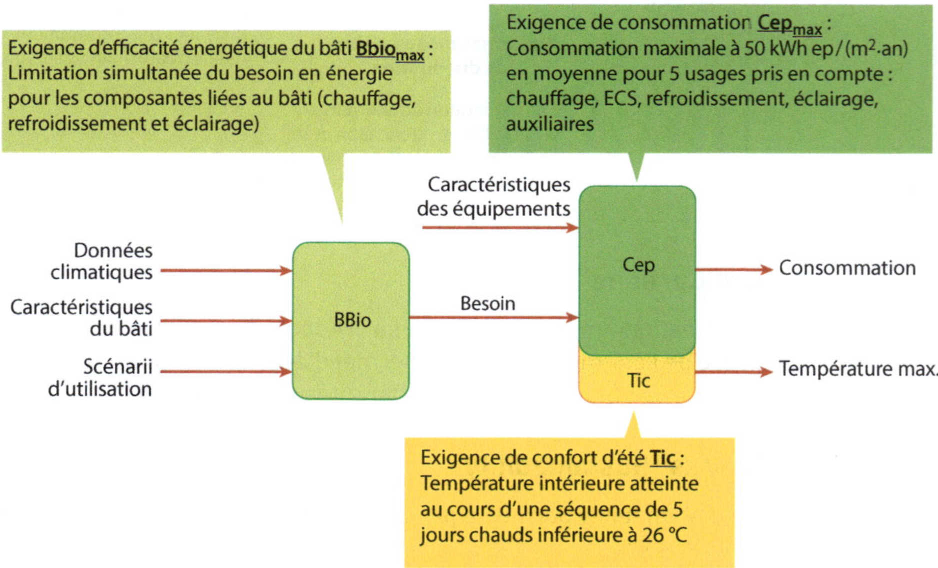

4.7. La norme HQE (haute qualité environnementale)

La haute qualité environnementale est une démarche de qualité, qui vise un impact environnemental réduit et un meilleur confort dans la construction et l'usage du bâtiment. Elle est basée sur une approche du « coût global » (financier et environnemental) d'un projet, de sa conception à sa fin de vie.

4.8. Le bâtiment à énergie positive (BEPOS)

Un bâtiment à énergie positive produit plus d'énergie qu'il n'en consomme au cours de son utilisation. Pour diminuer la consommation en énergie primaire d'un bâtiment, on peut améliorer son isolation, lui ajouter des panneaux solaires, un chauffe-eau solaire plutôt qu'électrique, une pompe à chaleur, une ventilation double flux, un éclairage très basse consommation...

5 Les innovations technologiques

Les innovations technologiques sont nécessaires :
- pour faire évoluer les produits existants de façon à ce qu'ils soient plus respectueux de l'environnement ;
- pour concevoir de nouveaux produits répondant aux attentes des consommateurs.

Pour protéger leurs innovations, les entreprises déposent des brevets. Un brevet est un titre de propriété industrielle qui permet à l'inventeur de protéger son invention de la concurrence pour une durée généralement limitée à 20 ans.

Pour protéger le consommateur et l'environnement, les produits doivent respecter des normes. Les normes permettent d'assurer un cadre réglementaire concernant : les performances du système, la compatibilité des produits, la non-toxicité des matériaux mis en œuvre...

Mes notes pour réviser

....

....

....

....

....

....

....

....

....

....

....

....

....

Savoir 2 — Étude fonctionnelle d'un produit

1 Le cahier des charges

Un système, ou produit, est conçu dans le but de satisfaire un besoin, exprimé ou latent, pour de futurs utilisateurs.
Le cahier des charges est le document, ou dossier de documents, qui définit ce que l'utilisateur attend du produit en termes de fonctions et/ou de fonctionnalités.
L'analyse fonctionnelle consiste à analyser les fonctions remplies par le système compte tenu du but à atteindre.

2 Le diagramme des cas d'utilisation : « uc » (*Use Case Diagram*)

Le diagramme des cas d'utilisation présente les interactions entre le système et son environnement. Il permet de décrire ce que le futur système devra faire, sans spécifier comment il le fera.
Sur un diagramme des cas d'utilisation, on trouve les éléments détaillés dans le tableau suivant.

<table>
<tr><th colspan="2">ÉLÉMENTS DU DIAGRAMME DES CAS D'UTILISATION</th><th>EXEMPLE</th></tr>
<tr><td colspan="2">Le système, délimité par le rectangle qui constitue sa frontière</td><td>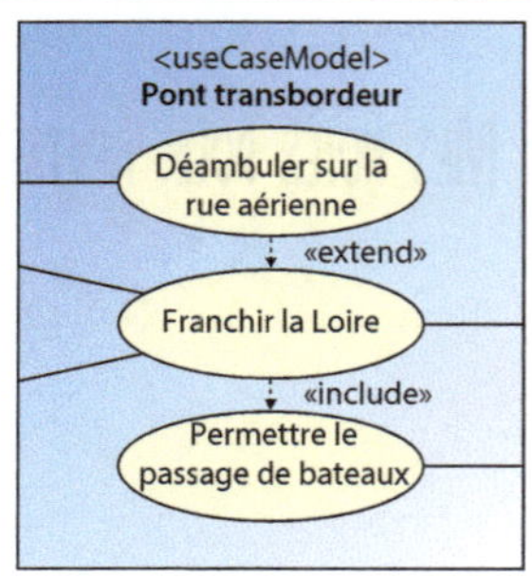
</td></tr>
<tr><td>Les acteurs humains</td><td rowspan="2">Les acteurs principaux sont représentés à gauche du système et les acteurs secondaires à droite.</td><td>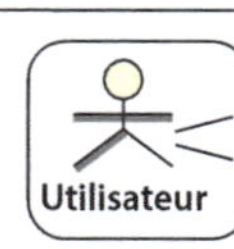
</td></tr>
<tr><td>Les « choses » en interaction avec le système (ex. : bateaux, énergie, voiture…)</td><td>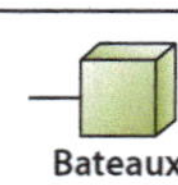
</td></tr>
<tr><td colspan="2">Les cas d'utilisation, décrivent le (ou les) service(s) rendu(s) par le système</td><td>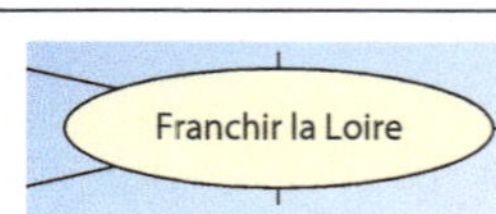
</td></tr>
<tr><td colspan="2">« Extend », la liaison d'extension, signifie que la fonction à l'origine de la flèche n'est pas indispensable à la réalisation de la fonction principale</td><td>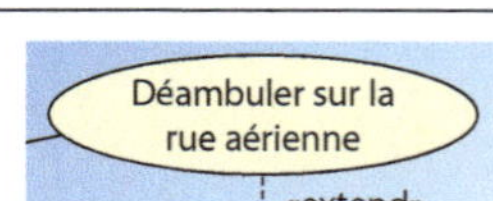
</td></tr>
</table>

ÉLÉMENTS DU DIAGRAMME DES CAS D'UTILISATION	EXEMPLE
« Include », la liaison d'inclusion, signifie que la fonction pointée est indispensable à la réalisation de la fonction principale	

EXEMPLE

Diagramme des cas d'utilisation du pont transbordeur à Nantes (sujet de bac 2015)

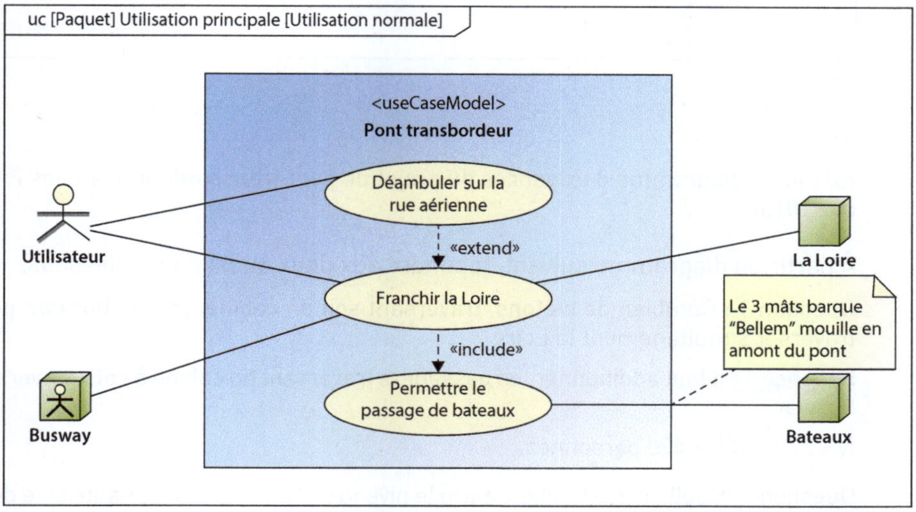

3 Le diagramme d'exigences : « req » (*Requirement Diagram*)

Le diagramme d'exigences est un diagramme qui décrit les exigences du cahier des charges. Les exigences sont les fonctions que doit réaliser le système et les contraintes qu'il doit respecter.
Une priorité haute, moyenne ou basse (1, 2, 3) peut être associée à chaque exigence.
Les exigences sont reliées entre elles par des liens de dépendance, comme indiqué ci-après.

SYMBOLE DU LIEN	SIGNIFICATION
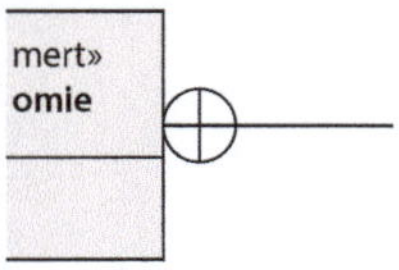	Indique qu'une exigence générale est constituée d'un ensemble d'exigences plus détaillées
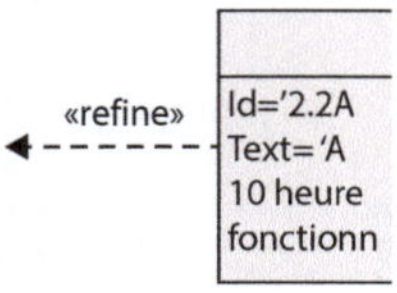	Ajoute des précisions sur l'élément pointé

SYMBOLE DU LIEN	SIGNIFICATION
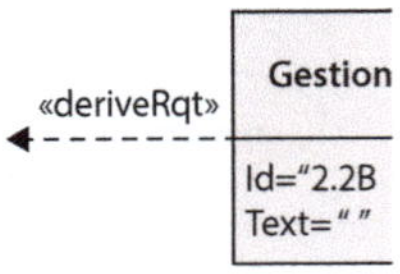	Découle, est déduite de l'exigence pointée
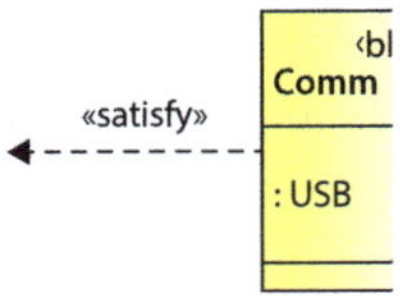	Répond à la demande formulée par l'exigence pointée (souvent un nom d'objet)

Exemple

Extrait du diagramme d'exigences du projet de pont transbordeur à Nantes (sujet de bac 2015)

À partir du diagramme suivant, répondre aux deux questions ci-dessous.

Question 1 : Combien de piétons, traversant soit en cabine, soit en busway, peuvent traverser simultanément la Loire ?

Réponse 1 : Il faut additionner les passagers traversant en cabine à ceux traversant en busway :

$N = 270 + 150 = 420$ personnes.

Question 2 : Quelle est la hauteur entre le niveau de la mer à marée haute et le dessous du pont ?

Réponse 2 : 55 mètres.

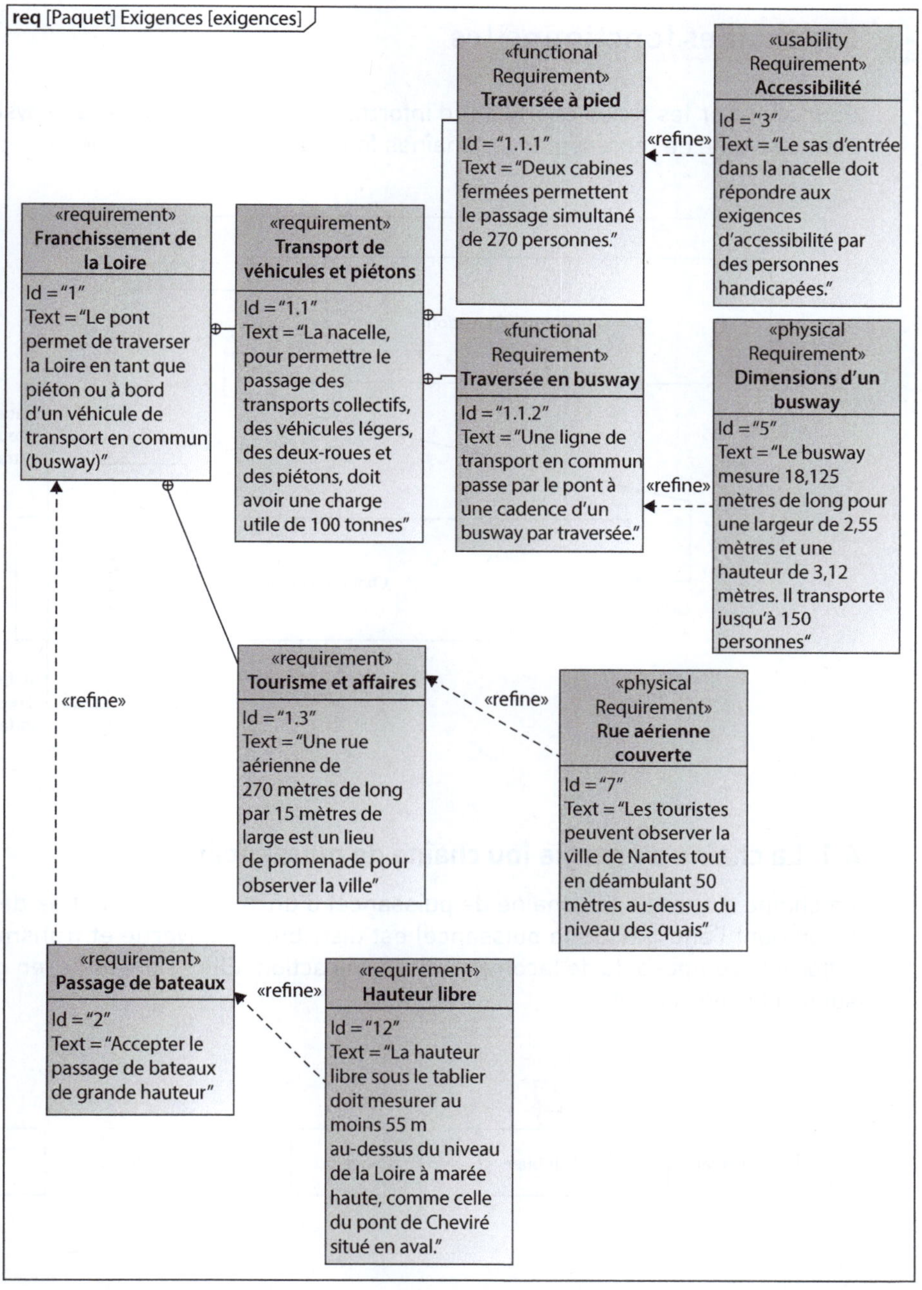
req [Paquet] Exigences [exigences]
«requirement» Franchissement de la Loire
Id = "1"
Text = "Le pont permet de traverser la Loire en tant que piéton ou à bord d'un véhicule de transport en commun (busway)"
«requirement» Transport de véhicules et piétons
Id = "1.1"
Text = "La nacelle, pour permettre le passage des transports collectifs, des véhicules légers, des deux-roues et des piétons, doit avoir une charge utile de 100 tonnes"
«functional Requirement» Traversée à pied
Id = "1.1.1"
Text = "Deux cabines fermées permettent le passage simultané de 270 personnes."
«usability Requirement» Accessibilité
Id = "3"
Text = "Le sas d'entrée dans la nacelle doit répondre aux exigences d'accessibilité par des personnes handicapées."
«refine»
«functional Requirement» Traversée en busway
Id = "1.1.2"
Text = "Une ligne de transport en commun passe par le pont à une cadence d'un busway par traversée."
«physical Requirement» Dimensions d'un busway
Id = "5"
Text = "Le busway mesure 18,125 mètres de long pour une largeur de 2,55 mètres et une hauteur de 3,12 mètres. Il transporte jusqu'à 150 personnes"
«refine»
«requirement» Tourisme et affaires
Id = "1.3"
Text = "Une rue aérienne de 270 mètres de long par 15 mètres de large est un lieu de promenade pour observer la ville"
«refine»
«physical Requirement» Rue aérienne couverte
Id = "7"
Text = "Les touristes peuvent observer la ville de Nantes tout en déambulant 50 mètres au-dessus du niveau des quais"
«refine»
«requirement» Passage de bateaux
Id = "2"
Text = "Accepter le passage de bateaux de grande hauteur"
«refine»
«requirement» Hauteur libre
Id = "12"
Text = "La hauteur libre sous le tablier doit mesurer au moins 55 m au-dessus du niveau de la Loire à marée haute, comme celle du pont de Cheviré situé en aval."

4 Les chaînes fonctionnelles

Pour analyser les flux d'énergie et d'information circulant à travers le système, il peut être utile de représenter les chaînes fonctionnelles du système :

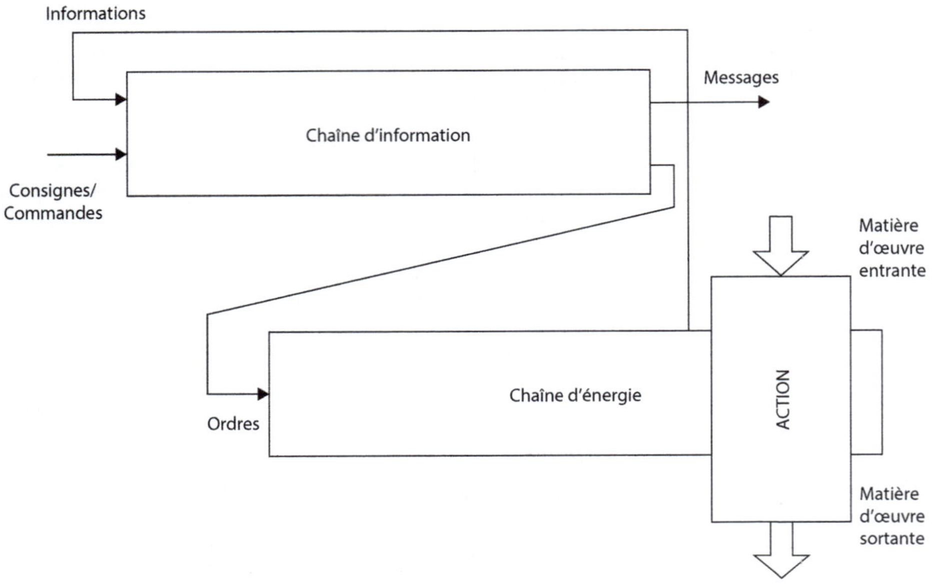

4.1. La chaîne d'énergie (ou chaîne de puissance)

La chaîne d'énergie (ou chaîne de puissance) d'un système permet de décrire la façon dont l'énergie (ou la puissance) est distribuée, convertie et transmise aux différents composants de façon à réaliser une action. Elle se présente, en général, sous la forme suivante :

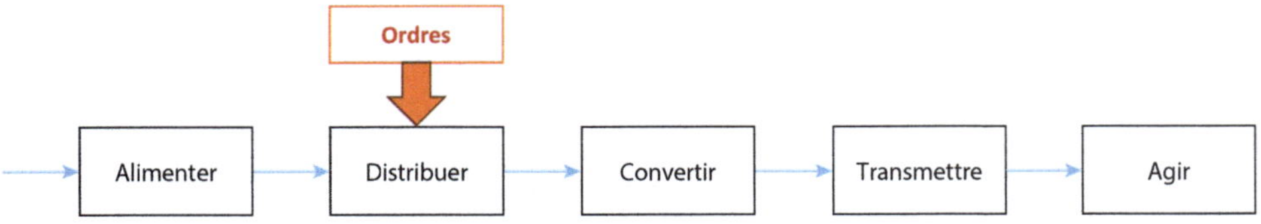

EXEMPLES de composants pouvant remplir chaque fonction

FONCTION	EXEMPLES DE COMPOSANTS
Alimenter	Batterie, pile, réseau électrique, réservoir...
Distribuer	Transistor, distributeur pneumatique, contacteur, relais...
Convertir	Moteur électrique, pompe, vérin pneumatique, compresseur...
Transmettre	Engrenages, système poulies-courroie, système roue-vis sans fin, barres articulées, système pignon-crémaillère...
Agir	Ventouse, roue, chenille, pince...

Sur ce diagramme, on peut ajouter des informations caractérisant chaque élément : rapport de réduction, rendement, vitesse nominale, pas du système vis-écrou... Sur les liens de puissance reliant les éléments, on peut préciser les grandeurs de flux et les grandeurs d'effort.

DOMAINE	GRANDEUR DE FLUX	GRANDEUR D'EFFORT	PUISSANCE ÉCHANGÉE
Électrique	Intensité I en ampères	Tension U en volts	$P = U \times I$
Mécanique (translation)	Vitesse V en $m \cdot s^{-1}$	Force F en newtons	$P = F \times V$
Mécanique (rotation)	Vitesse angulaire ω en $rad \cdot s^{-1}$	Couple C en newtons · mètres (N · m)	$P = C \times \omega$
Hydraulique	Débit Q en $m^3 \cdot s^{-1}$	Pression p en pascals	$P = Q \times p$

4.2. La chaîne d'information

La chaîne d'information d'un système permet de décrire la façon dont les informations issues du système, ou de l'extérieur, sont acquises, traitées et communiquées, sous forme d'ordres à destination de la chaîne d'énergie ou d'informations à destination de l'utilisateur.

Ce diagramme contient, en général, les fonctions Acquérir, Traiter, Communiquer, mais il peut y en avoir d'autres comme Conditionner ou Transmettre.

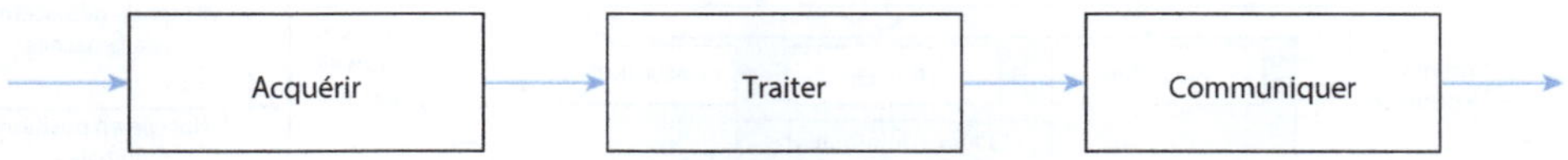

EXEMPLES de composants pouvant remplir chaque fonction

FONCTION	EXEMPLES DE COMPOSANTS
Acquérir	Capteur (de contact, de température, de distance, accéléromètre, gyroscope...), bouton-poussoir, clavier...
Traiter	Carte électronique à microcontrôleur, microprocesseur, API (automate programmable industriel)...
Communiquer	Écran, voyant lumineux, haut-parleur, composant de pilotage des distributeurs pneumatiques...

Entre chaque bloc, on peut ajouter le type d'information : logique, analogique, numérique.

4.3. Exemple (projet de pont transbordeur à Nantes, sujet de bac 2015)

La nacelle, située sous le pont, permet de transporter des passagers et des véhicules entre les deux rives. La nacelle est suspendue par des suspentes à un chariot qui roule sur des rails. La nacelle est mise en mouvement par des moteurs électriques qui sont alimentés par le réseau EDF. Des réducteurs à engrenages sont intercalés entre les moteurs et les roues pour adapter la vitesse et le couple à transmettre.

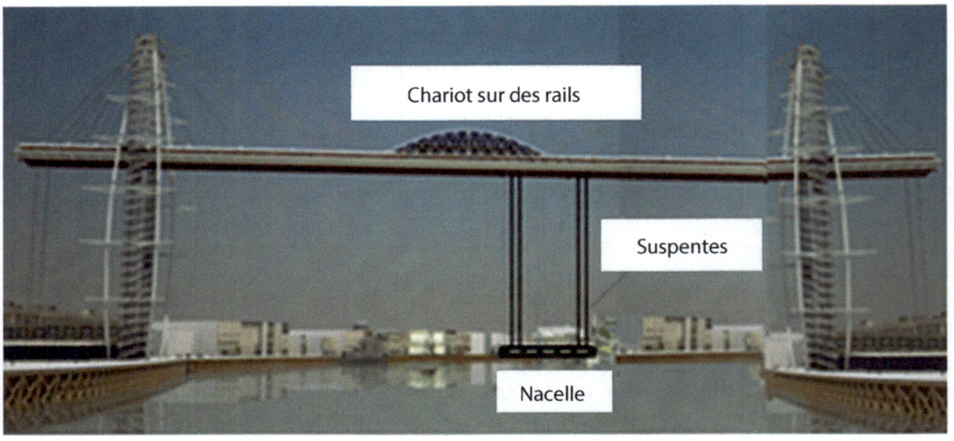

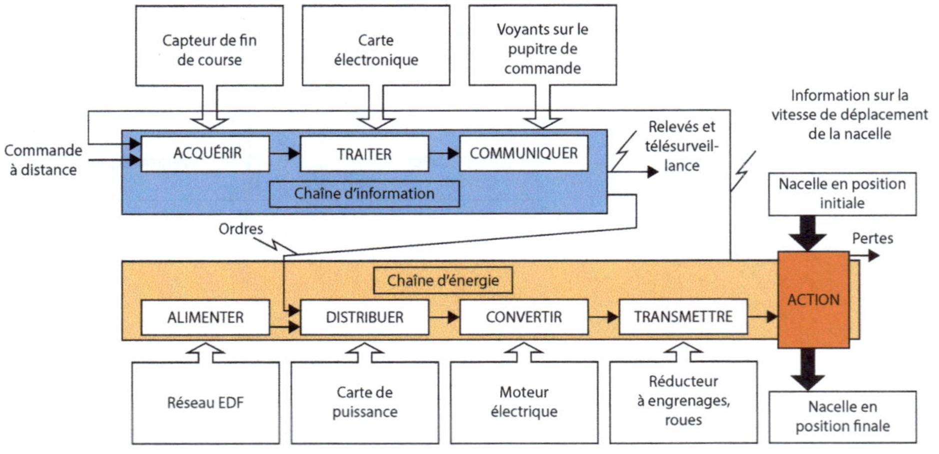

Savoir 3 Étude structurelle d'un produit

1 Le diagramme de définition de blocs : « bdd » (*Block Definition Diagram*)

Le diagramme de définition de blocs permet de décrire le système d'un point de vue « composants » et de visualiser les liens entre les différents blocs. Il est utilisé pour décrire l'architecture matérielle du système.
Dans un diagramme de définition de blocs, on trouve les éléments détaillés dans le tableau suivant.

ÉLÉMENTS DU DIAGRAMME DE DÉFINITION DE BLOCS	EXEMPLE
Le nom du diagramme, toujours situé en haut à gauche	**bdd** [Paquet] Blocks [BDD Ferry Boat]
Le système (« *system* ») avec son nom et ses caractéristiques principales. Les liens qui partent du système pointent vers les sous-systèmes.	«system» **Ferry boat** *values* Largeur = 4.70 m Longueur = 13 m Poids à vide = 11 tonnes Tirant d'eau = 1.05 m Vitesse à pleine puissance = 7 nœuds (13 km/h environ)
Si le losange à la base du lien est blanc, alors l'élément pointé est optionnel. Sur le lien, il peut y avoir une valeur indiquant le nombre d'éléments identiques.	
Si le losange à la base du lien est noir, alors l'élément pointé est obligatoire. Sur le lien, il peut y avoir une valeur indiquant le nombre d'éléments identiques.	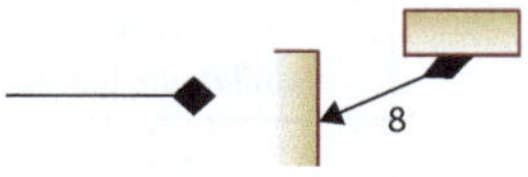
Les sous-systèmes (« *subsystem* »). Les liens qui partent du sous-système pointent vers les blocs.	«subsystem» **Alimentation électrique**
Les blocs (« *block* ») sont les composants. Leurs caractéristiques (« *values* ») sont données.	«block» **Panneaux photovoltaïques Service** *values* Dimensions = 1,585 m × 0,805 m Modèle = CENIT 150 Puissance crête = 150 Wc par panneau Rendement = 11,8 %

Exemple

Extrait d'un diagramme de définition de blocs d'une navette maritime électro-solaire (sujet de bac 2015)

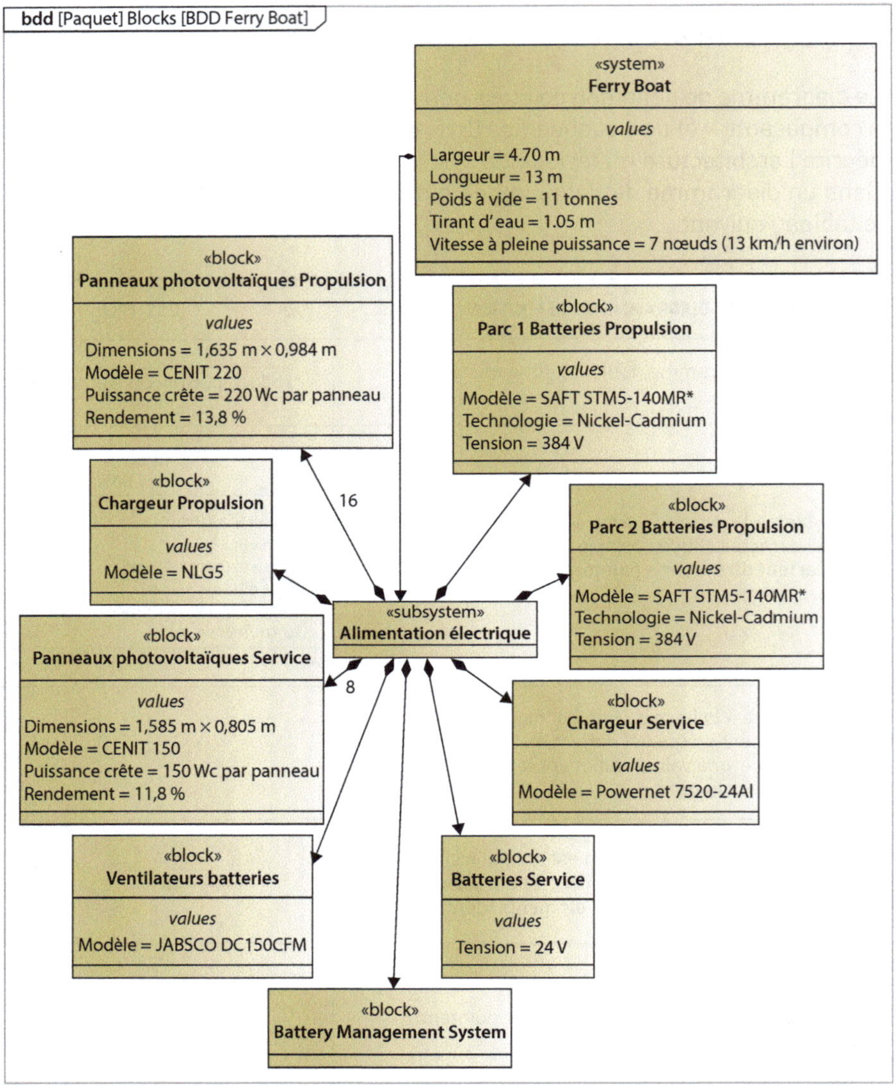

Question 1 : Combien y a-t-il de panneaux solaire utilisés pour alimenter le système de propulsion ?

Réponse 1 : 16 panneaux (valeur indiquée sur le lien).

Question 2 : Que vaut la puissance crête délivrée par l'ensemble des panneaux photovoltaïques de propulsion ?

Réponse 2 : Il faut multiplier la puissance crête d'un panneau par le nombre de panneaux : $P = 16 \times 220 = 13\,200$ Wc.

2 Le diagramme de définition de blocs internes : « ibd » (*Internal Block Diagram*)

Le diagramme de définition de blocs internes est un diagramme structurel. Il décrit les échanges matière-énergie-information entre les blocs de même niveau grâce aux ports de flux.
Sur un diagramme de définition de blocs internes, on trouve les éléments détaillés dans le tableau ci-après.

ÉLÉMENTS DU DIAGRAMME DE DÉFINITION DE BLOCS INTERNES	EXEMPLE
Le nom du diagramme, toujours situé en haut à gauche	**ibd** [Subsystem] Alimentation électrique [Alimentation électrique]
Les flux de matière, d'information, d'énergie, souvent représentés de couleurs différentes. La nature du flux est indiquée au-dessus de la ligne.	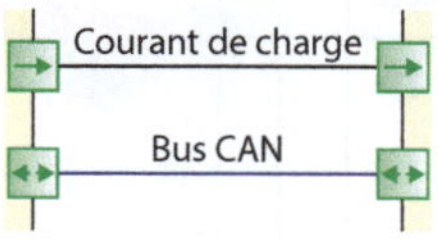
Les ports de flux entrant	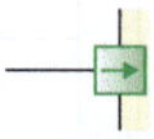
Les ports de flux sortant	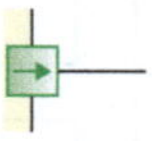
Les ports de flux permettant l'échange dans les deux directions	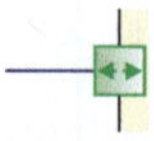
Les composants (« *part* »)	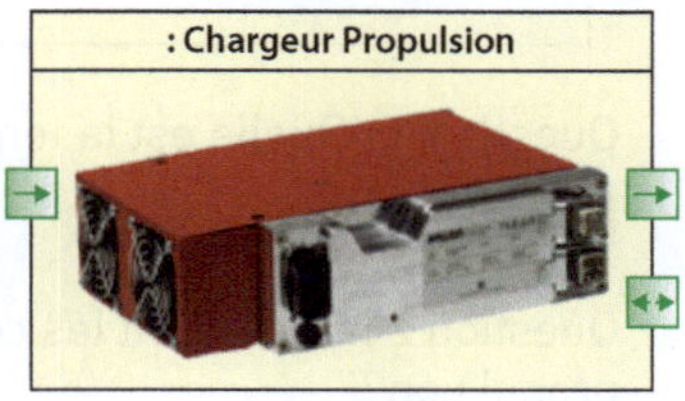

EXEMPLE

Diagramme de définition de blocs internes d'une navette maritime électro-solaire (sujet de bac 2015)

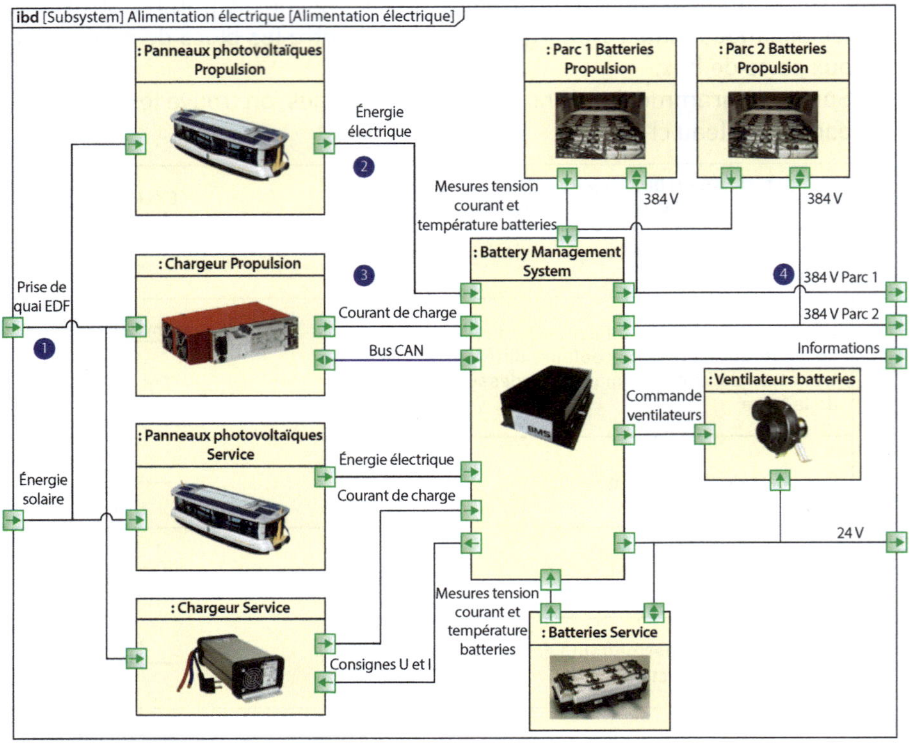

Question 1 : Quelle est la tension délivrée par le parc 1 de batteries de propulsion ?

Réponse 1 : 384 V.

Question 2 : Quels sont les composants impliqués dans la recharge des batteries de propulsion?

Réponse 2 : Si les batteries sont rechargées à partir de la « prise quai EDF », alors cela nécessite l'utilisation du « Chargeur Propulsion » et du « Battery Management System ». Si les batteries sont rechargées à partir de l'énergie solaire, les « Panneaux photovoltaïques Propulsion » ainsi que le « Battery Management System » sont utilisés.

Question 3 : Les points 1, 2, 3 et 4 sur le schéma représentent de l'énergie électrique. Indiquer si cette énergie est continue ou alternative.

Réponse 3 : Au point 1, on a du courant alternatif (réseau EDF) en tous les autres points, on a du courant continu (les panneaux photovoltaïques délivrent du courant continu et la recharge des batteries se fait avec du courant continu).

3 Le schéma cinématique

3.1. Définition

Le schéma cinématique d'un système est une figure spatiale ou plane, qui permet d'analyser les mouvements des éléments du système les uns par rapport aux autres. Les pièces qui sont en liaison encastrement les unes par rapport aux autres sont regroupées en classes d'équivalence cinématique. Chaque classe d'équivalence cinématique est identifiée sur le schéma par un nom ou un numéro.

EXEMPLE

Représentations permettant l'analyse des mouvements du bras du robot de traite (sujet de bac 2015).

PHOTO OU VUE EN PERSPECTIVE	SCHÉMA CINÉMATIQUE PLAN	SCHÉMA CINÉMATIQUE EN PERSPECTIVE
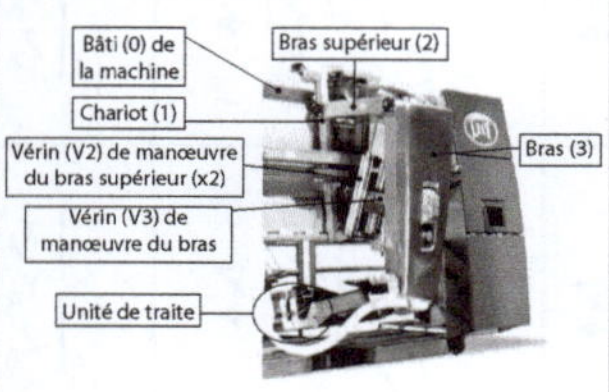	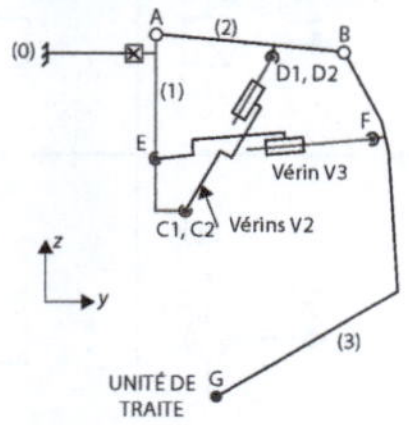	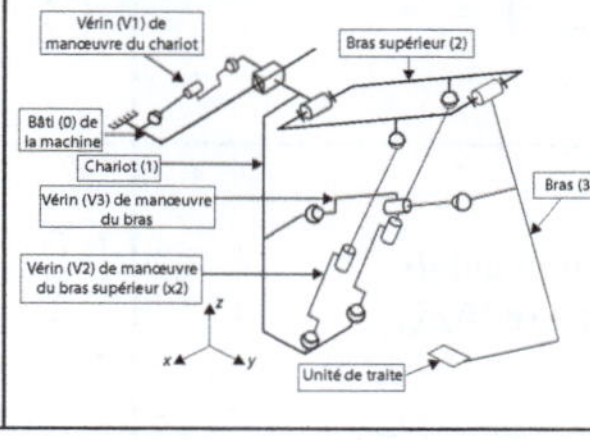

Sur un schéma cinématique, on trouve les éléments détaillés dans le tableau suivant.

ÉLÉMENTS DU SCHÉMA CINÉMATIQUE	EXEMPLE
Un repère qui permet d'analyser l'orientation du mécanisme et des liaisons les unes par rapport aux autres	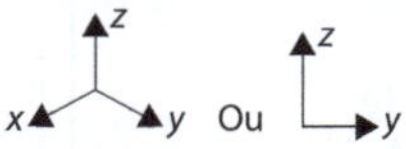
Un élément de référence qui représente la partie immobile, par rapport au repère d'étude, du système	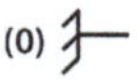
Des liaisons normalisées qui permettent de connaître les mobilités d'un élément par rapport à un autre	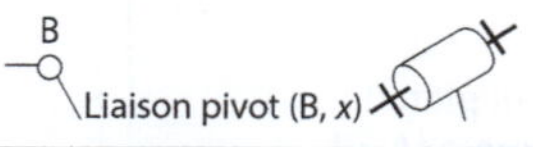
Les classes d'équivalence, schématisées par des traits, représentent les groupes de pièces	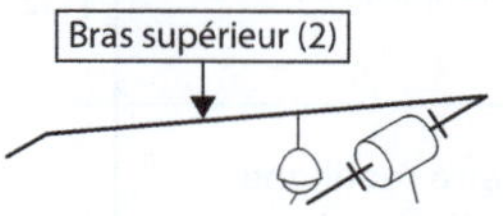

Attention à ne pas confondre :

- les mouvements : rotation, translation circulaire, mouvement plan... ;
- les liaisons : pivot, glissière, rotule, sphère-plan... ;
- les trajectoires : segment de droite, arc de cercle, cercle, courbe quelconque...

3.2. Les liaisons cinématiques

Dans le tableau suivant, dans la colonne des degrés de liberté, les mouvements possibles entre les deux pièces sont notés « T » pour une translation et « R » pour une rotation.

CARACTÉRISATION DE LA LIAISON	DEGRÉS DE LIBERTÉ	SCHÉMATISATIONS PLANES		SCHÉMATISATION SPATIALE	COMPOSANTES DE LA FORCE (X, Y, Z) ET DU MOMENT (L, M, N) TRANSMISSIBLES PAR LA LIAISON
Encastrement de centre A	$\begin{bmatrix} 0 & 0 \\ 0 & 0 \\ 0 & 0 \end{bmatrix}$	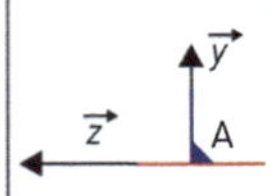	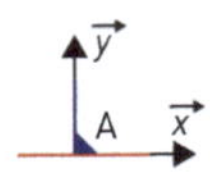	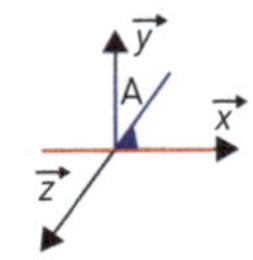	$_A\begin{Bmatrix} X_A & L_A \\ Y_A & M_A \\ Z_A & N_A \end{Bmatrix}_R$
Pivot d'axe (A, $\vec{x}$)	$\begin{bmatrix} 0 & Rx \\ 0 & 0 \\ 0 & 0 \end{bmatrix}$	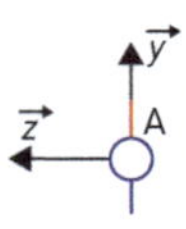	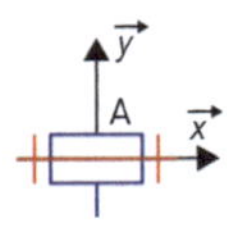	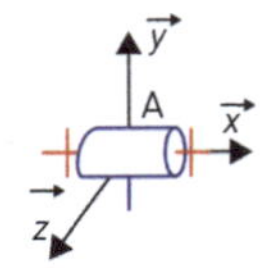	$_A\begin{Bmatrix} X_A & 0 \\ Y_A & M_A \\ Z_A & N_A \end{Bmatrix}_R$
Glissière d'axe (A, $\vec{x}$)	$\begin{bmatrix} Tx & 0 \\ 0 & 0 \\ 0 & 0 \end{bmatrix}$	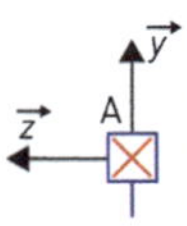	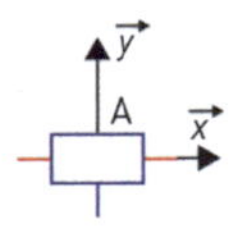	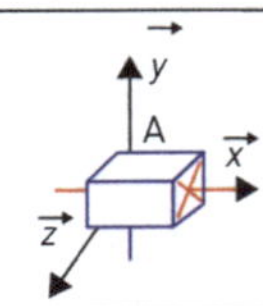	$_A\begin{Bmatrix} 0 & L_A \\ Y_A & M_A \\ Z_A & N_A \end{Bmatrix}_R$
Hélicoïdale d'axe (A, $\vec{x}$)	$\begin{bmatrix} Tx- & Rx \\ 0 & 0 \\ 0 & 0 \end{bmatrix}$	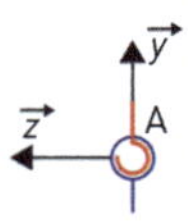	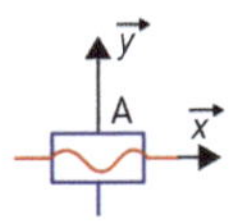	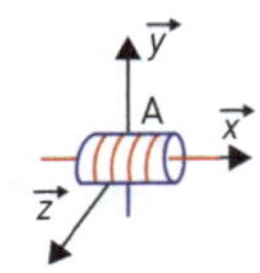	$_A\begin{Bmatrix} X_A - & L_A \\ Y_A & M_A \\ Z_A & N_A \end{Bmatrix}_R$
Pivot glissant d'axe (A, $\vec{x}$)	$\begin{bmatrix} Tx & Rx \\ 0 & 0 \\ 0 & 0 \end{bmatrix}$	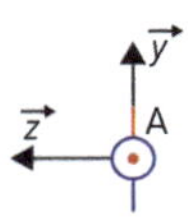	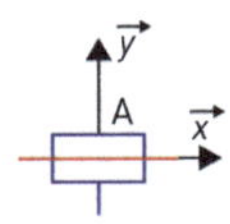	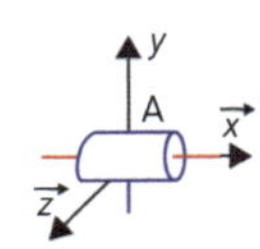	$_A\begin{Bmatrix} 0 & 0 \\ Y_A & M_A \\ Z_A & N_A \end{Bmatrix}_R$
Rotule de centre A	$\begin{bmatrix} 0 & Rx \\ 0 & Ry \\ 0 & Rz \end{bmatrix}$	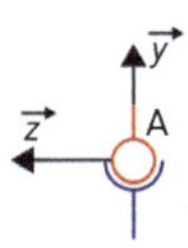	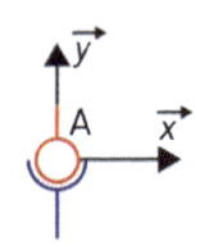	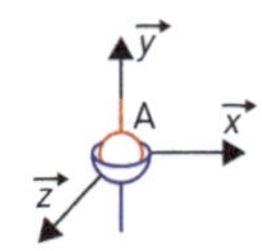	$_A\begin{Bmatrix} X_A & 0 \\ Y_A & 0 \\ Z_A & 0 \end{Bmatrix}_R$
Appui plan de normale (A, $\vec{y}$)	$\begin{bmatrix} Tx & 0 \\ 0 & Ry \\ Tz & 0 \end{bmatrix}$	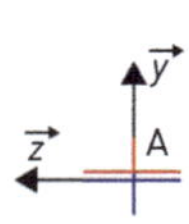	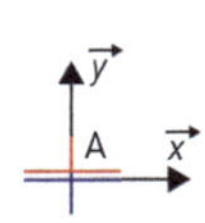	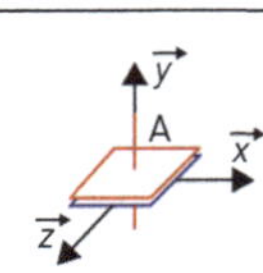	$_A\begin{Bmatrix} 0 & L_A \\ Y_A & 0 \\ 0 & N_A \end{Bmatrix}_R$
Linéaire rectiligne (ou cylindre plan) de normale (A, $\vec{y}$), d'axe (A, $\vec{x}$)	$\begin{bmatrix} Tx & Rx \\ 0 & Ry \\ Tz & 0 \end{bmatrix}$	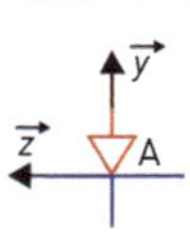	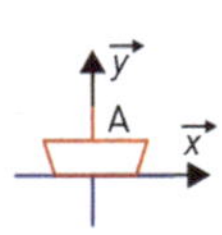	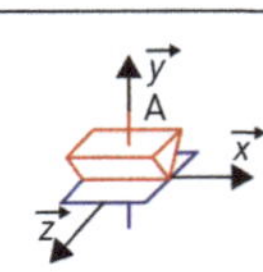	$_A\begin{Bmatrix} 0 & 0 \\ Y_A & 0 \\ 0 & N_A \end{Bmatrix}_R$
Linéaire annulaire (ou sphère cylindre) d'axe (A, $\vec{z}$)	$\begin{bmatrix} 0 & Rx \\ 0 & Ry \\ Tz & Rz \end{bmatrix}$	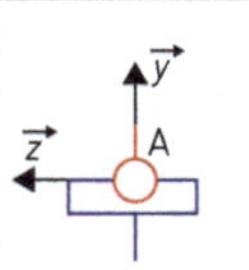	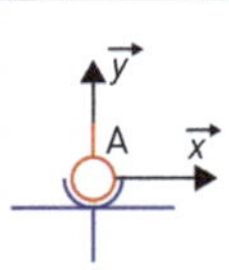	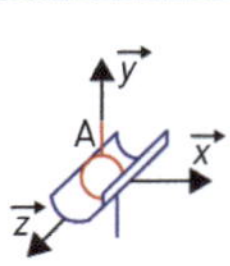	$_A\begin{Bmatrix} X_A & 0 \\ Y_A & 0 \\ 0 & 0 \end{Bmatrix}_R$
Ponctuelle (ou sphère plan) de normale (A, $\vec{x}$)	$\begin{bmatrix} 0 & Rx \\ Ty & Ry \\ Tz & Rz \end{bmatrix}$	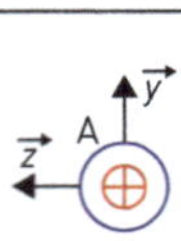	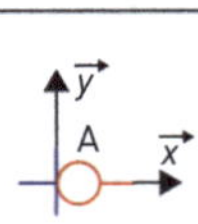	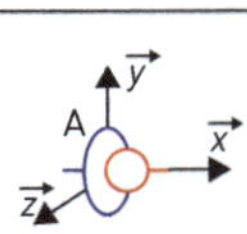	$_A\begin{Bmatrix} X_A & 0 \\ 0 & 0 \\ 0 & 0 \end{Bmatrix}_R$

4 Les mécanismes de transmission et de transformation de mouvement

REPRÉSENTATIONS	FONCTION
	Un **engrenage** permet de transmettre une puissance mécanique de rotation. Si les diamètres des roues sont différents, alors cela modifie le couple (effort de rotation exprimé en N.m) et la vitesse de rotation en sortie, par rapport à leurs valeurs en entrée. Pour calculer le rapport de transmission d'un engrenage, on a besoin de connaître les nombres de dents (notés Z) des roues dentées. $R = \frac{\text{Vitesse en sortie}}{\text{Vitesse en entrée}} = \frac{Z_{menante}}{Z_{menée}}$ avec : • R le rapport de transmission, sans unité • Z le nombre de dents des roues
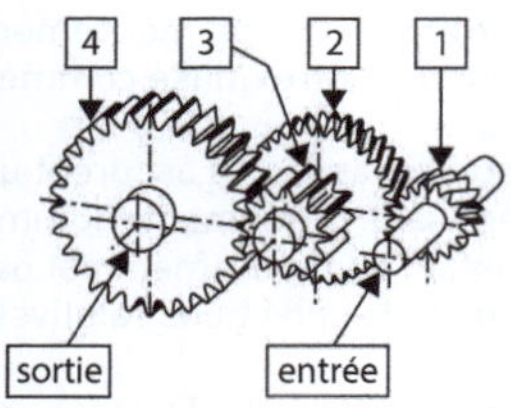	On parle de **train d'engrenages** lorsqu'il y a plus de deux roues dentées. $R = \frac{\text{Produit des nombres de dents des roues menantes}}{\text{Produit des nombres de dents des roues menées}}$ Ici : $R = \frac{Z_1 \times Z_3}{Z_2 \times Z_4} = \frac{\omega_4}{\omega_1}$ ω, la vitesse de rotation en $rad.s^{-1}$.
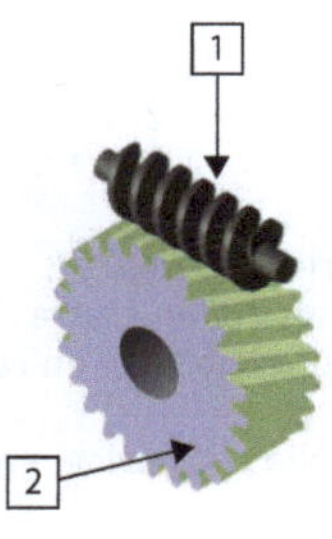	Un **système roue-vis sans fin** est composé d'une vis sans fin et d'une roue hélicoïdale. Avec un système roue et vis sans fin, on peut obtenir un très grand rapport de réduction avec un encombrement réduit. Ce système permet de changer l'orientation de l'axe de rotation. $R = \frac{\omega_2}{\omega_1} = \frac{Z_1}{Z_2}$ avec : • R le rapport de transmission, sans unité • ω la vitesse de rotation, en $rad \cdot s^{-1}$ • Z_1 le nombre de filet de la vis sans fin • Z_2 le nombre de dents de la roue Dans la plupart des applications, le système est **irréversible** (la roue ne peut pas entraîner la vis). Il arrive que l'on fasse le choix d'une inclinaison des filets de la vis qui rende le système réversible.
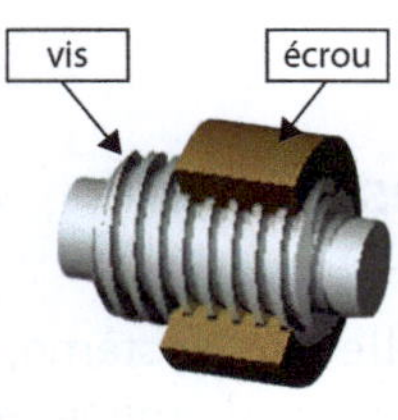	Le **système vis-écrou** permet de transformer un mouvement de rotation en un mouvement de translation. $d = p \times \theta$ avec : • d la distance en mm • p le pas de vis en $mm.tour^{-1}$ • θ l'angle en tour Ce mécanisme est, en général, **irréversible** (l'écrou ne peut pas entraîner la vis).

REPRÉSENTATIONS	FONCTION
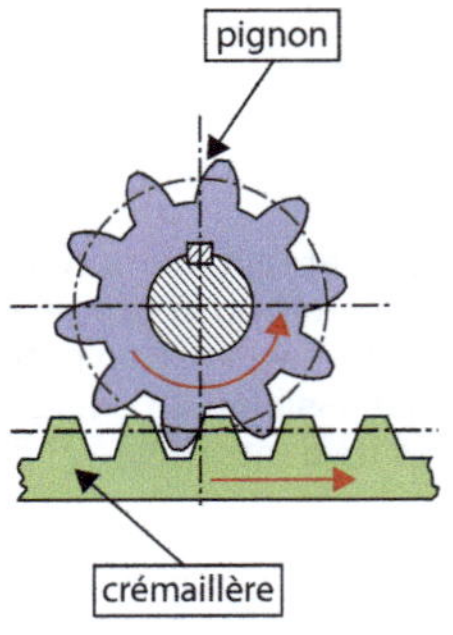	Un **<u>système pignon-crémaillère</u>** est composé d'une roue dentée (nommée « pignon ») et d'une tige dentée (nommée « crémaillère »). Ce système permet de transformer un mouvement de rotation en mouvement de translation, et vice versa. Lors du mouvement, le cercle primitif de la roue se déplace sans glissement sur la ligne de référence de la crémaillère. On peut donc calculer la distance parcourue par la crémaillère et sa vitesse de déplacement. $d = r \times \theta$ avec : • d la distance parcourue par la crémaillère, en mètre ; • r le rayon primitif du pignon, en mètre ; • θ l'angle de rotation du pignon, en radian. $V = r \times \omega$ avec : • V la vitesse de déplacement de la crémaillère, en $m.s^{-1}$ • ω la vitesse de rotation, en $rad.s^{-1}$ Ce système est réversible.
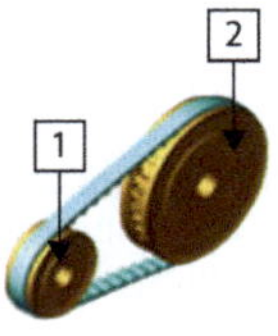	Les **<u>systèmes poulies-courroie</u>** Les courroies à sections circulaire, trapézoïdale et rectangulaire permettent de transmettre un mouvement de rotation, avec glissement. Cela peut être utilisé comme une sécurité sur certains systèmes. Les poulies crantées et la courroie associée assurent une transformation de mouvement sans glissement. Comme les engrenages, cette transformation de mouvement est par obstacle, donc avec conservation des positions relatives des poulies à tout instant. Si les diamètres des poulies sont différents, la vitesse et le couple en sortie seront alors différents de ceux en entrée. $R = \frac{\omega_2}{\omega_1} = \frac{d_1}{d_2}$ $V_{courroie} = \frac{d_1 \times \omega_1}{2} = \frac{d_2 \times \omega_2}{2}$ avec: • R le rapport de transmission • d_1 le diamètre de la poulie motrice, en mètre • d_2 le diamètre de la poulie réceptrice, en mètre • ω_1 la vitesse angulaire de la poulie motrice, en radian par seconde ($rad \cdot s^{-1}$) • ω_2 la vitesse angulaire de la poulie réceptrice, en radian par seconde ($rad \cdot s^{-1}$) • V la vitesse de translation de la courroie, en mètre par seconde ($m \cdot s^{-1}$) Ce système est **réversible**.

5 Les schémas fluidiques : pneumatiques, hydrauliques, thermiques

Le schéma fluidique est une représentation structurelle d'un système, qui permet de visualiser les constituants du système et de représenter, de manière simplifiée, le transport des fluides.
Les principaux symboles normalisés sont reproduits dans le tableau suivant.

NOM	SYMBOLE	FONCTION
Vérin double effet	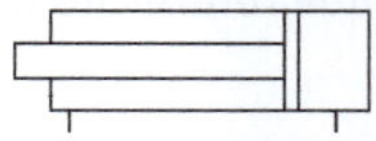	Convertir une puissance hydraulique (débit, pression) en une puissance mécanique (force, vitesse de translation)
Distributeur piloté électriquement	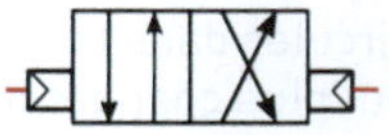	Distribuer l'énergie hydraulique (aiguiller le fluide) vers une voie ou vers l'autre
Moteur électrique et pompe	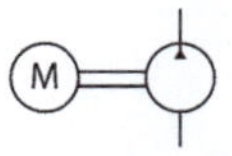	Entraîner la pompe qui fait circuler le fluide dans le circuit
Filtre		Éliminer des particules solides dans le fluide
Accumulateur		Stocker du fluide. Il peut servir à limiter les à-coups dans le circuit
Manomètre		Permet de lire la valeur de la pression dans le circuit
Clapet anti-retour	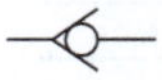	Ne laisser passer le fluide que dans un seul sens. Ci-contre, le fluide peut passer de la gauche vers la droite.
Vanne		Stopper ou laisser passer le fluide
Électrovanne	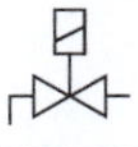	Stopper ou laisser passer le fluide en étant pilotée électriquement
Réducteur de débit		Réduire le débit. En réduisant le débit, on peut, par exemple, réduire la vitesse de translation de la tige d'un vérin.

EXEMPLE : système de blocage de l'inclinaison d'un scooter électrique à 3 roues

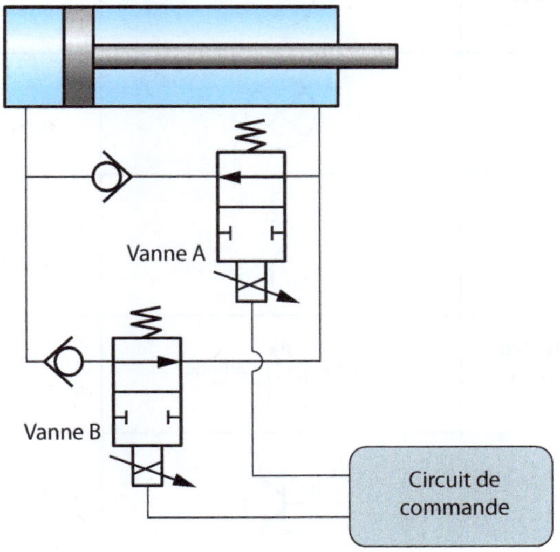

Question 1 : Que se passe-t-il si la position de la vanne A est changée ?

Réponse 1 : La tige du vérin ne peut que rentrer (le fluide passe par le circuit de la vanne 2).

Question 2 : Que se passe-t-il si les positions des deux vannes sont changées ?

Réponse 2 : Le fluide ne peut plus circuler dans le circuit, donc la tige du vérin est bloquée en position, le scooter ne peut plus changer d'inclinaison.

6 Les schémas électriques

Les schémas électriques permettent de représenter les composants d'une installation électrique et de comprendre leurs interactions.

6.1. Les principaux composants

NOM	SYMBOLE	FONCTION
Phases (L1, L2, L3) et Neutre	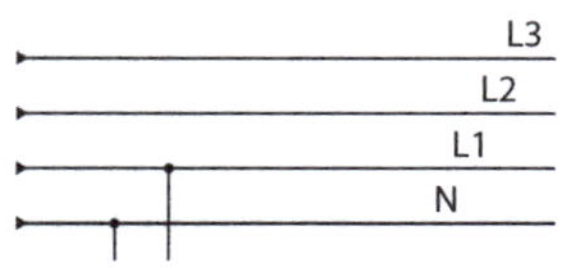	Alimentation triphasée d'une installation
Pack batterie composé de 2 modules	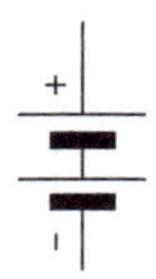	Alimenter en énergie électrique, en courant continu
Transformateur		Modifier la tension d'alimentation
Moteur électrique		Convertir l'énergie électrique en énergie mécanique de rotation
Lampe		Convertir l'énergie électrique en énergie lumineuse
Interrupteur		Laisser passer ou bloquer le passage du courant
DEL (Diode Électro Luminescente) ou LED	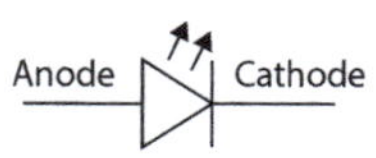	Émettre de la lumière lors du passage d'un courant électrique
Transistor	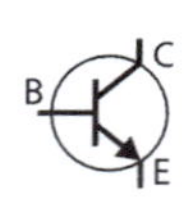	Se comporter comme un interrupteur contrôlé électroniquement, sans partie mécanique

NOM	SYMBOLE	FONCTION
Résistance électrique	 (norme européenne)  (norme américaine)	Opposer une résistance au passage du courant électrique pour contrôler et réguler le courant dans un circuit électrique ou électronique

Exemple

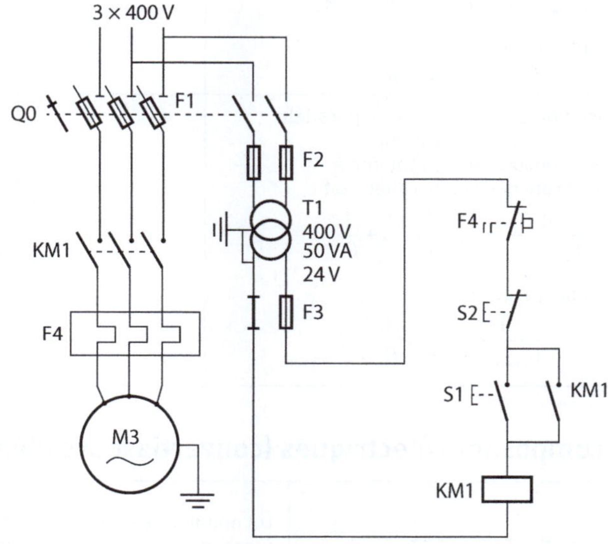

Question 1 : Quelles conditions faut-il remplir pour faire tourner le moteur ?

Réponse 1 : Il faut que le sectionneur à fusibles Q0 soit fermé et il faut appuyer sur le bouton poussoir S1.

Question 2 : Que se passe-t-il si on relâche S1 ?

Réponse 2 : Grâce au dispositif d'auto-maintien (bobine KM1 associée à ses contacts KM1), le moteur continue à tourner.

Question 3 : Comment arrête-t-on le moteur ?

Réponse 3 : En appuyant sur le bouton poussoir S2.

6.2. Les lois fondamentales

Loi d'Ohm $U = R \times I$ U : tension en volts (symbole : V) R : résistance en ohms (symbole : Ω) I : courant en ampères (symbole : A)	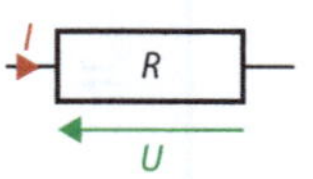
Loi des mailles La somme des tensions le long d'une maille est toujours nulle. Dans l'exemple ci-contre : $(+V_1) + (-V_2) + (-V_3) + (-V_4) = 0$	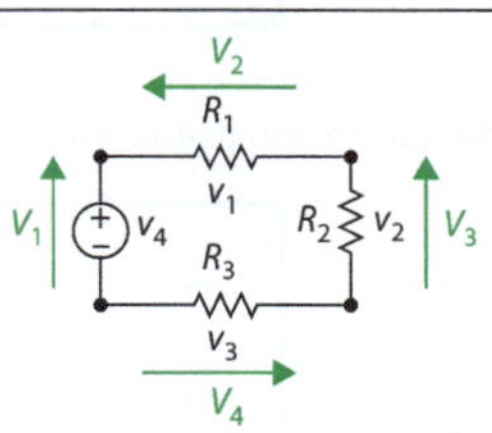

Loi des nœuds

La somme des courants qui entrent dans un nœud est égale à la somme des courants qui sortent d'un nœud.
Dans l'exemple ci-contre :

$$I_1 + I_4 = I_2 + I_3$$

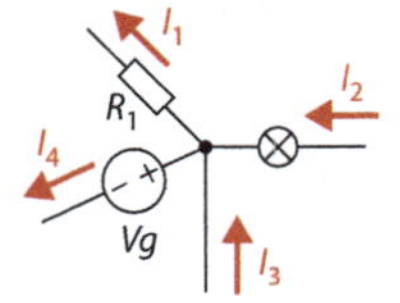

Association de résistances en série

La valeur de la résistance équivalente à *n* résistances branchées en série est :

$$R_{\text{équivalente}} = R_1 + R_2 + R_3 + \ldots + R_n$$

Dans l'exemple ci-contre :

$$R_{\text{équivalente}} = R_1 + R_2$$

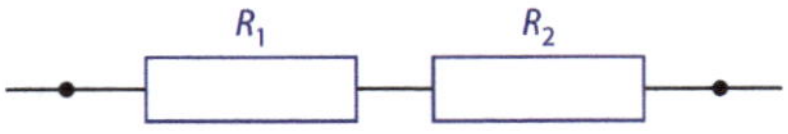

Association de résistances en parallèle (ou en dérivation)

La valeur de la résistance équivalente à *n* résistances branchées en parallèle est :

$$\frac{1}{R_{\text{équivalente}}} = \frac{1}{R_1} + \frac{1}{R_2} + \ldots + \frac{1}{R_n}$$

Dans l'exemple ci-contre :

$$\frac{1}{R_{\text{équivalente}}} = \frac{1}{R_1} + \frac{1}{R_2}$$

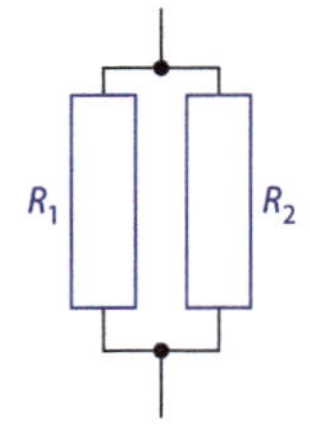

6.3. Les composants électriques (convertisseurs d'énergie)

Onduleur

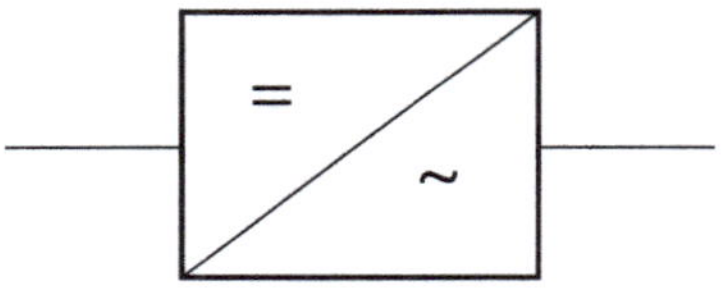

Un onduleur est un dispositif d'électronique de puissance permettant de délivrer des tensions et des courants alternatifs à partir d'une source d'énergie électrique continue. Exemple d'utilisation : les panneaux solaires délivrent du courant continu. Il est nécessaire d'utiliser un onduleur avant de le réinjecter sur le réseau EDF.

Redresseur

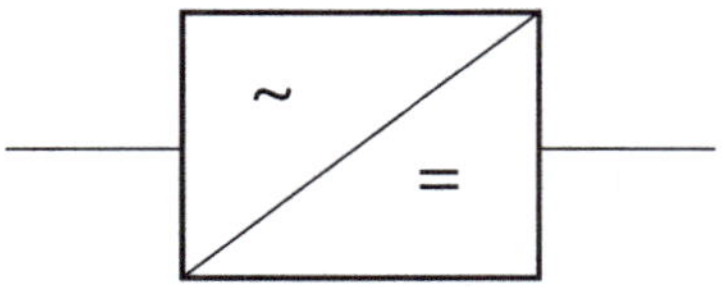

Un redresseur, également appelé convertisseur alternatif/continu, est un convertisseur destiné à alimenter une charge qui nécessite de l'être par une tension ou un courant continu à partir d'une source alternative.

Hacheur

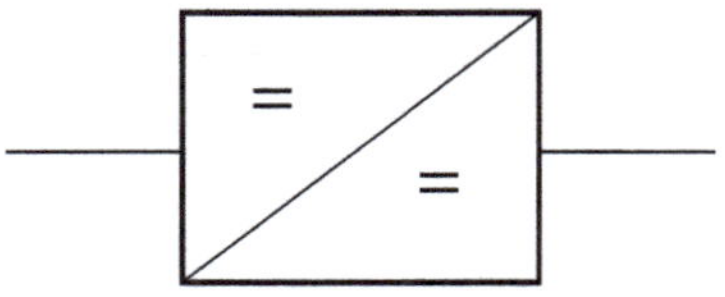

Un hacheur permet à partir d'une source continue (exemple : batterie) de fournir une tension continue variable (exemple : en amont d'un moteur CC pour le faire tourner à différentes vitesses).

Variateur (ou gradateur)

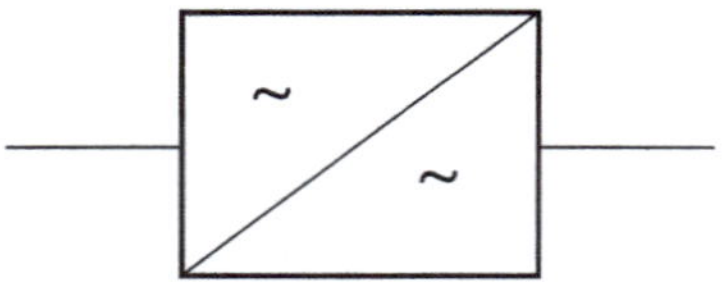

Les moteurs qui fonctionnent en courant alternatif ont une vitesse de rotation qui dépend de la fréquence du courant avec lequel ils sont alimentés.
Un variateur, aussi appelé gradateur, permet de faire varier la fréquence et la tension d'un courant alternatif.

6.4. Les panneaux solaires et les batteries

Le montage en parallèle consiste à relier les pôles plus (+) ensemble et les pôles moins (–) ensemble. Le voltage reste identique, et les ampérages s'additionnent. Le montage en série consiste à relier le pôle (+) d'un élément au pôle (–) d'un autre. Les voltages s'additionnent, et l'ampérage reste identique.
Il est également possible de combiner un montage en série et en parallèle.

- **Les panneaux solaires**

En série, les tensions U s'additionnent, la valeur du courant I ne change pas.
En parallèle, la tension U ne change pas, les courants I s'additionnent.
Quel que soit le type de branchement pour les cellules, la puissance délivrée par le panneau est la même :

$$P = U \times I$$

avec P la puissance en W, U la tension en V et I l'intensité en A.

EXEMPLE

Chaque cellule a pour caractéristiques : U = 18 V et I = 5,56 A. Elle peut donc délivrer une puissance de 100 W.

BRANCHEMENT EN PARALLÈLE	BRANCHEMENT EN SÉRIE ET PARALLÈLE	BRANCHEMENT EN SÉRIE
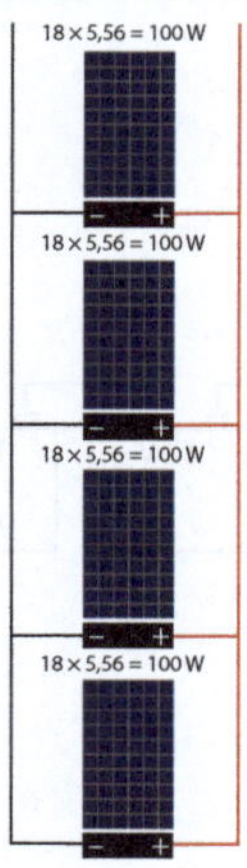	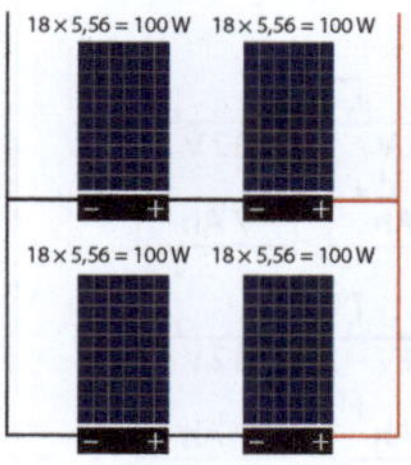	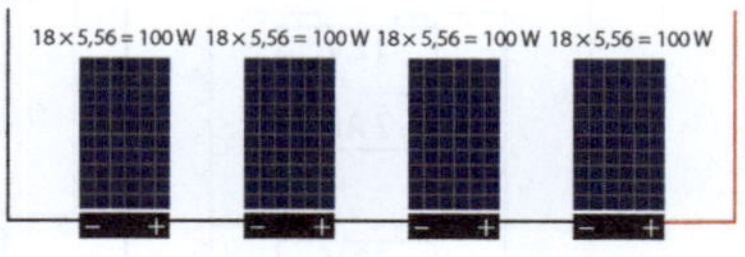
Calculer la puissance délivrée par les panneaux		
Caractéristiques du panneau : U = 18 V I = 4 × 5,56 = 22,2 A P = U × I = 18 × 22,2 = 400 W	Caractéristiques du panneau : U = 2 × 18 = 36 V I = 2 × 5,56 = 11,1 A P = U × I = 36 × 11,1 = 400 W	Caractéristiques du panneau : U = 4 × 18 = 72 V I = 5,56 A P = U × I = 72 × 5,56 = 400 W

- **Les batteries**

En série, les tensions U s'additionnent, la valeur de la capacité Q, en Ah, ne change pas.
En parallèle, la tension U ne change pas, les capacités Q s'additionnent.
Quel que soit le type de branchement des batteries, l'énergie contenue dans le pack est la même :

$$E = U \times Q$$

avec E l'énergie en Wh, U la tension en V et Q la capacité en Ah.
La capacité d'une batterie est la quantité d'énergie électrique qu'elle est capable de restituer après avoir reçu une charge complète :

$$Q = I \times t$$

avec Q la capacité en Ah, I le courant en A et t le temps en heures.

EXEMPLE

Chaque cellule a pour caractéristiques une capacité (Q) de 7 Ah et une tension (U) de 12 V. Une batterie d'une capacité de 7 Ah peut délivrer 7 A pendant 1 heure ou 3,5 A pendant 2 heures.

BRANCHEMENT EN PARALLÈLE	BRANCHEMENT EN SÉRIE ET PARALLÈLE	BRANCHEMENT EN SÉRIE
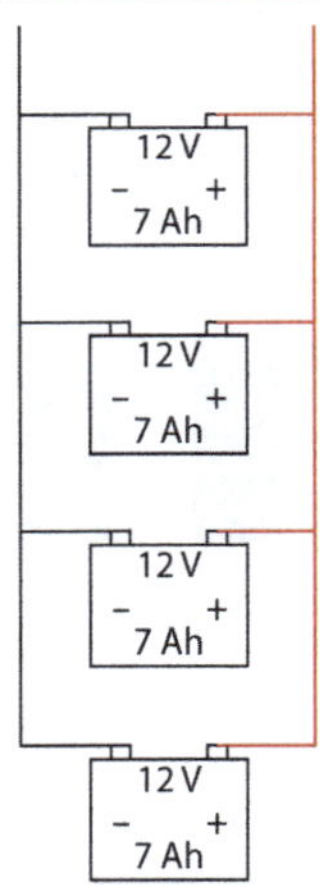	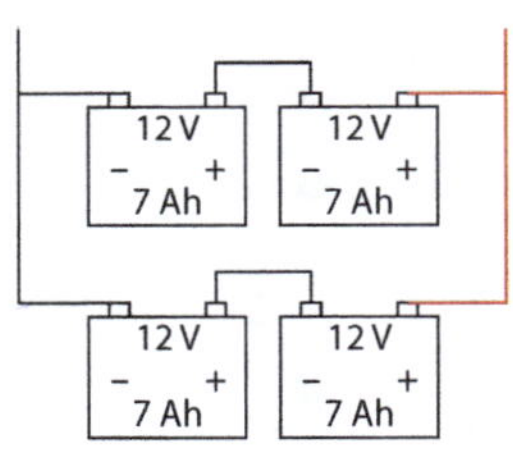	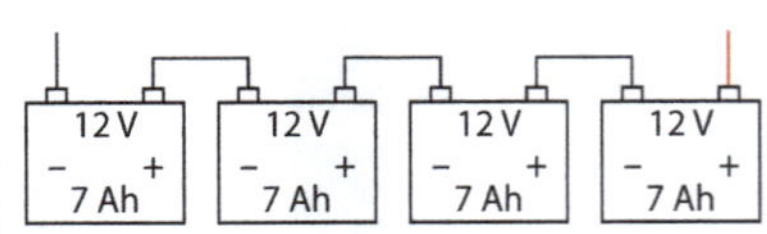
Calculer l'énergie stockée par chaque pack-batterie		
Caractéristiques de la batterie : $U = 12$ V $Q = 4 \times 7$ $= 28$ Ah $E = U \times Q$ $= 12 \times 28$ $= 336$ Wh	Caractéristiques de la batterie : $U = 2 \times 12 = 24$ V $Q = 2 \times 7 = 14$ Ah $E = U \times Q$ $= 24 \times 14$ $= 336$ Wh	Caractéristiques de la batterie : $U = 4 \times 12 = 48$ V $Q = 7$ Ah $E = U \times Q$ $= 48 \times 7$ $= 336$ Wh

- **Décharge des batteries**

Lorsqu'une batterie se décharge, la tension à ses bornes diminue.
En fonction du type de batterie, la courbe est plus ou moins aplatie.

EXEMPLE : courbes de décharge d'une batterie Plomb-Acide et d'une batterie Lithium-Ion

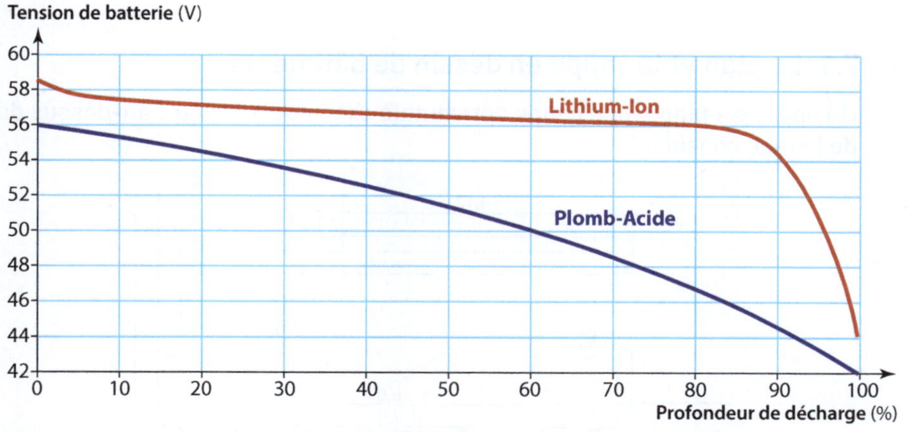

- **Mesure de l'état de charge (SoC : State of Charge) d'une batterie**

Il est essentiel de pouvoir suivre l'état de charge d'une batterie pour éviter, en la déchargeant trop profondément, de l'altérer de façon irréversible.
La profondeur de décharge (DoD : Depth of Discharge) est la quantité d'énergie qui a été déchargée de la batterie. Elle est donnée en pourcentage de sa capacité. Il ne faut pas décharger la batterie au-delà d'un certain seuil (qui dépend du type de batterie) pour éviter la survenue de certains phénomènes chimiques qui altèrent de façon irréversible la batterie.
La **tension de coupure** caractérise la valeur en deçà de laquelle le système est programmé pour couper l'alimentation électrique de l'objet et ainsi éviter que la batterie ne passe en décharge profonde.
La **tension nominale** est la tension de référence d'une batterie ou d'une cellule. C'est elle qui est notée sur la batterie.

Pour mesurer l'état de charge de la batterie, on peut :
- lire la tension à ses bornes pendant le fonctionnement ;
- utiliser un compteur de Coulomb qui mesure la quantité de charges injectées ou soutirées à la batterie.

7 La représentation dans le bâtiment

Les représentations d'un bâtiment permettent de donner les dimensions de l'édifice, de préciser la nature des matériaux et parfois de fournir des indications sur l'environnement de la construction.

7.1. Le plan et la coupe en dessin de bâtiments

On appelle « plan » une coupe horizontale exécutée à 1 mètre au-dessus du sol fini de l'étage considéré.

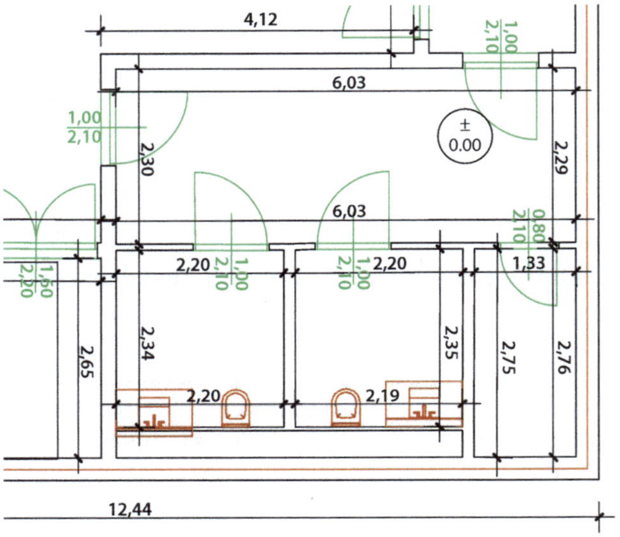

On appelle « coupe » une coupe verticale exécutée de la base des fondations au faîtage de la toiture.

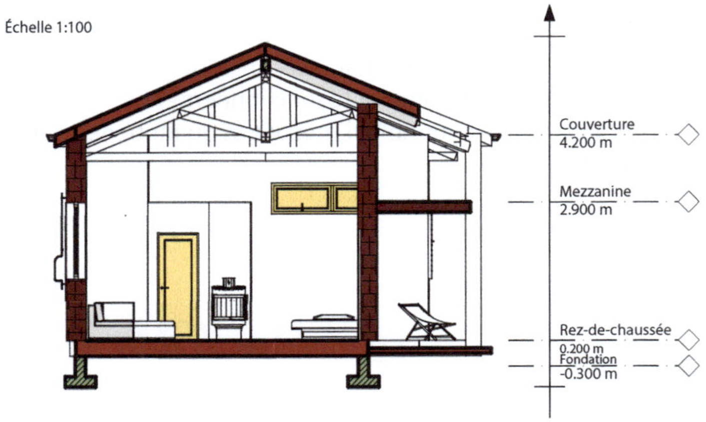

7.2. La cotation des niveaux

La cotation des niveaux indique le niveau, ou l'altitude, par rapport à une référence. Elle s'exprime en mètres.

EXEMPLE

Cotation des niveaux en plan et en coupe

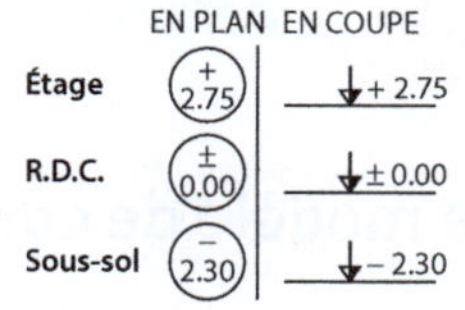

7.3. Représentation normalisée des matériaux

En vue de faciliter la lecture des dessins techniques, des hachures spécifiques sont utilisées pour différencier les matériaux les plus fréquemment utilisés.

EXEMPLE

Hachures distinguant les matériaux

MES NOTES POUR RÉVISER

Savoir 4

Étude comportementale des produits

1 Le modèle de comportement

Un modèle de comportement est une traduction de la réalité sous forme mathématique. Pour un système, la réalisation d'un modèle de comportement peut permettre :
- de prédire ses performances ;
- de valider ses performances ;
- d'analyser l'incidence de la modification de certains paramètres sur ses performances.

Un modèle de comportement met en relation des paramètres externes et internes au système qui peuvent être des variables (position, vitesse, température, intensité du courant...) et des constantes (masse, raideur, volume, résistance électrique...).

1.1. La puissance

Les variables peuvent être du type « effort » ou « flux ». Le produit d'une variable d'effort et d'une variable de flux donne une puissance.

DOMAINE PHYSIQUE	VARIABLE D'EFFORT	VARIABLE DE FLUX	PUISSANCE
Mécanique (translation)	Force F en N	Vitesse V en m/s	$P = F \times V$
Mécanique (rotation)	Couple C en N · m	Fréquence de rotation ω en rad/s	$P = C \times \omega$
Hydraulique	Pression p en Pa	Débit volumique Q en m^3/s	$P = Q \times p$
Électrique en courant continu	Tension U en V	Intensité I en A	$P = U \times I$
Thermique	Température T en K (kelvins)	Flux thermique S en W/K	$P = T \times S$

1.2. Le rendement

Pour fonctionner, un système a besoin d'énergie.
L'un des enjeux de l'écoconception est d'optimiser l'utilisation de l'énergie par les systèmes.

Le rendement énergétique d'un mécanisme permet d'exprimer l'énergie présente en sortie en fonction de l'énergie absorbée en entrée.
Le schéma ci-dessous illustre cette notion de rendement :

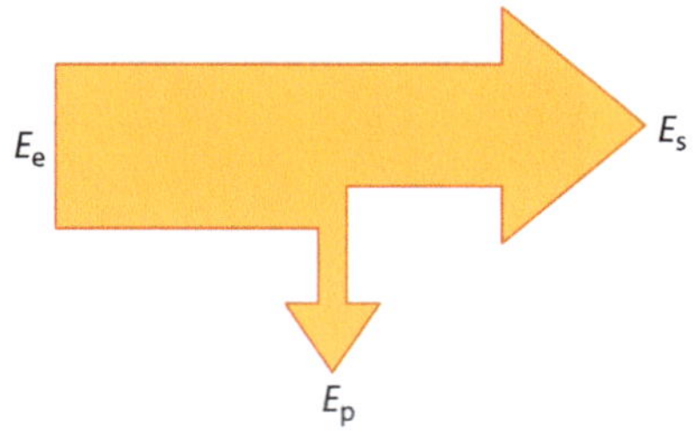

E_e : énergie d'entrée fournie au système.
E_s : énergie en sortie du système.
E_p : énergie dissipée sous des formes dégradées (bruit, chaleur, ...).

$$\eta = \frac{P_{sortie}}{P_{entrée}} \quad \text{ou} \quad \eta = \frac{E_{sortie}}{E_{entrée}}$$

η : rendement (sans unité)
P : puissance en watt (W)
E : énergie (même unité au numérateur et au dénominateur : J ou W·h)

La valeur du rendement est comprise entre 0 et 1, avec 1 qui est la meilleure valeur possible (inatteignable en pratique), et 0 la pire valeur possible.

Le rendement global η_{global} est le produit des rendements intermédiaires (η_1, η_2, etc.).

$$\eta_{global} = \eta_1 \times \eta_2 \times \ldots \times \eta_n$$

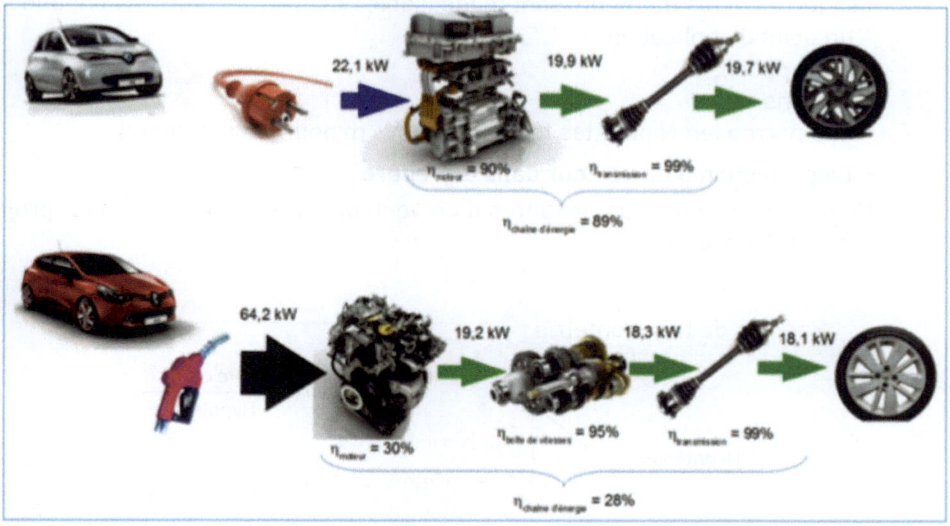

Sur le schéma ci-dessus, on peut observer que, dans le cas du véhicule électrique, la puissance électrique absorbée par le moteur est de 22,1 kW alors que la puissance mécanique restituée au niveau de la roue est de 19,7 kW. Une partie de la puissance s'est dissipée (principalement sous forme de chaleur).
Lorsque l'on connaît le rendement de chaque constituant, on peut calculer le rendement global de la chaîne : le rendement du moteur électrique est de 90 % et le rendement de la transmission est de 99 %.
Le rendement global entre l'alimentation électrique et la roue est donc de 89 % car : $\eta_{global} = \eta_{moteur} \times \eta_{transmission} = 0{,}9 \times 0{,}99 = 0{,}891$.
Une analyse similaire peut être faite sur le véhicule thermique. On constate alors qu'un véhicule thermique a un rendement beaucoup plus faible qu'un véhicule électrique.

2 Le comportement mécanique des systèmes

2.1. Les actions mécaniques

On appelle action mécanique toute cause physique capable :
- de maintenir un solide en équilibre ;
- de déplacer un solide ou de modifier son mouvement ;
- de déformer un solide.

Les actions mécaniques qui s'exercent sur les solides peuvent être réparties en deux grandes catégories :
- les actions mécaniques à distance (champ de pesanteur, champ électromagnétique...) ;
- les actions mécaniques de contact exercées par un solide sur un autre par l'intermédiaire de leurs surfaces de contact.

- **Les forces et les moments**

Les actions mécaniques peuvent être :
- des forces (efforts), exprimées en newtons (N) : pousser ou tirer selon un axe ;
- des moments (couples), exprimés en newtons-mètres (N · m) : tourner/tordre autour d'un axe.

Les forces et les moments sont modélisables par des vecteurs, ils ont donc :
- un point d'application,
- un support,
- un sens,
- une norme (en N pour les forces, et en N · m pour les moments).

- **La projection d'un vecteur dans un repère**

Pour connaître les composantes d'un vecteur dans un repère, il faut projeter le vecteur dans le repère.

Rappels de trigonométrie

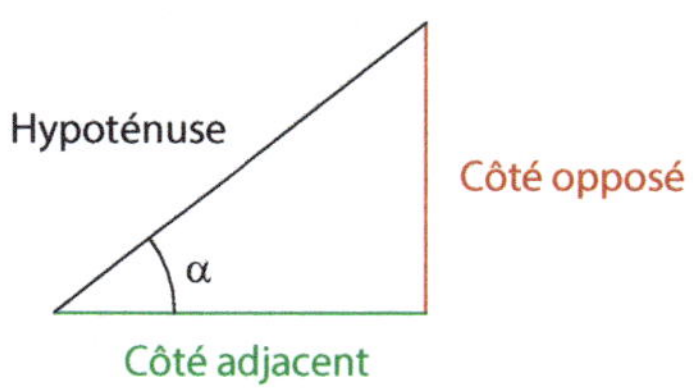

$$\sin\alpha = \frac{\text{Côté opposé}}{\text{Hypoténuse}}$$

$$\cos\alpha = \frac{\text{Côté adjacent}}{\text{Hypoténuse}}$$

$$\tan\alpha = \frac{\sin\alpha}{\cos\alpha} = \frac{\text{Côté opposé}}{\text{Côté adjacent}}$$

Soit un vecteur $\vec{F}$ dont on souhaite connaître les composantes sur les axes x et y. En utilisant les formules précédentes, on obtient :

$$\vec{F_x} = -F \cdot \sin\beta \cdot \vec{i}$$

$$\vec{F_y} = +F \cdot \cos\beta \cdot \vec{j}$$

$$\vec{F_z} = \vec{0}$$

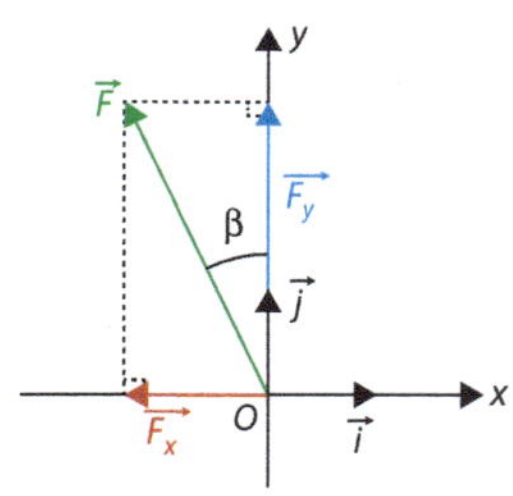

On met un signe « + » si la composante va dans le même sens que l'axe et un signe « – » dans le cas contraire.

Les résultats peuvent être notés sous la forme :

$$\vec{F} : \left| \begin{array}{l} -F \cdot \sin\beta \\ +F \cdot \cos\beta \\ 0 \end{array} \right.$$

- **La norme d'un vecteur**

Pour connaître la norme d'une force connaissant ses composantes, il faut utiliser le théorème de Pythagore :

$$F = \sqrt{F_x^2 + F_y^2 + F_z^2}$$

2.2. Les actions mécaniques à connaître

- **L'action mécanique de pesanteur**

La résultante des actions de pesanteur se place au centre de gravité de l'objet. Sa norme est :

$$P = m \cdot g$$

avec P le poids (N), m la masse (kg) et g l'accélération de la pesanteur (9,81 m/s^2 à la surface de la Terre).

- **L'action d'un fluide sur une surface *S***

La résultante de la force d'un fluide sur une surface se place au centre de la surface. Elle dépend de la pression et de l'étendue de la surface :

$$F = p \cdot S$$

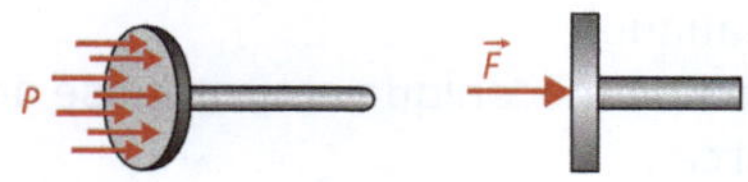

avec F la force en newtons (N), p la pression en pascals (Pa) (1 bar = 10^5 Pa) et S la surface en mètres carrés (m^2).

2.3. Le calcul d'un moment

Le moment d'une force par rapport à un point est égal au produit de l'intensité de la force et de la distance d entre le support de la force et le point considéré (avec d le bras de levier ; d est perpendiculaire au support de la force et passe par le point considéré).

Moment (N · m) = Force (N) × Bras de levier (m)

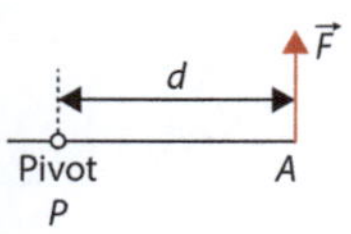

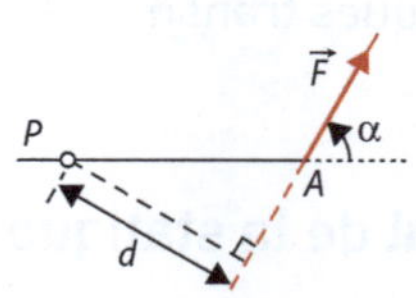

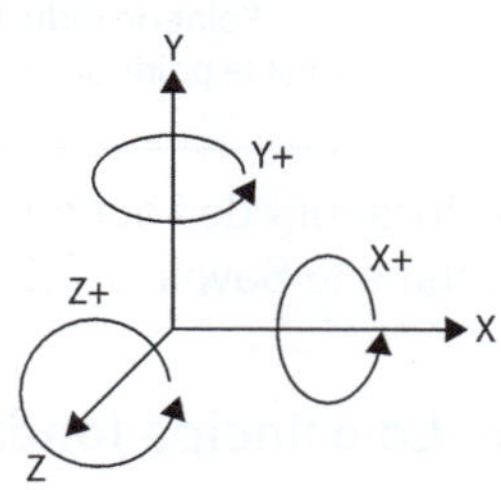

Le signe du moment algébrique dépend du sens de rotation de la pièce, provoqué par la force, autour du point considéré. Le sens trigonométrique est généralement choisi comme sens positif.

DANS LE PLAN (x, y)	DANS LE PLAN (y, z)	DANS LE PLAN (x, z)
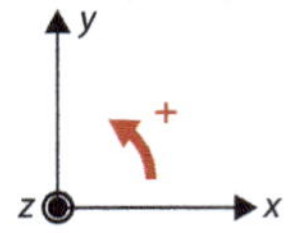	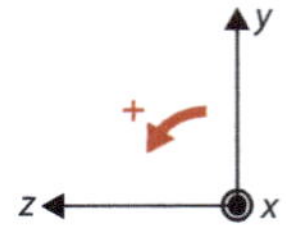	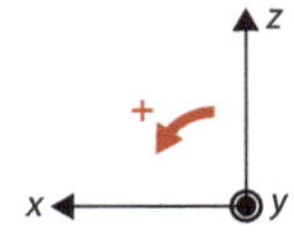

2.4. Le calcul d'un couple

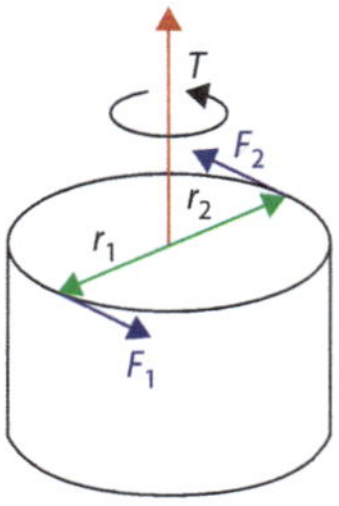

Le couple (exemple : couple-moteur) est causé par un ensemble de forces dont la somme vectorielle est nulle. Il s'exprime en newtons-mètres (N · m).

Exemple

$\vec{F_1} + \vec{F_2} = \vec{0}$ $\qquad T = F_1 \times r_1 + F_2 \times r_2$

2.5. La modélisation des actions mécaniques sous forme de torseur

Les composantes d'une action mécanique peuvent être exprimées dans un torseur (outil mathématique).
Un torseur d'action mécanique est composé de deux vecteurs :
- le vecteur force ;
- le vecteur moment.

Chaque vecteur a 3 composantes (sur x, sur y et sur z). Les composantes de la force sont notées X, Y, Z. Les composantes du moment sont notées L, M, N.
Le torseur d'action mécanique de la pièce 1 sur la pièce 2 s'écrit :

$$\{\tau_{1\to2}\} = {}_A\begin{Bmatrix} X_{1\to2} & L_{A1\to2} \\ Y_{1\to2} & M_{A1\to2} \\ Z_{1\to2} & N_{A1\to2} \end{Bmatrix}$$

Point de réduction du torseur : c'est le point où est exprimé le moment.

Les torseurs des actions mécaniques transmissibles dans les liaisons sont présentés dans le Savoir 3, 3.2.

2.6. Le principe fondamental de la statique (PFS)

L'objectif de la statique est de calculer l'ensemble des actions mécaniques appliquées à un solide en équilibre.
La démarche de résolution d'un problème de statique est la suivante :
- On isole le solide ;
- On fait la liste de toutes les actions mécaniques qui s'exercent sur le solide (actions de contact et actions à distance) ;
- On modélise ces actions mécaniques ;
- On choisit une méthode de résolution ;
- On présente ses résultats.

Il existe deux méthodes de résolution : analytique et graphique.

- **La méthode analytique**

L'équilibre du solide (S) se traduit par le fait que la somme des torseurs des actions mécaniques extérieures qui s'exercent sur (S) est égale au torseur nul.
Attention : tous les torseurs doivent être exprimés au même point !

$$\sum {}_A\{\tau_{ext \to s}\} = {}_A\{0\}$$

Cette équation peut s'écrire sous la forme de deux équations vectorielles :
– le théorème des résultantes :

$$\sum \overrightarrow{R_{ext \to S}} = \vec{0}$$

– le théorème des moments (attention, tous doivent être exprimés au même point) :

$$\sum \overrightarrow{M_{A, ext \to S}} = \vec{0}$$

- **La méthode graphique**

SOLIDE EN ÉQUILIBRE SOUS L'ACTION DE 2 FORCES	SOLIDE EN ÉQUILIBRE SOUS L'ACTION DE 3 FORCES
Lorsqu'un solide est en équilibre sous l'action de 2 forces : les 2 forces ont le même support, la même intensité et sont de sens opposé. 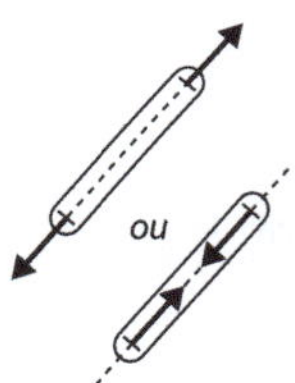 La pièce est soit en traction, soit en compression.	Lorsqu'un solide est en équilibre sous l'action de 3 forces : – les 3 supports se coupent en 1 point ; – la somme vectorielle des 3 forces est nulle. 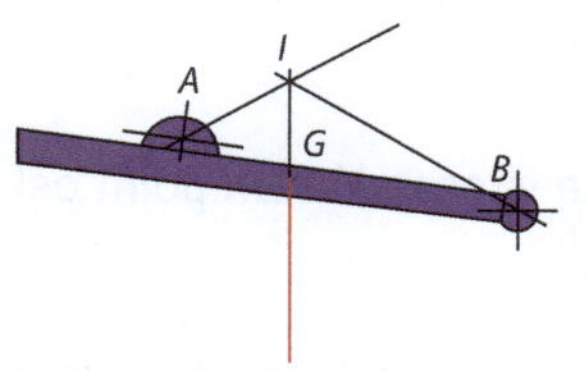 **Exemple :** 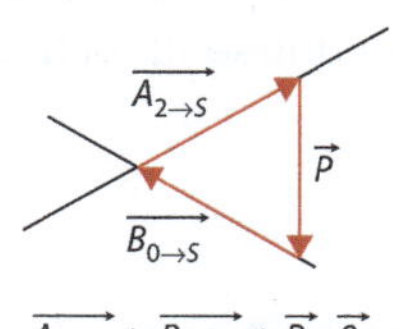 $\overrightarrow{A_{2\to S}} + \overrightarrow{B_{0\to S}} + \vec{P} = \vec{0}$

2.7. Les mouvements

Un mouvement se définit toujours par rapport à une référence. Cette référence peut être un repère ou une pièce du mécanisme.

- **La translation**

Dans une translation, les trajectoires de tous les points sont superposables. À un instant donné, tous les vecteurs vitesse du solide sont identiques.

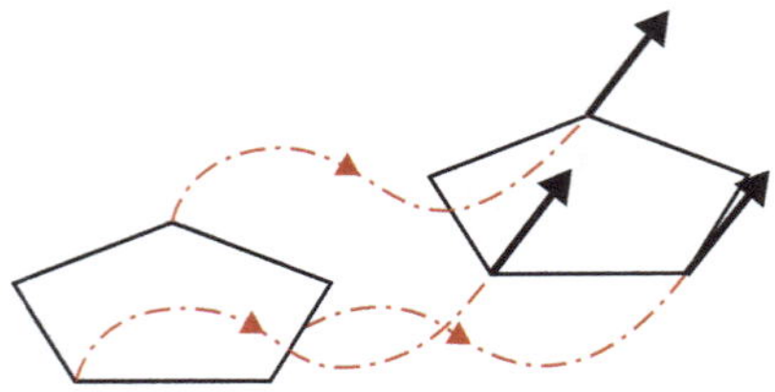

Si la trajectoire est :
- une ligne, c'est une translation rectiligne ;
- un cercle, c'est une translation circulaire ;
- une courbe, c'est une translation curviligne.

- **La rotation**

Les trajectoires des points du solide sont des cercles concentriques.

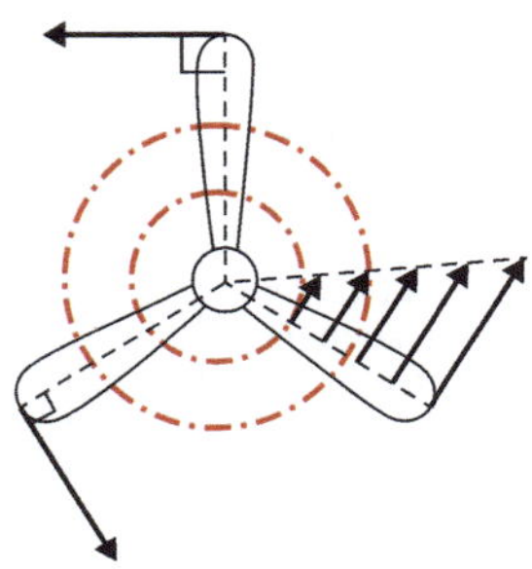

La vitesse V d'un point est proportionnelle au rayon R :

$$V = R \cdot \omega$$

avec V la vitesse en m/s, R le rayon en m, et ω la vitesse angulaire en rad/s.
Pour convertir une vitesse angulaire ω en rad/s en une vitesse angulaire N en tr/min, on utilise la formule :

$$N = \frac{\omega \cdot 60}{2\pi}$$

Pour convertir une vitesse angulaire N en tr/min en une vitesse angulaire ω en rad/s, on utilise la formule :

$$\omega = \frac{2\pi \cdot N}{60}$$

- **Le mouvement plan**

Dans un mouvement plan, tous les points du solide se déplacent dans des plans parallèles à un plan du solide ou du repère de référence (exemple : une voiture glissant sur du verglas).

EXEMPLE

Dans un système bielle-manivelle, la bielle a un mouvement plan par rapport au bâti.

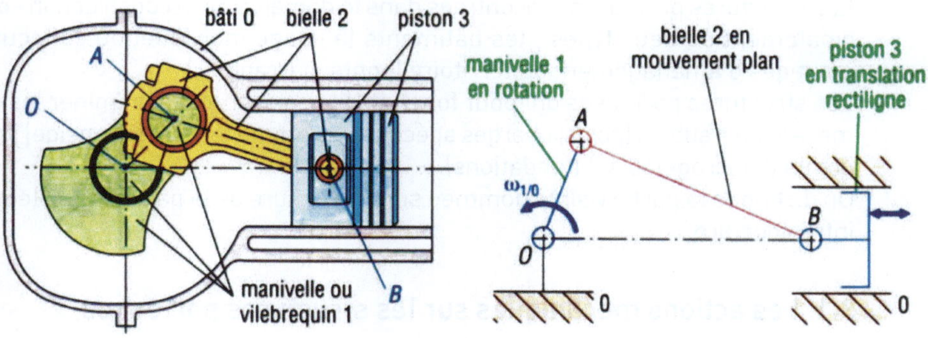

- **Les équations du mouvement**

t_0, x_0, v_0 et a_0 sont appelées les conditions initiales du mouvement.
Attention, les conditions initiales ne sont pas forcément à zéro !

– Lorsque la vitesse est constante, et donc l'accélération nulle, on a un mouvement uniforme.

MOUVEMENT DE TRANSLATION RECTILIGNE UNIFORME	MOUVEMENT DE ROTATION UNIFORME, AUTOUR D'UN AXE FIXE
$a(t) = 0$ (en m/s²) $v(t) = v_0$ = Constante (en m/s) $x(t) = v_0 \cdot (t - t_0) + x_0$ (en m)	$\theta''(t) = 0$ (en rad/s²) $\theta'(t) = \theta'_0$ = Constante (en rad/s) $\theta(t) = \theta'_0 \cdot (t - t_0) + \theta_0$ (en rad)

– Lorsque l'accélération est constante, on a un mouvement uniformément varié (accélération ou freinage).

MOUVEMENT DE TRANSLATION RECTILIGNE UNIFORMÉMENT VARIÉ	MOUVEMENT DE ROTATION UNIFORMÉMENT VARIÉ, AUTOUR D'UN AXE FIXE
$a(t) = a_0$ = constante (en m/s²) $v(t) = a_0 \cdot (t - t_0) + v_0$ (en m/s) $x(t) = \frac{1}{2} a_0 \cdot (t - t_0)^2 + v_0 \cdot (t - t_0) + x_0$ (en m)	$\theta''(t) = \theta''_0$ (en rad/s²) $\theta'(t) = \theta''_0 \cdot (t - t_0) + \theta'_0$ (en rad/s) $\theta(t) = \frac{1}{2} \theta''_0 \cdot (t - t_0)^2 + \theta'_0 \cdot (t - t_0) + \theta_0$ (en rad)

Si l'accélération est positive, le solide accélère.
Si l'accélération est négative, le solide freine.

3 Le comportement des structures

Les structures porteuses rencontrées dans le domaine de la construction sont principalement de deux types : les bâtiments (à usage individuel ou collectif) et les ouvrages d'aménagement du territoire (ponts, barrages...).
Les structures porteuses ont pour fonction d'encaisser et d'acheminer les charges mécaniques subies (poids, charges spécifiques comme le vent ou la neige) jusqu'aux points d'ancrage au sol (fondations).
On distingue la partie visible nommée superstructure de la partie invisible nommée infrastructure.

3.1. Les actions mécaniques sur les structures porteuses

DIRECTION DES ACTIONS MÉCANIQUES	FRÉQUENCE	SOURCE DE L'ACTION MÉCANIQUE
Verticale	Permanente	Poids propre
	Variable	Charges d'exploitation (utilisateurs, stockages...), neige...
Horizontale	Variable	Vent, séisme, pression de l'eau...

- **La descente de charges**

La descente de charges a pour objectif d'étudier le transfert des charges dans la structure. Le but est de connaître la répartition et le cheminement des charges sur l'ensemble des éléments porteurs de la structure depuis le haut jusqu'aux fondations.
Les charges transitent par plusieurs éléments porteurs dits « horizontaux » principalement fléchis, lesquels reportent ces charges sur des porteurs « verticaux » principalement comprimés. D'autres constituants structurels peuvent intervenir comme des éléments inclinés (charpentes, câbles, haubans...).
Les valeurs obtenues permettront de dimensionner les éléments porteurs.

- **Les types d'utilisation**

Une structure est calculée pour deux types d'utilisation :
- l'utilisation « quotidienne » : ELS (état limite de service). Les charges ne sont pas pondérées ;
- l'utilisation dans le cas le plus défavorable : ELU (état limite ultime). On veut s'assurer que l'ouvrage va résister à la rupture pour assurer la sécurité des utilisateurs. Pour cela, on pondère les charges, c'est-à-dire qu'on augmente leur valeur en les multipliant par un coefficient défini par une norme.

3.2. La modélisation des appuis au sol

SYMBOLE	NOM
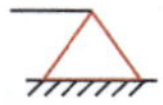	**Appui simple fixe** La pointe du triangle symbolise le fait que l'appui est ponctuel, permettant ainsi la rotation autour de la pointe du triangle.
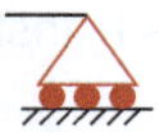	**Appui simple glissant** La pointe du triangle symbolise le fait que l'appui est ponctuel, permettant ainsi la rotation autour de la pointe du triangle. Les rouleaux signifient que l'appui est glissant, permettant la translation de l'élément.
	**Encastrement** Les deux pièces sont en liaison complète : il n'y a aucun degré de liberté.

4 Le comportement thermique

La chaleur désigne l'énergie apportée à un corps qui a pour conséquence une augmentation de sa température.

4.1. La propagation de la chaleur

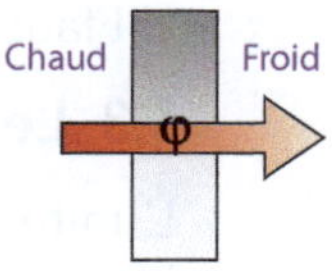

Le flux de chaleur φ va de la zone la plus chaude vers la zone la plus froide. La chaleur peut se propager par conduction, par convection et par rayonnement.

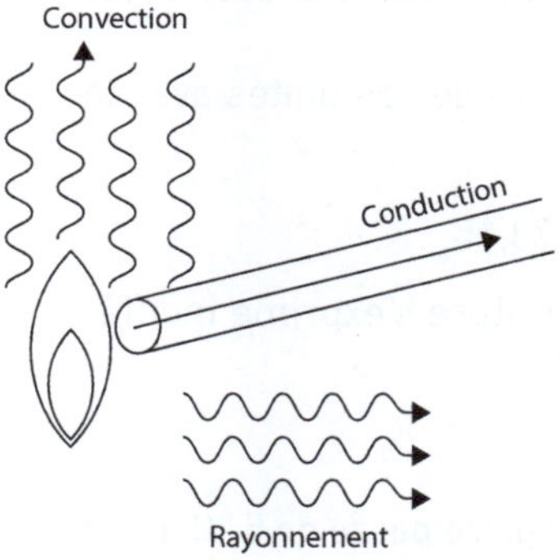

- **La conduction**

La conduction est la transmission de chaleur par la matière.

EXEMPLE

Le manche d'une petite cuillère plongée dans un liquide chaud s'échauffe.

- **La convection**

La convection est la transmission de la chaleur par mouvement d'un fluide.

EXEMPLE

L'air au contact de la paroi chaude d'un radiateur s'échauffe, se dilate, s'allège et s'élève. De nouvelles molécules plus froides remplacent continûment les molécules ascendantes chaudes. Cela entraîne une agitation permanente du fluide contre la paroi.

- **Le rayonnement**

Le rayonnement est l'émission par un corps chaud de rayons porteurs d'énergie (rayons infrarouges) qui sont absorbés par d'autres corps et alors transformés en chaleur.

EXEMPLE

Les caméras thermiques permettent de détecter ce rayonnement.

4.2. Chaleur sensible, chaleur latente

Il faut distinguer :
- la chaleur sensible : c'est la part de la chaleur échangée qui fait varier la température (par exemple, pour chauffer de l'eau de 0 °C à 100 °C, il faut fournir 419 kJ/kg) ;
- la chaleur latente : c'est la part de la chaleur échangée qui fait changer d'état le système (par exemple, pour faire passer de l'eau de l'état liquide à l'état gazeux, il faut fournir 2 257 kJ/kg).

4.3. Les unités de température

L'unité légale de température dans le système international est le kelvin de symbole K.
L'unité que nous avons l'habitude d'utiliser est le degré Celsius (°C).
On passe de l'une à l'autre de ces unités avec la formule suivante :

$$K = °C + 273{,}15$$

Une variation de température s'exprime indifféremment en °C ou en K.

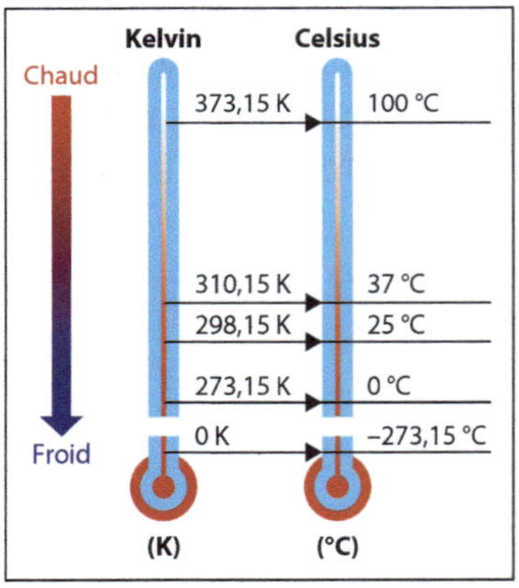

EXEMPLE

Si la température d'une pièce passe de 5 °C à 20 °C, sa variation de température est de 15 °C ou 15 K.

5 Le comportement acoustique d'un bâtiment

5.1. Les paramètres liés au son

Le son est une sensation auditive produite par une variation rapide de la pression de l'air. L'origine de cette variation est la vibration d'un corps (enceinte, cordes vocales, etc.) qui agite les molécules d'air environnantes. Ainsi est créée une succession de zones de pression et de dépression qui constitue l'onde acoustique. Quand cette onde, transmise par les molécules adjacentes, arrive à l'oreille, elle fait vibrer le tympan : le son est alors perçu.

La vitesse de propagation du son dans l'air est de 340 m/s.
Le son se caractérise par :
- sa fréquence, exprimée en Hertz (Hz), qui correspond au nombre d'oscillations par seconde. Plus la fréquence est élevée, plus le son est aigu ; plus la fréquence est basse, plus le son est grave. L'oreille humaine perçoit les sons dont la fréquence est comprise entre 20 Hz et 20 000 Hz ;
- sa pression acoustique (niveau sonore), mesurée en pascals (Pa). L'oreille humaine est sensible à des pressions allant de 0,00002 Pa à 20 Pa, soit un rapport de 1 à 1000 000. Pour ramener cette large échelle de pression, exprimée en pascals, à une échelle plus réduite et donc plus pratique d'utilisation, on a adopté la notation logarithmique et créé le décibel (dB). L'oreille humaine perçoit les sons de 0 à 130 dB, seuil de la douleur.

5.2. La transmission d'un bruit aérien à travers une paroi

Lorsqu'une onde sonore rencontre une paroi, son énergie incidente est divisée en trois :
- l'énergie transmise qui traverse la paroi ;
- l'énergie absorbée par la paroi et dissipée en chaleur ;
- l'énergie réfléchie vers le local d'origine.

L'isolation acoustique traite de l'énergie transmise par la paroi en la réduisant le plus possible. Les parties absorbées et réfléchies sont du domaine de la correction acoustique.

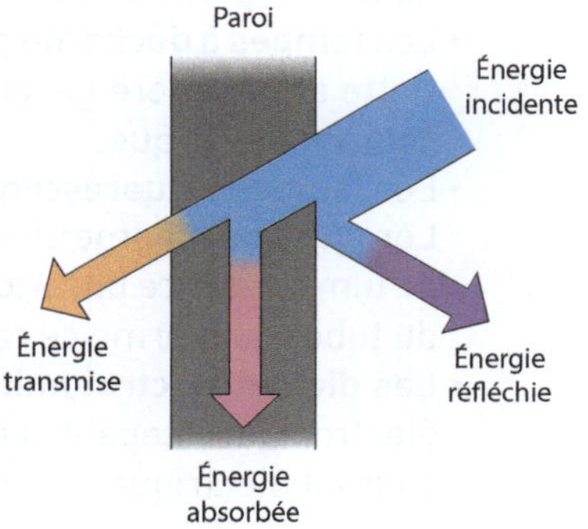

6 Le comportement lumineux - L'éclairage

6.1. Les grandeurs photométriques

- **Le flux lumineux**

Le flux lumineux est la quantité d'énergie émise par une source sous forme de rayonnements visibles dans toutes les directions, par unité de temps.
Symbole : φ.
Unité : lumen (lm).

Flux lumineux

- **L'intensité lumineuse**

L'intensité lumineuse définit l'importance du flux lumineux émis dans une direction donnée par une source ponctuelle.
Symbole : *I*.
Unité : candela (cd).

Intensité lumineuse

- **L'éclairement lumineux**

L'éclairement lumineux caractérise la quantité de lumière reçue par unité de surface.
Symbole : *E*.
Unité : lux (lx).
1 lux = 1 lumen par mètre carré.

Éclairement

6.2. Les sources lumineuses

Une source lumineuse est un convertisseur d'énergie dont la grandeur d'entrée est la puissance électrique, qui s'exprime en watt (W), et la grandeur de sortie est le flux lumineux, qui s'exprime en lumen (lm).

• **L'efficacité lumineuse**

L'efficacité lumineuse ou rendement lumineux η d'une source est le quotient de son flux lumineux φ par sa puissance P :

$$\eta = \frac{\varphi}{P}$$

Symbole : η.
Unité : lumen par watt (lm/W).

• **Types de fonctionnement des sources lumineuses**

- Les **lampes à incandescence** possèdent un filament qui, lorsqu'il est chauffé à haute température par le passage du courant, émet de la lumière.
- Les **lampes à décharge** possèdent un tube rempli de gaz ou de vapeur métallique. Cette atmosphère gazeuse émet de la lumière lorsqu'elle est traversée par un courant électrique.
- Les **lampes à fluorescence** contiennent de la vapeur de mercure à basse pression. Lorsque la décharge électrique s'établit entre les deux électrodes, un phénomène de luminescence ultraviolet apparaît. La poudre fluorescente qui couvre l'intérieur du tube transforme ce rayonnement en lumière visible.
- Les **diodes électroluminescentes** (LED, OLED, FOLED, ...) sont des composants électroniques capables d'émettre de la lumière lorsqu'ils sont parcourus par un courant électrique.

Les lampes sont caractérisées par trois critères :
– leur performance (indice de rendu des couleurs, efficacité lumineuse, température de couleur) ;
– l'économie (puissance absorbée, durée de vie, coût) ;
– l'utilisation (température de la lampe, temps d'allumage).

MES NOTES POUR RÉVISER

Savoir 5

Étude comportementale des matériaux

1 Les critères de choix des matériaux

Le choix d'un matériau dépend de plusieurs critères liés à des caractéristiques:
– mécaniques : limite élastique, masse, dureté, résilience... ;
– physico-chimiques : comportement à la corrosion, vieillissement... ;
– de mise en œuvre : usinabilité, soudabilité, trempabilité... ;
– économiques : prix, disponibilité, expérience industrielle... ;
– écologiques : toxicité, empreinte carbone, recyclabilité...

Parfois, pour comparer différents matériaux, on utilise un diagramme qui fait apparaître les indices de performance relatifs des matériaux avec une échelle de notation de 0 à 5, du centre vers l'extérieur du diagramme :

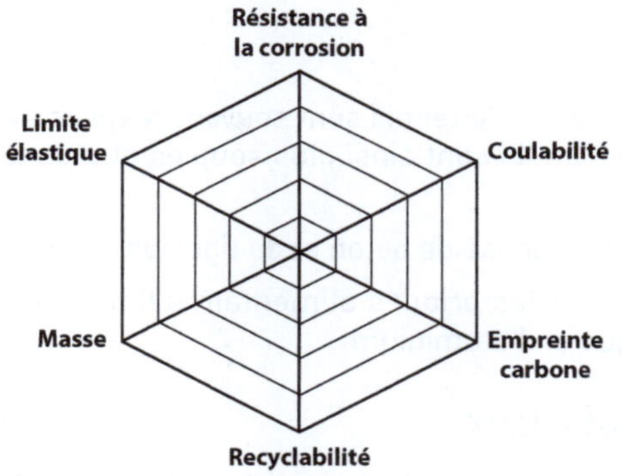

Notes	0 Mauvais	1 Faible	2 Médiocre	3 Acceptable	4 Bon	5 Excellent

2 Les types de matériaux

2.1. Les métaux

Les métaux sont issus de l'extraction de minerais. Généralement, ils ne sont pas utilisés à l'état pur, mais mélangés à d'autres composants afin d'améliorer leurs caractéristiques (résistance à la corrosion, résistance aux chocs...). Ils sont alors appelés « alliages ».

Exemples

Voici quelques alliages fréquemment utilisés :

- fonte = fer + carbone (plus de 2,1 % de carbone) ;
- acier = fer + carbone (moins de 2,1 % de carbone) ;
- bronze = cuivre + étain ;
- laiton = cuivre + zinc.

2.2. Les céramiques

Les céramiques sont des matériaux obtenus à partir de la fusion du quartz contenu dans du sable ou dans de l'argile. Elles sont très dures, très rigides. Résistantes à la chaleur, à l'usure, aux agents chimiques et à la corrosion, elles sont cependant fragiles, car elles cassent facilement lorsqu'elles sont soumises à un choc.

EXEMPLES

Les céramiques sont utilisées dans la fibre optique (silicium), les outils de coupe (carbures), les joints d'étanchéité, les isolants électriques, les filtres...

2.3. Les matériaux composites

Un matériau composite est un assemblage d'au moins deux matériaux non miscibles. Le nouveau matériau ainsi élaboré possède des performances supérieures à celles des éléments pris séparément.

EXEMPLES

Les cadres de raquettes de tennis sont souvent réalisés avec de la fibre de verre et de la résine polyester. Ils sont ainsi plus souples et plus légers que lorsqu'ils sont réalisés en acier.

Le béton armé est composé de béton et de tiges en acier.

Les emballages pour les briques alimentaires (lait, sauces...) sont composés de carton, de plastique et d'aluminium.

2.4. Les nanomatériaux

Un nanomatériau est un matériau possédant des propriétés particulières à cause de sa taille et/ou de sa structure nanométrique.

EXEMPLES

Des nanoparticules d'oxyde de cérium sont utilisées comme additifs pour augmenter les performances du diesel. Des membranes de polymères nanostructurées sont utilisées pour la purification de l'eau.

2.5. Les matériaux organiques

La matière organique est la matière fabriquée par les êtres vivants : végétaux, animaux, champignons...

EXEMPLES

Le bois, le coton, le cuir et le papier sont des matériaux organiques. On sait fabriquer des matières plastiques à partir de matériaux organiques.

2.6. Les plastiques

Les plastiques, ou matières plastiques, sont des substances polymères. Une matière plastique est souvent obtenue par la transformation du pétrole. Les matières plastiques ne laissent pas passer le courant électrique, elles sont légères, généralement étanches... Leurs utilisations sont très vastes.

Il existe deux catégories de matières plastiques :
- les thermoplastiques, qui fondent sous l'effet de la chaleur et se solidifient sous l'effet d'un refroidissement ;
- les thermodurcissables, dont la transformation est irréversible. Une fois formé, le plastique ne se déforme plus.

3 Les caractéristiques des matériaux

3.1. Masse volumique de quelques matériaux

MATÉRIAUX	MASSE VOLUMIQUE (kg · m^{-3})
Bronze	8 900
Acier	7 800
Alliage d'aluminium	2 700
Fibres de verre	2 500
Fibres de carbone	1 750
Nylon	1 000

3.2. Propriétés électriques de quelques matériaux

TYPE DE MATÉRIAU	RÉSISTIVITÉ (EN Ω · m)	COMPORTEMENT ÉLECTRIQUE
Polystyrène Nylon Verre	10^{20} $5 \cdot 10^{12}$ 10^{17}	Isolant
Alliages ferreux Aluminium Cuivre	$9{,}8 \cdot 10^{-8}$ $2{,}8 \cdot 10^{-8}$ $1{,}7 \cdot 10^{-8}$	Conducteur

3.3. Résistance à la corrosion de quelques matériaux

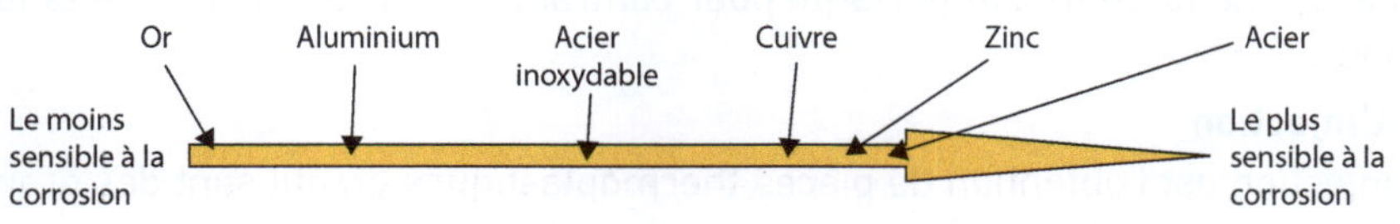

3.4. L'impact environnemental des matériaux

Chaque étape du cycle de vie d'un matériau a un impact environnemental.

ÉTAPE DU CYCLE DE VIE	MATÉRIAUX	IMPACT SUR L'ENVIRONNEMENT
Extraction de la matière première	Bois	Déforestation
	Métaux, verre	Construction de carrières
	Plastiques	Installation de plateformes pétrolières

ÉTAPE DU CYCLE DE VIE	MATÉRIAUX	IMPACT SUR L'ENVIRONNEMENT
Transport	Tous types	Émissions de gaz à effet de serre produits par les véhicules de transport
Fabrication/Production	Tous types	Émissions de gaz à effet de serre produits par les usines
Utilisation	Tous types	Émissions de gaz à effet de serre produits par le produit lui-même
Fin de vie	Tous types	Pollution atmosphérique et visuelle, pollution de l'eau produite par les déchets

La valorisation d'un objet consiste à le recycler ou à le réutiliser. Il existe trois types de valorisation :
- la réutilisation : l'objet est encore utilisable en remplaçant éventuellement certains composants ;
- le recyclage : à partir d'un matériau usagé, on crée de la matière qui va entrer dans la constitution d'un produit (par exemple, le recyclage du verre) ;
- la valorisation énergétique : on brûle le matériau et on récupère l'énergie de la combustion pour produire de la chaleur.

4 Les procédés de fabrication des matériaux

Pour obtenir un produit fini, il est souvent nécessaire d'utiliser plusieurs procédés successivement.

- **Le moulage**

Le moulage est l'obtention de pièces de formes complexes en coulant du métal ou du plastique en fusion dans un moule.

- **Le soudage**

Le soudage est l'assemblage de pièces en chauffant leurs bords jusqu'à ce qu'ils s'assemblent par fusion.

- **Le forgeage**

Le forgeage est l'obtention de pièces par déformation en appliquant, à froid ou à chaud, une force très importante pour contraindre la pièce à prendre la forme du moule.

- **L'injection**

L'injection est l'obtention de pièces thermoplastiques en utilisant des granulés de plastique, en les faisant fondre et en les introduisant sous pression dans un moule.

- **L'usinage (tournage, fraisage, perçage...)**

L'usinage est l'obtention des pièces voulues en enlevant de la matière grâce à des outils de coupe.

- **Les traitements complémentaires**

Les pièces peuvent subir des traitements complémentaires :
- un traitement mécanique : grenaillage, polissage... ;
- un traitement thermique : trempe, recuit, revenu... ;
- un traitement thermochimique : cémentation, carbo-nitruration... ;
- un traitement de surface : peinture, chromisation...

5 Le comportement mécanique des matériaux

L'étude de la résistance des matériaux a trois objectifs principaux :
- la connaissance des caractéristiques mécaniques des matériaux (comportement sous l'effet d'une action mécanique), de façon à renseigner des bases de données sur les propriétés des différents alliages ;
- l'étude de la résistance des pièces mécaniques en prenant en compte leur géométrie ;
- l'étude de la déformation des pièces mécaniques.

Ces études permettent de choisir le matériau et les dimensions d'une pièce mécanique en fonction des conditions de déformation et de résistance requises.
Pour mener des études de résistance des matériaux, il est nécessaire de poser des hypothèses sur le matériau. On considère que :
- le matériau est isotrope s'il possède les mêmes propriétés mécaniques dans toutes les directions. Cette propriété n'est pas vérifiée pour les matériaux tels que le bois, les matériaux composites... ;
- le matériau est homogène s'il a la même composition en tout point.

5.1. La sollicitation simple

La pièce étudiée peut être soumise à une sollicitation simple : traction, compression, flexion simple.

EXEMPLES

TRACTION	COMPRESSION	FLEXION SIMPLE
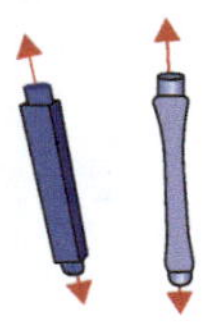	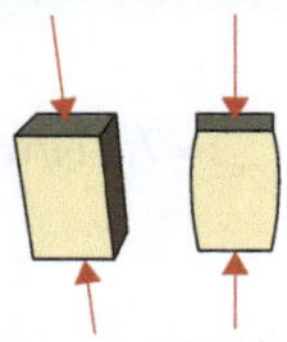	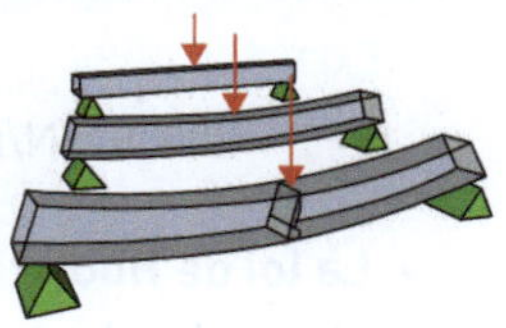

5.2. La déformation élastique et la déformation plastique

Lorsque l'on applique un effort sur une pièce, celle-ci commence par se déformer de manière réversible (déformation élastique), c'est-à-dire que ses dimensions changent, mais qu'elle reprend sa forme initiale lorsque la sollicitation s'arrête.
Pour les matériaux dits ductiles, lorsque l'on augmente la sollicitation, on déforme de manière définitive la pièce (déformation plastique). Lorsque l'on arrête la sollicitation, la pièce reste déformée.
La longévité et le bon fonctionnement des mécanismes imposent que les pièces restent dans le domaine élastique.

5.3. Le comportement des pièces en traction

Les caractéristiques des différents matériaux sont définies à partir d'essais. Le plus classique est l'essai de traction qui permet d'établir, pour le matériau testé, la courbe de l'évolution de la déformation en fonction des contraintes appliquées à la pièce.

- **Le module d'élasticité longitudinale**

Le module d'élasticité longitudinale E (ou module de Young) caractérise l'élasticité du matériau et correspond à la pente de la courbe dans le domaine élastique. Plus E est grand, plus le matériau est rigide (et inversement).

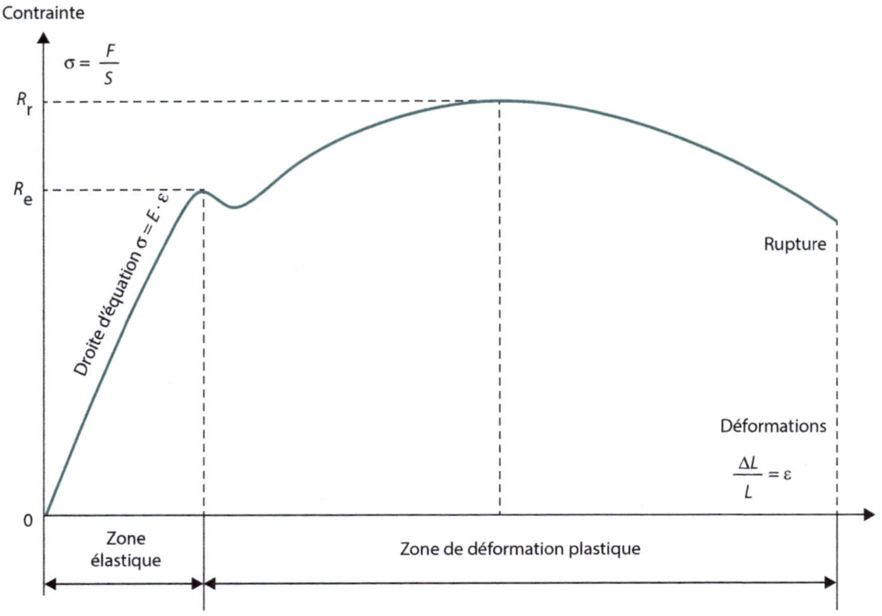

Diagramme contrainte-déformation

EXEMPLES

E_{acier} = 200 000 N/mm², $E_{caoutchouc}$ = 7,5 N/mm².

- **La loi de Hooke**

La loi de Hooke traduit ce principe :

$$\sigma = E \cdot \varepsilon$$

sachant que $\sigma = \frac{F}{S}$ et $\varepsilon = \frac{\Delta L}{L}$, avec σ la contrainte en N/mm² (MPa), F la force en newtons (N), S la surface en mm², L la longueur de la pièce en mm, ΔL l'allongement de la pièce en mm, ε l'allongement relatif ($\Delta L/L$) et E le module de Young en N/mm² (MPa).

- **La résistance limite à la rupture R_r**

La résistance limite à la rupture correspond à la contrainte maximale atteinte au cours de l'essai.

- **La résistance limite élastique R_e**

La résistance limite élastique marque la fin du domaine élastique. Au-delà de cette valeur, la pièce se déforme plastiquement.

5.4. La condition de résistance

La contrainte maximale ne doit pas dépasser la limite élastique du matériau :

$$\sigma_{max} \leq R_e$$

Pour tenir compte des incertitudes liées au matériau, à la simulation, à l'intensité des efforts..., on applique fréquemment un coefficient de sécurité :

$$\sigma_{max} \leq \frac{R_e}{s}$$

avec R_e la résistance limite élastique (en MPa) et s le coefficient de sécurité ($s > 1$). Afin de calculer le coefficient de sécurité pour une pièce dont on connaît l'intensité maximale des contraintes, on applique la formule :

$$s = \frac{R_e}{\sigma_{max}}$$

5.5. La modélisation par éléments finis

Lorsqu'une pièce a une géométrie complexe, on utilise une modélisation par éléments finis pour identifier les zones et valeurs des contraintes maximales dans la pièce, ainsi que la valeur des déformations.

6 Le comportement thermique des matériaux

Certaines fonctions techniques imposent de conduire la chaleur et d'autres d'isoler pour éviter les pertes d'énergie thermique. Le pouvoir d'isolation vient du matériau lui-même, mais aussi parfois de la forme qu'on lui donne. Lorsque l'on emprisonne de l'air à l'intérieur d'une structure, celui-ci participe à l'isolation thermique (par exemple, dans le double vitrage). Lorsqu'on laisse l'air circuler autour d'un élément, celui-ci participe à la dissipation d'énergie thermique par convection (par exemple, autour du radiateur).

6.1. La dilatation thermique

Un changement de température entraîne une modification de la longueur de certains matériaux qui s'exprime selon la loi :

$$\Delta L = L_0 \cdot \alpha \cdot \Delta\theta$$

avec ΔL la variation de longueur en m, L_0 la longueur initiale en m, α le coefficient de dilatation linéaire en °C^{-1} et $\Delta\theta$ la variation de température en °C.

6.2. Degrés Celsius, kelvins

Une variation de température peut s'exprimer en degrés Celsius ou en kelvins. Ces deux échelles n'ont pas la même origine (0 K = –273,15 °C), mais l'intervalle entre deux degrés est le même.

6.3. La conductivité thermique λ en W/(m · K)

La conductivité thermique indique la quantité de chaleur qui se propage à travers un matériau d'un mètre d'épaisseur pour une différence de température de 1 kelvin entre les deux faces.
Plus la conductivité thermique est élevée, plus la chaleur aura de la facilité à traverser le matériau.
Plus la conductivité thermique est faible, plus le matériau est isolant.

EXEMPLES

Propriétés thermiques de quelques matériaux

TYPE DE MATÉRIAU	CONDUCTIVITÉ (EN W/(m.K))	COMPORTEMENT THERMIQUE
Laine de verre Béton Nylon Verre	0,04 1 0,25 1,2	Isolant
Fer Aluminium Cuivre	80 237 390	Conducteur

6.4. La résistance thermique *R* en m² · K/W

La résistance thermique *R* représente la capacité d'un matériau à s'opposer au flux de chaleur en prenant en compte son épaisseur.

$$R = \frac{e}{\lambda}$$

avec *R* la résistance thermique en $m^2 \cdot K/W$, *e* l'épaisseur du matériau en m et λ la conductivité thermique en W/(m · K).
Pour perdre moins d'énergie, il faut choisir un matériau isolant ayant une faible conductivité thermique et/ou augmenter l'épaisseur de la paroi isolante.

6.5. Association de résistances thermiques en série

Soit un mur composé de *n* couches de matériaux différents. La résistance thermique totale du mur est égale à la somme des résistances thermiques de chaque matériau :

$$R_\lambda^{\text{série}} = R_\lambda^1 + R_\lambda^2 + R_\lambda^3 + \cdots + R_\lambda^n$$

6.6. Le calcul du flux de chaleur φ en W/m²

Le flux de chaleur φ qui passe à travers une paroi dépend de plusieurs paramètres :
- la différence de température ΔT entre l'extérieur et l'intérieur : plus la différence de température est importante, plus il y a de déperditions ;
- l'épaisseur *e* de la paroi : plus l'épaisseur est importante, plus la paroi est isolante ;
- la conductivité λ du matériau : plus la conductivité est faible, plus la paroi est isolante.

$$\varphi = \lambda \cdot \frac{\Delta T}{e}$$

Le flux de chaleur va toujours du chaud vers le froid.

6.7. La chaleur massique ou capacité thermique massique C en J/(kg · K)

La chaleur massique d'un matériau caractérise sa capacité de stockage d'énergie thermique.

6.8. La quantité de chaleur Q en J

La quantité de chaleur Q (en joules) est l'énergie qu'il faut apporter à un système pour qu'il passe de la température initiale à la température finale.

$$Q = m \cdot C \cdot (T_{finale} - T_{initiale})$$

avec Q la quantité de chaleur en J, m la masse en kg, C la chaleur massique en J/(kg · K) et T les températures initiale et finale exprimées dans la même unité (soit °C, soit K).

MES NOTES POUR RÉVISER

Savoir 6 Traitement de l'information

1 L'acquisition de l'information

Pour réagir convenablement à son environnement, un système automatisé a besoin de le percevoir. Il le fait grâce :
- à des capteurs qui lui permettent, en fonction des besoins, de voir, d'entendre, de détecter les contacts, de savoir dans quelle position il se trouve, etc. La grandeur physique acquise par les capteurs est convertie en un signal qui peut ensuite être traité.
- à des éléments d'interface utilisateur comme des boutons poussoir, des écrans tactiles, des claviers, etc.

2 Les types de signaux : logique, analogique et numérique

SIGNAL LOGIQUE (OU BINAIRE)	SIGNAL ANALOGIQUE	SIGNAL NUMÉRIQUE
Il ne peut prendre que deux valeurs : 0 ou 1.	Il évolue de façon continue au cours du temps. Le signal peut être périodique ou non périodique.	Il prend un nombre fini de valeurs de l'intervalle de définition. Il est codé en utilisant une suite de « 0 » et de « 1 ».
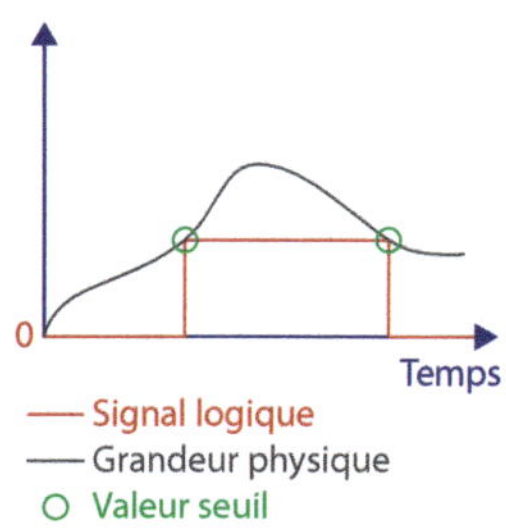	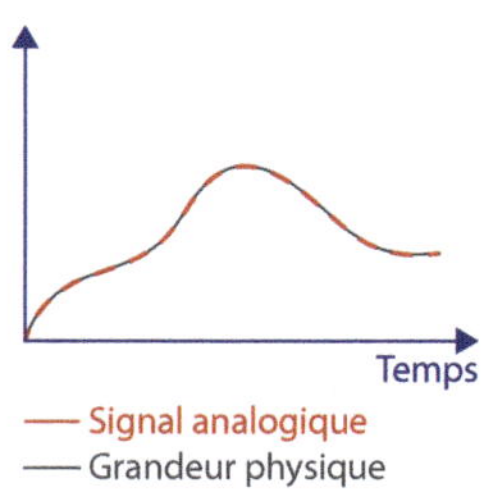	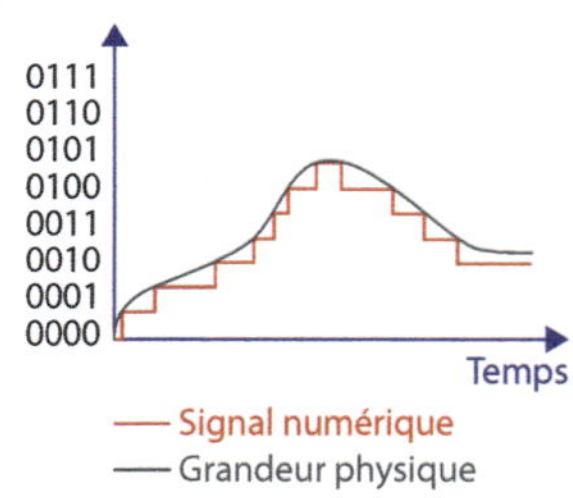

3 La caractérisation des signaux

3.1. La caractérisation d'un signal analogique périodique

- **La période**

La période représente la durée d'une variation, en secondes (s).

- **La fréquence**

La fréquence, en hertz (Hz) correspond au nombre d'oscillations d'un phénomène périodique par seconde ($f = 1/t$).

EXEMPLE Signal sinusoïdal

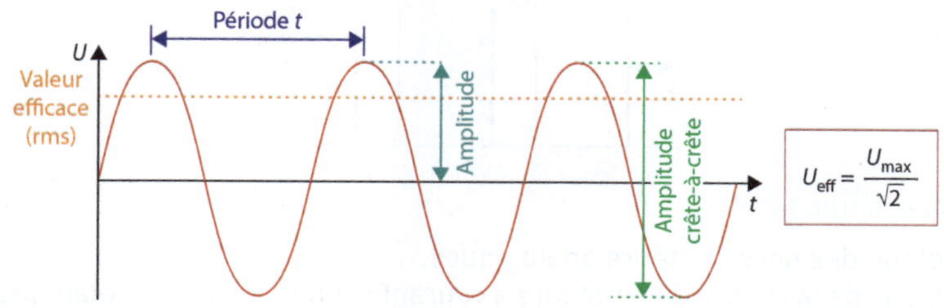

- **Le déphasage**

Le déphasage φ correspond au décalage temporel entre deux signaux de même période. Pour faciliter son analyse, on convertit cette durée de décalage en angle en considérant que la période correspond à 1 tour :

– en radians : $\varphi = \frac{\Delta t \times 2\pi}{T}$;

– en degrés : $\varphi = \frac{\Delta t \times 360}{T}$.

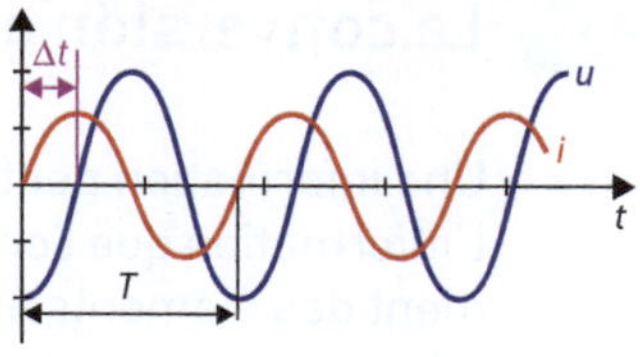

3.2. La caractérisation des signaux numériques

On distingue deux niveaux :
– niveau haut : H (*High*), NL1, 1 ;
– niveau bas : L (*Low*), NL0, 0.

- **Le chronogramme**

Le chronogramme est un diagramme utilisé pour représenter les signaux en fonction du temps.

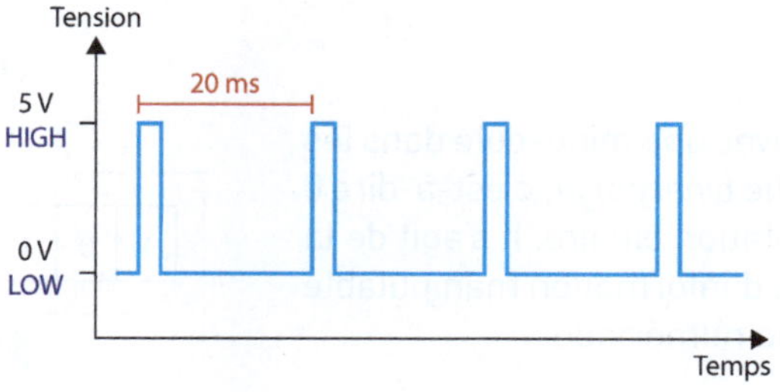

- **Le train d'impulsions**

Le train d'impulsions est un signal ayant deux états stables dont les changements d'état dans le temps constituent l'information utile (par exemple un codeur incrémental).

- **La modulation par largeur d'impulsion (MLI) ou *Pulse Width Modulation* (PWM)**

L'information utile est le temps au niveau haut par rapport à la période.

Cette information est caractérisée par le rapport cyclique $\alpha = \frac{T_h}{T}$ (en %) qui correspond au ratio entre la durée du phénomène sur une période et la durée de cette même période.

EXEMPLES D'UTILISATION

- Pilotage des servomoteurs analogiques.
- Pilotage de la vitesse des moteurs à courant continu. La vitesse étant proportionnelle à la tension moyenne d'alimentation, en faisant varier le rapport cyclique, on fait varier la tension moyenne : $\frac{T_h}{T} = \frac{U_{moyenne}}{U_{max}}$ donc $U_{moyenne} = U_{max} \times a$.

4 La conversion analogique-numérique (CAN)

Une information peut être un son, une image, une vidéo, un texte...
L'information que l'on désire transmettre doit être adaptée au mode de fonctionnement des éléments utilisés (ordinateur, carte électronique...). Il faut donc coder les informations sous forme de signaux numériques (suites de « 0 » et de « 1 »).
L'objectif de la numérisation est de transformer un signal analogique en un signal numérique contenant une quantité finie de valeurs.
Le passage de l'analogique au numérique comprend deux étapes : l'échantillonnage (fait de prélever la valeur d'un signal à intervalles de temps réguliers) et la conversion analogique-numérique (CAN).
Le nombre d'échantillons composant le signal numérique devra être suffisamment grand pour pouvoir représenter le signal analogique de départ, mais pas trop grand non plus pour que le signal numérique ne soit pas trop volumineux.

4.1. Le bit

Le terme bit (b avec une minuscule dans les notations) signifie *binary digit*, c'est-à-dire 0 ou 1 en numérotation binaire. Il s'agit de la plus petite unité d'information manipulable par une machine numérique.

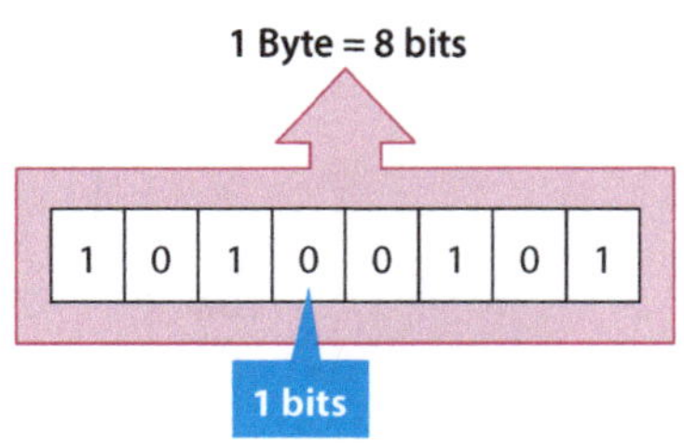

4.2. L'octet

L'octet (en anglais *byte* ou B avec une majuscule dans les notations) est une unité d'information composée de 8 bits.
Pour un octet, le plus petit nombre est 0 (représenté par huit zéros : 0000 0000), et le plus grand est 255 (représenté par huit chiffres « un » : 1111 1111), ce qui représente 256 (= 28) possibilités de valeurs différentes.

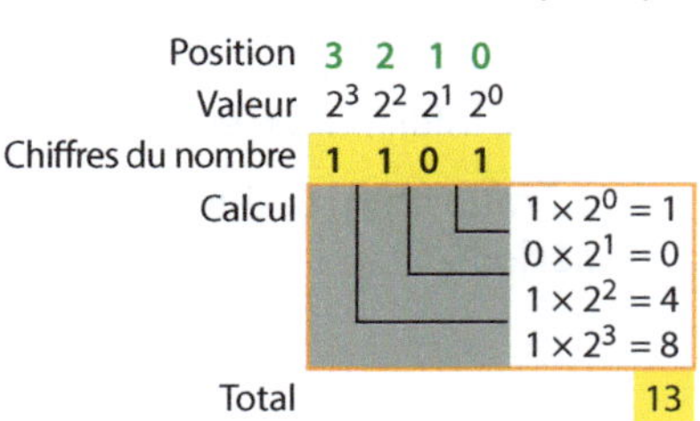

4.3. Nombre binaire

Dans un nombre binaire, la valeur d'un bit, appelée poids, dépend de la position du bit

en partant de la droite. À la manière des dizaines, des centaines et des milliers pour un nombre décimal, le poids d'un bit croît d'une puissance de deux en allant de la droite vers la gauche.
Le bit de poids faible (en anglais *least significant bit*, ou lsb) est, dans le nombre binaire, le bit le plus à droite. Le bit de poids fort est celui le plus à gauche (en anglais *most significant bit*, ou msb).
Si l'on ne souhaite récupérer que certains bits d'un octet, on applique un masque sur l'octet. Cela consiste à faire une opération logique « ET » entre l'octet reçu et le masque, composé de « 0 » et de « 1 ».

EXEMPLE

On désire conserver les deux bits de poids fort et forcer la valeur des autres à zéro dans un mot de 8 bits. On choisit donc un masque comportant des 1 à la même position que les bits à conserver et des zéros ailleurs : 1100 0000.

Ainsi, si la donnée est 1011 0001, l'application du calcul donnera :

Mot	1011 0001
Masque	1100 0000
Résultat	1000 0000

On a donc bien conservé la valeur des deux premiers bits tout en forçant celle des autres à 0.

4.3. Le convertisseur analogique-numérique (CAN)

Lorsque le signal délivré par un capteur est un signal analogique variable au cours du temps (exemple : une tension), ce signal doit être converti en un signal numérique pour pouvoir être traité par la carte électronique.
Un convertisseur analogique – numérique (CAN) (ou DAC pour *Digital Analog Converter*) est un dispositif électronique permettant la conversion d'un signal analogique en un signal numérique.

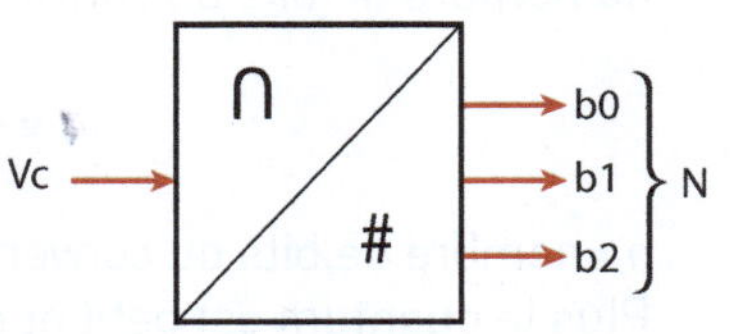

SIGNAL ANALOGIQUE	SIGNAL NUMÉRIQUE CODÉ SUR 2 BITS	SIGNAL NUMÉRIQUE CODÉ SUR 3 BITS
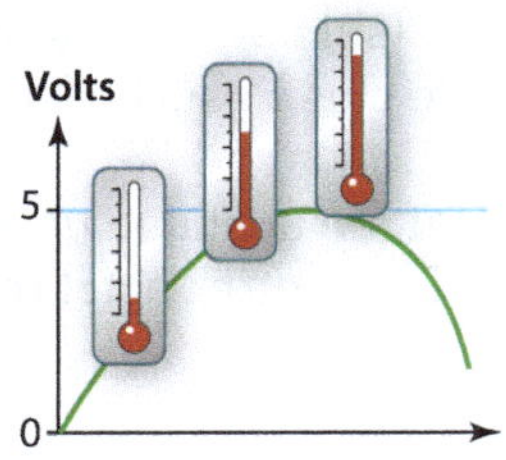	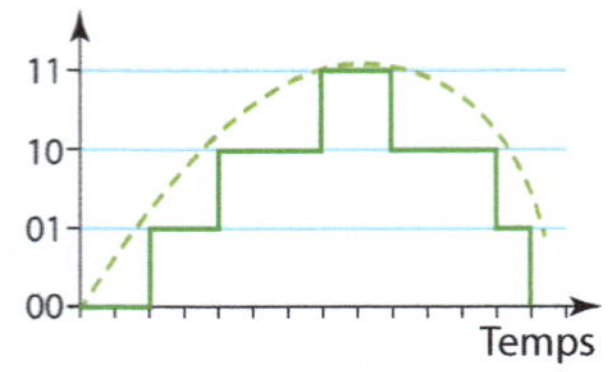	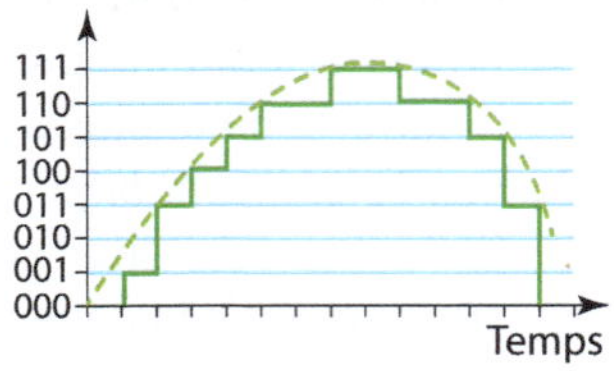

Soit 4 valeurs possibles : de 0 à 3

PUISSANCE DE 2	2^1	2^0
Décimal	2	1
0	0	0
1	0	1
2	1	0
3	1	1

Soit 8 valeurs possible : de 0 à 7

Exemple : 100 en binaire correspond à 4 en decimal.

PUISSANCE DE 2	2^2	2^1	2^0
Décimal	4	2	1
0	0	0	0
1	0	0	1
2	0	1	0
3	0	1	1
4	1	0	0
5	1	0	1
6	1	1	0
7	1	1	1

Le **quantum** (q) est la variation minimale du signal d'entrée qui provoque la variation d'une unité de la donnée numérique de sortie. Le quantum s'exprime dans l'unité de la grandeur analogique d'entrée. Il dépend de l'amplitude du signal d'entrée et du nombre de bits du convertisseur.

$$q = \frac{\text{Amplitude du signal d'entrée}}{2^n}$$

n : nombre de bits du convertisseur
Plus le quantum est petit et plus le signal numérisé est fidèle au signal analogique de départ.

Conversion unipolaire / bipolaire
Un CAN peut fournir 2^n niveaux d'amplitude du signal analogique.
• Si la conversion est unipolaire, la grandeur de sortie est toujours de même signe et peut donc prendre les valeurs comprises entre 0 et $2^n - 1$.
• Si la conversion est bipolaire, la grandeur de sortie peut être négative ou positive, et peut donc prendre les valeurs comprises entre -2^{n-1} et $2^{n-1} - 1$. La plupart du temps, pour une conversion bipolaire, le signal d'entrée est codé en code complément à deux.

5 Numération et changement de base

En fonction des besoins, en Enseignement Technologique Transversal, on utilise 3 bases :
– la base 10 que nous utilisons dans la vie de tous les jours ;
– la base 2 utilisée par les ordinateurs ;
– la base 16 qui permet de compacter les mots écrits en base 2 pour les rendre plus lisibles par les humains.

Voici les méthodes pour passer d'une base à l'autre.

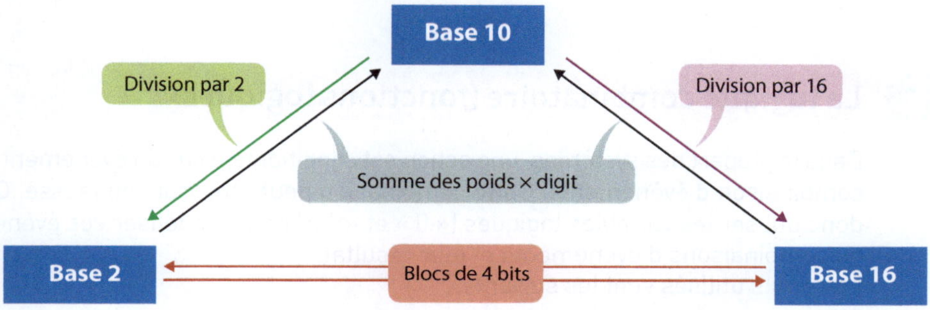

Voici un exemple.

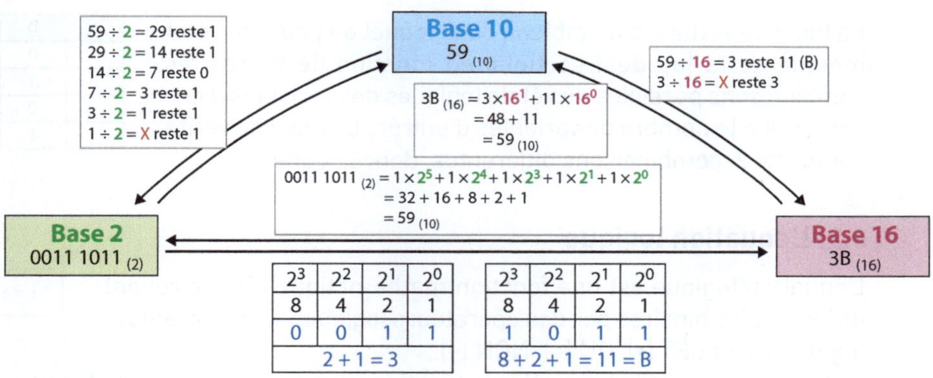

$(\text{DÉCIMAL})_{10}$	$(\text{BINAIRE})_2$	$(\text{HEXADÉCIMAL})_{16}$
0	0000	0
1	0001	1
2	0010	2
3	0011	3
4	0100	4
5	0101	5
6	0110	6
7	0111	7
8	1000	8

$(DÉCIMAL)_{10}$	$(BINAIRE)_2$	$(HEXADÉCIMAL)_{16}$
9	1001	9
10	1010	A
11	1011	B
12	1100	C
13	1101	D
14	1110	E
15	1111	F

6 La logique combinatoire (fonctions logiques)

Dans la plupart des systèmes, une action est conditionnée par un évènement ou une combinaison d'évènements. Cette combinaison peut être vraie ou fausse. On peut donc utiliser les variables logiques (« 0 » et « 1 ») pour modéliser ces évènements ou combinaisons d'évènements et leur résultat.
Les outils utilisés sont les suivants.

6.1. La table de vérité

La table de vérité est un tableau dans lequel on peut lire l'état logique de la (ou des) sortie(s) en fonction de toutes les combinaisons possibles des états logiques des variables d'entrée. Soit *n* le nombre de variables d'entrée. La table de vérité comporte 2^n combinaisons différentes, donc 2^n lignes.

a	b	S
0	0	0
0	1	1
1	0	1
1	1	0

6.2. L'équation logique

L'équation logique est une fonction mathématique binaire reliant des variables binaires par des opérateurs logiques. Les opérateurs logiques sont : ET (•), OU (+), NON (–).

$$S1 = a \bullet (\bar{e} + c)$$

Dans les langages de type « C », la fonction ET est notée « && », la fonction OU est notée « || », et la fonction NON est notée « ! ».

6.3. Le chronogramme

Le chronogramme est un graphe permettant de visualiser, en fonction du temps, l'état logique des sorties en fonction de l'état logique des entrées.

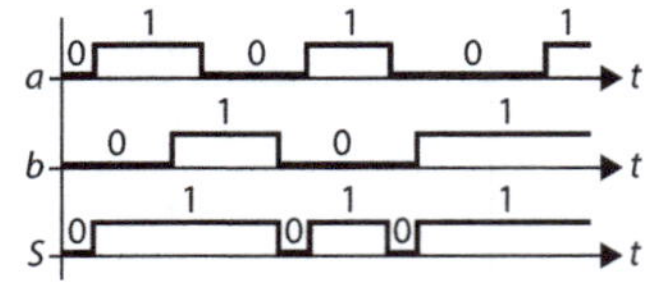

<table>
<tr><th></th><th>OUI</th><th>NON</th><th>ET</th><th>OU</th></tr>
<tr><td>Équation logique</td><td>$S = e_1$</td><td>$S = \bar{e}_1$</td><td>$S = e_1 \bullet e_2$</td><td>$S = e_1 + e_2$</td></tr>
<tr><td>Chronogramme</td><td>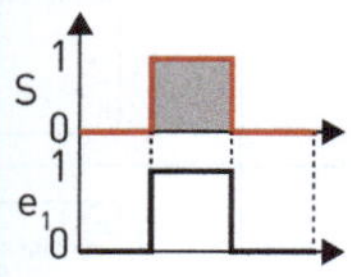</td><td>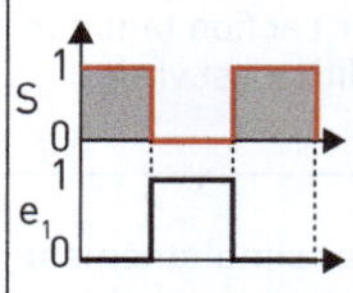</td><td>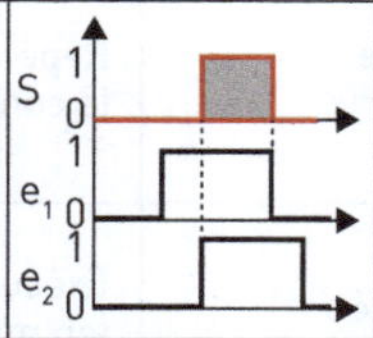</td><td>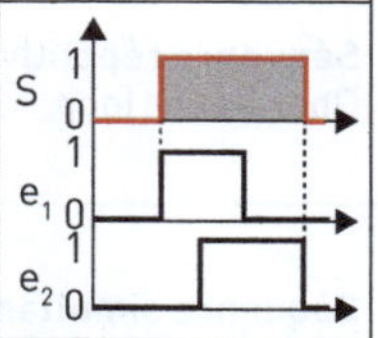</td></tr>
<tr><td>Table de vérité</td>
<td><table><tr><th>e_1</th><th>S</th></tr><tr><td>0</td><td>0</td></tr><tr><td>1</td><td>1</td></tr></table></td>
<td><table><tr><th>e_1</th><th>S</th></tr><tr><td>0</td><td>1</td></tr><tr><td>1</td><td>0</td></tr></table></td>
<td><table><tr><th>e_1</th><th>e_2</th><th>S</th></tr><tr><td>0</td><td>0</td><td>0</td></tr><tr><td>0</td><td>1</td><td>0</td></tr><tr><td>1</td><td>0</td><td>0</td></tr><tr><td>1</td><td>1</td><td>1</td></tr></table></td>
<td><table><tr><th>e_1</th><th>e_2</th><th>S</th></tr><tr><td>0</td><td>0</td><td>0</td></tr><tr><td>0</td><td>1</td><td>1</td></tr><tr><td>1</td><td>0</td><td>1</td></tr><tr><td>1</td><td>1</td><td>1</td></tr></table></td></tr>
</table>

7 Le diagramme de séquence : « sd » (*Sequence Diagram*)

Un diagramme de séquence représente les échanges de messages entre les acteurs et le système, ou entre des parties du système. Il se lit de haut en bas et montre l'ordre des messages passés entre blocs.
Sur un diagramme de séquence, on trouve les éléments détaillés dans le tableau suivant.

<table>
<tr><th>ÉLÉMENTS DU DIAGRAMME DE SÉQUENCE</th><th>SYMBOLE</th><th>EXEMPLE</th></tr>
<tr><td>Ligne de vie : trait vertical pointillé surmonté d'un rectangle de description</td><td>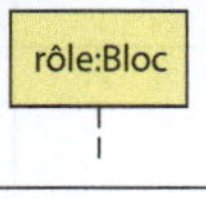</td><td rowspan="5">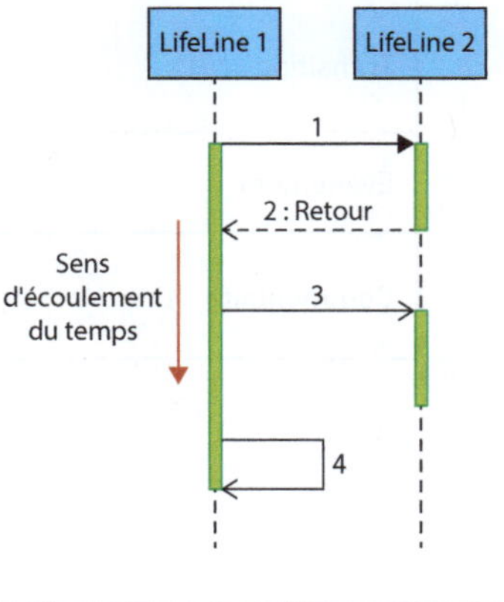</td></tr>
<tr><td>Message synchrone (qui demande une réponse)</td><td></td></tr>
<tr><td>Message asynchrone (qui ne demande pas de réponse)</td><td></td></tr>
<tr><td>Réponse</td><td></td></tr>
<tr><td>Message réflexif (interaction interne)</td><td>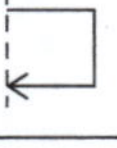</td></tr>
</table>

Lorsque le message à transmettre n'est pas linéaire, on utilise des opérateurs. Trois de ces opérateurs sont décrits ci-dessous.

<table>
<tr><th>TYPE DE SÉQUENCE ET OPÉRATEUR</th><th>FONCTION</th><th>EXEMPLE</th></tr>
<tr><td>Séquence conditionnelle
Opérateur : alt</td><td>Faire l'action si la condition est vraie, sinon (else) faire</td><td>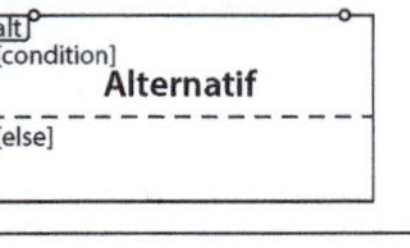</td></tr>
</table>

TYPE DE SÉQUENCE ET OPÉRATEUR	FONCTION	EXEMPLE
Séquence répétitive Opérateur : loop	Répéter l'action tant que la condition est vraie	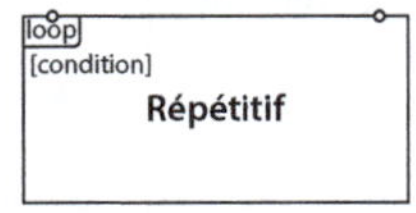 loop [condition] **Répétitif**
Séquence simultanée Opérateur : par	Exécuter simultanément (en même temps) plusieurs actions	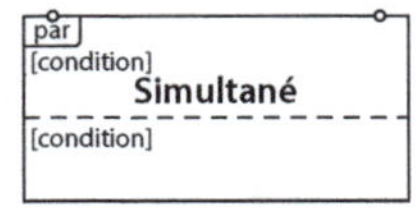 par [condition] **Simultané** [condition]

8 Le diagramme d'activité : "act" (Activity diagram)

Le diagramme d'activité permet de modéliser le comportement du système.
Sur un diagramme d'activité, on trouve les éléments détaillés dans le tableau suivant.

ÉLÉMENT DU DIAGRAMME D'ACTIVITÉ	SYMBOLE
État initial	
État final	
Action	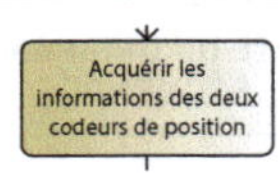 Acquérir les informations des deux codeurs de position
Transition	
Événement	[(Tcap-Tbal)>Carrêt && (Tcap-Tbal)< Cmarche]
Commentaire	Fin du cycle de traitement

Exemple

Le diagramme d'activité ci-dessous décrit le principe de commande pour piloter le cycle de fonctionnement de vannes sur le barrage du Mont Saint Michel (sujet ETT, 2012).

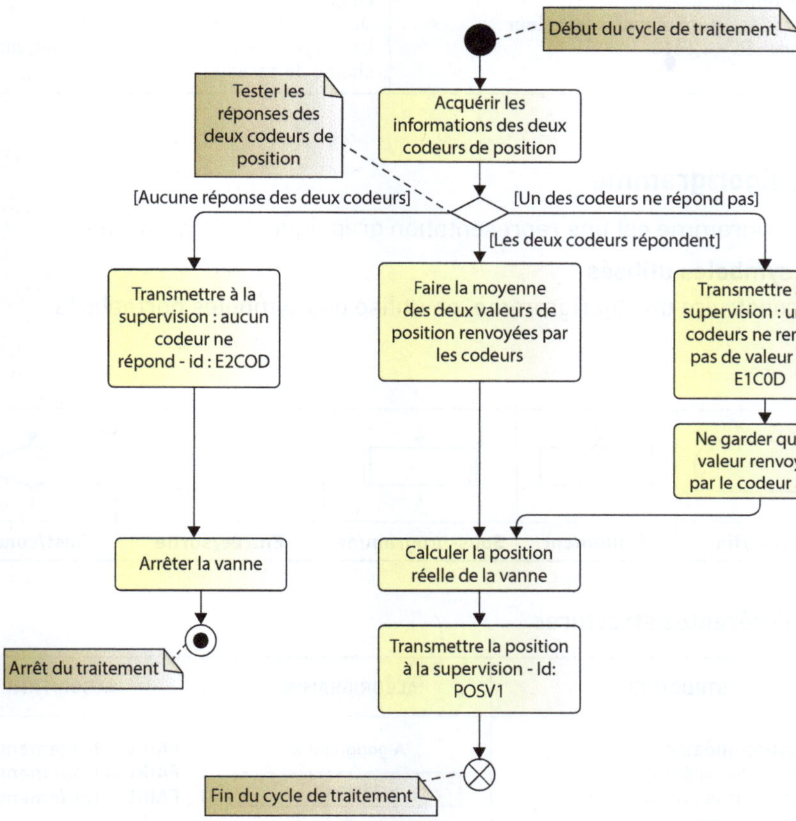

9 Algorithme et algorigramme

9.1. L'algorithme

Un algorithme est un ensemble de règles opératoires rigoureuses, ordonnant à un processeur d'exécuter, dans un ordre déterminé, un nombre fini d'opérations élémentaires appelées « instructions ».

L'algorithme est composé :
- d'un en-tête dans lequel le concepteur donne un nom à l'algorithme. Il définit le traitement effectué et les données auxquelles il se rapporte ;
- d'une partie déclarative dans laquelle le concepteur décrit les différents « objets » que l'algorithme utilise (voir tableau ci-après) ;
- d'une partie exécutive délimitée par les mots « début » et « fin ».

LES CONSTANTES	LES VARIABLES
Ce sont des « objets » constants dans tout l'algorithme. Déclaration : nom_constante=valeur *Exemple :* Pi = 3,1416	Ce sont des « objets » dont la valeur peut changer au cours de l'exécution de l'algorithme. Déclaration : nom_variable : type Le « type » peut être : nombre entier, octet, chaîne de caractères...

9.2. L'algorigramme

Un algorigramme est une représentation graphique de l'algorithme.

- **Les symboles utilisés**

Pour construire un algorigramme, on utilise des symboles normalisés.

EXEMPLES

	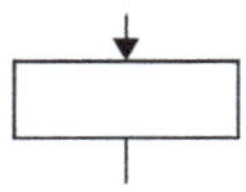	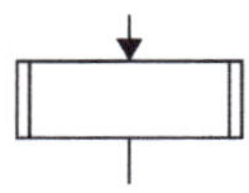	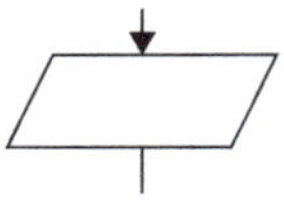	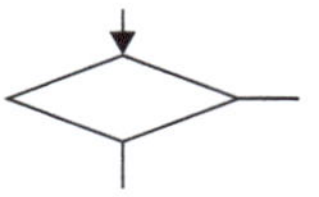
Début/fin	**Traitement**	**Sous-programme**	**Entrée/sortie**	**Test/condition**

- **Les différentes structures**

STRUCTURE	ALGORIGRAMME	ALGORITHME
Structure linéaire La structure linéaire se caractérise par une suite d'actions à exécuter successivement dans l'ordre de leur énoncé.	**Algorigramme** 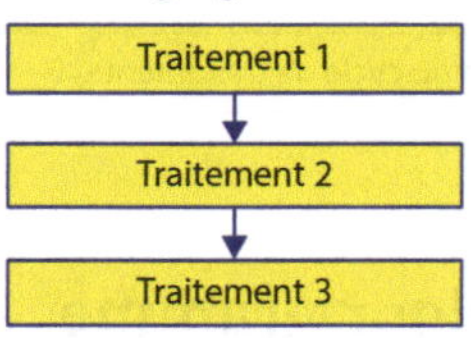	FAIRE « traitement 1 » FAIRE « traitement 2 » FAIRE « traitement 3 »
Structure alternative ou conditionnelle Une structure alternative n'offre que deux issues possibles s'excluant mutuellement. Une condition est testée, et en fonction du résultat du test, soit le traitement 1, soit le traitement 2 est réalisé.	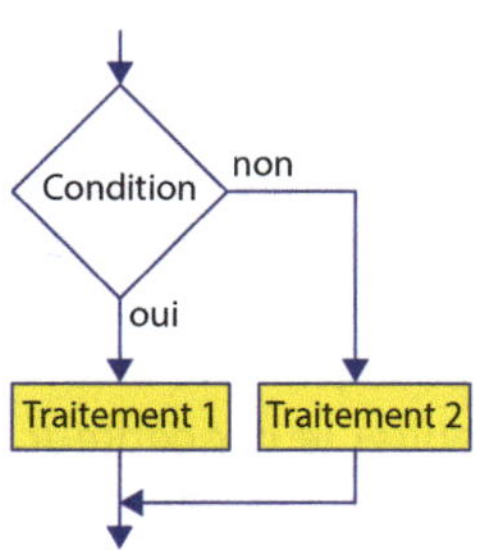	SI « condition » vraie ALORS FAIRE « traitement 1 » SINON FAIRE « traitement 2 » FIN SI
Structure répétitive ou itérative Dans cette structure, on commence par tester la condition. Si elle est vraie, alors le traitement est exécuté.	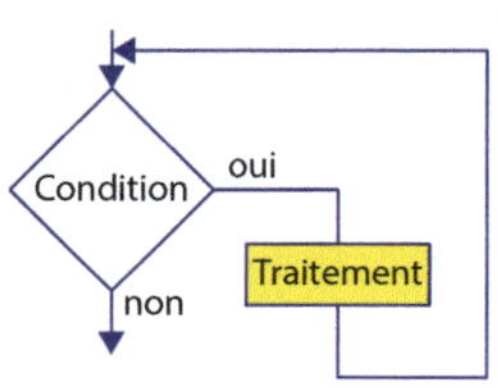	TANT QUE « condition » vraie FAIRE « traitement » FIN TANT QUE

STRUCTURE	ALGORIGRAMME	ALGORITHME
Boucle avec comptage On initialise la variable N avec une valeur x. On teste si N est égal à 0. Si ce n'est pas le cas, on exécute le traitement et on décrémente la variable N, puis on teste à nouveau la variable N, et ainsi de suite, jusqu'à ce que $N = 0$.	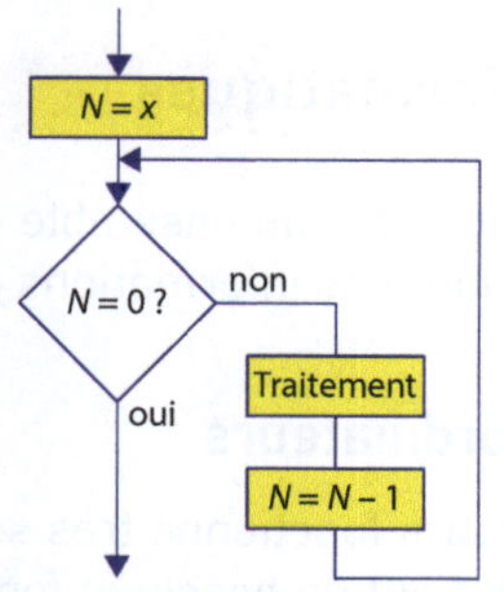	POUR $N = x$ à $N = 0$ REPETER « traitement » FIN POUR

MES NOTES POUR RÉVISER

Savoir 7 — Étude des réseaux informatiques

1 Les réseaux informatiques

Un réseau informatique est un ensemble d'ordinateurs et de périphériques reliés entre eux pour partager des informations et accéder à des services.

1.1. Le réseau d'ordinateurs

Le réseau d'ordinateurs fonctionne très souvent sur le principe : Clients/Serveur. Plusieurs ordinateurs ont un besoin et font appel à un ordinateur central pour les aider. L'ordinateur central est appelé serveur, car il est là pour rendre service aux autres (clients), mais il doit attendre qu'on lui demande quelque chose. Un serveur ne peut rien faire sans qu'on le lui demande.

1.2. Le réseau entre modules industriels

Dans ce type de réseau, le principe rencontré est souvent : Maître/Esclaves. Un des appareils (ordinateur ou automate) demande ou fournit à tour de rôle à tous les autres appareils une information (température, comptage, consigne de vitesse, etc.) : il est le maître. Les autres appareils doivent obéir : ce sont les esclaves.

1.3. Le réseau hétérogène

Dans un réseau hétérogène, il est possible de faire communiquer des ordinateurs équipés de systèmes d'exploitation différents (Windows, Linux, MacOS) avec des cartes électroniques, des automates, des caméras IP. Si ces appareils utilisent le même langage (normes de communication, protocoles), alors ils pourront échanger leurs informations.

2 Les composants d'un réseau informatique

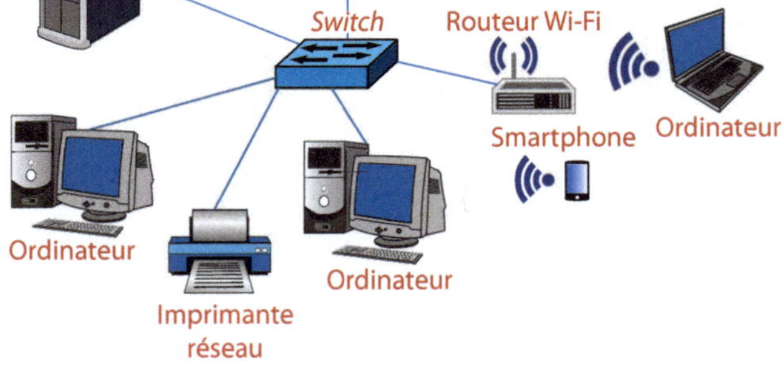

NOM	FONCTION
Serveur	Ordinateur dédié à l'administration d'un réseau informatique, qui gère l'accès aux ressources et aux périphériques, et les connexions des différents utilisateurs
Routeur	Appareil informatique qui dirige le trafic des réseaux à partir des adresses IP.
Routeur Wi-Fi	Appareil informatique qui connecte des équipements de réseau grâce à des ondes radio.
Hub ou concentrateur	Appareil informatique qui rediffuse les informations à tous les postes
Switch ou commutateur	Appareil informatique qui rediffuse les informations uniquement au bon destinataire, grâce à sa table contenant les adresses MAC.
Carte réseau	Carte connectée ou intégrée à la carte mère qui relie les machines aux canaux de transmission
Connecteur	Élément qui fait la jonction entre la carte réseau et le support de transmission (RJ45, BNC...)
Support de transmission	Support physique qui relie les postes entre eux (câble coaxial, paire torsadée, fibre optique, air...)
Répéteur	Appareil informatique qui reçoit des informations et les retransmet en régénérant le signal. Il permet de connecter deux segments Ethernet dans un LAN.

3 Les types de réseaux

Les types de réseaux sont définis en fonction de leur localisation, de leur étendue géographique et de leurs débits maximaux.

NOM	FONCTION
CAN (*Controller Area Network*) ou VAN (*Vehicle Area Network*)	Réseau local industriel permettant de connecter divers capteurs, émetteurs... généralement sur de faibles distances
PAN (*Personal Area Network*)	Réseau domestique reliant des appareils électroniques personnels (ordinateur avec imprimante sans fil, tablette et enceintes, smartphone et oreillettes...)
LAN (*Local Area Network*)	Réseau local permettant l'échange de données et le partage de ressources au niveau d'une maison, d'une entreprise, d'un établissement scolaire
MAN (*Metropolitan Area Network*)	Réseau permettant de relier plusieurs bâtiments d'une commune ou d'un pôle universitaire. Ce sont des interconnexions de LAN.
WAN (*Wide Area Network*)	Réseau longue distance assurant la transmission des données à l'échelle de la planète

4 Les topologies des réseaux

La topologie désigne la représentation que l'on se fait d'un réseau sous deux points de vue : topologie physique (point de vue de l'emplacement et de la connexion des appareils) et topologie logique (point de vue du parcours de l'information).
Ces deux points de vue utilisent des représentations graphiques définies : bus, étoile, anneau, maillé, arbre, libre…
Un réseau peut avoir une topologie physique différente de sa topologie logique : on parle de topologie mixte.

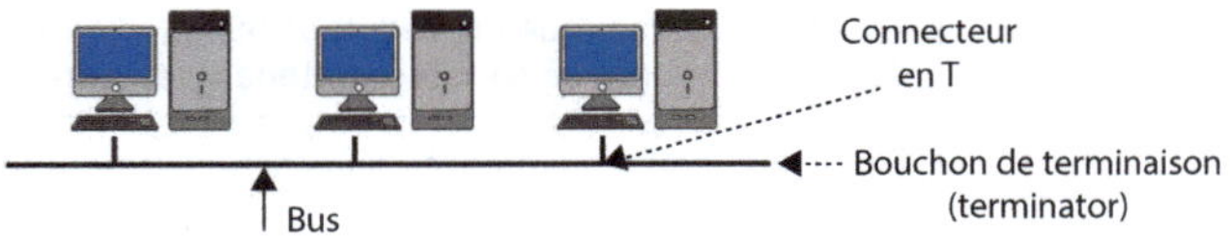

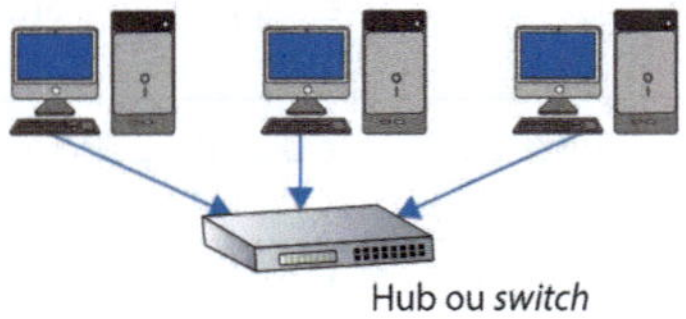

Étoile

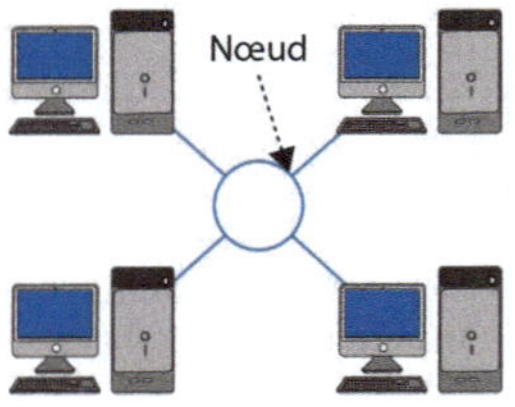

Anneau

TOPOLOGIE	PRINCIPE
Point à point	Deux éléments communiquent en étant directement reliés l'un à l'autre.
Bus	Les machines sont connectées en série sur le bus. L'information circule, tous les postes la voient mais seuls ceux qui ont la bonne adresse de destination la lisent.
Anneau	Les ordinateurs sont situés sur une boucle et communiquent à tour de rôle. Le répartiteur situé sur la boucle gère la communication entre les ordinateurs.
Étoile	Tous les postes sont interconnectés grâce à un concentrateur. Les hôtes émettent vers ce concentrateur qui renvoie les données vers tous les autres ports réseaux (hub) ou uniquement au destinataire (*switch*).

5 Le transport de l'information

Pour communiquer, les appareils ont besoin d'être interconnectés physiquement. Pour cela, il existe plusieurs possibilités.

	DÉBIT MAX	LONGUEUR DE CÂBLE/PORTÉE	TOPOLOGIE PHYSIQUE
CÂBLE COAXIAL (SIGNAL ÉLECTRIQUE)	10 Mb/s	500 mètres	Bus
PAIRE TORSADÉE (SIGNAL ÉLECTRIQUE)	1 000 Mb/s	100 mètres	Étoile
FIBRE OPTIQUE (SIGNAL LUMINEUX)	De 100 Mb/s à 10 Tb/s	Milliers de km	Anneau

	DÉBIT MAX	LONGUEUR DE CÂBLE/PORTÉE	TOPOLOGIE PHYSIQUE
LIAISON SANS FIL (ONDES RADIO) 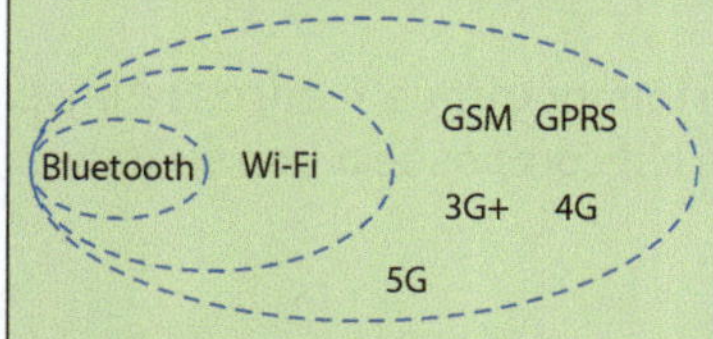 Le Wi-Fi peut opérer selon deux modes : le mode ad hoc (les machines clientes sont interconnectées directement entre elles sans passer par un point d'accès, par exemple un drone avec un smartphone permettant de le piloter) et le mode infrastructure (les machines clientes sont connectées à un point d'accès partageant la bande passante disponible).	De 10 Mb/s à 600 Mb/s	Portée : de quelques mètres (Bluetooth) à quelques dizaines de mètres (Wi-Fi) et quelques kilomètres (4G)	Infrastructure/*Ad hoc*
COURANTS PORTEURS EN LIGNE (CPL) Les CPL permettent de construire un réseau informatique sur un réseau électrique. On superpose au courant électrique alternatif (50 Hz) un signal à plus haute fréquence et de faible énergie. Ce deuxième signal se propage sur l'installation électrique et peut être reçu et décodé à distance.	De 14 Mb/s à 500 Mb/s	200 mètres	Étoile

EXEMPLE

Le fournisseur d'accès Free relie ses deux boîtiers Freebox (Internet et télévision) par des « FreePlugs », adaptateurs CPL, inclus dans leur alimentation.

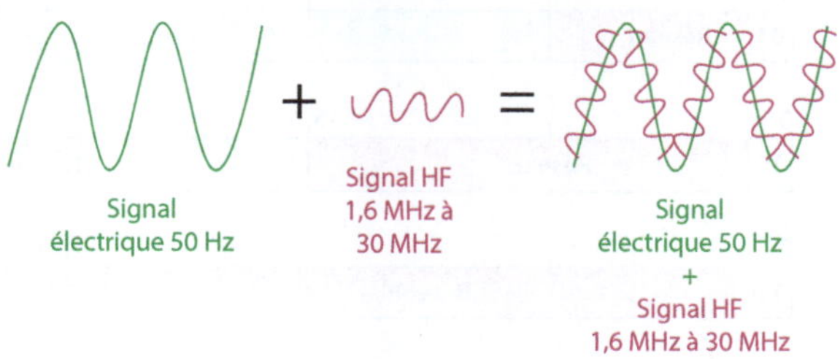

6 L'identification des appareils sur un réseau informatique

6.1. L'adresse MAC

Une adresse MAC (*Media Access Control*), parfois nommée « adresse physique », identifie de façon unique une carte réseau. Elle est composée d'une suite de 6 octets en hexadécimal séparés par des « : ».

EXEMPLE

08:00:27:5c:10:0a.

6.2. L'adresse IP

Une adresse IP est un numéro d'identification attribué de façon permanente ou provisoire à chaque appareil connecté à un réseau informatique.

- **La norme IPv4**

L'adresse comporte 4 valeurs comprises entre 0 et 255 séparées par un point. Elle se décompose en deux informations : l'adresse réseau (Net Id) et l'adresse machine (Host Id).

EXEMPLE

172.20.1.32.

CLASSES	NET ID	HOST ID	ÉTENDUE DE LA PLAGE	MASQUE DE RÉSEAU
A	8 bits/1 octet	24 bits/3 octets	De 1.x.x.x à 127.x.x.x	255.0.0.0
B	16 bits/2 octets	16 bits/2 octets	De 128.0.x.x à 191.255.x.x	255.255.0.0
C	24 bits/3 octets	8 bits/1 octet	De 192.0.0.x à 223.255.255.x	255.255.255.0

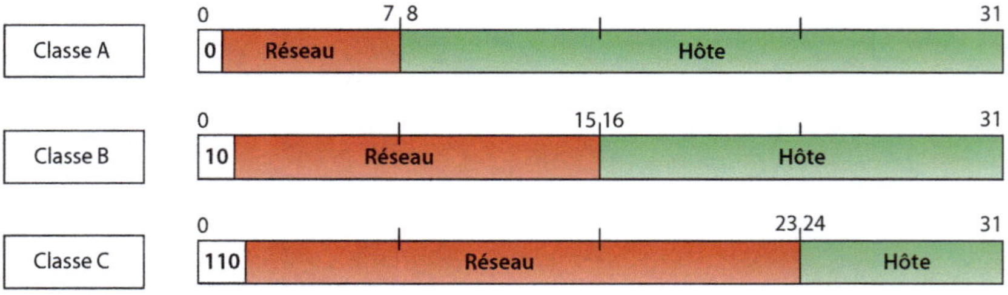

Pour trouver l'adresse réseau, on fait un ET binaire entre l'adresse IP et le masque réseau. Lorsqu'un masque est noté : X.X.X.X/24, cela signifie qu'il est composé de 24 « 1 » et donc de 8 « 0 ».

EXEMPLE

132.90.114.1 (classe B) associé au masque réseau 255.255.0.0.

Adresse : 132.90.114.1	s'écrit en binaire	10000100 . 01011010 . 01110010 . 00000001
Masque : 255.255.0.0	s'écrit en binaire	11111111 . 11111111 . 00000000 . 00000000
	ET binaire	--
		10000100 . 01011010 . 00000000 . 00000000

L'adresse du réseau est donc : 132.90.0.0

- L'adresse réseau : lorsque l'on annule la partie Host Id, c'est-à-dire lorsque l'on remplace les bits réservés aux machines du réseau par des zéros (par exemple, 132.90.0.0), on obtient ce que l'on appelle l'adresse réseau. Cette adresse ne peut être attribuée à aucun des ordinateurs du réseau.
- L'adresse de broadcast : lorsque tous les bits de la partie Host Id sont à 1, l'adresse obtenue est appelée adresse de diffusion (en anglais broadcast). Il s'agit d'une adresse spécifique, permettant d'envoyer un message à toutes les machines situées sur le réseau spécifié par le Net Id. Cette adresse ne peut être attribuée à aucun des ordinateurs du réseau.
- L'adresse de loopback : l'adresse 127.0.0.1 est appelée adresse de *loopback* ou adresse de « rebouclage » et permet de tester en local la pile TCP/IP. Pour vérifier si une carte réseau fonctionne, il suffit d'effectuer un ping sur cette adresse de *loopback* : si les paquets sont bien reçus, alors la carte réseau fonctionne.
- Les adresses privées/adresses publiques : les adresses IPv4 sont dites publiques si elles sont enregistrées et routables sur Internet, elles sont donc uniques mondialement (par exemple, l'adresse d'une box Internet). À l'inverse, les adresses privées ne sont utilisables que dans un réseau local, et ne doivent être uniques que dans ce réseau.

- **La norme IPv6**

Une adresse IPv6 est longue de 128 bits, soit 16 octets, contre 32 bits pour IPv4. On dispose ainsi d'environ $3{,}4 \cdot 10^{38}$ adresses ($2^{128} = 3{,}4 \cdot 10^{38}$). Cela équivaut à un nombre colossal d'adresses puisque pour saturer le système, il faudrait placer plus de 667 millions de milliards d'appareils connectés à internet sur chaque millimètre carré de surface terrestre.

IPv6 a été principalement développé en réponse à la demande d'adresses Internet qu'IPv4 ne permettait pas de contenter.

EXEMPLE :

2001:0db8:3c4d:0015:0000:0000:1a2f:1a2b

Préfixe de site (2001:0db8:3c4d) — ID de sous-réseau (0015) — ID d'interface (0000:0000:1a2f:1a2b)

7 Le modèle OSI

Le modèle OSI fournit un cadre général pour la conception des protocoles et standards de communication sur les réseaux. Le modèle comporte 7 couches : les 4 couches inférieures sont plutôt orientées « communication » et les 3 couches supérieures sont plutôt orientées « application ».

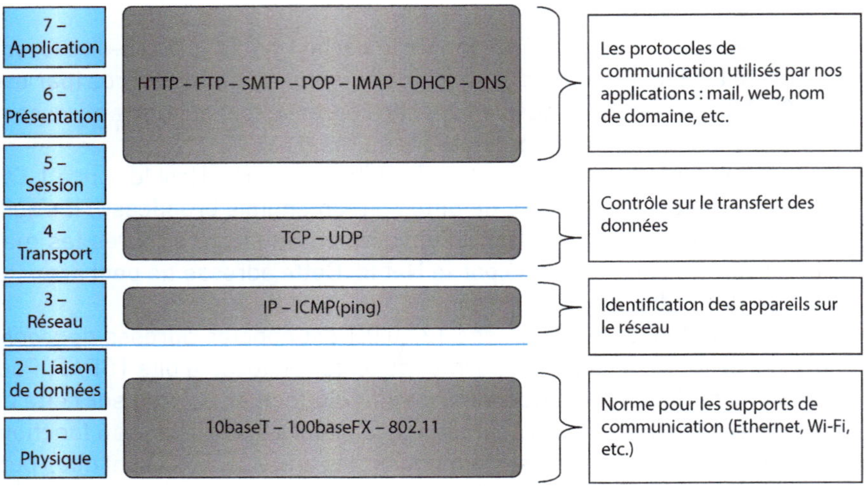

8 L'analyse de trames

8.1. Les protocoles de communication

Un protocole est un langage commun utilisé par l'ensemble des acteurs de la communication pour échanger des données.
Le message à transmettre est « encapsulé » dans une trame dont le format est défini par le protocole utilisé.
Une trame est délimitée par un début et une fin, c'est-à-dire des signaux spécifiques qui permettent de déterminer à quel moment elle commence et à quel moment elle finit. Elle peut également contenir d'autres informations, comme l'identification de l'émetteur, celle du récepteur, le contrôle des erreurs au niveau du transfert des informations...

8.2. Le format d'une trame d'un bus de terrain

Lorsque le réseau informatique est utilisé sur un terrain donné (véhicule, site de production...), on l'appelle bus de terrain. Un bus de terrain permet de transmettre des messages courts, par exemple des informations issues de capteurs ou d'actionneurs, avec une grande fiabilité et un temps de réaction très court. Ce réseau est peu sensible aux perturbations extérieures.

EXEMPLE

Bus CAN (*Controller Area Network*).

Le bus CAN est un moyen de communication série. La transmission des données est effectuée sur une paire filaire différentielle. La ligne est donc constituée de 2 fils.

Le protocole bus CAN est basé sur le principe de diffusion générale : aucun organe n'est adressé, par contre, chaque message envoyé sur le bus est clairement explicité, et le ou les organes décident de l'ignorer ou non.

Constitution de la trame de données de type standard CAN 2.0A, la plus utilisée :

SOF 1 bit	Identificateur 10 bits	RTR 1 bit	Champ de contrôle 6 bits	Donnée 8 octets max	Champ de sécurité 16 bits	ACK 2 bits	Champ de fin 7 bits

Cette trame se décompose en huit parties principales que l'on appelle des champs :

- SOF : *Start Of Frame*, début de transmission sur 1 bit.
- Identificateur : indique l'émetteur de la trame.
- RTR : indique s'il s'agit d'une trame de données ou d'une demande de message.
- Champ de contrôle : indique la longueur de la donnée.
- Champ de sécurité : permet de détecter une erreur dans la transmission.
- ACK : *acknowledge* (envoyé par le récepteur).
- Champ de fin : signale la fin de la transmission.

8.3. Le format d'une trame Ethernet

Le protocole Ethernet est utilisé entre des systèmes possédant une carte réseau (adresse MAC).

EXEMPLE

Trame Ethernet V2

Nombre d'octets :

8	6	6	2	46 à 15 00	4
Préambule	Adresse destination	Adresse source	Ether type	Données	CRC

Voici la description des champs d'une trame Ethernet :

- Préambule (8 octets) : annonce le début de la trame et permet la synchronisation.
- Adresse destination (6 octets) : adresse physique de la carte Ethernet (adresse MAC) destinataire de la trame.
- Adresse source (6 octets) : adresse physique de la carte Ethernet (adresse MAC) émettrice de la trame.
- Ether type ou type de trame (2 octets) : indique quel protocole est concerné par le message.
- Données (46 à 1 500 octets) : sur la station destinataire de la trame, ces octets seront communiqués à l'entité (protocole) indiquée par le champ « Ether type ». Notons que la taille minimale des données est 46 octets. Des octets à 0, dits de « bourrage », sont utilisés pour compléter les données dont la taille est inférieure à 46 octets.
- CRC (*Cyclic Redundancy Check*) : champ de contrôle de la redondance cyclique. Permet de s'assurer que la trame a été correctement transmise et que les données peuvent donc être délivrées au protocole destinataire.

Mes notes pour réviser

Exercice 1 Voir Fiche 2

Testez vos connaissances

1. Laquelle de ces énergies n'est pas renouvelable ?

a) Géothermie ☐

b) Énergie nucléaire ☐

c) Éolien ☐

d) Bois ☐

2. Qu'est-ce que le biogaz ?

a) Un mélange gazeux d'hydrocarbures présent dans certaines roches poreuses ☐

b) Un gaz obtenu en brûlant des hydrocarbures ☐

c) Un gaz fabriqué par des organismes vivants lors de la décomposition de certaines matières comme le fumier, le lisier ou le feuillage ☐

3. Qu'est-ce que l'énergie grise ?

a) La dépense énergétique totale de l'élaboration d'un matériau jusqu'à son recyclage ☐

b) L'énergie nécessaire pour le recyclage d'un matériau ☐

c) L'énergie contenue dans les fumées des centrales thermiques ☐

4. Quel document permet de protéger une invention ?

a) Un copyright ☐

b) Un brevet ☐

c) Une marque déposée par l'entreprise ☐

5. Lorsque l'on consomme 5 kWh d'électricité en France, quelle quantité d'énergie primaire consomme-t-on ?

a) 12,9 kWh ☐

b) 5 kWh ☐

c) 12,9 MWh ☐

6. Lorsque l'on consomme 5 kWh de gaz de ville, quelle quantité d'énergie primaire consomme-t-on ?

a) 12,9 kWh ☐

b) 5 kWh ☐

c) 12,9 MWh ☐

7. À combien de Wh correspondent 3 Tep ?

a) 34 800 Wh ☐

b) 34,8 Wh ☐

c) 34 800 000 Wh ☐

8. À combien de Tep correspondent 20 MWh ?

a) 1,72 ☐

b) 0,001 72 ☐

c) $1{,}7 \cdot 10^{-6}$ ☐

9. Quel est le but d'une ACV (Analyse du Cycle de Vie) ?

a) Déterminer la durée des phases du cycle de vie d'un produit ☐

b) Déterminer le nombre de phases du cycle de vie d'un produit ☐

c) Quantifier les impacts environnementaux d'un produit ☐

10. Quelle peut être l'unité fonctionnelle définissant une ampoule électrique ?

a) 6 000 heures à 600 lumens ☐

b) Vendu en supermarché, par lot de 500 ☐

c) Ampoule à diodes ☐

11. Qu'est-ce qu'un bâtiment à « énergie positive » ?

a) Un bâtiment qui n'utilise aucune source d'énergie ☐

b) Un bâtiment qui n'utilise que des sources d'énergie renouvelables ☐

c) Un bâtiment qui produit plus d'énergie qu'il n'en consomme ☐

FAIT ☐ REVU ☐

Exercice 2 Voir Fiche 2

Testez vos connaissances

1. Le diagramme permettant de décrire les exigences du cahier des charges est :

a) le diagramme des cas d'utilisation ☐

b) le diagramme d'exigences ☐

c) le diagramme d'état ☐

2. Sur un diagramme des cas d'utilisation, « *extend* » signifie que :

a) la fonction à l'origine de la flèche est obligatoire à la réalisation de la fonction principale ☐

b) la fonction à l'origine de la flèche n'est pas indispensable à la réalisation de la fonction principale ☐

c) l'élément apporte des précisions sur la fonction pointée ☐

3. Sur un diagramme des cas d'utilisation, « *include* » signifie que :

a) la fonction pointée est obligatoire à la réalisation de la fonction principale ☐

b) la fonction pointée n'est pas indispensable à la réalisation de la fonction principale ☐

c) l'élément apporte des précisions sur la fonction pointée ☐

4. Sur un diagramme d'exigences, « *refine* » signifie que le bloc à l'origine de la flèche :

a) apporte des précisions sur l'élément pointé ☐

b) découle ou est déduit de l'exigence pointée ☐

c) satisfait, répond à la demande formulée par l'exigence pointée ☐

5. Sur un diagramme d'exigences, « *satisfy* » signifie que le bloc à l'origine de la flèche :

a) apporte des précisions sur l'élément pointé ☐

b) découle ou est déduit de l'exigence pointée ☐

c) répond à la demande formulée par l'exigence pointée ☐

6. Dans un tableau des critères, une flexibilité de ± 5 % sur une valeur de 500 N correspond à :

a) ± 5 N ☐

b) ± 2,5 N ☐

c) ± 25 N ☐

7. Le composant vérin permet de remplir la fonction :

a) Alimenter ☐

b) Distribuer ☐

c) Convertir ☐

8. Dans la fonction Acquérir, on peut trouver le composant :

a) batterie ☐

b) accéléromètre ☐

c) microcontrôleur ☐

9. Le composant système vis-écrou permet de remplir la fonction :

a) Transmettre ☐

b) Distribuer ☐

c) Agir ☐

10. Quelle est la fonction d'un capteur ?

a) Acquérir ☐

b) Communiquer ☐

c) Traiter ☐

11. Quelles sont les grandeurs d'efforts et de flux qui caractérisent une puissance mécanique de rotation ?

a) Couple et fréquence de rotation ☐

b) Tension et intensité ☐

c) Pression et débit ☐

12. Quelle est l'unité de la variable de flux dans le cas d'une puissance électrique ?

a) La tension (U) ☐

b) Le courant (I) ☐

c) L'ampère (A) ☐

FAIT ☐ REVU ☐

Exercice 3 Voir Fiche 3

Testez vos connaissances

1. Quelle doit être la capacité d'une batterie alimentant une charge de 3 Ω avec une différence de potentiel de 12 V pendant 30 minutes ?

a) 4 Ah ☐

b) 2 Ah ☐

c) 0,5 Ah ☐

2. Quelle doit être la capacité d'une batterie alimentant une charge de 48 W avec une différence de potentiel de 12 V pendant 2 heures ?

a) 8 Ah ☐

b) 4 Ah ☐

c) 2 Ah ☐

3. Quelle est l'autonomie d'une batterie de 12 V possédant une capacité de 100 Ah et alimentant une charge de 24 W ?

a) 100 h ☐

b) 24 h ☐

c) 50 h ☐

4. On branche 2 modules de batteries en série. Chacun des modules a pour caractéristiques : U = 12 V, Q = 50 Ah. Quelles sont les caractéristiques de l'association de ces deux modules ?

a) U = 24 V et Q = 100 Ah ☐

b) U = 12 V et Q = 100 Ah ☐

c) U = 24 V et Q = 50 Ah ☐

5. On branche 2 modules de batteries en parallèle. Chacun des modules a pour caractéristiques : U = 12 V, Q = 50 Ah. Quelles sont les caractéristiques de l'association de ces deux modules ?

a) U = 24 V et Q = 100 Ah ☐

b) $U = 12$ V et $Q = 100$ Ah ☐

c) $U = 24$ V et $Q = 50$ Ah ☐

6. Quel est le rapport de transmission d'un engrenage dont l'axe d'entrée tourne à 28 tr/min et l'axe de sortie à 14 tr/min ?

a) 0,5 ☐

b) 14 ☐

c) 2 ☐

7. Dans quel sens tourne la roue dentée jaune si la roue dentée bleue tourne dans le sens trigonométrique ?

a) Sens trigonométrique ☐

b) Sens anti-trigonométrique ☐

c) Cela dépend. ☐

8. Dans un système poulies-courroie, la grande poulie tourne :

a) toujours plus vite que la petite poulie ☐

b) toujours moins vite que la petite poulie ☐

c) Cela dépend. ☐

9. On appelle R_{equ} la résistance équivalente de deux résistances R_1 et R_2 branchées en dérivation. Quelle est la bonne relation ?

a) $\frac{1}{R_{equ}} = \frac{1}{R_1 + R_2}$ ☐

b) $R_{equ} = \frac{1}{R_1} + \frac{1}{R_2}$ ☐

c) $\frac{1}{R_{equ}} = \frac{1}{R_1} + \frac{1}{R_2}$ ☐

10. Quelle est l'expression du courant I_3 dans le schéma ci-dessous ?

a) $I_3 = I - I_2 - I_1$ ☐

b) $I_3 = -I_1 - I - I_2$ ☐

c) $I_3 = I + I_1 - I_2$ ☐

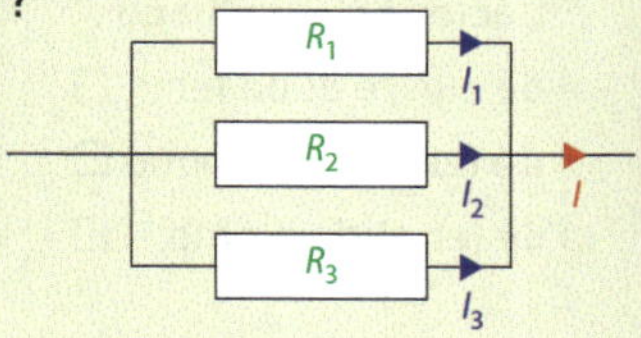

11. Dans un système poulies-courroie, quel doit être le diamètre de la poulie menée pour pouvoir tourner à 25 tr · min⁻¹ lorsque la poulie menante, de diamètre 16 cm, tourne à 75 tr · min⁻¹ ?

a) 50 cm ☐

b) 5,33 cm ☐

c) 48 cm ☐

FAIT ☐ REVU ☐

Exercice 4 Voir Fiche 4

Testez vos connaissances

1. Les points d'un solide en translation ont tous :

a) des trajectoires différentes, des vitesses et des accélérations différentes ☐

b) des trajectoires identiques, mais des vitesses et des accélérations différentes ☐

c) des trajectoires identiques, la même vitesse et la même accélération ☐

2. Les trajectoires des points appartenant à un solide en translation :

a) sont obligatoirement des droites parallèles entre elles ☐

b) peuvent être des droites ou des courbes identiques entre elles ☐

c) peuvent être des droites ou des courbes différentes entres elles ☐

3. Un mouvement de translation rectiligne et uniforme est :

a) un mouvement à accélération constante et non nulle ☐

b) un mouvement à accélération nulle ☐

c) un mouvement à accélération variable ☐

4. Les équations définissant le mouvement de translation rectiligne et uniforme pour lequel $t_0 = 0$ sont :

a) $a(t) \neq 0$; $v(t) = v_0 =$ constante ; $x(t) = v_0 + x_0 \cdot t$ ☐

b) $a(t) = 0$; $v(t) = v_0 =$ constante ; $x(t) = x_0 \cdot t + v_0$ ☐

c) $a(t) = 0$; $v(t) = v_0 =$ constante ; $x(t) = v_0 \cdot t + x_0$ ☐

5. Les équations du mouvement d'un solide en translation rectiligne uniformément accéléré pour lequel $t_0 = 0$ sont :

a) $a(t) = 0 =$ constante ; $v(t) = a(t) + v_0 \cdot t$;

$x(t) = \frac{1}{2} \cdot a(t) \cdot t^2 + v_0 + x_0 \cdot t$ ☐

b) $a(t) \neq 0$ = constante ; $v(t) = a(t) \cdot t + v_0$;

$x(t) = \frac{1}{2} \cdot a(t) \cdot t^2 + v_0 \cdot t + x_0$ ☐

c) $a(t) \neq 0$ = constante ; $v(t) = a(t) \cdot t + v_0$;

$x(t) = \frac{1}{2} \cdot v_0 \cdot t^2 + a(t) \cdot t + x_0$ ☐

6. Un point est animé d'un mouvement de rotation uniformément varié autour d'un axe fixe dont les caractéristiques sont : $\theta''(t) = 2$ rad/s² ; $\theta'(t) = 10$ rad/s ; $\theta_0 = 10$ rad.

Quelle sera la position angulaire du point à l'instant $t = 2$ s ?

a) $\theta = 34$ rad ☐
b) $\theta = 24$ rad ☐
c) $\theta = 32$ rad ☐

7. Un point est animé d'un mouvement de rotation uniforme autour d'un axe dont les caractéristiques sont : $\theta'(t) = 10$ rad/s ; $\theta_0 = 5$ rad.

Quelle sera la position angulaire du point à l'instant $t = 5$ s ?

a) $\theta = 50$ rad ☐
b) $\theta = 45$ rad ☐
c) $\theta = 55$ rad ☐

8. Un objet exerce sur le sol une force verticale de 104 N. On considère que g = 10 m/s². Quelle est la masse de l'objet ?

a) 10,4 N ☐
b) 10,4 kg ☐
c) 1 040 kg ☐

9. Quelle est la pression résultant d'une force de 20 N exercée sur une surface de 2 m² ?

a) 10 Pa ☐
b) 20 Pa ☐
c) 40 Pa ☐

10. Sur la brouette ci-dessous, comment s'écrit le théorème du moment résultant donnant la condition d'équilibre du système ?

a) $(P + F) \cdot R = -F \cdot S$ ☐
b) $(P - F) \cdot R = -F \cdot S$ ☐
c) $(P - F) \cdot R = F \cdot S$ ☐

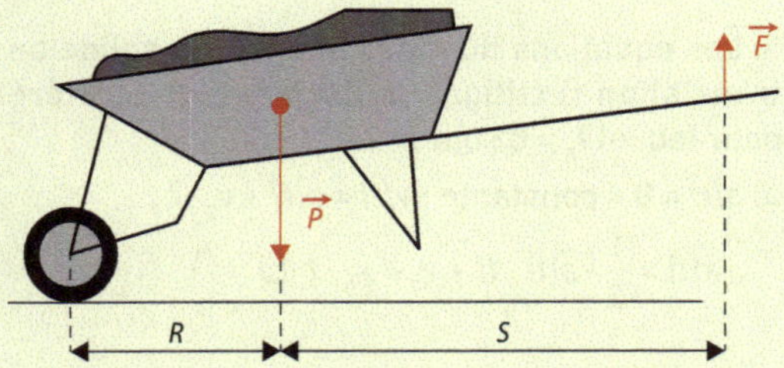

11. La documentation pour un réfrigérateur indique « Consommation : 1,5 kWh/24 h ». Cette documentation nous renseigne sur :

a) l'énergie consommée ☐
b) la puissance électrique de l'appareil ☐
c) l'abaissement de température ☐

12. Quelle quantité d'énergie consomme-t-on pour regarder un film de 2 heures sur une télévision de 100 W ?

a) 200 J ☐
b) 200 Wh ☐
c) 200 kWh ☐

13. Quel est le rendement global d'une installation composée d'un moteur de rendement 0,7 et d'un réducteur de rendement 0,5 ?

a) 1,2 ☐
b) 20 % ☐
c) 35 % ☐

14. Quel est le rendement d'une installation lumineuse émettant un flux lumineux de 80 lm pour une puissance de 100 W ?

a) 20 % ☐
b) 80 % ☐
c) 0,8 % ☐

15. Quelle lampe consomme le plus de courant électrique ?

a) une lampe d'automobile (55 W ; 12 V) ☐
b) une lampe de poids lourd (84 W ; 24 V) ☐
c) une lampe domestique (100 W ; 230 V) ☐

FAIT ☐ REVU ☐

Exercice 5 Voir Fiche 5

Testez vos connaissances

1. Le bronze est un alliage :

a) de cuivre et de fer ☐
b) d'étain et de fer ☐
c) de cuivre et d'étain ☐

2. L'acier est un alliage :

a) de cuivre et de fer ☐
b) de fer et de carbone ☐
c) de fer et de plomb ☐

3. Le matériau dont la masse volumique est la plus faible est :

a) l'aluminium ☐

b) le bronze ☐

c) l'acier ☐

4. Le matériau qui a la meilleure résistance à la corrosion est :

a) le cuivre ☐

b) l'acier ☐

c) l'or ☐

5. Les matériaux qui composent la famille « métallique » sont :

a) le bronze, l'acier, l'aluminium ☐

b) le fer, les céramiques, le bronze ☐

c) l'acier, le béton, l'aluminium ☐

6. Quel type de déformation est illustré ci-contre ?

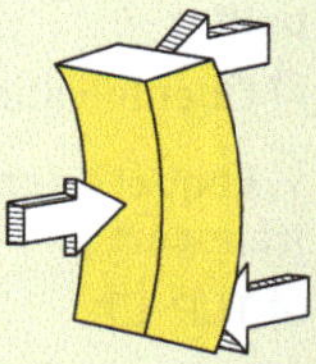

a) Traction ☐

b) Compression ☐

c) Flexion simple ☐

7. Si une barre de section 0,02 m^2 est soumise à un effort de traction d'intensité 10 000 N, la contrainte dans la pièce est de :

a) 500 000 MPa ☐

b) 0,5 Pa ☐

c) 0,5 MPa ☐

8. Un matériau de résistance élastique R_e = 600 MPa est soumis à une contrainte de 200 MPa. Le coefficient de sécurité est de :

a) 3 ☐

b) 12 ☐

c) 1,2 ☐

9. Quel matériau est le plus isolant ?

a) Laine de verre (λ = 0,04 W · m^{-1} · K^{-1}) ☐

b) Ouate de cellulose (λ = 0,039 W · m^{-1} · K^{-1}) ☐

c) Polystyrène extrudé (λ = 0,035 W · m^{-1} · K^{-1}) ☐

10. Une paroi est composée d'un mur en béton de résistance thermique R = 0,04 m^2 · K/W recouvert de laine minérale de résistance thermique R = 2,5 m^2 · K/W. La résistance thermique équivalente pour cette paroi est de :

a) 2,46 m^2 · K/W ☐

b) 2,54 m^2 · K/W ☐

c) 0,1 m^2 · K/W ☐

FAIT ☐ REVU ☐

Exercice 6 Voir Fiche 6

Testez vos connaissances

1. Quelle est la définition d'un signal analogique ?

a) C'est un signal variant de façon continue dans le temps. ☐

b) C'est un signal variant de façon discontinue dans le temps. ☐

c) C'est un signal variant de façon continue dans l'espace. ☐

d) C'est un signal variant de façon discontinue dans l'espace. ☐

2. Deux signaux de période 800 ms ont un déphasage de 200 ms. Quelle est la valeur de ce déphasage en degrés ?

a) 200 ☐

b) 90 ☐

c) 45 ☐

3. Lorsque l'on applique un rapport cyclique de 0,25 à une tension continue de 24 V, quelle tension moyenne obtient-on ?

a) 6 V ☐

b) 18 V ☐

c) 23,75 V ☐

4. Lorsque l'on applique un rapport cyclique de 20 % à une tension continue de 12 V, quelle tension moyenne obtient-on ?

a) 9,6 V ☐

b) 11,8 V ☐

c) 2,4 V ☐

5. Quel est le résultat du masque 0110 0011 sur le mot 1010 0110 ?

a) 0010 0010 ☐

b) 1000 0100 ☐

c) 1110 0111 ☐

6. Dans une variable, on a la valeur binaire suivante : 0101 1100. On souhaite masquer les 4 bits de poids faible. Quel masque doit-on appliquer ?

a) 0000 1111 ☐

b) 1111 0000 ☐

c) 0101 1100 ☐

7. Soit le mot en hexa A3. Que vaut le bit de poids faible ?

a) 0 ☐

b) 1 ☐

c) 3 ☐

8. Soit un CAN 3 bits avec une tension U_{ref} = 32 V. Calculez la valeur du quantum.

a) 10,7 V ☐

b) 5,3 V ☐

c) 4 V ☐

9. Un diagramme de séquence :

a) modélise l'évolution de l'état d'un block en fonction des événements qui peuvent se produire ☐

b) représente les échanges de messages entre les acteurs et le système ou entre les parties du système ☐

c) présente les interactions entre le système et son environnement ☐

FAIT ☐ REVU ☐

Exercice 7 Voir Fiche 7

Testez vos connaissances

1. Quel est l'autre nom d'un *switch* ?

a) Un concentrateur ☐

b) Un modulateur ☐

c) Un commutateur ☐

2. Que caractérise l'adresse IP ?

a) L'adresse d'un ordinateur connecté à Internet ☐

b) L'adresse physique de la carte réseau ☐

c) Le débit d'une connexion à Internet ☐

3. Que caractérise l'adresse MAC ?

a) L'adresse d'un ordinateur connecté à Internet ☐

b) L'adresse physique de la carte réseau ☐

c) Le débit d'une connexion à Internet ☐

4. Des ordinateurs sont connectés à un réseau local. L'un des ordinateurs a pour adresse IP 213.215.60.178. Le masque de réseau est 255.255.255.0. Quelle est l'adresse du réseau local ?

a) 213.215.60.178 ☐

b) 0.0.60.178 ☐

c) 213.215.60.0 ☐

5. Quelle est l'adresse de *broadcast* de la machine 10.11.12.13, si elle a pour masque de réseau 255.255.255.0 ?

a) 0.0.0.255 ☐

b) 10.11.12.255 ☐

c) 10.11.12.0 ☐

6. Quelle est l'adresse IP réservée pour la fonction rebouclage (*loopback*) sur un réseau ?

a) 127.0.0.1 ☐

b) 127.1.1.0 ☐

c) 127.0.1.0 ☐

7. Combien y a-t-il de couches dans le modèle OSI ?

a) 6 ☐

b) 7 ☐

c) 8 ☐

8. Dans un modèle OSI, la couche 3, couche réseau, a notamment pour rôle de permettre :

a) l'utilisation correcte du support physique (câble, onde...) ☐

b) de découper l'information en entités plus petites ☐

c) l'identification des appareils sur le réseau ☐

9. Lequel de ces protocoles dépend de la couche transport ?

a) TCP ☐ b) IP ☐ c) SMTP ☐

10. Lors d'une transmission, chaque octet de données est précédé d'un bit de start et est suivi d'un bit de parité et de deux bits de stop. Combien de bits sont transmis à chaque fois que l'on transmet un octet de données ?

a) 8 ☐ b) 10 ☐ c) 12 ☐

11. Lors d'une transmission, on souhaite envoyer un message comportant 20 bits. Le débit de la transmission est de 2 000 bits/s. Quelle est la durée de l'émission du message ?

a) 0,01 s ☐ b) 100 ms ☐ c) 1 ms ☐

12. L'architecture d'un réseau désigne :

a) Le plan de la salle où est installé le réseau local ☐

b) L'ensemble des composants d'un réseau et la manière dont ils sont connectés ☐

c) La liste des composants d'un réseau et leurs caractéristiques techniques ☐

13. La transmission des informations en Wi-Fi se fait par des :

a) Fils électriques ☐

b) Ondes électromagnétiques ☐

c) Fibres optiques ☐

FAIT ☐ REVU ☐

Exercice 8 Voir Fiche 1

Analyse d'impacts environnementaux

Nous allons comparer les impacts environnementaux liés à l'utilisation du trolleybus (un bus hybride alimenté en énergie électrique par des lignes aériennes et par un moteur diesel pour les opérations de parking), de l'autobus et de la voiture particulière.

Le tableau suivant permet de comparer les émissions de gaz à effet de serre produits par l'utilisation des différents véhicules. Les résultats proviennent de la méthode Bilan Carbone® développée par l'Ademe (Agence de l'environnement et de la maîtrise de l'énergie).

TYPE VÉHICULE	Trolleybus	Autobus	Voiture particulière
NOM COMMERCIAL	CRISTALIS	CITELIS	CLIO 1.5dCi
ÉNERGIE D'ALIMENTATION	Électricité	Gazole	Gazole
CONSOMMATION MOYENNE	2,7 kWh pour 1 km = 9,72 MJ · km^{-1}	42 L pour 100 km	4 L pour 100 km
ÉMISSION DE GAZ À EFFET DE SERRE	92 g Eq CO_2/km	1409 g Eq CO_2/km	127 g Eq CO_2/km
	g Eq CO_2 = gramme équivalent CO_2		
NOMBRE DE PERSONNES TRANSPORTÉES	96 maxi	105 maxi	5 maxi

1. Déterminer l'émission de gaz à effet de serre par passager pour chacun des véhicules lorsqu'il est à son remplissage maximal. Classer alors les véhicules en fonction de leurs performances en termes d'émission de gaz à effet de serre.

Le remplissage moyen constaté pour les trajets en véhicule particulier est de 1,3 passager par véhicule.

2. Comparativement au remplissage moyen d'un véhicule automobile, déterminer à partir de combien de passagers les autres modes de transport sont plus performants concernant l'émission de gaz à effet de serre.

Nous allons maintenant évaluer les quantités d'énergies primaires nécessaires à l'utilisation du trolleybus. Il faut intégrer pour cela les rendements de l'acheminement et de la distribution d'électricité visibles sur le diagramme de flux énergétique ci-dessous.

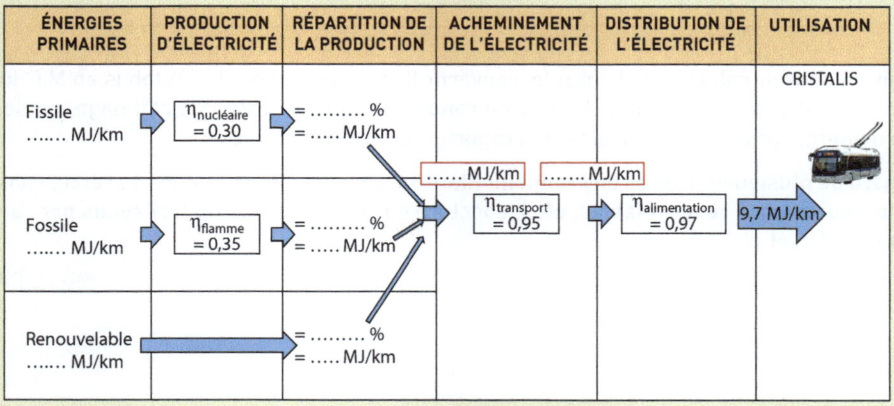

3. **À partir des rendements de l'alimentation et du transport d'électricité, déterminer et inscrire, près des flèches de flux du diagramme de flux énergétique, l'énergie électrique nécessaire (en MJ · km^{-1}) en sortie et en entrée du réseau de transport d'électricité (acheminement et distribution).**

4. **En utilisant le diagramme ci-après, classer les différents modes de production d'électricité en trois groupes : énergies renouvelables, énergies fossiles ou énergie fissile (fission nucléaire).**

Déterminer la part d'électricité (en %) générée par chacun des trois groupes d'énergies (renouvelable, fossile et fissile) et en déduire l'énergie consommée correspondante (en MJ · km^{-1}). Reporter ces valeurs sur le diagramme de flux énergétique.

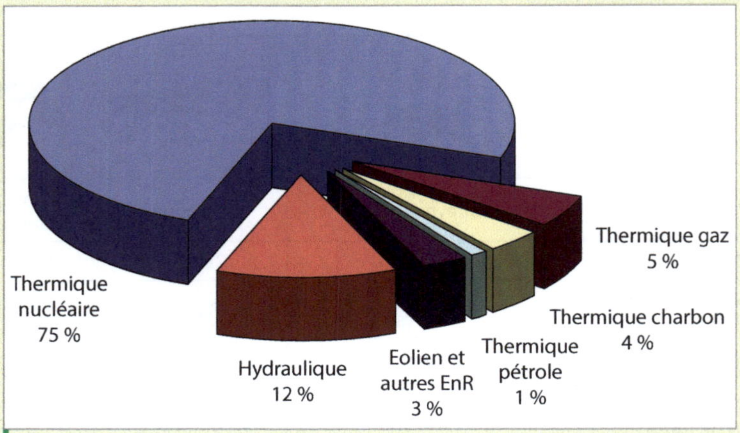

Fig. 1 : Origine électricité France 2012

5. **À partir des rendements énergétiques de chacun des modes de production d'électricité, en déduire les quantités d'énergie primaire nécessaires au fonctionnement du trolleybus (en MJ · km^{-1}). Reporter ces valeurs près de chaque flèche du diagramme de flux.**

Nous nous intéressons à présent à l'utilisation de l'autobus à moteur diesel, nécessitant du gazole comme carburant nécessaire à son fonctionnement.

Le diagramme de flux permet de remonter à l'énergie primaire nécessaire.

Pouvoir calorifique du gazole : $C = 38\ 080$ kJ · L^{-1}.

ÉNERGIES PRIMAIRES	RAFFINAGE DU PÉTROLE	UTILISATION
Pétrole ……… MJ/km	→ $\eta_{raffinage}$ = 0,94 → ……. MJ/km →	CITELIS 

6. **À partir du pouvoir calorifique du gazole, convertir la consommation de l'autobus en MJ · km^{-1} et la reporter sur le diagramme de flux. À l'aide du rendement du processus de raffinage, en déduire la quantité d'énergie primaire nécessaire et la reporter sur le diagramme.**

7. **Au regard de plusieurs critères environnementaux (production de gaz à effet de serre, consommation de ressources non renouvelables, etc.), conclure sur la pertinence du trolleybus par rapport au bus à moteur diesel.**

FAIT ☐ REVU ☐

Exercice 9 Voir Fiche 2

Calcul de flux

La ville de Nantes, confrontée à la saturation de son périphérique, envisage de faire construire un nouveau pont.

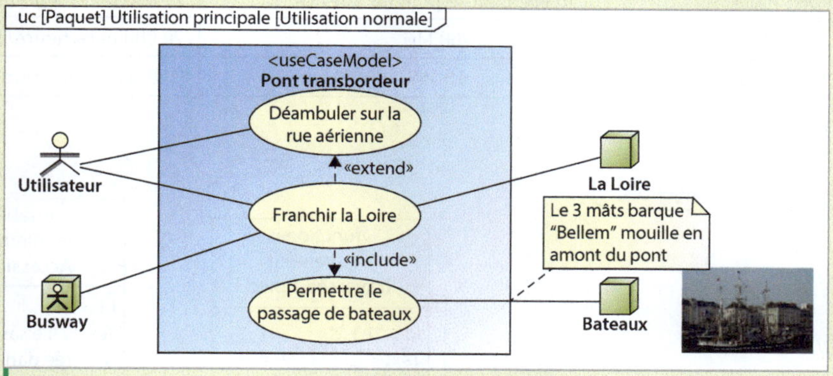

Fig. 1

La notion d'éco-mobilité met en valeur par ordre d'importance : les modes de transport doux (sans motorisation), les transports en commun, le covoiturage, par opposition à un véhicule utilisé seul. Le pont transbordeur s'inscrit dans cette exigence en privilégiant les transports en commun et l'accès aux piétons.

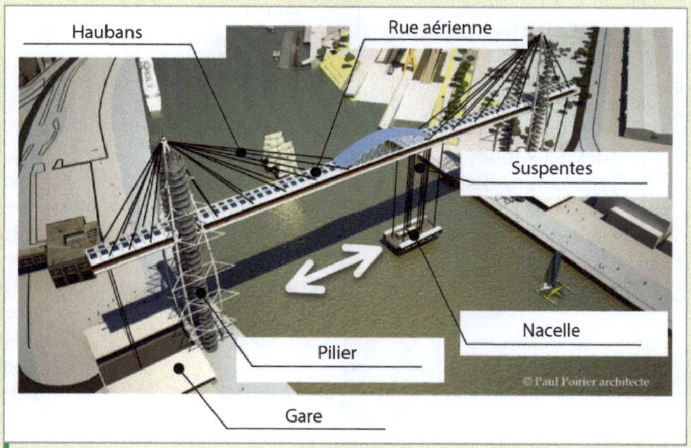

Fig. 2

1. **À l'aide des données du diagramme d'exigences (fig. 3), calculer, à partir d'un temps de passage de la nacelle et des moyens de transport possibles (un busway + piétons), le flux maximal de passagers par heure dans un sens de circulation. La possibilité d'utiliser la rue aérienne ne sera pas prise en compte.**

2. **À partir du tableau ci-dessous, comparer le flux maximal de passagers autorisé par le pont transbordeur à celui d'autres modes de franchissement, en précisant si le flux est faible, moyen ou élevé par rapport aux autres moyens de franchissement.**

Comparaison de différents modes de franchissement

	COÛT (1 M€ = 1 000 000 €)	FLUX PASSAGERS
BAC (ROTATION 15 MIN)	7 M€ pour un bac de Loire	1 400 pers/heure/sens
PONT BAS	35 M€	20 000 pers/heure/sens

.../...

…/…

	COÛT (1 M€ = 1 000 000 €)	FLUX PASSAGERS
PONT TRANSBORDEUR	30 M€ à 70 M€ pour le projet de l'architecte P. Poirier, suivant la capacité de la rue aérienne	7 200 pers/heure/sens
PONT LEVANT	155 M€ pour le pont Gustave Flaubert à Rouen	20 000 pers/heure/sens
PONT HAUT	70 M€ pour le pont de Cheviré	20 000 pers/heure/sens
TUNNEL	200 M€	20 000 pers/heure/sens
TÉLÉPHÉRIQUE	15 M€	1 200 pers/heure/sens

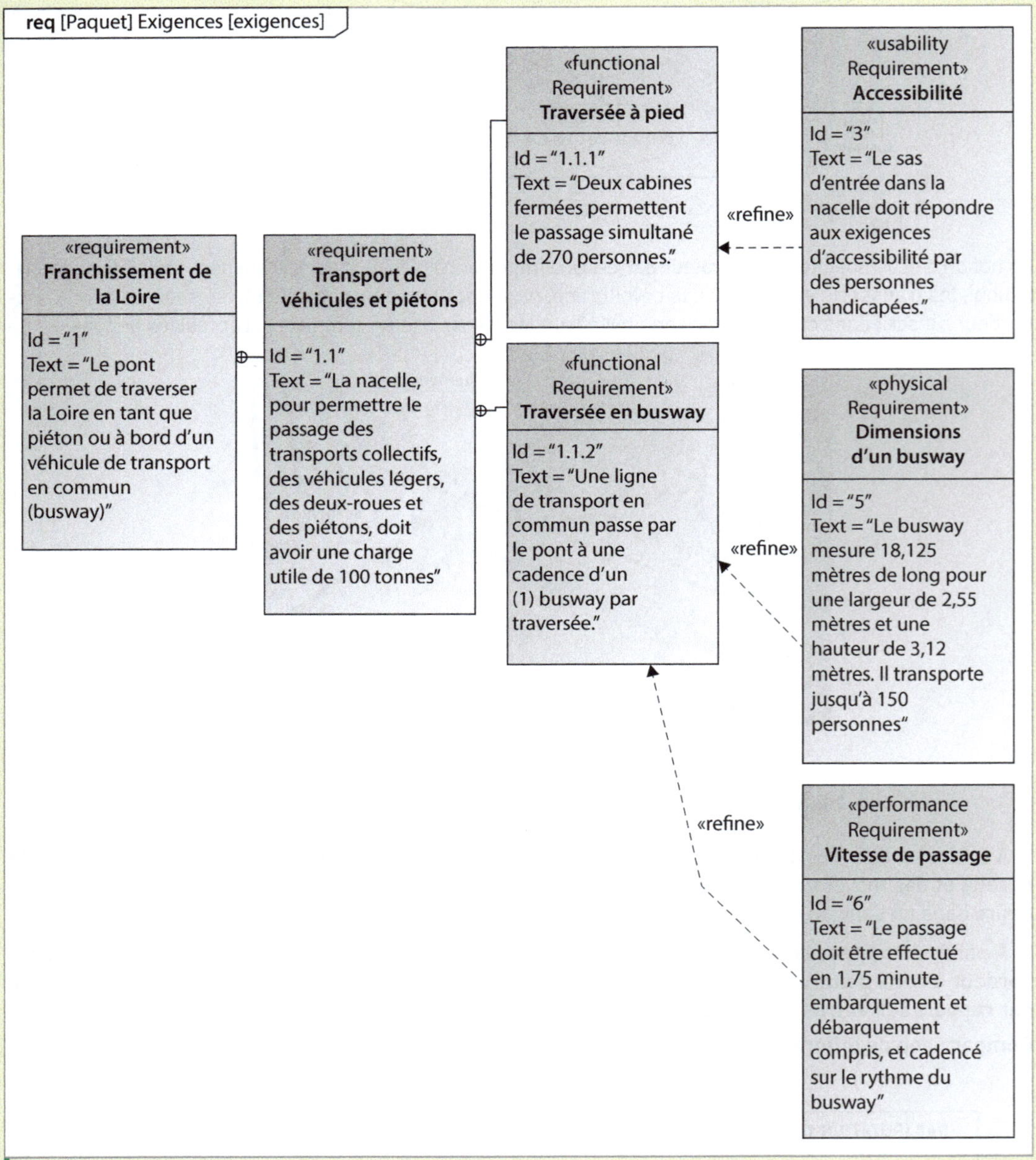

Fig. 3 : Extrait du diagramme d'exigences

FAIT ☐ REVU ☐

Exercice 10 Voir Fiche 3

Étude des panneaux solaires et des batteries

Le ferry-boat est une navette maritime utilisée à Marseille pour traverser le vieux port.

La distance parcourue à chaque trajet par le ferry-boat est de 283 m. La durée de la traversée est de 5 minutes environ, déchargement et chargement des passagers compris.

Le toit du ferry-boat est recouvert de panneaux solaires.

Étude des panneaux solaires

1. À l'aide des besoins en énergie indiqués dans le tableau ci-dessous et de la simulation de production photovoltaïque, déterminer si les panneaux photovoltaïques peuvent suffire à l'alimentation du ferry en mode écoconduite. Justifier votre réponse.

Besoin en énergie par jour suivant les mois d'utilisation

TEMPS DE FONCTIONNEMENT	MODE ÉCOCONDUITE	SANS MODE ÉCOCONDUITE
8 h (janvier, février, novembre, décembre)	22 752 Wh/jour	32 448 Wh/jour
10 h (mars, avril, septembre, octobre)	28 440 Wh/jour	40 560 Wh/jour
18 h (mai, juin, juillet, août)	51 192 Wh/jour	73 008 Wh/jour

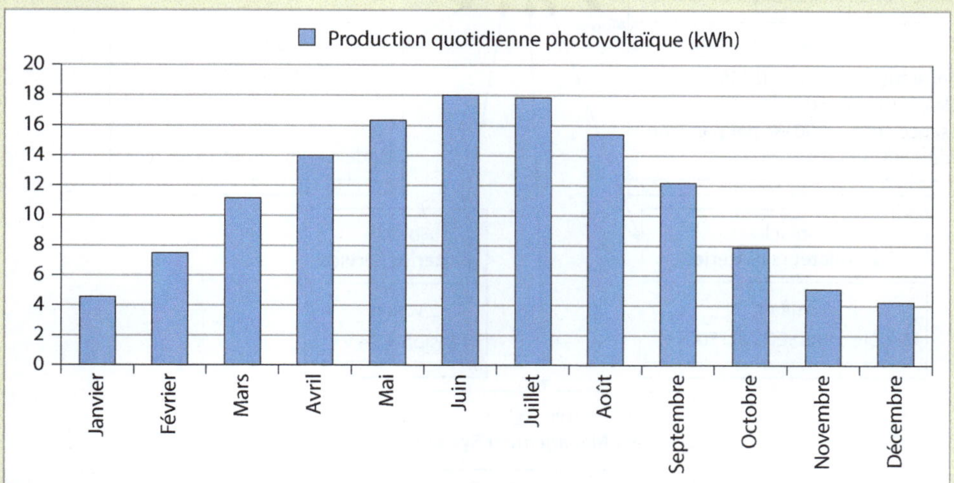

Fig. 1 : Simulation de la production d'énergie des panneaux photovoltaïques « propulsion »

2. En vous aidant de l'extrait du BDD, indiquer le nombre de panneaux photovoltaïques utilisés pour la propulsion et le nombre de panneaux utilisés pour le circuit service.

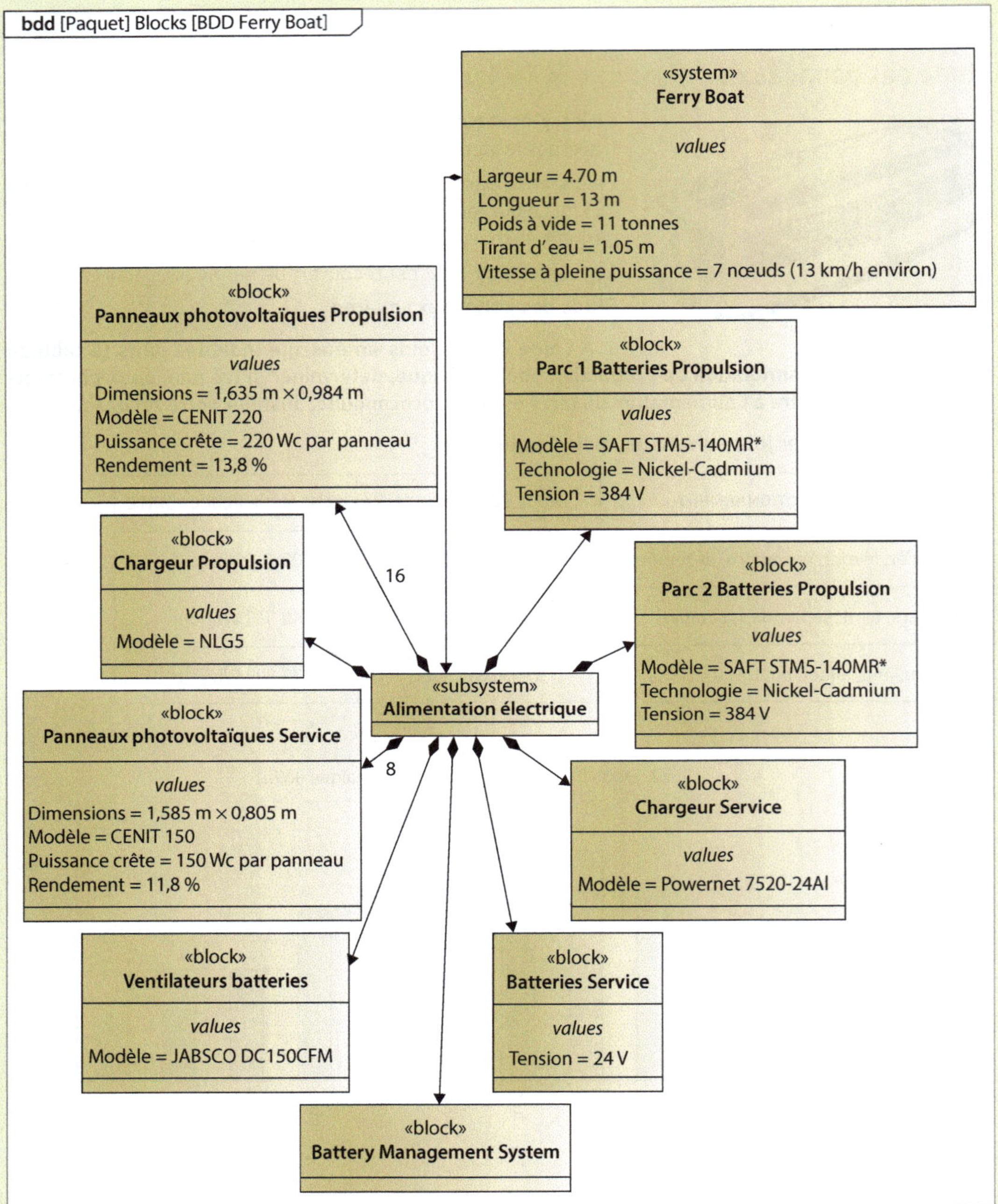

Fig. 2 : Extrait du BDD du ferry-boat

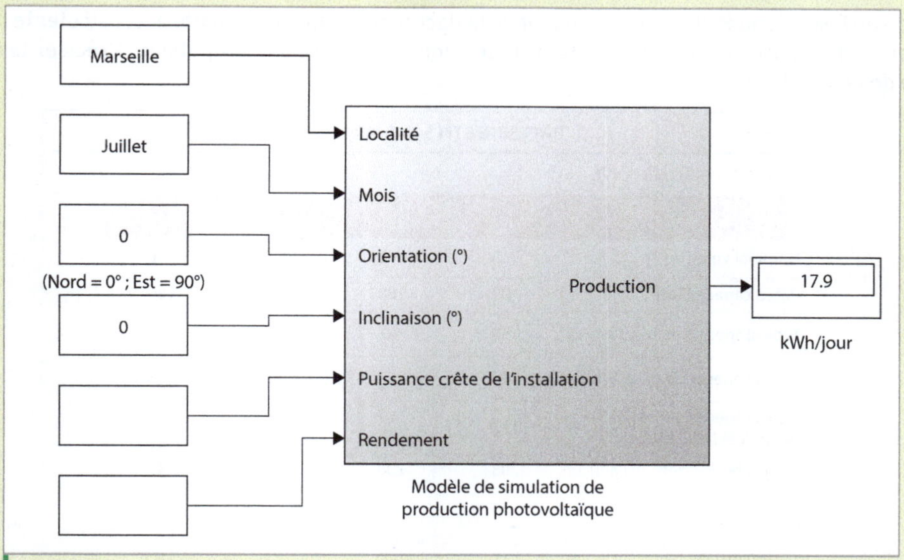

Fig. 3

3. Pour estimer la production photovoltaïque destinée à la propulsion, on utilise le modèle de simulation ci-dessus.

En vous aidant de l'extrait du BDD, donner la valeur des deux paramètres d'entrée manquants sur le modèle de simulation ci-dessus.

4. Préciser l'influence de l'orientation et de l'inclinaison des panneaux photovoltaïques sur la production d'électricité.

Conclure sur l'efficacité du positionnement des panneaux sur le ferry-boat.

Stockage de l'énergie

L'énergie nécessaire pour la propulsion est fournie par deux parcs de batteries nickel-cadmium. Chaque parc est logé dans des bacs spéciaux placés dans une coque inaccessible au public.

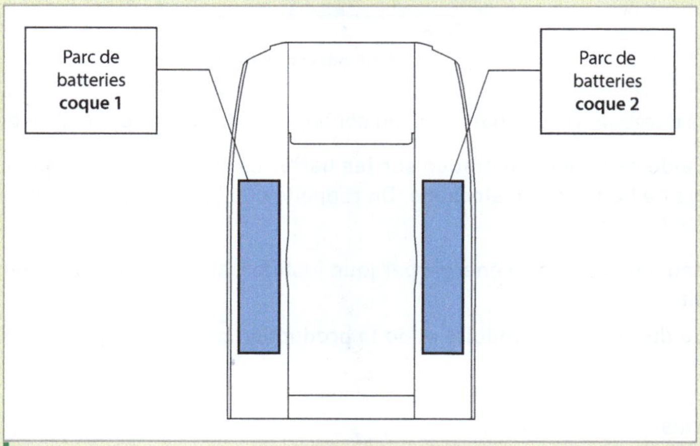

Fig. 4

On cherche à vérifier que la capacité de stockage d'énergie est suffisante pour assurer le service quotidien.

5. À l'aide de l'extrait du BDD du ferry-boat et de la documentation sur les batteries, calculer le nombre de batteries d'un parc permettant d'obtenir la tension nécessaire à la propulsion. Préciser le type de câblage de ces batteries.

BATTERIE STM 5-140 MR*

Electrical characteristics

	STM 5-100 MR*	STM 5-100 MRE**	STM 5-140 MR*	STM 5-180 ***
Nominal voltage [V]	6	6	6	6
Rated capacity [Ah]	100	100	136	180
Typical specific energy [Wh/kg]	55	55	54	54
Typical energy density [Wh/dm^3]	88	87	95	93
Typical specific power at 3/4 Uo at 80% DOD [W/kg]	122	120	108	82
Typical power density [W/l]	203	200	190	142

Mechanical characteristics

Typical weight [kg]	12.9	13.2	17.0	23.2
Dimensions [mm]	248×120×260	246×123×260	244×153×260	260×190×260
Volume [dm^3]	7.74	7.87	9.7	12.85

*MR: air-cooled - * *MRE: integrated liquid cooling - * * *Water filling system [made with individual vents]

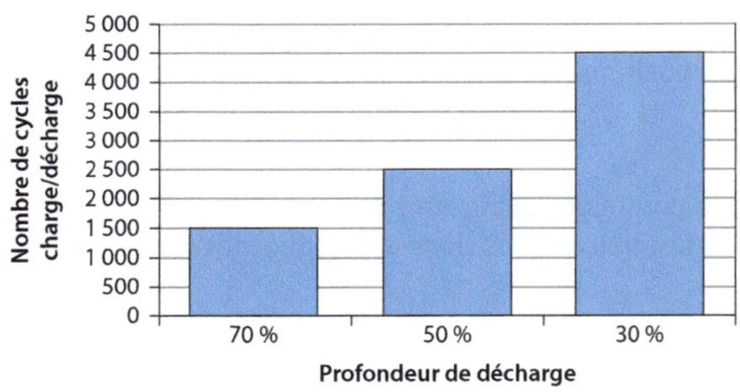

Pour augmenter la durée de vie des batteries, on souhaite limiter la profondeur de décharge à 70 %.

6. Déterminer, à l'aide de la documentation sur les batteries et du bdd, l'énergie disponible (en Wh) pour les deux parcs de batteries de stockage. On rappelle que la profondeur de décharge correspond à l'énergie prélevée dans la batterie.

7. À l'aide du tableau des besoins en énergie par jour, justifier la nécessité d'avoir un stockage d'énergie aussi important.

Montrer l'influence du mode écoconduite et de la production photovoltaïque sur la durée de vie des batteries.

Charge des batteries

Les deux parcs de batteries de propulsion sont chargés durant la journée par 16 panneaux solaires. Les équipements du bord sont alimentés par les batteries de service 24 V qui sont chargées pendant la journée par 8 autres panneaux solaires. La nuit, le bateau est branché sur une prise électrique de quai afin de recharger totalement les batteries.

8. Indiquer la nature de la tension (continue ou alternative) présente aux points repérés ❶ ❷ ❸ ❹ de l'IBD de l'alimentation électrique.

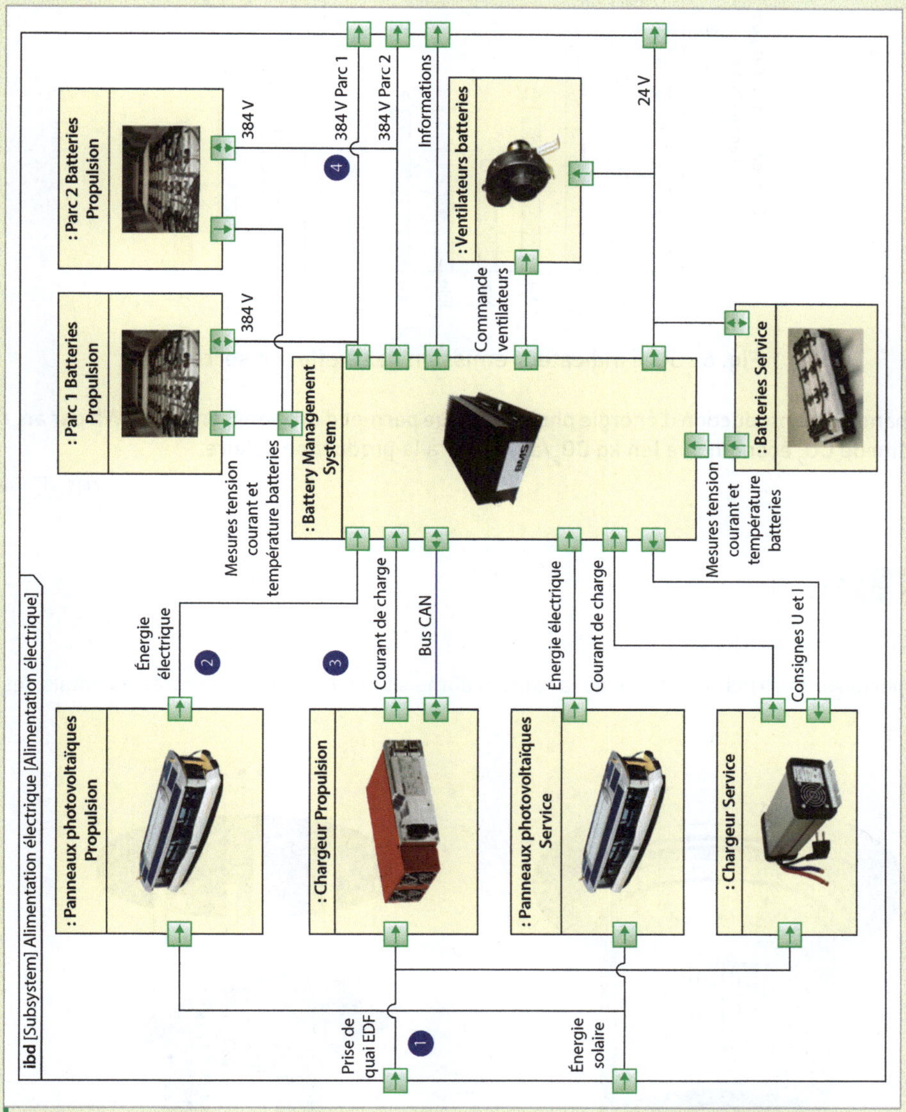

Fig. 5

Impact écologique

9. Calculer la moyenne annuelle d'émission de gaz à effet de serre (grammes de CO_2 par kWh) en utilisant le « Suivi indicateur émissions gaz à effet de serre 2013 ».

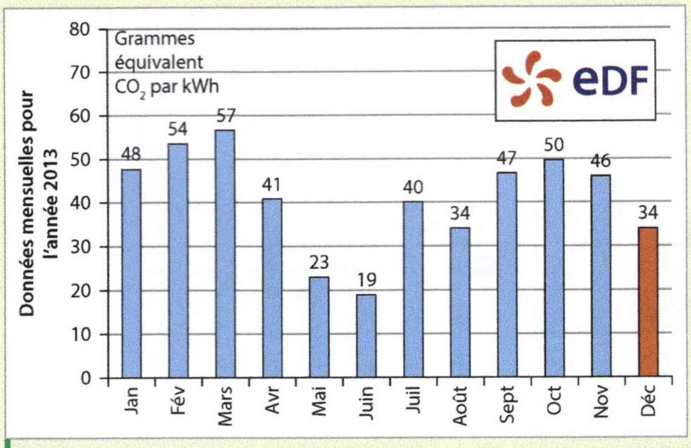

Fig. 6 : Suivi indicateur émission gaz à effet de serre 2013

10. **Sachant que la production d'énergie photovoltaïque permet d'économiser 4 400 kWh par an, calculer la quantité de CO_2 économisée (en kg CO_2/an) grâce à la production solaire.**

FAIT ☐ REVU ☐

Exercice 11 Voir Fiche 3

Schéma cinématique

L'étude porte sur la structure interne de la caméra dôme située dans le hall d'entrée du Palais des sports.

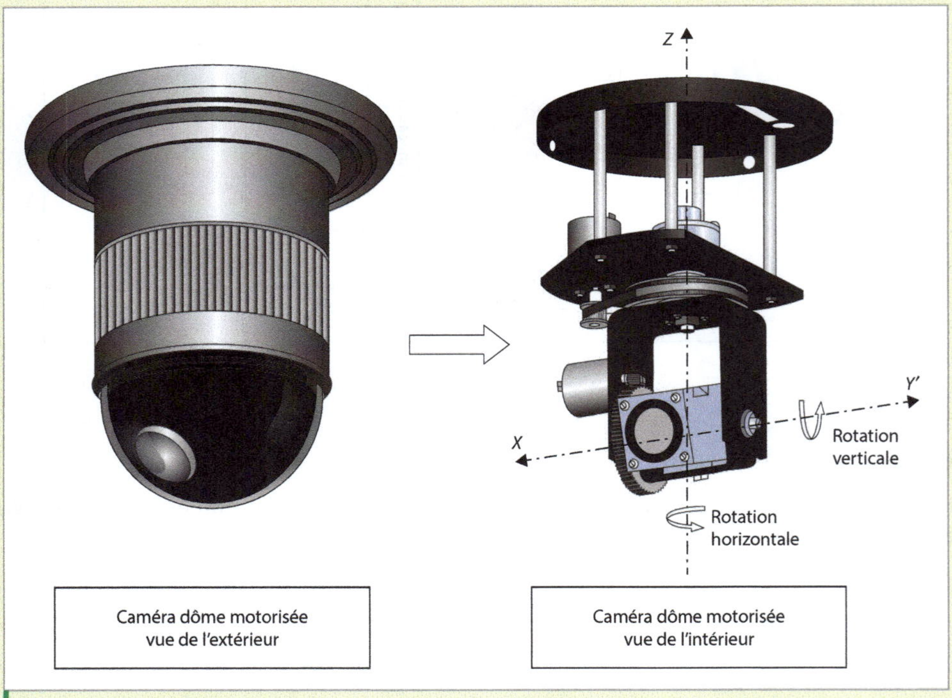

Fig. 1 : Structure interne de la caméra dôme

1. À partir de la vue éclatée et de la nomenclature de la caméra dôme, compléter le schéma cinématique ci-après en indiquant dans les cercles les numéros des pièces et en notant « horizontale » ou « verticale » pour qualifier l'orientation de la rotation réalisée par chacun des deux moteurs.

À partir du sens de rotation donné par les moteurs de rotation horizontale et verticale, indiquer le sens de rotation autour de l'axe vertical (RZ+ ou RZ–) et le sens de rotation autour de l'axe horizontal (Ry+ ou Ry–) du module caméra.

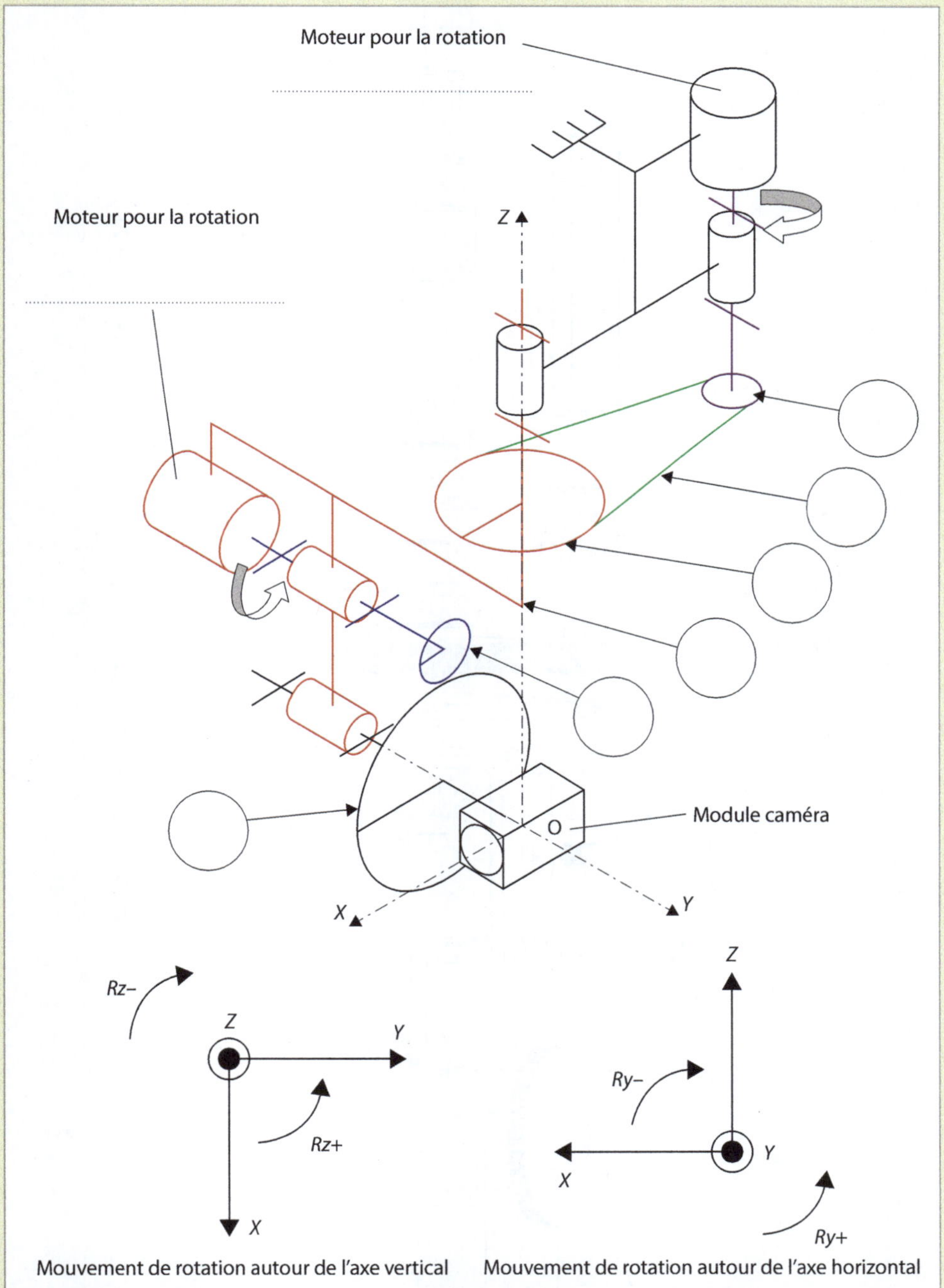

Fig. 2 : Schéma cinématique 3D

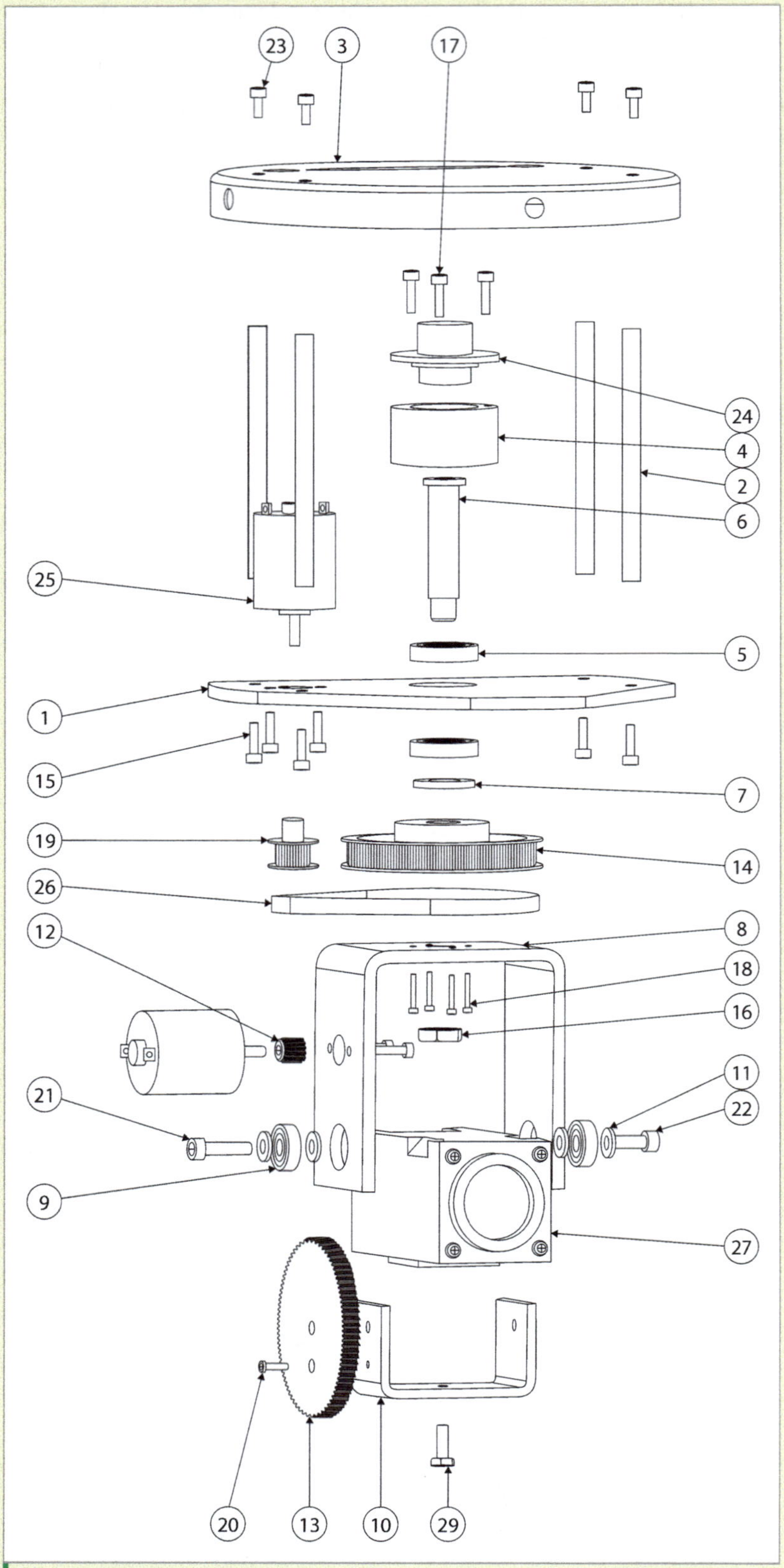

Fig. 3 : Vue éclatée

Nomenclature

REP	QTÉ	DÉSIGNATION	OBSERVATIONS
30	1	Capot	
29	1	Vis H M6-16	
28	1	Carter	
27	1	Module caméra	
26	1	Courroie	
25	2	Moteur CC	
24	1	Collecteur tournant	
23	4	Vis CHC M4-10	
22	1	Vis CHC M6-16	
21	1	Vis CHC M6-25	
20	1	Vis FHC M2,5-16	
19	1	Poulie	Z19 = 10
18	4	Vis CHC M2,5-16	
17	3	Vis CHC M5-16	
16	1	Écrou Hm M12	
15	8	Vis CHC M4-16	
14	1	Poulie	Z14 = 56
13	1	Roue dentée	Z 13 = 83 ; m = 1
12	1	Pignon moteur	Z12 = 10 ; m = 1
11	4	Rondelle M6	
10	1	Chape rotation verticale	
9	2	Roulement à une rangée de billes	Ref = 1224
8	1	Chape rotation horizontale	
7	1	Rondelle	
6	1	Axe d'articulation	
5	2	Roulement à une rangée de billes	Ref = 1012
4	1	Noix d'articulation	
3	1	Plateau support	
2	4	Tige	
1	1	Platine	

2. **À partir du diagramme de définition de blocs, calculer la vitesse de rotation maximale de la caméra pour un mouvement horizontal. Exprimer le résultat en ° · s^{-1}.**

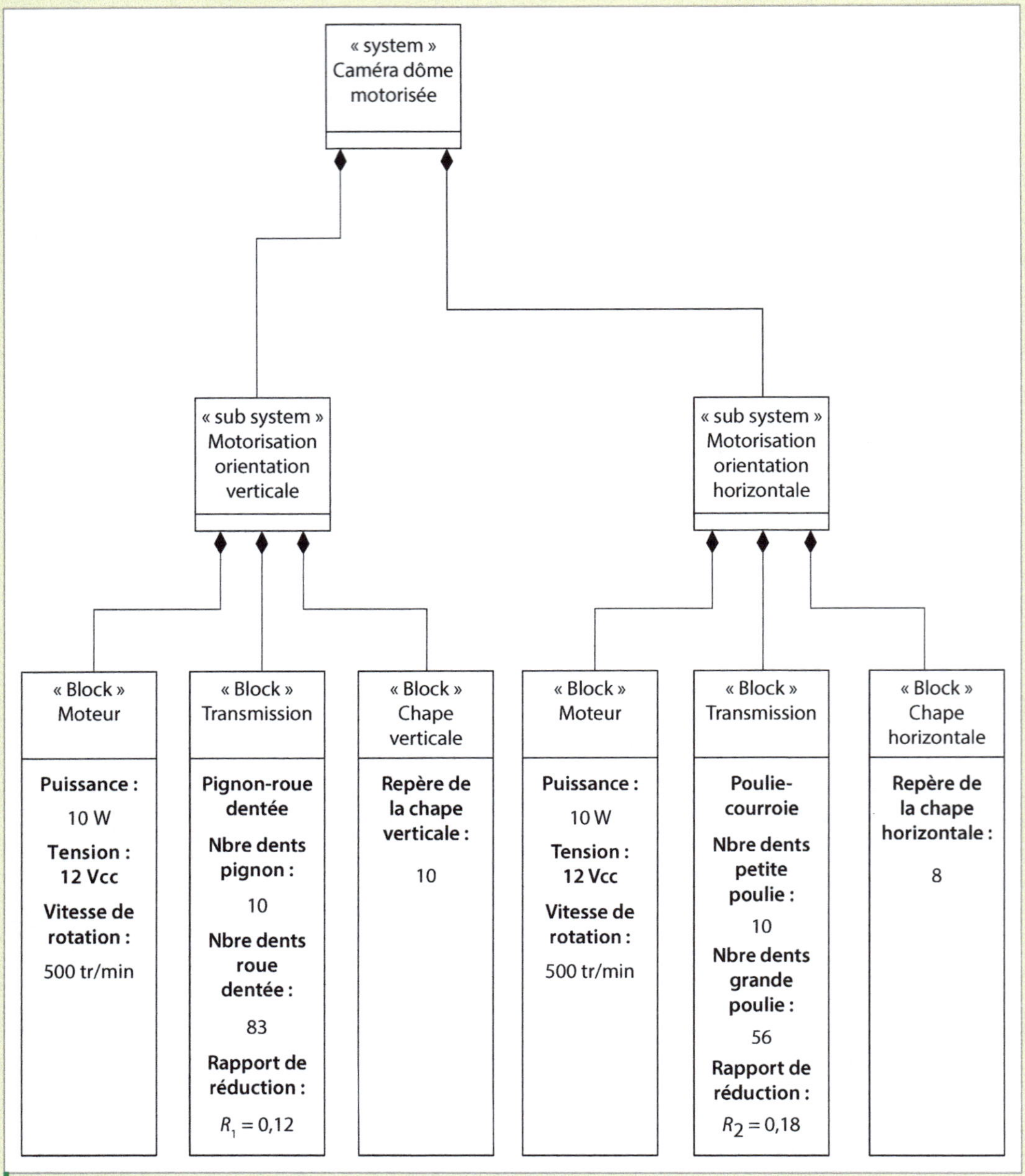

Fig. 4 : Diagramme de définition de blocs (bdd) de la caméra

Le démarrage du moteur étant progressif, la caméra se déplace à vitesse moyenne de 430° · s^{-1}.

3. Déterminer le temps nécessaire pour que la caméra passe de la billetterie au bar. Le cahier des charges est-il respecté ? Justifier.

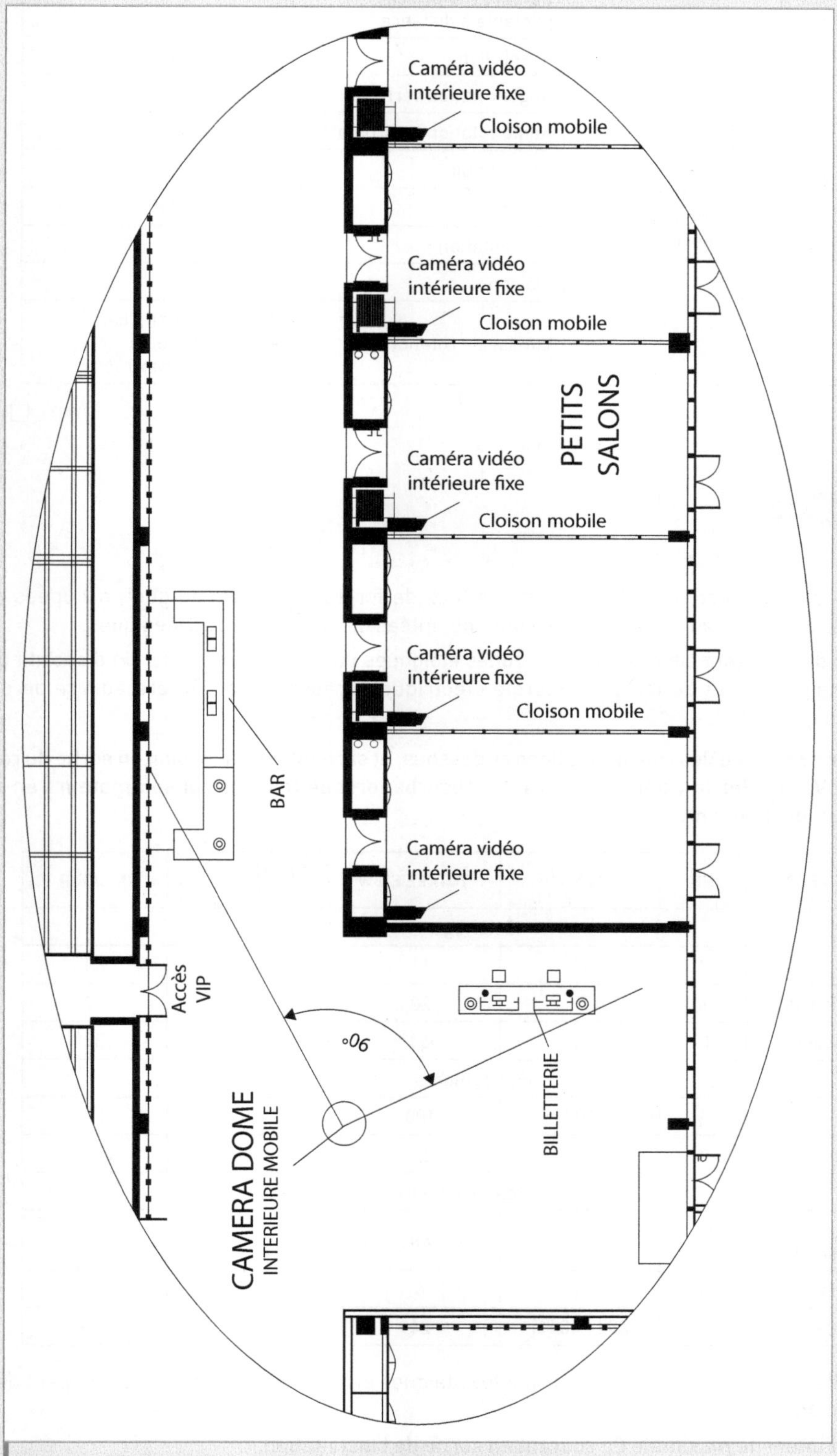

Fig. 5 : Vue de dessus du hall d'entrée du Palais des sports

Extrait du cahier des charges

Id = « 1.3.1 »	« Surveiller le déplacement de toutes les personnes circulant dans le Palais des sports »	Caméra motorisée pilotable à distance	
		Résolution :	480 × 560 minimum
		Angle rotation verticale :	90° minimum
		Angle rotation horizontale :	360° continu
		Jour et nuit	
		Zoom :	20 × minimum
		Alimentation :	PoE
		Liaison :	TCP/IP
		Vitesse de rotation :	Déplacement du bar à la billetterie en 2 secondes maximum

FAIT ☐ REVU ☐

Exercice 12 Voir Fiche 4

Comparaison de solutions et étude de stabilité

Pour détecter précocement des départs de feux de forêts, des tours de guet, occupées par deux personnes du 1er juin au 30 septembre, sont implantées dans des zones stratégiques.

Les tours de guet sont situées dans des zones éloignées du réseau électrique. Un dispositif d'alimentation solaire permet de fournir l'énergie électrique nécessaire par l'intermédiaire de panneaux photovoltaïques.

1. À partir du tableau des consommations ci-dessous, et sachant que la tension en sortie du régulateur est de 12 V, calculer la valeur du courant I_s absorbé lorsque tous les consommateurs en sortie du régulateur fonctionnent.

RÉCEPTEUR	NB	*P* EN W	*P* TOTALE EN W	HEURES PAR JOUR	Wh · JOUR^{-1}
Éclairage					
Cabine	1	11	11	8	88
Périphérie cabine	4	5	20	0,5	10
Seuils escalier	12	5	60	0,5	30
Équipements					
PC 240 V	1	100	100	0,5	50
Onduleur	1	2,7	2,7	24	64,8
Autres récepteurs					
Radio (en émission)	1	48	48	4	192
Radio (en veille)	1	6	6	20	120
Réfrigérateur	1	40 (– 40 %)	24	24	576

2. L'installation comporte 14 panneaux photovoltaïques en parallèle. Chaque panneau peut délivrer au maximum un courant de 4,4 A.

Calculer l'intensité maximale du courant en sortie de l'installation.

Étude d'une configuration particulière : les panneaux photovoltaïques reçoivent un éclairement de $E = 130\ \text{W} \cdot \text{m}^{-2}$ et la charge impose un courant I_s de 10 A.

3. **Compléter le diagramme ci-dessous en calculant les valeurs de P_p, P_s et en déduisant la puissance de complément P_b. Calculer la valeur du courant I_b.**

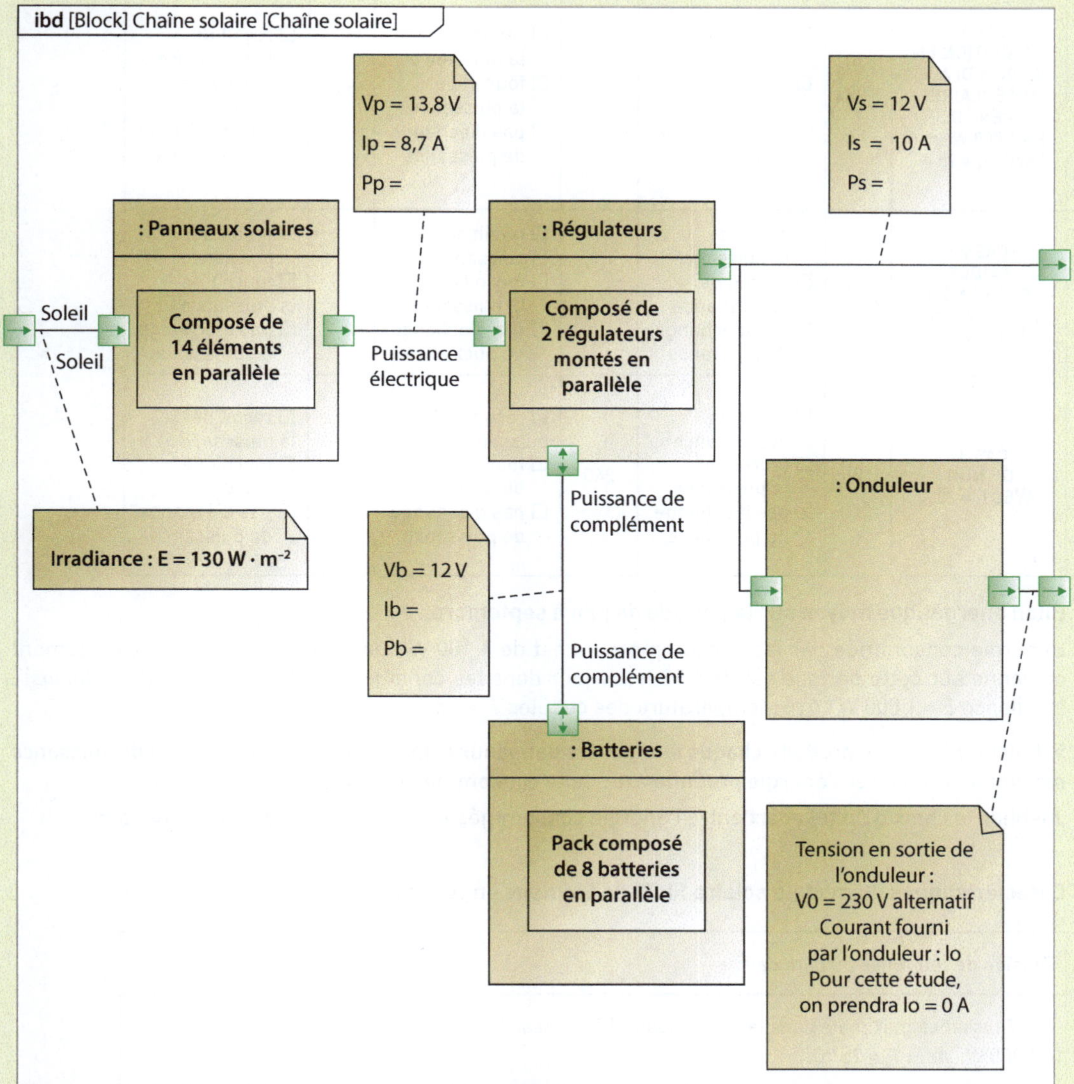

Fig. 1 : Diagramme

4. **Pour chacun des cas particuliers suivants, indiquer si les panneaux photovoltaïques, les batteries et les consommateurs (charges électriques de la tour) reçoivent, fournissent ou n'échangent pas de puissance électrique.**

	PANNEAUX PHOTOVOLTAÏQUES		CHARGES (ÉQUIPEMENTS CONSOMMATEURS)		BATTERIES	
	P_P (W)	FONCTIONNEMENT	P_S (W)	FONCTIONNEMENT	P_B (W)	FONCTIONNEMENT
CAS 1 : EXPOSITION EN PLEIN MIDI AVEC UN ÉCLAIREMENT DE $E = 1\,000$ W · m^{-2} AVEC $I_s = 25$ A	1 084	☐ reçoit de la puissance ☐ fournit de la puissance ☐ pas d'échange de puissance	300	☐ reçoit de la puissance ☐ fournit de la puissance ☐ pas d'échange de puissance	784	☐ reçoit de la puissance ☐ fournit de la puissance ☐ pas d'échange de puissance
CAS 2 : FAIBLE ÉCLAIREMENT $E = 130$ W · m^{-2} AVEC $I_s = 10$ A	120	☐ reçoit de la puissance ☐ fournit de la puissance ☐ pas d'échange de puissance	120	☐ reçoit de la puissance ☐ fournit de la puissance ☐ pas d'échange de puissance	0	☐ reçoit de la puissance ☐ fournit de la puissance ☐ pas d'échange de puissance
CAS 3 : DE NUIT AVEC $I_s = 20$ A	0	☐ reçoit de la puissance ☐ fournit de la puissance ☐ pas d'échange de puissance	240	☐ reçoit de la puissance ☐ fournit de la puissance ☐ pas d'échange de puissance	240	☐ reçoit de la puissance ☐ fournit de la puissance ☐ pas d'échange de puissance

Bilan énergétique moyen sur la période de juin à septembre

L'énergie consommée par les consommateurs est de 1 100 Wh par jour. La durée d'ensoleillement moyenne sur cette période est de 5,93 h par jour dans les conditions STC (*standard test conditions*) : irradiance $E = 1\,000$ W · m^{-2} ; température des cellules $T_c = 25$ °C.

5. Calculer l'énergie produite chaque jour par les panneaux solaires fonctionnant au point de puissance maximale. Comparer l'énergie produite avec celle consommée en une journée.
Justifier le choix d'un tel écart entre l'énergie consommée et celle produite par les panneaux.

Caractéristiques du module solaire SP75 de Siemens en configuration 12 V

Tension de référence du panneau	12 V
P_{max} Puissance maximale dans les conditions STC (*standard test conditions* soit $E = 1\,000$ W · m^{-2} ; $T_c = 25$ °C)	75 W
I_{MPP} Courant au point de fonctionnement de puissance maximale (MPP : *maximum power point*)	4,4 A
V_{MPP} Tension au point de fonctionnement de puissance maximale (MPP : *maximum power point*)	17,6 V
Hauteur du panneau	1 200 mm
Largeur du panneau	533 mm

Étude de l'influence des panneaux photovoltaïques sur la stabilité de la tour de guet

La tour, du fait de sa hauteur, est soumise à l'action du vent.

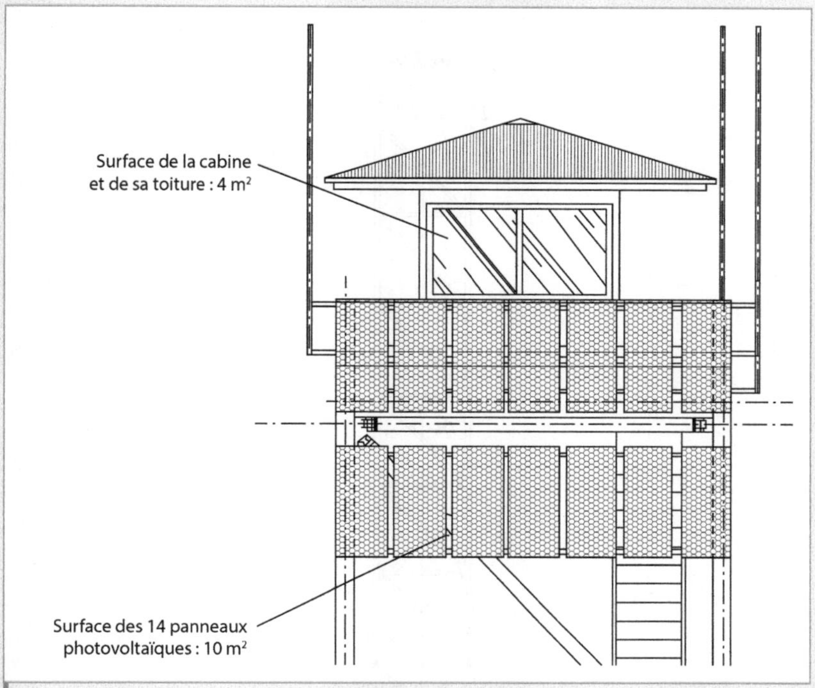

Fig. 2 : Tour de guet

Hypothèses :

- la résultante des efforts dus au vent est horizontale et s'applique au point V ;
- le poids total (fondations, tour, cabine et équipement) de 55 kN s'applique au point G, centre de gravité de l'ensemble ;
- on se place à la limite du basculement de la tour autour de la liaison en A. Dans cette situation particulière, l'action de liaison en B est nulle ;
- la réaction d'appui n'est présente qu'au point A (articulation).

6. **À partir d'une étude de statique graphique menée sur la tour, tracer sur le schéma ci-dessous la direction de la réaction d'appui en A. Déterminer la valeur de la force du vent entraînant le basculement de la tour en justifiant la démarche utilisée. Vous préciserez l'échelle de représentation choisie.**

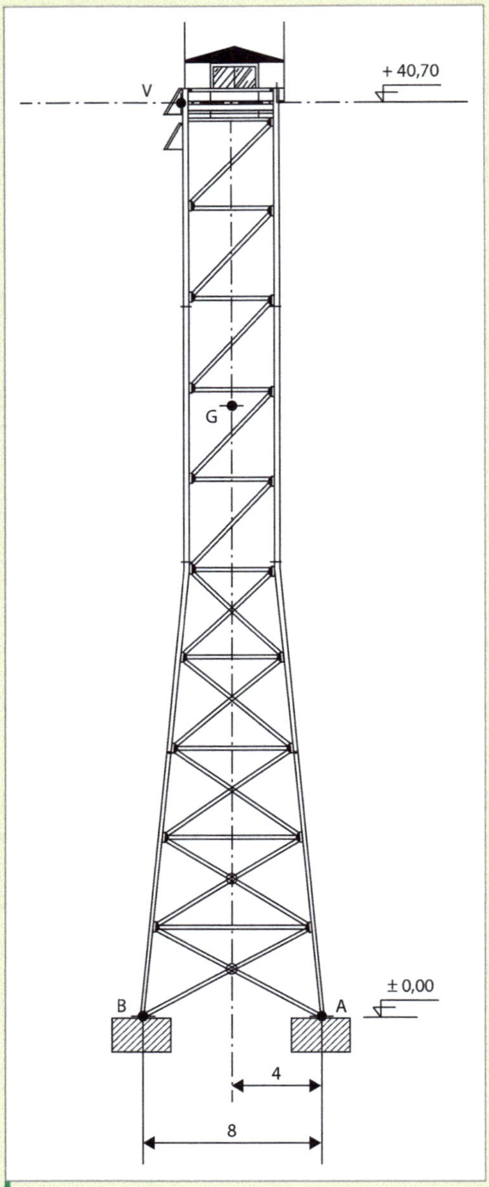

Fig. 3

Des mesurées réalisées sur la zone géographique où est située la tour ont donné les résultats suivants. La tour étudiée est construite sur un site considéré comme protégé.

SITE	PRESSION NORMALE (Pa)	PRESSION EXTRÊME (Pa)	VITESSE NORMALE ($km \cdot h^{-1}$)	VITESSE EXTRÊME ($km \cdot h^{-1}$)
Protégé	400	700	92	122
Normal	500	875	103	136
Exposé	675	1 181	119	158

7. **Déterminer la pression du vent extrême à prendre en compte.**

Compte tenu de la surface de prise au vent de 14 m² (surface des panneaux, de la cabine et de la toiture), calculer la force maximale d'un vent extrême appliqué sur la structure. Au regard du résultat de la question précédente, préciser s'il y a un risque de basculement dans ces conditions.

FAIT ☐ REVU ☐

Exercice 13 Voir Fiche 5

Résistance des matériaux

L'objectif de l'étude est de vérifier la résistance de la structure d'un bâtiment de stockage de fourrage dans une ferme sur lequel vont être installés des panneaux photovoltaïques.

La structure du bâtiment est décrite ci-dessous :

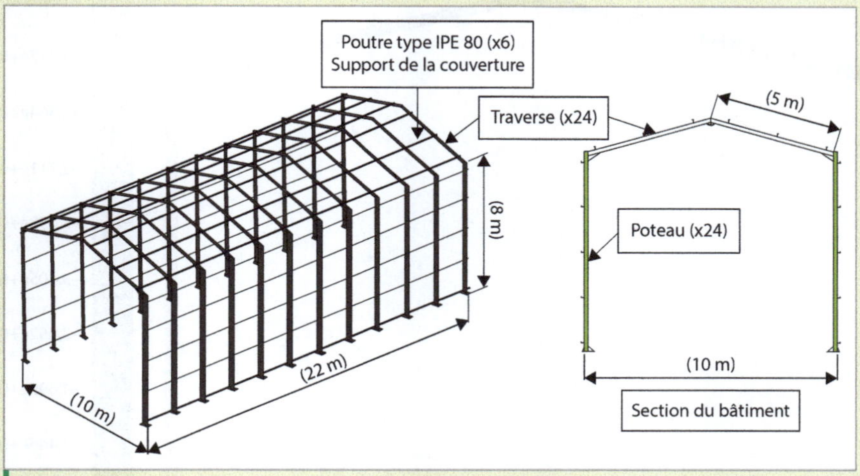

Fig. 1

La structure du bâtiment est composée de 12 sections identiques espacées de 2 m. Le bâtiment est recouvert par des tôles type bac acier, la structure de la toiture est composée de traverses sur lesquelles sont posées des poutres.

Modélisation du bâtiment sans les panneaux photovoltaïques

Les résultats de la simulation sous charge de la structure sans panneaux photovoltaïques sont donnés ci-après.

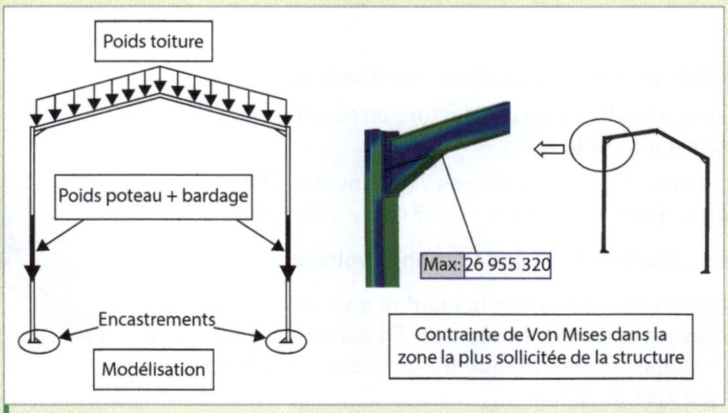

Fig. 2

1. Les résultats de la simulation montrent que dans la zone la plus sollicitée de la structure, la contrainte est de 26 955 320 N · m^{-2} dans le matériau. Sachant que la limite d'élasticité de l'acier est de 275 · 10^6 N · m^{-2}, déterminer la valeur du coefficient de sécurité.

Les résultats d'une simulation des déformations permettent d'estimer la valeur du déplacement vertical maximum dans la structure.

2. Sur la figure ci-dessous, entourer la zone où se situent les plus forts déplacements. Noter la valeur du déplacement maximal.

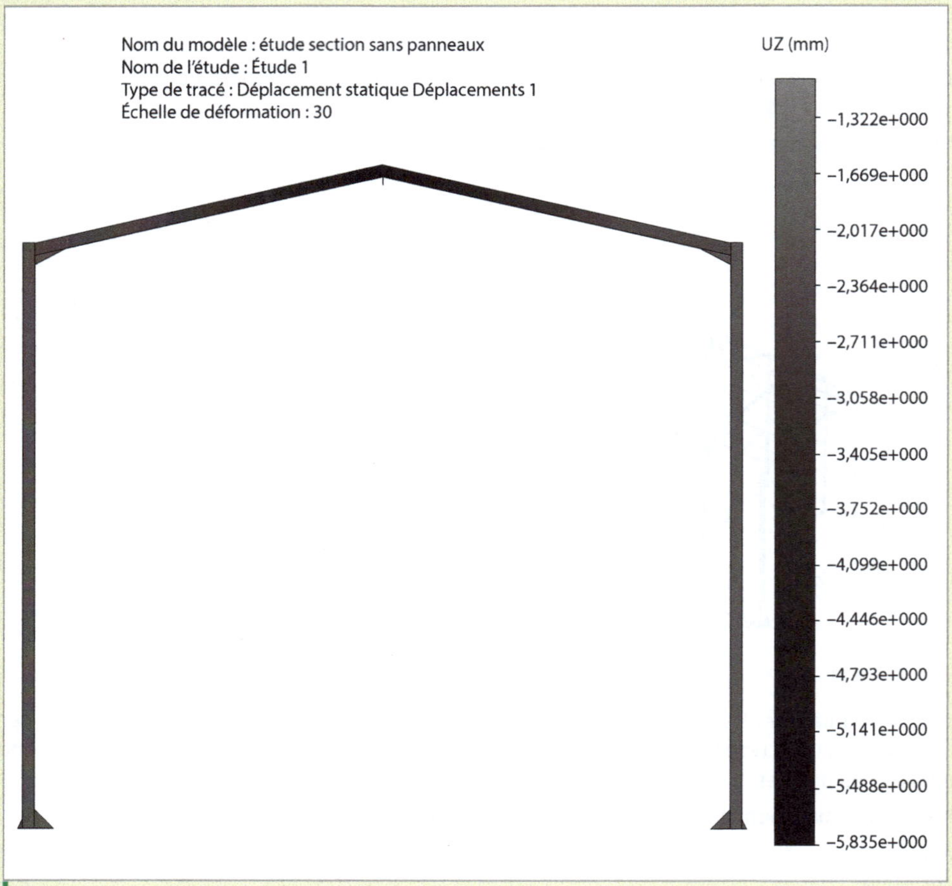

Fig. 3

Modélisation du bâtiment avec les panneaux photovoltaïques

On souhaite vérifier la résistance de la structure lorsque l'on ajoute des panneaux photovoltaïques sur le toit.

La figure ci-contre indique la disposition des 70 panneaux. Chaque panneau pèse 10,9 kg et a pour dimensions : 1 499 mm × 708 mm.

3. Calculer la masse totale des 70 panneaux photovoltaïques.

Indiquer en expliquant votre démarche le nombre de traverses sur lesquelles la masse des panneaux va se répartir. En déduire la surcharge linéique en N · m^{-1} supportée par chaque traverse supportant les panneaux en prenant g = 9,81 m · s^{-2}.

Fig. 4

On souhaite vérifier que la surcharge induite par les panneaux n'entraîne pas de contraintes trop importantes ou des déplacements excessifs dans la structure. L'augmentation ne doit pas excéder 25 % sur chaque critère. Les résultats de simulation sont donnés ci-dessous.

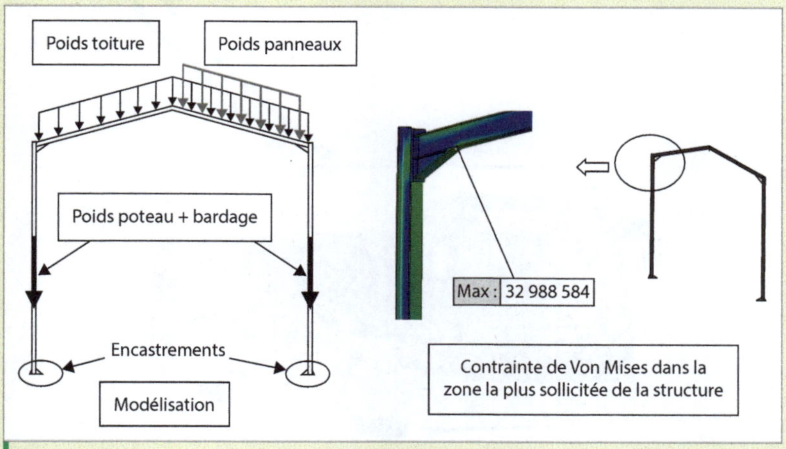

Fig. 5

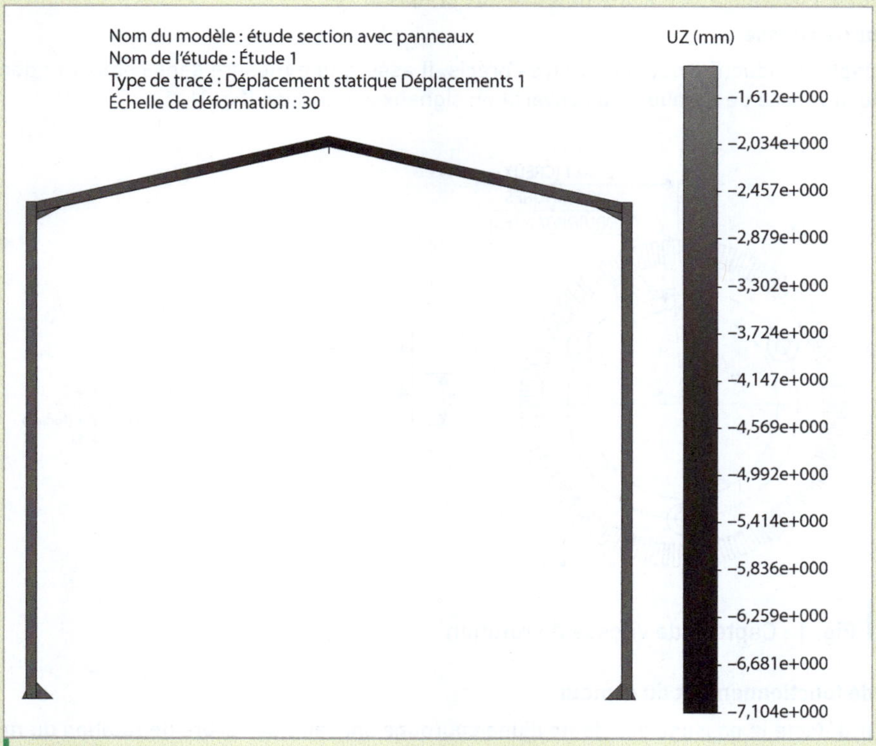

Fig. 6

4. Relever la valeur de la contrainte équivalente de Von Mises maximale dans la structure du bâtiment équipé de panneaux solaires. Repérer en l'entourant la zone où se situent les plus forts déplacements. Noter la valeur maximale du déplacement vertical.

5. Conclure sur la possibilité d'installer des panneaux photovoltaïques sur le toit du bâtiment.

FAIT ☐ REVU ☐

Exercice **14** Voir Fiche 6

Acquisition de l'information de vitesse des roues

La mesure de vitesse du moteur de roue est effectuée sur l'arbre du moteur par un codeur. Son fonctionnement est décrit sur le document technique ci-après.

Le capteur de vitesse

C'est un capteur inductif à double tête très précis. Il assure une mesure sans contact et donc « sans usure » de la vitesse de la roue et la convertit en signaux électriques (fig. 1).

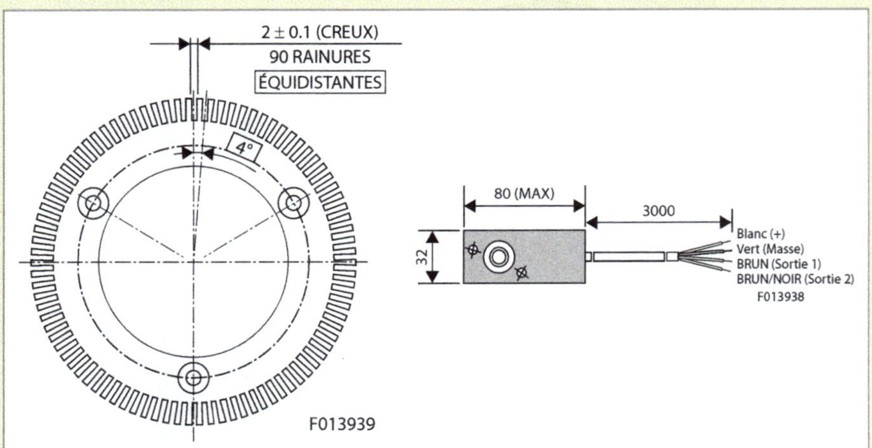

Fig. 1 : Capteur de vitesse de rotation

Principe de fonctionnement du capteur

Le capteur détecte le passage des dents d'une couronne solidaire de l'arbre de rotation du moteur. La couronne comportant 90 dents, chaque tête fournit un signal électrique de 90 impulsions par tour de rotation du moteur.

Le temps mis pour faire un tour de roue correspond donc à la durée de 90 périodes du signal de la tête 1 ou de la tête 2 (fig. 2).

Les deux têtes sont décalées d'une demi-dent : les deux signaux émis sont donc décalés d'un quart de période (fig. 2). La position du signal de la tête 2 par rapport au signal de la tête 1 permet de déterminer le sens de rotation.

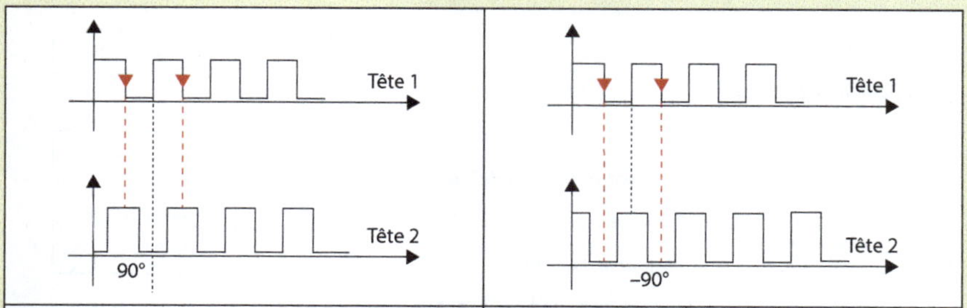

Allure des signaux émis par les têtes 1 et 2 dans le cas de la marche avant	Allure des signaux émis par les têtes 1 et 2 dans le cas de la marche arrière

Fig. 2 : Détermination du sens de rotation en fonction des signaux du capteur

Exemple de procédure de détermination du sens de rotation :

a) Repérer les fronts descendants du signal de la tête 1 (le front descendant correspond à l'instant de passage du signal de l'état haut à l'état bas).

b) Lors du front descendant de T_1, lire l'état de T_2, en déduire le sens de rotation.

Des essais ont permis de relever le chronogramme suivant :

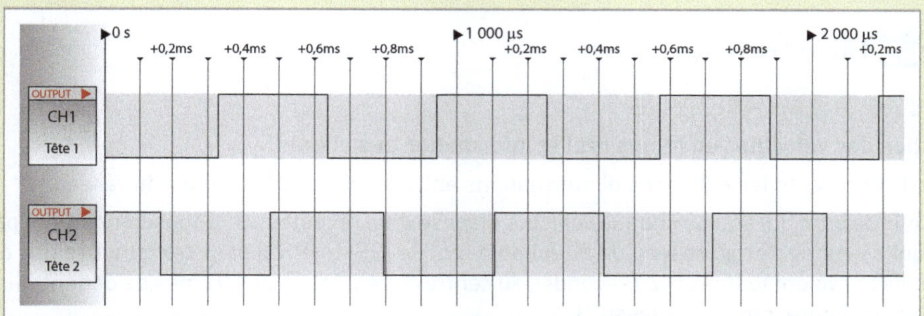

Fig. 3 : Chronogramme des signaux relevés au niveau des têtes 1 et 2 du capteur de vitesse

1. **Mesurer la période *T* du signal issu de la tête 1 sur le chronogramme de la figure 3 et exprimer cette période en µs.**

Exprimer, en fonction de la période *T*, le temps *t* mis par la roue pour effectuer un tour complet.
En déduire la fréquence de rotation du moteur en tr · min^{-1} lors de cet essai.

2. **Compléter les affirmations suivantes concernant le sens de marche.**

Sur front descendant de *Tête1*, si *Tête2* = 0 alors sens = MARCHE ....

Sur front descendant de *Tête1*, si *Tête2* = 1 alors sens = MARCHE ....

3. **Compléter alors l'algorithme de détection du sens de marche (4 espaces à compléter par 0 ou 1), sur le document ci-après.**

En déduire le sens de rotation du moteur lors de cet essai.

```
Tête1_actuel ← 1                                               } Initialisation
Répéter indéfiniment
        Répéter                                                ┐ Détection du
                Tête1_précédent ← Tête1_actuel                 │ front
                Lire Tête1                                     │ descendant
                Tête1_actuel ← Tête1                           ┘ de T1
        jusqu'à (Tête1_précédent = [ ... ] et (Tête1_actuel = [ ... ] )
        Lire Tête2                                             ┐ Détermination
        si Tête2 = [ ... ] alors État = MARCHE AVANT           │ du sens de
        si Tête2 = [ ... ] alors Etat = MARCHE ARRIERE         ┘ marche
Fin répéter indéfiniment
```

Fig. 4 : Algorithme de détection du sens de marche

FAIT ☐ REVU ☐

Exercice 15 Voir Fiche 7

Réseau de télésurveillance

Localisation des véhicules en temps réel et information aux clients

La figure 1 représente les échanges d'informations entre les différents acteurs du réseau.

L'ordinateur de bord qui équipe chaque véhicule dispose d'un récepteur GPS (positionnement par satellite) et peut se connecter au réseau de téléphonie mobile (GSM/GPRS) pour transmettre des données. Les véhicules envoient toutes les 20 secondes au centre de régulation des trames de données (indiquant n° de véhicule, heure, position, vitesse…).

Ces données sont traitées par le centre de régulation et envoyées en temps réel par le réseau de téléphonie mobile (GSM/GPRS) vers des bornes d'affichage situées sur les arrêts les plus fréquentés.

Les bornes d'affichage indiquent le temps d'attente des prochains bus en fonction de leur position réelle. À défaut (en cas de saturation du réseau GSM), elles affichent l'heure de passage théorique des prochains bus, les grilles horaires étant téléchargées dans les bornes à chaque changement de période (temps scolaire-vacances).

Le centre de régulation envoie également les informations de position en temps réel vers le serveur distant de l'application pour smartphones « BusInfo Limoges », qui permet aux clients, à partir de leur emplacement, de connaître les lignes et le temps d'attente des bus les plus proches.

Nous nous proposons de montrer comment le voyageur, situé à un arrêt ou à proximité d'un arrêt de bus, peut disposer d'informations horaires actualisées en temps réel. Pour cela, nous étudierons le séquencement des échanges de données représenté par le diagramme de séquence SysML (figure 2).

1. À l'aide des figures 1 et 2 et du texte descriptif précédent :

– compléter la colonne « Intitulé du message » du tableau avec les propositions de message fournies ci-après correspondant aux numéros du diagramme de séquence ;

– cocher le(s) support(s) de transmission de chaque message.

Propositions de messages :

a) Signaux GPS

b) Trames de position des véhicules

c) Information prochains bus à proximité du client

d) Situation complète du réseau de bus en temps réel

e) Situation de la ligne de bus en temps réel

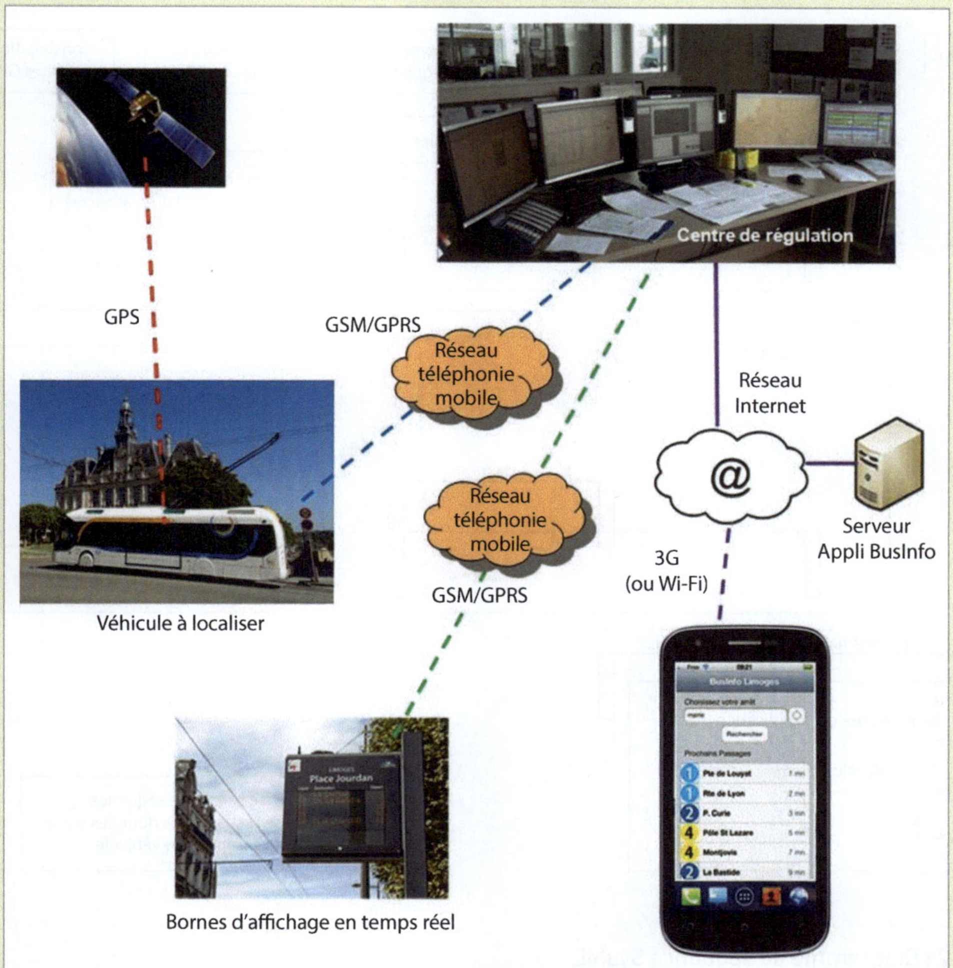

Fig. 1 : Géolocalisation et suivi en temps réel de la flotte de véhicules, et information aux voyageurs (bornes d'affichage, application smartphone).

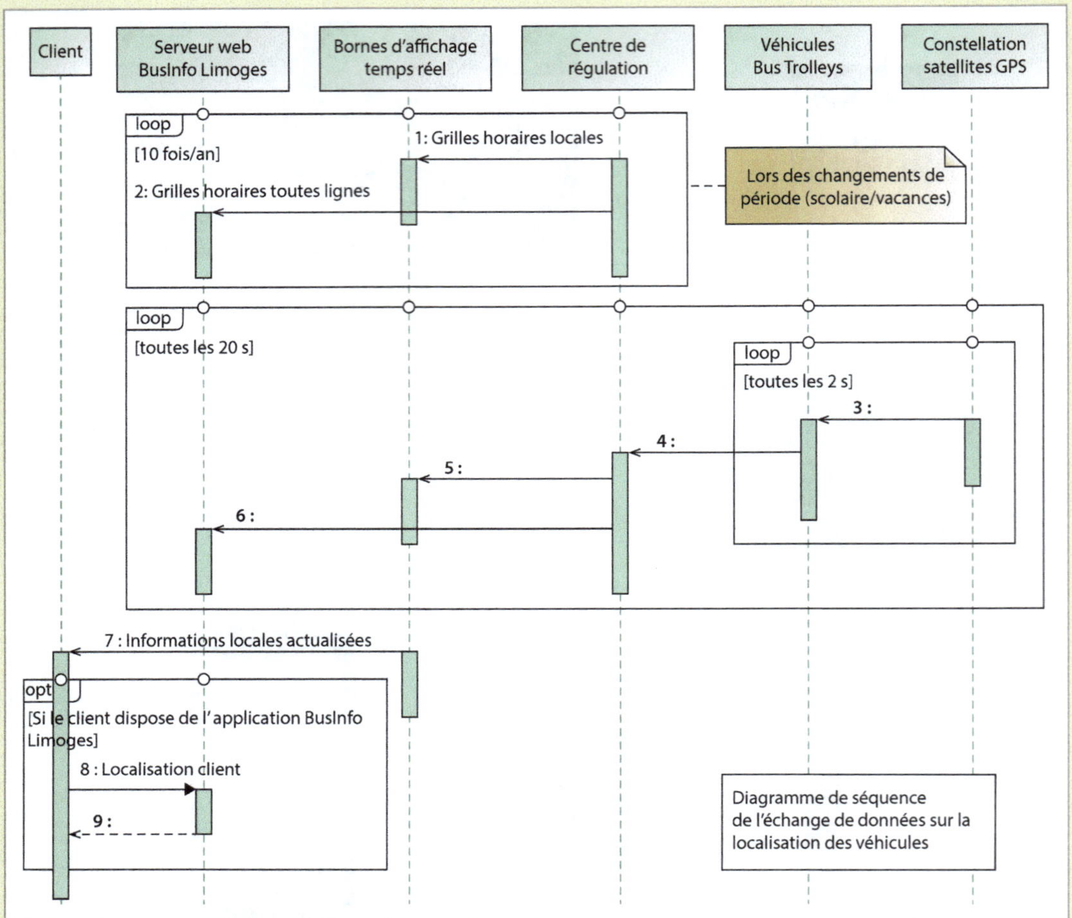

Fig. 2 : Diagramme de séquence SysML

N° DE MESSAGE	INTITULÉ DU MESSAGE	SUPPORT DU MESSAGE			
		RÉSEAU INTERNET	LIAISON GSM/ GPRS	RÉSEAU TÉLÉPHONIE 3G (OU WI-FI)	LIAISON RADIO SATELLITE GPS
1	Grilles horaires locales		X		
2	Grilles horaires toutes lignes	X			
3					
4					
5					
6					
7	Informations locales actualisées				
8	Localisation client	X		X	
9					

Numéros figurant sur les flèches du diagramme de séquence SysML

Étude du réseau de télésurveillance

Tous les véhicules comportent des équipements de sécurité dont des caméras de vidéosurveillance. Les informations sur l'état de ces équipements sont régulièrement collectées sur un réseau Wi-Fi spécifique dit « réseau de télésurveillance ».

Chaque véhicule est identifié par un numéro à trois chiffres qui lui est propre, et indépendant de la tournée à laquelle il est affecté à un moment donné.

On se propose d'étudier le plan d'adressage du réseau de vidéosurveillance afin de déterminer le nombre de véhicules qu'il est possible de relier à ce réseau.

Chacun des véhicules possède une adresse IP de type **10.0.y.z.** Le masque du réseau est : 255.255.252.0.

2. Compléter le tableau ci-après en exprimant en binaire l'adresse de véhicule 10.0.3.19., ainsi que le masque de réseau (lignes 1 et 2 du tableau).

En déduire les adresses possibles pour les hôtes (compléter la ligne 3 avec des « 1 » et des « 0 » pour la partie réseau de l'adresse, et des « x » pour la partie hôte).

Plage d'adresse des hôtes du réseau de télésurveillance

	1ER OCTET	2E OCTET	3E OCTET	4E OCTET
@ IP 10.0.3.19	....	0000 0000	0000 0011	....
MASQUE RÉSEAU	....	....	....	....
@ HÔTES	....	....	....	....
PLUS PETITE @ HÔTE	....	....	....	....
PLUS GRANDE @ HÔTE	....	....	....	....
PLAGE D'ADRESSES HÔTES (EN DÉCIMAL)	. . . .	à :	. . . .	

3. Exprimer en décimal l'adresse de diffusion (ou « *broadcast* ») de ce réseau. Expliquer pourquoi cette adresse ne doit pas être donnée à un hôte.

4. Dans le tableau, écrire en binaire la plus petite adresse et la plus grande adresse pouvant être attribuées à des hôtes.

Puis exprimer en notation décimale (exemple 192.168.1.0) la plage d'adresses disponible pour les hôtes.

5. Calculer le nombre d'hôtes (véhicules) que l'on peut adresser avec ce réseau.

En réalité, l'attribution des adresses IP aux véhicules est organisée de la façon suivante : on a donné à chaque véhicule une adresse IP fixe de type 10.0.y.z. où y et z représentent le numéro du véhicule, avec y la centaine, et z la valeur de 0 à 99 (par exemple, le véhicule n° 319 a pour adresse IP : 10.0.3.19.).

6. Calculer le nombre de véhicules que l'on peut adresser de la sorte, et déterminer le nombre d'adresses restant disponibles pour relier des caméras et équipements statiques (hors véhicules).

FAIT ☐ REVU ☐

A.C. (Architecture et construction)

Exercice 16 Voir Fiche 4

Calcul de la puissance de froid nécessaire dans un bungalow

La puissance de froid nécessaire peut être déterminée en calculant les apports thermiques du bungalow. En effet, elle doit équilibrer les apports en chaleur qui sont de plusieurs sortes :

- Apports par les parois : $A_{parois} = \Sigma(U \times S \times \Delta T)$ [W]
- Apports aérauliques : $A_{aéro} = 0{,}34 \times$ débit de ventilation x ΔT [W]
- Apports par ponts thermiques : $A_{PT} = 10\ \%\ A_{parois}$ [W]
- Apports par les occupants : $A_{occupants} = 80$ W par personne
- Apports par les installations électriques : $A_{élec} = 250$ W
- Apports solaires : $A_{solaires} = 150$ W

Les apports par les parois, ou transfert de chaleur par conduction, ont été déterminés grâce au tableau du ci-dessous.

ÉLÉMENTS		ÉPAISSEUR	λ (W/M.K)	R (M²·K/W)	R_{SI} (M²·K/W)	R_{SE} (M².K/W)	R_{TOTAL} (M²·K/W)	U (W/K·M²)	SURFACE (M²)	T_{INT} (°C)	T_{EXT} (°C)	ΔT (K)	Φ (W)
MUR	TÔLE EXT.	0,002	50,000	0,00004	0,13	0,04	2,22	0,45	42,39	22,00	38,00	16,00	304,95
	ISOLANT	0,076	0,037	2,05405									
	TÔLE INT.	0,002	50,000	0,00004									
FENÊTRES (3 UNITÉS)		/	/	/	/	/	/	1,20	3,60				69,12
PORTE (1 UNITÉ)		/	/	/	/	/	/	1,60	1,72				44,03
PLA-FOND	TÔLE EXT.	0,002	50,000	0,00004	0,10	0,04	2,30	0,43	18,20				126,45
	ISOLANT	0,080	0,037	2,16216									
	TÔLE INT.	0,001	50,000	0,00002									
PLAN-CHER	CTBH	0,019	0,130	0,14615	0,17	0,04	0,36	2,81	18,20				817, 32
	TÔLE EXT.	0,002	50,000	0,00004									
	TOTAL :												1 361,88

Fig. 1 : Tableau de calcul des apports thermiques par conduction dans les parois A_{parois}

1. Commenter et expliquer les pourcentages obtenus des apports de chaque surface par rapport aux apports totaux. Proposer une solution pour réduire ces apports.

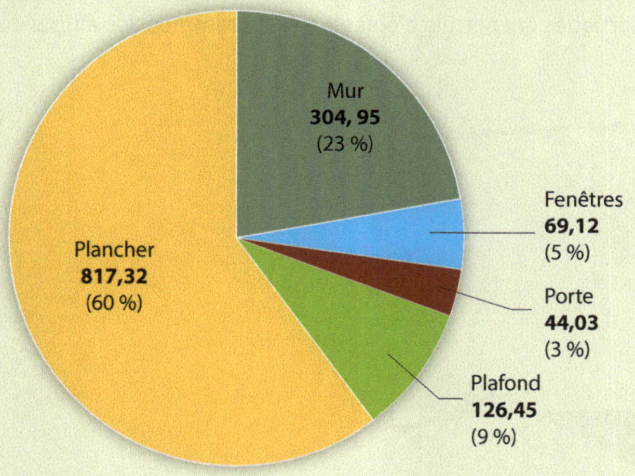

Fig. 2 : Répartition des apports par conduction dans les parois

Il faut prévoir un renouvellement d'air de 25 $m^3 \cdot h^{-1}$ par technicien. L'équipe est composée de 7 personnes.

2. Calculer le débit total d'air à renouveler par heure dans un bungalow et les apports aérauliques $A_{aéro}$.

3. Déterminer les apports par ponts thermiques A_{PT} et par occupants $A_{occupants}$.

4. À l'aide des résultats précédents, déterminer la puissance de froid nécessaire au maintien des 22 °C dans le bungalow.

Exercice 17 Voir Fiche 5

Étude d'une charpente

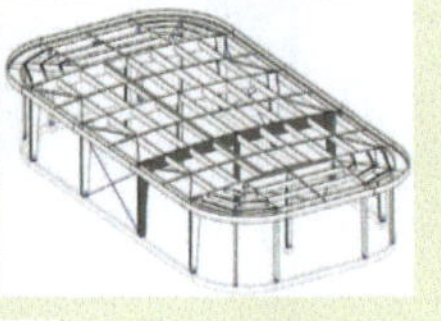

L'étude porte sur un portique transversal d'une charpente. Ce portique est grisé sur la vue en perspective ci-contre :

1. Déterminer le volume de la poutre horizontale, en bois massif, à partir de la fig 1.

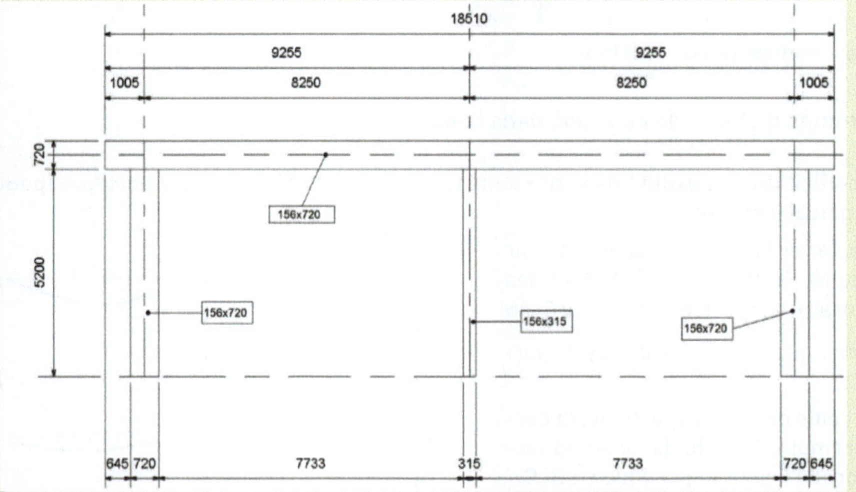

Fig. 1 : Vue en élévation du portique en bois massif

On considérera pour la suite de l'étude que le volume de la poutre est 2,265 m^3 et que la masse volumique du bois utilisé est de 340 $kg.m^{-3}$.

2. Calculer le poids propre de la poutre, en prenant pour l'accélération de la pesanteur : g = 9,81 m.s^{-2}. En déduire la charge linéique correspondante à prendre en compte.

Des simulations numériques des portiques ont permis d'obtenir les diagrammes des efforts de cohésion dans les différents éléments.

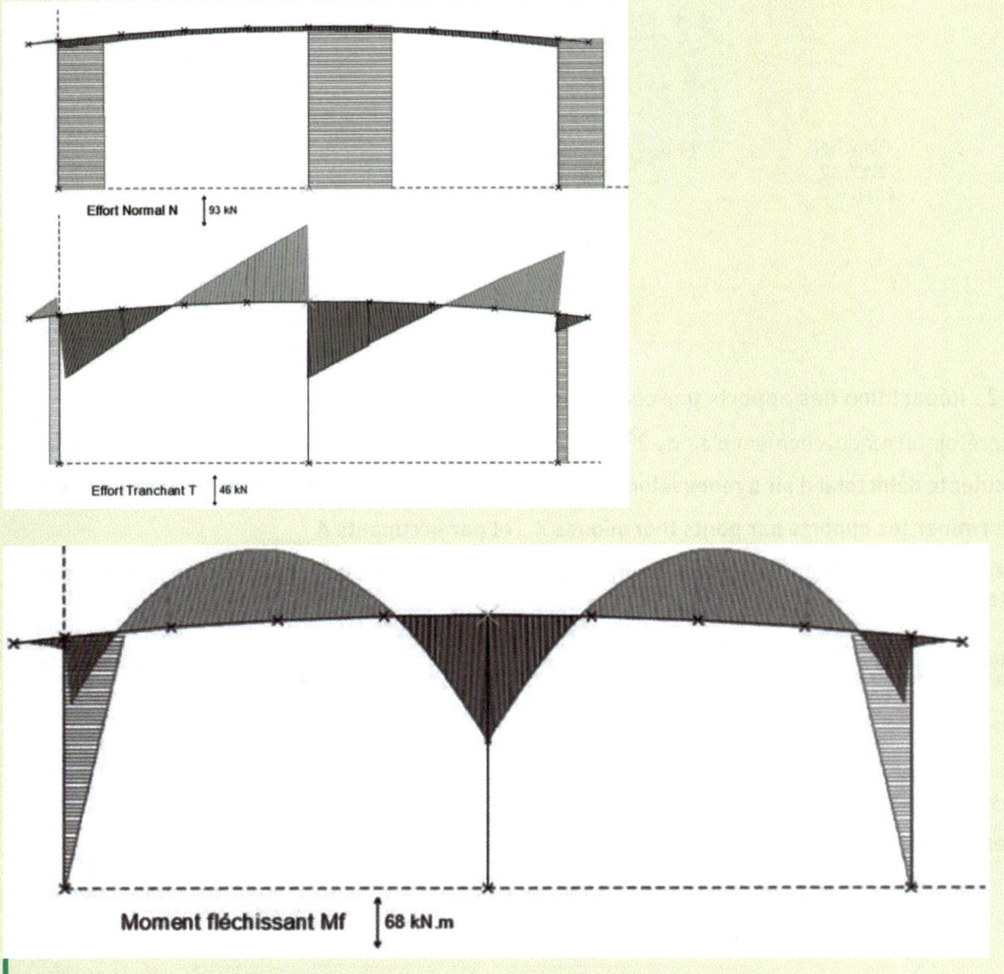

Fig. 2 : Diagrammes d'efforts de cohésion dans le portique en BLC

3. Indiquer les sollicitations auxquelles sont soumis les différents éléments du portique (poutre, poteaux de rive, poteau central).

Dans cette étude, la vérification des ELS porte sur la flèche de la poutre. Selon l'Eurocode 5, pour des éléments structuraux supportant une toiture, on doit toujours vérifier que $f_{max} \leq \frac{l}{250}$ où l est la portée de la poutre.

4. Déterminer, à l'aide du plan du portique, la portée à prendre en compte. Calculer la flèche admissible selon l'Eurocode 5 pour le portique en BLC.

5. Les simulations numériques ont permis d'obtenir pour un portique en bois massif (BM) et pour un portique en bois lamellé-collé (BLC), les déformées et les flèches en tout point des portiques.

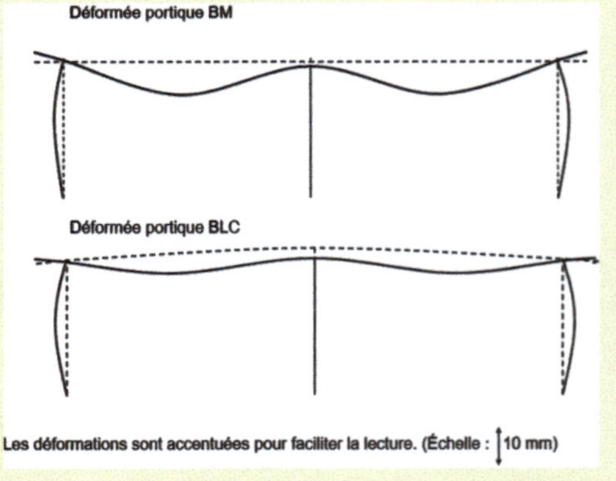

Déterminer, d'après les résultats ci-dessus, la flèche maximale de la poutre pour chacun de ces deux portiques et conclure.

ITEC (Innovation Technologique et Éco Conception)

Exercice 18 Voir Fiche 5

Analyse de contraintes de flexion

L'étude qui suit porte sur l'analyse des contraintes de flexion sur les ailes du planeur solaire « Solar Impulse ».

Pour mener une étude de Résistance Des Matériaux (RDM) il est nécessaire de définir le type de chargement.

1. Parmi les représentations suivantes, choisir et justifier celle qui correspond à la modélisation de l'aile. Sachant qu'on ne considèrera qu'une aile et qu'elle sera supposée encastrée sur le cockpit et soumise à une charge répartie sur toute sa surface (voir le dessin ci-dessous).

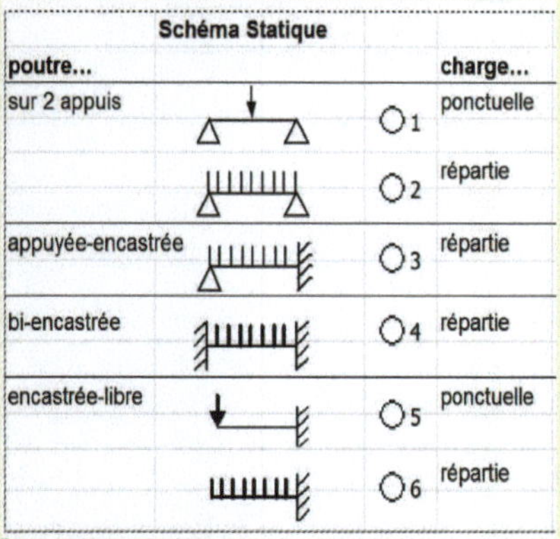

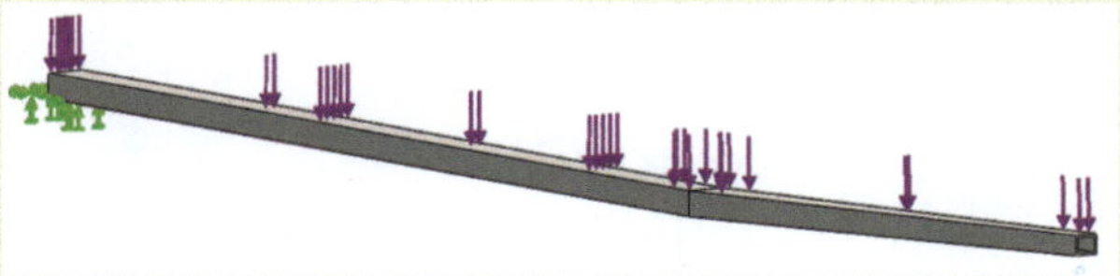

Fig. 1

Pour la suite de l'étude, nous prendrons les valeurs suivantes :

- Résistance$_{\text{mécanique fibre de carbone}}$ = 1 050 MPa
- $M_{fmax} = \dfrac{q \times L^2}{2} = 576\,308$ N.m

L'expression de la contrainte de flexion est la suivante : $\sigma_{max} = \dfrac{M_{fmax}}{I_{Gz}/v}$.

Avec :

σ_{max} contrainte de flexion en MPa

M_{fmax} : le moment fléchissant maxi en N.m

I_{Gz} : l'inertie de la section en m^4

v : la distance entre le centre de gravité et la fibre la plus comprimée ou tendue, on prendra $v = \dfrac{0{,}35}{2} = 0{,}175$ m.

2. À l'aide de l'équation précédente, calculer la contrainte maximale σ_{max} subie par le longeron. Énoncer et vérifier la condition de résistance.

Compte tenu des résultats précédents, il apparaît qu'il est possible de diminuer l'épaisseur de section. Pour cette optimisation, une étude par éléments finis est menée, l'objectif étant de minimiser le poids en garantissant un coefficient de sécurité de **s = 1,2.**

3. **Compléter le tableau ci-dessous de la façon suivante : pour chaque simulation, relever la valeur de la contrainte maximale et choisir la section optimale.**

<table>
<tr><th>GÉOMÉTRIES :</th><th>RÉSULTAT DE LA SIMULATION</th><th>σ_{MAX}</th></tr>
<tr><td>Longeron initial :
E = 10 mm
Masse : 2 722 kg</td><td>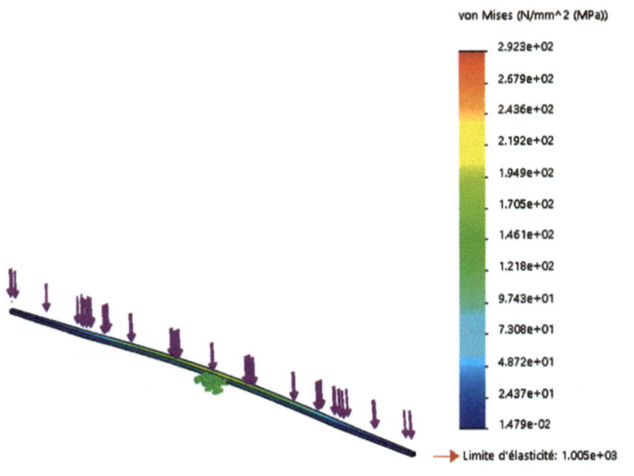
</td><td></td></tr>
<tr><td>1re optimisation
E = 5 mm

Masse : 1 372 kg</td><td>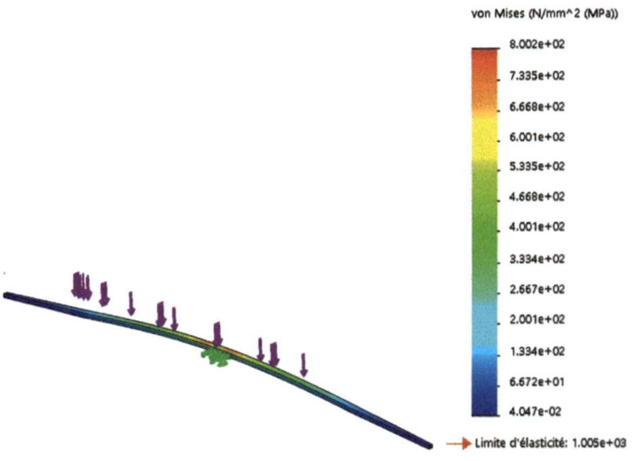
</td><td></td></tr>
<tr><td>2nde optimisation
E = 2 mm

Masse : 551 kg</td><td>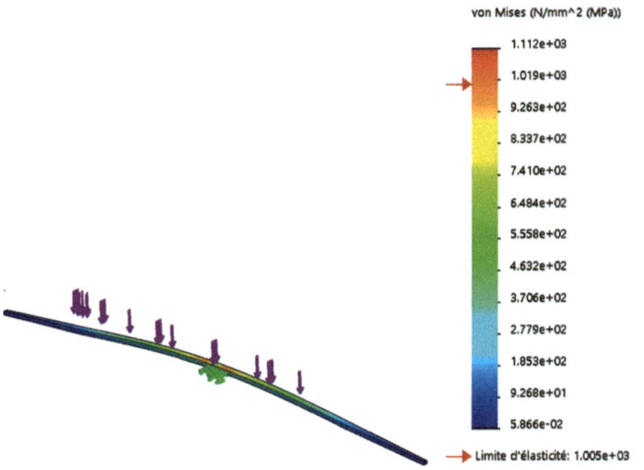
</td><td></td></tr>
</table>

Fig. 2 : Résultats des simulations par éléments finis

Exercice 19 Voir Fiche 4

Mise en mouvement des gouvernes

L'inclinaison de l'avion est nécessaire pour modifier la trajectoire du vol et elle est obtenue par une rotation inverse de deux gouvernes pilotées par des vérins nouvelle génération dont nous allons vérifier la performance.

Fig. 1

Pour garantir au pilote la capacité de maintenir l'avion dans la plage d'inclinaison maximale de +/−5° une étude aérodynamique a permis de définir que la gouverne doit pouvoir tourner de +/−30° en 3 secondes.

La documentation technique du vérin précise que sa course maximale est de 110 mm.

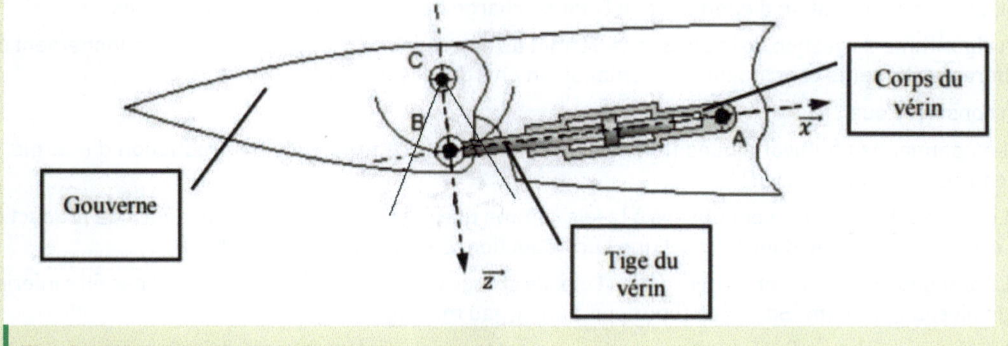

Fig. 2 : Gouverne en position neutre

1. Représenter sur le dessin ci-dessus le vérin en position extrême rentrée et position extrême sortie.

2. En déduire la course du vérin nécessaire pour réaliser ce débattement angulaire de 60° de la gouverne. Conclure en analysant si le vérin choisi convient.

E.E. (Énergies et Environnement)

Exercice 20 Voir Fiche 3

Scénarios de fonctionnement

L'étude suivante porte sur l'alimentation en énergie électrique du planeur solaire « Solar Impulse ». Les échanges d'énergie entre les constituants de la chaîne de puissance sont représentés de manière simplifiée ci-dessous.

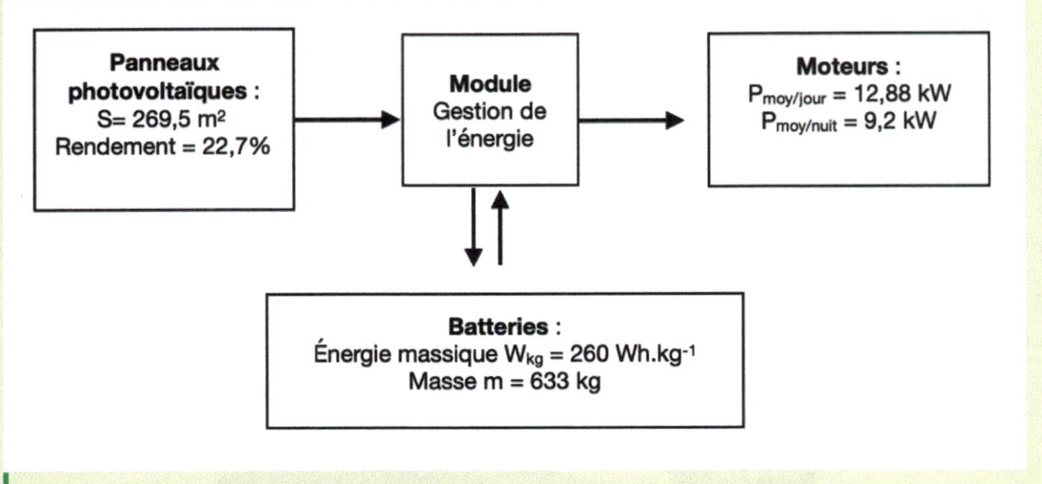

Fig. 1 : Échanges d'énergie entre les constituants de la chaîne de puissance

De nombreux scénarios de gestion de la puissance peuvent être proposés en fonction des conditions de vol, de la consommation d'énergie et de l'état de charge de la batterie pendant 24 heures.

Un algorithme de gestion de la puissance permet de déterminer à chaque instant le fonctionnement des différents éléments constituant l'alimentation en énergie des moteurs.

On considère que :

- Les panneaux photovoltaïques (PV) représentent la source principale de production d'énergie. Ils produisent une puissance P_{PV}.
- Les packs de batteries sont utilisés à la fois comme une source dans le cas d'un déficit de production, et comme une charge dans le cas d'une surproduction. Leur puissance est notée P_{bat}.
- La grandeur Soc (State of charge) définit l'état de charge des batteries. Celui-ci ne doit pas être inférieur à un niveau minimum (Soc_{min}) et supérieur à un niveau maximum (Soc_{max}).
- Le niveau de charge Soc_{min} doit permettre une autonomie supplémentaire de 5 h minimum.
- Les moteurs représentent la principale consommation d'énergie (charge principale). Ils sont alimentés en permanence et consomment une puissance notée P_{mot}.
- Chaque composant peut prendre deux états : actif (✓) et inactif (X) en fonction des périodes du jour. La consommation d'énergie et l'état de charge des batteries étant variables, il existe plusieurs scénarios de fonctionnement du système.

Le tableau ci-dessous récapitule les états des différents composants en fonction des conditions rencontrées.

ÉTAT		ACTIF (✓)	INACTIF (X)
Source principale	Panneaux photovoltaïques (PV)	Pendant un jour ensoleillé	1. Pendant la nuit 2. Pendant un jour nuageux 3. En cas de panne
Source secondaire	Batteries	Pendant l'incapacité de la source principale, par exemple lorsque : 1. Les conditions climatiques sont faibles. 2. La demande des moteurs est supérieure à la production. 3. En cas de panne de la source principale. 4. Lorsque l'état de charge est compris entre Soc_{min} et Soc_{max}.	1. Pendant le fonctionnement normal de la source principale (PV). 2. La demande de la charge est égale ou inférieure à la production ($P_{mot} \leq P_{PV}$).
Charge principale	Moteurs	La charge est toujours alimentée.	
Charge secondaire	Batteries	En cas d'excès d'énergie et Soc est inférieur à Soc_{max}.	Lorsque Soc est supérieur à Soc_{max}.

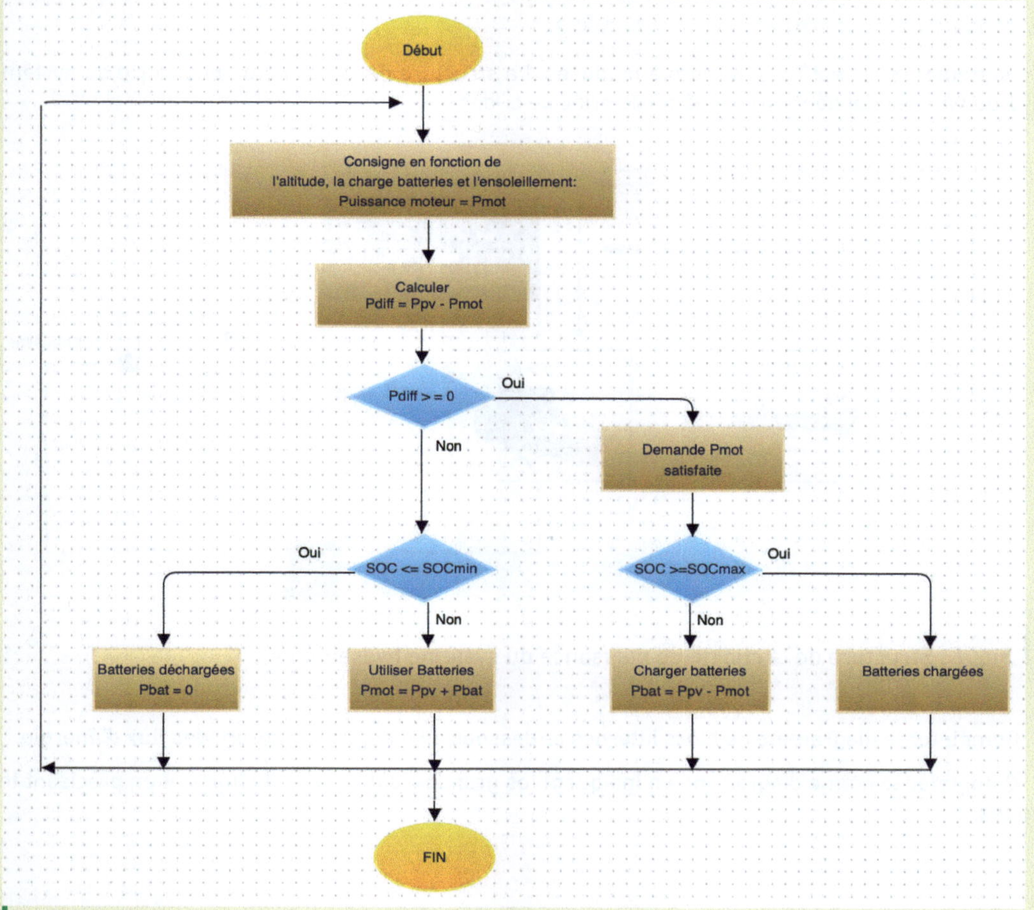

Fig. 2 : Algorigramme de gestion des puissances

1. **Compléter le tableau des différents scénarios de fonctionnement pour les cas 2, 3, 4 et 5.**

Cas	Période	PV	Batteries	P_{diff}	Soc (état de charge)	Description
1	Jour ensoleillé ou nuageux	✓	Repos	0	$Soc_{min} < Soc < Soc_{max}$	$P_{mot} = P_{PV}$
2		✓	....	....		P_{mot} = ...
3		X				P_{mot} = ...
4		✓	En charge	....	....	P_{bat} = ...
5	Nuit	X	....	< 0	....	P_{mot} = ...

On impose une marge de sécurité sur la décharge des batteries afin que celle-ci ne descende pas en dessous de Soc_{min} = 30 % de leur capacité maximale.

2. **Calculer la quantité d'énergie présente dans la batterie lorsque Soc_{min} est atteint.**

3. **Calculer alors l'autonomie restante $T_{sécurité}$ (en heures) si les moteurs fonctionnent au minimum de puissance $P_{moy/nuit}$. Conclure par rapport aux exigences du cahier des charges.**

Exercice 21 Voir Fiche 2

Structure d'une chaîne de puissance

Le système étudié est un aquarium à méduses. La structure de la chaine de puissance du système hydraulique est donnée sur le schéma de principe ci-dessous.

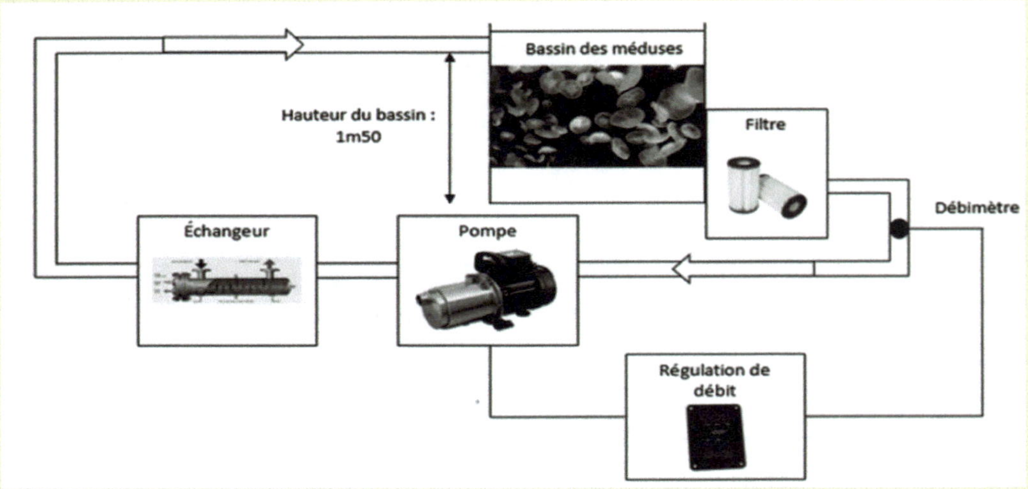

Fig. 1 : Structure de la chaine de puissance du système hydraulique

1. **Compléter le diagramme de blocs internes ci-dessous en indiquant la nature des flux d'énergie.**

2. **Compléter le même diagramme en indiquant les grandeurs de flux et d'efforts et en précisant les unités.**

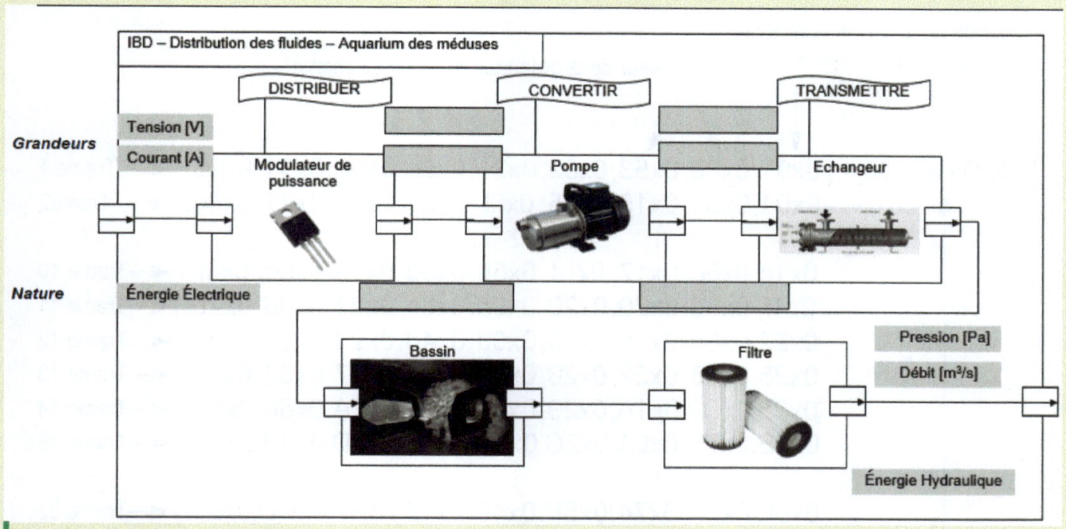

Fig. 2 : Diagramme de blocs internes

S.I.N. (Systèmes d'information et numérique)

Exercice 22 Voir Fiches 6 et 7

Mise en forme des trames de données issues des capteurs d'un planeur solaire.

Tous les paramètres de l'avion Solar Impulse 2 (charge des batteries, vitesse, température, pression ...) sont transmis au centre de contrôle sur terre. Au total, il y a 96 paramètres transmis en temps réel. Le cahier des charges impose une retransmission de tous ces paramètres à chaque seconde.

Chaque donnée est transmise via 3 octets :

- 1 octet pour le code de la grandeur physique ;
- 2 octets pour la valeur.

Pour être envoyées au sol, les données sont réunies sous forme de trames. Une trame est constituée de 3 données (9 octets) et 2 octets de transfert soit 11 octets en tout.

0xFF	oct_0	oct_1	oct_2	oct_3	oct_4	oct_5	oct_6	oct_7	oct_8	Chk

FF : est l'octet de synchronisation, il permet de repérer le début de la trame numérique

oct_0 ... oct_8 : sont les valeurs des 9 octets de données. La valeur 255 n'est jamais atteinte (pour éviter l'obtention de **FF**).

Chk (checksum) : cet octet de checksum, comparé à la même opération effectuée au sol, permet de valider ou non la trame reçue.

Au fur et à mesure de l'acquisition, les valeurs sont stockées dans un tableau de données afin d'être transmises sur terre.

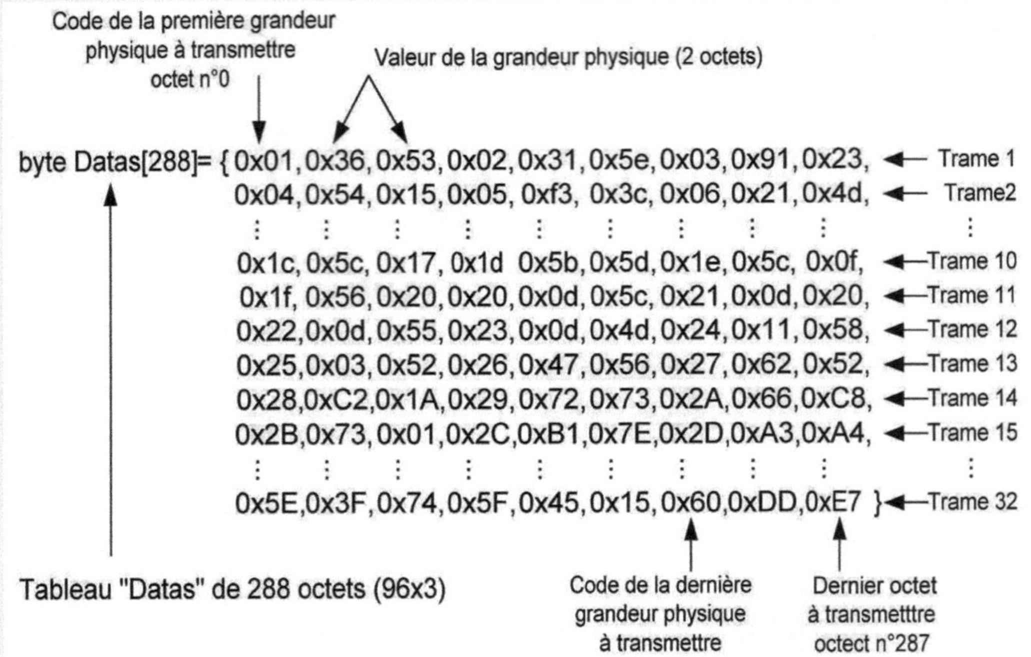

Fig. 1 : Architecture du tableau des données à transmettre au sol

L'algorithme ci-dessous permet à partir du tableau de données la mise en forme et l'envoi des 32 trames nécessaires à l'envoi des 96 paramètres de vol.
Il effectue le calcul, pour chaque trame, de l'octet de cheksum « Chk ».

```
Début
   Pour ( Num_Trame de 0 jusqu'à 31 par pas de 1)
      Envoyer ( FF )                                   // Envoyer l'octet FF (synchronisation)
      Pour ( Num_Octet de 0 jusqu'à 8 par pas de 1)
         Valeur = Lire (Num_Octet+9xNum_Trame)         // Lire l'octet n°x du tableau de données
         Envoyer ( Valeur )                            // Envoyer l'octet lu
         Chk = Chk + Valeur                            // Additionner la valeur de l'octet avec la
                                                       valeur précédente de Chk
      Fin de Pour
      Chk = Chk_Temp /2                                // Calculer le Chk en divisant sa valeur par 2
      Envoyer ( Chk )                                  // Envoyer l'octet Chk
   Fin de Pour                                         // Mettre Chk à 0
   Chk = 0
Fin
```

Valeur : valeur lue dans le tableau des paramètres. Type : octet (byte)

Num_Trame : Numéro de la trame en cours. Type : octet (byte)

Num_Octet : Numéro de l'octet en cours. Type : octet (byte)

Chk : Cheksum (octet de contrôle). Type octet (byte) il est calculé par une addition sur 8 bits des 9 octets suivie d'une division entière par 2 (pour éviter l'obtention de **FF**).

1. À partir de cet algorithme, compléter l'algorigramme ci-dessous.

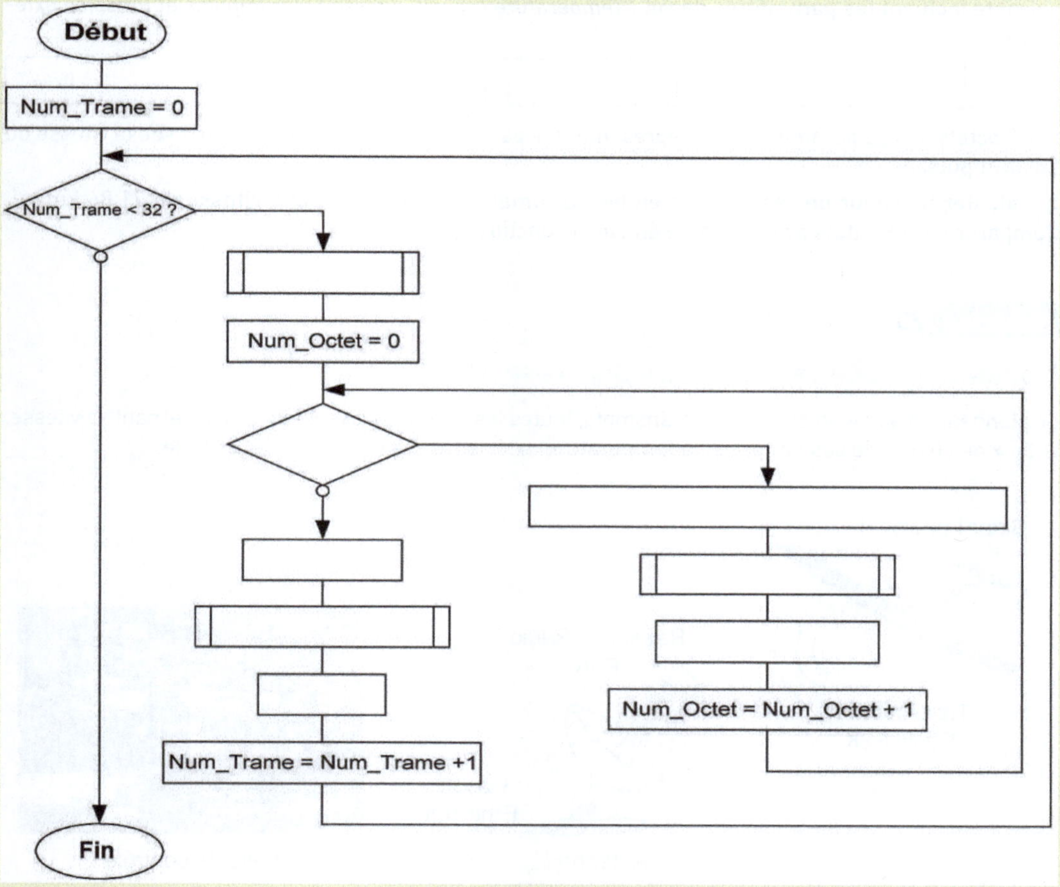

Les codes associés à chaque paramètre sont présentés ci-dessous :

Numéro	Paramètre	Code correspondant (1 octet)
01	Altitude	0x01
02	Tension Panneaux	0x02
27	% Charge Batterie 1	0x1C
28	% Charge Batterie 2	0x1D
29	% Charge Batterie 3	0x1E
30	% Charge Batterie 4	0x1F
31	Courant charge batterie 1	0x20
32	Courant charge batterie 2	0x21
33	Courant charge batterie 3	0x22
34	Courant charge batterie 4	0x23
35	Température extérieure	0x24
36	Température cockpit	0x25
37	Vitesse solar impulse	0x26
38	Pression extérieure	0x27
39	Pression cockpit	0x28

2. **À l'aide du tableau des données et des codes associés à chaque paramètre, compléter la trame suivante incluant les paramètres de vol :** ***Température cockpit*, *Vitesse Solar Impulse*** **et** ***Pression extérieure*.**

										0x44

Les 2 octets liés au paramètre 0x26 représentent la partie entière et la partie décimale de la vitesse du Solar Impulse.

3. **Calculer la valeur de ces 2 octets en hexadécimal si l'avion vole à une vitesse de 71,86 km.h^{-1}. Comparer ces résultats avec la trame émise et conclure.**

Exercice 23 Voir Fiche 7

Modulation FSK et architecture d'un réseau

Le planneur solaire « solar Imulse » transmets, toutes les secondes, des données concernant sa vitesse, le taux de charge de ses batteries, la température extérieure... vers la salle de contrôle.

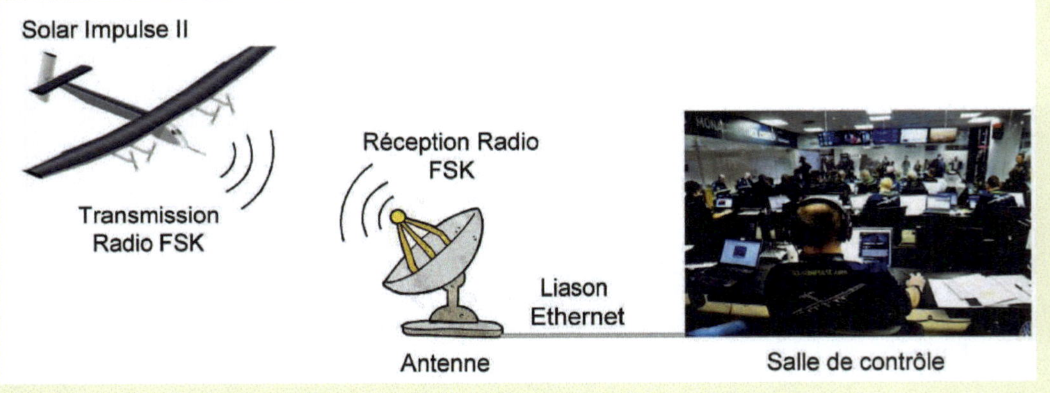

Les données sont transmises par modulation FSK. Le codage FSK (décalage en fréquence) associe à chaque bit un signal sinusoïdal de fréquence déterminée.

- un « zéro logique » correspond la fréquence de 28,8 kHz ;
- un « un logique » correspond la fréquence de 9,6 kHz.

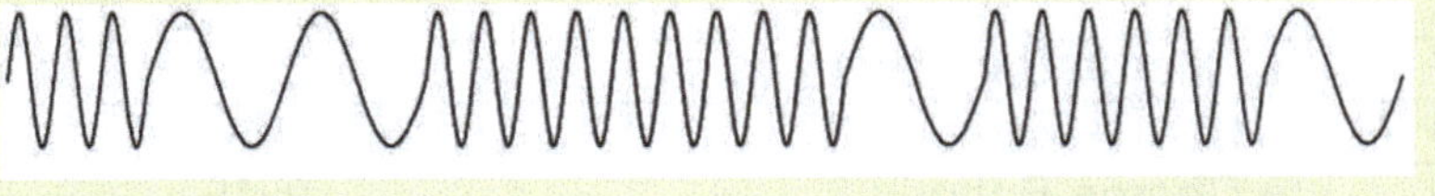

0	1	1	0	0	1	0	0	1
Start	bit_0	bit_2	bit_3	bit_4	bit_5	bit_6	bit_7	Stop

Fig. 1 : Exemple de transmission par modulation FSK d'un octet de valeur 0x23 = b00100011

Une fois transmis par radio, ces signaux sont réceptionnés au sol par une antenne et les trames sont reconstituées afin d'être envoyées à la salle de contrôle par liaison Ethernet.

Pour détecter les « 0 » et les « 1 » dans la trame, on utilise un filtre passe-bas. Il permet de filtrer les basses fréquences et donc les 0 logique de la trame.

1. **Dessiner l'allure des deux octets ci-dessous après filtrage. Convertir la valeur de ces deux octets en base 10. Sachant que le premier octet correspond à la partie entière de la vitesse en km.h^{-1} et le second octet correspond à la partie décimale de la vitesse en km.h^{-1}, déterminer la vitesse du planeur.**

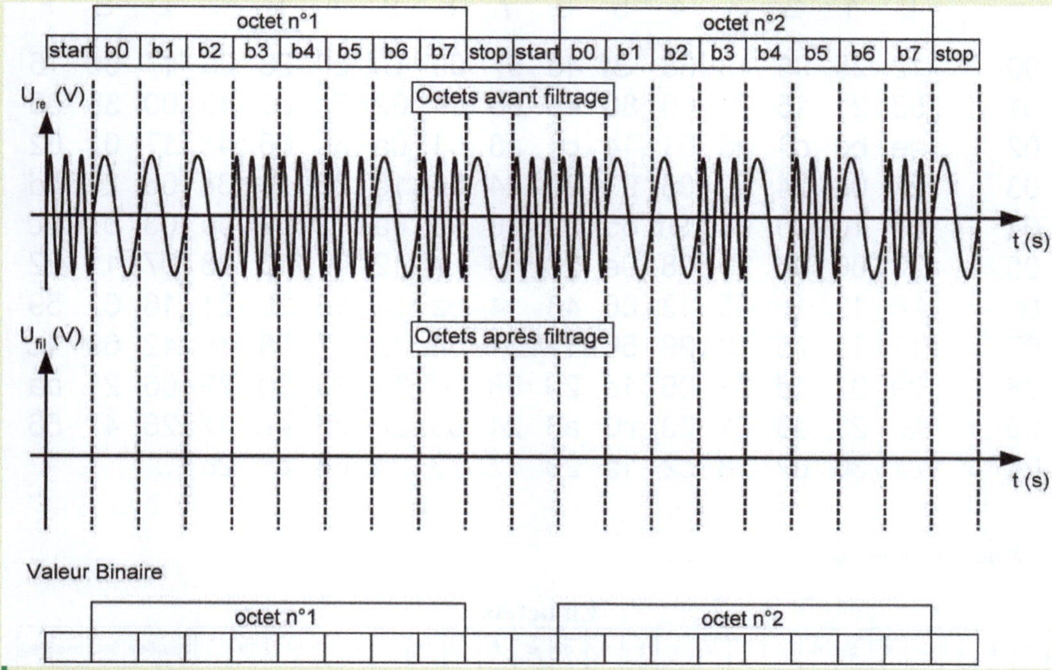

Fig. 2 : Octets *Vitesse Solar Impulse 2*

Une fois reconstituées, les trames sont envoyées sur un serveur local de données afin de les enregistrer et de faciliter le partage sur l'ensemble des équipements de la salle de contrôle. L'architecture du réseau est donnée ci-dessous :

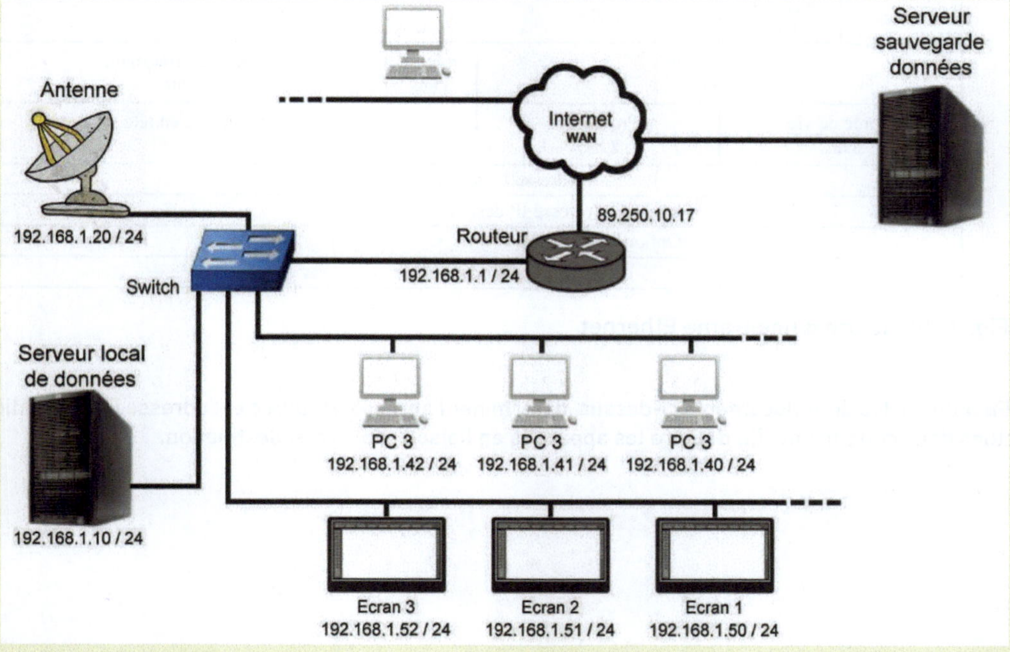

La liaison Ethernet est analysée afin de s'assurer de l'exactitude des données transmises. La trame capturée en hexadécimal est la suivante :

	0	1	2	3	4	5	6	7	8	9	A	B	C	D	E	F
00	12	25	96	13	68	3f	45	97	00	0f	20	28	06	17	00	16
01	53	21	15	73	00	80	45	00	04	02	7c	c0	40	00	3b	06
02	ee	bd	c0	a8	01	14	c0	a8	01	0a	3b	06	4c	17	01	62
03	27	02	24	59	03	91	23	04	54	15	05	f3	3c	06	21	4d
04	07	10	00	08	9f	65	09	48	98	0a	12	07	0b	03	07	0c
05	28	06	0d	29	08	0e	28	10	0f	12	07	10	03	07	11	22
06	06	12	1b	05	13	06	43	14	ba	ca	15	20	21	16	62	59
07	17	13	75	18	29	56	19	31	84	1a	67	68	1b	42	69	1c
08	09	37	1d	28	06	1e	29	08	1f	28	10	20	25	06	21	ba
09	fe	22	a8	01	23	c0	a8	24	0a	3b	25	4c	17	26	47	56
0A	27	36	02	28	c2	1a	29	72	73	2a	66	c8	2b	...		

La structure d'une trame Ethernet est :

En octets

<table>
<tr><td>0</td><td>1</td><td>2</td><td>3</td><td>4</td><td>5</td><td>6</td><td>7</td><td>8</td><td>9</td><td>a</td><td>b</td><td>c</td><td>d</td><td>e</td><td>f</td><td>10</td><td>11</td><td>12</td><td>13</td><td>14</td><td>15</td><td>16</td><td>....</td><td>5e9</td><td>5ea</td><td>5eb</td><td>5ec</td><td>5ed</td></tr>
<tr><td colspan="8">Préambule + SFD</td><td colspan="6">Adresse MAC destination</td><td colspan="6">Adresse MAC source</td><td colspan="2">Type de données</td><td colspan="3">Données encapsulées</td><td colspan="4">FCS / CRC</td></tr>
</table>

En bits

<table>
<tr><td>0</td><td>1</td><td>2</td><td>3</td><td>4</td><td>5</td><td>6</td><td>7</td><td>8</td><td>9</td><td>10</td><td>11</td><td>12</td><td>13</td><td>14</td><td>15</td><td>16</td><td>17</td><td>18</td><td>19</td><td>20</td><td>21</td><td>22</td><td>23</td><td>24</td><td>25</td><td>26</td><td>27</td><td>28</td><td>29</td><td>30</td><td>31</td></tr>
<tr><td colspan="4">Version
4 bits</td><td colspan="4">Longueur d'en tête
4 bits</td><td colspan="8">Type de service
8 bits</td><td colspan="16">Longueur totale
16 bits</td></tr>
<tr><td colspan="16">Identification
16 bits</td><td colspan="3">Drapeau
3 bits</td><td colspan="13">Décalage fragment
13 bits</td></tr>
<tr><td colspan="8">Durée de vie
8 bits</td><td colspan="8">Protocole
8 bits</td><td colspan="16">Somme de contrôle en tête
16 bits</td></tr>
<tr><td colspan="32">Adresse IP source 32bits</td></tr>
<tr><td colspan="32">Adresse IP destination 32bits</td></tr>
<tr><td colspan="24">Options éventuelles</td><td colspan="8">Bourage</td></tr>
<tr><td colspan="32">Données</td></tr>
</table>

Fig. 3 : Structure d'une trame Ethernet

2. **En utilisant les deux documents ci-dessus, déterminer l'adresse IP source et l'adresse IP destination incluses dans cette trame. En déduire les appareils en liaison : source et destination.**

Exercice 1

1. b) 2. c) 3. a) 4. b) 5. a) 6. b) 7. c) 8. a) 9. c) 10. a) 11. c)

Exercice 2

1. b) 2. b) 3. a) 4. a) 5. c) 6. c) 7. c) 8. b) 9. a) 10. a) 11. a) 12. c)

Exercice 3

1. b) 2. a) 3. c) 4. c) 5. b) 6. a) 7. a) 8. b) 9. c) 10. a) 11. c)

Exercice 4

1. c) 2. b) 3. b) 4. c) 5. b) 6. a) 7. c) 8. b) 9. a) 10. c) 11. a) 12. b) 13. c) 14. b) 15. a)

Exercice 5

1. c) 2. b) 3. a) 4. c) 5. a) 6. c) 7. c) 8. a) 9. c) 10. b)

Exercice 6

1. a) 2. b) 3. a) 4. c) 5. a) 6. b) 7. b) 8. c) 9. b)

Exercice 7

1. c) 2. a) 3. b) 4. c) 5. b) 6. a) 7. b) 8. c) 9. a) 10. c) 11. a) 12. b) 13. b)

Exercice 8

1. Quantité de gaz à effet de serre (GES) émise par passager

CRISTALIS

Il émet 92 g Eq CO_2/km. Il peut transporter 96 personnes au maximum.

Donc $GES_{CRISTALIS} = \frac{92}{96} = 0{,}96$ g Eq CO_2/km par passager.

CITELIS

Il émet 1 409 g Eq CO_2/km. Il peut transporter 105 personnes au maximum.

Donc $GES_{CITELIS} = \frac{1\,409}{105} = 13{,}42$ g Eq CO_2/km par passager.

Clio

Elle émet 127 g Eq CO_2/km. Elle peut transporter 5 personnes au maximum.

Donc $GES_{Clio} = \frac{127}{5} = 25{,}4$ g Eq CO_2/km par passager.

Classement des véhicules en fonction des performances en termes d'émission de GES

Le véhicule le plus performant par rapport à ce critère est le bus hybride, avec 0,96 g Eq CO_2/km par passager. Il est suivi par le bus diesel, avec une émission de 13,42 g Eq CO_2/km par passager. La voiture Clio arrive en dernier, avec une émission de 25,4 g Eq CO_2/km par passager.

2. Nombre de passagers à partir duquel les autres véhicules sont plus performants en termes d'émission de GES que la Clio

La Clio émet 127 g Eq CO_2/km pour un remplissage moyen de 1,3 passager. Donc pour 1 passager, elle émet $\frac{127}{1{,}3} = 97{,}7$ g Eq CO_2/km.

Bus hybride CRISTALIS : 92/97 = 0,94 donc dès le 1er passager, ce mode de transport est plus performant que la Clio.

Bus diesel CITELIS : 1 409/97 = 14,5 donc dès le 15e passager, ce mode de transport est plus performant que la Clio.

3. Énergie électrique produite

$$\eta = \frac{\text{Énergie}_{sortie}}{\text{Énergie}_{entrée}} \text{ et } \eta_{alimentation} = \frac{\text{Énergie}_{utilisée}}{\text{Énergie}_{distribuée}}$$

donc $\text{Énergie}_{distribuée} = \frac{\text{Énergie}_{utilisée}}{\eta_{alimentation}}$ soit

$$\text{Énergie}_{distribuée} = \frac{9{,}7}{0{,}97} = 10 \text{ MJ/km}$$

$\eta_{transport} = \frac{\text{Énergie}_{distribuée}}{\text{Énergie}_{produite}}$ donc

$$\text{Énergie}_{produite} = \frac{\text{Énergie}_{distribuée}}{\eta_{transport}}$$

$$\text{Énergie}_{produite} = \frac{10}{0{,}95} = 10{,}5 \text{ MJ/km}$$

4. Classement des différents modes de production en trois groupes

Énergies renouvelables : hydraulique, éolien et autres énergies renouvelables.
Énergies fossiles : thermique pétrole, thermique charbon et thermique gaz.
Énergie fissile : thermique nucléaire.

Part d'électricité généré chacun de ces trois groupes

Énergie renouvelable = 12 % + 3 % = 15 %
Énergie fossile = 1 % + 4 % + 5 % = 10 %
Énergie fissile = 75 %

Énergie consommée correspondante

$E_{produite} = 10,5$ MJ/km
$E_{nucléaire} = 10,5 \times 0,75 = 7,9$ MJ/km
$E_{fossile} = 10,5 \times 0,1 = 1,1$ MJ/km
$E_{renouvelables} = 10,5 \times 0,15 = 1,6$ MJ/km

5. Quantités d'énergie primaire nécessaires

$$\eta_{nucléaire} = \frac{\text{Énergie}_{nucléaire}}{EP_{nucléaire}} \text{ donc}$$

$$EP_{nucléaire} = \frac{\text{Énergie}_{nucléaire}}{\eta_{nucléaire}} \text{ soit}$$

$$EP_{nucléaire} = \frac{7,875}{0,3} = 26,3 \text{ MJ/km}$$

$$\eta_{flamme} = \frac{\text{Énergie}_{fossile}}{EP_{fossile}} \text{ donc } EP_{fossile} = \frac{\text{Énergie}_{fossile}}{\eta_{flamme}}$$

$$\text{soit } EP_{fossile} = \frac{1,05}{0,35} = 3 \text{ MJ/km}$$

Synthèse

ÉNERGIES PRIMAIRES	PRODUCTION D'ÉLECTRICITÉ	RÉPARTITION DE LA PRODUCTION	ACHEMINEMENT DE L'ÉLECTRICITÉ	DISTRIBUTION DE L'ÉLECTRICITÉ	UTILISATION
Fissile 26,3 MJ/km	$\eta_{nucléaire} = 0,30$	= 75 % = 7,9 MJ/km			CRISTALIS 
Fossile 3 MJ/km	$\eta_{flamme} = 0,35$	= 10 % = 1,1 MJ/km	10,5 MJ/km $\eta_{transport} = 0,95$	10 MJ/km $\eta_{alimentation} = 0,97$	9,7 MJ/km
Renouvelable 1,6 MJ/km		= 15 % = 1,6 MJ/km			

6. Consommation de l'autobus en MJ/km

L'autobus consomme 42 L pour 100 km, donc il consomme 0,42 L/km.
Le pouvoir calorifique du gazole est $C = 38\,080$ kJ/L.
Donc l'énergie consommée est 38 080 × 0,42 = 15 994 kJ/km = 15,994 MJ/km.

$$\eta_{raffinage} = \frac{\text{Énergie}_{utilisée}}{\text{Énergie}_{primaire}} \text{ donc}$$

$$\text{Énergie}_{primaire} = \frac{\text{Énergie}_{utilisée}}{\eta_{raffinage}} \text{ soit}$$

$$\text{Énergie}_{primaire} = \frac{15,994}{0,94} = 17 \text{ MJ/km}$$

ÉNERGIES PRIMAIRES	RAFFINAGE DU PÉTROLE	UTILISATION
Pétrole 17 MJ/km	$\eta_{raffinage} = 0,94$ → 16 MJ/km	CITELIS 

7. Conclusion

Cette étude a permis de montrer que le trolleybus, qui est alimenté par des lignes électriques en ville, n'émet pas de gaz à effet de serre pendant son fonctionnement, ce qui est une bonne chose pour préserver la qualité de l'air en ville.

Le trolleybus émet seulement 92 g Eq CO_2/km, car 90 % de l'énergie électrique produite en France ne provient pas de la combustion d'énergies fossiles. Cette émission de gaz à effet de serre est très inférieure à celle d'un bus diesel (1 409 g Eq CO_2/km).

On observe sur les diagrammes que le trolleybus consomme davantage d'énergie primaire non renouvelable (26,3 + 3 = 29,3 MJ/km) que le bus diesel (17 MJ/km). Dans le cas du trolleybus, cette énergie primaire est constituée à 75 % d'énergie fissile. Le minerai utilisé dans les centrales nucléaires est très répandu à la surface de la Terre, et il n'y a pour l'instant pas de pénurie à redouter, contrairement au pétrole qui se raréfie.
On peut donc conclure que l'utilisation du trolleybus est pertinente pour préserver la qualité de l'air et limiter l'utilisation de pétrole.

Exercice 9

1. Nombre maximal de passagers par heure dans un sens de circulation
La nacelle peut transporter des véhicules légers (voitures), des deux-roues, des piétons et des véhicules de transport en commun (busway).
Dans l'énoncé, on nous demande de ne prendre en compte que les piétons et les passagers dans les transports collectifs. Sur le diagramme d'exigences, on peut lire qu'à chaque passage, on transporte 270 piétons et 150 personnes dans le busway.
$P_{passage} = 270 + 150 = 420$ passagers
Un passage se fait en 1,75 minute. On ne s'intéresse au déplacement des piétons que dans un seul sens (comme si le retour se faisait à vide). Le nombre de déposes de personnes, dans un seul sens, en 60 minutes est donc :

$$N_{dépose} = \frac{60}{2 \times 1{,}75} \approx 17 \text{ déposes par heure}$$

Le flux de passagers par heure est donc :

$$\text{Flux} = P_{passage} \times N_{dépose} = 420 \times 17 = 7\,140 \text{ passagers par heure}$$

2. Comparaison des flux de passagers
Le pont transbordeur, avec un flux de 7 200 passagers/heure/sens, a un flux plus élevé que le bac ou le téléphérique, mais plus faible qu'un pont bas, un pont levant, un pont haut ou un tunnel.
Le pont bas ne pouvait pas être choisi pour ce projet, car il ne permet pas le passage des bateaux. Les autres solutions sont globalement plus chères, et c'est peut-être ce qui a orienté le choix vers la solution du pont transbordeur.

Exercice 10

1. Panneaux photovoltaïques nécessaires à l'alimentation du ferry en mode écoconduite
Dans le tableau des besoins en énergie, on peut lire qu'il faut au minimum 22,8 kWh d'énergie par jour, or sur la simulation de la production photovoltaïque, on peut lire que la production quotidienne maximale est estimée à 18 kWh d'énergie par jour. Donc les panneaux photovoltaïques ne peuvent pas suffire à alimenter le ferry-boat.

2. Nombre de panneaux photovoltaïques utilisés pour la propulsion et pour le circuit service
Sur l'extrait du BDD, on peut lire que 16 panneaux photovoltaïques sont utilisés pour la propulsion et 8 pour le circuit service.

3. Puissance crête et rendement des panneaux destinés à la propulsion
Sur l'extrait du BDD, on peut lire que, pour la propulsion, chaque panneau a une puissance crête de 220 Wc. Il y a 16 panneaux, donc la puissance crête de l'installation est de 16 × 220 = 3 520 Wc.
Le rendement indiqué sur l'extrait de BDD est de 13,8 %.

4. Influence de l'orientation et de l'inclinaison des panneaux photovoltaïques sur la production d'électricité
La production d'électricité est maximale lorsque les panneaux sont perpendiculaires aux rayons solaires.
Sur la photo du ferry-boat, on peut voir que les panneaux sont fixés horizontalement sur le toit du ferry-boat, donc la production d'électricité n'est pas optimisée.

5. Nombre de batteries d'un parc et type de montage
Sur l'extrait du BDD, on peut lire que pour la propulsion, il faut que chaque parc de batteries délivre une tension de 384 V. Sur la documentation technique de la batterie, on lit que la tension aux bornes d'une batterie est de 6 V.
Pour que les tensions s'additionnent, il faut brancher les batteries en série.

$$N = \frac{384}{6} = 64$$

Il faut donc 64 batteries par parc.

6. Énergie disponible (en Wh) pour les deux parcs de batteries sachant que l'on limite la profondeur de décharge à 70 %

$E = Q \times U$ avec E l'énergie en Wh, Q la capacité en Ah et U la tension en V.

$$E = 136 \times 384 = 52\,224 \text{ Wh/parc}$$

La profondeur de décharge est limitée à 70 %, donc l'énergie utilisable pour un parc est :

$$E_{\text{utilisable}} = 52\,224 \times 0,7 = 36\,557 \text{ Wh}$$

L'énergie disponible pour les deux parcs est donc :

$$E_{\text{disponible}} = 2 \times 36\,557 = 73\,114 \text{ Wh}$$

7. Nécessité d'avoir un stockage d'énergie aussi important

Dans le cas le plus défavorable, le ferry-boat a besoin de 73 008 Wh d'énergie par jour. Les parcs de batteries permettent de fournir 73 114 Wh en respectant une décharge ne dépassant pas 70 %. Ils sont donc dimensionnés pour couvrir les besoins dans le cas le plus défavorable.

Influence du mode éco-conduite et de la production photovoltaïque sur la durée de vie des batteries

Sur le diagramme à barres du document technique sur les batteries, on peut lire que la durée de vie des batteries, définie par le nombre de cycles de charge et décharge, augmente lorsque la profondeur de décharge diminue. Pour une profondeur de décharge de 70 %, le nombre de cycles est de 1 500, alors que lorsque la profondeur de décharge est de 50 %, les batteries peuvent supporter jusqu'à 2 500 cycles de charge/décharge.

Dans le cas le plus défavorable (18 h de temps de fonctionnement par jour) avec le mode éco-conduite, le besoin en énergie est de 51 192 Wh/jour. Or en limitant la profondeur de décharge des batteries à 50 %, elles peuvent fournir :

$$E_{\text{disponible } 50\,\%} = 2 \times Q \times U \times \frac{50}{100} = 2 \times 136 \times 384 \times \frac{50}{100}$$

$$= 52\,224 \text{ Wh}$$

Cela permet de couvrir les besoins en énergie quelle que soit la période de l'année dans la mesure où le mode éco-conduite est utilisé. La production photovoltaïque permet encore de réduire la profondeur de décharge des batteries, ce qui a pour effet d'accroître leur durée de vie.

8. Nature de la tension (continue ou alternative) présente aux points repérés ❶ ❷ ❸ ❹ de l'IBD de l'alimentation électrique

❶ en sortie de la prise EDF, la tension est alternative.

❷ les panneaux photovoltaïques délivrent une tension continue.

❸ le chargeur délivre une tension continue.

❹ en entrée et sortie des batteries, les tensions sont continues.

9. Moyenne annuelle d'émission de gaz à effet de serre (grammes de CO_2 par kWh)

Pour trouver la moyenne, il faut additionner les émissions générées chaque mois et diviser par le nombre de mois :

$$M = \frac{48+54+57+41+23+19+40+34+47}{12}$$

$$= \frac{+50+46+34}{12} \approx 41 \text{ g équ } CO_2 \text{ par kWh}$$

10. Quantité de CO_2 économisée par an

Nous avons calculé précédemment qu'en moyenne, pour chaque kWh d'énergie utilisé pour le ferry-boat, on émet 41 g équ CO_2.

La production d'énergie photovoltaïque permet d'économiser 4 400 kWh d'énergie par an, soit :

$$E = 4400 \times \frac{48+54+57+41+23+19+40+34}{12}$$

$$= \frac{+47+50+46+34}{12} = 180767 \text{ g équ } CO_2\text{/an.}$$

1 kg = 1 000 g

Les panneaux photovoltaïques permettent donc de réduire les émissions de gaz à effet de serre de 181 kg équ CO_2/an.

Exercice 11

1. Schéma complété

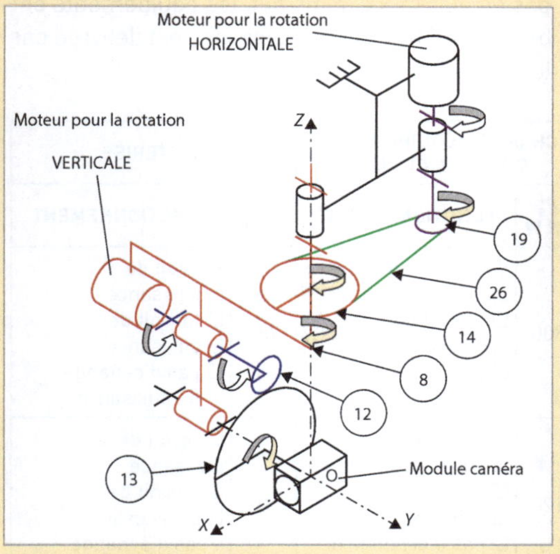

Le sens trigonométrique dans un repère orthonormé direct est désigné par le signe « + ».
Le moteur pour la rotation horizontale tourne dans le sens Z–.
Le moteur pour la rotation verticale tourne dans le sens Y–. L'engrenage génère un changement de sens de rotation contrairement au système poulies courroie donc le sens de rotation de la caméra est RZ– et RY–.

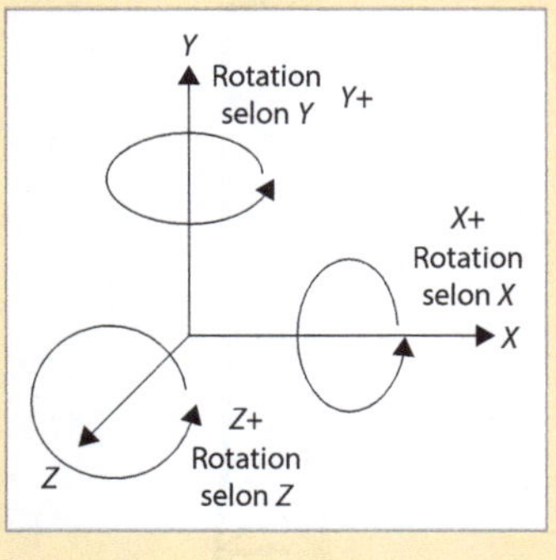

2. Vitesse de rotation maximale de la caméra pour un mouvement horizontal
Sur le diagramme de définition de blocs, on lit que la vitesse de rotation du moteur est de 500 tr/min.
Le système poulies-courroie est composé d'une petite poulie ayant 10 dents et d'une grande poulie ayant 56 dents. Le rapport de réduction est donc : $R = \frac{10}{56} = \frac{1}{5{,}6}$.
Cela signifie que la caméra tourne 5,6 fois plus lentement que l'axe du moteur.

$$N_{\text{caméra}} = R \times N_{\text{moteur}} = \frac{1}{5{,}6} \times 500 \approx 89{,}3 \text{ tr/min}$$

Pour convertir ce résultat en degrés par seconde, il faut se rappeler qu'un tour correspond à 360° et qu'une minute correspond à 60 secondes.

$$N_{\text{caméra}} = \frac{89{,}3 \times 360}{60} \approx 536\text{°/s}$$

3. Temps nécessaire pour que la caméra passe de la billetterie au bar
Sur la vue de dessus du hall d'entrée, on peut lire que la caméra effectue une rotation de 90° pour passer de la billetterie au bar.
La vitesse moyenne de rotation de la caméra est de 430 °/s.
Le temps nécessaire pour effectuer ce mouvement est donc :

$$t = \frac{\text{Angle à parcourir}}{\text{Vitesse de rotation}} = \frac{90}{430} \approx 0{,}2 \text{ s}$$

Respect du cahier des charges
Le cahier des charges impose que la caméra passe du bar à la billetterie en moins de 2 secondes. Nos calculs nous donnent un temps de déplacement de 0,2 s, donc ce critère du cahier des charges est validé.

Exercice 12

1. Calcul du courant I_s
P (W) = U (V) × I (A) donc $I_s = P_{total}/U$
$P_{total} = 11 + 20 + 60 + 100 + 2{,}7 + 48 + 6 + 24$
$= 271{,}7$ W
$U = 12$ V
Donc $I_s = 271{,}7/12 = 22{,}6$ A

2. Intensité maximale du courant en sortie de l'installation
Les panneaux sont montés en parallèle, donc les courants s'additionnent :
$I_{max} = 14 \times 4{,}4 = 61{,}6$ A.

3. Calcul des puissances P_p, P_s et P_b, puis du courant I_b
$P_p = V_p \times I_p = 13{,}8 \times 8{,}7 = 120$ W
$P_s = V_s \times I_s = 12 \times 10 = 120$ W
$P_b = P_s - P_p = 120 - 120 = 0$ W
Donc $I_b = 0$ A.

4. Analyse des échanges de puissance
Cas 1 : lorsque les panneaux photovoltaïques délivrent une puissance de 1 084 W et que les équi-

pements consomment une puissance de 300 W, les batteries sont rechargées grâce à une puissance de 784 W (1 084 – 300 = 784).

Cas 2 : lorsque les panneaux solaires délivrent une puissance de 120 W et que les équipements consomment une puissance de 120 W, il n'y a pas d'échange de puissance avec les batteries (120 – 120 = 0).

Cas 3 : lorsque les panneaux solaires ne délivrent pas de puissance, mais que les équipements ont besoin de 240 W, cette puissance est délivrée par les batteries.

	PANNEAUX PHOTOVOLTAÏQUES		CHARGES (ÉQUIPEMENTS CONSOMMATEURS)		BATTERIES	
	P_P EN W	FONCTIONNEMENT	P_S EN W	FONCTIONNEMENT	P_B EN W	FONCTIONNEMENT
CAS 1 : EXPOSITION EN PLEIN MIDI AVEC UN ÉCLAIREMENT DE $E = 1\,000\ W \cdot m^{-2}$ AVEC $I_S = 25\ A$	1 084	□ reçoit de la puissance √ fournit de la puissance □ pas d'échange de puissance	300	√ reçoit de la puissance □ fournit de la puissance □ pas d'échange de puissance	784	√ reçoit de la puissance □ fournit de la puissance □ pas d'échange de puissance
CAS 2 : FAIBLE ÉCLAIREMENT $E = 130\ W \cdot m^{-2}$ AVEC $I_S = 10\ A$	120	□ reçoit de la puissance √ fournit de la puissance □ pas d'échange de puissance	120	√ reçoit de la puissance □ fournit de la puissance □ pas d'échange de puissance	0	□ reçoit de la puissance □ fournit de la puissance √ pas d'échange de puissance
CAS 3 : DE NUIT AVEC $I_S = 20\ A$	0	□ reçoit de la puissance □ fournit de la puissance √ pas d'échange de puissance	240	√ reçoit de la puissance □ fournit de la puissance □ pas d'échange de puissance	240	□ reçoit de la puissance √ fournit de la puissance □ pas d'échange de puissance

5. Calcul de l'énergie produite chaque jour

Énergie (Wh) = Puissance (W) × Temps (h)

Il y a 14 panneaux solaires, donc :

$E = 14 \times 75 \times 5{,}93 = 6\,226{,}5$ Wh

Comparaison avec l'énergie consommée chaque jour

L'énergie consommée chaque jour n'est que de 1 100 Wh, donc les panneaux couvrent largement les besoins journaliers en électricité. L'énergie supplémentaire sert à recharger les batteries pour l'utilisation de nuit et pour les jours où l'ensoleillement est inférieur à l'ensoleillement moyen.

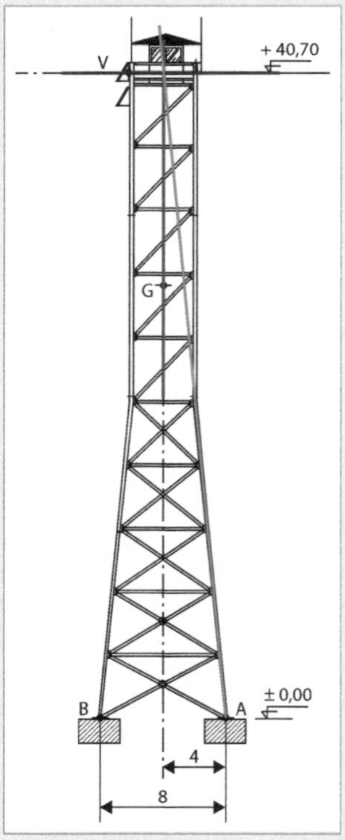

6. Détermination de l'intensité du vent provoquant le basculement

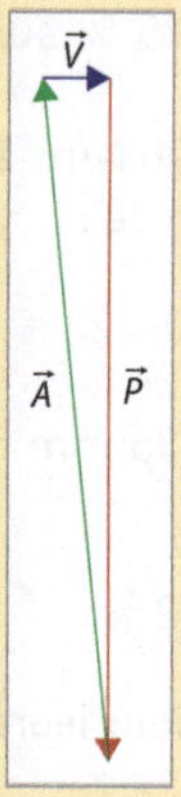

La tour est en équilibre sous l'action de 3 forces non parallèles :
- le poids (vertical, dirigé vers le bas) au centre de gravité G, P = 55 000 N ;
- la force du vent (horizontale vers la droite) appliquée en V, dont on cherche l'intensité ;
- l'articulation en A.

L'équilibre de la tour se traduit par le fait que :
- les 3 supports des forces se coupent en 1 point (ce qui nous donne le support de la force en A) ;
- la somme vectorielle des 3 forces est nulle (ce qui nous donne l'intensité de l'effort en V).

On choisit une échelle de représentation des forces, par exemple 1 cm pour représenter 10 000 N. Puis, on trace P. À l'origine de P, on trace le support de V, et à l'extrémité de P, on trace le support de A. On mesure la longueur de V et on utilise l'échelle pour trouver sa valeur en newtons : V = 5 400 N.

Conclusion : le basculement est donc entraîné par le vent lorsque l'intensité de celui-ci est supérieure à 5 400 N.

7. Calcul de la force maximale du vent et risque de basculement de la tour

La pression du vent extrême à prendre en compte pour un site protégé est de 700 Pa.

$$\text{Pression(Pa)} = \frac{\text{Force (N)}}{\text{Surface}\left(\text{m}^2\right)} \text{ donc}$$

$$F = P \times S = 700 \times 14 = 9\,800 \text{ N}$$

À la question précédente, nous avons trouvé que la force du vent nécessaire pour faire basculer la tour est de 5 400 N. Dans le cas d'un vent extrême, nos calculs nous indiquent qu'un effort de 9 800 N sera appliqué sur la tour, ce qui la fera basculer.

Exercice 13

1. Valeur du coefficient de sécurité

$$s = \frac{R_e}{\sigma_{\max}} = \frac{275 \cdot 10^6}{26\,955\,320} = 10{,}2$$

2. Zone où les déplacements sont les plus importants et valeur du déplacement maximal

Le déplacement maximal se situe au sommet de la structure. Il est de 5,835 mm.

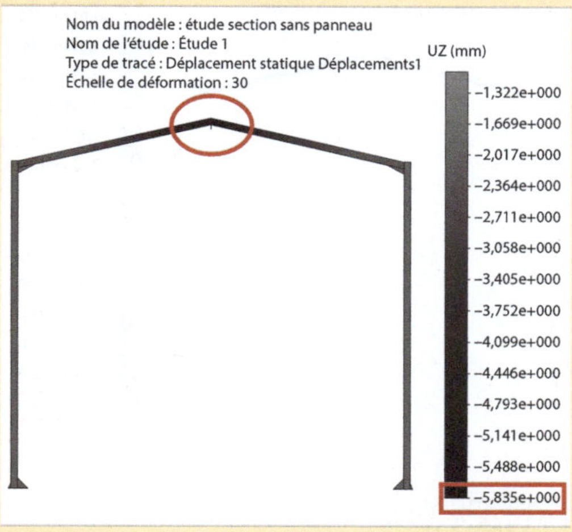

3. Masse des 70 panneaux

$$M = 70 \times 10{,}9 = 763 \text{ kg}$$

Nombre de traverses sur lesquelles vont reposer les panneaux

Sur la figure, on voit que l'on a disposé 10 panneaux sur la longueur et 7 panneaux sur la largeur.

La longueur des 10 panneaux est : $L = 10 \times 1{,}499$ = 14,99 m. Les traverses sont espacées de 2 m, les panneaux vont donc reposer sur 8 traverses.

Surcharge linéique

$$P_{\text{panneaux}} = M \times g = 763 \times 9{,}81 = 7\,485 \text{ N}$$

Ce poids est supporté par 8 traverses, donc chaque traverse supporte :

$$P_{\text{panneaux/traverse}} = 7\,485/8 \approx 936 \text{ N}$$

Sur le 1er schéma, on lit que chaque traverse a une longueur de 5 mètres, donc la charge linéique est : ρ = 936/5 = 187 N/m

4. Contrainte et déplacements sur la structure avec les panneaux solaires

On lit que la contrainte maximale est de 32 988 584 N/m^2.

Le déplacement maximal se situe au sommet de la structure. Il est de 7,104 mm.

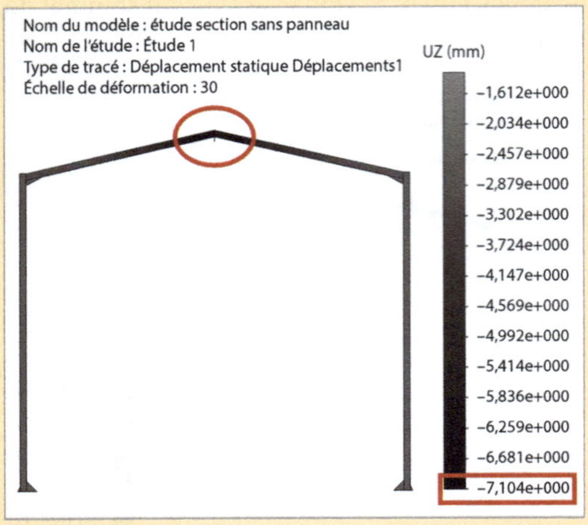

5. Conclusion

Il est indiqué dans l'énoncé que pour que l'installation de panneaux solaires puisse être validée, l'augmentation ne doit pas excéder 25 % sur chaque critère.

Sur la contrainte, on passe de 26 955 320 N/m² à 32 988 584 N/m², soit une augmentation de :

$$\varepsilon_{\text{contrainte}} = \frac{32\,988\,584 - 26\,955\,320}{26\,955\,320} \times 100 \approx 22\,\%$$

Sur le déplacement, on passe de 5,835 mm à 7,104 mm, soit une augmentation de :

$$\varepsilon_{\text{déplacement}} = \frac{7{,}104 - 5{,}835}{5{,}835} \times 100 \approx 22\,\%$$

L'augmentation de chaque critère reste inférieure à 25 %, donc l'installation est validée.

Exercice 14

1. Période du signal

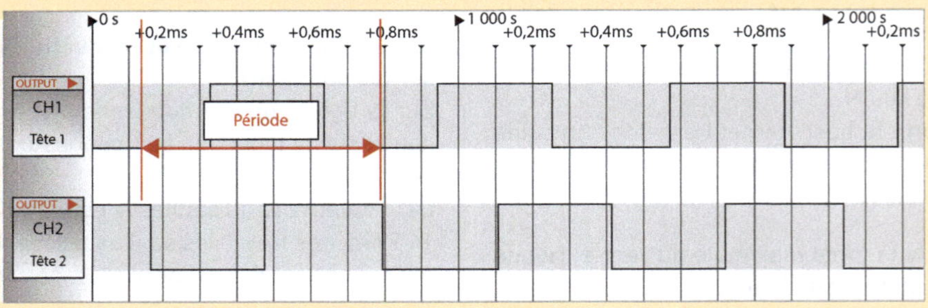

Sur le chronogramme, on lit que la période est d'environ :

$T = 0{,}79 - 0{,}17 = 0{,}62$ ms = 620 µs

Temps mis par la roue pour faire un tour

Il y a 90 impulsions par tour de roue, donc $t_{\text{roue}} = 90 \times 620 \cdot 10^{-6} = 0{,}055\,8$ s.

Fréquence de rotation du moteur

La fréquence est l'inverse de la période, donc :

$$f_{\text{roue}} = \frac{1}{t_{\text{roue}}} = \frac{1}{0{,}0558} = 17{,}9 \text{ tr/s}$$

soit $f_{\text{roue}} = 17{,}9 \times 60 = 1075$ tr/ min.

2. Affirmations sur le sens de marche

Sur front descendant de *Tête1*, si *Tête2* = 0 alors sens = MARCHE **ARRIERE**

Sur front descendant de *Tête1*, si *Tête2* = 1 alors sens = MARCHE **AVANT**

3. **Algorithme complété et sens de marche**

```
Tête 1_actuel ← 1                                          } Initialisation
Répéter indéfiniment
        Répéter
                Tête1_précédent ← Tête1_actuel             }
                Lire Tête1                                  } Détection du front descendant de T1
                Tête1_actuel ← Tête1                        }
        jusqu'à (Tête1_précédent = 1) et (Tête1_actuel = 0) }
        Lire Tête2                                          }
        si Tête2 = 1 alors Etat = MARCHE AVANT              } Détermination du sens de marche
        si Tête2 = 0 alors Etat = MARCHE ARRIERE            }
Fin répéter indéfiniment
```

Sur le chronogramme, on voit que lors des fronts descendants du signal 1, le signal 2 est à 1, donc le véhicule est en marche avant.

Exercice 15

1. **Tableau complété**

N° DE MESSAGE	INTITULÉ DU MESSAGE	SUPPORT DU MESSAGE			
		RÉSEAU INTERNET	LIAISON GSM/ GPRS	RÉSEAU TÉLÉPHONIE 3G (OU WIFI)	LIAISON RADIO SATELLITE GPS
1	Grilles horaires locales		X		
2	Grilles horaires toutes lignes	X			
3	**a) Signaux GPS**				**X**
4	**b) Trames de position des véhicules**		**X**		
5	**e) Situation de la ligne de bus en temps réel**		**X**		
6	**d) Situation complète du réseau de bus en temps réel**	**X**			
7	Informations locales actualisées				
8	Localisation client	X		X	
9	**c) Information prochains bus à proximité du client**	**X**		**X**	

2. **Tableau complété**

@ IP 10.0.3.19	**0000 1010**	0000 0000	0000 0011	**0001 0011**
MASQUE RÉSEAU	**1111 1111**	**1111 1111**	**1111 1100**	**0000 0000**
@ HÔTES	**0000 1010**	**0000 0000**	**0000 00xx**	**xxxx xxxx**

3. **Adresse de diffusion (*broadcast*)**

L'adresse de *broadcast* est l'adresse qui permet de s'adresser à tous les hôtes d'un réseau à la fois. Elle est réservée à cette application. Elle ne peut donc pas être attribuée à une machine (un hôte) du réseau.

Elle est définie comme étant la dernière adresse d'une plage d'adresses réseau. Donc :

@ RÉSEAU	0000 1010	0000 0000	0000 00xx	xxxx xxxx
ADRESSE DE DIFFUSION EN BINAIRE	0000 1010	0000 0000	0000 0011	1111 1111
ADRESSE DE DIFFUSION EN DÉCIMAL	10	0	3	255

4. Adresse des hôtes

@ HÔTES	0000 1010	0000 0000	0000 00xx	xxxx xxxx
@ RÉSEAU	0000 1010	0000 0000	0000 0000	0000 0000
PLUS PETITE @ HÔTE	0000 1010	0000 0000	0000 0000	0000 0001
PLUS GRANDE @ HÔTE	0000 1010	0000 0000	0000 0011	1111 1110

PLAGE D'ADRESSES HÔTES	10. 0 . 0 . 1	à	10. 0 . 3 . 254

5. Nombre d'hôtes que l'on peut adresser

Le masque de réseau est : 255.255.252.0.

En binaire, cela donne : 1111 1111 . 1111 1111 . 1111 1100 . 0000 0000

Les 10 bits à 0 correspondent aux bits utilisés pour identifier les hôtes.

Le nombre d'adresses différentes pour les hôtes est donc : 2^{10} = 1 024 adresses.

Parmi ces adresses, deux sont réservées (l'une pour l'adresse du réseau et l'autre pour l'adresse de diffusion). Il reste donc 1 024 – 2 = 1 022 adresses pour les hôtes.

6. Nombre de véhicules que l'on peut adresser

Chaque véhicule possède une adresse IP du type : 10.0.y.z.

Le masque de réseau est :

1111 1111 . 1111 1111 . 1111 11xx . xxxx xxxx

Cela signifie qu'il ne reste que 2 bits pour coder y. Les valeurs possibles pour y sont donc :

$(00)_2 = (0)_{10}$; $(01)_2 = (1)_{10}$; $(10)_2 = (2)_{10}$; $(11)_2 = (3)_{10}$

Par conséquent, « y » peut prendre 4 valeurs (0 ; 1 ; 2 ; 3) et « z » peut prendre 100 valeurs (de 0 à 99).

Cela fait donc 400 adresses. L'adresse 000 est réservée (c'est l'adresse du réseau), donc on peut adresser 399 véhicules.

Nombre d'adresses disponibles pour les équipements

Il reste donc 1 024 – 399 – 1 = 624 adresses disponibles pour les hôtes autres que les véhicules (nombre d'adresses du réseau – nombre de véhicules adressables – adresse de diffusion).

Exercice 16

1. Analyse des apports de chaleur dans le bungalow

Dans le tableau, on lit que le total des apports en chaleur est de 1 361,88 W.

Dans le tableau, on lit que les apports de chaleur par les planchers sont de 817,32 W ce qui, en pourcentage du total des apports en chaleur est égal à : 60,01 % $\left(\frac{817{,}32}{1\,361{,}88} \times 100 = 60{,}01\,\%\right)$ ce qui est cohérent avec le diagramme.

Puisque la plus grande proportion du flux de chaleur arrive par les plancher, ce sont eux qu'il faut isoler en priorité.

2. Calcul du débit d'air à renouveler et des apports aérauliques

$Q = 25 \times 7 = 175\ \text{m}^3 \cdot \text{h}^{-1}$.

$A_{\text{aéro}} = 0{,}34 \times 175 \times 16 = 952$ W.

3. Apports de chaleur liés aux ponts thermiques et aux occupants

$$A_{PT} = \frac{1361{,}88 \times 10}{100} = 136{,}188 \text{ W.}$$

$A_{\text{occupants}} = 7 \times 80 = 560$ W.

4. Calcul de la puissance de froid à apporter

$P_{\text{froid}} = A_{\text{parois}} + A_{PT} + A_{\text{occupants}}$

$= 1\,361{,}88 + 136{,}188 + 560 = 2\,058{,}068$ W.

Exercice 17

1. Calcul du volume
Convertir les dimensions en mm en m.
$V = 18{,}51 \times 0{,}72 \times 0{,}156 = 2{,}08\ m^3$.

2. Calcul de la charge linéique
$P = \rho \times V \times g = 340 \times 2{,}265 \times 9{,}81 = 7\,554{,}68$ N.
Sachant que la longueur de la poutre est 18,51 mètres, la charge linéique à prendre en compte est donc : $\lambda = \dfrac{7\,554{,}68}{18{,}51} = 408\ N \cdot m^{-1}$.

3. Analyse des sollicitations
La poutre est essentiellement soumise à de la flexion. Le poteau central est essentiellement soumis à de la compression. Les poteaux de rives sont soumis à de la compression et à de la flexion.

4. Calcul de la flèche
La portée à prendre en compte est 16,5 mètres (2 × 8,25 ou 18,51 − 2 × 1,005). La flèche admissible est : $f_{max} = \dfrac{16\,500}{250} = 66$ mm.

5. Conclusion
On lit que la flèche maximale pour le portique BM est de 10 mm et celle pour le portique BLC est de 5 mm, donc les deux portiques conviennent. Le portique en BLC se déforme moins que le portique en BM.

Exercice 18

1. Identification du type de chargement
La représentation qui correspond à la modélisation de l'aile est la n° 6. L'aile est assimilable à une poutre encastrée-libre sur le cockpit. La charge, due au poids propre de l'aile, est assimilable à une charge répartie.

2. Étude des contraintes de flexion

$$\sigma_{max} = \frac{\mathcal{M}_{fmax}}{I_{GZ}/v} = \frac{576\,308}{\left(\dfrac{4 \times 10^{-4}}{0{,}175}\right)} = 2\,52\,134\,750\ N/m^2$$

$$= 252{,}1\ N/mm^2.$$

$$\sigma_{max} \leqslant \frac{\text{Résistance}_{\textit{mécanique fibre de carbone}}}{s}.$$

Soit $\sigma_{max} \times s \leqslant Résistance_{mécanique\ fibre\ de\ carbone}$ avec $s \geqslant 1$, or $\sigma_{max} = 252{,}1\ N/mm^2$ et $Résistance_{mécanique\ fibre\ de\ carbone} = 1\,050\ N/mm^2$.
Donc la condition de résistance est vérifiée car on dispose d'un coefficient de sécurité de 4 ce qui est bien trop important.

3. Choix de la section optimale
Pour le longeron initial, $\sigma_{max} = 1{,}949 \times 10^2$ MPa (approximativement). Donc $\sigma_{max} \times s = 1{,}949 \times 10^2 \times 1{,}2 = 233{,}88$ MPa. Ce résultat est inférieur à la résistance du matériau (1 050 MPa)
Pour la première optimisation, $\sigma_{max} = 733{,}5$ MPa (approximativement).
Donc $\sigma_{max} \times s = 7{,}335 \times 10^2 \times 1{,}2 = 880{,}2$ MPa. Ce résultat est inférieur à la résistance du matériau (1 050 MPa)
Pour la deuxième optimisation, $\sigma_{max} = 9\,800$ MPa (approximativement).
Donc $\sigma_{max} \times s = 9\,800 \times 1{,}2 = 11\,760$ MPa. Ce résultat est supérieur à la résistance du matériau (1 050 MPa).
C'est la deuxième optimisation qui sera retenue. Malgré une masse supérieure à la deuxième optimisation (1 372 kg), sa contrainte maximale assure le coefficient de sécurité de 1,2.

Exercice 19

1. Représentation des positions extrêmes

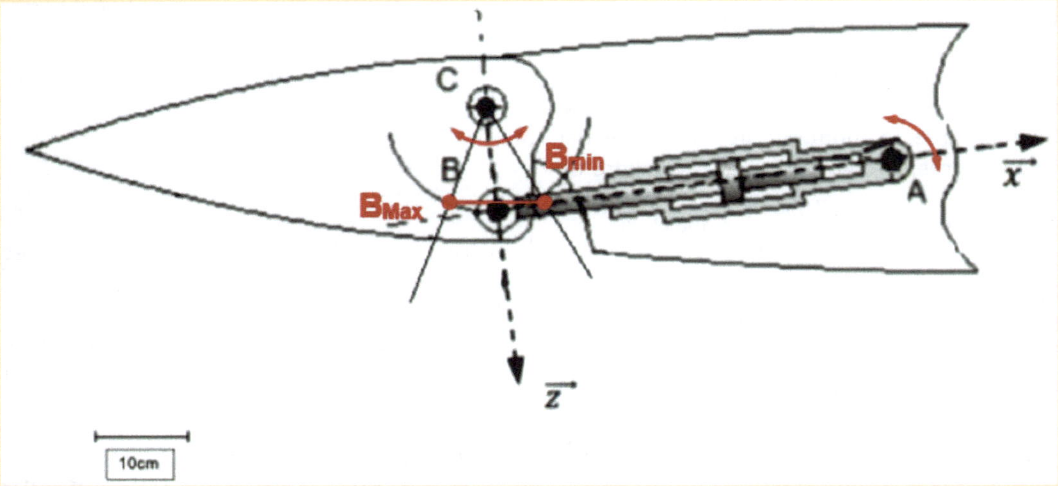

2. Course du vérin

D'après ce tracé (étude cinématique), la course du vérin nécessaire est de 10,55 mm sur le dessin, ce qui correspond à 105,5 mm dans la réalité.

Or la course maximale du vérin est de 110 mm, donc le vérin choisi convient pour cette application.

Exercice 20

1. Analyse des scénarios de fonctionnement

$P_{diff} = P_{PV} - P_{mot}$.

CAS	PÉRIODE	PV	BATTERIES	P_{DIFF}	SOC (ÉTAT DE CHARGE)	DESCRIPTION
1	Jour ensoleillé ou nuageux	✓	Repos	0	$Soc_{min} < Soc < Soc_{max}$	$P_{mot} = P_{PV}$
2		✓	En décharge	$P_{diff} = P_{PV} - P_{mot}$		$P_{mot} = P_{PV} + P_{bat}$
3		X				$P_{mot} = P_{bat}$
4		✓	En charge	$P_{diff} = P_{PV} - P_{mot}$	$Soc < Soc_{max}$	$P_{bat} = P_{PV} - P_{mot}$
5	Nuit	X	En décharge	< 0	$Soc > Soc_{min}$	$P_{mot} = P_{bat}$

2. Calcul de l'énergie dans la batterie

Calcul de l'énergie maximale pouvant être stockée dans la batterie : $E = W_{kg} \times m = 260 \times 633 = 164\,580$ W·h.

Calcul de l'énergie restant dans la batterie lorsque l'on atteint les 30 derniers pourcents :

$$Soc_{min} = \frac{164\,580 \times 30}{100} = 49\,374 \text{ W·h}.$$

3. Calcul de l'autonomie

Le minimum de puissance est $P_{moy/nuit} = 9{,}2$ kW.

L'autonomie du planeur lorsque Soc_{min} est atteint, la nuit, est donc : $t = \frac{Soc_{min}}{P_{moy/nuit}} = \frac{49\,374}{9\,200} =$ 5,3 heures.

Cette valeur est supérieure à la valeur souhaitée dans le cahier des charges (qui est de 5 heures) donc les batteries sont convenablement dimensionnées.

Exercice 21

1. et 2. Compléter le diagramme de blocs internes

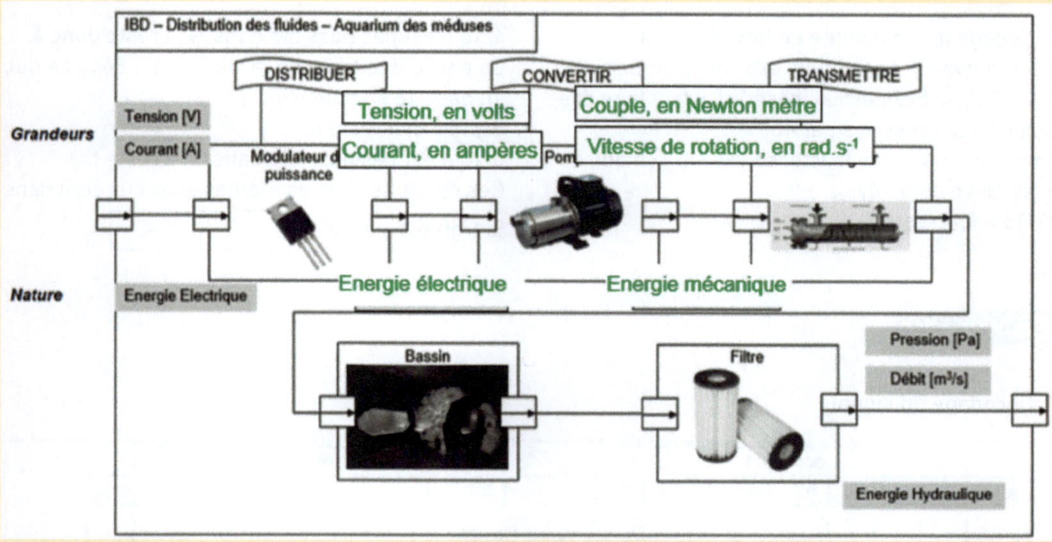

Exercice 22

1. Algorigramme de mise en forme des trames

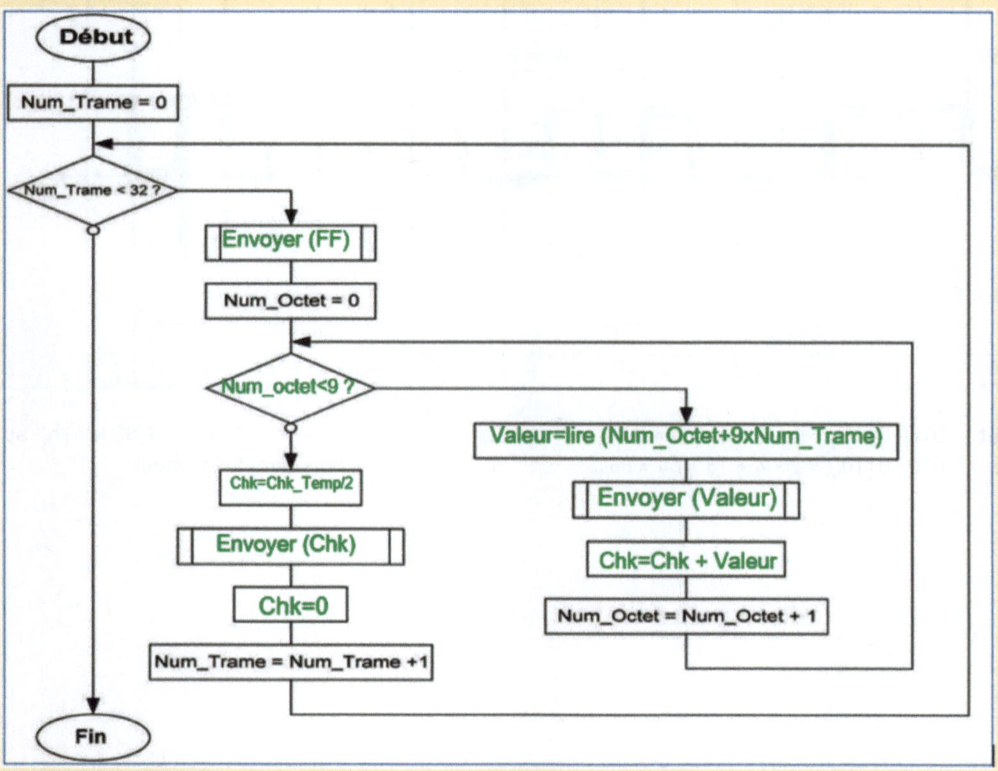

2. Identification de la trame associée à la température dans le cockpit

Le code associé à *Température cockpit* est « 0x25 » donc la trame à recopier est la trame n°13 :

0xFF	0x25	0x03	0x52	0x26	0x47	0x56	0x27	0x62	0x52	0x44

3. Codage d'une donnée en hexadécimal

Pour convertir une valeur exprimée en décimal (base 10), en hexadécilal (base 16), il faut faire des divisions successives par 16.

La partie entière de la vitesse est $71_{(10)}$ ce qui, en base 16 se note : $47_{(16)}$.

71/16 = 4, il reste 7.

4/16 n'est pas possible dans ℕ, il reste donc 4.

La partie décimale de la vitesse est $86_{(10)}$ ce qui, en base 16 se note : $56_{(16)}$.

86/16 = 5, il reste 6.

5/16 n'est pas possible dans ℕ, il reste 5.

Ces résultats sont les mêmes que ceux écrit dans la trame, à savoir :

0x47	0x56

Exercice 23

1. Décodage du signal

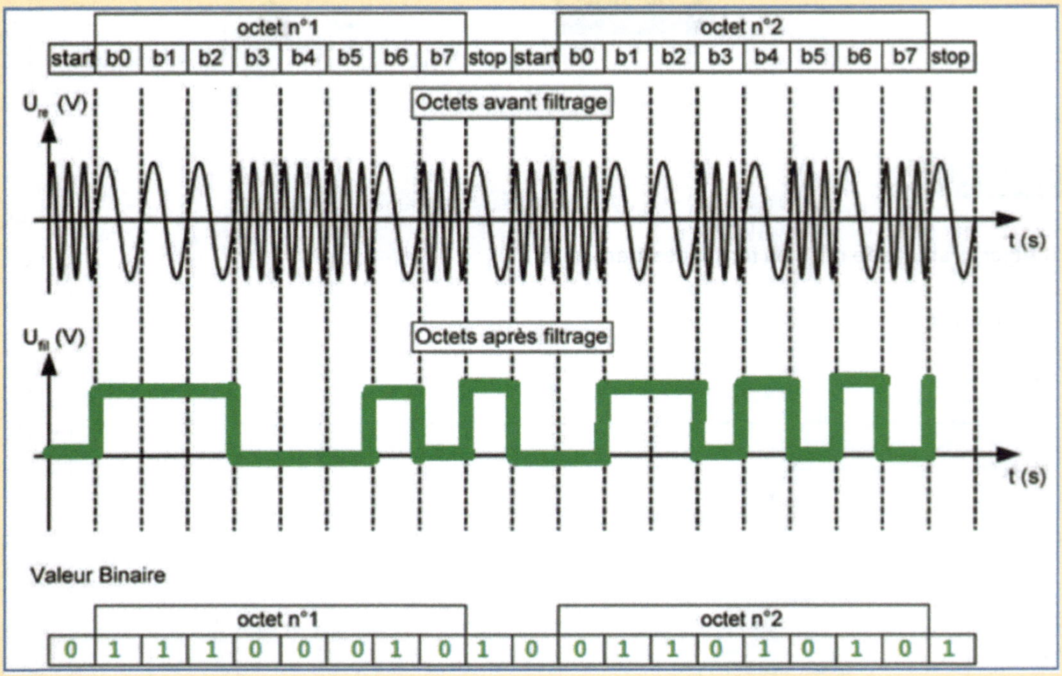

1er octet : $0100\,0111_{(2)} = 1 + 2 + 4 + 64 = 71_{(10)}$

2e octet : $0101\,0110_{(2)} = 2 + 4 + 16 + 64 = 86_{(10)}$

La vitesse du planeur est donc 71,86 km·h^{-1} au moment de l'acquisition de la valeur.

2. Identification des appareils émetteur et récepteur de la trame

	0	1	2	3	4	5	6	7	8	9	A	B	C	D	E	F
00	12	25	96	13	68	3f	45	97	00	0f	20	28	06	17	00	16
01	53	21	15	73	00	80	45	00	04	02	7c	c0	40	00	3b	06
02	ee	bd	c0	a8	01	14	c0	a8	01	0a	3b	06	4c	17	01	62
03	27	02	24	59	03	91	23	04	54	15	05	f3	3c	06	21	4d
04	07	10	00	08	9f	65	09	48	98	0a	12	07	0b	03	07	0c
05	28	06	0d	29	08	0e	28	10	0f	12	07	10	03	07	11	22
06	06	12	1b	05	13	06	43	14	ba	ca	15	20	21	16	62	59
07	17	13	75	18	29	56	19	31	84	1a	67	68	1b	42	69	1c
08	09	37	1d	28	06	1e	29	08	1f	28	10	20	25	06	21	ba
09	fe	22	a8	01	23	c0	a8	24	0a	3b	25	4c	17	26	47	56
0A	27	36	02	28	c2	1a	29	72	73	2a	66	c8	2b	...		

c0 a8 01 14 : 192.168.1.20 Adresse IP source
c0 a8 01 0a : 192.168.1.10 Adresse IP destination

Les appareils en liaison sont donc l'antenne et le serveur local de données. L'antenne est la source et le serveur local de données la destination.

Savoir 1 Suites arithmétiques et géométriques

1 Suites arithmétiques

• Une suite (u_n) est **arithmétique** s'il existe un réel r (appelé raison) tel que $\boldsymbol{u_{n+1} = u_n + r}$ pour tout entier naturel n.

Pour montrer qu'une suite (u_n) est arithmétique, on montre que la différence $u_{n+1} - u_n$ est constante, égale à un réel r, pour tout entier n.

• Si (u_n) est une suite arithmétique de raison r, alors, pour tout entier naturel n, on a $\boldsymbol{u_n = u_k + (n - k)r}$.

En particulier, $\boldsymbol{u_n = u_0 + n \times r}$.

• Si $\boldsymbol{r > 0}$, alors la suite arithmétique (u_n) est strictement **croissante**.

Si $\boldsymbol{r < 0}$, alors la suite arithmétique (u_n) est strictement **décroissante**.

• ***Somme de termes consécutifs d'une suite arithmétique*** = nb de termes × $\dfrac{1^{er}\text{ terme + dernier terme}}{2}$

– $u_0 + u_1 + ... + u_n = \sum_{k=0}^{n} u_k = (n+1) \times \dfrac{u_0 + u_n}{2}$

– $u_p + u_1 + ... + u_n = \sum_{k=p}^{n} u_k = (n-p+1) \times \dfrac{u_p + u_n}{2}$

• **Moyenne arithmétique** de deux réels a et b : $\dfrac{a+b}{2}$

• La **représentation graphique** d'une suite arithmétique est un **nuage de points alignés**.

2 Suites géométriques

• Une suite (u_n) est **géométrique** s'il existe un réel q (appelé raison) tel que $\boldsymbol{u_{n+1} = q \times u_n}$ pour tout entier naturel n.

Pour montrer qu'une suite (u_n) est géométrique, on montre que le quotient $\dfrac{u_{n+1}}{u_n}$ est constant, égal à un réel q, pour tout entier n (on s'assure bien que u_n est non nul, pour tout entier n au préalable).

• Si (u_n) est une suite géométrique de raison q, alors, pour tout entier naturel n, on a $\boldsymbol{u_n = q^{n-k} \times u_k}$. En particulier, $\boldsymbol{u_n = q^n \times u_0}$.

• Si $\boldsymbol{q > 1}$, alors la suite géométrique **à termes positifs** (u_n) est strictement **croissante**.

• Si $0 < q < 1$, alors la suite géométrique **à termes positifs** (u_n) est strictement **décroissante**.

• Si $\boldsymbol{q = 1}$, alors la suite géométrique **à termes positifs** (u_n) est **constante.**

• **Somme de termes consécutifs d'une suite géométrique de raison $\boldsymbol{q (\neq 1)}$**

$= 1^{er}\text{ terme} \times \dfrac{1 - \text{raison}^{\text{nb termes}}}{1 - \text{raison}}$

– $u_0 + u_1 + ... + u_n = \sum_{k=0}^{n} u_k = u_0 \times \dfrac{1 - q^{n+1}}{1 - q}$

– $u_p + u_1 + ... + u_n = \sum_{k=p}^{n} u_k = u_p \times \dfrac{1 - q^{n-p+1}}{1 - q}$

• **Moyenne géométrique** de deux réels positifs a et b : $\sqrt{ab}$

• La **représentation graphique** d'une suite géométrique est un **nuage de points exponentiel**.

Dérivation

1 Nombre dérivé et tangente

• Soient f une fonction définie sur un intervalle I, a un élément de I et h un nombre réel non nul tel que $a + h \in I$. On note $\mathscr{C}_f$ la courbe représentative de la fonction f, A le point de $\mathscr{C}_f$ d'abscisse a et H le point de $\mathscr{C}_f$ d'abscisse $a + h$.

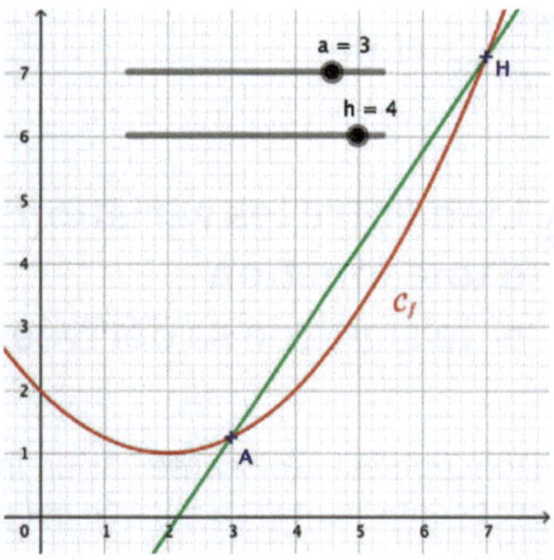

Le taux d'accroissement de f au voisinage de a, noté $\left(\frac{\Delta f}{\Delta x}\right)$, est le quotient

$$\frac{f(a+h)-f(a)}{(a+h)-a}=\frac{f(a+h)-f(a)}{h}.$$

Graphiquement, c'est la pente de la droite (AH).

Le **nombre dérivé** de f en a, noté $f'(a)$ ou $\frac{d}{dx}f(a)$, s'il existe, est la valeur limite du taux d'accroissement de f entre a et $a + h$, quand h se rapproche de 0. Graphiquement, c'est la pente de la droite (AH) (si elle n'est pas parallèle à l'axe des ordonnées) quand H se rapproche de A.

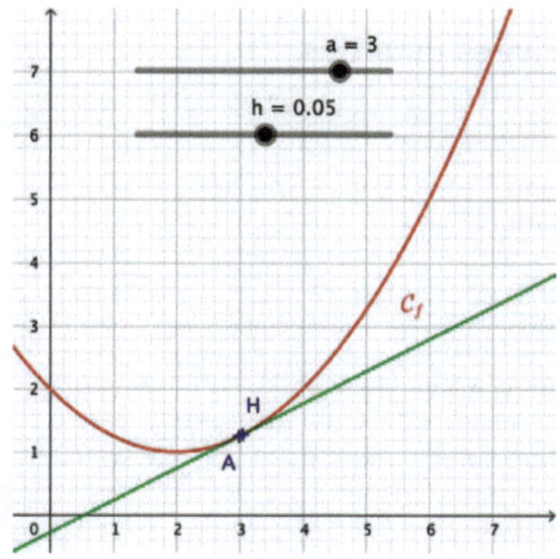

• La position limite de la droite (AH) quand H se rapproche de A s'appelle la **tangente à $\mathscr{C}_f$ en A**. Elle a pour pente $f'(a)$ et pour équation réduite : $y = f'(a)(x - a) + f(a)$.

• **Approximation affine** : si f est dérivable en a, alors, pour tout réel h suffisamment proche de 0, on a $f(a + h) \approx f(a) + hf'(a)$.

2 Fonction dérivée

• On note $\mathscr{D}'$ l'ensemble des réels a pour lesquels $f'(a)$ existe. La fonction f' (également notée $\frac{df}{dx}$) définie sur $\mathscr{D}'$ qui, à tout élément de $\mathscr{D}'$, associe le nombre dérivé de f en a, s'appelle la **fonction dérivée** (ou **dérivée**) de f. On dit alors que f est **dérivable** sur $\mathscr{D}'$ et a pour dérivée f'.

• **Opérations sur les dérivées** : soient f et g deux fonctions dérivables sur un ensemble $\mathscr{D}'$ et k un réel quelconque. Alors :

– $(f + g)' = f' + g'$: autrement dit, la dérivée d'une somme est égale à la somme des dérivées.

– $(kf)' = kf'$: autrement dit, la dérivée du produit d'une fonction par un réel est égale au produit de la dérivée de cette fonction par ce réel.

– $(fg)' = f'g + fg'$

– Si $g \neq 0$ sur $\mathscr{D}'$, $\left(\frac{1}{g}\right)' = -\frac{g'}{g^2}$

– Si $g \neq 0$ sur $\mathcal{D}'$, $\left(\dfrac{f}{g}\right)' = \dfrac{f'g - fg'}{g^2}$

- **Dérivées usuelles**

FONCTIONS		DÉRIVÉES
Fonction constante	$f(x) = C$ $(C \in \mathbb{R})$	$f'(x) = 0$
Fonction identité	$f(x) = x$	$f'(x) = 1$
Fonction carré	$f(x) = x^2$	$f'(x) = 2x$
Fonction cube	$f(x) = x^3$	$f'(x) = 3x^2$
Fonction puissance	$f(x) = x^n$ $(n \in \mathbb{N}^*)$	$f'(x) = nx^{n-1}$
Fonction affine	$f(x) = ax + b$ $(a, b \in \mathbb{R}, a \neq 0)$	$f'(x) = a$
Polynôme de degré 2	$f(x) = ax^2 + bx + c$ $(a, b, c \in \mathbb{R}, a \neq 0)$	$f'(x) = 2ax + b$
Polynôme de degré 3	$f(x) = ax^3 + bx^2 + cx + d$ $(a, b, c, d \in \mathbb{R}, a \neq 0)$	$f'(x) = 3ax^2 + 2bx + c$
Polynôme de degré n $(n \in \mathbb{N}^*)$	$f(x) = a_n x^n + a_{n-1}x^{n-1} + \cdots + a_1 x + a_0$ $(a_n, a_{n-1}, ..., a_1, a_0 \in \mathbb{R}, a_n \neq 0)$	$f'(x) = na_n x^{n-1} + (n-1)a_{n-1}x^{n-2} + \cdots + a_1$

- **Composée de deux fonctions**

– Soient I et J deux parties de $\mathbb{R}$, $f : I \rightarrow \mathbb{R}$ et $g : J \rightarrow \mathbb{R}$ deux fonctions telles que $g(J) \subset I$ (autrement, pour tout $x \in J$, on a $g(x) \in I$). Alors, on appelle composée des fonctions f et g la fonction notée $f \circ g$ définie par :

$$f \circ g : \begin{cases} J \rightarrow \mathbb{R} \\ x \mapsto (f \circ g)(x) = f(g(x)) \end{cases}$$

– Si, de plus, f est dérivable sur I et g est dérivable sur J, alors $f \circ g$ est dérivable sur J et on a $(f \circ g)' = (f' \circ g) \times g'$ (autrement dit, pour tout $x \in J$, $(f \circ g)'(x) = (f' \circ g)(x) \times g'(x) = f'(g(x)) \times g'(x)$).

– On en déduit également les formules de dérivées suivantes :

- Si a et b sont deux réels,
$$\frac{df(ax+b)}{dx} = af'(ax+b)$$
- Si n est un entier relatif,
$$\frac{df(x)^n}{dx} = nf(x)^{n-1}$$

3 Lien entre les variations d'une fonction et le signe de sa dérivée

- Une fonction est croissante sur un intervalle si et seulement si sa dérivée est positive sur cet intervalle.

Une fonction est décroissante sur un intervalle si et seulement si sa dérivée est négative sur cet intervalle.

Si la dérivée d'une fonction s'annule et change de signe en un réel a, alors la fonction admet un extremum en a.

Savoir 3

Fonction inverse

1 Définition

La **fonction inverse** est la fonction *f* définie sur $]-\infty\,;0[\cup]0\,;+\infty[$ par

$f(x) = \frac{1}{x}$.

2 Dérivée

La fonction inverse est **dérivable** sur $]-\infty\,;0[\cup]0\,;+\infty[$ et sa **dérivée** est définie par

$f'(x) = -\frac{1}{x^2}$.

3 Comportement de la fonction inverse aux bornes de son ensemble de définition

COMPORTEMENT DE LA FONCTION INVERSE AUX BORNES DE SON ENSEMBLE DE DÉFINITION	CONSÉQUENCES GRAPHIQUES
Quand *x* prend des **valeurs infiniment grandes** (aussi bien dans les positifs que dans les négatifs), l'inverse de *x* **se rapproche de *0***.	La courbe représentative de la fonction inverse se rapproche de plus en plus de l'axe des abscisses (sans jamais le couper) au fur et à mesure que les valeurs de *x* deviennent infiniment grandes (aussi bien dans les positifs que dans les négatifs).

COMPORTEMENT DE LA FONCTION INVERSE AUX BORNES DE SON ENSEMBLE DE DÉFINITION	CONSÉQUENCES GRAPHIQUES
Quand *x* **s'approche de *0* en restant positif**, l'inverse de *x* prend des valeurs **infiniment grandes dans les positifs**, noté $+\infty$.	La courbe représentative de la fonction inverse se rapproche de plus en plus de l'axe des ordonnées (sans jamais le couper) au fur et à mesure que les valeurs de *x* rapprochent de 0.
Quand *x* **s'approche de *0* en restant négatif**, l'inverse de *x* prend des valeurs **infiniment grandes dans les négatifs**, noté $-\infty$.	

4 Tableau de variations

Valeurs de x	$-\infty$		0		$+\infty$
Variations de $x \mapsto \frac{1}{x}$	0	↘	$-\infty$ ‖ $+\infty$	↘	0

5 Courbe représentative

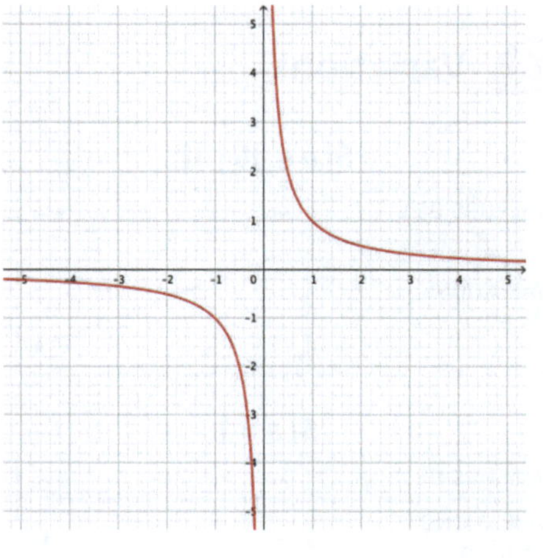

MATHÉMATIQUES PHYSIQUE-CHIMIE

Savoir 4

Fonctions exponentielles

1 Définition

Soit a un nombre réel strictement positif.

On considère la suite géométrique $(a^n)_{n\in\mathbb{N}}$ (de raison a).

On appelle **fonction exponentielle de base *a***, la fonction notée exp_a et définie sur l'intervalle $[0;+\infty[$ qui prolonge à des valeurs non entières la suite géométrique $(a^n)_{n\in\mathbb{N}}$.

Pour tout nombre réel $x \in [0\ ;+\infty[$, on note a^x l'exponentielle de base a de x.

On étend la fonction exponentielle de base a aux nombres réels négatifs en posant $a^{-x} = \dfrac{1}{a^x}$ pour tout nombre réel positif x.

On a, en particulier, $a^0 = 1$, $a^1 = 1$ et $a^x > 0$, pour tout réel x.

2 Propriétés algébriques

Soient a et b deux nombres réels strictement positifs et x et y deux nombres réels.

$\boldsymbol{a^x \times a^y = a^{x+y}}$ $\boldsymbol{(a^x)^y = a^{xy}}$

$\boldsymbol{\dfrac{1}{a^x} = a^{-x}}$ $\boldsymbol{(ab)^x = a^x b^x}$

$\boldsymbol{\dfrac{a^x}{a^y} = a^{x-y}}$ $\boldsymbol{\left(\dfrac{a}{b}\right)^x = \dfrac{a^x}{b^x}}$

3 Variations

Si $a \in]0\ ;1[$

VALEURS DE x	$-\infty$ ↘ $+\infty$
VARIATIONS DE $x \mapsto a^x$	↘ (décroissante)

Si $a = 1$

VALEURS DE x	$-\infty$ → $+\infty$
VARIATIONS DE $x \mapsto a^x$	→ (constante)

Si $a > 1$

VALEURS DE x	$-\infty$ ↗ $+\infty$
VARIATIONS DE $X \mapsto a^x$	↗ (croissante)

• Soient a un nombre réel strictement positif et x et y deux nombres réels.

Si $a \neq 1$, alors $\boldsymbol{a^x = a^y} \Leftrightarrow x = y$

$$\boldsymbol{a^x > a^y} \Leftrightarrow \begin{cases} x > y \text{ si } a > 1 \\ x < y \text{ si } a \in]0\ ;1[\end{cases}$$

4 Courbes représentatives

Si $a \in]0\ ;1[$

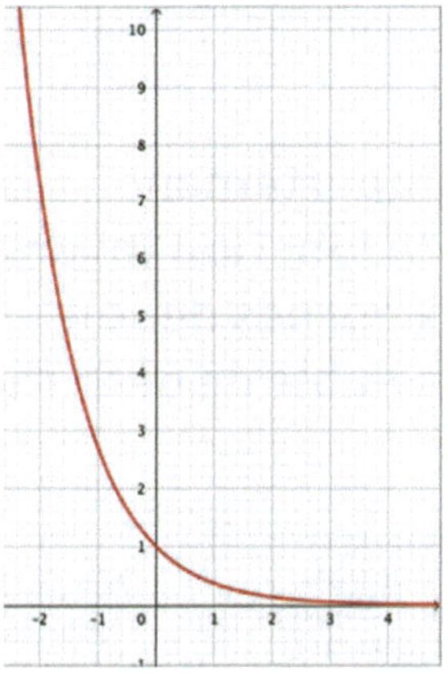

Plus a est proche de 0, plus la courbe représentative est proche des axes.

Si $a > 1$

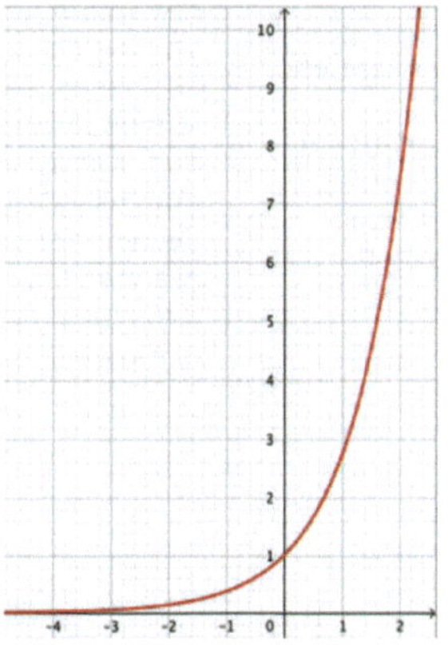

Plus a est grand, plus la courbe représentative est proche des axes.

Savoir 5

Fonction logarithme décimal

1 Définition

Soit x un réel strictement positif. L'équation $10^t = x$ admet une unique solution réelle que l'on appelle **logarithme décimal de x**, noté $\log(x)$.

Autrement dit, $\mathbf{10^t = x \Leftrightarrow t = \log(x)}$.

De plus, pour tout réel x strictement positif, on a $\mathbf{10^{\log(x)} = x}$ et, pour tout réel x, on a $\mathbf{\log(10^x) = x}$.

On a, en particulier, $\log(1) = 0$, $\log(10^n) = n$ pour tout entier naturel n.

2 Propriétés algébriques

Soient x et y deux nombres réels strictement positifs et n un entier naturel.

$$\log(xy) = \log(x) + \log(y)$$

$$\log\left(\frac{1}{x}\right) = -\log(x)$$

$$\log(x^n) = n \times \log(x)$$

$$\log\left(\frac{x}{y}\right) = \log(x) - \log(y)$$

3 Tableau de variations

Valeurs de x	0 ‖ $+\infty$
Variations de $x \mapsto \log(x)$	‖ ↗

4 Signe

Valeurs de x	0	1	$+\infty$
Signe de $\log(x)$	‖ −	0	+

5 Équations et inéquations

Soient a, b, x et y quatre nombres réels strictement positifs.

- $\mathbf{\log(x) = \log(y)} \Leftrightarrow x = y$
- $\mathbf{\log(x) > \log(y)} \Leftrightarrow x > y$
- Pour tout réel x, $\mathbf{a^x = b \Leftrightarrow x = \dfrac{\log(b)}{\log(a)}}$
- Pour tout réel x, $\mathbf{a^x < b}$

$$\Leftrightarrow \begin{cases} x > \dfrac{\log(b)}{\log(a)} \text{ si } 0 < a < 1 \\ x < \dfrac{\log(b)}{\log(a)} \text{ si } a > 1 \end{cases}$$

- Pour tout réel a, $\mathbf{x^a = b \Leftrightarrow x = 10^{\frac{\log(b)}{a}}}$
- Pour tout réel a, $\mathbf{x^a < b}$

$$\Leftrightarrow \begin{cases} x > 10^{\frac{\log(b)}{a}} \text{ si } a < 0 \\ x < 10^{\frac{\log(b)}{a}} \text{ si } a > 0 \end{cases}$$

6 Courbe représentative

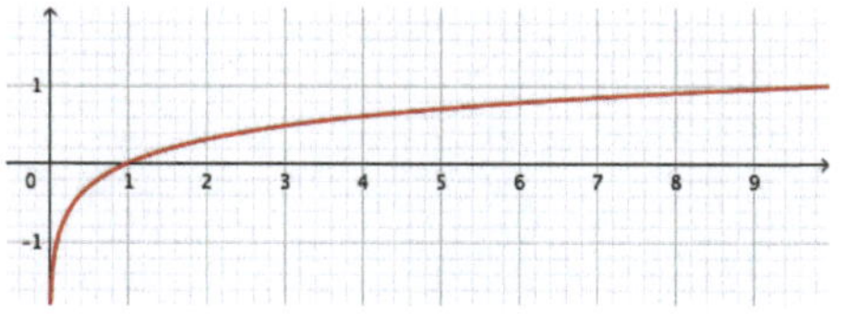

Savoir 6

Séries statistiques à deux variables quantitatives

1 Premières définitions

• Soient X et Y deux variables statistiques représentant les valeurs de deux caractères observés sur une même population de N individus.

Pour chacun des individus numérotés de 1 à N, on note $x_1, x_2, ..., x_N$ les valeurs de la variable X et $y_1, y_2, ..., y_N$ les valeurs de la variable Y.

Les couples de valeurs $(x_1 ; y_1)$, $(x_2 ; y_2)$, ..., $(x_N ; y_N)$ forment une **série statistique à deux variables**, notée (X, Y).

• On appelle **nuage de points** de la série statistique à deux variables (X, Y) l'ensemble des points de coordonnées $(x_1 ; y_1)$, $(x_2 ; y_2)$, ..., $(x_N ; y_N)$.

• **Interpoler**, c'est déterminer ce que pourrait être la valeur de Y pour une valeur intermédiaire de X (et inversement).

Extrapoler, c'est prévoir la valeur de Y pour une valeur de X supérieure (ou inférieure) à toutes les autres (et inversement).

2 Ajustement affine

• Un nuage de points étant donné, on cherche la courbe qui « passe le plus près possible » de chacun des points du nuage : on parle de **problème d'ajustement**.

Quand la courbe qui « passe le plus près possible » de chacun des points du nuage est une droite, on parle d'**ajustement affine**.

Notons que la droite d'ajustement passe toujours par le **point moyen**, c'est-à-dire le point dont l'abscisse est la moyenne de la série X et dont l'ordonnée est la moyenne de la série Y.

• La **méthode des moindres carrés** consiste à déterminer la droite qui minimise la somme des carrés des distances entre les points du nuage et les points de cette droite ayant les mêmes abscisses respectives.

Par exemple, sur la figure suivante, la droite des moindres carrés est celle qui minimise $M_1P_1^2 + M_2P_2^2 + ... + M_6P_6^2$.

On détermine l'équation de la droite des moindres carrés à l'aide de la calculatrice.

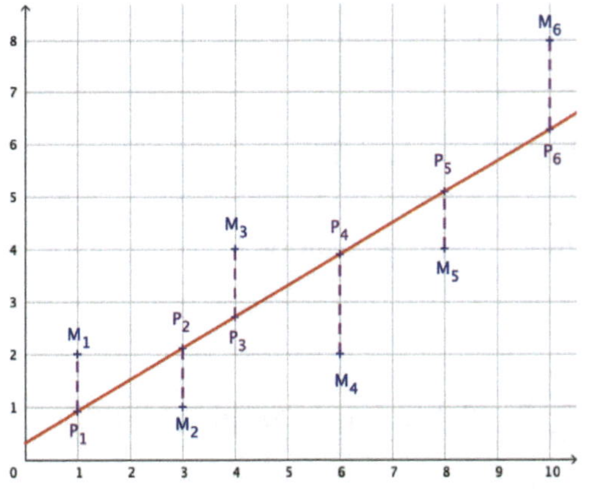

Probabilités conditionnelles

1 Généralités

Soient A et B deux événements de Ω, avec A un événement non impossible. La **probabilité de l'événement B, sachant que l'événement A est réalisé**, notée $P_A(B)$ (« P de B sachant A »), est définie par : $\mathbf{P_A(B) = \frac{P(A \cap B)}{P(A)}}$. On en déduit que

$P(A \cap B) = P(A) \times P_A(B)$.

Sur l'arbre de probabilité ci-joint, on voit apparaître sur les branches les différentes probabilités (probabilités des événements, probabilités conditionnelles, probabilités d'intersections d'événements). Notons également que :

- $P_A(A) = 1$
- si A et B sont incompatibles, $P_A(B) = 0$.
- $P_A(\overline{B}) = 1 - P_A(B)$

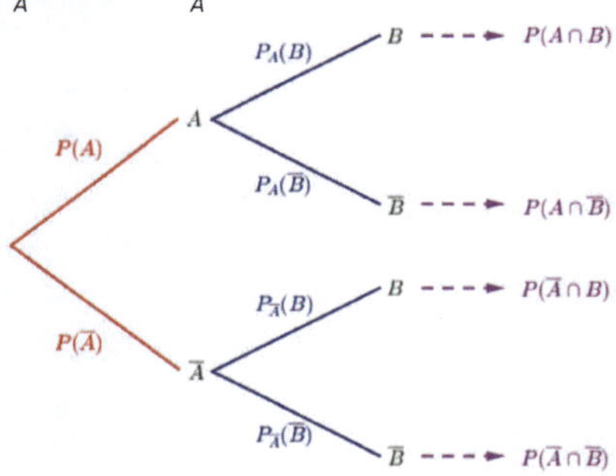

2 Indépendance

Deux événements **A et B** (non impossibles) **sont indépendants** si la réalisation de l'un n'influe pas sur la réalisation de l'autre. Autrement dit, si A n'est pas un événement impossible, A et B sont indépendants si $\mathbf{P_A(B) = P(B)}$.

On en déduit : A et B sont indépendants si et seulement si $\mathbf{P(A \cap B) = P(A) \times P(B)}$.

3 Formule des probabilités totales

- Une famille d'événements forme une **partition** de l'univers si :
  - aucun des événements n'est impossible,
  - les événements sont deux à deux incompatibles,
  - la réunion de tous les événements est l'univers tout entier.

Sur la figure ci-dessous, les événements A, B, C, D, E, F, G forment une partition de l'univers Ω.

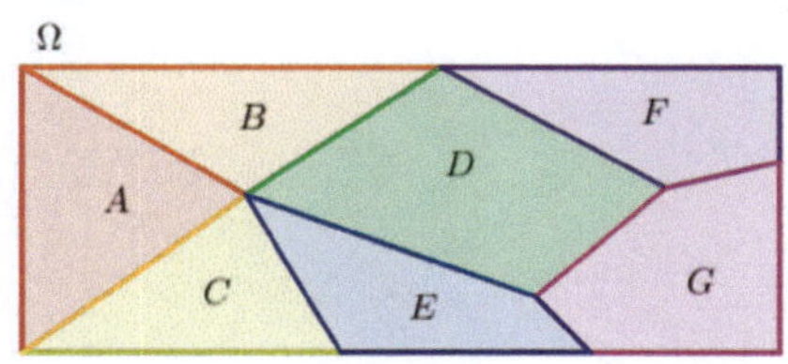

En particulier, tout événement (non impossible) et son complémentaire forment une partition de l'univers.

- **Formule des probabilités totales** : soient $A_1, A_2, ..., A_n$ une partition de l'univers. Alors, pour tout événement E de l'univers, on a : $P(E) = P(A_1 \cap E) + P(A_2 \cap E) + ... + P(A_n \cap E) = P(A_1) \times P_{A_1}(E) + P(A_2) \times P_{A_2}(E) + ... + P(A_n) \times P_{A_n}(E)$.

Dans le cas de la situation représentée par l'arbre ci-dessous, la formule des probabilités totales donne : $P(E) = P(A \cap E) + P(B \cap E) + P(C \cap E) + P(D \cap E) = P(A) \times P_A(E) + P(B) \times P_B(E) + P(C) \times P_C(E) + P(D) \times P_D(E)$.

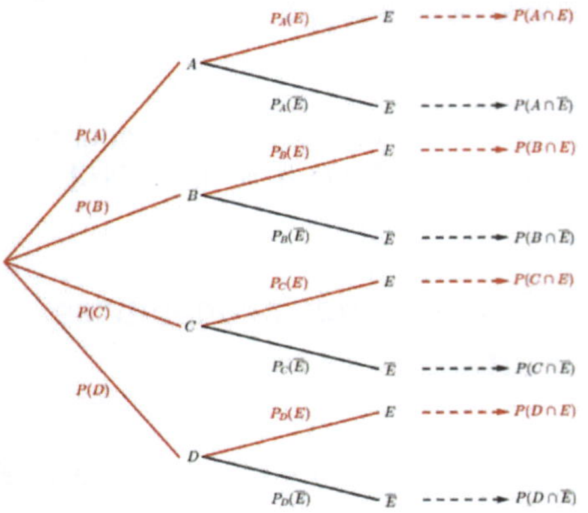

En particulier, pour tout événement non impossible A, on a : $P(E) = P(A \cap E) + P(\overline{A} \cap E) = P(A) \times P_A(E) + P(\overline{A}) \times P_{\overline{A}}(E)$.

MES NOTES POUR RÉVISER

Savoir 8

Variables aléatoires discrètes finies - Loi de Bernoulli et loi binomiale

1 Premières définitions

Soit Ω l'univers associé à une expérience aléatoire. On appelle **variable aléatoire** sur Ω toute fonction définie sur Ω, à valeurs dans $\mathbb{R}$.

Soient Ω l'univers associé à une expérience aléatoire et X une variable aléatoire définie sur Ω. Pour tout nombre réel k, on note **$(X = k)$** l'événement constitué de tous les éléments de Ω ayant pour image k par X. De la même façon, on note **$(X \leqslant k)$** l'événement constitué de tous les éléments de Ω ayant une image par X inférieure ou égale à k.

La **loi de probabilité** de la variable aléatoire X (ou, plus simplement, loi de X) est la donnée des probabilités des événements $(X = k)$. On la résume généralement dans un tableau :

k	k_1	k_2	...	k_n
$P(X = k)$	p_1	p_2	...	p_n

On reprend les notations du tableau précédent. On appelle **espérance** de X le nombre noté $E(X)$, défini par

$E(X) = k_1 \times p_1 + k_2 \times p_2 + ... + k_n \times p_n$.

L'espérance correspond à la valeur moyenne prise par la variable X.

2 Loi de Bernoulli

On appelle **épreuve de Bernoulli** toute expérience aléatoire admettant exactement deux issues, appelées succès et échec.

On dit qu'une variable aléatoire X suit la **loi de Bernoulli** de paramètre p (avec $p \in [0;1]$) si elle prend exactement deux valeurs, 0 et 1, avec $P(X = 1) = p$. On note $X \hookrightarrow \mathscr{B}(p)$. La loi de X est :

k	0	1
$P(X = k)$	$1 - p$	p

Enfin, $E(X) = p$.

3 Loi binomiale

On appelle **schéma de Bernoulli** la répétition indépendante d'une épreuve de Bernoulli.

Soient n un entier supérieur ou égal à 2 et $p \in [0;1]$. On dit qu'une variable aléatoire X suit la **loi binomiale** de paramètres n et p lorsqu'elle comptabilise le nombre de succès lors de la répétition indépendante de n épreuves de Bernoulli de paramètre p. On note $X \hookrightarrow \mathscr{B}(n;p)$.

On a : $P(X = 0) = (1 - p)^n$,
$P(X = 1) = np(1 - p)^{n-1}$,
$P(X = n - 1) = np^{n-1}(1 - p)$ et
$P(X = n) = p^n$. De plus, pour tout entier k compris entre 0 et n, on a :

$$P(X = k) = \underbrace{\binom{n}{k}}_{\substack{\text{nombre de façons d'avoir}\\ k \text{ succès parmi}\\ n \text{ épreuves}}} \underbrace{p^k}_{\substack{\text{probabilité}\\ \text{des } k \text{ succès}}} \underbrace{(1-p)^{n-k}}_{\substack{\text{probabilité}\\ \text{des } n-k \text{ échecs}}}.$$

Enfin, $E(X) = np$.

4 Coefficients binomiaux

- Le **coefficient binomial** $\binom{n}{k}$ k parmi n est le nombre de chemins associés à l'événement $(X = k)$ (c'est-à-dire comportant exactement k succès) dans l'arbre représentant le schéma de Bernoulli associé à l'expérience aléatoire.

MATHÉMATIQUES PHYSIQUE-CHIMIE

On sait que $\binom{n}{0} = 1$, $\binom{n}{1} = n$, $\binom{n}{n-1} = n$, $\binom{n}{n} = 1$ et $\binom{n}{k} = \binom{n}{n-k}$ (formule du complémentaire).

• La **formule de Pascal** permet de déterminer les coefficients binomiaux que l'on résume dans le triangle de Pascal : $\binom{n}{k} = \binom{n-1}{k} + \binom{n-1}{k-1}$ (cela se traduit dans le triangle en disant que pour obtenir un coefficient, il faut additionner celui se trouvant sur la ligne précédente à celui se trouvant sur la ligne et la colonne précédente). On a écrit ci-dessous les premières lignes du **triangle de Pascal** :

n \ k	0	1	2	3	4	5	6	7	8	9	10
0	1										
1	1	1									
2	1	2	1								
3	1	3	3	1							
4	1	4	6	4	1						
5	1	5	10	10	5	1					
6	1	6	15	20	15	6	1				
7	1	7	21	35	35	21	7	1			
8	1	8	28	56	70	56	28	8	1		
9	1	9	36	84	126	126	84	36	9	1	
10	1	10	45	120	210	252	210	120	45	10	1

MATHÉMATIQUES PHYSIQUE-CHIMIE

Mes notes pour réviser

....

....

....

....

....

....

....

....

....

Savoir 9

Fonction exponentielle de base e – Équations différentielles (Enseignement de spécialité)

1 Fonction exponentielle de base e

• Parmi toutes les fonctions exponentielles de base a, il en existe une seule dont la **tangente au point d'abscisse 0 ait une pente égale à 1**.

On note $\boldsymbol{e}$ la base de cette fonction.

On a, en particulier, $e^0 = 1$, $e^1 = e \approx 2{,}718$ et $e^x > 0$, pour tout réel x.

• Toutes les **propriétés** vues sur les exponentielles de base a, avec $a > 1$, s'appliquent donc à l'exponentielle de base e :

Propriétés algébriques : soient x et y deux nombres réels.

$$e^x \times e^y = e^{x+y}$$

$$\frac{1}{e^x} = e^{-x}$$

$$\frac{e^x}{e^y} = e^{x-y}$$

$$(e^x)^y = e^{xy}$$

Tableau de variations :

VALEURS DE x	$-\infty$ $\quad$ $+\infty$
VARIATIONS DE $x \mapsto e^x$	↗

Équations et inéquations : soient x et y deux nombres réels.

$$e^x = e^y \Leftrightarrow x = y$$

$$e^x > e^y \Leftrightarrow x > y$$

• La **fonction exponentielle de base e est dérivable** sur $\mathbb{R}$ et, pour tout $x \in \mathbb{R}$, $\frac{d}{dx}e^x = e^x$ (la dérivée de la fonction exponentielle de base e est elle-même).

• La **fonction $x \mapsto e^{kx}$ est dérivable** sur $\mathbb{R}$ et, pour tout $x \in \mathbb{R}$, $\frac{d}{dx}e^{kx} = ke^{kx}$.

• Si f est une fonction définie et dérivable sur un intervalle I de $\mathbb{R}$, alors la fonction $x \mapsto e^{f(x)}$ est dérivable sur I et on a, pour tout $x \in I$, $\frac{d}{dx}e^{f(x)} = f'(x)e^{f(x)}$ (autrement dit, $(e^f)' = f'e^f$).

• **Courbe représentative** :

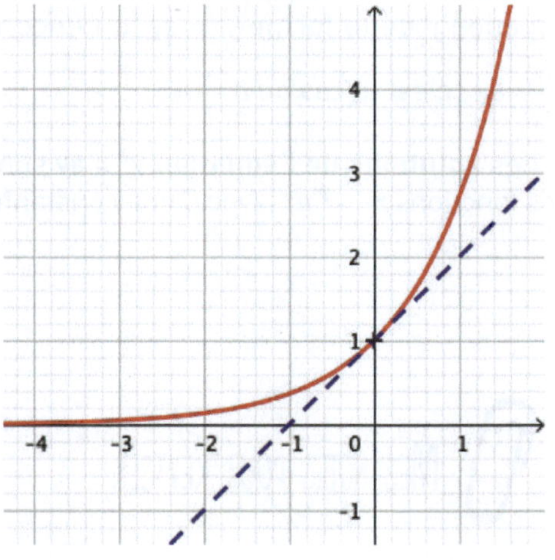

• **Limites** : $\lim\limits_{x \to -\infty} e^x = 0$ et $\lim\limits_{x \to +\infty} e^x = +\infty$

• **Croissances comparées** : soit n un entier naturel : $\lim\limits_{x \to +\infty} \frac{e^x}{x^n} = +\infty$ et

$\lim\limits_{x \to -\infty} x^n e^x = 0$

2 Équations différentielles

• On appelle **équation différentielle** toute équation dont l'inconnue est une fonction. Cette équation met en relation la fonction elle-même, sa dérivée (éventuellement les dérivées de ses dérivées), la variable (ou des expressions dépendant de cette variables) et des constantes.

MATHÉMATIQUES PHYSIQUE-CHIMIE

• On appelle **solution** d'une équation différentielle toute fonction vérifiant l'équation.

• Soit y une fonction de la variable x, dérivable sur un ensemble $\mathcal{D}$ de réels et a et b deux réels, $a \neq 0$.

– On appelle **équation différentielle du premier ordre à coefficients constants** toute équation d'inconnue la fonction y de la forme $y' = ay + b$ (ou encore $\frac{dy}{dx} = ay + b$).

– On appelle **équation différentielle homogène du premier ordre à coefficients constants** toute équation d'inconnue la fonction y de la forme $y' = ay$ (ou encore $\frac{dy}{dx} = ay$; c'est le cas où $b = 0$).

– Les **solutions de l'équation $y' = ay$** sont les fonctions $x \mapsto Ce^{ax}$, avec C une constante réelle (il y a donc une infinité de solutions à cette équation).

Si $(x_0 ; y_0)$ est un couple de réels, alors il existe une unique solution à cette équation différentielle vérifiant $y(x_0) = y_0$ (et cette solution est la fonction $x \mapsto y_0 e^{a(x-x_0)}$).

– Les **solutions de l'équation $y' = ay + b$** sont les fonctions $x \mapsto Ce^{ax} - \frac{b}{a}$, avec C une constante réelle (il y a donc une infinité de solutions à cette équation).

Si $(x_0 ; y_0)$ est un couple de réels, alors il existe une unique solution à cette équation différentielle vérifiant $y(x_0) = y_0$ (et cette solution est la fonction

$x \mapsto \left(y_0 + \frac{b}{a}\right)e^{a(x-x_0)} - \frac{b}{a}$).

MES NOTES POUR RÉVISER

Savoir 10 — Fonction logarithme népérien (Enseignement de spécialité)

• Soit x un réel strictement positif. L'équation $e^t = x$ admet une unique solution réelle que l'on appelle **logarithme népérien de x**, noté $\ln(x)$.

Autrement dit, $e^t = x \Leftrightarrow t = \ln(x)$.

De plus, pour tout réel x strictement positif, on a $e^{\ln(x)} = x$ et, pour tout réel x, on a $\ln(e^x) = x$.

On a, en particulier, $\ln(1) = 0$ et $\ln(e) = 1$.

• La fonction logarithme népérien est la fonction $\ln : \begin{cases}]0\,;+\infty[& \to & \mathbb{R} \\ x & \mapsto & \ln(x) \end{cases}$.

• Toutes les **propriétés** vues sur la fonction logarithme décimal s'appliquent à la fonction logarithme népérien :

Propriétés algébriques : soient x, y, deux nombres réels, avec x et y strictement positifs.

$$\ln(xy) = \ln(x) + \ln(y)$$

$$\ln\left(\frac{1}{x}\right) = -\ln(x)$$

$$\ln\left(\frac{x}{y}\right) = \ln(x) - \ln(y)$$

$$\ln(x^y) = y\ln(x)$$

$$\ln(\sqrt{x}) = \frac{1}{2}\ln(x)$$

$$\log(x) = \frac{\ln(x)}{\ln(10)}$$

Tableau de variations :

VALEURS DE x	0 $+\infty$
VARIATIONS DE $x \mapsto \ln(x)$	‖ ↗

Tableau de signe :

VALEURS DE x	0		1		$+\infty$
SIGNE DE $\ln(x)$	‖	−	0	+	

Équations et inéquations : Soient x et y deux nombres réels strictement positifs.

• $\ln(x) = \ln(y) \Leftrightarrow x = y$

• $\ln(x) > \ln(y) \Leftrightarrow x > y$

• Pour tout réel $a \neq 0$ et $b > 0$,

$$e^{ax} = b \Leftrightarrow x = \frac{\ln(b)}{a}$$

• Pour tout réel $a \neq 0$ et $b > 0$,

$$e^{ax} > b \Leftrightarrow \begin{cases} x < \dfrac{\ln(b)}{a} \text{ si } a < 0 \\ x > \dfrac{\ln(b)}{a} \text{ si } a > 0 \end{cases}$$

• Pour tout réel b, $\ln(x) = b \Leftrightarrow x = e^b$

• Pour tout réel b, $\ln(x) > b \Leftrightarrow x > e^b$

• La **fonction logarithme népérien est dérivable** sur $]0\,;+\infty[$ et, pour tout $x \in]0\,;+\infty[$, $\frac{d}{dx}\ln'(x) = \frac{1}{x}$ (la dérivée de la fonction logarithme népérien est donc la fonction inverse).

• Si f est une fonction définie, dérivable et strictement positive sur un intervalle I de $\mathbb{R}$, alors la fonction $x \mapsto \ln(f(x))$ est dérivable sur I et on a, pour tout $x \in I$, $\frac{d}{dx}\ln(f(x)) = \frac{f'(x)}{f(x)}$

(autrement dit, $(\ln \circ f)' = \frac{f'}{f}$).

MATHÉMATIQUES PHYSIQUE-CHIMIE

• **Courbe représentative** :

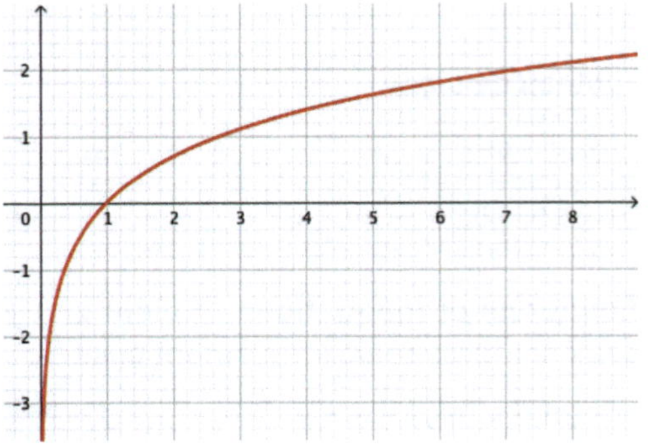

• **Limites** : $\lim_{x \to 0} \ln(x) = -\infty$ et $\lim_{x \to +\infty} \ln(x) = +\infty$

Mes notes pour réviser

Primitives (Enseignement de spécialité)

- Soient f et F deux fonctions définies sur un intervalle I de $\mathbb{R}$. On dit que F est une **primitive** de f sur I si F est dérivable sur I et $F' = f$ sur I.

- **Les primitives d'une fonction diffèrent d'une constante**. Plus précisément, si f est une fonction admettant des primitives sur un intervalle I de $\mathbb{R}$ et F une primitive de f sur I, alors une fonction G définie et dérivable sur I est une primitive de f sur I si et seulement s'il existe un réel k tel que $F = G + k$.

- Dans ce tableau, k désigne une constante réelle.

FONCTIONS		PRIMITIVES
Fonction constante	$f(x) = C (C \in \mathbb{R})$	$F(x) = Cx + k$
Fonction identité	$f(x) = x$	$F(x) = \frac{x^2}{2} + k$
Fonction carré	$f(x) = x^2$	$F(x) = \frac{x^3}{3} + k$
Fonction cube	$f(x) = x^3$	$F(x) = \frac{x^4}{4} + k$
Fonction puissance	$f(x) = x^n$ $(n \in \mathbb{N}^*)$	$F(x) = \frac{x^{n+1}}{n+1} + k$
Fonction affine	$f(x) = ax + b$ $(a, b \in \mathbb{R}, a \neq 0)$	$F(x) = \frac{ax^2}{2} + bx + k$
Polynôme de degré 2	$f(x) = ax^2 + bx + c$ $(a, b, c \in \mathbb{R}, a \neq 0)$	$F(x) = \frac{ax^3}{3} + \frac{bx^2}{2} + cx + k$

FONCTIONS		PRIMITIVES
Polynôme de degré 3	$f(x) = ax^3 + bx^2 + cx + d$ $(a, b, c, d \in \mathbb{R}, a \neq 0)$	$F(x) = \frac{ax^4}{4} + \frac{bx^3}{3} + \frac{cx^2}{2} + dx + k$
Polynôme de degré n $(n \in \mathbb{N}^*)$	$f(x) = a_n x^n + a_{n-1}x^{n-1} + \cdots + a_1 x + a_0$ $(a_n, a_{n-1}, \ldots, a_1, a_0 \in \mathbb{R}, a_n \neq 0)$	$F(x) = \frac{a_n x^{n+1}}{n+1} + \frac{a_{n-1}x^n}{n} + \ldots + \frac{a_1 x^2}{2} + a_0 x + k$

- **Primitives de fonctions composées particulières** :

– Si f est une fonction admettant une primitive F, alors la fonction $x \mapsto f(ax + b)$ admet des primitives qui sont les fonctions $x \mapsto \frac{F(ax + b)}{a} + k$ $(k \in \mathbb{R})$.

– Si n est un entier relatif différent de 1 et f une fonction dérivable, alors la fonction $f' f^n$ admet des primitives qui sont les fonctions $x \mapsto \frac{f^{n+1}}{n+1} + k$ $(k \in \mathbb{R})$.

– Si f est une fonction dérivable et strictement positive, alors la fonction $\frac{f'}{f}$ admet des primitives qui sont les fonctions $x \mapsto (\ln \circ f)(x) + k = \ln(f(x)) + k$ $(k \in \mathbb{R})$ et si f est strictement négative, les primitives sont les fonctions $x \mapsto (\ln \circ (-f))(x) + k = \ln(-f(x)) + k (k \in \mathbb{R})$.

– Si f est une fonction dérivable, alors la fonction $f'e^f$ admet des primitives qui sont les fonctions $x \mapsto e^{f(x)} + k$ $(k \in \mathbb{R})$.

Savoir 12

Intégration (Enseignement de spécialité)

L'existence de l'intégrale est admise pour toutes les fonctions considérées.

Le plan est muni d'un repère orthonormé $(O\,;\vec{i}\,,\vec{j})$.

1 Définitions

• Soit f une fonction définie et **positive** sur un intervalle $[a\,;b]$. On appelle **intégrale de *a* à *b* de *f*** et on note $\int_a^b f(x)\mathrm{d}x$ l'aire (exprimée en unités d'aire) de la surface comprise entre la courbe représentative de la fonction f, l'axe des abscisses et les droites d'équations respectives $x = a$ et $x = b$.

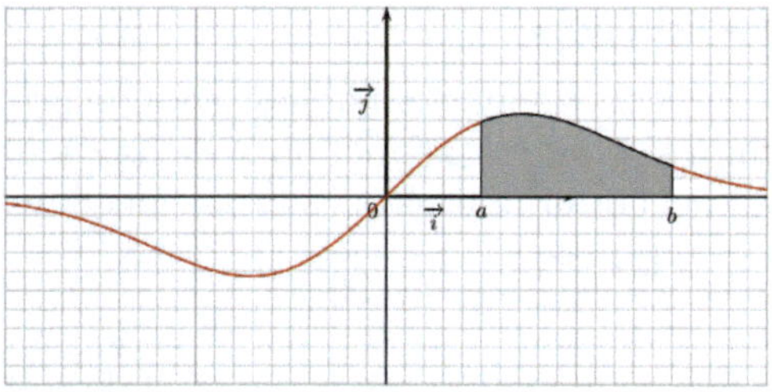

• Soit f une fonction définie et **négative** sur un intervalle $[a\,;b]$. On appelle **intégrale de *a* à *b* de *f*** et on note $\int_a^b f(x)\mathrm{d}x$ l'opposé de l'aire (exprimée en unités d'aire) de la surface comprise entre la courbe représentative de la fonction f, l'axe des abscisses et les droites d'équations respectives $x = a$ et $x = b$.

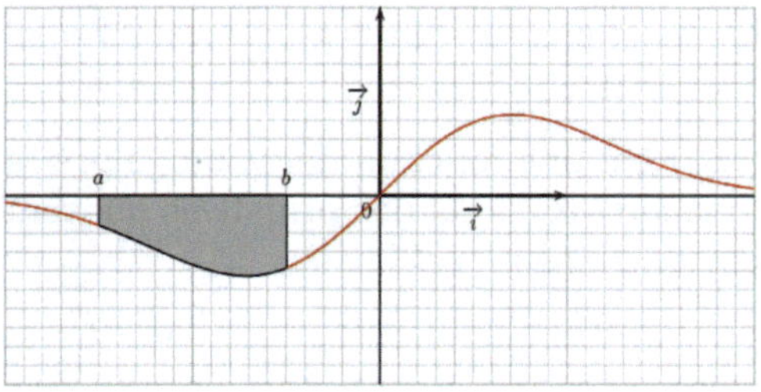

• Soit f une fonction définie sur un intervalle $[a\,;b]$. On appelle **intégrale de *a* à *b* de *f*** et on note $\int_a^b f(x)\mathrm{d}x$ l'aire (exprimée en unités d'aire) de la surface comprise entre la courbe représentative de la fonction f, l'axe des abscisses et les droites d'équations respectives $x = a$ et $x = b$, comptée positivement si f est positive et négativement si f est négative.

• Si $a > b$, alors $\int_a^b f(x)\mathrm{d}x = -\int_b^a f(x)\mathrm{d}x$.

• Soit f une fonction définie sur un intervalle $[a\,;b]$. On appelle **valeur moyenne** de f sur $[a\,;b]$ le réel $\frac{1}{b-a}\int_a^b f(x)\mathrm{d}x$.

2 Propriétés

• **Linéarité** : soient f et g deux fonctions définies sur un intervalle $[a\,;b]$ et k une constante réelle. Alors :

$$\int_a^b (f(x) + kg(x))\mathrm{d}x = \int_a^b f(x)\mathrm{d}x + k\int_a^b g(x)\mathrm{d}x.$$

• **Positivité** : soit f une fonction définie et positive sur un intervalle $[a\,;b]$. Alors :

$$\int_a^b f(x)\mathrm{d}x \geqslant 0.$$

• **Croissance** : soient f et g deux fonctions définies sur un intervalle $[a\,;b]$. On suppose que $f \leqslant g$ sur $[a\,;b]$. Alors :

$$\int_a^b f(x)\mathrm{d}x \leqslant \int_a^b g(x)\mathrm{d}x.$$

MATHÉMATIQUES PHYSIQUE-CHIMIE

• **Relation de Chasles** : soit f une fonction définie sur un intervalle I de $\mathbb{R}$. Alors, pour tous réels a,b,c de I, on a :

$$\int_a^b f(x)\mathrm{d}x = \int_a^c f(x)\mathrm{d}x + \int_c^b f(x)\mathrm{d}x .$$

• Soient f une fonction définie sur un intervalle I de $\mathbb{R}$ et $a \in I$. Alors, la fonction F définie sur l'intervalle I par $\boldsymbol{F(x) = \int_a^x f(t)\mathrm{d}t}$, pour tout $x \in I$, est l'unique primitive de f sur l'intervalle I qui s'annule en a. Autrement dit : $\begin{cases} F' = f \\ F(a) = 0 \end{cases}$.

• Soient f une fonction définie sur un intervalle I de $\mathbb{R}$ et F une primitive de f sur I. Alors, pour tous réels a et b de I, on a :

$$\boldsymbol{\int_a^b f(t)\mathrm{d}t = \left[F(x)\right]_a^b = F(b) - F(a)}.$$

MES NOTES POUR RÉVISER

Savoir 13 Fonctions trigonométriques (Enseignement de spécialité)

1 Fonctions circulaires

• La **fonction cosinus**, notée cos , est la fonction définie par cos : $x \mapsto \cos(x)$.

Ensemble de définition : $\mathcal{D}_{\cos} = \mathbb{R}$.

Périodicité : la fonction cosinus est 2π-périodique.

Parité : la fonction cosinus est paire.

Dérivabilité et calcul de la dérivée : la fonction cosinus est dérivable sur $\mathbb{R}$ et, pour tout $x \in \mathbb{R}$, $\cos'(x) = -\sin(x)$.

Si, de plus, f est une fonction définie et dérivable sur un intervalle I de $\mathbb{R}$, alors la composée $\cos \circ f$ est dérivable sur I et on a $(\cos \circ f)' = -f' \times (\sin \circ f)$ (autrement dit, pour tout $x \in I$, $(\cos \circ f)'(x) = -f'(x) \times (\sin \circ f)(x) = -f'(x) \times \sin(f(x))$).

On en déduit que, si f est une fonction dérivable, alors la fonction $f' \times (\sin \circ f) : x \mapsto f'(x) \times \sin(f(x))$ admet des primitives qui sont les fonctions $x \mapsto -(\cos \circ f)(x) + k = -\cos(f(x)) + k$ $(k \in \mathbb{R})$.

Tableau de variations sur l'intervalle $[-\pi ; \pi]$:

VALEURS DE x	$-\pi$		0		π
SIGNE DE $\cos'(x) = -\sin(x)$	0	$-$	0	$+$	0
VARIATIONS DE $\cos$	-1	↗	1	↘	-1

Courbe représentative : la courbe représentative de la fonction cosinus est symétrique par rapport à l'axe des ordonnées.

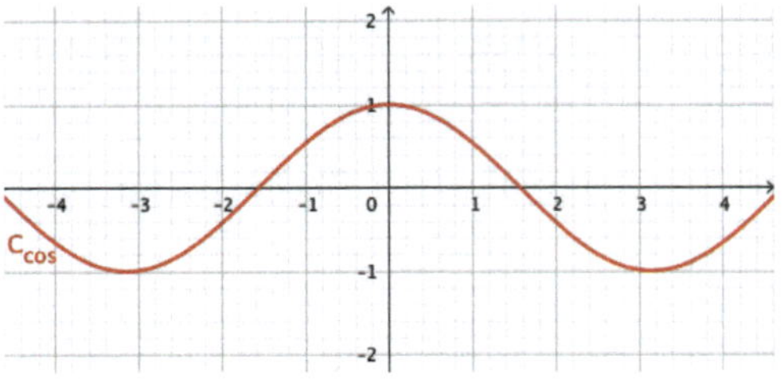

• La **fonction sinus**, notée sin , est la fonction définie par sin : $x \mapsto \sin(x)$.

Ensemble de définition : $\mathcal{D}_{\sin} = \mathbb{R}$.

Périodicité : la fonction sinus est 2π-périodique.

Parité : la fonction sinus est impaire.

Dérivabilité et calcul de la dérivée : la fonction sinus est dérivable sur $\mathbb{R}$ et, pour tout $x \in \mathbb{R}$, $\sin'(x) = \cos(x)$.

Si, de plus, f est une fonction définie et dérivable sur un intervalle I de $\mathbb{R}$, alors la composée $\sin \circ f$ est dérivable sur I et on a $(\sin \circ f)' = f' \times (\cos \circ f)$ (autrement dit, pour tout $x \in I$, $(\sin \circ f)'(x) = f'(x) \times (\cos \circ f)(x) = f'(x) \times \cos(f(x))$).

On en déduit que, si f est une fonction dérivable, alors la fonction $f' \times (\cos \circ f) : x \mapsto f'(x) \times \cos(f(x))$ admet des primitives qui sont les fonctions $x \mapsto (\sin \circ f)(x) + k = \sin(f(x)) + k$ $(k \in \mathbb{R})$.

Tableau de variations sur l'intervalle $[-\pi ; \pi]$:

VALEURS DE x	$-\pi$		$-\frac{\pi}{2}$		$\frac{\pi}{2}$		π
SIGNE DE $\sin' = \cos(x)$	-1	$-$	0	$+$	0	$-$	-1
VARIATIONS DE SIN	0	↘	-1	↗	1	↘	0

Courbe représentative : la courbe représentative de la fonction sinus est symétrique par rapport à l'origine du repère.

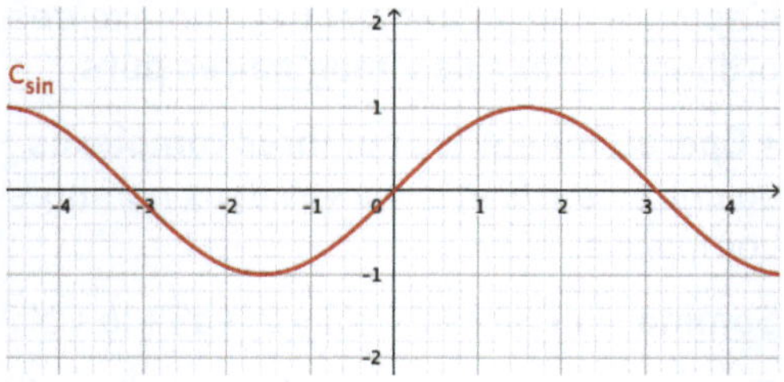

2 Fonctions $t \mapsto A\cos(\omega t + \varphi)$ et $t \mapsto A\sin(\omega t + \varphi)$

• Les fonctions $f_c : t \mapsto A\cos(\omega t + \varphi)$ et $f_s : t \mapsto A\sin(\omega t + \varphi)$ s'appellent des **fonctions sinusoïdales**.

• **Vocabulaire** :

A s'appelle **l'amplitude** : $-A$ est le minimum de la fonction et A son maximum.

Les fonctions sinusoïdales sont **périodiques**, de période $T = \dfrac{2\pi}{\omega}$.

L'inverse de la période, $f = \dfrac{1}{T} = \dfrac{\omega}{2\pi}$, s'appelle la **fréquence**.

ω s'appelle la **pulsation**. La fréquence f et la pulsation ω sont proportionnelles.

φ s'appelle la **phase à l'origine** et $\omega t + \varphi$ s'appelle la **phase instantanée**.

• **Dérivabilité et calcul de la dérivée** : les fonctions sinusoïdales sont dérivables sur $\mathbb{R}$ et, pour tout $x \in \mathbb{R}$, $f_c'(t) = -A\omega\sin(\omega t + \varphi)$ et $f_s'(t) = A\omega\cos(\omega t + \varphi)$.

• **Primitives** : ces fonctions admettent des primitives sur $\mathbb{R}$ et, pour tout $x \in \mathbb{R}$, $F_c(t) = \dfrac{A}{\omega}\sin(\omega t + \varphi)$ et $F_s(t) = -\dfrac{A}{\omega}\cos(\omega t + \varphi)$. En particulier, une primitive de la fonction cosinus est la fonction sinus et une primitive de la fonction sinus est l'opposée de la fonction cosinus.

• **Courbes représentatives** :

Courbe représentative de la fonction $t \mapsto A\cos(\omega t + \varphi)$

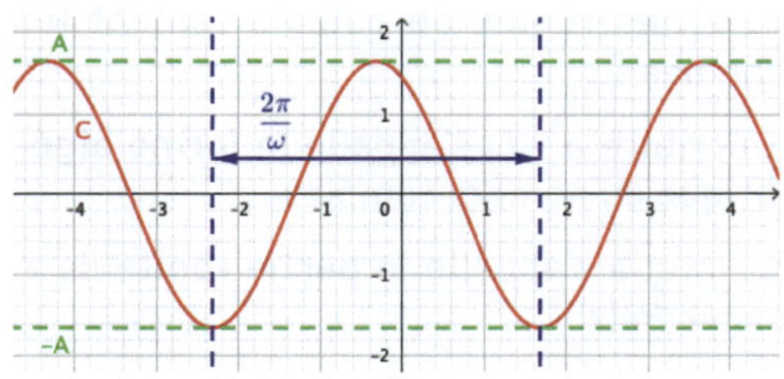

Courbe représentative de la fonction $t \mapsto A\sin(\omega t + \varphi)$

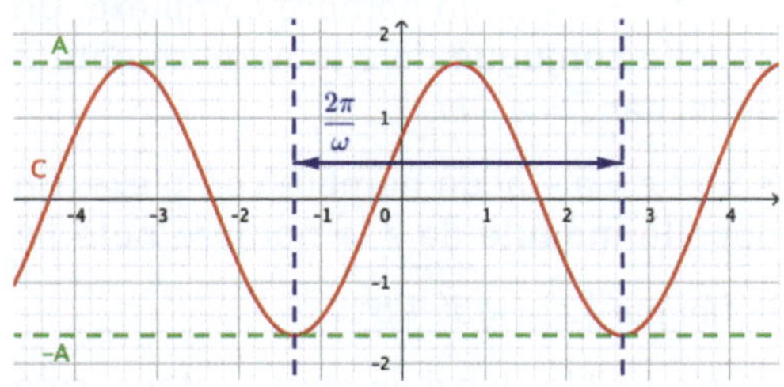

• **Remarque** : en général, on n'étudie les fonctions sinusoïdales que sur l'ensemble des réels positifs (car la variable représente le temps).

Savoir 14

Nombres complexes (Enseignement de spécialité)

1 Forme algébrique

• On introduit le nombre imaginaire i dont le carré est égal à – 1 (on a donc $i^2 = -1$).

On appelle nombre complexe tout nombre z pouvant s'écrire sous la forme $z = a + bi$, avec a et b deux réels.

L'ensemble des nombres complexes est $\mathbb{C}$. $\mathbb{C}$ est muni d'une addition et d'une multiplication qui prolongent les opérations de $\mathbb{R}$ et les règles de calculs restent les mêmes.

L'écriture $a + bi$ s'appelle la **forme algébrique** du nombre complexe z.

Le réel a s'appelle la **partie réelle** de z, notée $Re(z)$.

Le réel b s'appelle la **partie imaginaire** de z, notée $Im(z)$.

• Soit $z = a + bi$ un nombre complexe. On appelle **conjugué** de z le nombre noté $\overline{z}$ défini par $\overline{z} = a - bi$.

• Soit $z = a + bi$ un nombre complexe. On appelle **module** de z le nombre noté $|z|$ défini par $|z| = \sqrt{a^2 + b^2}$.

• On munit le plan d'un repère orthonormé direct (O, I, J). Soit $z = a + bi$ un nombre complexe.

Le point M du plan de coordonnées $(a ; b)$ s'appelle le **point d'affixe *z*** noté $M(z)$.

Le vecteur $\vec{u}$ du plan de coordonnées $\begin{pmatrix} a \\ b \end{pmatrix}$ s'appelle le **vecteur d'affixe *z*** noté $\vec{u}(z)$.

Autrement dit, tout point ou tout vecteur du plan se représente de manière unique à l'aide de son affixe z : la partie réelle de cette affixe étant son abscisse et la partie imaginaire de cette affixe étant son ordonnée. Le plan ainsi repéré s'appelle le **plan complexe**. L'axe des abscisses de ce repère s'appelle alors **l'axe réel** et son axe des ordonnées **l'axe des imaginaires purs**.

• **Opérations sur les nombres complexes** : soient $z = a + bi$ et $z' = a'+b'i$ deux nombres complexes.

Somme : $(a + bi) + (a' + b'i) = (a + a') + (b + b')i$

Produit : $(a + bi)(a' + b'i) = (aa' - bb') + (a'b + ab')i$

Identités remarquables :

• $(a + bi)^2 = (a^2 - b^2) + 2abi$

• $(a - bi)^2 = (a^2 - b^2) + - 2abi$

• $(a + bi)(a - bi) = a^2 + b^2$

Inverse : on utilise le conjugué pour l'écrire sous forme algébrique : si $z' \neq 0$,

$$\frac{1}{z'} = \frac{\overline{z'}}{z'\overline{z'}} = \frac{a' - b'i}{(a' + b'i)(a' - b'i)} = \frac{a' - b'i}{a'^2 + b'^2}$$
$$= \frac{a'}{a'^2 + b'^2} - \frac{b'}{a'^2 + b'^2}i$$

Quotient : on utilise le conjugué pour l'écrire sous forme algébrique : si $z' \neq 0$,

$$\frac{z}{z'} = \frac{z\overline{z'}}{z'\overline{z'}} = \frac{(a + bi)(a' - b'i)}{(a' + b'i)(a' - b'i)}$$
$$= \frac{(aa' + bb') + (a'b - ab')i}{a'^2 + b'^2} = \frac{aa' + bb'}{a'^2 + b'^2}$$
$$+ \frac{a'b - ab'}{a'^2 + b'^2}i$$

• **Opérations sur les conjugués** : soient z et z' deux nombres complexes.

$\overline{z + z'} = \overline{z} + \overline{z'}$

$\overline{z \times z'} = \overline{z} \times \overline{z'}$

Si $z' \neq 0$, $\overline{\left(\frac{z}{z'}\right)} = \frac{\overline{z}}{\overline{z'}}$

• **Opérations sur les modules** : soient z et z' deux nombres complexes.

Inégalité triangulaire : $|z + z'| \leqslant |z| + |z'|$

$|z \times z'| = |z| \times |z'|$

Si $z' \neq 0$, $\left|\dfrac{z}{z'}\right| = \dfrac{|z|}{|z'|}$

• Soit a un réel. **Les solutions de l'équation**

$$\boldsymbol{z^2 = a} \text{ sont } \begin{cases} \sqrt{a} \text{ et } -\sqrt{a} \text{ si } a > 0 \\ 0 \text{ si } a = 0 \\ i\sqrt{-a} \text{ et } -i\sqrt{-a} \text{ si } a < 0 \end{cases}.$$

2 Forme trigonométrique

• Soient z un nombre complexe non nul et M le point d'affixe z du plan complexe. On appelle **argument** de z et on note $\arg(z)$ une mesure (en radians) de l'angle orienté $(\overrightarrow{OI}, \overrightarrow{OM})$ $[2\pi]$.

• Tout nombre complexe non nul z peut s'écrire sous la forme $z = r(\cos(\theta) + i\sin(\theta))$, avec $r = |z|$ et $\theta = \arg(z)[2\pi]$. Cette écriture s'appelle la **forme trigonométrique** du nombre complexe z.

• **Passage de la forme algébrique à la forme trigonométrique** : soit z un nombre complexe non nul dont l'écriture algébrique est $z = a + bi$. Alors, la forme trigonométrique de z est $z = r(\cos(\theta) + i\sin(\theta))$ avec

$$\begin{cases} r = \sqrt{a^2 + b^2} \\ \theta \text{ vérifiant } \begin{cases} \cos(\theta) = \dfrac{a}{\sqrt{a^2 + b^2}} \\ \sin(\theta) = \dfrac{b}{\sqrt{a^2 + b^2}} \end{cases} \end{cases}.$$

• **Passage de la forme trigonométrique à la forme algébrique** : soit z un nombre complexe non nul dont l'écriture trigonométrique est $z = r(\cos(\theta) + i\sin(\theta))$. Alors, la forme algébrique de z est $z = a + bi$ avec

$$\begin{cases} a = r\cos(\theta) \\ b = r\sin(\theta) \end{cases}.$$

3 Forme exponentielle

• **Notation exponentielle complexe** : pour tout nombre réel θ, on pose $e^{i\theta} = \cos(\theta) + i\sin(\theta)$.

Cette exponentielle (complexe) a **les mêmes propriétés algébriques** que l'exponentielle de base e.

• Tout nombre complexe non nul z peut s'écrire sous la forme $z = re^{i\theta}$, avec $r = |z|$ et $\theta = \arg(z)[2\pi]$. Cette écriture s'appelle la **forme exponentielle** du nombre complexe z.

• **Formules de trigonométrie obtenues grâce aux propriétés algébriques de l'exponentielle complexe** :

Formules d'addition :

$$\cos(a + b) = \cos(a)\cos(b) - \sin(a)\sin(b)$$

$$\cos(a - b) = \cos(a)\cos(b) + \sin(a)\sin(b)$$

$$\sin(a + b) = \sin(a)\cos(b) + \sin(b)\cos(a)$$

$$\sin(a - b) = \sin(a)\cos(b) - \sin(b)\cos(a)$$

Formules de duplication :

$$\cos(2a) = \cos^2(a) - \sin^2(a)$$

$$\sin(2a) = 2\sin(a)\cos(a)$$

Formules de linéarisation :

$$\cos^2(a) = \frac{1 + \cos(2a)}{2}$$

$$\sin^2(a) = \frac{1 - \cos(2a)}{2}$$

4 Transformations

• Soit $\vec{u}$ un vecteur du plan d'affixe b. **L'écriture complexe de la translation** de vecteur $\vec{u}$ est $z' = z + b$.

• Soient Ω un point du plan d'affixe ω et θ un réel. **L'écriture complexe de la rotation** de centre Ω et d'angle θ est $z' - \omega = e^{i\theta}(z - \omega)$. En particulier, l'écriture complexe de la rotation de centre O et d'angle θ est $z' = e^{i\theta}z$.

• Soient Ω un point du plan d'affixe ω et k un réel. **L'écriture complexe de l'homothétie** de centre Ω et de rapport k est $z' - \omega = k(z - \omega)$. En particulier, l'écriture complexe de l'homothétie de centre O et de rapport k est $z' = kz$.

Mes notes pour réviser

1 Suites arithmétiques et géométriques

Exercice 1 Questions rapides

1. Si on a $u_0 = 2$, $u_1 = -1$, $u_2 = -4$, $u_3 = -7$, $u_4 = -10$, la suite (u_n) peut-elle être arithmétique ? Si oui, en préciser la raison. Si non, justifier la réponse.

2. Parmi les nuages de points suivants, lequel peut représenter une suite arithmétique ? Lequel peut représenter une suite géométrique ?

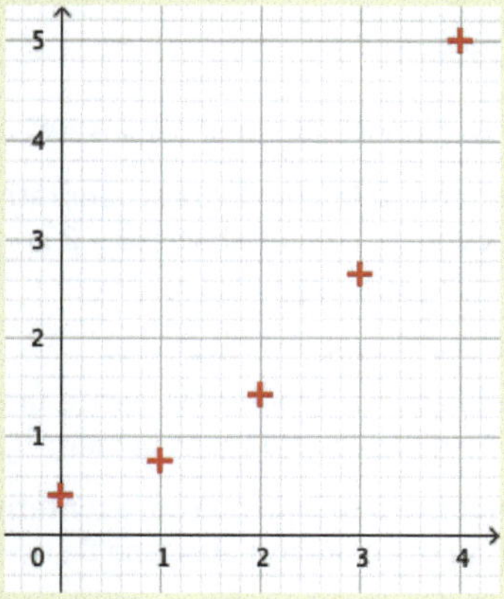

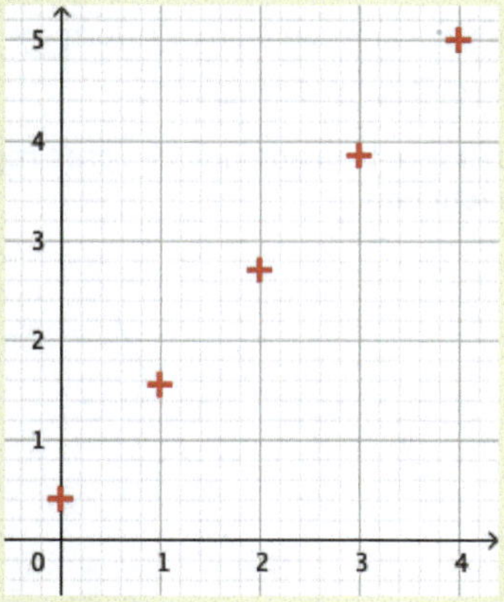

3. Préciser le sens de variation d'une suite arithmétique (u_n) définie par $u_{n+1} = u_n - \frac{1}{2}$.

4. Donner la relation de récurrence définissant une suite arithmétique (u_n) de raison $\frac{7}{3}$.

5. Donner la formule explicite de la suite arithmétique (u_n) définie par $u_0 = 5$ et de raison -2.

6. Soit (u_n) la suite arithmétique de raison -2 et de premier terme $u_0 = 5$. Calculer $\sum_{k=0}^{10} u_k$.

7. Préciser le sens de variation d'une suite géométrique (u_n) définie par $u_n = \left(\frac{1}{2}\right)^n$.

8. Donner la relation de récurrence définissant une suite géométrique (u_n) de raison -3.

9. Donner la formule explicite de la suite géométrique (u_n) définie par $u_0 = \frac{1}{2}$ et de raison $\frac{3}{5}$.

10. Soit (u_n) la suite géométrique de raison 2 et de premier terme $u_0 = \frac{1}{2}$. Calculer $\sum_{k=0}^{10} u_k$.

FAIT ☐ REVU ☐

Exercice 2

Nicolas a trouvé un nouvel emploi qui lui permet d'avoir 18 000 € de salaire annuel en 2020. Son employeur lui promet une augmentation de 2 % par an. Soit u_n le salaire annuel de Nicolas l'année 2020 + n.

1. Quelle est la nature de la suite (u_n) ? Préciser sa raison et son premier terme.

2. Exprimer u_n en fonction de n.

3. Déterminer le salaire annuel de Nicolas en 2025 (on arrondira au centime).

4. Déterminer la somme des salaires gagnés par Nicolas de 2020 à 2028 inclus (on arrondira au centime).

5. À partir de quelle année Nicolas gagnera-t-il plus de 20 000 € par an ?

FAIT ☐ REVU ☐

Exercice 3

Les clients d'une salle de sports ont le choix entre deux contrats de fidélisation, le choix du contrat étant définitif au moment de la première adhésion :

- Contrat 1 : forfait de la première année (dite année 0) à 350 €, puis baisse de 3 € par an.
- Contrat 2 : forfait de la première année (dite année 0) à 360 €, puis baisse de 3 % par an.

On appelle (u_n) la suite des forfaits annuels si les clients optent pour le contrat 1 et (v_n) s'ils optent pour le contrat 2.

1. a. Pour tout entier naturel n, exprimer u_{n+1} en fonction de u_n.

b. Préciser la nature de la suite (u_n) ainsi que ses éléments caractéristiques (premier terme, raison).

c. En déduire l'expression de u_n en fonction de l'entier naturel n.

2. a. Pour tout entier naturel n, exprimer v_{n+1} en fonction de v_n.

b. Préciser la nature de la suite (v_n) ainsi que ses éléments caractéristiques (premier terme, raison).

c. En déduire l'expression de v_n en fonction de l'entier naturel n.

3. Un client envisage de rester 2 ans dans cette salle de sports. Quel contrat devrait-il souscrire ?

4. Même question s'il reste 3 ans.

FAIT ☐ REVU ☐

Exercice 4

Une puce effectue des rebonds sans discontinuer. Son premier saut a une longueur de 1 mètre. A chaque rebond, la longueur de son saut diminue de 20 % par rapport au précédent. On appelle (ℓ_n) la suite des longueurs (en centimètres) des sauts de la puce.

1. Préciser la valeur de ℓ_1.

2. Calculer ℓ_2, ℓ_3, ℓ_4, ℓ_5.

3. Pour tout entier naturel n non nul, exprimer ℓ_{n+1} en fonction de ℓ_n.

4. Pour tout entier naturel n non nul, exprimer ℓ_n en fonction de n.

5. Déterminer à l'aide de la calculatrice au bout de combien de sauts la longueur des sauts de la puce sera inférieure à 10 cm.

FAIT ☐ REVU ☐

2 Dérivation

Exercice 1 Questions rapides

Déterminer la fonction dérivée des fonctions suivantes :

1. $f_1(x) = 5x^2 - 6x + 7$

2. $f_2(x) = -4x^2 + 8x - 7$

3. $f_3(x) = 3x^3 - 6x^2 - 9x + 2$

4. $f_4(t) = 5t^3 - 4$

FAIT ☐ REVU ☐

Exercice 2 Questions rapides

On considère le polynôme de degré 2 $P(x) = 2x^2 - 3x + 9$.

1. Calculer $P(2)$.

2. Calculer $P'(2)$.

3. Déterminer l'équation réduite de la tangente à la courbe représentative de la fonction P au point d'abscisse 2.

FAIT ☐ REVU ☐

Exercice 3 Questions rapides

Indiquer la (ou les) bonne(s) réponse(s).

1. La tangente à la courbe représentative de la fonction cube au point d'abscisse -2 :

a. admet pour équation $y = 12x + 16$.

b. a pour coefficient directeur -12.

c. coupe la courbe représentative de la fonction cube au point de coordonnées $(4 ; 64)$.

2. La tangente à la courbe représentative de la fonction carré au point d'abscisse 0 :

a. est l'axe des abscisses.

b. n'admet pas une équation de la forme $y = ax + b$.

c. a pour coefficient directeur 0.

3. On considère le graphique ci-après représentant une fonction f.

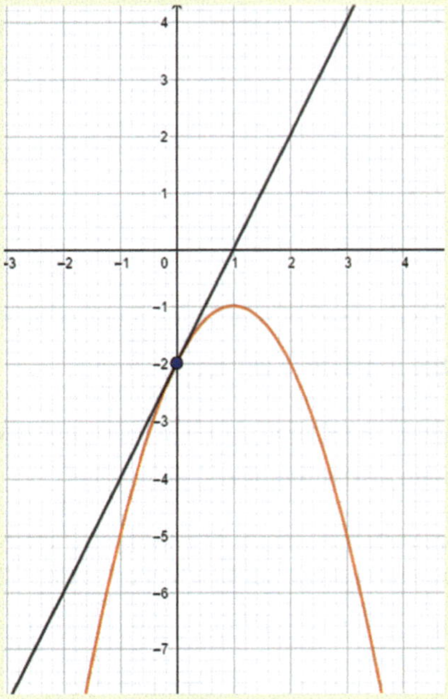

a. La fonction f n'est pas dérivable en 1.

b. $f'(0) = 2$.

c. $f'(1) = 0$.

FAIT ☐ REVU ☐

Exercice 4 Questions rapides

On considère le graphique ci-joint où l'on a tracé la courbe représentative d'une fonction f et sa tangente en un point A.

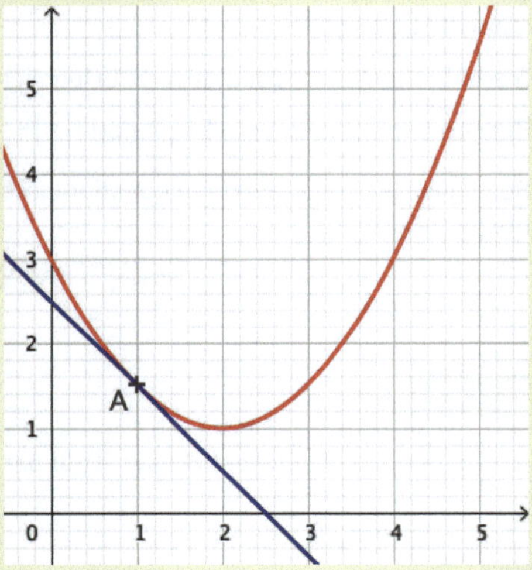

1. Tracer la tangente à la courbe au point d'abscisse 4.

2. Déterminer graphiquement $f'(1)$.

3. Déterminer graphiquement $f'(2)$.

FAIT ☐ REVU ☐

Exercice 5

Une couturière confectionne des pantalons. Elle peut en concevoir jusqu'à 10 par jour. Elle revend chaque pantalon 50 €. Elle sait que le coût de fabrication de x pantalons est
$C(x) = 25x^2 - 250x + 800$.

1. Déterminer la fonction $R(x)$ des recettes de la couturière en fonction du nombre x de pantalons vendus.

2. Justifier que la fonction $B(x)$ des bénéfices réalisés par la couturière est définie par $B(x) = -25x^2 + 300x - 800$.

3. Déterminer la fonction dérivée de B.

4. Dresser le tableau de variations de la fonction B à l'aide du signe de sa dérivée.

5. En déduire combien de pantalons la couturière doit confectionner chaque jour pour réaliser un bénéfice maximal. Préciser le montant de ce bénéfice.

FAIT ☐ REVU ☐

Exercice 6

Le chiffre d'affaires mensuel lié à la vente d'un matériau dans une usine est donné par la fonction $K(x) = -\frac{5}{3}x^3 + 43x^2 - 17x - 30$ où x représente la quantité de matériau fabriquée en tonnes et K est exprimé en milliers d'euros. L'usine ne peut pas fabriquer plus de 22 tonnes par mois.

1. Calculer le chiffre d'affaires réalisé en euros pour 10 tonnes de matériaux vendues. On arrondira au millier d'euros.

2. Étudier les variations de K sur l'intervalle $[0 ; 22]$.

3. Déterminer la production permettant d'obtenir le chiffre d'affaires maximum. Préciser ce chiffre d'affaires arrondi au millier d'euros.

4. Représenter graphiquement la courbe représentative de la fonction K sur l'intervalle [0 ; 22] (on prendra un centimètre pour 5 tonnes en abscisse et un centimètre pour 500 000 € en ordonnées).

5. Pour pouvoir réaliser des investissements ambitieux, les dirigeants de l'usine préconisent de viser un chiffre d'affaires d'au moins 2 000 000 € par mois. Déterminer graphiquement quelle quantité de matériau ils doivent alors faire produire dans l'usine chaque mois pour atteindre cet objectif.

FAIT ☐ REVU ☐

3 Fonction inverse

Exercice 1 Questions rapides

1. Combien vaut l'inverse de -2 ?

2. Combien vaut l'inverse de $\frac{1}{4}$?

3. Combien vaut l'inverse de $-\frac{7}{3}$?

4. Déterminer le(s) antécédent(s) de 3 par la fonction inverse.

MATHÉMATIQUES PHYSIQUE-CHIMIE

5. Déterminer le(s) antécédent(s) de $\frac{8}{9}$ par la fonction inverse.

6. Déterminer le(s) antécédent(s) de –0,5 par la fonction inverse.

7. Déterminer la fonction dérivée f' de la fonction $f : x \mapsto x^2 + \frac{1}{x}$.

8. Déterminer la fonction dérivée f' de la fonction $f : x \mapsto \frac{1}{2}x^2 - 5x + 2 - \frac{1}{x}$.

9. Déterminer la fonction dérivée f' de la fonction $f : x \mapsto x^3 - \frac{1}{x}$.

10. Déterminer la fonction dérivée f' de la fonction $f : x \mapsto \frac{5}{4}x^3 + 3x^2 - \frac{1}{6}x + \frac{7}{2} + \frac{1}{x}$.

FAIT ☐ REVU ☐

Exercice 2

L'entreprise *Woodtoys* fabrique des jouets en bois. Elle ne peut en fabriquer plus de 50 par jour. Le coût total de production, exprimé en euros, est donné par : $C_T(x) = 0{,}2x^2 + 20x + 80$, où x est le nombre de jouets fabriqués.

1. Déterminer les coûts fixes (c'est-à-dire les coûts subis par l'entreprise quand aucun jouet n'est fabriqué).

2. On appelle coût unitaire le coût moyen par jouet fabriqué. Si on note $C(x)$ le coût unitaire pour la fabrication de x jouets, alors on a $C(x) = \frac{C_T(x)}{x}$.

Justifier que $C(x) = 0{,}2x + 20 + \frac{80}{x}$ et déterminer la fonction dérivée C' de la fonction C.

3. Résoudre l'équation $C'(x) = 0$.

4. Dresser le tableau de variation de la fonction C sur l'intervalle $]0;50]$ (on fera apparaître une ligne dans le tableau pour le signe de la dérivée).

5. Déterminer le nombre de jouets à fabriquer pour minimiser le coût unitaire. Préciser le coût unitaire correspondant.

FAIT ☐ REVU ☐

Exercice 3

On considère la fonction f définie sur $[0\ ;+\infty[$ par

$$f(x) = \begin{cases} 2x - 1 \text{ si } 0 \le x < 1 \\ \frac{1}{x} \text{ si } x > 1 \end{cases}.$$

1. Dresser le tableau de variations de f en le justifiant.

2. La fonction f admet-elle un maximum sur $[0\ ; +\infty[$? Si oui, combien vaut-il et en quelle valeur est-il atteint ?

3. Tracer la courbe représentative de la fonction f.

4. Résoudre graphiquement l'équation $f(x) = \frac{1}{2}$.

5. Retrouver les résultats de la question précédente par le calcul.

FAIT ☐ REVU ☐

Exercice 4

On considère la fonction f définie sur $\mathbb{R}\backslash\{0\}$ par

$$f(x) = \begin{cases} 1 - \frac{1}{x} \text{ si } x < 0 \\ 1 + \frac{1}{x} \text{ si } x > 0 \end{cases}.$$

1. Démontrer que, pour tout réel x non nul, on a $f(x) > 1$.

2. Dresser le tableau de variation de f sur $\mathbb{R}\backslash\{0\}$.

3. Tracer la courbe représentative de la fonction f.

4. Résoudre l'équation $f(x) = 2$.

5. Déterminer suivant les valeurs du réel k le nombre de solutions de l'équation $f(x) = k$.

FAIT ☐ REVU ☐

4 Fonctions exponentielles

Exercice 1 Questions rapides

1. Simplifier $\frac{2^x \times (3^x)^2}{5^x}$ le plus possible.

2. Déterminer les variations de la fonction $f : x \mapsto -\frac{1}{2^x}$ sur $\mathbb{R}$.

3. Déterminer les variations de la fonction $g: x \mapsto \frac{4}{3} \times \left(\frac{1}{5}\right)^x$ sur $\mathbb{R}$.

4. Résoudre dans $\mathbb{R}$ l'équation $14{,}7^{-\frac{x}{3}+2} = 14{,}7^{x-4}$.

5. Résoudre dans $\mathbb{R}$ l'inéquation $\left(\frac{4}{3}\right)^{\frac{x}{2}-1} \leqslant \left(\frac{4}{3}\right)^{-x-5}$.

6. Résoudre dans $\mathbb{R}$ l'inéquation $\left(\frac{1}{2}\right)^{-5x+6} > \left(\frac{1}{2}\right)^{\frac{1}{5}x-\frac{1}{6}}$.

FAIT ☐ REVU ☐

Exercice 2 Questions rapides

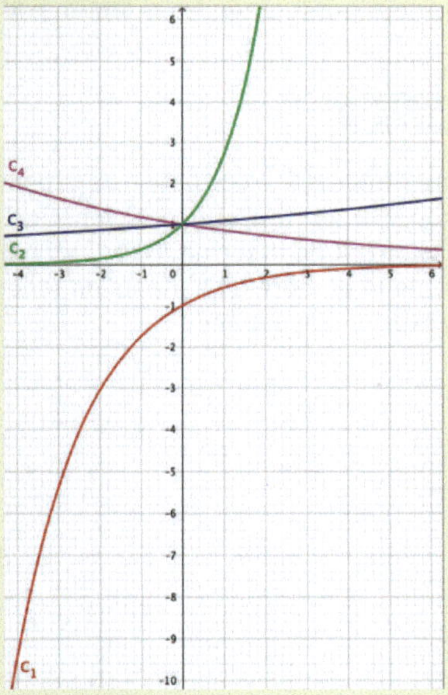

On considère le graphique ci-joint où l'on a tracé les courbes représentatives des fonctions $f_1(x) = 0{,}85^x$, $f_2(x) = -0{,}57^x$, $f_3(x) = 1{,}08^x$, $f_4(x) = \left(\frac{8}{3}\right)^x$.

1. À quelle fonction la courbe C_1 correspond-elle ?

2. À quelle fonction la courbe C_2 correspond-elle ?

3. À quelle fonction la courbe C_3 correspond-elle ?

4. À quelle fonction la courbe C_4 correspond-elle ?

FAIT ☐ REVU ☐

Exercice 3

Après un an d'installation, un commerçant réalise un chiffre d'affaires de 45 000 €.

Il a mis en œuvre des actions commerciales pour atteindre son objectif d'accroître son chiffre d'affaires de 5 % par an, avec une hausse régulière chaque année.

On appelle *CA* la fonction qui, à un réel *t* positif, associe l'objectif de chiffre d'affaires du commerçant en milliers d'euros, *t* années après la première année d'installation.

1. Justifier que, pour tout réel positif *t*, on a $CA(t) = 45 \times 1{,}05^t$.

2. Déterminer les variations de la fonction *CA* sur $[0;+\infty[$. Justifier la réponse.

3. Calculer l'objectif de chiffre d'affaires au bout d'un an et demi, de 5 ans et de 10 ans (on arrondira à la centaine d'euros).

4. Tracer la courbe représentative de la fonction *CA* sur l'intervalle [0;20] (on prendra 1 cm pour deux ans en abscisse et 1 cm pour 10 000 € en ordonnées).

5. Déterminer graphiquement au bout de combien d'années le commerçant peut espérer avoir un chiffre d'affaires dépassant les 100 000 €.

FAIT ☐ REVU ☐

Exercice 4

Pour chacune des quatre questions suivantes, écrire les expressions sous la forme a^x. a et x désignent deux nombres réels, $a > 0$.

1. $A = 2^x \times 3^x$.

2. $B = 4^x \times 5^{-x}$.

3. $C = 6^{2x} \times \left(\frac{1}{7}\right)^x$.

4. $D = \left(\frac{1}{8}\right)^x \times \left(\frac{1}{9}\right)^{-x}$.

FAIT ☐ REVU ☐

Exercice 5

Pour chacune des quatre questions suivantes, développer l'expression donnée. x désigne un nombre réel.

1. $E = 5^x(6^x - 7^x)$.

MATHÉMATIQUES PHYSIQUE-CHIMIE

2. $F = (4^x + 2)(4^x - 4)$.

3. $G = (2^x - 1)(2^x + 1)$.

4. $H = (0{,}3^{2x} - 1)(1 - 0{,}45^x)$.

FAIT ☐ REVU ☐

Exercice 6

Pour chacune des quatre questions suivantes, écrire l'expression donnée sous la forme $2^\alpha \times 3^\beta$ avec α et β deux nombres réels. x désigne un nombre réel.

1. $I = 6^x$.

2. $J = \left(\frac{2}{3}\right)^x$.

3. $K = 72^x$.

4. $L = \frac{36^x}{8^x \times 3^x}$.

FAIT ☐ REVU ☐

Exercice 7

Soit f la fonction exponentielle de base 0,75.

1. Tracer la courbe représentative de la fonction f sur l'intervalle [– 5 ; 5].

2. Lire graphiquement l'image de – 4 par f.

3. Lire graphiquement le(s) éventuel(s) antécédent(s) de $\frac{1}{2}$ par f.

4. Résoudre graphiquement l'équation $f(x) = \frac{5}{2}$.

5. Résoudre graphiquement l'inéquation $f(x) < 2$.

FAIT ☐ REVU ☐

5 Fonction logarithme décimal

Exercice 1 Questions rapides

1. Exprimer $\log(9) - \log(3) + \log(27)$ en fonction de $\log(3)$.

2. Soit x un nombre réel strictement positif.

Écrire $\log(2x) + 2\log(3x) - \log(5x)$ sous la forme d'un logarithme décimal.

3. Résoudre dans $]0 ; +\infty[$ l'équation $\log(x) = 3$.

4. Résoudre dans $]0 ; +\infty[$ l'inéquation $\log(x) < 11$.

5. Résoudre dans $\mathbb{R}$ l'équation $24^x = 67$.

6. Résoudre dans $\mathbb{R}$ l'inéquation $\left(\frac{4}{7}\right)^x < 9$.

7. Résoudre dans $\mathbb{R}$ l'inéquation $5^x < 0{,}1$.

8. Résoudre dans $]0 ; +\infty[$ l'équation $x^{9,2} = \frac{5}{2}$.

9. Résoudre dans $]0 ; +\infty[$ l'inéquation $x^{\frac{1}{7}} < \frac{2}{3}$.

10. Résoudre dans $]0 ; +\infty[$ l'inéquation $\frac{1}{x^{8,2}} < 7$.

FAIT ☐ REVU ☐

Exercice 2

Un maire s'intéresse à l'évolution de la population dans son village. Il a utilisé la fonction f dont l'expression est de la forme $f(x) = C \times (1 + t)^x$, qui représente le nombre d'habitants en fonction du temps, exprimé en années.

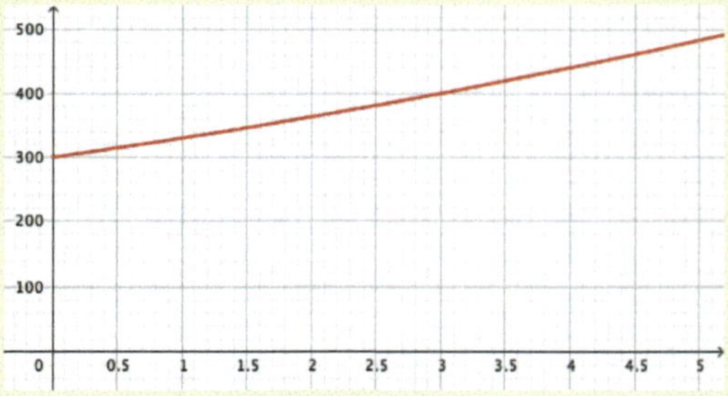

1. À l'aide du graphique, déterminer le nombre initial d'habitants.

En déduire la valeur de C.

2. Sachant que le point de coordonnées (2 ; 363) appartient à la courbe, déterminer la valeur de t.

Dans tout ce qui suit, on admettra que la fonction f a pour expression $f(x) = 300 \times 1{,}1^x$.

3. Déterminer par le calcul la population du village au bout de 90 mois (on arrondira à l'entier).

4. Résoudre dans $\mathbb{R}$ l'équation $1{,}1^x = 2$. On donnera la valeur exacte de la solution, puis un arrondi au dixième.

En déduire au bout de combien d'années la population du village aura doublé.

5. **Résoudre dans $\mathbb{R}$ l'inéquation $f(x) \geqslant 1\,000$. On donnera la valeur exacte de la borne inférieure de l'ensemble des solutions, puis un arrondi au dixième.**

En déduire au bout de combien d'années la population du village aura dépassé 1 000 habitants.

FAIT ☐ REVU ☐

Exercice 3

Pour chacune des quatre questions suivantes, écrire les expressions sous la forme $x\log(a)$. a et x désignent deux nombres réels, $a > 0$.

1. $A = \log(3^x) + \log(9^x)$.

2. $B = \log(6^x) + \log(7^{-x})$.

3. $C = 2\log(6^x) - \log(5^x)$.

4. $D = -\log(2^x) + \log(3^{-x})$.

FAIT ☐ REVU ☐

Exercice 4

Pour chacune des quatre questions suivantes, écrire l'expression donnée sous la forme $\alpha\log(5) + \beta\log(7)$ avec α et β deux nombres réels. x désigne un nombre réel.

1. $E = \log(35^x)$.

2. $F = \log\left(\left(\frac{5}{7}\right)^x\right)$.

3. $G = \log(175^x)$.

4. $H = \log\left(\frac{245^x}{125^x \times 7^x}\right)$.

FAIT ☐ REVU ☐

Exercice 5

Un investisseur s'intéresse à l'évolution de son capital. Il utilise la fonction K dont l'expression est de la forme $K(x) = C_0 \times (1 + t)^x$, qui représente le capital obtenu, exprimé en milliers d'euros au bout de x années. Les intérêts sont versés mensuellement.

1. **L'investisseur a placé initialement 50 000 €. Déterminer la valeur de C_0.**

2. **Au bout d'un an, le capital de notre investisseur a augmenté de 600 €. Déterminer la valeur du taux d'intérêts t en pourcentage.**

3. **Déterminer le capital de notre investisseur au bout de 75 mois.**

4. **Résoudre dans $\mathbb{R}$ l'inéquation $50 \times 1{,}012^x \geqslant 60$ en utilisant le logarithme décimal.**

5. **En déduire au bout de combien de mois le capital de notre investisseur aura dépassé 60 000 €.**

FAIT ☐ REVU ☐

6 Séries statistiques à deux variables quantitatives

Exercice 1 Questions rapides

1. **Le point de coordonnées $(-2 ; 1)$ appartient-il à la droite d'équation $y = -\frac{1}{2}x + 2$?**

2. **Déterminer l'ordonnée du point d'abscisse 3 de la droite d'équation $y = -\frac{1}{2}x + 2$.**

3. **Déterminer l'abscisse du point d'ordonnée −1 de la droite d'équation $y = -\frac{1}{2}x + 2$.**

4. **Tracer la droite d'équation $y = \frac{3}{4}x - 2$.**

5. **Tracer la droite passant par le point de coordonnées $(-1 ; 1)$ et de coefficient directeur −2.**

FAIT ☐ REVU ☐

Exercice 2 Questions rapides

On considère la série statistique à deux variables suivantes :

X	4	0	7	3	1
Y	6	4	8	4	3

1. **Réaliser le nuage de points de la série (X, Y).**

2. **Déterminer les coordonnées du point moyen de la série (X, Y).**

3. **À l'aide de la calculatrice, déterminer l'équation de la droite des moindres carrés de la série (X, Y).**

FAIT ☐ REVU ☐

MATHÉMATIQUES PHYSIQUE-CHIMIE

Exercice 3 Questions rapides

On considère la figure ci-jointe qui représente le nuage de points d'une série (X, Y) et la droite des moindres carrés.

1. **Interpoler graphiquement la valeur de la variable Y quand la variable X prend la valeur 4.**

2. **Extrapoler graphiquement la valeur de la variable Y quand la variable X prend la valeur 9.**

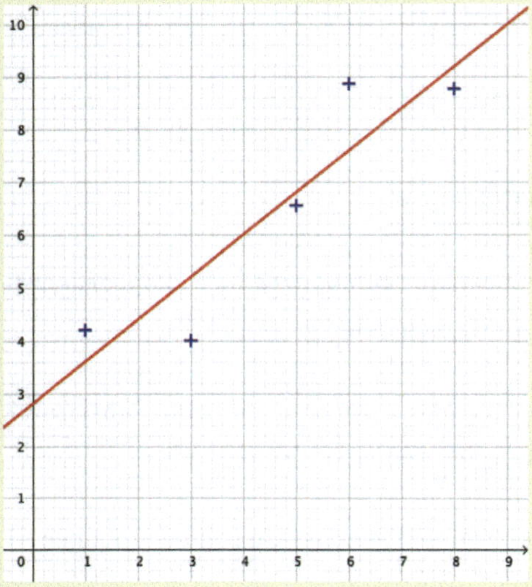

FAIT ☐ REVU ☐

Exercice 4

Un fabricant d'automobiles a relevé au cours des six derniers mois le nombre X d'automobiles vendues (en milliers) et le nombre Y d'options vendues (en milliers) dans un pays.

X	3,8	2,1	5,5	3,2	2,9	6,2
Y	2,3	1,2	2,8	1,6	1,1	2,9

1. **Réaliser le nuage de points associé à la série (X, Y).**

2. **À l'aide de la calculatrice, déterminer l'équation de la droite des moindres carrés de la série (X, Y). On arrondira les coefficients à 10^{-2}.**

3. **Tracer la droite des moindres carrés sur le même graphique que le nuage de points.**

4. **Extrapoler par le calcul le nombre d'options vendues pour 10 000 automobiles vendues.**

5. **Interpoler par le calcul le nombre d'automobiles vendues pour 2 000 options vendues.**

FAIT ☐ REVU ☐

Exercice 5

Le proviseur d'un lycée a relevé les moyennes de mathématiques et d'anglais dans ses 5 classes de terminale :

CLASSES	MOYENNE DE MATHÉMATIQUES (X)	MOYENNE D'ANGLAIS (Y)
Terminale 1	12,3	13,2
Terminale 2	14,7	13,5
Terminale 3	9,2	9,6
Terminale 4	11,1	10,7
Terminale 5	10,6	9,8

1. **Réaliser le nuage de points associé à la série (X, Y).**

2. **À l'aide de la calculatrice, déterminer l'équation de la droite des moindres carrés de la série (X, Y). On arrondira les coefficients à 10^{-2}.**

3. **Tracer la droite des moindres carrés sur le même graphique que le nuage de points.**

4. **Estimer par le calcul la moyenne qu'aurait une classe en anglais si sa moyenne était 10 en mathématiques. Vérifier le résultat graphiquement.**

5. **Estimer par le calcul la moyenne (arrondie au dixième) qu'aurait une classe en mathématiques si sa moyenne était 12 en anglais. Vérifier le résultat graphiquement.**

FAIT ☐ REVU ☐

Exercice 6

Monsieur Dupont gère deux boutiques de prêt-à-porter X et Y. Il a relevé la fréquentation (en milliers de clients) dans chacune de ses deux boutiques au cours des six derniers mois et a résumé les données dans le tableau suivant :

MOIS	1	2	3	4	5	6
X	9,7	1,1	4,9	0,4	10,1	1,4
Y	8,1	1,4	5,4	0,6	9,5	2,3

1. **Réaliser le nuage de points associé à la série (X, Y).**

2. **À l'aide de la calculatrice, déterminer l'équation de la droite des moindres carrés de la série (X, Y). On arrondira les coefficients à 10^{-2}.**

3. **Tracer la droite des moindres carrés sur le même graphique que le nuage de points.**

4 Extrapoler par le calcul le nombre de clients dans la boutique *Y* pour une fréquentation de 12 000 clients dans la boutique *X*.

5. **Interpoler par le calcul le nombre de clients dans la boutique *Y* pour une fréquentation de 6 000 clients dans la boutique *X*.**

FAIT ☐ **REVU** ☐

7 Probabilités conditionnelles

Exercice 1 Questions rapides

On considère l'arbre de probabilité ci-joint.

On sait également que $P(A \cap B) = \frac{1}{4}$.

1. **Calculer $P(A)$.**

2. **Calculer $P_A(B)$.**

3. **Calculer $P_A(\overline{B})$.**

4. **Calculer $P(A \cap \overline{B})$.**

5. **À quelle probabilité correspond la valeur $\frac{4}{5}$?**

6. **Calculer $P(\overline{A} \cap B)$.**

7. **Calculer $P_{\overline{A}}(\overline{B})$.**

8. **Calculer $P(\overline{A} \cap \overline{B})$.**

9. **Calculer $P(B)$.**

10. **Les événements *A* et *B* sont-ils indépendants ?**

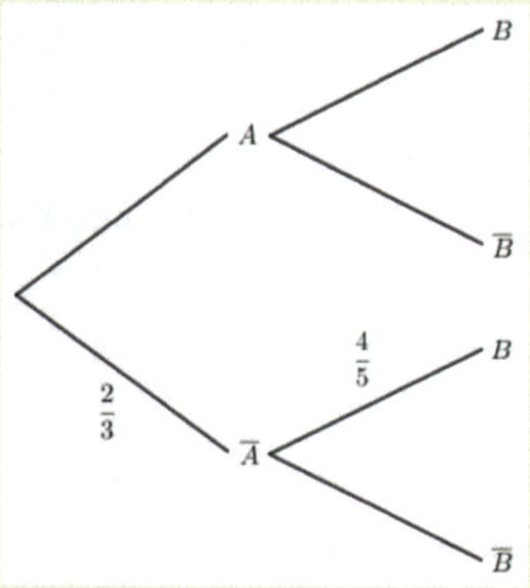

FAIT ☐ **REVU** ☐

Exercice 2

Pour se rendre au lycée, un élève a le choix entre trois itinéraires *A*,*B* et *C*.

La probabilité qu'il emprunte l'itinéraire *A* est égale à $\frac{2}{3}$ et celle qu'il emprunte l'itinéraire *B* est égale à $\frac{1}{4}$.

La probabilité qu'il arrive en retard en empruntant l'itinéraire *A* est égale à $\frac{1}{30}$.

S'il emprunte l'itinéraire *B*, il a 98 % de chance d'être à l'heure.

En empruntant l'itinéraire *C*, il n'est jamais en retard.

On note *R* l'événement « l'élève est en retard ».

1. **Représenter la situation à l'aide d'un arbre de probabilité que l'on complétera au fur et à mesure de l'énoncé.**

2. **Calculer la probabilité que l'élève emprunte l'itinéraire *C*.**

3. **Calculer $P_B(R)$. On exprimera le résultat sous la forme d'une fraction irréductible.**

4. **Quelle est la probabilité que l'élève arrive en retard ? On exprimera le résultat sous la forme d'une fraction irréductible, puis en pourcentage arrondi à 0,1% près.**

5. **Les événements *A* et *R* sont-ils indépendants ?**

FAIT ☐ **REVU** ☐

Exercice 3

Une urne contient 3 boules blanches et 5 boules noires indiscernables au toucher. On effectue deux tirages successifs sans remise. On donnera toutes les probabilités sous la forme de fractions irréductibles.

1. **Représenter la situation à l'aide d'un arbre.**

2. **Calculer la probabilité de tirer une boule blanche au deuxième tirage sachant que l'on a tiré une boule blanche au premier tirage.**

3. **Calculer la probabilité de tirer une boule blanche au deuxième tirage sachant que l'on a tiré une boule noire au premier tirage.**

4. **En déduire la probabilité de tirer une boule blanche au deuxième tirage.**

5. Calculer la probabilité de tirer une boule noire au deuxième tirage de deux manières différentes.

FAIT ☐ REVU ☐

Exercice 4

On a interrogé une population de 2 000 individus pour connaître le choix que feraient les hommes et les femmes entre chien et chat comme animal de compagnie.

On a résumé les données dans le tableau suivant :

GENRE / ANIMAUX	FILLES (F)	GARÇONS (G)	TOTAL
Chiens (D)	423		
Chats (C)		280	
Total	1 001		

Toutes les probabilités seront données sous la forme de fractions irréductibles.

1. Compléter le tableau croisé d'effectifs.

2. Calculer la probabilité que l'individu préfère les chiens.

3. Calculer $P(F \cap D)$ et $P_F(D)$.

4. Les événements F et D sont-ils indépendants ?

5. Sachant que l'individu interrogé préfère les chats, quelle est la probabilité qu'il s'agisse d'un garçon ?

FAIT ☐ REVU ☐

8 Variables aléatoires discrètes finies – Loi de Bernoulli et loi binomiale

Exercice 1 Questions rapides

On considère la variable aléatoire X dont la loi est donnée dans le tableau ci-joint. On donnera les résultats sous la forme d'une fraction irréductible.

k	0	1	2	3	4
$P(X = k)$	$\frac{1}{6}$	$\frac{2}{15}$	$\frac{1}{30}$	$\frac{3}{5}$	...

1. Calculer $P(X = 4)$.

2. Calculer $P(X \leqslant 2)$.

3. Calculer $P(X > 1)$.

4. Calculer $E(X)$.

FAIT ☐ REVU ☐

Exercice 2 Questions rapides

On considère la variable aléatoire $X \hookrightarrow \mathcal{B}(0,3)$.

1. Calculer $P(X = 0)$ *(on donnera le résultat sous forme décimale)*.

2. Calculer $E(X)$ *(on donnera le résultat sous forme décimale)*.

FAIT ☐ REVU ☐

Exercice 3 Questions rapides

On considère la variable aléatoire $X \hookrightarrow \mathcal{B}\left(5\,;\frac{1}{3}\right)$.

1. Calculer $P(X = 5)$ *(on donnera le résultat sous la forme d'une fraction irréductible)*.

2. Calculer $P(X = 2)$ *(on donnera le résultat sous la forme d'une fraction irréductible)*.

3. Calculer $P(X \leqslant 4)$ *(on donnera le résultat sous la forme d'une fraction irréductible)*.

4. Calculer $E(X)$ *(on donnera le résultat sous la forme d'une fraction irréductible)*.

FAIT ☐ REVU ☐

Exercice 4

On tire 4 cartes successivement et avec remise dans un jeu de 32 cartes. Si on tire exactement un roi, on gagne 10 €. Si on en tire exactement deux, on gagne 20 €, 50 € pour exactement trois et 100 € si on tire les quatre rois. Chaque partie coûte 10 €.

On appelle X la variable aléatoire égale au nombre de rois tirés par le joueur et Y la variable aléatoire égale au gain (éventuellement négatif) du joueur.

Tous les résultats seront donnés sous la forme d'une fraction irréductible.

1. Justifier que la variable aléatoire X suit la loi binomiale $\mathcal{B}\left(4\,;\frac{1}{8}\right)$.

2. Calculer $P(X = 2)$.

3. Calculer $E(X)$. Interpréter le résultat.

4. Déterminer la loi de Y.

5. Calculer $E(Y)$ *(on donnera la valeur exacte sous la forme d'une fraction irréductible, puis une valeur approchée en centième)*. Le jeu est-il rentable pour le joueur ?

FAIT ☐ REVU ☐

Exercice 5

Un jeu consiste à lancer un dé cubique non pipé :

– Si le joueur obtient un nombre premier, il gagne 5 € ;

– Si le joueur obtient un nombre impair non premier, il gagne 2 € ;

– Si le joueur obtient un nombre pair non premier, il ne gagne rien.

Chaque partie coûte 3 €. On appelle X la variable aléatoire correspondant au gain du joueur (éventuellement négatif).

1. Déterminer la loi de X.

2. Calculer l'espérance de X.

Le jeu est-il rentable pour l'organisateur ?

3. Combien devrait coûter chaque partie si l'on souhaitait rendre le jeu parfaitement équitable ?

4. On joue 5 fois d'affilée à ce jeu. On appelle Y la variable correspondant au nombre de partie où l'on a gagné (peu importe la somme gagnée).

Déterminer la loi de Y.

5. Calculer l'espérance de Y.

FAIT ☐ REVU ☐

Exercice 6

Un agent d'assurance a estimé que la probabilité de vendre un contrat suite à un appel téléphonique était de 8 %. Il effectue en général 25 appels téléphoniques par semaine.

On considère que les appels téléphoniques sont des expériences aléatoires indépendantes les unes des autres.

On appelle C la variable aléatoire égale au nombre de contrats vendus en une semaine après un appel téléphonique.

1. Justifier que la variable aléatoire C suit une loi binomiale dont on précisera les paramètres.

2. Calculer à 10^{-4} près la probabilité que 20 % des appels téléphoniques se traduisent par une vente.

3. Calculer à 10^{-4} près la probabilité que l'agent vende au moins un contrat par semaine.

4. Combien l'agent vend-il de contrats en moyenne par semaine ?

5. Calculer $P(C = E(C))$.

FAIT ☐ REVU ☐

9 Fonction exponentielle de base *e* – Équations différentielles

Exercice 1 Questions rapides

Dans les cinq questions suivantes, simplifier le plus possible. x désigne un réel.

1. $e^{x}e^{-2x}e^{\frac{1}{2}x}$

2. $\dfrac{e^{-3x}}{e^{5x}}$

3. $e^{2x}(e^{-x})^5$

4. $\dfrac{\left(e^{\frac{1}{2}x}\right)^3 e^{-x}}{e^{2x}}$

5. $\dfrac{e^{-2x}\left(e^{\frac{5}{3}x}\right)^6 e^{x}}{e^{3x}e^{-x}(e^{-2x})^2}$

FAIT ☐ REVU ☐

Exercice 2 Questions rapides

Dans les cinq questions suivantes, calculer les dérivées des fonctions sur les intervalles proposés.

1. $f_1 : x \mapsto e^{-\frac{x}{4}}$ sur $\mathbb{R}$

2. $f_2 : x \mapsto e^{3x} + x^3 - 2x^2 + x + 1$ sur $\mathbb{R}$

3. $f_3 : x \mapsto (3x - 1)\, e^{2x}$ sur $\mathbb{R}$

4. $f_4 : x \mapsto \dfrac{e^{5x}}{x^2 - 1}$ sur $]-1 ; 1[$

5. $f_5 : x \mapsto \dfrac{e^{-x}}{2} + e^{-\frac{x}{2}} + \dfrac{2}{x} - \dfrac{x}{2}$ sur $]0 ; +\infty[$

FAIT ☐ REVU ☐

Exercice 3 Questions rapides

Dans les cinq questions suivantes, vérifier que la fonction proposée est solution de l'équation différentielle donnée.

1. $y = \dfrac{e^{\frac{x}{2}}}{3}$; $y' = \dfrac{1}{2}y$

2. $y = -e^{\frac{3}{2}x} = \frac{4}{9}$; $y' = \frac{3}{2}y - \frac{2}{3}$

3. $y = \frac{x^2}{5}$; $2y - xy' = 0$

4. $y = \frac{1}{x+1}$; $y' + y^2 = 0$ (avec $x > -1$)

5. $y = xe^{5x} - 5x - e^x - 1$; $y' - 5y = 25x + e^{5x} + 4e^x$

FAIT ☐ REVU ☐

Exercice 4 Questions rapides

Dans les cinq questions suivantes, résoudre l'équation différentielle donnée.

1. $y' = -2y$

2. $y' - 3y = 0$

3. $y' = -\frac{1}{4}y + \frac{5}{2}$

4. $\begin{cases} y' = 4y - 1 \\ y(1) = 2 \end{cases}$

5. $\begin{cases} 2y' = y - 6 \\ y\left(\frac{1}{2}\right) = 0 \end{cases}$

FAIT ☐ REVU ☐

Exercice 5

Dans cet exercice, on considère la fonction f définie sur $\mathbb{R}$ par $f(x) = (x^2 - 4x + 3)\,e^{2x}$.

1. Déterminer les abscisses des points d'intersection de la courbe représentative de la fonction f avec l'axe des abscisses.

2. Déterminer les limites de f en $-\infty$ et en $+\infty$.

3. Calculer $f'(x)$ pour $x \in \mathbb{R}$.

4. Déterminer les variations de f.

5. Tracer la courbe représentative de la fonction f. On prendra 1 cm pour 20 unités en ordonnées.

FAIT ☐ REVU ☐

Exercice 6

La décroissance radioactive est la réduction du nombre de noyaux radioactifs dans un échantillon.

On considère un échantillon de matériaux radioactifs et on note $N(t)$ le nombre de noyaux à l'instant t (exprimé en années).

On modélise la décroissance radioactive de cet échantillon par la relation $N(t) = 100e^{-\frac{t}{5}}$.

1. Déterminer le nombre de noyaux à l'état initial.

2. Déterminer le nombre d'atomes dans l'échantillon au bout de 2 ans et demi. On arrondira le résultat à l'entier.

3. Déterminer les variations de la fonction N sur $[0\,;+\infty[$.

Cela est-il cohérent avec la situation modélisée ?

4. Tracer la courbe représentative de la fonction N (on prendra 1 cm pour deux ans et 1 cm pour 10 noyaux).

5. On appelle « période radioactive » la durée au bout de laquelle le nombre de noyaux présents dans l'échantillon est réduit de moitié.

Déterminer graphiquement la période radioactive de l'échantillon. Retrouver ce résultat par le calcul.

FAIT ☐ REVU ☐

Exercice 7

Dans cet exercice, on cherche à résoudre l'équation différentielle $y' + 2y = xe^{2x}$.

1. Résoudre l'équation différentielle $y' + 2y = 0$.

2. On considère la fonction $y_0(x) = C(x)\,e^{-2x}$, avec C une fonction dérivable.

Calculer $y_0'(x)$.

3. On admet que y_0 est une solution de l'équation $y' + 2y = xe^{2x}$ (si bien que l'on a $y_0' + 2y_0 = xe^{2x}$).

En remplaçant y_0 et y_0' par leurs expressions respectives dans l'équation différentielle, déterminer l'expression analytique de $C'(x)$.

4. En déduire une expression de la fonction C (en d'autres termes, déterminer une primitive de C'), puis l'expression de y_0.

5. On admet que les solutions de l'équation différentielle $y' + 2y = xe^{2x}$ sont les fonctions qui sont la somme des solutions de l'équation différentielle $y' + 2y = 0$ et d'une solution (dite particulière) y_0 de l'équation $y' + 2y = xe^{2x}$.

En déduire les solutions de l'équation différentielle $y' + 2y = xe^{2x}$, puis la solution de cette équation qui s'annule en $\frac{1}{2}$.

FAIT ☐ REVU ☐

10 Fonction logarithme népérien

Exercice 1 Questions rapides

Dans les cinq questions suivantes, simplifier le plus possible. x désigne un réel strictement positif.

1. $\ln(2x) + \ln\left(\frac{3}{2}x\right)$
2. $\ln(5x^2) - \ln(8x)$
3. $\ln(3x) - 2\ln(\sqrt{x})$
4. $\ln\left(\frac{1}{2}x\right) + \frac{1}{2}\ln(4x^2) + \ln\left(\frac{1}{x}\right)$
5. $\ln\left(\frac{2}{x}\right) + 6\ln(x) + \ln(x^2) - \ln(3x) - 2\ln\left(\frac{1}{x}\right)$

FAIT ☐ REVU ☐

Exercice 2 Questions rapides

Dans les cinq questions suivantes, résoudre les équations et inéquations données sur l'intervalle indiqué.

1. $e^{\frac{1}{2}x} = 7$ sur $\mathbb{R}$
2. $e^{3x} > 5$ sur $\mathbb{R}$
3. $e^{-x} > \frac{1}{3}$ sur $\mathbb{R}$
4. $\ln(x) = -\frac{4}{9}$ sur $]0\,;+\infty[$
5. $\ln(x) > \ln(1-x)$ sur $]0\,;1[$

FAIT ☐ REVU ☐

Exercice 3

Dans cet exercice, on considère la fonction f définie sur $]0\,;+\infty[$ par $f(x) = \frac{5\ln(x)}{x^2}$.

1. Déterminer les abscisses des points d'intersection de la courbe représentative de la fonction f avec l'axe des abscisses.

2. Déterminer la limite de f en 0. On admettra que $\lim\limits_{x\to+\infty} f(x) = 0$.

3. Calculer $f'(x)$ pour $x \in\,]0\,;+\infty[$.

4. Déterminer les variations de f.

5. Tracer la courbe représentative de la fonction f.

FAIT ☐ REVU ☐

Exercice 4

Dans les quatre questions suivantes, écrire les expressions données sous la forme $a\ln(bx)$. a désigne un réel quelconque et b et x désignent des réels strictement positifs.

1. $A = \ln\left(\frac{5}{7}x\right) + \ln(3x)$
2. $B = \ln(6x^4) - \ln(8x^5)$
3. $C = \ln(2\sqrt{x}) - 9\ln(\sqrt{x})$
4. $D = \ln\left(\frac{1}{x}\right) - 3\ln(\sqrt{x}) + \ln(x^2)$

FAIT ☐ REVU ☐

Exercice 5

Dans les quatre questions suivantes, résoudre les équations et inéquations données sur l'intervalle indiqué.

1. $e^{3x} = 8$ sur $\mathbb{R}$
2. $e^{-8x} > 7$ sur $\mathbb{R}$
3. $\ln(4x) = 8$ sur $]0\,;+\infty[$
4. $-7\ln(4x) > 9$ sur $]0\,;+\infty[$

FAIT ☐ REVU ☐

Exercice 6

Dans cet exercice, on considère la fonction g définie sur $]0\,;+\infty[$ par $g(x) = x^2 + x + 1 - \ln(x)$.

1. Développer $2\left(x - \frac{1}{2}\right)(x+1)$.

2. Dresser le tableau de signe de $2\left(x - \frac{1}{2}\right)(x+1)$ sur $]0\,;+\infty[$.

3. Calculer $g'(x)$ pour $x \in]0\,;+\infty[$.

4. Déterminer les variations de g.

5. Tracer la courbe représentative de la fonction g.

FAIT ☐ REVU ☐

11 Primitives

Exercice 1 Questions rapides

Dans les cinq questions suivantes, indiquer si la fonction F est une primitive de la fonction f sur l'intervalle I indiqué.

1. $f(x) = 2x - 1\,;\ F(x) = x^2 - x + 3\,;\ I = \mathbb{R}$

2. $f(x) = \frac{1}{x^2}\,;\ F(x) = \frac{1}{x} + \frac{1}{4}\,;\ I =]0\,;+\infty[$

3. $f(x) = 0\,;\ F(x) = x\,;\ I = \mathbb{R}$

4. $f(x) = \frac{5}{2}\,;\ F(x) = \frac{5}{2}x + \frac{5}{2}\,;\ I = \mathbb{R}$

5. $f(x) = (x+1)e^x\,;\ F(x) = xe^x\,;\ I = \mathbb{R}$

FAIT ☐ REVU ☐

Exercice 2 Questions rapides

Dans les cinq questions suivantes, donner les primitives de la fonction f sur l'intervalle I.

1. $f(x) = 4x^4 - 2x^3 + x^2 - \frac{1}{2}x - \frac{1}{4}\,;\ I = \mathbb{R}$

2. $f(x) = x - \frac{1}{x^2}\,;\ I =]0\,;+\infty[$

3. $f(x) = -x - 1 - e^{-x}\,;\ I = \mathbb{R}$

4. $f(x) = x^2 + x + \frac{1}{x}\,;\ I =]0\,;+\infty[$

5. $f(x) = \frac{2}{x} + \frac{x}{2}\,;\ I =]0\,;+\infty[$

FAIT ☐ REVU ☐

Exercice 3

Le but de cet exercice est de construire point par point, par la méthode d'Euler, une approximation de la courbe représentative de la fonction f, dérivable sur $\mathbb{R}$, vérifiant $\begin{cases} f'(x) = \dfrac{1}{1+x^2} \\ f(0) = 0 \end{cases}$. Pour ce faire, on va approcher successivement $f(0,5)$, $f(1)$,..., d'une part, puis $f(-0,5)$, $f(-1)$,..., d'autre part, à l'aide de l'approximation affine de f.

1. Soit a un réel et h un réel suffisamment proche de 0. Écrire l'approximation affine de f en $a + h$.

2. On pose $a = 0$ et $h = 0,5$. Calculer une valeur approchée à 10^{-2} près de $f(0,5)$ à l'aide de la question précédente.

3. En utilisant le même raisonnement, donner une valeur approchée à 10^{-2} près de $f(1)$, $f(1,5)$, $f(2)$, $f(2,5)$.

On admettra que $f(3) \approx 1,47$, $f(3,5) \approx 1,52$, $f(4) \approx 1,56$, $f(4,5) \approx 1,59$, $f(5) \approx 1,61$.

4. On pose $a = 0$ et $h = -0,5$. Calculer une valeur approchée à 10^{-2} près de $f(-0,5)$ à l'aide de la première question.

5. En utilisant le même raisonnement, donner une valeur approchée à 10^{-2} près de $f(-1)$, $f(-1,5)$, $f(-2)$, $f(-2,5)$.

On admettra que $f(-3) \approx -1,47$, $f(-3,5) \approx -1,52$, $f(-4) \approx -1,56$, $f(-4,5) \approx -1,59$, $f(-5) \approx -1,61$.

6. Tracer une approximation de la courbe représentative de la fonction f sur l'intervalle $[-5\,;5]$.

Remarque : la fonction f de cet exercice s'appelle la fonction arctangente, notée Arctan. Cette fonction est donc une primitive sur $\mathbb{R}$ de la fonction $x \mapsto \frac{1}{1+x^2}$.

FAIT ☐ REVU ☐

Exercice 4

Dans les cinq questions suivantes, montrer que la fonction F est une primitive de la fonction f sur l'intervalle I indiqué.

1. $f(x) = 2x^3 + 3x^2\,;\ F(x) = \frac{x^4}{2} + x^3 - \frac{1}{2}\,;\ I = \mathbb{R}$

2. $f(x) = (x^2 + 2x + 1)^2\,;\ F(x) = \frac{(x+1)^5}{5}\,;\ I = \mathbb{R}$

3. $f(x) = \left(x^2 + \frac{1}{x^2}\right)^2$; $F(x) = \frac{x^5}{5} + 2x - \frac{1}{3x^3} - 1$; $I =]0\,;+\infty[$

4. $f(x) = e^x - \frac{1}{x} + \frac{4}{x^2} - 1$;

$F(x) = e^x - \ln(x) - \frac{4}{x} - x + 2$; $I =]0\,;+\infty[$

5. $f(x) = \sqrt{e^x}$; $F(x) = 2e^{\frac{x}{2}}$; $I = \mathbb{R}$

FAIT ☐ REVU ☐

Exercice 5

Dans les cinq questions suivantes, donner les primitives de la fonction f sur l'intervalle I.

1. $f(x) = 3e^x - 1$; $I = \mathbb{R}$
2. $f(x) = \frac{1}{x} + 2$; $I =]0\,;+\infty[$
3. $f(x) = x - \frac{1}{x}$; $I =]0\,;+\infty[$
4. $f(x) = \frac{x^2 + 6x - 3}{x}$; $I =]0\,;+\infty[$
5. $f(x) = \frac{e^{3x}e^{-2x}}{e^x}$; $I = \mathbb{R}$

FAIT ☐ REVU ☐

Exercice 6

Le but de cet exercice est de déterminer les primitives de quelques fonctions rationnelles.

1. On considère la fonction f définie sur l'intervalle $]-2\,;+\infty[$ par $f(x) = \frac{x^3 + 3x^2 + 3x + 3}{x + 2}$.

a. Montrer que $f(x) = x^2 + x + 1 + \frac{1}{x+2}$.

b. En déduire les primitives de f sur $]-2\,;+\infty[$.

c. Déterminer la primitive de f qui s'annule en 0.

2. On considère la fonction g définie sur l'intervalle $]0\,;+\infty[$ par $g(x) = \frac{x+2}{x^2 + x}$.

a. Montrer que $g(x) = \frac{2}{x} - \frac{1}{x+1}$.

b. En déduire les primitives de g sur $]0\,;+\infty[$.

c. Déterminer la primitive de g qui s'annule en 1.

3. On considère la fonction h définie sur l'intervalle $]0\,;+\infty[$ par $h(x) = \frac{x^3 + x^2 - 3x + 4}{x^2 + 2x}$.

a. Réduire au même dénominateur l'expression $ax + b + \frac{c}{x} + \frac{d}{x+2}$ où a, b, c, d sont quatre réels.

b. Déterminer les réels a, b, c, d tels que $h(x) = ax + b + \frac{c}{x} + \frac{d}{x+2}$.

c. En déduire les primitives de h sur $]0\,;+\infty[$.

d. Déterminer la primitive de h qui s'annule en 1.

FAIT ☐ REVU ☐

12 Intégration

L'existence de l'intégrale est admise pour toutes les fonctions considérées.

Le plan est muni d'un repère orthonormé $(O\,;\vec{i},\vec{j})$.

Exercice 1 Questions rapides

Pour chacune des fonctions, calculer son intégrale et sa valeur moyenne sur l'intervalle proposé.

1. $x \mapsto x + 7$ sur $[-2\,;2]$.
2. $x \mapsto x^3 + x^2$ sur $[-2\,;4]$.
3. $x \mapsto -x^3 + 2x^2 + 2$ sur $[-4\,;2]$.
4. $x \mapsto \frac{2x-3}{5}$ sur $[0\,;1]$.
5. $x \mapsto e^{\frac{x}{2}}$ sur $[-1\,;1]$.
6. $x \mapsto \frac{1}{x} - \frac{1}{x^2}$ sur $[2\,;5]$.
7. $x \mapsto (2x+1)^2$ sur $[-3\,;2]$.
8. $x \mapsto \frac{x^2 + 6x - 3}{x}$ sur $[1\,;7]$.
9. $x \mapsto \frac{1-x^2}{1+x}$ sur $[1\,;2]$.
10. $x \mapsto \frac{e^{3x}e^{-2x}}{e^x}$ sur $[-10\,;10]$.

FAIT ☐ REVU ☐

MATHÉMATIQUES PHYSIQUE-CHIMIE

Exercice 2

Pour chacune des fonctions, calculer son intégrale et sa valeur moyenne sur l'intervalle indiqué.

1. $x \mapsto x$ sur $[-1 ; 9]$.

2. $x \mapsto \dfrac{x^3}{3} - \dfrac{x^2}{2}$ sur $[-3 ; 2]$.

3. $x \mapsto -x - \dfrac{1}{2}$ sur $[0 ; 5]$.

4. $x \mapsto e^x - x$ sur $[2 ; 7]$.

5. $x \mapsto \dfrac{1}{x} - 1$ sur $[1 ; 2]$.

6. $x \mapsto \dfrac{1}{x^2} + x^2$ sur $\left[\dfrac{1}{2} ; 1\right]$.

7. $x \mapsto -2x + 6 - \dfrac{2}{x}$ sur $[1 ; 2]$.

8. $x \mapsto e^x + \dfrac{x-1}{x}$ sur $[2 ; 3]$.

9. $x \mapsto -x^3 - x^2 - x - 1$ sur $[-1 ; 1]$.

10. $x \mapsto \left(x + \dfrac{1}{2}\right)e^{x^2+x}$ sur $[0 ; 2]$.

FAIT ☐ REVU ☐

Exercice 3

On considère la fonction f définie sur $\mathbb{R}^*$ par

$f(x) = \dfrac{x^3 + 2x^2 - 2x + 4}{2x}$, pour tout $x \in \mathbb{R}^*$.

1. Montrer que, pour tout réel x, $x^3 + x^2 - 2 = (x-1)(x^2 + 2x + 2)$ et en déduire les racines du polynôme $P(x) = x^3 + x^2 - 2$.

2. Calculer $f'(x)$ pour $x \in \mathbb{R}^*$.

3. Déterminer les variations de f.

4. Tracer la courbe représentative de la fonction f.

5. Que représente graphiquement $\displaystyle\int_1^3 f(x)dx$?

Représenter cette grandeur sur le graphique.

6. Calculer $\displaystyle\int_1^3 f(x)dx$.

Indication : on pourra commencer par montrer que, pour tout réel $x \neq 0$,

$$\frac{x^3 + 2x^2 - 2x + 4}{2x} = \frac{x^2}{2} + x - 1 + \frac{2}{x}.$$

FAIT ☐ REVU ☐

Exercice 4

On considère les fonctions f et g définies sur $]-1 ; +\infty[$ par $f(x) = \dfrac{x}{1+x}$ et $g(x) = \dfrac{x^2}{1+x}$. On pose $I = \displaystyle\int_0^1 f(x)dx$ et $J = \displaystyle\int_0^1 g(x)dx$.

1. Que représentent graphiquement I et J ? On justifiera précisément la réponse.

2. Montrer que $J \leqslant I$.

3. Calculer I.

Indication : on pourra écrire $x = 1 + x - 1$.

4. Calculer $I + J$

5. En déduire la valeur de J.

FAIT ☐ REVU ☐

13 Fonctions trigonométriques

Exercice 1 Questions rapides

1. Tracer la courbe représentative de la fonction cosinus sur l'intervalle $[\pi ; 3\pi]$.

2. Tracer la courbe représentative de la fonction sinus sur l'intervalle $[-2\pi ; 0]$.

3. Déterminer la période de la fonction $f_1 : t \mapsto 2\cos(3t + 4)$.

4. Déterminer la période de la fonction $f_2 : t \mapsto \dfrac{1}{4}\sin\left(\dfrac{t}{3} + \dfrac{1}{2}\right)$.

5. Déterminer les primitives de la fonction $f_3 : t \mapsto 5\cos\left(\dfrac{t}{6} + 7\right)$.

6. Déterminer les primitives de la fonction $f_4 : t \mapsto \dfrac{1}{7}\sin\left(6t + \dfrac{1}{5}\right)$.

7. Calculer la dérivée de la fonction $f_5 : x \mapsto \cos(x)\sin(x)$ sur $\mathbb{R}$.

8. Calculer la dérivée de la fonction

$f_6 : x \mapsto \dfrac{\sin(x)}{\cos(x)}$ sur $\left]-\dfrac{\pi}{2} ; \dfrac{\pi}{2}\right[$.

9. Calculer la dérivée de la fonction

$f_7 : t \mapsto \dfrac{1}{8}\cos\left(9t + \dfrac{1}{10}\right)$ sur $\mathbb{R}$.

10. Calculer la dérivée de la fonction

$f_8 : t \mapsto 10\sin\left(\dfrac{t}{9} + 8\right)$ sur $\mathbb{R}$.

FAIT ☐ REVU ☐

Exercice 2

On modélise un signal par la fonction

$f : t \mapsto 2\sin\left(3t + \dfrac{5\pi}{6}\right)$.

1. Déterminer l'amplitude de ce signal.

2. Déterminer la période T de ce signal. En déduire sa fréquence.

3. Déterminer la pulsation de ce signal et sa phase à l'origine.

4. Dresser le tableau de variations de f sur $\left[0 ; \dfrac{2\pi}{3}\right]$. On commencera par déterminer le signe de sa dérivée.

5. Tracer la courbe représentative de f sur l'intervalle $[0 ; 2\pi]$.

FAIT ☐ REVU ☐

Exercice 3

Le but de cet exercice est de déterminer la valeur exacte de $\cos\left(\dfrac{\pi}{12}\right)$ et de $\sin\left(\dfrac{\pi}{12}\right)$.

Le plan est muni d'un repère orthonormé (O, I, J). Soit K le point du plan tel que l'angle orienté $(\overrightarrow{OI}, \overrightarrow{OK})$ ait pour mesure $\dfrac{\pi}{6}[2\pi]$.

1. Préciser les coordonnées du point K.

2. Montrer que $IK = \dfrac{\sqrt{6} - \sqrt{2}}{2}$.

On appelle K' le projeté du point K sur l'axe des abscisses (ainsi, K' est le point de l'axe des abscisses tel que $(IK') \perp (KK')$).

3. Déterminer la mesure de l'angle $\widehat{IKK'}$.

4. Exprimer $\cos\left(\dfrac{\pi}{12}\right)$ en fonction de IK et en déduire que $\cos\left(\dfrac{\pi}{12}\right) = \dfrac{\sqrt{6} + \sqrt{2}}{4}$.

5. Montrer que $\sin\left(\dfrac{\pi}{12}\right) = \dfrac{\sqrt{6} - \sqrt{2}}{4}$.

FAIT ☐ REVU ☐

Exercice 4

On modélise un signal par la fonction

$g : t \mapsto \dfrac{3}{5}\cos\left(\dfrac{t}{2} + \dfrac{2\pi}{3}\right)$.

1. Déterminer l'amplitude de ce signal.

2. Déterminer la période T de ce signal. En déduire sa fréquence.

3. Déterminer la pulsation de ce signal et sa phase à l'origine.

4. Dresser le tableau de variations de g sur $[0 ; 4\pi]$.

On commencera par déterminer le signe de sa dérivée.

5. Tracer la courbe représentative de g sur l'intervalle $[0 ; 8\pi]$.

FAIT ☐ REVU ☐

14 Nombres complexes

Exercice 1 Questions rapides

Dans les questions suivantes, on considère le nombre complexe $z = (1 + 2i)(3 - i)$.

1. Donner la forme algébrique de z.

2. Donner la forme algébrique de z^2.

3. Préciser la partie réelle et la partie imaginaire de z.

4. **Déterminer le conjugué de z.**

5. **Calculer $|z|$.**

6. **Calculer $\arg(z)$.**

7. **Déterminer alors la forme trigonométrique de z. En déduire sa forme exponentielle.**

8. **Donner la forme algébrique de $\frac{1}{z}$.**

9. **Déduire de ce qui précède $\left|\frac{1}{z}\right|$ et calculer $\arg\left(\frac{1}{z}\right)$.**

10. **Déterminer alors la forme trigonométrique de $\frac{1}{z}$. En déduire sa forme exponentielle.**

FAIT ☐ REVU ☐

Exercice 2

On considère les nombres complexes $z_1 = \frac{\sqrt{6} - i\sqrt{2}}{2}$ et $z_2 = \frac{1+i}{2}$.

1. **Déterminer la forme trigonométrique de z_1. En déduire sa forme exponentielle.**

2. **Déterminer la forme trigonométrique de z_2. En déduire sa forme exponentielle.**

3. **Calculer le produit $z_1 z_2$ de deux manières différentes.**

4. **En déduire les valeurs exactes de $\cos\left(\frac{\pi}{12}\right)$ et $\sin\left(\frac{\pi}{12}\right)$.**

5. **En s'inspirant de ce qui précède et en utilisant $\frac{z_2}{z_1}$, déterminer les valeurs exactes de $\cos\left(\frac{5\pi}{12}\right)$ et $\sin\left(\frac{5\pi}{12}\right)$.**

FAIT ☐ REVU ☐

Exercice 3

Le plan complexe est muni d'un repère orthonormé $(O\,;\vec{u},\vec{v})$.

On considère la transformation complexe T du plan qui, à tout point M d'affixe z, associe le point M' d'affixe $z' = \left(\frac{3}{5} + \frac{4}{5}i\right)z$.

1. **On considère les points $A(1 - i)$, $B(1 + i)$, $C(-1 + i)$, $D(-1 - i)$ du plan.**

a. Placer les points A,B,C,D sur une figure.

b. Démontrer que la quadrilatère $ABCD$ est un carré.

c. Déterminer les images respectives A', B', C', D' de A, B, C, D par T.

d. Placer les points A', B', C', D' sur la figure précédente.

e. Conjecturer la nature du quadrilatère $A'B'C'D'$.

2. **Calculer $\left|\frac{3}{5} + \frac{4}{5}i\right|$.**

On notera θ un argument de $\frac{3}{5} + \frac{4}{5}i$.

3. **Interpréter géométriquement la transformation T.**

4. **En déduire une preuve de la conjecture du 1.e.**

FAIT ☐ REVU ☐

Exercice 4

Le plan complexe est muni d'un repère orthonormé $(O\,;\vec{u},\vec{v})$.

On considère les points $A(\sqrt{3} - i)$, $B(\sqrt{3} + i)$, $C(2\sqrt{3})$.

1. **Montrer que le triangle ABC est équilatéral.**

2. **Déterminer l'affixe d du point D, symétrique du point A par rapport au point C.**

3. **Montrer que le triangle BCD est isocèle. On précisera son sommet principal.**

4. **Donner la forme algébrique de $\frac{(\sqrt{3} - i) - (\sqrt{3} + i)}{d - (\sqrt{3} + i)}$, où d a été déterminé à la question 2.**

5. **Montrer que le triangle ABD est rectangle. On précisera son sommet principal.**

6. **Déterminer l'affixe du point E tel que le quadrilatère $ABDE$ soit un rectangle.**

FAIT ☐ REVU ☐

CORRIGÉS

1 Suites arithmétiques et géométriques

Exercice 1 Questions rapides

1. Oui, de raison –3

2. Arithmétique : deuxième nuage
Géométrique : premier nuage

3. Strictement décroissante

4. $u_{n+1} = u_n + \frac{7}{3}$

5. $u_n = 5 - 2n$

6. $\sum_{k=0}^{10} u_k = -55$

7. Strictement décroissante

8. $u_{(n+1)} = -3u_n$

9. $u_n = \frac{1}{2} \times \left(\frac{3}{5}\right)^n$

10. $\sum_{k=0}^{10} u_k = 1023{,}5$

Exercice 2

1. Géométrique, de raison 1,02 et de premier terme 18 000.

2. $u_n = 18\,000 \times 1{,}02^n$

3. $u_5 \approx 19\,873{,}45$ €

4. $\sum_{k=0}^{8} u_k = 175583{,}31$€

5. À partir de 2026

Exercice 3

1. a. Pour tout entier naturel n, $u_{n+1} = u_n - 3$

b. (u_n) est arithmétique, de premier terme $u_0 = 350$ et de raison – 3

c. $u_n = 350 - 3n$

2. a. Pour tout entier naturel n, $v_{n+1} = 0{,}97v_n$

b. (v_n) est géométrique, de premier terme $v_0 = 360$ et de raison 0,97

c. $v_n = 0{,}97^n \times 360$

3. $u_0 = 350$; $u_1 = 347$; $u_2 = 344$, si bien que $u_0 + u_1 + u_2 = 350 + 347 + 344 = 1\,041$
$v_0 = 360$; $v_1 = 349{,}2$; $v_2 \approx 338{,}72$, si bien que $v_0 + v_1 + v_2 \approx 360 + 349{,}2 + 338{,}72 = 1\,047{,}92$
S'il reste 2 ans, il vaut mieux choisir le contrat 1

4. $u_3 = 341$, si bien que $u_0 + u_1 + u_2 + u_3 = 1\,041 + 341 = 1\,382$
$v_3 \approx 328{,}56$, si bien que $v_0 + v_1 + v_2 \approx 1\,047{,}92 + 328{,}56 = 1\,376{,}48$
S'il reste 3 ans, il vaut mieux choisir le contrat 2.

Exercice 4

1. $\ell_1 = 100$

2. $\ell_2 = 100 \times 0{,}8 = 80$, $\ell_3 = 80 \times 0{,}8 = 64$, $\ell_4 = 64 \times 0{,}8 = 51{,}2$, $\ell_5 = 51{,}2 \times 0{,}8 = 40{,}96$

3. Pour tout entier naturel n non nul, $\ell_{n+1} = 0{,}8\ell_n$

4. Pour tout entier naturel n non nul, $\ell_n = \ell_1 \times 0{,}8^{n-1} = 100 \times 0{,}8^{n-1}$

NOMBRE DE SAUTS	LONGUEUR DU SAUT
1	100
2	80
3	64
4	51,2
5	40,96
6	32,768
7	26,2144
8	20,97152
9	16,777216
10	13,4217728
11	10,73741824
12	8,589934592

5. La longueur du saut de la puce sera inférieure à 10 cm à partir du 12e saut.

2 Dérivation

Exercice 1 Questions rapides

1. $f'_1(x) = 10x - 6$

2. $f'_2(x) = -8x + 8$

3. $f'_3(x) = 9x^2 - 12x - 9$

4. $f'_4(t) = 15t^2$

Exercice 2 Questions rapides

1. $P(2) = 11$

2. $P'(2) = 5$

3. $y = 5x + 1$

Exercice 3 Questions rapides

1. a/c

2. a/c

3. b/c

Exercice 4 Questions rapides

1.

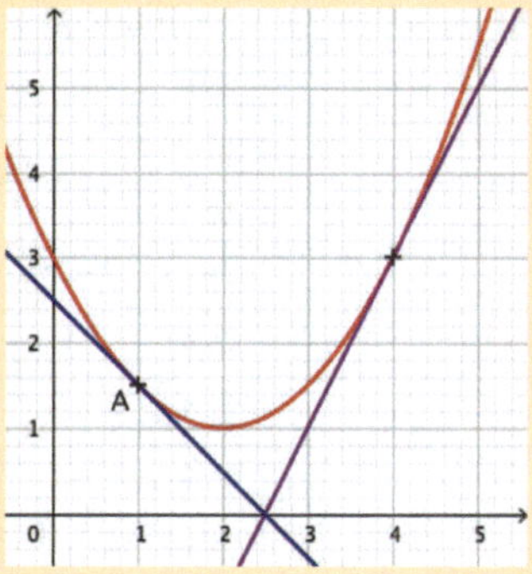

2. $f'(1) = -1$

3. $f'(2) = 0$

Exercice 5 Questions rapides

1. $R(x) = 50x$

2. $B(x) = R(x) - C(x) = -25x^2 + 300x - 800$

3. $B'(x) = -50x + 300$

4.

x	0		6		$+\infty$
$B'(x)$		+	0	−	
B	− 800	↗	100	↘	

5. 6 pantalons pour 100 € de bénéfice.

Exercice 6

1. $K(10) = \dfrac{7300}{3} \approx 2433$, soit 2 433 000 € de chiffre d'affaires pour 10 tonnes de matériaux vendues.

2. $K'(x) = -5x^2 + 86x - 17$
$\Delta = 86^2 - 4 \times (-5) \times (-17) = 7\,056$

Racines de K : $x = \dfrac{-86 - \sqrt{7\,056}}{2\times(-5)} = 17$ et

$x = \dfrac{-86 + \sqrt{7\,056}}{2\times(-5)} = 0{,}2$

D'où le tableau de variations suivant :

Valeurs de x	0		0,2		17		22
Signe de $K'(x)$		−	0	+	0	−	
Variations de K	-30	↘	$-\dfrac{2377}{75}$	↗	$\dfrac{11759}{3}$	↘	$\dfrac{7984}{3}$

3. La production permettant d'obtenir le chiffre d'affaires maximum est 17 tonnes.

Ce chiffre d'affaires est $\dfrac{11\,759}{3} \approx 3920$ soit 3 920 000 €

4.

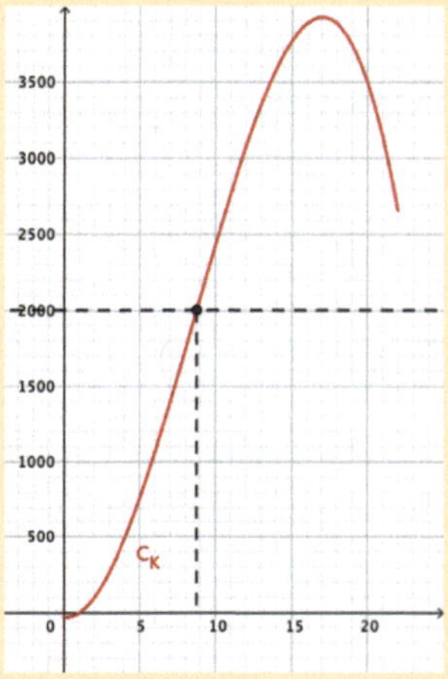

MATHÉMATIQUES PHYSIQUE-CHIMIE

5. On lit graphiquement qu'ils doivent faire produire au moins 9 tonnes par mois pour atteindre cet objectif.

3 Fonction inverse

Exercice 1 Questions rapides

1. $-\frac{1}{2}$

2. 4

3. $-\frac{3}{7}$

4. $\frac{1}{3}$

5. $\frac{9}{8}$

6. -2

7. $f'(x)=2x-\frac{1}{x^2}$

8. $f'(x)=x-5+\frac{1}{x^2}$

9. $f'(x)=3x^2+\frac{1}{x^2}$

10. $f'(x)=\frac{15}{4}x^2+6x-\frac{1}{6}-\frac{1}{2x^2}$

Exercice 2

1. $C_T(0) = 80$ €

2. $C'(x)=0{,}2-\frac{80}{x^2}=\frac{0{,}2x^2-80}{x^2}$

3. $S = \{-20 ; 20\}$

4.

x	0		20		50
$C'(x)$		–	0	+	
C		↘	28	↗	31,6

5. 20 jouets pour un coût unitaire de 28 €

Exercice 3

1. Si $0 \leqslant x \leqslant 1$, alors $f(x) = 2x - 1$ qui est l'expression d'une fonction affine strictement croissante sur $\mathbb{R}$ donc sur $[0 ; 1]$

Si $x > 1$, alors $f(x)=\frac{1}{x}$ et on sait que la fonction inverse est strictement décroissante sur $]0 ; +\infty[$ donc sur $]1 ;+\infty[$

D'où le tableau de variations suivant :

Valeurs de x	0		1		$+\infty$
Variations de f	–1	↗	1	↘	0

2. f admet un maximum sur $[0 ;+\infty[$ égal à 1 et atteint en 1

3.

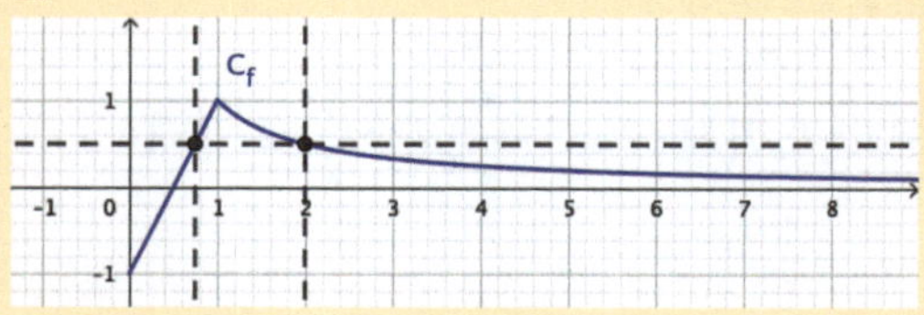

4. Graphiquement, on lit : $S=\left\{\frac{3}{4};2\right\}$

5. Soit $x \in [0 ; 1]$. Alors : $f(x)=\frac{1}{2} \Leftrightarrow 2x-1=\frac{1}{2}$

$\Leftrightarrow x=\frac{\frac{1}{2}+1}{2}=\frac{3}{4}$

Soit $x \in]1 ; +\infty[$. Alors : $f(x)=\frac{1}{2} \Leftrightarrow \frac{1}{x}=\frac{1}{2} \Leftrightarrow x=2$

Donc : $S=\left\{\frac{3}{4};2\right\}$

Exercice 4

1. Si $x < 0$, alors $\frac{1}{x}<0 \Rightarrow -\frac{1}{x}>0 \Rightarrow 1-\frac{1}{x}>1+0$ $\Rightarrow f(x) > 1$

Si $x > 0$, alors $\frac{1}{x}>0 \Rightarrow 1+\frac{1}{x}>1+0 \Rightarrow f(x)>1$

Donc, pour tout réel x non nul, on a $f(x) > 1$

2.

Valeurs de x	$-\infty$	0	$+\infty$
Variations de f	1 ↗ $+\infty$	‖	$+\infty$ ↘ 1

3.

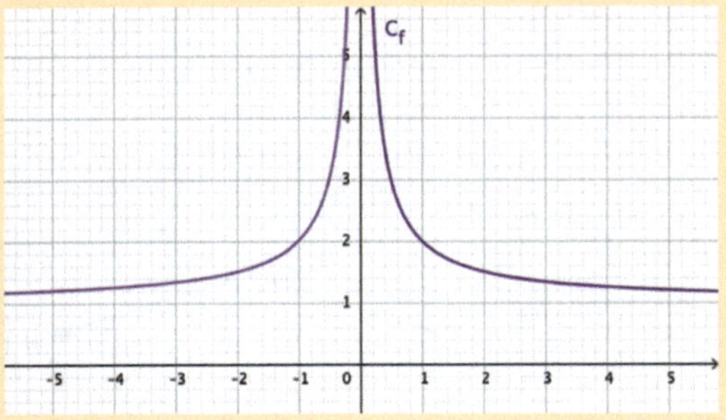

4. Si $x < 0$, $f(x)=2 \Leftrightarrow 1-\frac{1}{x}=2 \Leftrightarrow -\frac{1}{x}=2-1=1$
$\Leftrightarrow \frac{1}{x}=-1 \Leftrightarrow x=\frac{1}{-1}=-1.$

Si $x > 0$, $f(x)=2 \Leftrightarrow 1+\frac{1}{x}=2 \Leftrightarrow \frac{1}{x}=2-1=1$

$\Leftrightarrow x=\frac{1}{1}=1$

Donc, $S = \{-1 ; 1\}$

5. Si $k \leqslant 1$, l'équation $f(x) = k$ n'admet pas de solution.
Si $k > 1$, l'équation $f(x) = k$ admet exactement deux solutions.

4 Fonctions exponentielles

Exercice 1 Questions rapides

1. $3{,}6^x$

2. Strictement croissante.

3. Strictement décroissante.

4. $S = \{4{,}5\}$

5. $S =]-\infty ; -\frac{8}{3}]$

6. $S =]\frac{185}{156} ; +\infty[$

Exercice 2

1. f_2

2. f_4

3. f_3

4. f_1

Exercice 3

1. $CA(t) = 45 \times \left(1+\frac{5}{100}\right)^t = 45 \times 1{,}05^t$

2. Strictement croissante.

3. $CA(1{,}5) \approx 48{,}4$; $CA(5) \approx 57{,}4$; $CA(10) \approx 73{,}3$

4.

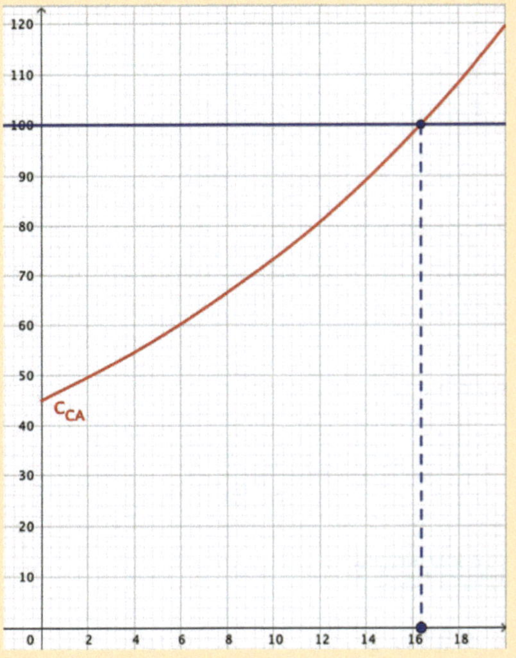

5. Au bout de 17 ans.

Exercice 4

1. $A = 6^x$

2. $B = \left(\frac{4}{5}\right)^x$

3. $C = \left(\frac{36}{7}\right)^x$

4. $D = \left(\frac{9}{8}\right)^x$

Exercice 5

1. $E = 30^x - 35^x$

2. $F = 16^x - 2 \times 4^x - 8$

3. $G = 4^x - 1$

4. $H = 0{,}9^x - 0{,}405^x - 1 + 0{,}45^x$

Exercice 6

1. $I = 2^x \times 3^x$

2. $J = 2^x \times 3^{-x}$

3. $K = 2^{3x} \times 3^{2x}$

4. $L = 2^{-x} \times 3^x$

Exercice 7

1.

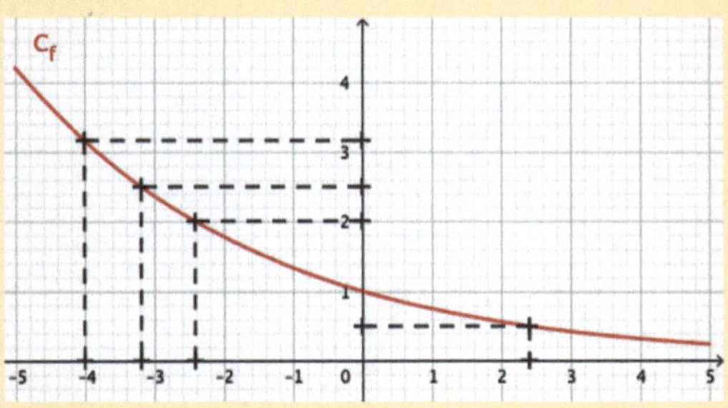

2. Graphiquement, l'image de – 4 par f est 3,2

3. Graphiquement, l'antécédent de $\frac{1}{2}$ par f est 2,4

4. Graphiquement, l'équation $f\left(x\right) = \frac{5}{2}$ a pour solution $S = \{-3{,}2\}$

5. Graphiquement, l'inéquation $f(x) < 2$ a pour solution $S =]-2{,}4\ ;+\infty[$

5 Fonction logarithme décimal

Exercice 1 Questions rapides

1. $4\log(3)$

2. $\log(3{,}6x^2)$

3. $S = \{10^3\}$

4. $S =]-\infty;10^{11}[$

5. $S = \frac{\log(67)}{\log(24)}$

6. $S = \left]\frac{\log(9)}{\log\left(\frac{4}{7}\right)};+\infty\right[$

7. $S =]-\infty;\frac{\log(0,1)}{\log(5)}[$

8. $S = 10^{\frac{\log\left(\frac{5}{2}\right)}{9,2}}$

9. $S =]-\infty;10^{7\log\left(\frac{2}{3}\right)}[$

10. $S =]10^{-\frac{\log(7)}{8,2}};+\infty[$

Exercice 2

1. $C = 300$

2. $t = 0{,}1$

3. $f\left(\frac{90}{12}\right) \approx 613$

4. $S = \left\{\frac{\log(2)}{\log(1,1)}\right\};\frac{\log(2)}{\log(1,1)} \approx 7{,}3$

Au bout de 8 ans

5. $S = \left[\frac{\log\left(\frac{1000}{300}\right)}{\log(1,1)};+\infty\right[;\frac{\log\left(\frac{1000}{300}\right)}{\log(1,1)} \approx 12{,}6$

Au bout de 13 ans.

Exercice 3

1. $A = x\log(27)$

2. $B = x\log\left(\frac{6}{7}\right)$

3. $C = x\log\left(\frac{36}{5}\right) = x\log\left(1{,}8\right)$

4. $D = x\log\left(\frac{1}{6}\right)$

MATHÉMATIQUES
PHYSIQUE-CHIMIE

Exercice 4

1. $E = x\log(5) + x\log(7)$

2. $F = x\log(5) - x\log(7)$

3. $G = 2x\log(5) + x\log(7)$

4. $H = 2x\log(5) + x\log(7)$

Exercice 5

1. $C_0 = 50$

2. $t = \frac{50\,600}{50\,000} - 1 = 0{,}012$ soit 1,2 %

3. 75 mois $= \frac{75}{12}$ années = 6,25 années

$K(6{,}25) = 50 \times (1 + 0{,}012)^{6{,}25} = 53{,}87015$ soit 53 870,15 €

4. $50 \times 1{,}012^x \geqslant 60$
$\Leftrightarrow 1{,}012^x \geqslant \frac{60}{50} = 1{,}2$
$\Leftrightarrow \log\left(1{,}012^x\right) \geqslant \log\left(1{,}2\right)$
$\Leftrightarrow \underbrace{x\log\left(1{,}012\right)}_{>0} \geqslant \log\left(1{,}2\right)$
$\Leftrightarrow x \geqslant \frac{\log\left(1{,}2\right)}{\log\left(1{,}012\right)}$
$S = \left[\frac{\log\left(1{,}2\right)}{\log\left(1{,}012\right)} ; +\infty\right[$

5. $K(x) \geqslant 60$
$\Leftrightarrow 50 \times 1{,}012^x \geqslant 60$
$\Leftrightarrow x \geqslant \frac{\log\left(1{,}2\right)}{\log\left(1{,}012\right)}$
$\frac{\log\left(1{,}2\right)}{\log\left(1{,}012\right)} \times 12 \approx 183{,}4$
Le capital de notre investisseur aura dépassé 60 000 € au bout de 184 mois.

6 Séries statistiques à deux variables quantitatives

Exercice 1 Questions rapides

1. Non

2. $\frac{1}{2}$

3. 6

4.
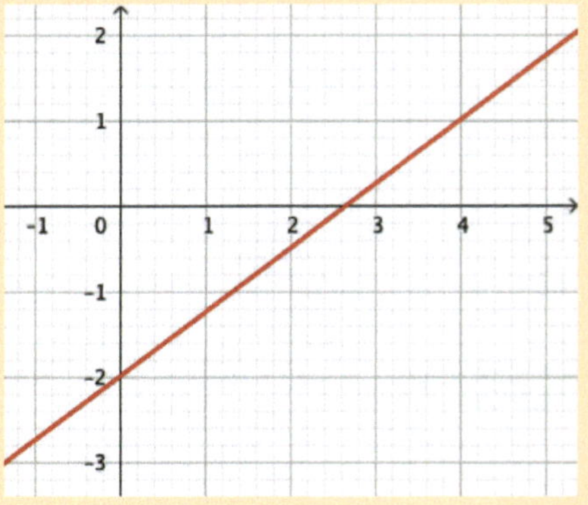

5.
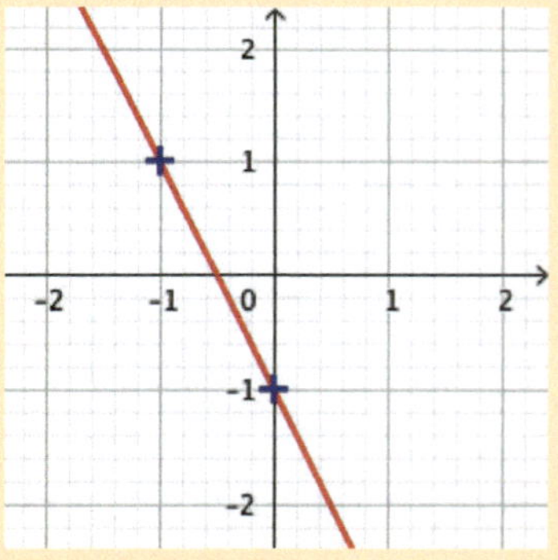

Exercice 2 Questions rapides

1.
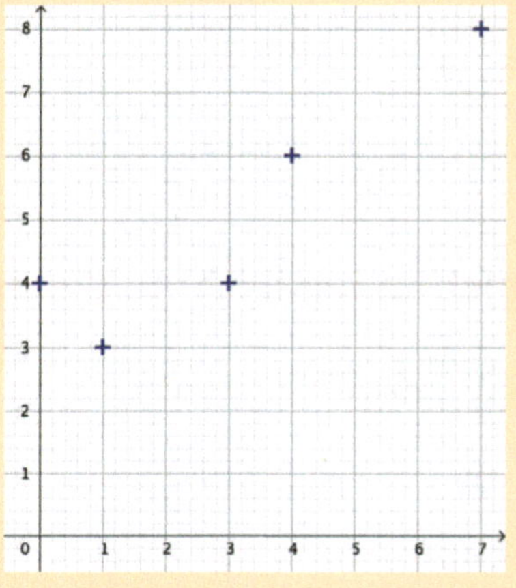

2. (3 ; 5)

3. $y=\frac{2}{3}x+3$

Exercice 3 Questions rapides

1. 6

2. 10

Exercice 4

1.

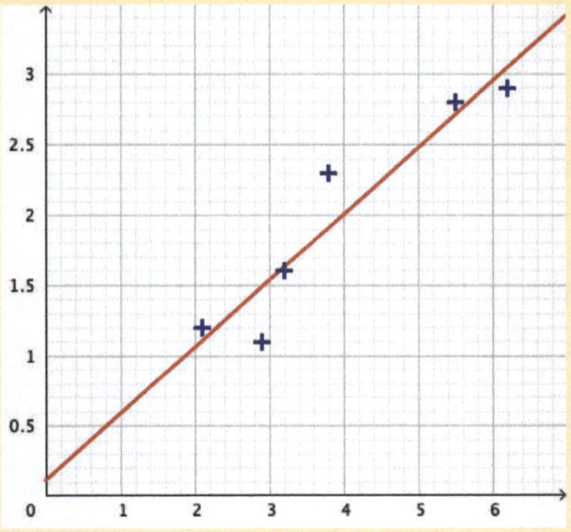

2. $y = 0{,}47x + 0{,}12$

3. cf question 1

4. $y = 0{,}47 \times 10 + 0{,}12 = 4{,}82$ soit 4820 options

5. $x=\frac{2-0{,}12}{0{,}47}=4$ soit 4000 automobiles

Exercice 5

1.

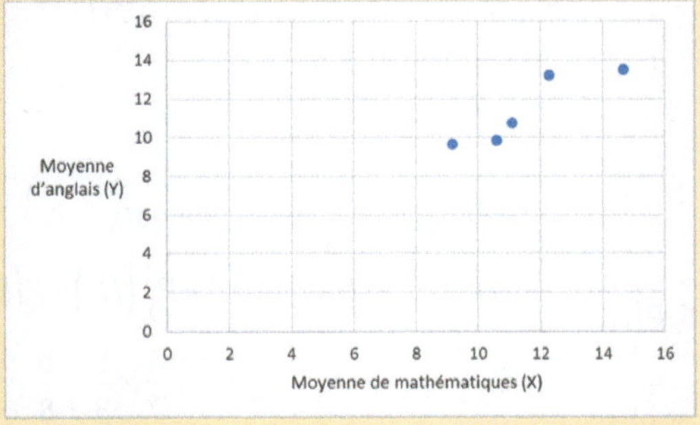

2. $y = 0{,}82x + 1{,}86$

3.

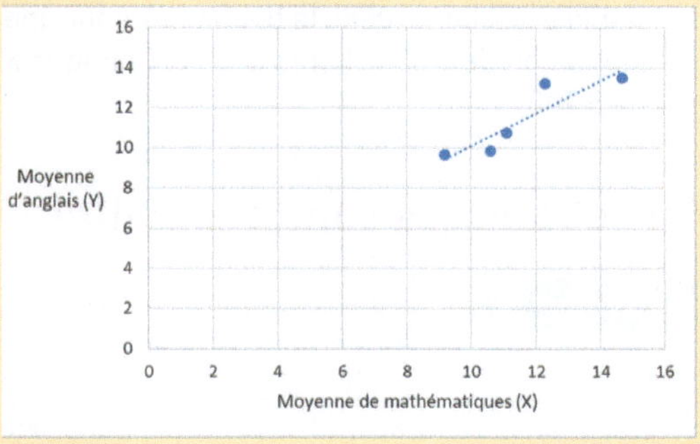

4. $y = 0{,}82 \times 10 + 1{,}86 = 10{,}06$
La moyenne qu'aurait une classe en anglais, si sa moyenne était 10 en mathématiques, est de 10,06.

5. $12=0{,}82x+1{,}86 \Leftrightarrow x=\frac{12-1{,}86}{0{,}82}\approx 12{,}4$
La moyenne qu'aurait une classe en mathématiques si sa moyenne était 12 en anglais est d'environ 12,4.

Exercice 6

1.

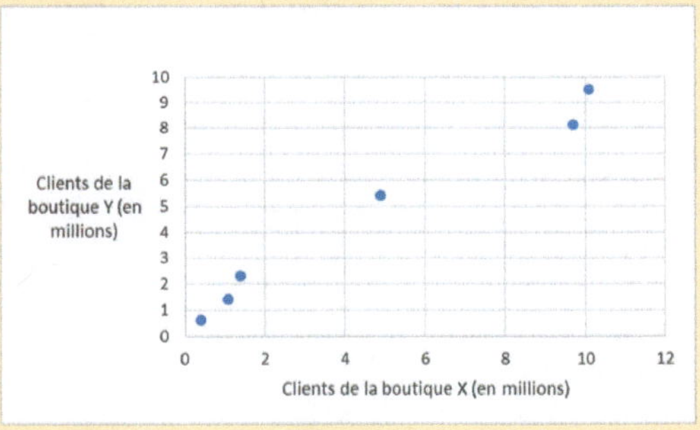

2. $y = 0{,}83x + 0{,}72$

3.

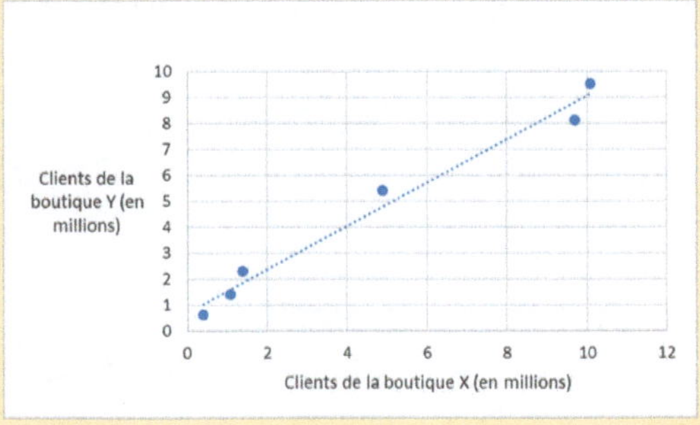

4. $y = 0{,}83 \times 12 + 0{,}72 = 10{,}68$
Le nombre de clients dans la boutique Y pour une fréquentation de 12 000 clients dans la boutique X est de 10 680.

5. $y = 0{,}83 \times 6 + 0{,}72 = 5{,}7$
Le nombre de clients dans la boutique Y pour une fréquentation de 6 000 clients dans la boutique X est de 5 700

7 Probabilités conditionnelles

Exercice 1 Questions rapides

1. $\frac{1}{3}$

2. $\frac{3}{4}$

3. $\frac{1}{4}$

4. $\frac{1}{12}$

5. $P_{\bar{A}}(B)$

6. $\frac{8}{15}$

7. $\frac{1}{5}$

8. $\frac{2}{15}$

9. $\frac{47}{60}$

10. Non

Exercice 2

1.

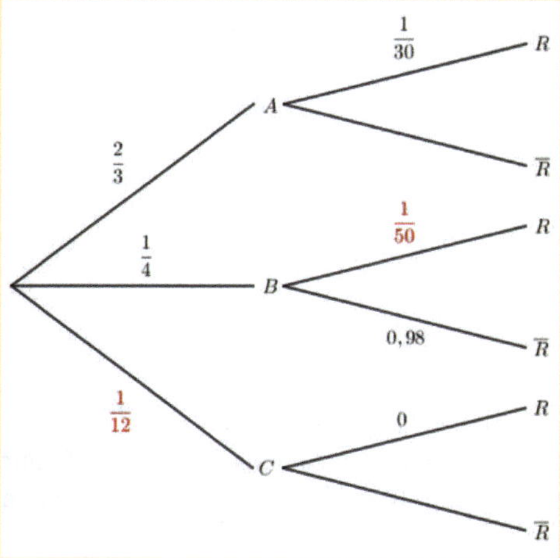

2. $\frac{1}{12}$

3. $\frac{1}{50}$

4. $\frac{49}{1800} \approx 2{,}7\%$

5. Non

Exercice 3

1.

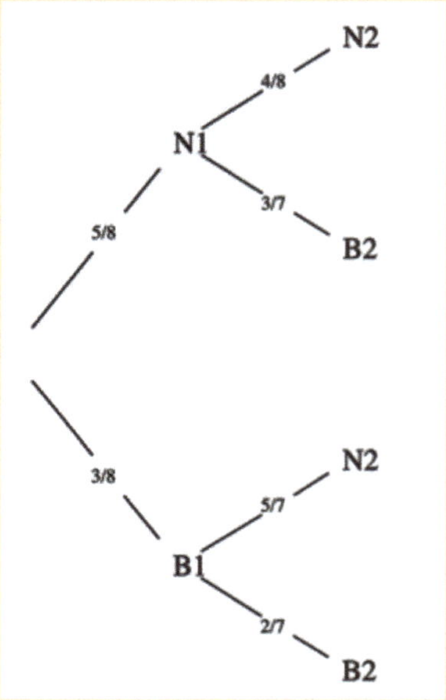

2. $P_{B_1}(B_2) = \frac{2}{7}$

3. $P_{N_1}(B_2) = \frac{3}{7}$

4.
$$\begin{aligned} P(B_2) &= P(B_2 \cap B_1) + P(B_2 \cap N_1) \\ &= P_{B_1}(B_2) \times P(B_1) + P_{N_1}(B_2) \times P(N_1) \\ &= \frac{2}{7} \times \frac{3}{8} + \frac{3}{7} \times \frac{5}{8} = \frac{3}{8} \end{aligned}$$

5.
$$P(N_2) = \begin{cases} 1 - P(B_2) = 1 - \frac{3}{8} = \frac{5}{8} \text{ d'une part} \\ P(N_2 \cap B_1) + P(N_2 \cap N_1) = P_{B_1}(N_2) \times P(B_1) \\ + P_{N_1}(N_2) \times P(N_1) = \frac{5}{7} \times \frac{3}{8} + \frac{4}{7} \times \frac{5}{8} = \frac{5}{8} \\ \text{d'autre part} \end{cases}$$

Exercice 4

1.

GENRE / ANIMAUX	FILLES (F)	GARÇONS (G)	TOTAL
Chiens (D)	**423**	719	1 142
Chats (C)	578	**280**	858
Total	**1 001**	999	2 000

2. $P(D)=\frac{1142}{2000}=\frac{571}{1000}$

3. $P\left(F\cap D\right)=\frac{423}{2\,000}$ et $P_F\left(D\right)=\frac{423}{1\,142}$.

4. $P\left(F\right)\times P\left(D\right)=\frac{1001}{2\,000}\times\frac{571}{1\,000}=\frac{571571}{2\,000\,000}$
$\neq P(F\cap D)$:

donc, F et D ne sont pas indépendants.

5. $P_C\left(G\right)=\frac{280}{858}=\frac{140}{429}$

8 Variables aléatoires discrètes finies – Loi de Bernoulli et loi binomiale

Exercice 1 Questions rapides

1. $\frac{1}{15}$

2. $\frac{1}{3}$

3. $\frac{7}{10}$

4. $\frac{34}{15}$

Exercice 2 Questions rapides

1. 0,7

2. 0,3

Exercice 3 Questions rapides

1. $\left(\frac{1}{3}\right)^5=\frac{1}{243}$

2. $\frac{80}{243}$

3. $\frac{242}{243}$

4. $\frac{5}{3}$

Exercice 4

1. On a affaire à une expérience aléatoire admettant exactement deux issues : le succès « tirer un roi » de probabilité $\frac{4}{32}=\frac{1}{8}$ et l'échec « ne pas tirer un roi » de probabilité $\frac{7}{8}$. Cette expérience aléatoire est donc une épreuve de Bernoulli. On répète cette épreuve de Bernoulli 4 fois de manière indépendante : il s'agit donc d'un schéma de Bernoulli. La variable aléatoire X est égale au nombre de rois tirés, c'est-à-dire au nombre de succès obtenus. Donc, $X \hookrightarrow \mathcal{B}\left(4\,;\frac{1}{8}\right)$.

2. $\frac{147}{2048}$

3. $E(X)=\frac{1}{2}$: on peut espérer tirer « un demi-roi » en moyenne à l'issue des 4 tirages.

4.

k	− 10	0	10	40	90
$P(Y=k)$	$\frac{2401}{4096}$	$\frac{343}{1024}$	$\frac{147}{2048}$	$\frac{7}{1024}$	$\frac{1}{4096}$

5. $E\left(Y\right)=-\frac{4965}{1024}\approx-4{,}85$. Le joueur perd en moyenne 4,85€ : le jeu n'est donc pas rentable pour lui.

Exercice 5

1.

Valeurs de x_i	2	- 1	- 3
Valeurs de $P(X = x_i)$	$\frac{1}{2}$	$\frac{1}{6}$	$\frac{1}{3}$

2. $E(X) = 2\times\frac{1}{2} + (-1)\times\frac{1}{6} + (-3)\times\frac{1}{3} = -\frac{1}{6}$

Le jeu est rentable pour l'organisateur car l'espérance de gain est négative.

3. Soit x le prix d'une partie d'un jeu équitable.

Valeurs de x_i	$5 - x$	$2 - x$	$- x$
Valeurs de $P(X' = x_i)$	$\frac{1}{2}$	$\frac{1}{6}$	$\frac{1}{3}$

$E(X') = 0$

$\Leftrightarrow (5-x)\times\frac{1}{2} + (2-x)\times\frac{1}{6} + (-x)\times\frac{1}{3} = 0$

$\Leftrightarrow \frac{17}{6} - x = 0$

$\Leftrightarrow x = \frac{17}{6}$

Le prix d'une partie d'un jeu équitable est de $\frac{17}{6}$ € soit environ 2,83 €.

4. La probabilité de gagner est $\frac{1}{2} + \frac{1}{6} = \frac{2}{3}$

Donc : $Y \hookrightarrow \mathcal{B}\left(5 ; \frac{2}{3}\right)$.

5. $E(Y) = 5\times\frac{2}{3} = \frac{10}{3}$

Exercice 6

1. On a affaire à une expérience aléatoire admettant exactement deux issues : le succès « vendre un contrat suite à un appel téléphonique » de probabilité 8 % et l'échec « ne pas vendre un contrat suite à un appel téléphonique » de probabilité 92 %.
Cette expérience aléatoire est donc une épreuve de Bernoulli.

On répète cette épreuve de Bernoulli 25 fois de manière indépendante. On réalise donc un schéma de Bernoulli.
La variable aléatoire C compte le nombre de succès de ce schéma de Bernoulli.
Donc, $C \hookrightarrow \mathcal{B}(25 ; 0,08)$.

2. 20 % des appels téléphoniques représentent 5 appels téléphoniques.

$P(C=5) = \binom{25}{5}\times 0,08^5 \times 0,92^{20} \approx 0,0329$

3. $P(C \geqslant 1) = 1 - P(C < 1) = 1 - P(C = 0) = 1 - 0,92^{25}$
$\approx 0,8756$

4. $E(C) = 25 \times 0,08 = 2$ contrats en moyenne par semaine

5. $P(C = E(C)) = P(C = 2) = \binom{25}{2}\times 0,08^2 \times 0,92^{23}$
$\approx 0,2821$

9 Fonction exponentielle de base e – Équations différentielles

Exercice 1 Questions rapides

1. $e^x e^{-2x} e^{\frac{1}{2}x} = e^{-\frac{1}{2}x}$

2. $\frac{e^{-3x}}{e^{5x}} = e^{-8x}$.

3. $e^{2x}(e^{-x})^5 = e^{-3x}$

4. $\frac{\left(e^{\frac{1}{2}x}\right)^3 e^{-x}}{e^{2x}} = e^{-\frac{3}{2}x}$

5. $\frac{e^{-2x}\left(e^{\frac{5}{3}x}\right)^6 e^x}{e^{3x}e^{-x}(e^{-2x})^2} = e^{11x}$

Exercice 2 Questions rapides

1. $f_1'(x) = -\frac{1}{4}e^{-\frac{x}{4}}$

2. $f_2'(x) = 3e^{3x} + 3x^2 - 4x + 1$

3. $f_3'(x)=3e^{2x} + (3x - 1)2e^{2x} = (6x + 1)\ e^{2x}$

4. $f_4'(x) = \frac{5e^{5x}(x^2-1) - e^{5x} \times 2x}{(x^2-1)^2}$

$= \frac{(5x^2 - 2x - 5)e^{5x}}{(x^2-1)^2}$

5. $f_5'(x) = -\frac{e^{-x}}{2} - \frac{1}{2}e^{-\frac{x}{2}} - \frac{2}{x^2} - \frac{1}{2}$

Exercice 3 Questions rapides

1. Si $y = \frac{e^{\frac{x}{2}}}{3}$, alors $y' = \frac{\frac{1}{2}e^{\frac{x}{2}}}{3} = \frac{1}{2} \times \frac{e^{\frac{x}{2}}}{3} = \frac{1}{2}y$

2. Si $y = -e^{\frac{3}{2}x} + \frac{4}{9}$, alors $y' = -\frac{3}{2}e^{\frac{3}{2}x}$ et

$\frac{3}{2}y - \frac{2}{3} = \frac{3}{2}\left(-e^{\frac{3}{2}x} + \frac{4}{9}\right) - \frac{2}{3} = -\frac{3}{2}e^{\frac{3}{2}x} + \frac{2}{3} - \frac{2}{3}$

$= -\frac{3}{2}e^{\frac{3}{2}x} = y'$

3. Si $y = \frac{x^2}{5}$, alors $y' = \frac{2x}{5}$ et

$2y - xy' = 2\frac{x^2}{5} - x \times \frac{2x}{5} = \frac{2x^2}{5} - \frac{2x^2}{5} = 0$

4. Si $y = \frac{1}{x+1}$, alors $y' = -\frac{1}{(x+1)^2}$ et

$y' + y^2 = -\frac{1}{(x+1)^2} + \left(\frac{1}{x+1}\right)^2 = 0$

5. Si $y = xe^{5x} - 5x - e^x - 1$, alors $y' = 1 \times e^{5x} + x(5e^{5x}) - 5 - e^x = e^{5x} + 5x\,e^{5x} - 5 - e^x$ et $y' - 5y = e^{5x} + 5xe^{5x} - 5 - e^x - 5(xe^{5x} - 5x - e^x - 1) = e^{5x} + 5xe^{5x} - 5 - e^x - 5xe^{5x} + 25x + 5e^x + 5 = 25x + e^{5x} + 4e^x$

Exercice 4 Questions rapides

1. $y = Ce^{-2x}$, $C \in \mathbb{R}$

2. $y = Ce^{3x}$, $C \in \mathbb{R}$

3. $y = Ce^{-\frac{1}{4}x} + 10$, $C \in \mathbb{R}$

4. $y = \frac{7}{4}e^{4(x-1)} + \frac{1}{4}$

5. $y = -6e^{\frac{1}{2}\left(x - \frac{1}{2}\right)} + 6$

Exercice 5

1. Soit $x \in \mathbb{R}$. On a : $f(x) = 0 \Leftrightarrow (x^2 - 4x + 3)\ e^{2x} = 0$

$\underset{e^{2x} \neq 0}{\Leftrightarrow} x^2 - 4x + 3 = 0 \Leftrightarrow x = 1$ ou $x = 3$

2. $\lim\limits_{x \to -\infty} f(x) = \lim\limits_{x \to -\infty} (x^2 - 4x + 3)e^{2x} = \lim\limits_{x \to -\infty} x^2e^{2x} = 0$

et $\lim\limits_{x \to +\infty} f(x) = \lim\limits_{x \to +\infty} (x^2 - 4x + 3)e^{2x}$

$= \lim\limits_{x \to +\infty} x^2e^{2x} = +\infty$

3. Pour tout $x \in \mathbb{R}$, $f'(x) = (2x - 4)\ e^{2x} + (x^2 - 4x + 3)2e^{2x} = (2x^2 - 6x + 2)\ e^{2x} = 2(x^2 - 3x + 1)\ e^{2x}$

4. $f'(x)$ est du signe de $x^2 - 3x + 1$. Ce trinôme du second degré admet un discriminant Δ égal à $\Delta = 5$. Comme $\Delta > 0$, il admet deux racines réelles distinctes : $x = \frac{3-\sqrt{5}}{2}$ et $x = \frac{3+\sqrt{5}}{2}$. D'où le tableau de variations suivant :

x	$-\infty$		$\frac{3-\sqrt{5}}{2}$		$\frac{3+\sqrt{5}}{2}$		$+\infty$
$f'(x)$		+	0	−	0	+	
f		↗		↘		↗	

5.

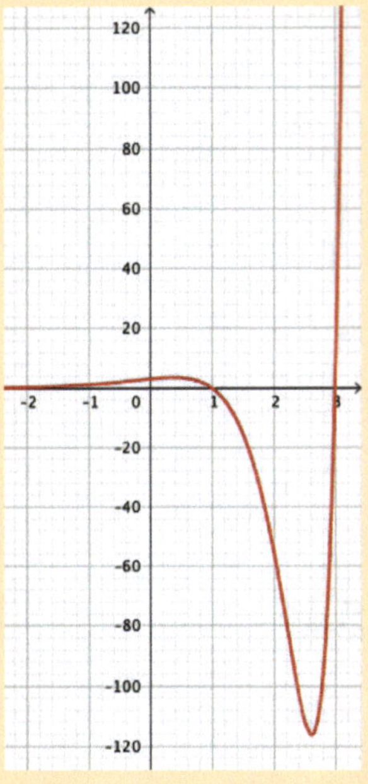

Exercice 6

1. $N(0) = 100e^0 = 100$

2. $N(2,5) = 100e^{-\frac{2,5}{5}} = 100e^{-\frac{1}{2}} \approx 61$

3. N est strictement décroissante sur $[0\ ;+\infty[$
Cela est cohérent avec la situation modélisée puisqu'on s'intéresse à la désintégration radioactive. Ainsi, au cours du temps, il y a de moins en moins de noyaux radioactifs.

4.

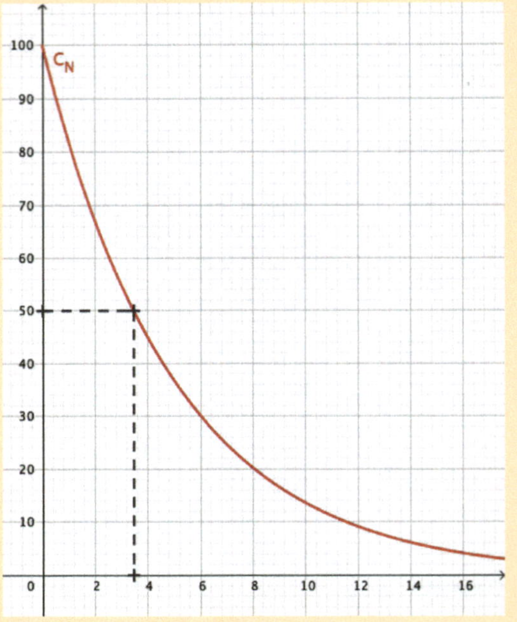

5. Graphiquement, la période radioactive de l'échantillon est de 3,5 années.
Par le calcul :

$$N(t) = 50 \Leftrightarrow 100e^{-\frac{t}{5}} = 50 \Leftrightarrow e^{-\frac{t}{5}} = \frac{50}{100} = \frac{1}{2}$$

$$\Leftrightarrow \ln\left(e^{-\frac{t}{5}}\right) = \ln\left(\frac{1}{2}\right) \Leftrightarrow -\frac{t}{5} = \ln\left(\frac{1}{2}\right)$$

$$\Leftrightarrow t = -5\ln\left(\frac{1}{2}\right) \approx 3,5$$

Exercice 7

1. L'équation différentielle $y' + 2y = 0$ a pour solution les fonctions $x \mapsto Ce^{-2x}$ avec C constante réelle.

2. $y_0'(x) = C\,(x)\,e^{-2x} + C(x)(-2e^{-2x}) = C'(x)\,e^{-2x} - 2C(x)e^{-2x}$

3. $y_0' + 2y_0 = xe^{2x} \Leftrightarrow C'(x)e^{-2x} - 2C(x)e^{-2x}$
$+ 2C(x)e^{-2x} = xe^{-2x} \Leftrightarrow C'(x)e^{-2x}$
$= xe^{-2x} \underset{e^{-2x} \neq 0}{\Leftrightarrow} C'(x) = x$

4. Une primitive de $C'(x) = x$ est $C = \frac{x^2}{2}$ et donc $y_0(x) = C(x)e^{-2x} = \frac{x^2}{2}e^{-2x}$.

5. Les solutions de l'équation différentielle $y' + 2y = xe^{2x}$ sont les fonctions

$$y : x \mapsto Ce^{-2x} + \frac{x^2}{2}e^{-2x} = \left(\frac{x^2}{2} + C\right)e^{-2x}.$$

La solution de cette équation qui s'annule en $\frac{1}{2}$ vérifie

$$y\left(\frac{1}{2}\right) = 0 \Leftrightarrow \left(\frac{\left(\frac{1}{2}\right)^2}{2} + C\right)e^{-2\times\left(\frac{1}{2}\right)} = 0$$

$$\Leftrightarrow \left(\frac{1}{8} + C\right)e^{-1} = 0 \Leftrightarrow \frac{1}{8} + C = 0 \Leftrightarrow C = -\frac{1}{8}.$$

Il s'agit donc de la fonction $x \mapsto \left(\frac{x^2}{2} - \frac{1}{8}\right)e^{-2x}$.

10 Fonction logarithme népérien

Exercice 1 Questions rapides

1. $\ln(2x) + \ln\left(\frac{3}{2}x\right) = \ln(3x^2)$

2. $\ln(5x^2) - \ln(8x) = \ln\left(\frac{5}{8}x\right)$

3. $\ln(3x) - 2\ln(\sqrt{x}) = \ln(3)$

4. $\ln\left(\frac{1}{2}x\right) + \frac{1}{2}\ln(4x^2) + \ln\left(\frac{1}{x}\right) = \ln(x)$

5. $\ln\left(\frac{2}{x}\right) + 6\ln(x) + \ln(x^2) - \ln(3x) - 2\ln\left(\frac{1}{x}\right)$
$= \ln\left(\frac{2}{3}x^8\right)$

Exercice 2 Questions rapides

1. $S = \{2 \ln (7)\}$

2. $S = \left]\frac{\ln(5)}{3} ; +\infty\right[$

3. $S =]-\infty ; \ln(3)[$

4. $S = \left\{e^{-\frac{4}{9}}\right\}$

5. $S = \left]\frac{1}{2} ; 1\right[$

Exercice 3

1. Soit $x \in]0 ; +\infty[$. On a : $f(x) = 0$

$\Leftrightarrow \frac{5\ln(x)}{x^2} = 0 \Leftrightarrow 5\ln(x) = 0 \Leftrightarrow \ln(x) = 0 \Leftrightarrow x = 1$

2. $\lim\limits_{x\to 0} f(x) = \lim\limits_{x\to 0} \frac{\overbrace{5\ln(x)}^{\to -\infty}}{\underbrace{x^2}_{\to 0^+}} = -\infty$

3. Pour tout $x \in]0 ; +\infty[$,

$$f'(x) = 5 \times \frac{\frac{1}{x}\times x^2 - \ln(x)\times 2x}{(x^2)^2}$$
$$= 5 \times \frac{x - 2x\ln(x)}{x^4} = \frac{5(1 - 2\ln(x))}{x^3}$$

4. $f'(x)$ est du signe de $1 - 2\ln(x)$ (car $\frac{5}{x^3} > 0$ sur $]0 ; +\infty[$). Or, $1 - 2\ln(x) > 0 \Leftrightarrow x < e^{\frac{1}{2}}$. D'où le tableau de variations suivant :

x	0		$e^{\frac{1}{2}}$		$+\infty$
$f'(x)$		+	0	–	
f		↗		↘	

5.

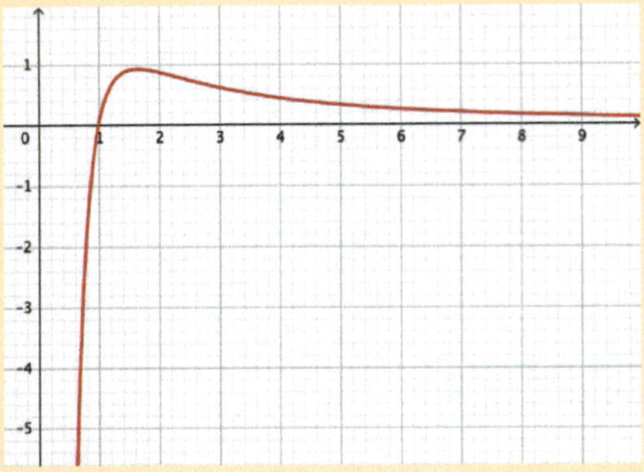

Exercice 4

1. $A = 2\ln\left(\frac{15}{7}x\right)$

2. $B = -\ln\left(\frac{3}{4}x\right)$

3. $C = -4\ln(2x)$

4. $D = -\frac{1}{2}\ln(x)$

Exercice 5

1. $S = \left\{\frac{\ln(8)}{3}\right\}$

2. $S = \left]-\infty\,;-\frac{\ln(7)}{8}\right[$

3. $S = \left\{\frac{e^8}{4}\right\}$

4. $S = \left]0\,;\frac{e^{-\frac{9}{7}}}{4}\right[$

Exercice 6

1. $2\left(x-\frac{1}{2}\right)(x+1) = 2\left(x^2+x-\frac{1}{2}x-\frac{1}{2}\right)$

$= 2\left(x^2+\frac{1}{2}x-\frac{1}{2}\right) = 2x^2+x-1$

Valeurs de x	0		$\frac{1}{2}$		$+\infty$
Signe de 2		+		+	
Signe de $x-\frac{1}{2}$		−	0	+	
Signe de $x+1$		+		+	
Signe de $2\left(x-\frac{1}{2}\right)(x+1)$		−	0	+	

3. Pour $x \in \,]0\,;+\infty[$, $g'(x) = 2x+1-\frac{1}{x}$

4. Pour $x \in \,]0\,;+\infty[$, $g'(x) = 2x+1-\frac{1}{x} = \frac{2x^2+x-1}{x}$

$= \frac{2\left(x-\frac{1}{2}\right)(x+1)}{x}$

Valeurs de x	0		$\frac{1}{2}$		$+\infty$
Signe de $2\left(x-\frac{1}{2}\right)(x+1)$		−	0	+	
Signe de x	0	+		+	
Signe de $g'(x)$	‖	−	0	+	
Variations de g	‖	↘	$\frac{7}{4}-\ln\left(\frac{1}{2}\right)$	↗	

5.

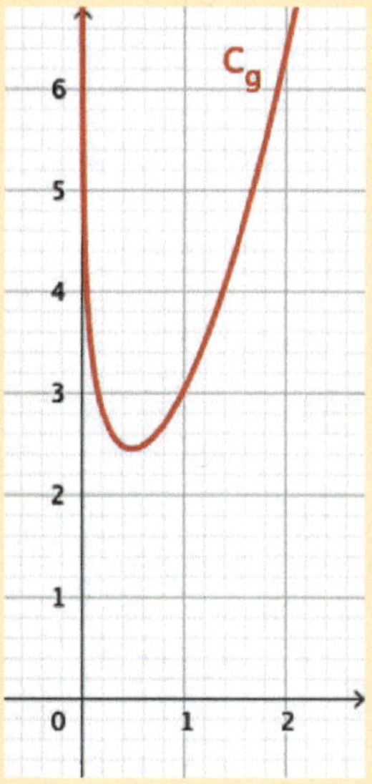

11 Primitives

Exercice 1 Questions rapides

1. $F'(x) = 2x - 1$ est une primitive de f sur I

2. $F'(x) = -\dfrac{1}{x^2}$ n'est pas une primitive de f sur I

3. $F'(x) = 1$ n'est pas une primitive de f sur I

4. $F'(x) = \dfrac{5}{2}$ est une primitive de f sur I

5. $F'(x) = 1 \times e^x + x \times e^x = (x+1)\,e^x$ est une primitive de f sur I

Exercice 2 Questions rapides

1. $F(x) = \dfrac{4}{5}x^5 - \dfrac{1}{2}x^4 + \dfrac{x^3}{3} - \dfrac{1}{4}x^2 - \dfrac{1}{4}x + k,\ k \in \mathbb{R}$

2. $F(x) = \dfrac{x^2}{2} + \dfrac{1}{x} + k,\ k \in \mathbb{R}$

3. $F(x) = -\dfrac{x^2}{2} - x + e^{-x} + k,\ k \in \mathbb{R}$

4. $F(x) = \dfrac{x^3}{3} + \dfrac{x^2}{2} + \ln(x) + k,\ k \in \mathbb{R}$

5. $F(x) = 2\ln(x) + \dfrac{x^2}{4} + k,\ k \in \mathbb{R}$

Exercice 3

1. $f(a + h) \approx f(a) + hf'(a)$ soit $f(a+h) \approx f(a) + \dfrac{h}{1+a^2}$

2. D'après la question précédente,

$$f(0{,}5) = f(0 + 0{,}5) \approx f(0) + \frac{0{,}5}{1+0^2}$$
$$\approx 0 + 0{,}5 \approx 0{,}5$$

3. $f(1) = f(0{,}5 + 0{,}5) \approx f(0{,}5) + \dfrac{0{,}5}{1+0{,}5^2}$

$$\approx 0{,}5 + 0{,}4 \approx 0{,}9$$

$$f(1{,}5) = f(1 + 0{,}5) \approx f(1) + \frac{0{,}5}{1+1^2}$$
$$\approx 0{,}9 + 0{,}25 \approx 1{,}15$$

$$f(2) = f(1{,}5 + 0{,}5) \approx f(1{,}5) + \frac{0{,}5}{1+1{,}5^2}$$
$$\approx 1{,}15 + 0{,}15 \approx 1{,}30$$

$$f(2{,}5) = f(2 + 0{,}5) \approx f(2) + \frac{0{,}5}{1+2^2}$$
$$\approx 1{,}30 + 0{,}1 \approx 1{,}40$$

4. $f(-0{,}5) = f(0 - 0{,}5) \approx f(0) - \dfrac{0{,}5}{1+0^2}$

$$\approx 0 - 0{,}5 \approx -0{,}5$$

5. $f(-1) = f(-0{,}5 - 0{,}5) \approx f(-0{,}5) - \dfrac{0{,}5}{1+0{,}5^2}$

$$\approx -0{,}5 - 0{,}4 \approx -0{,}9$$

$$f(-1{,}5) = f(-1 - 0{,}5) \approx f(-1) - \frac{0{,}5}{1+1^2}$$
$$\approx -0{,}9 - 0{,}25 \approx -1{,}15$$

$$f(-2) = f(-1{,}5 - 0{,}5) \approx f(-1{,}5) - \frac{0{,}5}{1+1{,}5^2}$$
$$\approx -1{,}15 - 0{,}15 \approx -1{,}30$$

$$f(-2{,}5) = f(-2 - 0{,}5) \approx f(-2) - \frac{0{,}5}{1+2^2}$$
$$\approx -1{,}30 - 0{,}1 \approx -1{,}40$$

6.

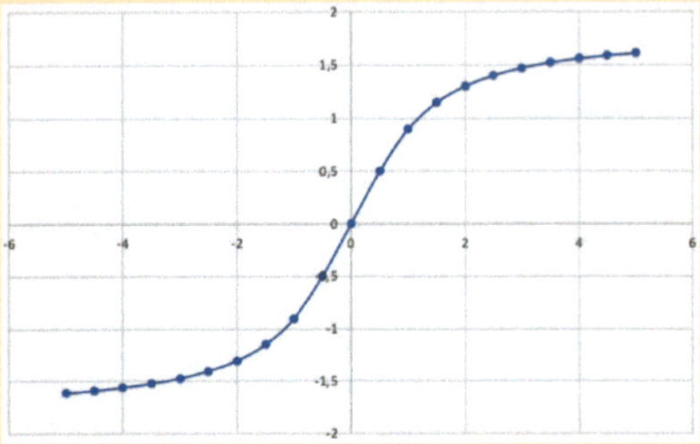

Exercice 4

1. $F'(x) = \dfrac{4x^3}{2} + 3x^2 = 2x^3 + 3x^2$: F est bien une primitive de f sur I

2. $F'(x) = \dfrac{5 \times 1 \times (x+1)^{5-1}}{5} = (x+1)^4$

$= \left((x+1)^2\right)^2 = (x^2 + 2x + 1)^2$:

F est bien primitive de f sur I

3. $F'(x) = \dfrac{5x^4}{5} + 2 - \dfrac{1}{3} \times (-3x^{-3-1})$.

$= x^4 + 2 + x^{-4} = x^4 + 2 + \dfrac{1}{x^4}$

Or, $f(x) = \left(x^2 + \dfrac{1}{x^2}\right)^2 = (x^2)^2 + 2 \times x^2 \times \dfrac{1}{x^2} + \left(\dfrac{1}{x^2}\right)^2$

$= x^4 + 2 + \dfrac{1}{x^4}$:

F est bien une primitive de f sur I

4. $F'(x) = e^x - \dfrac{1}{x} + \dfrac{4}{x^2} - 1$: F est bien une primitive de f sur I

5. $F'(x) = 2 \times \dfrac{1}{2} e^{\frac{x}{2}} = e^{\frac{x}{2}} = (e^x)^{\frac{1}{2}} = \sqrt{e^x}$: F est bien une primitive de f sur I

Exercice 5

1. $F(x) = 3e^x - x + k,\ k \in \mathbb{R}$

2. $F(x) = \ln(x) + 2x + k,\ k \in \mathbb{R}$

3. $F(x) = \dfrac{x^2}{2} - \ln(x) + k,\ k \in \mathbb{R}$

4. $F(x) = \dfrac{x^2}{2} + 6x - 3\ln(x) + k,\ k \in \mathbb{R}$

5. $F(x) = k,\ k \in \mathbb{R}$

Exercice 6

1.

a. $x^2 + x + 1 + \dfrac{1}{x+2} = \dfrac{(x^2+x+1)(x+2)+1}{x+2}$

$= \dfrac{x^3 + 2x^2 + x^2 + 2x + x + 2 + 1}{x+2}$

$= \dfrac{x^3 + 3x^2 + 3x + 3}{x+2} = f(x)$

b. $F(x) = \dfrac{x^3}{3} + \dfrac{x^2}{2} + x + \ln(x+2) + k,\ k \in \mathbb{R}$

c. $F(0) = 0 \Leftrightarrow \dfrac{0^3}{3} + \dfrac{0^2}{2} + 0 + \ln(0+2) + k = 0$

$\Leftrightarrow k = -\ln(2)$

La primitive de f qui s'annule en 0 est

$F(x) = \dfrac{x^3}{3} + \dfrac{x^2}{2} + x + \ln(x+2) - \ln(2)$

$= \dfrac{x^3}{3} + \dfrac{x^2}{2} + x + \ln\left(\dfrac{x+2}{2}\right)$.

2. a. $\dfrac{2}{x} - \dfrac{1}{x+1} = \dfrac{2(x+1)-x}{x(x+1)} = \dfrac{2x+2-x}{x(x+1)} = \dfrac{x+2}{x^2+x}$

b. $G(x) = 2\ln(x) - \ln(x+1) + k$

$= \ln\left(\dfrac{x^2}{x+1}\right) + k,\ k \in \mathbb{R}$

c. $G(1) = 0 \Leftrightarrow \ln\left(\dfrac{1^2}{1+1}\right) + k = 0$

$\Leftrightarrow k = -\ln\left(\dfrac{1}{2}\right) = \ln(2)$

La primitive de g qui s'annule en 1 est

$G(x) = \ln\left(\dfrac{x^2}{x+1}\right) + \ln(2) = \ln\left(\dfrac{2x^2}{x+1}\right)$.

3. a. $ax + b + \frac{c}{x} + \frac{d}{x+2}$

$$= \frac{(ax+b)x(x+2) + c(x+2) + dx}{x(x+2)}$$

$$= \frac{(ax+b)(x^2+2x) + cx + 2c + dx}{x(x+2)}$$

$$= \frac{ax^3 + 2ax^2 + bx^2 + 2bx + cx + 2c + dx}{x(x+2)}$$

$$= \frac{ax^3 + (2a+b)x^2 + (2b+d)x + 2c}{x^2+2x}$$

b. $h(x) = ax + b + \frac{c}{x} + \frac{d}{x+2}$

$$\Leftrightarrow \frac{x^3 + x^2 - 3x + 4}{x^2+2x} = \frac{ax^3 + (2a+b)x^2 + (2b+d)x + 2c}{x^2+2x}$$

$$\Leftrightarrow x^3 + x^2 - 3x + 4 = ax^3 + (2a+b)x^2 + (2b+d)x + 2c$$

$$\Leftrightarrow \begin{cases} a = 1 \\ 2a + b = 1 \\ 2b + d = -3 \\ 2c = 4 \end{cases}$$

$$\Leftrightarrow \begin{cases} a = 1 \\ b = -1 \\ d = -1 \\ c = 2 \end{cases}$$

c. $h(x) = x - 1 + \frac{2}{x} - \frac{1}{x+2}$;

$$H(x) = \frac{x^2}{2} - x + 2\ln(x) - \ln(x+2) + k$$

$$= \frac{x^2}{2} - x + \ln\left(\frac{x^2}{x+2}\right) + k,\ k \in \mathbb{R}$$

d. $H(1) = 0 \Leftrightarrow \frac{1^2}{2} - 1 + \ln\left(\frac{1^2}{1+2}\right) + k = 0$

$$\Leftrightarrow -\frac{1}{2} + \ln\left(\frac{1}{3}\right) + k = 0$$

$$\Leftrightarrow k = \frac{1}{2} - \ln\left(\frac{1}{3}\right) = \frac{1}{2} + \ln(3)$$

La primitive de h qui s'annule en 1 est

$$H(x) = \frac{x^2}{2} - x + \ln \frac{x^2}{x+2} + \frac{1}{2} + \ln(3)$$

$$= \frac{x^2}{2} - x + \ln \frac{3x^2}{x+2} + \frac{1}{2}$$

12 Intégration

Exercice 1 Questions rapides

1. $\int_{-2}^{2} (x+7)dx = 28$

2. $\int_{-2}^{4} (x^3 + x^2)dx = 84$

3. $\int_{-4}^{2} (-x^3 + 2x^2 + 2)dx = 120$

4. $\int_{0}^{1} \frac{2x-3}{5}dx = -\frac{2}{5}$

5. $\int_{-1}^{1} e^{\frac{x}{2}}dx = 2\left(e^{\frac{1}{2}} - e^{-\frac{1}{2}}\right)$

6. $\int_{2}^{5} \left(\frac{1}{x} - \frac{1}{x^2}\right)dx = \ln\left(\frac{5}{2}\right) - \frac{3}{10}$

7. $\int_{-3}^{2} (2x+1)^2 dx = \frac{125}{3}$

8. $\int_{1}^{7} \frac{x^2 + 6x - 3}{x}dx = 60 - 3\ln(7)$

9. $\int_{1}^{2} \frac{1-x^2}{1+x}dx = -\frac{1}{2}$

10. $\int_{-10}^{10} \frac{e^{3x}e^{-2x}}{e^x}dx = 20$

Exercice 2 Questions rapides

1. $\int_{-1}^{9} x\,dx = 40$; valeur moyenne = 4

2. $\int_{-3}^{2}\left(\frac{x^3}{3}-\frac{x^2}{2}\right)dx = -\frac{45}{4}$; valeur moyenne = $-\frac{9}{4}$

3. $\int_{0}^{5}\left(-x-\frac{1}{2}\right)dx = -15$; valeur moyenne = −3

4. $\int_{2}^{7}(e^x - x)dx = e^7 - e^2 - \frac{45}{2}$;

valeur moyenne = $\frac{e^7-e^2}{5}-\frac{9}{2}$

5. $\int_{1}^{2}\left(\frac{1}{x}-1\right)dx = \ln(2)-1$;

valeur moyenne = ln(2) − 1

6. $\int_{\frac{1}{2}}^{2}\left(\frac{1}{x^2}+x^2\right)dx = \frac{31}{24}$; valeur moyenne = $\frac{31}{12}$

7. $\int_{1}^{2}\left(-2x+6-\frac{2}{x}\right)dx = 3-\ln(4)$;

valeur moyenne = 3 − ln(4)

8. $\int_{2}^{3}\left(e^x+\frac{x-1}{x}\right)dx = e^3-e^2+1-\ln\left(\frac{3}{2}\right)$;

valeur moyenne = $e^3-e^2+1-\ln\left(\frac{3}{2}\right)$

9. $\int_{-1}^{1}(-x^3-x^2-x-1)dx = -\frac{8}{3}$;

valeur moyenne = $-\frac{4}{3}$

10. $\int_{0}^{2}\left(\left(x+\frac{1}{2}\right)e^{x^2+x}\right)dx = \frac{e^6-1}{2}$;

valeur moyenne = $\frac{e^6-1}{4}$

Exercice 3

1. Pour tout réel x, on développe $(x-1)(x^2+2x+2)$:

$(x-1)(x^2+2x+2) = x^3+2x^2+2x-x^2-2x-2 = x^3+x^2-2$

$P(x)=0 \Leftrightarrow x^3+x^2-2 \Leftrightarrow (x-1)(x^2+2x+2)=0$

$$\Leftrightarrow \begin{cases} x-1=0 \\ x^2+2x+2=0 \end{cases}$$

Le trinôme du second degré x^2+2x+2 admet un discriminant Δ égal à : $\Delta = 2^2-4\times1\times2=-4<0$. On en déduit que ce trinôme n'admet pas de racine réelle.

Donc : $P(x)=0 \Leftrightarrow x-1=0 \Leftrightarrow x=1$

$P(x)$ a donc une unique racine qui est 1.

2. Pour $x \in \mathbb{R}^*$,

$$f'(x) = \frac{(3x^2+4x-2)\times 2x-(x^3+2x^2-2x+4)\times 2}{(2x)^2}.$$

$$= \frac{6x^3+8x^2-4x-2x^3-4x^2+4x-8}{4x^2}$$

$$= \frac{4x^3+4x^2-8}{4x^2} = \frac{x^3+x^2-2}{x^2}$$

3. Comme, pour tout $x \in \mathbb{R}^*$,

$$f'(x) = \frac{x^3+x^2-2}{x^2} = \frac{(x-1)(x^2+2x+2)}{x^2},$$

on en déduit que $f'(x)$ est du signe de $(x-1)(x^2+2x+2)$. Or, x^2+2x+2 est un trinôme du second degré dont le discriminant est strictement négatif. Il est donc toujours du signe de son coefficient en x^2,

c'est-à-dire positif. Ainsi, $f'(x)$ est du signe de $x - 1$.
D'où le tableau de variations suivant :

x	$-\infty$	0		1	$+\infty$
$f'(x)$	$-$	‖	$-$	0	$+$
f	↘	‖	↘	$\frac{5}{2}$	↗

4.

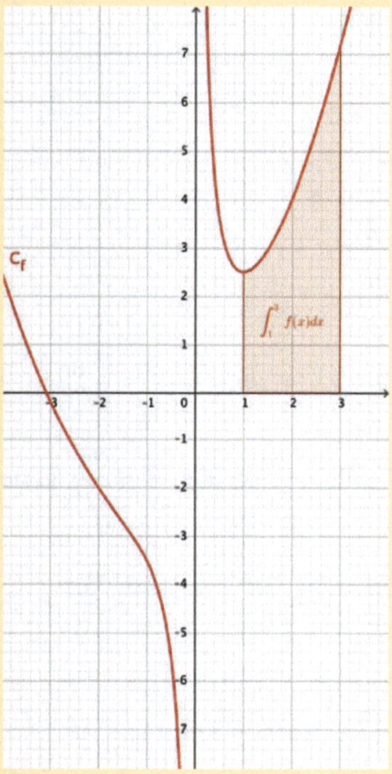

5. $\int_1^3 f(x)dx$ représente l'aire de la surface comprise entre l'axe des abscisses, la courbe représentative de la fonction f et les droites d'équations respectives $x = 1$ et $x = 3$ (car f est positive sur l'intervalle $[1 ; 3]$, vu que $f(1) = \frac{5}{2}$ et f est strictement croissante sur $[1 ; +\infty[$).

6. Commençons par remarquer que, pour tout réel $x \neq 0$,

$$\frac{x^3 + 2x^2 - 2x + 4}{2x} = \frac{x^3}{2x} + \frac{2x^2}{2x} - \frac{2x}{2x} + \frac{4}{2x}$$
$$= \frac{x^2}{2} + x - 1 + \frac{2}{x}$$

D'où :

$$\int_1^3 f(x)dx = \int_1^3 \frac{x^3 + 2x^2 - 2x + 4}{2x}dx$$
$$= \int_1^3 \left(\frac{x}{2} + x - 1 + \frac{2}{x}\right)dx$$
$$= \left[\frac{x^3}{6} + \frac{x^2}{2} - x + 2\ln(x)\right]_1^3$$
$$= (6 + 2\ln(3)) - \left(-\frac{1}{3} + \underbrace{2\ln(1)}_{=0}\right)$$
$$= \frac{19}{3} + 2\ln(3)$$

Exercice 4

1. Les fonctions f et g sont strictement positives sur l'intervalle $]-1 ; +\infty[$. Par conséquent, les intégrales I et J représentent l'aire de la surface comprise entre les courbes respectives des fonctions f et g, l'axe des abscisses et les droites d'équations $x = 0$ et $x = 1$.

2. Pour tout $x \in [0 ; 1]$,

$$x^2 \leqslant x \underset{1+x>0}{\Rightarrow} \frac{x^2}{1+x} \leqslant \frac{x}{1+x}$$

$$\underset{\text{positivité de l'intégrale}}{\Rightarrow} \int_0^1 \frac{x^2}{1+x}dx \leqslant \int_0^1 \frac{x}{1+x}dx$$

Donc : $J \leqslant I$.

3. $$I = \int_0^1 \frac{x}{1+x}dx = \int_0^1 \frac{1+x-1}{1+x}dx$$
$$= \int_0^1 \left(\frac{1+x}{1+x} - \frac{1}{x+1}\right)dx$$
$$= \int_0^1 \left(1 - \frac{1}{x+1}\right)dx = \left[x - \ln(x+1)\right]_0^1$$
$$= 1 - \ln(2)$$

4. $I + J = \int_0^1 \frac{x}{1+x}dx + \int_0^1 \frac{x^2}{1+x}dx$

$= \int_0^1 \left(\frac{x}{1+x} + \frac{x^2}{1+x}\right)dx$

$= \int_0^1 \frac{x+x^2}{1+x}dx = \int_0^1 \frac{x(1+x)}{1+x}dx$

$= \int_0^1 xdx = \left[\frac{x^2}{2}\right]_0^1 = \frac{1}{2}$

5. $J = (I + J) - I = \frac{1}{2} - (1 - \ln(2)) = -\frac{1}{2} + \ln(2)$

13 Fonctions trigonométriques

Exercice 1 Questions rapides

1.

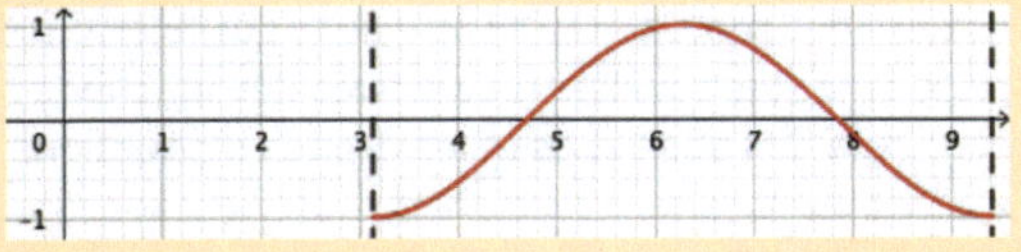

2.

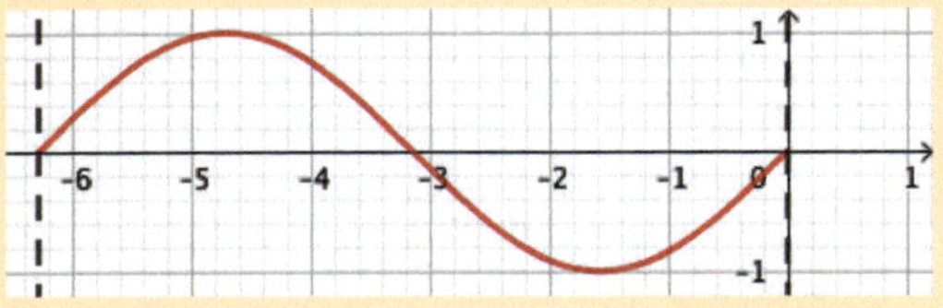

3. $T_1 = \frac{2\pi}{3}$.

4. $T_2 = 6\pi$.

5. $x \mapsto 30\sin\left(\frac{t}{6} + 7\right) + k, k \in \mathbb{R}$.

6. $x \mapsto -\frac{1}{42}\cos\left(6t + \frac{1}{5}\right) + k, k \in \mathbb{R}$.

7. $f_5'(x) = -\sin^2(x) + \cos^2(x)$.

8. $f_6'(x) = \frac{\cos^2(x) + \sin^2(x)}{\cos^2(x)} = \frac{1}{\cos^2(x)}$.

9. $f_7'(x) = -\frac{9}{8}\sin\left(9t + \frac{1}{10}\right)$.

10. $f_8'(x) = \frac{10}{9}\cos\left(\frac{t}{9} + 8\right)$.

Exercice 2

1. $A = 2$.

2. $T = \frac{2\pi}{3}$; $f = \frac{3}{2\pi}$.

3. $\omega = 3$; $\varphi = \frac{5\pi}{6}$.

4. Pour tout réel $t \geqslant 0$, $f'(t) = 6\cos\left(3t + \frac{5\pi}{6}\right)$.

Si $0 \leqslant t \leqslant \frac{2\pi}{9}$, alors $\frac{5\pi}{6} \leqslant 3t + \frac{5\pi}{6} \leqslant \frac{3\pi}{2}$ et donc $f'(t) \leqslant 0$.

Si $\frac{2\pi}{9} \leqslant t \leqslant \frac{5\pi}{9}$, alors $\frac{3\pi}{2} \leqslant 3t + \frac{5\pi}{6} \leqslant \frac{5\pi}{2}$ et donc $f'(t) \geqslant 0$.

Si $\frac{5\pi}{9} \leqslant t \leqslant \frac{2\pi}{3}$, alors $\frac{5\pi}{2} \leqslant 3t + \frac{5\pi}{6} \leqslant \frac{17\pi}{6}$ et donc $f'(t) \leqslant 0$.

t	0		$\frac{2\pi}{9}$		$\frac{5\pi}{9}$		$\frac{2\pi}{3}$
$f'(t)$		$-$	0	$+$	0	$-$	
f	1	↘	-2	↗	2	↘	1

5.

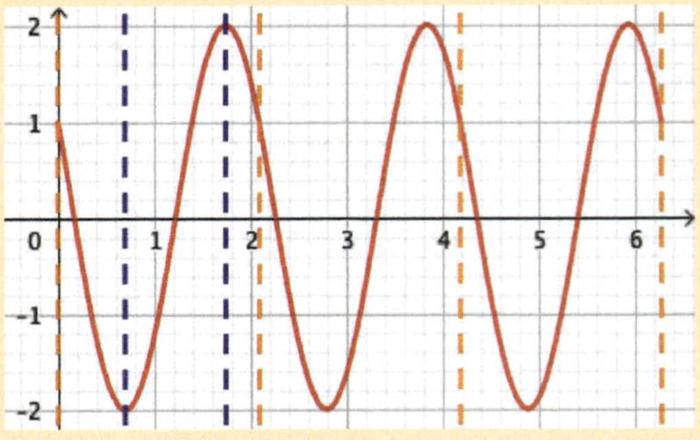

Exercice 3

1. $K\left(\frac{\sqrt{3}}{2}\,;\frac{1}{2}\right)$

2. $IK^2 = \left(\frac{\sqrt{3}}{2}-1\right)^2 + \left(\frac{1}{2}-0\right)^2$

$= \left(\frac{\sqrt{3}}{2}\right)^2 - 2\times\frac{\sqrt{3}}{2}\times 1 + 1^2 + \left(\frac{1}{2}\right)^2$

$= \frac{3}{4} - \sqrt{3} + 1 + \frac{1}{4} = 2 - \sqrt{3}$

et $\frac{\sqrt{6}-\sqrt{2}}{2}^2 = \frac{(\sqrt{6}-\sqrt{2})^2}{2^2}$

$= \frac{(\sqrt{6})^2 - 2\times\sqrt{6}\times\sqrt{2} + (\sqrt{2})^2}{4}$

$= \frac{6 - 2\sqrt{12} + 2}{4} = \frac{8 - 2\sqrt{4\times 3}}{4}$

$= \frac{8 - 2\sqrt{4}\times\sqrt{3}}{4}$

$= \frac{8 - 2\times 2\sqrt{3}}{4} = \frac{8 - 4\sqrt{3}}{4}$

$= 2 - \sqrt{3} = IK^2.$

Comme $IK^2 > 0$ et $\frac{\sqrt{6}-\sqrt{2}}{2} > 0$, on en déduit que $IK = \frac{\sqrt{6}-\sqrt{2}}{2}$.

3. Le triangle OIK est isocèle en O (car $OI = OK = 1$).

Ainsi, $\widehat{KIO} = \frac{\pi - \widehat{IOK}}{2} = \frac{\pi - \frac{\pi}{6}}{2} = \frac{5\pi}{12}$.

Ainsi, le triangle IKK' est rectangle en K' et on a $\widehat{IKK'} = \frac{\pi}{2} - \widehat{KIK'} = \frac{\pi}{2} - \widehat{KIO} = \frac{\pi}{2} - \frac{5\pi}{12} = \frac{\pi}{12}$.

4. Dans le triangle IKK', rectangle en K', on a

$\cos(\widehat{IKK'}) = \frac{KK'}{IK} \Leftrightarrow \cos\left(\frac{\pi}{12}\right) = \frac{\frac{1}{2}}{IK} \Rightarrow \cos\left(\frac{\pi}{12}\right)$.

$= \frac{\frac{1}{2}}{\frac{\sqrt{6}-\sqrt{2}}{2}} = \frac{1}{\sqrt{6}-\sqrt{2}}$

$= \frac{1\times(\sqrt{6}+\sqrt{2})}{(\sqrt{6}-\sqrt{2})(\sqrt{6}+\sqrt{2})} = \frac{\sqrt{6}+\sqrt{2}}{\sqrt{6}^2 - \sqrt{2}^2}$

$= \frac{\sqrt{6}+\sqrt{2}}{6-2} = \frac{\sqrt{6}+\sqrt{2}}{4}$

5. $\cos^2\left(\frac{\pi}{12}\right) + \sin^2\left(\frac{\pi}{12}\right) = 1$

$\Leftrightarrow \sin^2\left(\frac{\pi}{12}\right) = 1 - \cos^2\left(\frac{\pi}{12}\right)$

$= 1 - \left(\frac{\sqrt{6}+\sqrt{2}}{4}\right)^2 = 1 - \frac{6 + 2\sqrt{12} + 2}{16} =$

$1 - \frac{8 + 2\sqrt{12}}{16} = \frac{16 - (8 + 2\sqrt{12})}{16}$

$= \frac{16 - 8 - 2\sqrt{12}}{16} = \frac{8 - 2\sqrt{12}}{16}$

$= \frac{(\sqrt{6}-\sqrt{2})^2}{16} = \left(\frac{\sqrt{6}-\sqrt{2}}{4}\right)^2$

Comme $\sin\left(\frac{\pi}{12}\right) > 0$, on en déduit que

$\sin\left(\frac{\pi}{12}\right) = \frac{\sqrt{6}-\sqrt{2}}{4}$

Exercice 4

1. $A = \frac{3}{5}$

2. $T = \frac{2\pi}{\frac{1}{2}} = 4\pi\,;\, f = \frac{1}{4\pi}$

3. $\omega = \frac{1}{2}\,;\, \varphi = \frac{2\pi}{3}$

4. Pour tout réel $t \geqslant 0$,

$$g'(t) = -\frac{3}{5} \times \frac{1}{2}\sin\left(\frac{t}{2} + \frac{2\pi}{3}\right) = -\frac{3}{10}\sin\left(\frac{t}{2} + \frac{2\pi}{3}\right).$$

Si $0 \leqslant t \leqslant \frac{2\pi}{3}$, alors $\frac{\pi}{3} \leqslant \frac{t}{2} + \frac{2\pi}{3} \leqslant \pi$ et donc $\sin\left(\frac{t}{2} + \frac{2\pi}{3}\right) \geqslant 0$, si bien que $g'(t) \leqslant 0$.

Si $\frac{2\pi}{3} \leqslant t \leqslant \frac{8\pi}{3}$, alors $\pi \leqslant \frac{t}{2} + \frac{2\pi}{3} \leqslant 2\pi$ et donc $\sin\left(\frac{t}{2} + \frac{2\pi}{3}\right) \leqslant 0$, si bien que $g'(t) \geqslant 0$.

Si $\frac{8\pi}{3} \leqslant t \leqslant 4\pi$, alors $2\pi \leqslant \frac{t}{2} + \frac{2\pi}{3} \leqslant \frac{8\pi}{3}$ et donc $\sin\left(\frac{t}{2} + \frac{2\pi}{3}\right) \geqslant 0$, si bien que $g'(t) \leqslant 0$.

t	0		$\frac{2\pi}{3}$		$\frac{8\pi}{3}$		4π
$g'(t)$		$-$	0	$+$	0	$-$	
g	$-\frac{3}{10}$	↘	$-\frac{3}{5}$	↗	$\frac{3}{5}$	↘	$-\frac{3}{10}$

5.

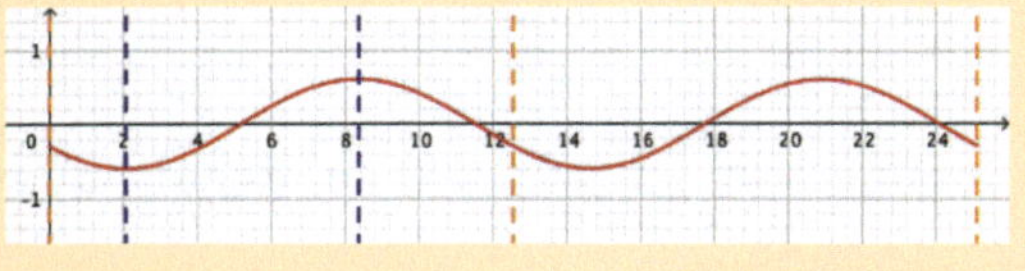

14 Nombres complexes

Exercice 1 Questions rapides

1. $z = 5 + 5i$.

2. $z^2 = 50i$.

3. $Re(z) = 5$; $Im(z) = 5$.

4. $\overline{z} = 5 - 5i$.

5. $|z| = 5\sqrt{2}$.

6. $\arg(z) = \frac{\pi}{4}[2\pi]$.

7. $z = 5\sqrt{2}\left(\cos\left(\frac{\pi}{4}\right) + i\sin\left(\frac{\pi}{4}\right)\right) = 5\sqrt{2}e^{\frac{i\pi}{4}}$

8. $\frac{1}{z} = \frac{1}{10} - \frac{1}{10}i$.

9. $\left|\frac{1}{z}\right| = \frac{1}{|z|} = \frac{1}{5\sqrt{2}}$ et $\arg\left(\frac{1}{z}\right) = -\arg(z) = -\frac{\pi}{4}[2\pi]$.

10. $\frac{1}{z} = \frac{1}{5\sqrt{2}}\left(\cos\left(-\frac{\pi}{4}\right) + i\sin\left(-\frac{\pi}{4}\right)\right) = \frac{1}{5\sqrt{2}}e^{-\frac{i\pi}{4}}$

(ce que l'on aurait pu obtenir directement à partir de la question 7 et des propriétés algébriques de l'exponentielle).

Exercice 2

1. $z_1 = \sqrt{2}\left(\cos\left(-\frac{\pi}{6}\right) + i\sin\left(-\frac{\pi}{6}\right)\right) = \sqrt{2}e^{-\frac{i\pi}{6}}$.

2. $z_2 = \frac{\sqrt{2}}{2}\left(\cos\left(\frac{\pi}{4}\right) + i\sin\left(\frac{\pi}{4}\right)\right) = \frac{\sqrt{2}}{2}e^{\frac{i\pi}{4}}$.

3. $$z_1z_2 = \begin{cases} \left(\frac{\sqrt{6} - i\sqrt{2}}{2}\right)\left(\frac{1+i}{2}\right) \\ = \frac{\sqrt{6}+\sqrt{2}}{4} + \frac{\sqrt{6}-\sqrt{2}}{4}i \\ \left(\sqrt{2}e^{-\frac{i\pi}{6}}\right)\left(\frac{\sqrt{2}}{2}e^{\frac{i\pi}{4}}\right) \\ = \sqrt{2} \times \frac{\sqrt{2}}{2}e^{i\left(-\frac{\pi}{6}+\frac{\pi}{4}\right)} = e^{\frac{i\pi}{12}} \end{cases}.$$

4. Par unicité de la forme algébrique, comme $e^{\frac{i\pi}{12}} = \frac{\sqrt{6}+\sqrt{2}}{4} + \frac{\sqrt{6}-\sqrt{2}}{4}i$, on en déduit que

$$\begin{cases} \cos\left(\frac{\pi}{12}\right) = \frac{\sqrt{6}+\sqrt{2}}{4} \\ \sin\left(\frac{\pi}{12}\right) = \frac{\sqrt{6}-\sqrt{2}}{4} \end{cases}.$$

5. $\dfrac{z_2}{z_1}=\begin{cases}\dfrac{\frac{1+i}{2}}{\frac{\sqrt{6}-i\sqrt{2}}{2}}=\dfrac{\sqrt{6}-\sqrt{2}}{8}+\dfrac{\sqrt{6}+\sqrt{2}}{8}i\\[2ex] \dfrac{\frac{\sqrt{2}}{2}e^{\frac{i\pi}{4}}}{\sqrt{2}e^{-\frac{i\pi}{6}}}=\dfrac{1}{2}e^{\frac{5i\pi}{12}}\end{cases}$

Par unicité de la forme algébrique, comme

$\dfrac{1}{2}e^{\frac{5i\pi}{12}}=\dfrac{\sqrt{6}-\sqrt{2}}{8}+\dfrac{\sqrt{6}+\sqrt{2}}{8}i \Leftrightarrow e^{\frac{5i\pi}{12}}=\dfrac{\sqrt{6}-\sqrt{2}}{4}+\dfrac{\sqrt{6}+\sqrt{2}}{4}i$, on en déduit

que $\begin{cases}\cos\left(\dfrac{5\pi}{12}\right)=\dfrac{\sqrt{6}-\sqrt{2}}{4}\\[2ex] \sin\left(\dfrac{5\pi}{12}\right)=\dfrac{\sqrt{6}+\sqrt{2}}{4}\end{cases}$ (ce que l'on aurait

prévoir car $\cos\left(\dfrac{5\pi}{12}\right)=\cos\left(\dfrac{\pi}{2}-\dfrac{\pi}{12}\right)=\sin\left(\dfrac{\pi}{12}\right)$ et

$\sin\left(\dfrac{5\pi}{12}\right)=\sin\left(\dfrac{\pi}{2}-\dfrac{\pi}{12}\right)=\cos\left(\dfrac{\pi}{12}\right)$).

Exercice 3

1. a.

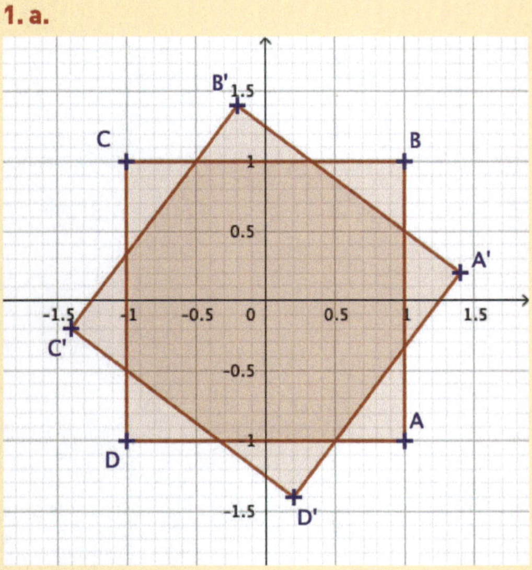

b. $\overrightarrow{AB}$ a pour affixe $(1+i)-(1-i)=2i$ et $\overrightarrow{DC}$ a pour affixe $(-1+i)-(-1-i)=2i$.

Comme $\overrightarrow{AB}=\overrightarrow{DC}$, le quadrilatère $ABCD$ est un parallélogramme.

De plus, $\overrightarrow{AC}$ a pour affixe $(-1+i)-(1-i)=-2+2i$

et $\overrightarrow{DB}$ a pour affixe $(1+i)-(-1-i)=2+2i$, si bien

que $AC=\sqrt{(-2)^2+2^2}=\sqrt{8}$ et $DB=\sqrt{2^2+2^2}=\sqrt{8}$.

Comme $AC=DB$, les diagonales du parallélogramme $ABCD$ sont de même longueur : ce parallélogramme est donc un rectangle.

Enfin,

$$\left(\overrightarrow{AC},\overrightarrow{DB}\right)=\arg\left(\frac{2+2i}{-2+2i}\right)=\arg\left(\frac{1+i}{-1+i}\right)$$
$$=\arg\left(\frac{(1+i)(-1-i)}{(-1+i)(-1-i)}\right)=\arg\left(\frac{-1-i-i-i^2}{(-1)^2+(-1)^2}\right)$$
$$=\arg\left(\frac{-1-2i-(-1)}{2}\right)=\arg(-i)=-\frac{\pi}{2}\left[2\pi\right],$$

si bien que $(AC)\perp(DB)$.

Comme $(AC)\perp(DB)$, les diagonales du rectangle $ABCD$ sont perpendiculaires : ce rectangle est donc un carré.

c. $a'=\left(\dfrac{3}{5}+\dfrac{4}{5}i\right)(1-i)=\dfrac{7}{5}+\dfrac{1}{5}i$;

$b'=\left(\dfrac{3}{5}+\dfrac{4}{5}i\right)(1+i)=-\dfrac{1}{5}+\dfrac{7}{5}i$;

$c'=\left(\dfrac{3}{5}+\dfrac{4}{5}i\right)(-1+i)=-\dfrac{7}{5}-\dfrac{1}{5}i$;

$d'=\left(\dfrac{3}{5}+\dfrac{4}{5}i\right)(-1-i)=\dfrac{1}{5}-\dfrac{7}{5}i$

d. Voir a.

e. Conjecture : le quadrilatère $A'\,B'\,C'\,D'$ est un carré.

2. $\left|\dfrac{3}{5}+\dfrac{4}{5}i\right|=\sqrt{\left(\dfrac{3}{5}\right)^2+\left(\dfrac{4}{5}\right)^2}=\sqrt{\dfrac{9}{25}+\dfrac{16}{25}}$
$=\sqrt{\dfrac{25}{25}}=\sqrt{1}=1$

3. Comme $\left|\dfrac{3}{5}+\dfrac{4}{5}i\right|=1$ et $\arg\left(\dfrac{3}{5}+\dfrac{4}{5}i\right)=\theta\left[2\pi\right]$, on en déduit que $\dfrac{3}{5}+\dfrac{4}{5}i=e^{i\theta}$. Ainsi, l'écriture complexe de la transformation T est $z' = e^{i\theta}z$. On reconnaît ici l'écriture complexe de la rotation de centre O et d'angle θ.

4. $A'\ B'\ C'\ D'$ est l'image du carré $ABCD$ par la transformation T qui est la rotation de centre O et d'angle θ. Une rotation transforme un carré en un carré (conservation des distances et des angles par les rotations). Ainsi, $A'\ B'\ C'\ D'$ est un carré.

Exercice 4

1. $AB = |(\sqrt{3}+i) - (\sqrt{3}-i)| = |2i| = 2$;

$AC = |2\sqrt{3} - (\sqrt{3}-i)| = |\sqrt{3}+i| =$;

$$BC = |(2\sqrt{3}) - (\sqrt{3}+i)| = |\sqrt{3}-i| = \sqrt{\sqrt{3}^2 + (-1)^2} = \sqrt{4} = 2$$

Comme $AB = AC = BC$, le triangle ABC est équilatéral.

2. Le point D est symétrique du point A par rapport au point C signifie que C est le milieu du segment $[AD]$.

Ainsi, $z_C = \dfrac{z_A + d}{2} \Leftrightarrow d = 2z_C - z_A$

$= 2 \times 2\sqrt{3} - (\sqrt{3} - i) = 3\sqrt{3} + i$.

3. $CD = AC$ (par symétrie) et $AC = BC$ (triangle ABC est équilatéral), si bien que $CD = BC$.
Donc, le triangle BCD est isocèle en C.

4.
$$\frac{(\sqrt{3}-i)-(\sqrt{3}+i)}{d-(\sqrt{3}+i)} = \frac{(\sqrt{3}-i)-(\sqrt{3}+i)}{(3\sqrt{3}+i)-(\sqrt{3}+i)} = \frac{-2i}{2\sqrt{3}} = -\frac{1}{\sqrt{3}}i$$

5. Comme $(\overrightarrow{BD},\overrightarrow{BA}) = \arg\left(\dfrac{(\sqrt{3}-i)-(\sqrt{3}+i)}{d-(\sqrt{3}+i)}\right)$,

$$= \arg\left(-\frac{1}{\sqrt{3}}i\right) = -\frac{\pi}{2}[2\pi]$$

le triangle ABD est rectangle en B.

6. Les diagonales d'un rectangle se coupent en leur milieu. Ainsi, le point E tel que le quadrilatère $ABDE$ soit un rectangle est l'image du point B par le symétrique de centre C, ce qui signifie que C est le milieu du segment $[BE]$.

Ainsi, $z_C = \dfrac{z_B + z_E}{2} \Leftrightarrow z_E = 2z_C - z_B$.

$= 2 \times 2\sqrt{3} - (\sqrt{3} + i) = 3\sqrt{3} - i$

Savoir 1

L'énergie et ses enjeux

Dans l'univers, l'énergie totale est constante. Sur Terre, on utilise des ressources primaires (bois, charbon, pétrole, gaz), des sources d'énergie renouvelable (vent, eau, rayonnement solaire) ou la fission nucléaire.

1 Puissances moyenne et instantanée

Toute puissance est exprimée en watt (W).

À un instant *t*, exprimé en seconde (s), un système fournit à un autre une puissance instantanée *p*(*t*). La puissance moyenne *P* est définie sur une durée Δt, comprise entre t_1 et t_2, par l'expression suivante :

$$P = \frac{1}{\Delta t} \times \int_{t} p(t) \times dt$$

La **puissance instantanée *p*(*t*)** est la limite de la puissance moyenne *P* pour un intervalle de temps Δt infiniment petit, donc lorsqu'il tend vers zéro seconde.

$$p(t) = \lim_{t \to 0} P$$

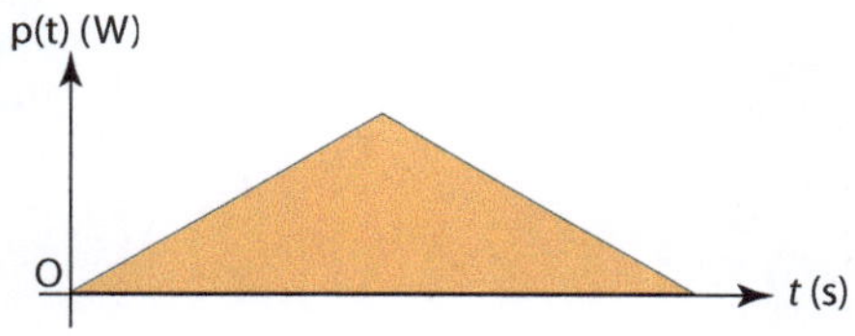

▲ Aire sous la courbe

Graphiquement, la puissance moyenne *P* est égale à l'aire comprise entre la courbe *p*(*t*) et l'axe des abscisses, divisée par Δt.

Si la **puissance instantanée *p*(*t*)** est **périodique**, de période *T*, alors on peut écrire :

$$P = \frac{1}{T} \times \int_{0}^{T} p(t) \times dt$$

2 Puissances et énergie

La puissance instantanée *p*(*t*) est la dérivée par rapport au temps de l'énergie *e*(*t*), exprimée en joule (J) :

$$p(t) = \frac{de(t)}{dt}$$

La **puissance moyenne *P*** et l'énergie ΔE, exprimée en joule (J) (ou en kWh), produite ou consommée pendant une durée Δt, exprimée en seconde (s) (ou en heure (h)), sont liées par la formule suivante :

$$P = \frac{\Delta E}{\Delta t}$$

L'utilisation d'un tableur permet d'effectuer rapidement ce type de calculs.

3 Rendement d'un convertisseur d'énergie

L'énergie se conserve, donc elle se convertit sous différentes formes, dont l'énergie utile et l'énergie thermique dissipée dans l'environnement. Le **rendement** η d'un convertisseur, inférieur à 100 %, a pour expression :

$$\eta = \frac{\text{énergie utile}}{\text{énergie absorbée}}$$

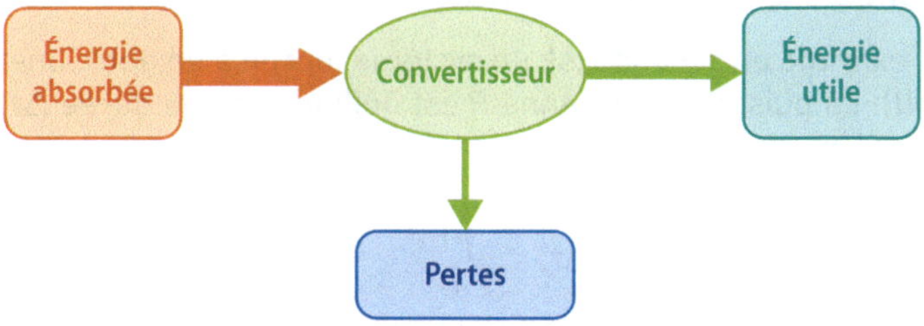

▲ Bilan de conversion énergétique

Mes notes pour réviser

....

....

....

....

....

....

....

....

....

....

....

....

....

....

....

Savoir 2 — L'énergie chimique

Les nouvelles technologies liées à la mobilité engendrent une forte croissance de l'utilisation de batteries (association d'accumulateurs en série et/ou en dérivation).

1 Distinguer une pile d'un accumulateur

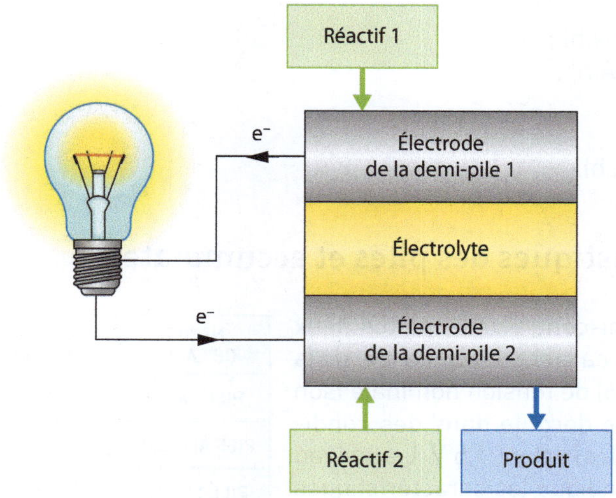

Une **pile** est un générateur électrochimique, mettant en jeu une **transformation chimique spontanée irréversible**. Elle permet l'échange d'électrons via un circuit extérieur alimentant tout type de récepteur.
Un **accumulateur** est aussi un générateur électrochimique, mettant en jeu une **transformation chimique réversible** car la décharge a lieu lors de la réaction spontanée et la charge a lieu lors de la réaction forcée.
Une pile et un accumulateur délivrent tout deux des **tensions** et **intensités continues**.

Il est possible d'associer des piles ou accumulateurs sachant que :
- lors d'une association en **série**, les **tensions s'additionnent** ;
- lors d'une association en **dérivation** (ou en parallèle), les **courants s'additionnent**.

2 Énergie stockée dans un générateur électrochimique

L'énergie stockée W, donc disponible, est proportionnelle à la quantité Q d'électricité stockée (ou capacité) et à la tension électrique nominale U.
La quantité Q d'électricité stockée est proportionnelle à l'intensité I du courant électrique et à la durée Δt de la charge (ou de la décharge).
Nous en déduisons que :

$$W = Q \times U \text{ et } Q = I \times \Delta t$$

Avec :
- W en J (ou W.h) ;
- Q en C (ou A.h) ;
- U en V ;
- I en A ;
- Δt en s (ou h).

3 Caractéristiques des piles et accumulateurs

Le tableau ci-contre recense les deux principales caractéristiques de trois piles AA (LR6) de tension nominale (son utilisation se déroule dans des conditions normales) valant 1,5 V. Le tableau ci-dessous indique les caractéristiques de différentes batteries.

NATURE DE LA PILE	ÉNERGIE MASSIQUE	QUANTITÉ D'ÉLECTRICITÉ
PILE SALINE	52 $W.h.kg^{-1}$	0,46 A.h
PILE ALCALINE	103 $W.h.kg^{-1}$	1,6 A.h
PILE LITHIUM	200 $W.h.kg^{-1}$	2,7 A.h

▲ Exemples de piles de type LR6

TECHNOLOGIE DE L'ACCUMULATEUR	ÉNERGIE MASSIQUE ($W.h.kg^{-1}$)	ÉNERGIE VOLUMIQUE ($W.h.L^{-1}$)	PUISSANCE MASSIQUE ($W.kg^{-1}$)	QUANTITÉ D'ÉLECTRICITÉ (OU CAPACITÉ) (A.h)	TENSION NOMINALE (V)	NOMBRE DE CYCLES RECHARGE-DÉCHARGE
PLOMB	30 à 50	50 à 100	40	60	2,0	400 à 1 200
NI-CD	45 à 65	80 à 200	200	1,6	1,2	500 à 1 000
NI-MH	55 à 80	80 à 300	200	1,8	1,2	600 à 1 000
LI-ION	120 à 200	200 à 400	250	2,0	3,6	500 à 1 500

▲ Exemples de différents modèles de batteries

Pour effectuer le bon choix, il faut prendre en compte :
- les **énergies massique** et **volumique** suivant la masse et le volume désirés ;
- la **puissance massique** indiquant la possibilité de libérer de l'énergie rapidement ;
- le **nombre de cycles de charge-décharge** renseignant sur la durée de vie.

Savoir 3

Puissances en régime sinusoïdal

Pour optimiser la quantité d'énergie consommée, il faut analyser les échanges grâce aux puissances active et apparente.

1 Puissances active et apparente

En régime sinusoïdal, les tension et intensité électriques aux bornes d'un dipôle évoluent le plus souvent en étant déphasées (décalées suivant l'axe temporel).

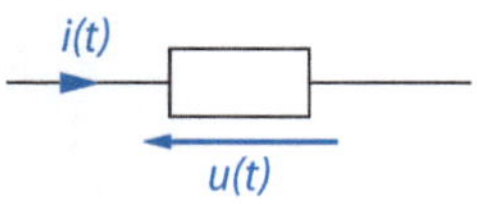

$u(t) = U\sqrt{2}\cos(\omega t)$

$i(t) = I\sqrt{2}\cos(\omega t - \varphi)$

U : Tension efficace *(V)*
I : intensité efficace *(A)*
φ : déphasage de *i(t)* par rapport à *u(t)* (° ou rad)
ω : pulsation (rad/s)

▲ Dipôle en convention récepteur

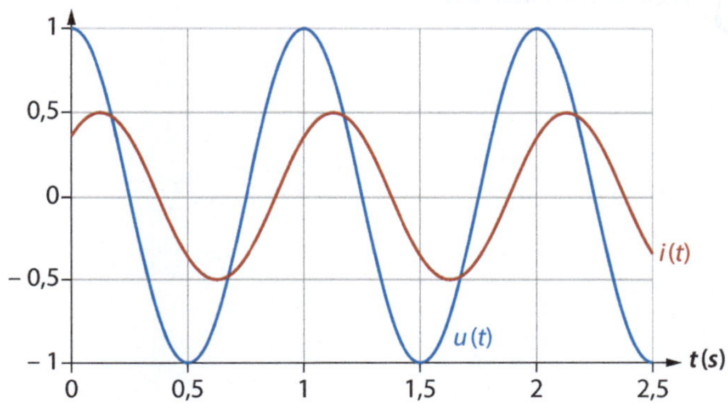

La **puissance active *P*** d'un dipôle est égale à la **valeur moyenne de sa puissance instantanée *p*(*t*)** :

$$P = \langle p(t) \rangle = U \times I \times \cos\varphi$$

Suivant la nature du dipôle, la puissance active diffère :

	DIPÔLE PUREMENT RÉSISTIF	DIPÔLE PUREMENT CAPACITIF	DIPÔLE PUREMENT INDUCTIF
φ (°)	0	90	– 90
cos φ	1	0	0
P(W)	$U \times I = (R \times I) \times I = R \times I^2$	0	0

La puissance active est mesurée avec un wattmètre possédant quatre bornes, deux pour la tension et deux pour l'intensité.
La **puissance apparente *S***, exprimée en **V.A** et mesurée avec un multimètre TRUE R.M.S., d'un dipôle soumis à une intensité et une tension sinusoïdales de valeurs efficaces respectives *U* et *I* a pour expression : $S = U \times I$.

▲ Multimètre TRUE RMS

MATHÉMATIQUES PHYSIQUE-CHIMIE

2 Facteur de puissance d'un récepteur

En régime sinusoïdal, le **facteur de puissance *k*** d'un dipôle est défini par :

$$k = \frac{P}{S} = \cos \varphi \qquad k \text{ est sans unité.}$$

k est compris entre 0 (dipôle purement capacitif ou inductif sans dissipation d'énergie) et 1 (dipôle purement résistif).

Mes notes pour réviser

Transport et distribution de l'énergie électrique

L'énergie électrique ne se stockant pas, il faut la rendre disponible à tout moment. Pour limiter la dissipation d'énergie entre la production et la consommation d'électricité, le réseau électrique doit être bien organisé et le transport doit emprunter des lignes à haute tension.

1 Organisation du réseau de transport et de distribution

De la production à la distribution, le réseau de transport met en jeu des **lignes à haute tension. Après production, des transformateurs électriques élèvent la tension et avant la distribution, d'autres l'abaissent**.

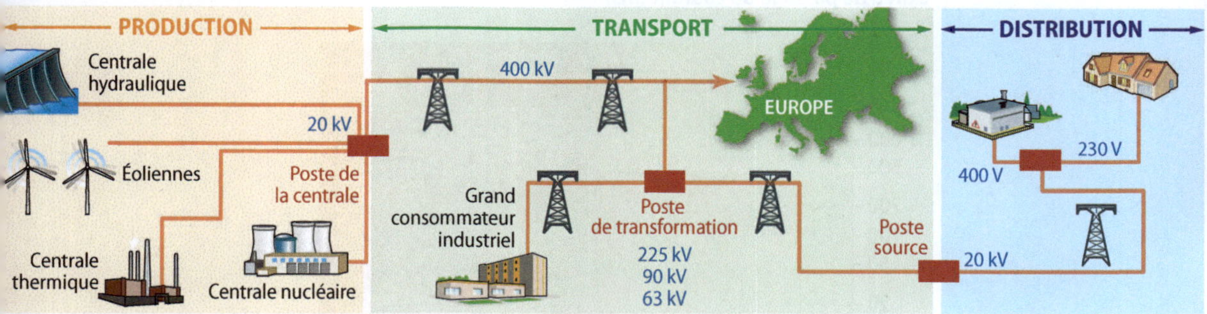

▲ Les chemins de l'électricité

2 Le transformateur électrique

Un **transformateur électrique** permet de diminuer ou d'augmenter une **tension alternative**, le plus souvent sinusoïdale. Il est constitué d'un noyau de fer doux et de deux enroulements juxtaposés de spires jointives métalliques, dénommés **circuits primaire et secondaire**.

CONSTITUTION D'UN TRANSFORMATEUR	SYMBOLE D'UN TRANSFORMATEUR
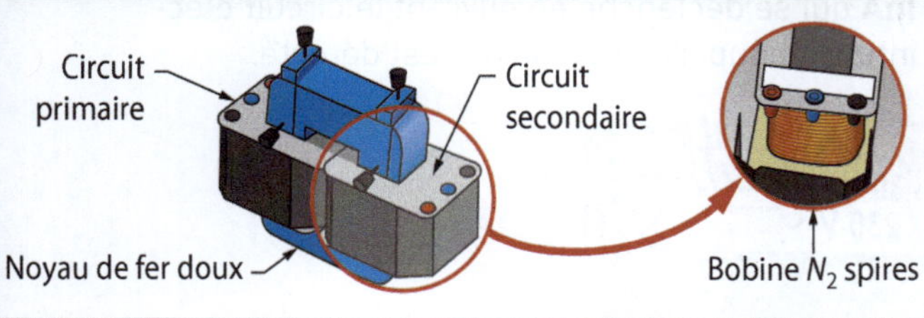	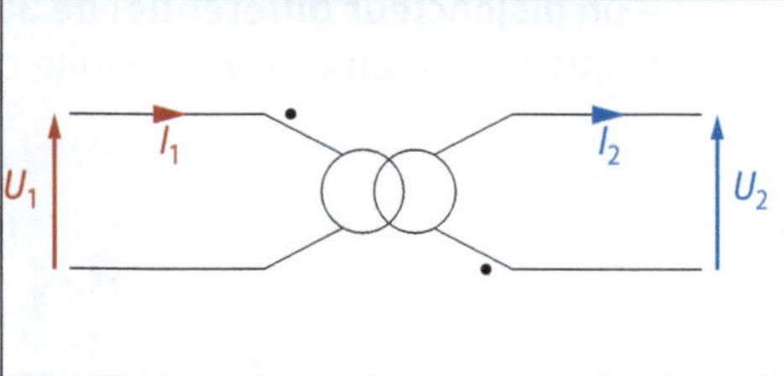

Le rapport entre les nombres N_2 et N_1 de spires jointives, respectivement des circuits secondaire et primaire, est dénommé **rapport de transformation**, noté m.
Il correspond au rapport entre les tensions (ou intensités) efficaces entre l'entrée (U_1 ou I_1) et la sortie du transformateur (U_2 ou I_2) :

$$m = \frac{N_2}{N_1} = \frac{U_2}{U_1} = \frac{I_1}{I_2}$$

Le transformateur électrique permet aussi d'obtenir une **isolation galvanique** car il n'y a pas de chemin de courant entre les deux enroulements, ce qui permet **d'isoler le circuit secondaire de la terre** (la masse) et de réduire le bruit de ligne transmis du circuit primaire au secondaire.

3 La protection des individus contre les risques du courant électrique

Lorsqu'une personne touche les bornes d'une prise électrique ou un **appareil électrique mal isolé**, elle est **électrisée** voire **électrocutée** si le courant électrique a une intensité trop élevée. Ci-dessous sont répertoriées les zones de risque suivant l'intensité du courant électrique et la durée d'exposition.

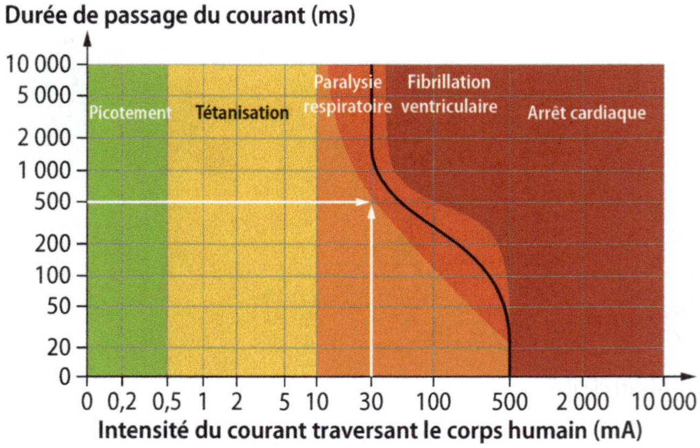

1 A	Arrêt du cœur
50/75 mA	Seuil de fibrillation cardiaque irréversible
30 mA	Seuil de paralysie respiratoire au-delà de 500 ms
10 mA	Seuil de non lâcher, contraction musculaire
0,5 mA	Seuil de perception, sensation très faible

Pour limier ces risques, il convient de veiller à installer des dispositifs de protection :
- une **prise de terre** permettant de dévier un courant de fuite vers le sol ;
- un **disjoncteur différentiel de 30 mA** qui se déclenche en ouvrant le circuit électrique dès qu'un courant de fuite d'intensité supérieure à 30 mA est détecté.

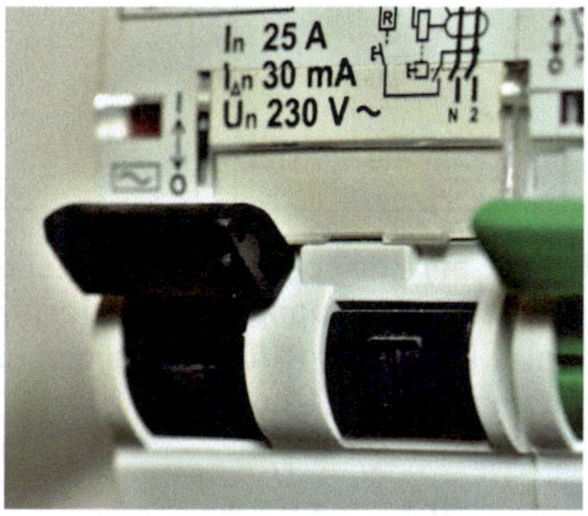

▲ Disjoncteur différentiel de 30 mA

4 La protection des matériels contre les risques du courant électrique

Tout appareil électrique doit être entretenu car tout défaut peut déclencher un court-circuit pouvant être responsable d'un début d'incendie, tout comme l'utilisation d'une multiprise en raison d'une surintensité due à un trop grand nombre d'appareils électriques alimentés simultanément.
L'installation électrique doit comporter des **fusibles** et des **disjoncteurs magnétothermiques** pour ouvrir un circuit électrique défectueux.

▲ Début d'incendie au niveau d'une multiprise

Toute surtension peut être évitée à l'aide de **varistances** branchées en dérivation sur l'appareil à protéger.

MES NOTES POUR RÉVISER

Savoir 5

Énergie interne

Depuis de nombreuses années, les citoyens ont pris conscience des enjeux environnementaux concernant les pertes thermiques liées au chauffage des bâtiments.

1 Flux thermique

À travers une paroi, le **flux thermique Φ** est un débit d'énergie donc il s'agit d'une **puissance** exprimée en **watt (W)** :

$$\Phi = \frac{E}{\Delta t}$$

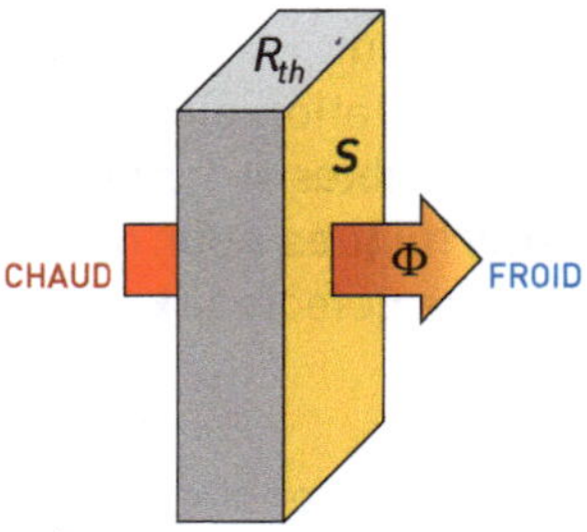

L'énergie E, exprimée en joule (J), traverse une paroi pendant une durée Δt exprimée en seconde (s), toujours **du côté le plus chaud vers le plus froid**.

Le flux thermique à travers une paroi dépend de différents facteurs :

• Il augmente avec la surface S, exprimée en m², de la paroi.

• Il augmente lorsque la différence de température croît entre les faces chaude (T_{chaud}) et froide (T_{froid}) de la paroi. Elles sont toutes deux exprimées dans le système international d'unités, à savoir le kelvin (K).

• Il est réduit ou augmente avec l'utilisation respective de matériaux isolants ou conducteurs. Il diminue quand la résistance thermique R_{th} de la paroi augmente, c'est-à-dire quand celle-ci s'y oppose plus. **R_{th} est exprimé en m².K.W⁻¹.**

Nous en déduisons que :

$$\Phi = \frac{S \times (T_{chaud} - T_{froid})}{R_{th}}$$

Il est inutile de convertir les températures de °C en kelvin (K) car la valeur de leur différence est identique si la même unité est choisie pour les deux températures.

2 Résistance thermique

La résistance thermique R_{th} permet de quantifier l'opposition du(des) matériau(x) d'une paroi au passage du flux thermique Φ. Plus la paroi est isolante, plus sa résistance thermique est élevée.

• Cas d'une paroi homogène constituée d'un seul matériau

Si un seul matériau compose la paroi, celle-ci a une résistance thermique qui dépend de son épaisseur e et de la conductivité thermique λ du matériau, grandeur physique variant d'un matériau à un autre, suivant la relation :

$$R_{th} = \frac{e}{\lambda}$$

L'**épaisseur *e*** est exprimée en **mètre (m)** et la **conductivité thermique λ en W.K⁻¹.m⁻¹**.

Ci-dessous sont référencées quelques données concernant des matériaux usuels dans l'habitat.

MATÉRIAU	PLACOPLATRE	CARRELAGE EN GRÈS	MOQUETTE	PARQUET STRATIFIÉ	PARPAING	VERRE
λ_{MOYEN} EN $W.m^{-1}.K^{-1}$	0,25	1,3	0,09	0,16	0,95	1,1
ÉPAISSEUR USUELLE EN mm	13	10	4,0	12	200	5,0
R_{TH} EN $m^2.K.W^{-1}$ POUR L'ÉPAISSEUR USUELLE	$5{,}2 \times 10^{-2}$	$7{,}7 \times 10^{-3}$	$4{,}4 \times 10^{-2}$	$7{,}5 \times 10^{-2}$	0,21	$4{,}5 \times 10^{-3}$

▲ Conductivité thermique et résistance thermique de 1 m^2 de paroi en $m^2.K.W^{-1}$ de différents matériaux isolants en fonction de l'épaisseur mise en œuvre

Pour un sol, avec des épaisseurs usuelles, un parquet stratifié limite plus les transferts thermiques par conduction qu'une moquette et encore plus qu'un carrelage en grès.

- **Cas d'une paroi composite**

La résistance thermique globale d'une paroi composite, constituée de plusieurs couches accolées de matériaux, est égale à la somme des résistances thermiques de chaque matériau de celle-ci.

$$R_{th_{paroi}} = \sum_{\text{matériaux}} \frac{e_{\text{matériau}}}{\lambda_{\text{matériau}}}$$

Les valeurs ci-dessous sont celles de la résistance thermique d'un mètre-carré de matériau, exprimées en $m^2.K.W^{-1}$.

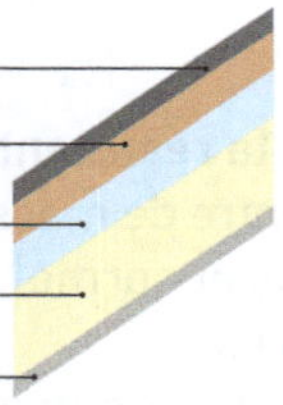

▲ Schéma en coupe du toit de combles aménagés

Selon les normes en vigueur, il faut que les travaux engagés respectent des valeurs minimales de résistance thermique.

	NIVEAU RT 2005 (130 $kWh.m^{-2}.an^{-1}$ CHAUFFAGE + EAU CHAUDE + RAFRAÎCHISSEMENT)	NIVEAU « BASSE ÉNERGIE » (40 À 80 $kWh.m^{-2}.an^{-1}$ CHAUFFAGE + EAU CHAUDE + RAFRAÎCHISSEMENT)	NIVEAU « TRÈS BASSE ÉNERGIE » (< 15 $kWh.m^{-2}.an^{-1}$ CHAUFFAGE)
ISOLATION DU TOIT R_{MAX}	5,0 $m^2.K.W^{-1}$	6,7 $m^2.K.W^{-1}$	10 $m^2.K.W^{-1}$
ISOLATION DU PLANCHER R_{MAX}	2,0 $m^2.K.W^{-1}$	3,3 $m^2.K.W^{-1}$	6,7 $m^2.K.W^{-1}$
ISOLATION DE LA FAÇADE R_{MAX}	2,2 $m^2.K.W^{-1}$	3,3 $m^2.K.W^{-1}$	6,7 $m^2.K.W^{-1}$

▲ Caractéristiques à mettre en œuvre selon le niveau d'isolation souhaitée

La somme des résistances thermiques du toit de combles aménagés vaut ici 5,906 $m^2.K.W^{-1}$ et respecte donc la norme RT 2005 mais pas les deux autres.

Savoir 6

Dynamique des solides en translation

Pour un mouvement rectiligne, l'application du principe fondamental de la dynamique et du théorème de l'énergie cinétique permet de déterminer bon nombre de caractéristiques du mouvement étudié.

1 Le principe fondamental de la dynamique

• **Énoncé du principe fondamental de la dynamique**
Dans le référentiel terrestre, la résultante des forces $\overrightarrow{F_u}$ appliquée à un système, assimilé à un point, est égale au produit de sa masse m par son vecteur accélération $\overrightarrow{a_G}$ appliqué à son centre de masse.

$$\overrightarrow{F_u} = m \times \overrightarrow{a_G}$$

La résultante des forces $\overrightarrow{F_u}$ est une force unique qui est la somme vectorielle de toutes les forces extérieures appliquées au système. On peut la déterminer comme ci-dessous :

$$\sum \overrightarrow{F_{ext}} = \overrightarrow{F_u}$$

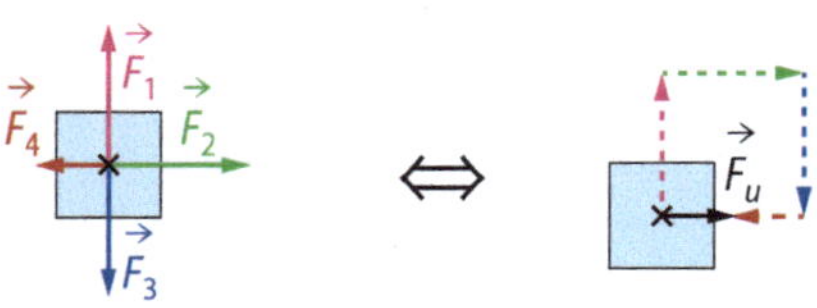

• **De l'accélération à la résultante des forces**
Le mouvement du centre de masse étant connu, on peut déterminer les caractéristiques (direction, sens et norme) du vecteur accélération pour en déduire celles de la résultante des forces.
• La direction et le sens : identiques à $\overrightarrow{a_G}$.
• La norme : $F_u = m \times a_G$.

Dans un repère cartésien, nous pouvons établir les coordonnées des vecteurs déplacement $\overrightarrow{OG}$, vitesse $\vec{v}$ et accélération $\overrightarrow{a_G}$ du centre de masse.

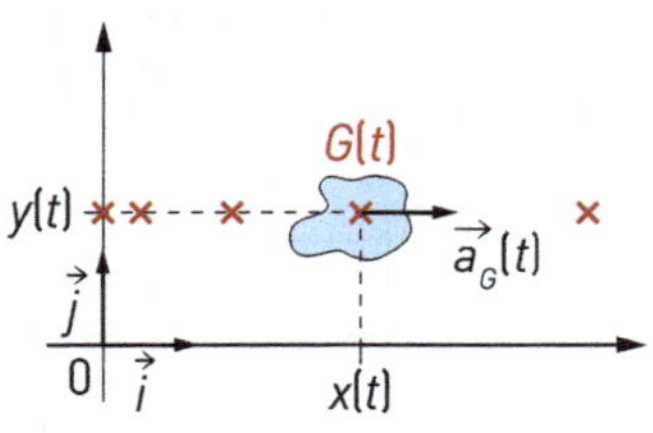

▲ Mouvement rectiligne accéléré d'un système parallèlement à l'axe des abscisses

$$\overrightarrow{OG}(t) = x(t) \times \vec{i} + y(t) \times \vec{j}$$

$$\overrightarrow{v_G} = \frac{d\overrightarrow{OG}(t)}{dt} = \frac{dx(t)}{dt} \times \vec{i} + \frac{dy(t)}{dt} \times \vec{j}$$

$$\overrightarrow{a_G} = \frac{d\overrightarrow{v_G}}{dt} = \frac{d^2\overrightarrow{OG}(t)}{dt^2} = \frac{d^2x(t)}{dt^2} \times \vec{i} + \frac{d^2y(t)}{dt^2} \times \vec{j}$$

- **De la résultante des forces à l'accélération**

Les forces extérieures appliquées au système étant connues, on peut déduire les caractéristiques de la résultante des forces puis celles du vecteur accélération du centre de masse :

- La direction et le sens : identiques à $\overrightarrow{F_u}$.
- La norme : $a_G = \frac{F_u}{m}$.

2 Cas de la chute libre

▲ Attraction fondée sur le principe de la chute libre

Lors de la chute libre d'un système mécanique, celui-ci n'est soumis qu'à son poids $\vec{P}$ car nous négligeons toute force de frottement.

En appliquant le principe fondamental de la dynamique, nous obtenons donc :

$$\overrightarrow{F_u} = \vec{P} = m \times \overrightarrow{a_G} \text{ avec } \vec{P} = m \times \vec{g}$$

donc $\overrightarrow{\boldsymbol{a_G}} = \vec{\boldsymbol{g}}$.

La norme de l'accélération est donc proche de la valeur de l'intensité de la pesanteur g donc **$a = 9{,}8$ m.s^{-2}**.

3 Forces de frottement

Toute force de frottement s'oppose au mouvement donc le vecteur force associé a même direction que le vecteur vitesse mais est en sens opposé. Mais, sans force de frottement, il nous serait impossible de marcher ou de rouler en voiture sur du bitume.

- **Les forces de frottement entre un fluide et un solide**

Cette force de frottement varie en fonction des caractéristiques du fluide (liquide ou gaz) et du solide.

Pour un fluide, la valeur de la force de frottement qu'il exerce sur un solide dépend de sa viscosité (voir ci-contre), variant suivant sa composition, son état physique et sa température.

La forme du solide, sa vitesse et son état de surface en contact avec le fluide font varier aussi la valeur de la force de frottement avec le fluide.

FLUIDE	Viscosité η (unité S.I.)
AIR SEC	$1{,}8 \times 10^{-5}$
VAPEUR D'EAU	$1{,}0 \times 10^{-5}$
EAU LIQUIDE	$1{,}0 \times 10^{-3}$
MERCURE	1,554

*Par exemple, lorsque la **vitesse** est **faible** la valeur f de la force de frottement exercée par le fluide est proportionnelle à la vitesse du solide **($f = k \times v$)** et lorsqu'elle est **élevée**, elle l'est par rapport au carré de la vitesse, donc **$f = k \times v^2$**.*

- **Les forces de frottement entre solides**

La valeur de la force de frottement entre solides dépend des caractéristiques des solides en contact et des dimensions de la surface de contact.

Exemples :

▲ Force exercée par la mâchoire d'un disque de frein

▲ Force exercée par la route sur la semelle lors de la marche

▲ Force exercée par le support sur un objet ou une personne qui glisse

4 Le théorème de l'énergie cinétique

L'énergie cinétique E_c, exprimée en joule (J) varie en fonction de la masse m du système et de sa vitesse v suivant l'expression :

$$E_c = \frac{1}{2} \times m \times v^2$$

Le théorème de l'énergie cinétique peut s'énoncer de la façon suivante :
La variation de l'énergie cinétique d'un point matériel, lorsqu'il parcourt sa trajectoire d'un point A à un point B, est égale au travail de la résultante des forces appliquées au point matériel le long de la trajectoire.

$$E_c = E_c(B) - E_c(A) = W_{A\to B}\ \overrightarrow{F_u}$$

Si une force F a une valeur constante au cours du déplacement alors on a :

$$W_{A\to B}(\vec{F}) = F \times AB \times \cos(\vec{F}, \overrightarrow{AB})$$

Exemple :

Prenons trois cas de figure suivant la valeur de l'angle α entre une force $\vec{F}$ et $\overrightarrow{AB}$.

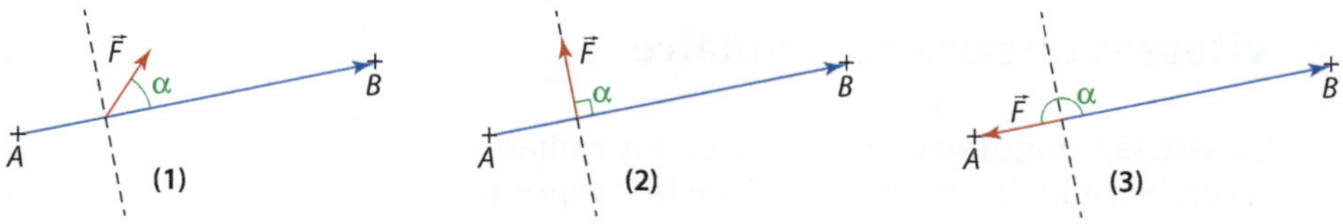

Cas	Travail de la force $\vec{F}$ de A à B exprimé en joule (J)
(1)	$W_{A\to B}(\vec{F}) = F \times AB \times \cos(\alpha) > 0$
(2)	$W_{A\to B}(\vec{F}) = F \times AB \times \cos(90°) = 0$
(3)	$W_{A\to B}(\vec{F}) = F \times AB \times \cos(180°) = -F \times AB$

Le cas (3) est celui du travail d'une force de frottement solide-solide supposée constante.

MATHÉMATIQUES PHYSIQUE-CHIMIE

Mes notes pour réviser

Savoir 7 Dynamique des solides en rotation

1 Vitesses linéaire et angulaire

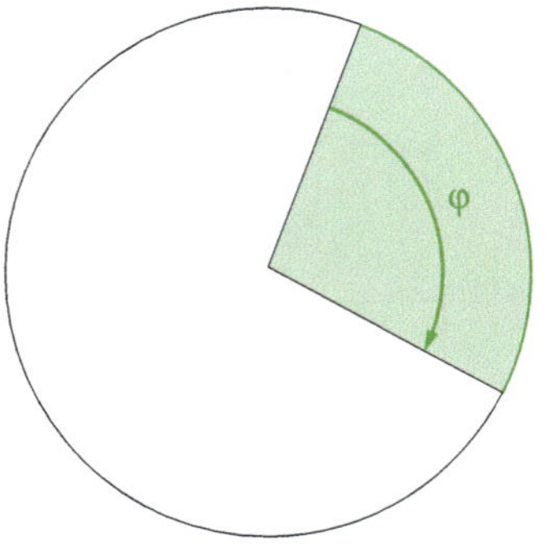

La **vitesse angulaire** ω, exprimée en radian par seconde **(rad.s⁻¹)**, correspond à l'angle θ, exprimé en radian (rad), balayé pendant la durée Δt, exprimée en seconde (s) :

$$\omega = \frac{\theta}{\Delta t}$$

La norme v du vecteur vitesse linéaire $\vec{v}$ a pour expression :

$$v = \omega \times r$$

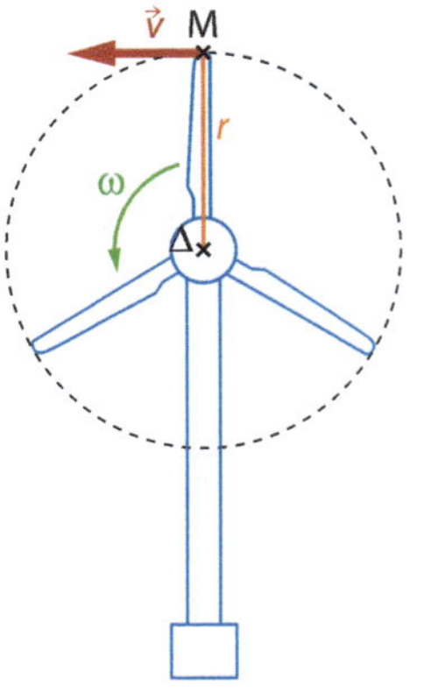

Sachant que r est le rayon situé entre l'axe (Δ) de rotation et le point M, on en déduit que tout point situé sur un disque en rotation tourne à la même vitesse angulaire ω et que plus il est éloigné de l'axe de rotation (Δ), plus sa vitesse linéaire v est importante.

Rappel : $\theta(\text{rad}) = \frac{\theta(°) \times 2\pi}{360}$

2 Moments d'une force et d'un couple de forces

- **Moment d'une force**

Plus on s'éloigne de l'axe de rotation d'une éolienne, plus c'est facile, en exerçant une force sur une pale, de la faire tourner.
Pour quantifier cela, nous utlisons le moment d'une force, exprimé en newton mètre (N.m) :

$$M_{\Delta}(\vec{F}) = F \times d$$

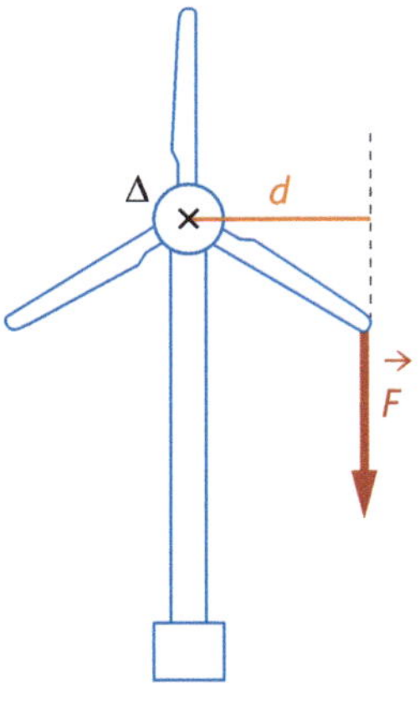

La distance d, celle du bras de levier, correspond à la distance la plus courte entre l'axe de rotation (Δ) et la droite d'action de la force.

- **Moment d'un couple de forces**

Le mécanicien utilise une clé en croix pour dévisser les écrous. Il exerce de part et d'autre **deux forces ayant la même direction, la même valeur mais elles sont de sens opposé**.

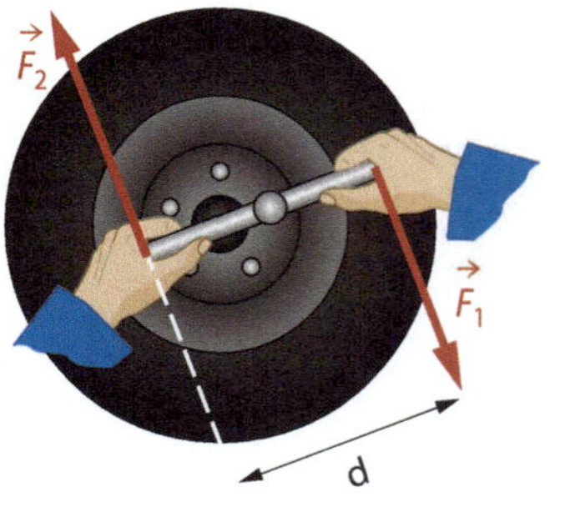

Le moment d'un couple de forces est indépendant de la position de l'axe de rotation. Il varie en fonction de la distance *d*, la plus courte entre les droites d'action des deux forces, et de la valeur des forces appliquées.

$$M = F \times d$$

Avec *M* en N.m, $F = F_1 = F_2$ en newton (N) et *d* en m

3 Point de fonctionnement d'un ensemble moteur-charge

Plus un moteur dispose de « couple », mieux il est équipé pour faire de gros efforts, comme remorquer ou tracter des charges, ou gravir des pentes raides.
En fonction de la vitesse de rotation du moteur, exprimée en tours par minute, le couple utile pour un moteur varie comme l'indique le graphe ci-dessous.

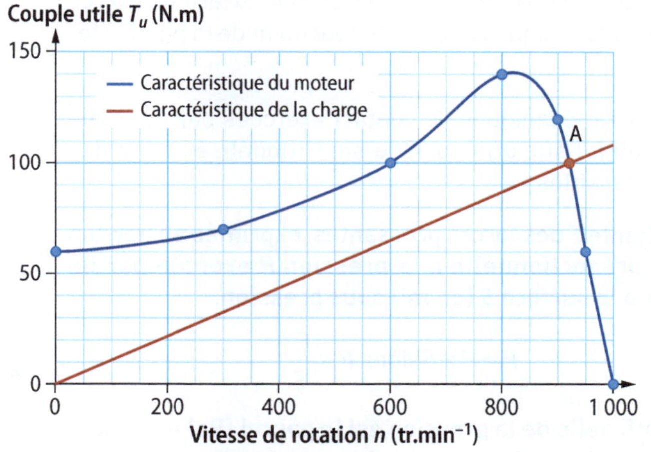

Le point de fonctionnement d'un ensemble moteur-charge se situe à l'intersection des caractéristiques du moteur et de la charge imposée.
Dans l'exemple ci-dessus, le moteur doit avoir un couple utile de 100 N.m et une vitesse de rotation légèrement supérieure à 900 tours par minute pour supporter la charge imposée.
Si aucune intersection n'existe entre les deux caractéristiques, le moteur ne peut pas supporter la charge imposée.

Savoir 8

Statique des fluides

Que l'on soit sur terre ou dans l'eau, nous sommes soumis à la pression d'un fluide, l'air ou l'eau. Des forces pressantes agissent tout le temps sans que nous en ayons toujours conscience.

1 Pression et force pressante

Prenons l'exemple d'une bouteille en plastique remplie d'eau. Les molécules d'eau sont en mouvement et exercent une action mécanique de contact en tout point de la paroi intérieure de cette bouteille. La bouteille n'étant pas déformée, nous pouvons en conclure que l'air extérieur exerce une action mécanique opposée en tout point de la paroi extérieure.

Ces actions mécaniques de contact exercées par un fluide (ou un solide) sur une surface sont modélisées par des forces pressantes.

La résultante F des forces pressantes, exprimée en newton (N), est proportionnelle à la pression P exercée par un fluide et à la surface S (en m²) sous pression.

$$F = P \times S \text{ donc } P = \frac{F}{S}$$

L'unité officielle de la pression est le pascal (Pa) et d'autres unités usuelles sont en vigueur (bar, cm de mercure, atmosphère). Elle est mesurée avec un baromètre dans l'air et un manomètre dans un liquide.

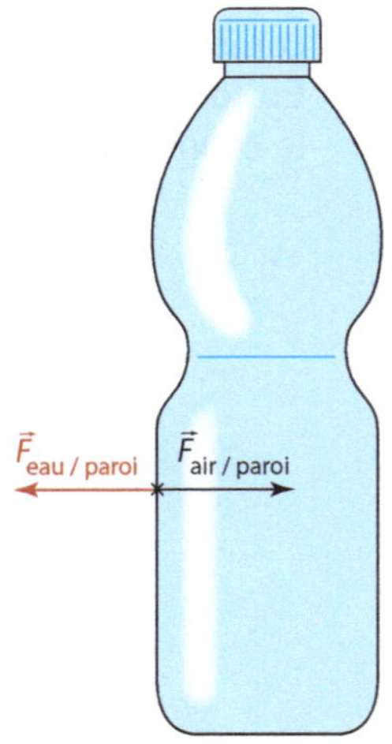

▲ Forces pressantes exercées par l'eau et l'air en un point de la paroi d'une bouteille en plastique

2 Pressions absolue et relative

La référence pour la pression absolue est le vide, de pression nulle, tandis que celle de la pression relative est l'air au niveau de la mer à 15 °C, soit 1 013 hectopascals (hPa). Nous en déduisons, si les pressions sont exprimées en hectopascals (hPa), que :

$$P_{relative} = P_{absolue} - 1\,013$$

Pour contrôler si un pneu est suffisamment gonflé, on mesure une différence de pression, celle de la pression relative de l'air dans un pneumatique. Ci-contre, nous lisons 2,4 bars, soit 240 kPa d'après la conversion indiquée, donc la pression absolue de l'air dans le pneumatique est proche de 3 400 hPa.

▲ Vérification de la pression d'un pneu

3 Le principe fondamental de l'hydrostatique

L'hydrostatique concerne les fluides au repos. On utilise un manomètre pour mesurer la pression dans un liquide.
La pression est la même en tout point situé sur le même plan horizontal et augmente avec la profondeur donc ici $P_B = P_{B'}$ et $P_A > P_B$. Elle est égale à la pression atmosphérique au niveau de la surface libre du liquide (zone supérieure en contact *avec l'air).*

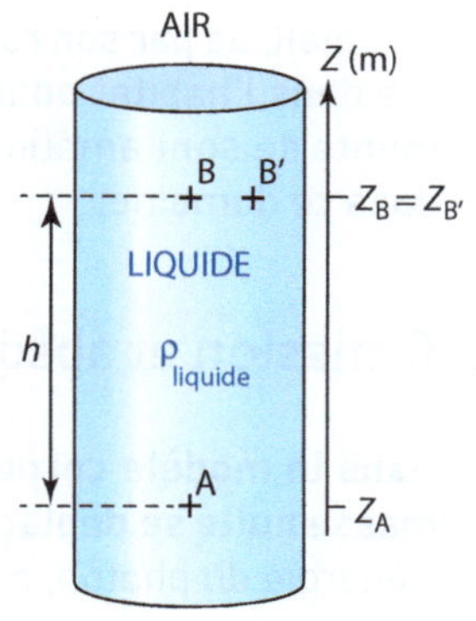

▲ Colonne d'un liquide en contact avec l'air en surface

Voici quelques mesures de différence de pression ΔP pour trois liquides différents sur une même dénivellation de 50 cm :

	Eau	Huile d'arachide	Éthanol
Masse volumique ($kg.m^{-3}$)	1 000	920	789
ΔP (kPa)	4,9	4,5	3,9

La différence de pression au sein d'un liquide dépend donc de la nature du liquide, et plus précisément de sa masse volumique ρ exprimée en $kg.m^{-3}$.
Le **principe fondamental de l'hydrostatique** stipule que **la variation de pression entre deux points A et B, A étant à une profondeur plus importante que B, dans un liquide au repos varie en fonction de la masse volumique ρ de ce liquide et de la dénivellation entre ces deux points A et B, soit $h = z_B - z_A$.**

$$\Delta P = P_A - P_B = \rho_{liquide} \times g \times (z_B - z_A) = \rho_{liquide} \times g \times h$$

Avec : les pressions en Pa, g : intensité de la pesanteur en $m.s^{-2}$ et h, z_A, z_B en m.

Parmi les nombreuses applications, on peut citer les châteaux d'eau, lieu de stockage de l'eau. L'eau y est pompée dans sa partie supérieure. L'eau est distribuée vers l'ensemble des habitations. La pression de l'eau fournie au robinet est proportionnelle à la dénivellation entre le niveau d'eau dans le château d'eau et celui dans l'habitation. C'est pour cette raison qu'ils sont placés en hauteur.

Savoir 9

Énergie transportée par la lumière

Le Soleil, de par son rayonnement, est une source d'énergie de plus en plus exploitée dans l'habitat pour produire de l'électricité ou chauffer de l'eau. Les rendements se sont améliorés au fil du temps et la recherche progresse rapidement dans ce domaine.

1 Émission et absorption de photons

Dans le modèle corpusculaire, la lumière est un flux de photons, particule de masse nulle se déplaçant à la célérité de la lumière.
L'énergie du photon, exprimée officiellement en joule (J) a pour expression :

$$E = h \times f$$

Où h est la constante de Planck ($6{,}63 \times 10^{-34}$ J.s) et f la fréquence associée au photon exprimée en hertz (Hz).
Sachant que la fréquence f associée au photon est liée à la longueur d'onde λ, exprimée en mètre (m) et à la célérité c de la lumière ($c = 3{,}00 \times 10^{8}$ m.s^{-1}), nous obtenons, comme $f = \frac{c}{\lambda}$:

$$\Delta E = \frac{h \times c}{\lambda}$$

Les énergies mises en jeu étant très faibles, une autre unité, l'électronvolt (eV), est utilisée sachant que **1 eV = $1{,}6 \times 10^{-19}$ J**.
Lors de **l'émission d'un photon**, un électron perd l'énergie correspondante à celui-ci et passe à un **niveau inférieur d'énergie** (voir Fig. 1). Ceci a de nombreuses applications comme les lasers et les diodes électroluminescentes.
Lors de **l'absorption d'un photon**, un électron absorbe son énergie et passe à un **niveau supérieur d'énergie** (voir Fig. 2). Ceci a de nombreuses applications comme les photorésistances, photodiodes et cellules photovoltaïques.

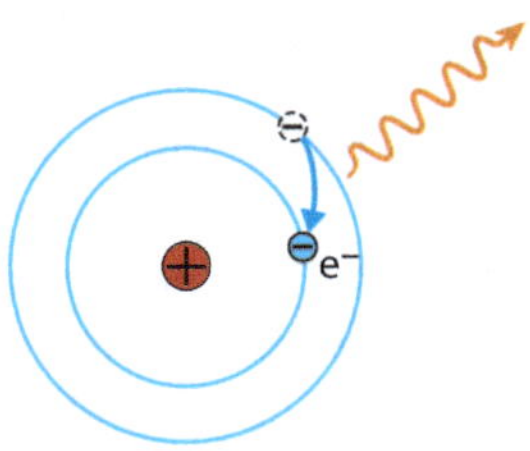

Fig. 1

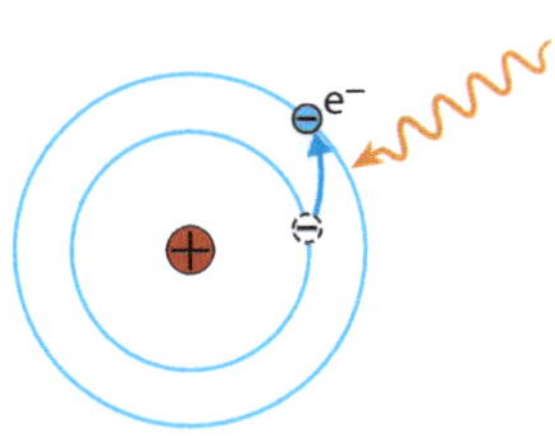

Fig. 2

Des transitions sont possibles entre les niveaux d'énergie, propres à chaque atome, après émission ou absorption de photons, d'énergie et de fréquence différentes.
Pour l'atome de mercure, des niveaux d'énergie pour lesquels les transitions sont possibles sont donnés ci-contre.
La transition 1 correspond à celle de l'émission d'un photon lorsque l'électron passe des niveaux E_5 à E_2.
L'énergie mise en jeu vaut $4{,}56 \times 10^{-19}$ J et cela correspond à un photon de longueur d'onde valant 436 nm.

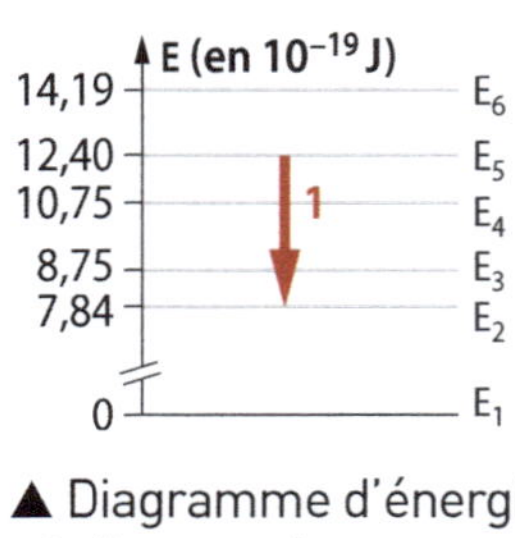

▲ Diagramme d'énergie de l'atome de mercure

2 Conversion photovoltaïque

La chaîne énergétique d'une cellule photovoltaïque est la suivante :

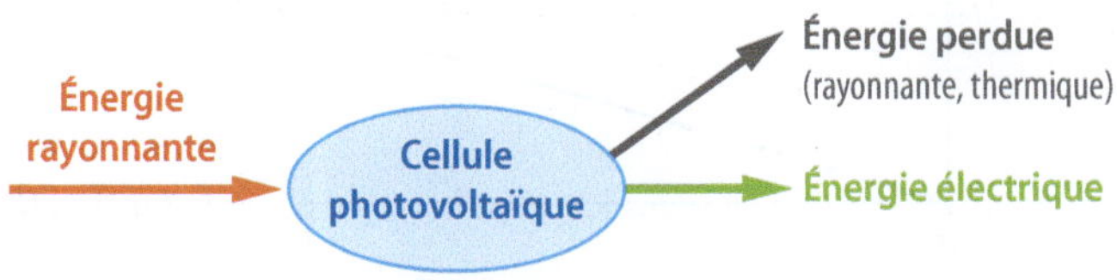

Seule l'énergie électrique est utile, donc nous en déduisons que le rendement d'une cellule photovoltaïque, avec les énergies en joule (J), est :

$$r = \frac{E_{\text{électrique}}}{E_{\text{rayonnement}}} = \frac{P_{\text{électrique}}}{P_{\text{surfacique}} \times S_{\text{cellule}}}$$

$P_{\text{surfacique}}$ est la puissance du rayonnement par m² de cellules photovoltaïques, exprimée en $W.m^{-2}$, et S la surface de celles-ci. $P_{\text{électrique}}$ est exprimée en watt (W).

En 2020, le record du monde du rendement d'une cellule photovoltaïque est établi à 25 % pour des cellules photovoltaïques organiques (PVO) placées dans une pièce sombre. Il s'agit donc d'une énergie du futur car les objets connectés sont le plus souvent sans fil dans ces conditions.

Soumise à un éclairement donné, la caractéristique d'une cellule photovoltaïque, représentant l'ensemble des configurations électriques, est ci-dessous à gauche et à sa droite nous visualisons l'évolution de la puissance électrique fournie par la cellule en fonction de la tension électrique à ses bornes.

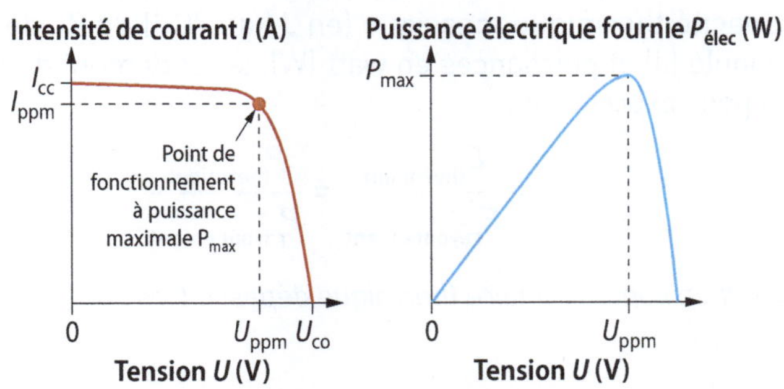

Pour obtenir le rendement maximal, il faut donc atteindre P_{max} pour des intensité I_{ppm} et tension U_{ppm} nominales.
I_{cc} est le courant de court-circuit lorsque la cellule est raccordée à elle-même.
U_{CO} est la tension à vide lorsqu'aucun courant ne circule.

Pour déterminer le point de fonctionnement d'une cellule photovoltaïque, il faut superposer ses caractéristiques tension-courant à celles du récepteur électrique. Le point d'intersection entre les deux correspond à ce point de fonctionnement.

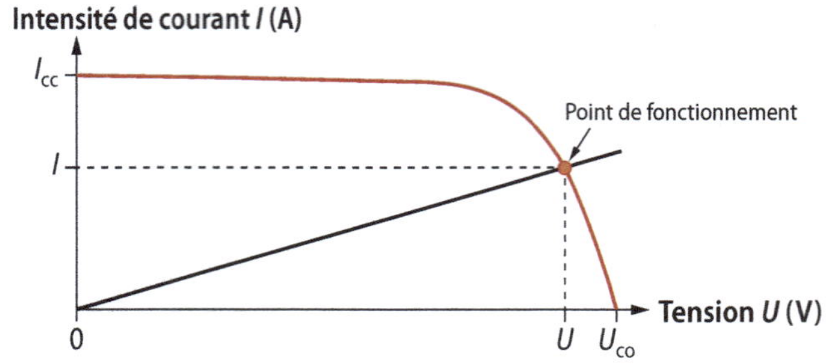

▲ Détermination d'un point de fonctionnement pour une cellule photovoltaïque alimentant un dipôle ohmique

3 Conversion photothermique

La chaîne énergétique d'une **capteur solaire thermique** est la suivante :

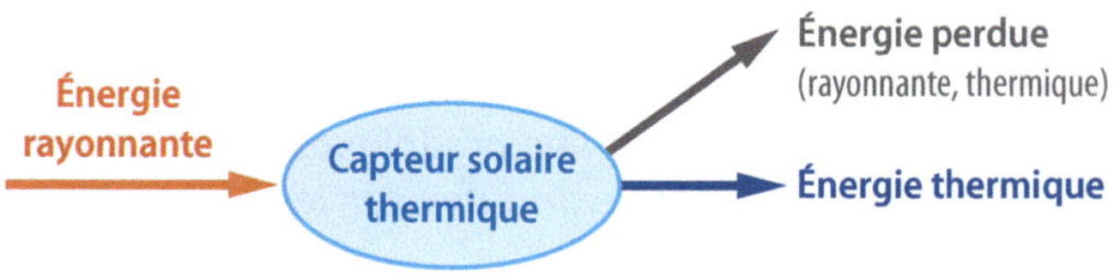

L'énergie utile est l'énergie thermique permettant de chauffer une masse m en kg d'un fluide caloporteur subissant une augmentation de température $\Delta\theta$ en °C.
L'énergie thermique Q reçue par le fluide caloporteur a pour expression :

$$Q = m \times c \times \Delta\theta$$

Avec c la capacité thermique massique (en $J.kg^{-1}.°C^{-1}$) du fluide caloporteur, les énergies en joule (J) et puissances en watt (W), le rendement d'un capteur solaire thermique a pour expression :

$$r = \frac{E_{thermique}}{E_{rayonnement}} = \frac{P_{thermique}}{P_{rayonnement}}$$

Le rendement d'un capteur solaire thermique dépasse très souvent 80 %.

Savoir
10 Changements d'état et transferts thermiques

Les transferts thermiques peuvent engendrer des changements d'état physique et des modifications importantes au niveau moléculaire. Il est important d'en avoir conscience pour mieux comprendre les propriétés de certains matériaux.

1 Liaisons hydrogène entre molécules d'eau

Lors d'un changement d'état, des interactions entre molécules (ou atomes) sont rompues ou créées.
Dans le cas de l'eau, les molécules d'eau interagissent entre elles et des **liaisons hydrogène** sont créées en plus ou moins grand nombre suivant l'état physique de l'eau. Voici le nombre de liaisons hydrogène formées en moyenne par chaque molécule d'eau :

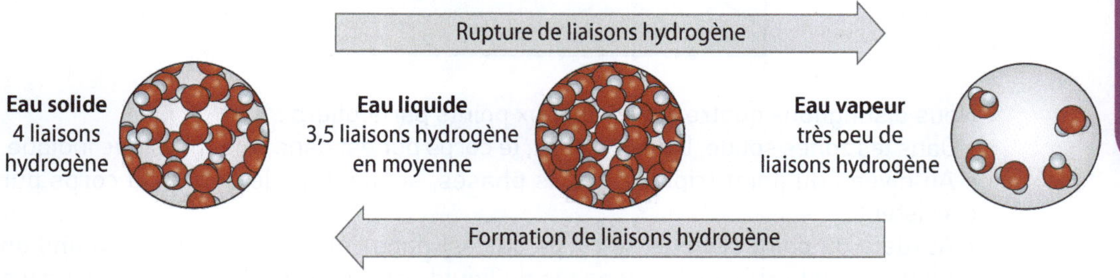

Une liaison hydrogène n'est pas une liaison covalente mais une **interaction électrique entre un des deux atomes d'hydrogène d'une molécule d'eau et l'atome d'oxygène d'une autre molécule d'eau.** Les longueurs, exprimées ici en picomètre (pm) avec 1 pm = 1×10^{-12} m, de la liaison covalente O – H et de la « liaison » hydrogène sont différentes.
Le nombre maximum de liaisons hydrogène par molécule d'eau est donc de quatre, celui de la glace. La glace occupe un plus grand volume que la même masse d'eau à l'état liquide en raison de ce plus grand nombre de liaisons hydrogène.
Les liaisons hydrogène ne concernent pas uniquement les molécules d'eau. Elles se créent entre entités chimiques, comme par exemple entre des molécules voisines d'eau et d'éthanol. Elles peuvent aussi se créer au sein d'une molécule (liaison hydrogène intramoléculaire).

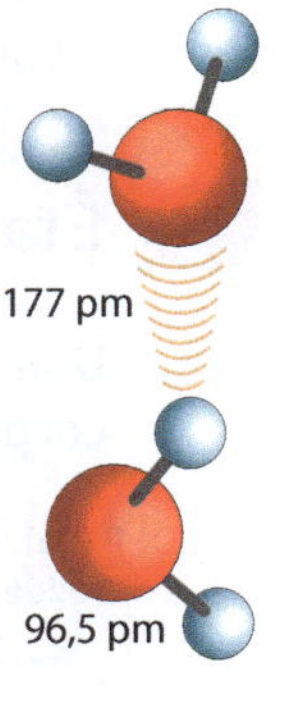

▲ Création d'une liaison hydrogène

2 Diagramme d'état (P, T) pour déterminer l'état physique final d'un fluide

Un diagramme d'état (P, T) permet d'indiquer pour chaque couple de valeurs température-pression dans quel(s) état(s) physique(s) se trouve un corps pur, un corps pur n'étant composé que d'une seule espèce chimique.

Voici l'allure générale d'un diagramme d'état (P, T) d'un corps pur où les courbes de sublimation (solide à gaz), de fusion (solide à liquide) et de vaporisation (liquide à gaz) diffèrent d'un corps pur à un autre.

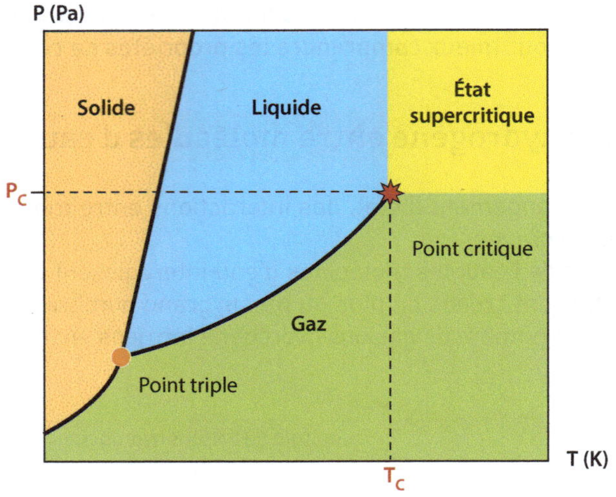

Nous distinguons quatre zones et deux points particuliers :
• Dans les zones solide, liquide ou gaz, le corps pur est dans l'état physique indiqué.
• Au niveau du point triple, les trois phases, solide, liquide et gaz du corps pur coexistent.
• Au-delà du point critique, le corps pur est dans l'état supercritique. Quand on atteint ce point critique, les densités du liquide et du gaz sont égales donc il n'y a plus de distinction entre les deux. On obtient une sorte de bouillie gaz / liquide qui n'est ni l'un ni l'autre : on l'appelle fluide supercritique.

3 État physique final après transformation physique

Une transformation physique agit sur la pression et/ou sur la température du corps pur, pouvant modifier son état physique.

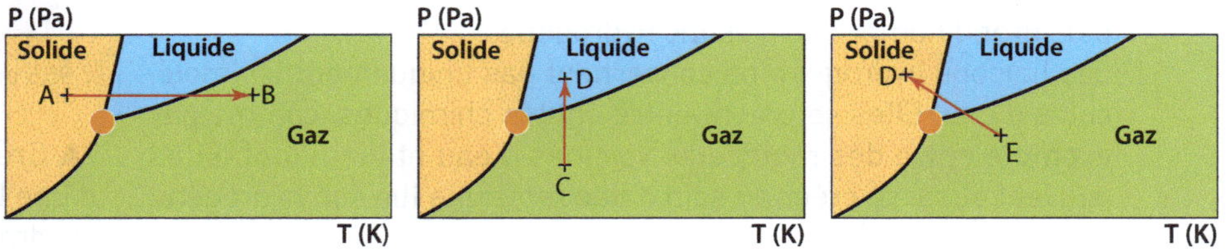

Sur la Fig. 1, la température du corps pur augmente et il passe de l'état solide à l'état gazeux en passant par l'état liquide.
Sur la Fig. 2, la pression augmente et le corps pur passe de l'état gazeux à l'état liquide.
Sur la Fig. 3, le corps pur subit une baisse de température et une augmentation de la pression. Il passe ici de l'état gazeux à l'état solide en passant par l'état liquide.

4 Bilan énergétique de la transformation physique d'une entité chimique

Pour effectuer le bilan d'énergie lors d'un changement d'état physique avec modification de la température et/ou de la pression, il faut prendre en compte les **énergies massiques de changement d'état L**, exprimées en **J.kg^{-1}**, pour chaque changement d'état effectué et les **capacités thermiques massiques *c***, exprimées en **J.kg^{-1}.°C^{-1}**.

La capacité thermique massique est la quantité d'énergie nécessaire pour élever de 1 °C (ou de 1 K) un kilogramme d'un liquide, d'un gaz ou d'un solide.

Prenons comme exemple la fusion de 500 g de glace, initialement à la température de –10 °C.

Toute cette glace fond à 0 °C et l'eau liquide obtenue, de masse valant aussi 500 g, est portée à 50 °C. Tout au long du chauffage, la pression demeure inchangée et vaut ici 1 013 hPa.

L'énergie nécessaire pour effectuer tout ceci s'exprime de la façon suivante :

$$Q_{totale} = m_{glace} \times c_{glace} \times (0 - (-10)) + m_{eau} \times L_{fusion\ glace} + m_{eau} \times c_{eau\ liquide} \times (50 - 0)$$

Avec : c_{glace} = 2 060 J.kg^{-1}.°C^{-1} ; $c_{eau\ liquide}$ = 4 185 J.kg^{-1}.°C^{-1} ; $L_{fusion\ glace}$ = 333,55 **k**J/kg

Donc :

$Q_{totale} = 0{,}500 \times 2\,060 \times (0 - (-10)) + 0{,}500 \times 333{,}55 \times \mathbf{10^3} + 0{,}500 \times 4\,185 \times (50 - 0)$

$Q_{totale} = 2{,}82 \times 10^5$ J

Pour fondre 500 g de glace initialement à –10 °C et obtenir de l'eau liquide à 50 °C, il faut donc fournir au système 2,85 × 10^5 joules.

Mes notes pour réviser

Savoir 11

La radioactivité

La radioactivité a de nombreuses applications dans différents domaines (diagnostics médicaux, datations archéologiques et géologiques, production d'énergie, etc.).

1 Les différents types de radioactivité

La radioactivité peut être naturelle ou d'origine artificielle (créée par l'Homme). Un noyau père, instable, se désintègre pour former un noyau fils plus stable tout en émettant un rayonnement. La désintégration est soit naturelle soit provoquée par l'Homme (par exemple dans les centrales nucléaires, un neutron lent est envoyé en direction des noyaux d'uranium-235).

Suivant le type de radioactivité, des particules de nature différente sont émises.

• La **radioactivité α**
Un noyau père se désintègre en un noyau fils en émettant un noyau d'**hélium-4** (**particule α**).

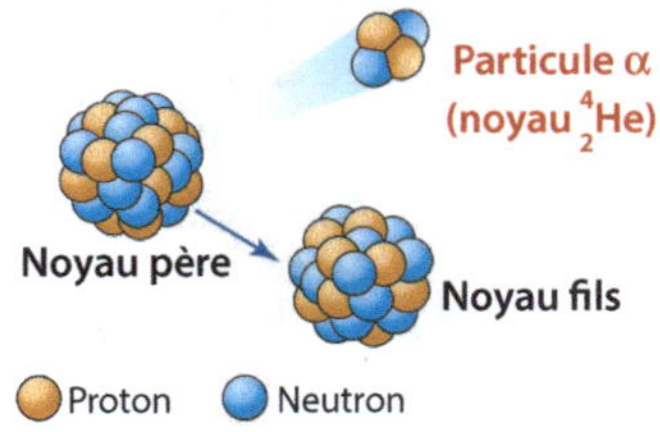

• La **radioactivité β⁻**
Un noyau père, ici celui de carbone-14, se transforme en un noyau fils (azote-14) et émet un **électron**.

• La **radioactivité β⁺**
Un noyau père, ici celui de carbone-10, se transforme en un noyau fils (bore-10) et émet un **positron** (aussi dénommé **positon** ou **antiélectron**).

Radioactivités β⁻ et β⁺

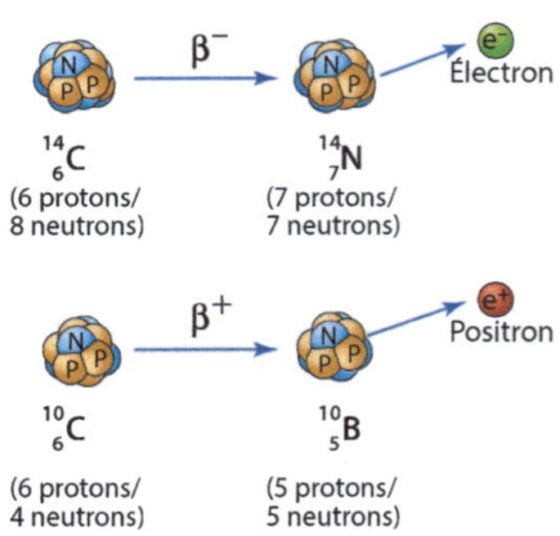

Au cours de ces trois désintégrations α, β⁻ et β⁺, un **rayonnement gamma** peut être émis si le noyau fils, trop excité, se désexcite en l'émettant.

2 Activité d'une source radioactive et décroissance radioactive

La désintégration d'un seul noyau père est aléatoire. Mais une population d'un très grand nombre de noyaux père suit toujours une **loi de décroissance radioactive**. Voici son allure générale, où $t_{1/2}$ **est la demi-vie, durée au bout de laquelle la quantité d'un même radionucléide est divisée par deux** :

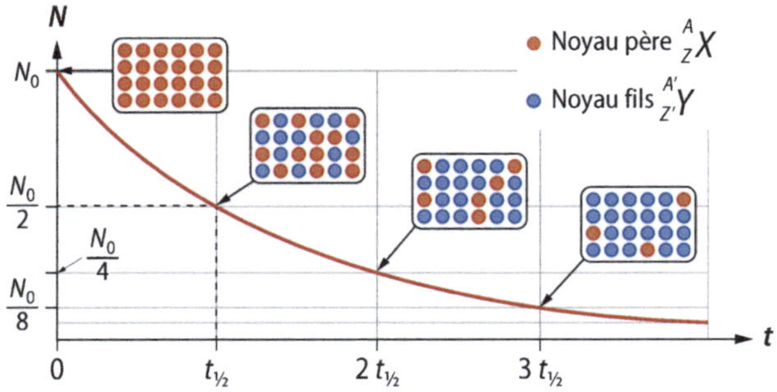

NOYAU PÈRE	$t_{1/2}$ (ans)
$^{14}_{6}C$	5 730
$^{3}_{1}H$	12,32
$^{235}_{92}U$	$7{,}038 \times 10^8$

Les demi-vies sont très différentes d'un noyau père à l'autre. L'uranium-235 met beaucoup plus de temps que le tritium (hydrogène-3) à se désintégrer.
Sachant que N_0 est le nombre initial de noyaux père, **la loi de décroissance radioactive a pour expression** :

$$N(t) = N_0 \times e^{-\frac{0{,}693}{t_{1/2}} \times t}$$

L'**activité** ***A*** d'une population de noyaux père, exprimée en **becquerel (Bq)**, est le nombre de désintégrations par seconde et a pour expression :

$$A(t) = A_0 \times e^{-\frac{0{,}693}{t_{1/2}} \times t}$$

Remarque : La valeur 0,693 correspond au logarithme népérien de 2, soit ln 2, et la constante de temps, notée τ exprimée en s^{-1}, a pour expression :

$$\tau = \frac{t_{1/2}}{\ln 2}$$

3 Énergies libérées lors des réactions de fission et de fusion

Un noyau père peut subir une réaction de **fission nucléaire** au cours de laquelle il se forme des noyaux fils plus légers.
Exemple : ${}^{1}_{0}n + {}^{235}_{92}U \rightarrow {}^{94}_{38}Sr + {}^{140}_{54}Xe + 2\,{}^{1}_{0}n$

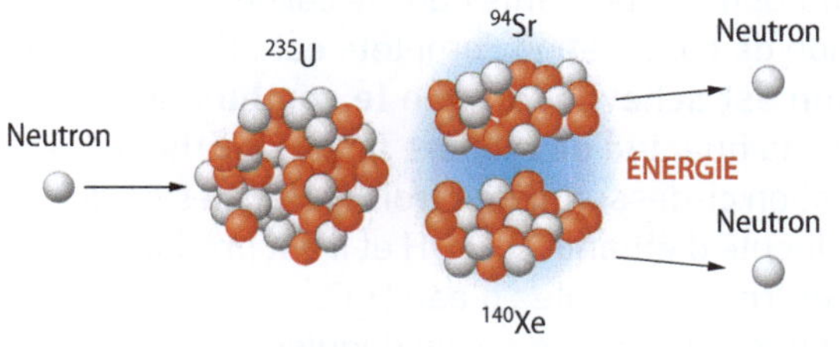

Comme dans les étoiles, des noyaux légers peuvent réaliser une **fusion nucléaire** pour former un noyau plus lourd.

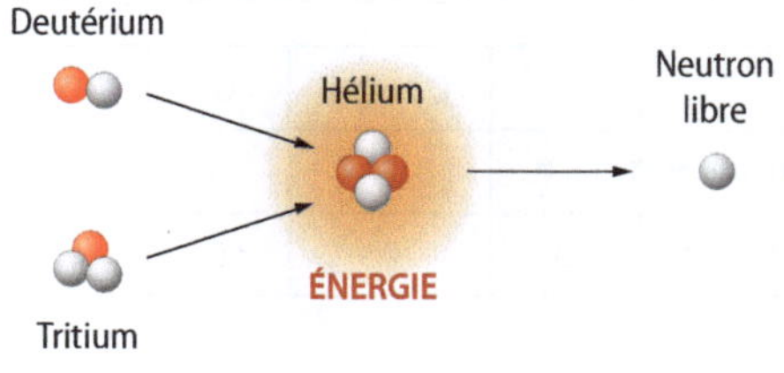

Toute réaction nucléaire s'accompagne d'une perte de masse Δm (la masse initiale est plus importante que celle finale) permettant une libération d'énergie.

En utilisant la relation d'Einstein $E = m \times c^2$, on déduit que :

$$E_{\text{libérée}} = \Delta m \times c^2 = (m_{\text{initiale}} - m_{\text{finale}}) \times c^2$$

Avec l'énergie libérée en joule (J), les masses en kg et $c = 3{,}00 \times 10^8$ m.s^{-1}.

Savoir 12

Bilan énergétique d'une combustion

La combustion des carburants produit du dioxyde de carbone, un des gaz responsables du réchauffement climatique. Faire le bilan énergétique d'une réaction de combustion complète entre le système et le milieu est donc très important pour limiter son impact.

1 Bilan de matière d'une combustion complète

Étudions la **combustion complète**, ne produisant que du dioxyde de carbone CO_2 et de l'eau H_2O pour trois familles de composés organiques en présence de dioxygène O_2. **Toute équation chimique est équilibrée en atomes**.

FAMILLE	FORMULE BRUTE GÉNÉRALE	EQUATION GÉNÉRALE DE LA COMBUSTION COMPLÈTE
alcane	C_nH_{2n+2}	$C_nH_{2n+2} + \frac{3n+1}{2} O_2 \rightarrow nCO_2 + (n+1)H_2O$
alcène	C_nH_{2n}	$C_nH_{2n} + \frac{3n}{2} O_2 \rightarrow nCO_2 + nH_2O$
alcool	$C_nH_{2n+2}O$ (ou $C_nH_{2n+1}OH$)	$C_nH_{2n+2}O + \frac{3n}{2} O_2 \rightarrow nCO_2 + (n+1)H_2O$

Parmi les combustibles présents dans le carburant E10, nous avons 10 % d'éthanol dont la réaction de combustion complète est : $C_2H_5OH + 3\ O_2 \rightarrow 2\ CO_2 + 3\ H_2O$.
La combustion est achevée lorsque le combustible est totalement consommé, donc lorsqu'ici la quantité de matière finale en éthanol est nulle.
D'après l'équation ci-dessus, il faut trois molécules de dioxygène O_2 pour réagir avec une seule molécule d'éthanol C_2H_5OH et il est produit deux molécules de dioxyde de carbone CO_2 et trois molécules d'eau H_2O.
Après combustion complète, nous en déduisons que la quantité de matière produite en dioxyde de carbone CO_2 est le double de celle initiale en éthanol C_2H_5OH.
Maintenant faisons un bilan de matière en considérant que nous ayons au départ deux moles d'éthanol brûlant dans les conditions stœchiométriques.

ENTITÉ CHIMIQUE	C_2H_5OH	O_2	CO_2	H_2O
QUANTITÉ DE MATIÈRE INITIALE (mol)	2	6	0	0
QUANTITÉ DE MATIÈRE FINALE (mol)	0	0	4	6

2 Bilan énergétique d'une combustion complète

À partir d'un bilan de matière, il nous est possible de réaliser un bilan énergétique. Il nous faut pour cela introduire la notion de pouvoir calorifique.
Le pouvoir calorifique d'un combustible à la température *T* est l'énergie dégagée par la combustion complète sous pression atmosphérique normale d'un kilogramme de ce combustible.

On distingue le **pouvoir calorifique supérieur**, noté **PCS**, où l'eau formée pendant la combustion est condensée à la température *T*, et le **pouvoir calorifique inférieur**, noté **PCI**, où l'eau formée par la combustion est considérée à l'état gazeux à la température *T*.

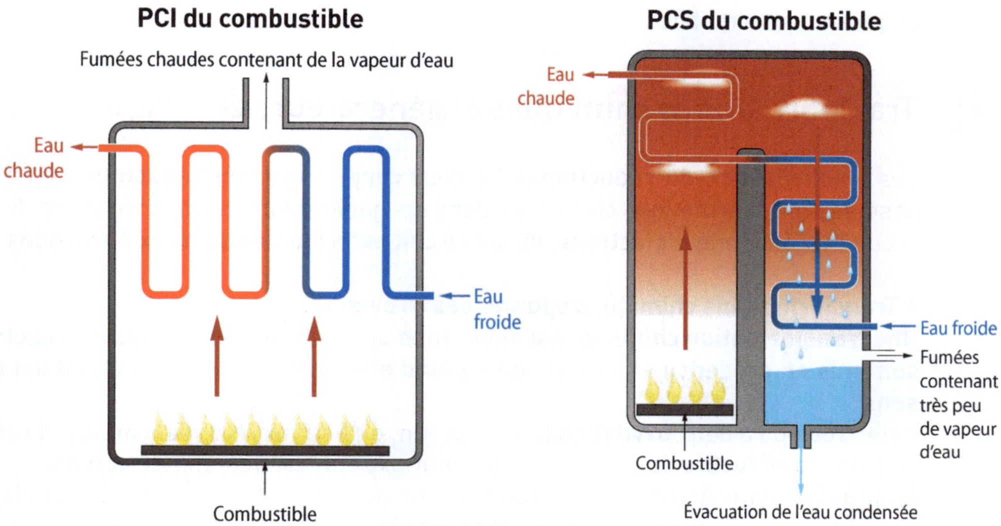

▲ PCI et PCS du combustible

Nous en déduisons les énergies *Q* et *Q'* dégagées dans les deux cas de figure :

$Q = m_{combustible} \times PCI_{combustible}$	$Q' = m_{combustible} \times PCS_{combustible}$ $Q' = m_{combustible} \times PCI_{combustible} + m_{eau} \times L_v$

Avec : *Q* et *Q'* en joule (J) ; PCI et PCS en $J.kg^{-1}$; $m_{combustible}$ en kg ; énergie massique de vaporisation de l'eau : $L_v = 2{,}26 \times 10^6$ $J.kg^{-1}$

3 Conséquences sur le réchauffement climatique

Au même titre que l'eau H_2O, le méthane CH_4, le protoxyde d'azote N_2O, et bien d'autres, le **dioxyde de carbone CO_2 est un gaz à effet de serre**. Ces gaz à effet de serre piègent une partie de l'énergie dégagée par la Terre, dont celle des combustions. Ceci a pour effet d'augmenter la température atmosphérique.
Les biocarburants produits à partir de la biomasse, constituent une ressource énergétique alternative et renouvelable, produisant moins de dioxyde de carbone CO_2 après combustion complète, par rapport à l'essence d'origine pétrolifère.

Savoir 13

Oxydo-réduction : Piles, accumulateurs et piles à combustible

Les générateurs électrochimiques, convertisseurs d'énergie chimique en énergie électrique, sont devenus incontournables en raison de nos appareils électroniques de plus en plus mobiles.

1 Transformations chimiques et générateurs électriques

Les réactions d'**oxydo-réduction** entre deux couples **oxydant/réducteur** sont à la base des transformations chimiques dans les générateurs électrochimiques. Il se produit **un échange d'électrons, via un circuit extérieur, entre deux électrodes**.

• **Transformations chimiques spontanées irréversibles**

Une transformation chimique est spontanée si elle démarre dès que les réactifs sont mis en présence et irréversible quand elle ne peut avoir lieu que dans un sens.

L'électrode où a lieu l'**oxydation** ($red_1 = ox_1 + n_1\ e^-$) pour ox_1/red_1 est l'**anode** et celle où a lieu la **réduction** ($ox_2 + n_2\ e^- = red_2$) pour ox_2/red_2 est dénommée **cathode**.

D'après les demi-équations électroniques, on peut en déduire la polarité des électrodes lorsque les transformations sont spontanées :

– **anode** : oxydation ($red_1 = ox_1 + n_1\ e^-$) donc les électrons quittent l'anode, il s'agit de la **borne négative ;**

– **cathode** : réduction ($ox_2 + n_2\ e^- = red_2$) donc les électrons arrivent à la cathode, il s'agit de la **borne positive.**

Voici le schéma de fonctionnement d'une pile saline :

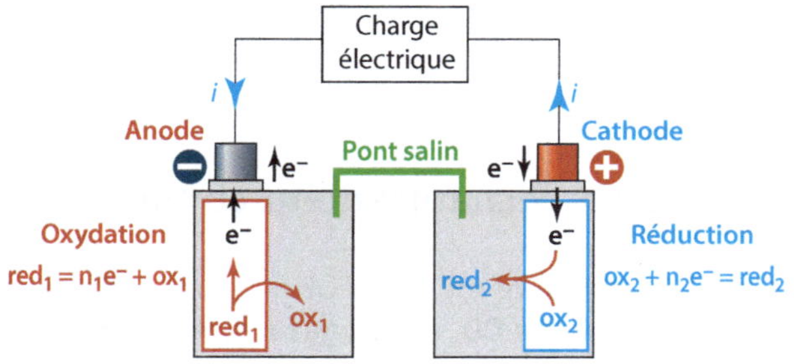

Le pont salin permet d'assurer la neutralité électrique dans chaque compartiment. Le sens conventionnel du courant électrique va de la borne + à la borne –.

Une pile à combustible utilise comme réactifs du dioxygène O_2 et du dihydrogène H_2. Les demi-équations des couples O_2/H_2O et H^+/H_2 sont données ci-contre sur le schéma.

Il se forme de l'eau suivant l'équation :

$$2\ H_{2\,(g)} + O_{2\,(g)} \rightarrow 2\ H_2O_{(g)}$$

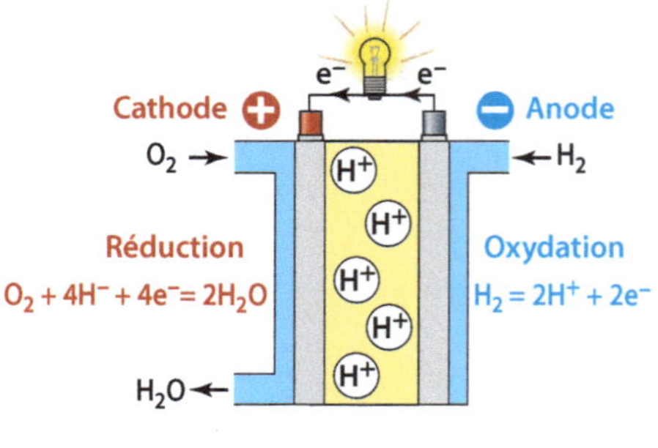

- **Transformations chimiques spontanées et réversibles**

Un accumulateur présente ce type de transformation car quand elle est spontanée, il se décharge puis quand il est en cours de recharge, on inverse le sens de la réaction pour régénérer les réactifs (quasi) disparus en le branchant à un générateur. Prenons comme exemple les accumulateurs au plomb.

Polarité pour la décharge d'une pile ou d'un accumulateur

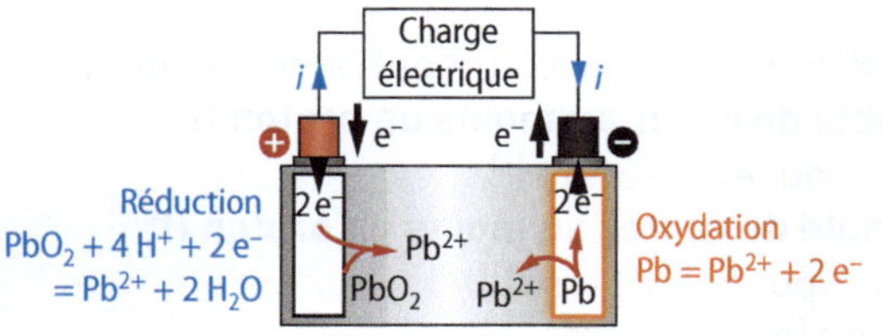

Polarité pour la recharge d'un accumulateur

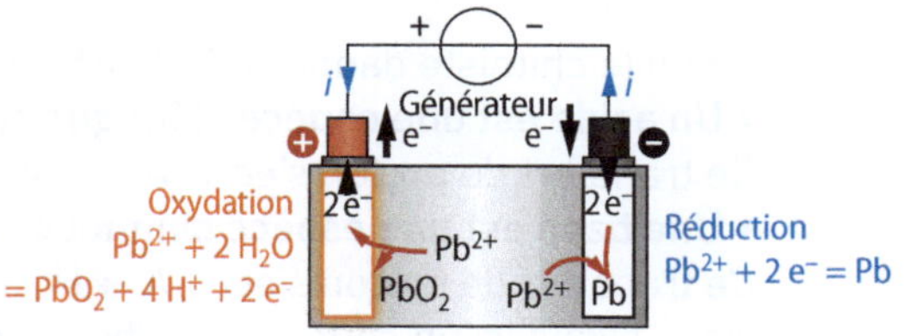

COUPLE OXYDANT/ RÉDUCTEUR	OXYDANT CONSOMMÉ	RÉDUCTEUR CONSOMMÉ	COUPLE OXYDANT/ RÉDUCTEUR	OXYDANT CONSOMMÉ	RÉDUCTEUR CONSOMMÉ
PbO_2/Pb^{2+}	PbO_2		PbO_2/Pb^{2+}		Pb^{2+}
Pb^{2+}/Pb		Pb	Pb^{2+}/Pb	Pb^{2+}	

Les polarités demeurent inchangées contrairement au sens de circulation des électrons. L'oxydation a toujours lieu à l'anode, et la réduction à la cathode.

2 Bilan de matière pour les générateurs électrochimiques

Comme pour toute transformation, il est possible d'effectuer un bilan de matière à partir de la lecture de l'équation chimique.

Pour l'accumulateur au plomb, si $PbO_2 + 4H^+ + Pb \underset{\text{recharge}}{\overset{\text{décharge}}{\rightleftarrows}} 2Pb^{2+} + 2H_2O$ alors la quantité de matière en Pb^{2+} à la fin de la décharge est égale au double de celle de PbO_2 (ou de Pb). D'après la première demi-équation $PbO_2 + 4H^+ + 2\,e^-$, la quantité de matière d'électrons échangés est égale au double de celle de PbO_2 disparue.

Pour la pile à combustible, si l'équation est $2\,H_{2\,(g)} + O_{2\,(g)} \rightarrow 2\,H_2O_{\,(g)}$, alors la quantité de matière d'eau formée est égale à celle de H_2 ayant réagi (et au double de celle du dioxygène consommé).

Pour la pile Daniell constituée des couples Zn^{2+}/Zn et Cu^{2+}/Cu, l'équation étant $Cu^{2+} + Zn \rightarrow Cu + Zn^{2+}$, alors la quantité de matière d'ions Zn^{2+} produits est égale à celle des ions Cu^{2+} consommés (et des atomes de Zn ayant aussi réagi). Comme $Zn^{2+} + 2\,e^- = Zn$, il faut échanger le double en quantité de matière d'électrons.

Réactions chimiques acido-basiques

Nous utilisons très souvent des produits acides ou basiques. Connaître les caractéristiques des réactions acido-basiques est donc essentiel.

1 Acides et bases

Selon le chimiste danois J. N. Brønsted (1879-1947), voici comment on les définit :

- **Un acide est une espèce chimique capable de céder au moins un proton H^+.**

Ce transfert de proton s'écrit $AH \rightarrow A^- + H^+$ (ou $AH^+ \rightarrow A + H^+$)

- **Une base est une espèce chimique capable de capter au moins un proton H^+.**

Ce transfert de proton s'écrit $A^- + H^+ \rightarrow AH$ (ou $A + H^+ \rightarrow AH^+$)

Nous avons ici un couple acide/base : AH/A^- (ou AH^+/A)

Lors d'une réaction acidobasique, nous avons donc un échange de protons entre un acide d'un premier couple acide/base et une base d'un second couple.

Une molécule d'acide éthanoïque CH_3COOH cède un proton H^+ à un ion hydroxyde HO^- pour former l'ion éthanoate CH_3COO^- et une molécule d'eau H_2O :

$$CH_3COOH + HO^- \rightarrow CH_3COO^- + H_2O$$

Dans cette équation, nous distinguons deux couples acide / base :

$$CH_3COOH/CH_3COO^- \text{ et } H_2O/HO^-$$

2 Mesurer le pH d'une solution aqueuse

La mesure du pH d'une solution aqueuse peut se faire par trois méthodes :

INDICATEUR COLORÉ	PAPIER INDICATEUR DE pH	pH-MÈTRE

Substance qui change de couleur selon le pH	Papier imbibé d'un mélange d'indicateurs colorés puis séché	Appareil de mesure
Méthode peu précise mais parfois suffisante	Valeur de pH à l'unité près	Valeur de pH à 0,1 près

3 Relation entre pH et $[H_3O^+]$

La relation entre le pH d'une solution aqueuse et la concentration en ions oxonium H_3O^+ (notée $[H_3O^+]$ et exprimée en $mol.L^{-1}$) : $\mathbf{[H_3O^+] = 10^{-pH}}$.

Le pH est une grandeur positive (entière ou décimale) et sans dimension (sans unité). Si pH = 2,0 alors $[H_3O^+] = 10^{-2,0} = 1,0 \times 10^{-2}\ mol.L^{-1}$.

Voici les conditions pour lesquelles une solution est dite acide, neutre ou basique :

SOLUTION ACIDE	SOLUTION NEUTRE	SOLUTION BASIQUE
pH < 7,0	pH = 7,0	pH > 7,0
$[H_3O^+] > 1,0 \times 10^{-7}$ mol.L^{-1}	$[H_3O^+] = 1,0 \times 10^{-7}$ mol.L^{-1}	$[H_3O^+] < 1,0 \times 10^{-7}$ mol.L^{-1}

D'où l'échelle de pH :

Remarque : en retenant une valeur de pH à la décimale près, la concentration des ions oxonium ne comporte que deux chiffres significatifs.

Connaissant la concentration molaire des ions oxonium H_3O^+, il est possible de calculer le pH en utilisant la fonction logarithme de base 10, « log », étudiée également en Mathématiques en utilisant la relation : **$pH = -\log([H_3O^+])$**.

Exemple : si $[H_3O^+] = 3,5 \times 10^{-2}$ mol.L^{-1} alors $pH = -\log(3,5 \times 10^{-2}) = 1,5$.

4 Évolution du pH lors d'une dilution

- Si la solution initiale, avant dilution, a un pH inférieur à celui de l'eau distillée utilisée, le pH mesuré après dilution est compris entre ceux de la solution initiale et de l'eau distillée (cas 1).
- Si la solution initiale, avant dilution, a un pH supérieur à celui de l'eau distillée utilisée, le pH mesuré après dilution est compris entre ceux de l'eau distillée et de la solution initiale (cas 2).

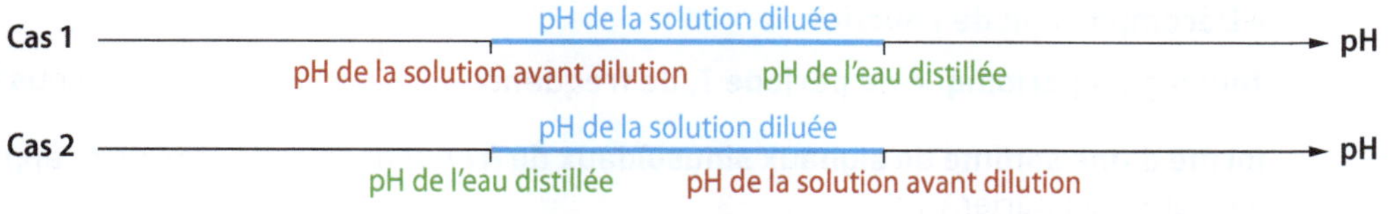

Quand il s'agit de diluer des solutions acides ou basiques très concentrées, il faut toujours les verser dans l'eau et non l'inverse.

Savoir 15

Notion d'onde

Les ondes, qu'elles soient mécaniques ou électromagnétiques, sont omniprésentes. Parmi elles, certaines sont dites périodiques. Quelles sont leurs particularités ?

1 Décomposition d'un signal périodique

• **Signaux périodiques**

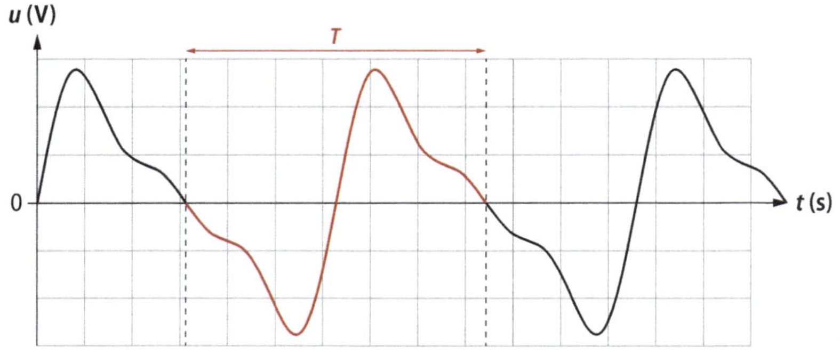

Un signal est dit périodique si un motif élémentaire se répète au cours du temps. La période T d'un signal est la plus petite durée au bout de laquelle le signal se reproduit identique à lui-même.
La fréquence f_1 de ce signal, appelée **fréquence du fondamental**, est exprimée en hertz (Hz). Elle est liée à la période T, exprimée en seconde (s), par $f_1 = \frac{1}{T}$.

• **Décomposition de Fourrier**

Tout signal périodique de période T, de fréquence $f_1 = \frac{1}{T}$, peut s'exprimer sous la forme d'une somme de signaux sinusoïdaux de fréquences multiples de f_1, appelée série de Fourier :

$s(t) = A_0 + A_1 \times \sin(2\pi \times f_1 \times t + \varphi_1) + A_2 \times \sin(2\pi \times f_2 \times t + \varphi_2) + ... + A_n \times \sin(2\pi \times f_n \times t + \varphi_n)$

Avec :

A_0 : amplitude de la composante continue

$A_1, A_2 ... A_n$: amplitude du signal sinusoïdal de fréquence f_1, f_2 ... f_n

$\varphi_1, \varphi_2 ... \varphi_n$: phase à $t = 0$ comprise entre $-\pi$ et π.

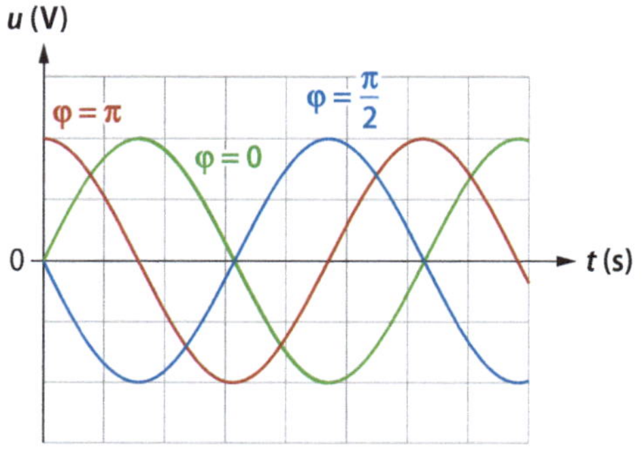

▲ Effet de la phase sur un signal périodique

• **Spectre d'amplitude**

Le spectre d'amplitude d'un signal périodique permet de déterminer la valeur absolue de la composante continue (à 0 Hz), l'amplitude et la fréquence des signaux sinusoïdaux le composant, dont celle du fondamental f_1 (fréquence non nulle la plus faible).

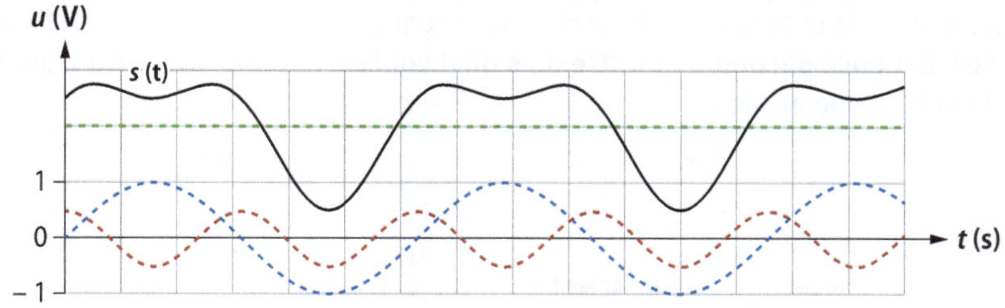

▲ Décomposition de $s(t) = 2 + 1 \times \sin(2\pi f_1 t) + 0{,}5 \times \sin(2\pi \times (2f_1)t + \frac{\pi}{2})$

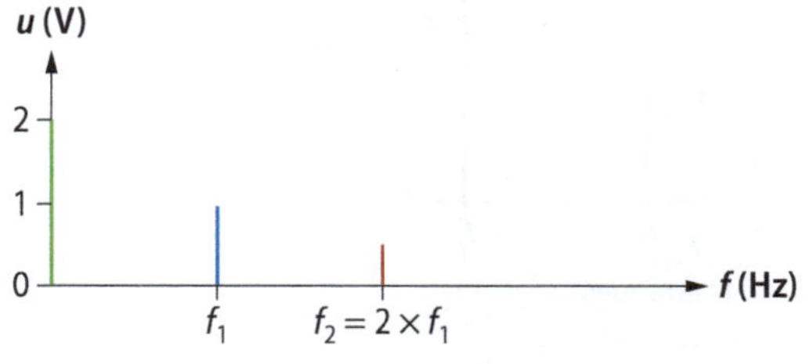

▲ Spectre d'amplitude de $s(t) = 2 + 1 \times \sin(2\pi f_1 t) + 0{,}5 \times \sin(2\pi \times (2f_1)t + \frac{\pi}{2})$

2 Détermination du rang d'un harmonique

À partir de l'enregistrement temporel des signaux ou d'un spectre d'amplitude, on peut déterminer les fréquences f_1 du fondamental et f_n des harmoniques sachant que son rang n est déterminé par $n = \frac{f_n}{f_1}$ où n est un entier naturel non nul.

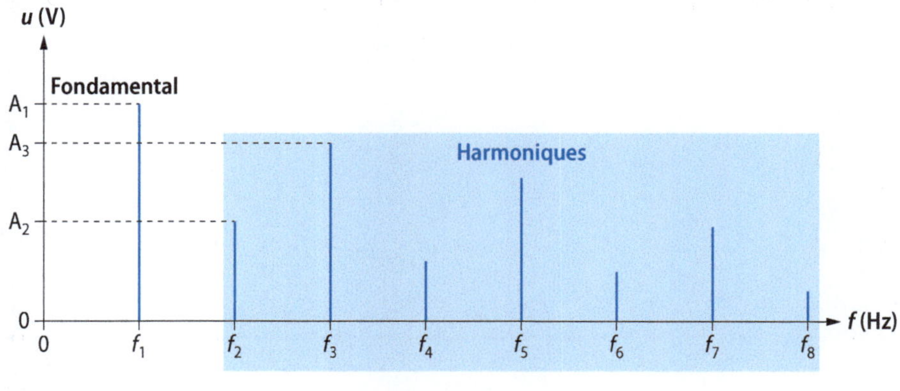

▲ Spectre d'amplitude d'un signal périodique quelconque

MATHÉMATIQUES PHYSIQUE-CHIMIE

3 Transmission d'un signal

Pour transmettre un signal périodique quelconque, il faut filtrer les harmoniques, d'amplitude très faible, pour limiter la largeur de la bande de fréquences émise. Avec ce signal, il faut moduler la porteuse, onde électromagnétique de haute fréquence. **Cette transposition de fréquence permet d'émettre un signal contenant l'information à transmettre.**
Voici le schéma de principe :

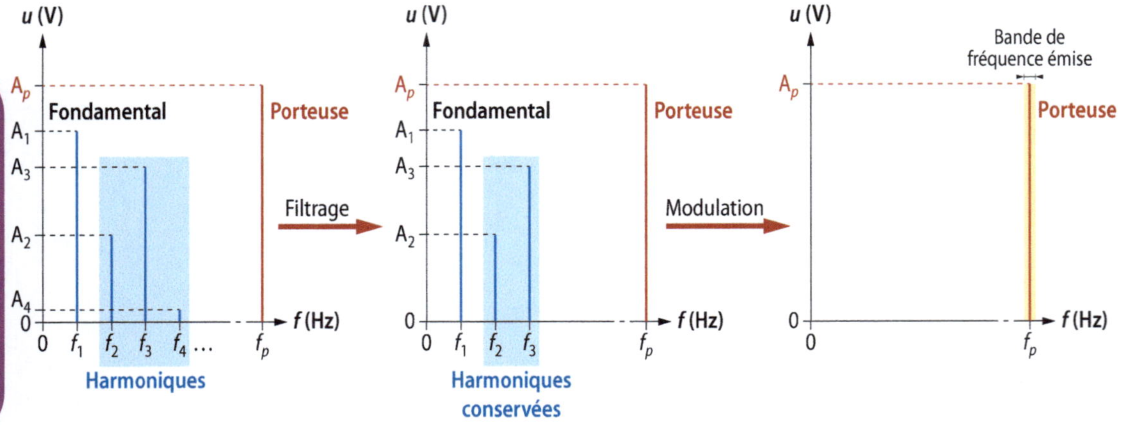

Mes notes pour réviser

Savoir 16

Ondes sonores

Les ondes sonores sont des ondes mécaniques nécessitant un milieu matériel pour se propager. Mais pour que le son soit harmonieux, il faut respecter certains principes.

1 Sons purs et complexes

Un son est pur si son signal périodique est sinusoïdal et si on n'observe qu'une seule fréquence sur son spectre d'amplitude. Sinon, le son est complexe.
Un son complexe de fréquence f_1 peut être décomposé (décomposition de Fourrier) en une somme de sons purs sinusoïdaux appelées « harmoniques » dont les fréquences (en Hz) valent : $f_n = n \times f_1$ où n est le rang de l'harmonique.

	SON PUR	SON COMPLEXE
Allure du signal	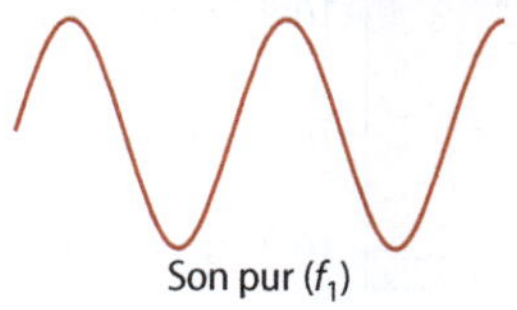	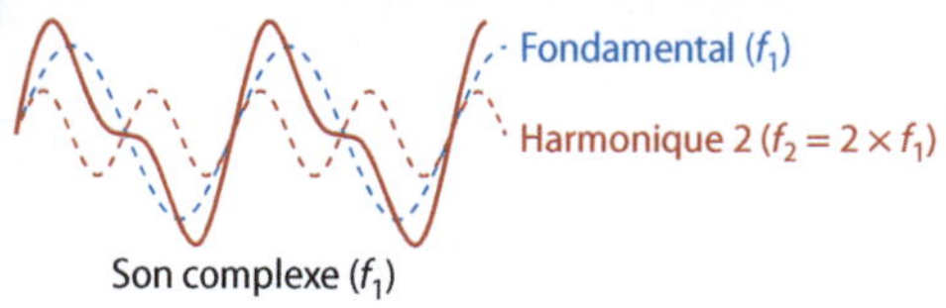
Spectre d'amplitude	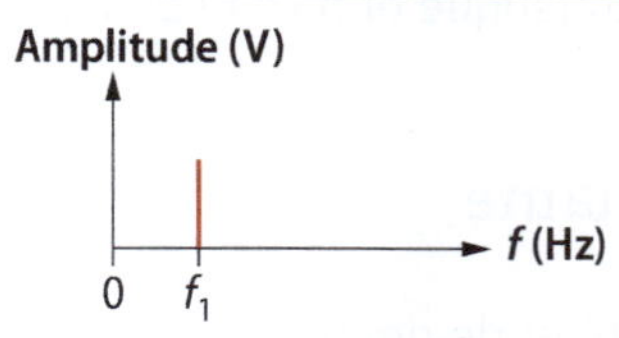	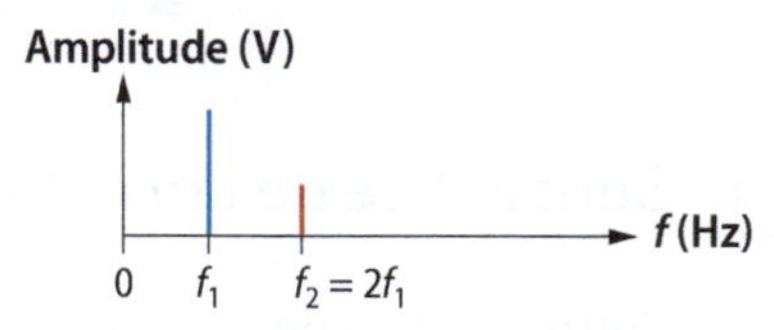

La hauteur d'un son, donnant la sensation qu'un son est plus aigu ou plus grave qu'un autre, est égale à la fréquence f_1 du fondamental.
Deux sons de même hauteur, joués par deux instruments différents, ne sont pas perçus de la même manière. Cela dépend du **timbre du son qui est lié au nombre d'harmoniques présents et à leurs amplitudes respectives**.

2 De l'intensité acoustique au niveau sonore

La sensation auditive humaine n'est pas proportionnelle à l'intensité sonore reçue.
En effet, quand deux trompettes jouent ensemble, l'intensité sonore est deux fois plus grande par rapport à une seule trompette, car **les intensités acoustiques s'additionnent**, mais le son ne paraît pas deux fois plus fort.
Pour quantifier cette sensation sonore, on définit la grandeur appelée **niveau sonore**, notée L, sachant que :

$$L = 10 \times \log\left(\frac{I}{I_0}\right)$$

Avec I en W.m^{-2} et L en décibel (dB)

L'intensité sonore de référence I_0 correspond au seuil d'audibilité de l'oreille humaine pour un son de fréquence 1 000 Hz et est telle que : $I_0 = 10^{-12}$ W.m^{-2}.

Connaissant le niveau sonore L, il est possible de calculer l'intensité acoustique avec la relation suivante : $I = I_0 \times 10^{L/10}$.

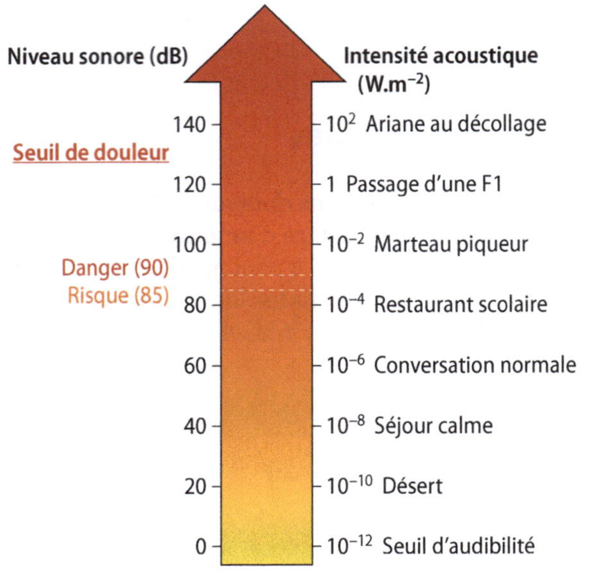

▲ Intensité acoustique et niveau sonore

3 Sensibilité de l'oreille humaine

Notre oreille a des seuils d'audibilité et de douleur qui dépendent de la fréquence du son reçu. Parmi les fréquences audibles, les plus graves et les plus aiguës sont mal perçues et deviennent gênantes voire dangereuses à fort volume. Les mediums sont quant à eux bien perçus et moins dangereux.

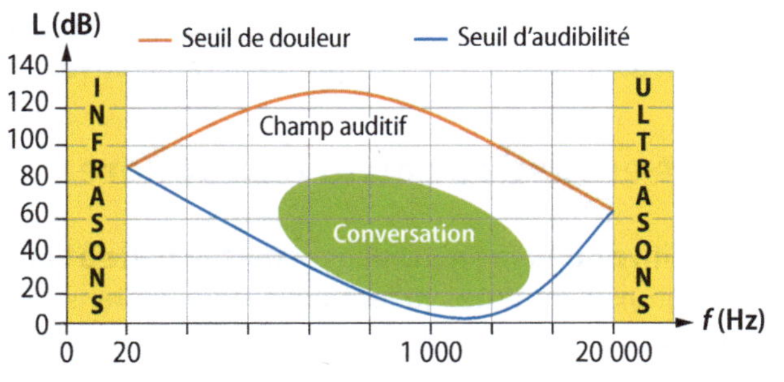

▲ Courbes de sensibilité de l'oreille humaine

4 Sensibilité de l'oreille humaine

L'isolation phonique dépend de la nature des matériaux choisis, de leurs épaisseurs respectives et de la fréquence de l'onde sonore incidente.
À partir de modèles, on peut en déduire la valeur de **l'indice d'affaiblissement acoustique R_w, exprimé en décibels (dB)**, mesure normalisée caractérisant **l'aptitude d'un matériau à atténuer la transmission directe du bruit**.

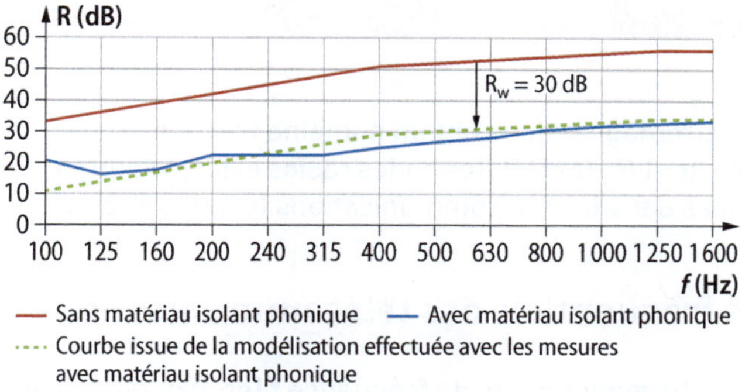

▲ Mesure d'affaiblissement acoustique en fonction de la fréquence du son pour un matériau

Dans cet exemple, le matériau permet en moyenne de diminuer de 30 dB le niveau sonore perçu.

Mes notes pour réviser

Ondes électromagnétiques

Les ondes électromagnétiques ont un domaine fréquentiel très large couvrant la lumière visible, les I.R., les U.V., les ondes radios et bien d'autres. Intéressons-nous à celles utilisées dans les télécommunications (communications à distance).

1 Domaines fréquentiels des télécommunications

Toute onde électromagnétique, de fréquence f (en Hz), peut se propager dans le vide ou dans l'air à la célérité c valant $3{,}00 \times 10^8$ m.s^{-1}.

Sa longueur d'onde λ (en mètre) a pour expression $\lambda = \frac{c}{f}$.

Pour transmettre des informations sur de courtes distances, comme avec les télécommandes, la lumière infra-rouge suffit.
Pour transmettre sur de plus longues distances, il faut utiliser des ondes électromagnétiques de (très) hautes fréquences et donc de (très) faibles longueurs d'onde.
Voici le classement des ondes électromagnétiques utilisées en radiocommunication :

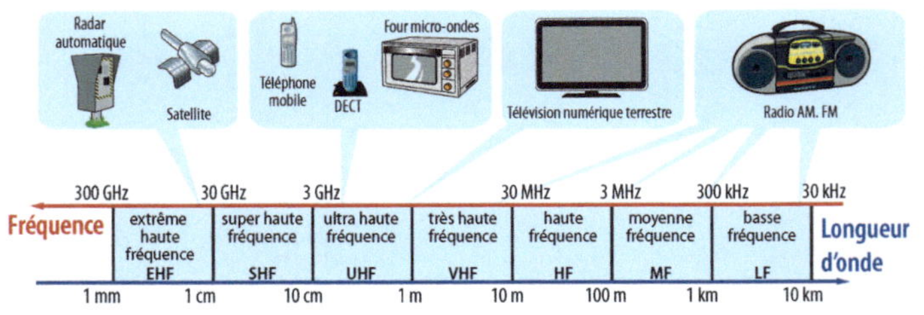

▲ Découpage en bandes de fréquences du spectre radiofréquence

2 Ondes radios et fibres optiques

• Ondes radios
De l'émetteur, le signal est transmis à une fréquence porteuse comme pour toute radio FM ou tout signal TV. L'antenne réceptrice a des caractéristiques géométriques propres aux signaux qu'elles doivent capter. **Pour que la réception soit optimale, il faut que la taille de l'antenne soit du même ordre de grandeur que la longueur d'onde de l'onde porteuse d'informations.**

▲ Antennes râteau et paraboliques

• Fibres optiques
Elles permettent de transmettre des données sous forme d'impulsions lumineuses avec un débit nettement supérieur à celui des autres supports de transmissions filaires. La fibre optique est constituée d'un cœur, d'une gaine optique et d'une enveloppe protectrice.
La fibre optique utilise le phénomène physique de la **réflexion totale** : la lumière est « piégée » dans le cœur et se propage en se réfléchissant à l'intérieur.

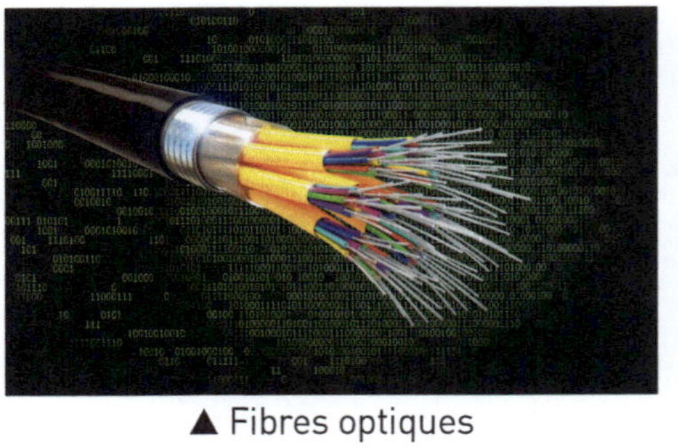

▲ Fibres optiques

3 Transmissions d'informations

La transposition de fréquence est un changement de fréquence, consistant à translater le spectre d'un signal, sans perte d'informations.

Il existe trois types de modulation où à chaque fois la grandeur de l'onde porteuse associée au nom de la modulation varie en fonction des caractéristiques des informations à transmette (fréquences et amplitudes respectives). Il s'agit soit de la **modulation d'amplitude**, **de fréquence** ou **de phase**.

Prenons le cas de la modulation d'amplitude où la porteuse, de fréquence F, est modulée par l'information à transmettre (voir Fig. 1a), contenant ici deux harmoniques, de fréquence f_A et f_B (voir Fig. 2a). Le signal modulé (voir Fig. 1b) reçu sur la bande AM comporte alors cinq fréquences différentes (voir Fig. 2b).

Sur les figures 2a et 2b, les échelles concernant les axes sont identiques.

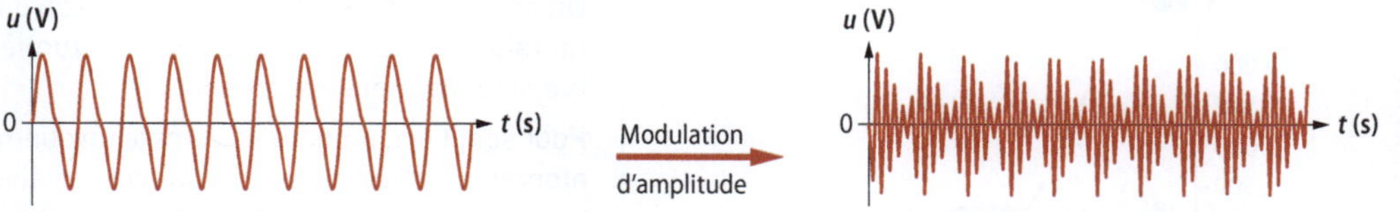

▲ Fig. 1a : signal modulant composé des harmoniques de fréquence f_A et f_B

▲ Fig. 1b : signal modulé obtenu après modulation d'amplitude

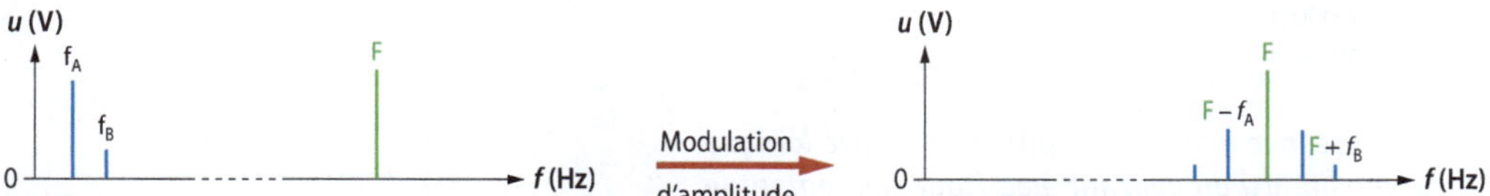

▲ Fig. 2a : spectre d'amplitude avant modulation d'amplitude

▲ Fig. 2b : spectre d'amplitude avant modulation d'amplitude

Pour la modulation de fréquence, ce n'est pas l'amplitude de l'onde porteuse qui est modulée mais sa fréquence.

Pour transmettre simultanément plusieurs informations de nature diverse (images, sons, etc.), il faut utiliser plusieurs canaux séparés permettant d'utiliser sur chacun une onde porteuse portant son propre signal. Il s'agit d'un **multiplexage fréquentiel**.

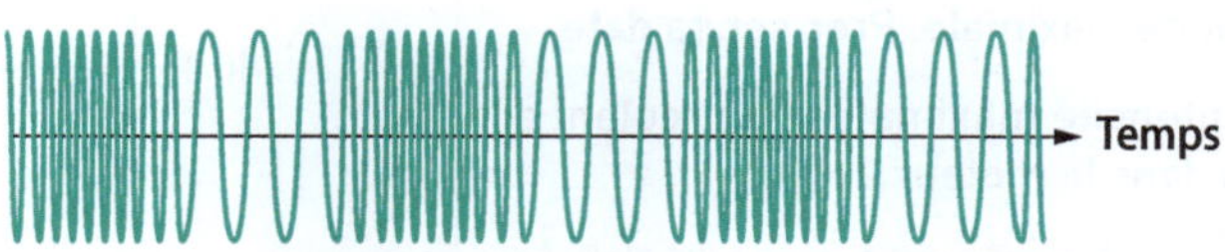

▲ Fig. 3 : Porteuse modulée en fréquence (ex. : radio FM)

Exercice 1 Voir Fiche 1

Métro VAL 208

Ce type de métro (véhicule auotmatique léger) de largeur 208 cm est utilisé par exemple à Rennes, Lille et Toulouse. La tension d'alimentation de la voie est constamment de 750 V.

Pour éviter tout à-coup pendant les phases d'accélération et de décélération, la puissance électrique instantanée p(t) fournie au moteur, de rendement proche de 90 %, suit l'évolution suivante entre deux stations :

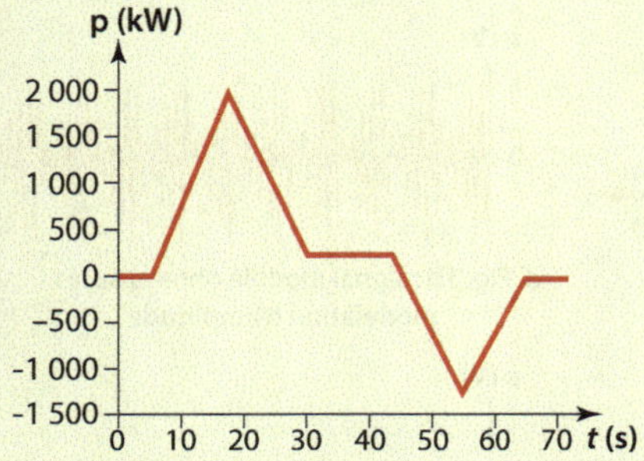

La puissance instantanée p(t) est négative lorsque l'intensité i(t) du courant électrique alimentant le moteur est négative.

1. D'après cette courbe, indiquer les dates suivantes :

– le début de la phase d'accélération ;

– la fin de la phase d'accélération ;

– le début de la phase de décélération ;

– la fin de la phase de décélération.

2. a) Déterminer la valeur de p_{max}, celle de la puissance instantanée maximale. Préciser sa date.

b) Que vaut l'intensité maximale I_{max} circulant à ce moment-là dans le moteur ?

3. Déterminer graphiquement les énergies E_a et E_d, exprimées en mégajoule (MJ), consommées par le moteur respectivement pendant les phases d'accélération et de déceleration.

4. En déduire l'énergie électrique totale E_{tot} consommée par le moteur entre les deux stations.

5. Convertir E_{tot} en kWh (1 Wh = 3 600 J).

6. Effecteur le bilan de conversion énergétique en réalisant le diagramme où figurent les valeurs de chaque énergie en kWh.

FAIT ☐ REVU ☐

Exercice 2 Voir Fiches 3 et 9

Lampe à décharge

Il existe une multitude de lampes à décharge mais la principale, utilisée dans l'éclairage scénique et sportif, est la lampe HMI, similaire aux lampes à vapeur de mercure. Elle contient des halogénures métalliques (par exemple métal mercure et ion iodure).

PARTIE A : Principe d'une lampe à décharge

La lampe est remplie d'une dizaine de composés. Un arc électrique excite la combinaison d'atomes métalliques permettant de créer la lumière voulue selon le mélange présent.

Pour simplifier, prenons en compte uniquement des atomes de mercure excités par cet arc électrique.

Voici quelques niveaux d'énergie de l'atome de mercure.

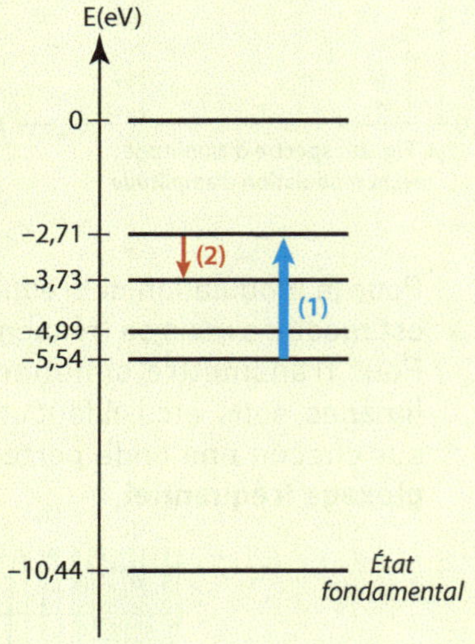

1. Les transitions (1) et (2) correspondent-elles à une émission ou à une absorption de photons ? Justifier.

Parmi toutes les fréquences des raies de lumière émises par les atomes de mercure, nous pouvons relever celle de fréquence $f = 5{,}50 \times 10^{14}$ Hz.

2. Cette fréquence correspond à la transition entre quels niveaux d'énergie du mercure ?

Données :

Constante de Planck : $h = 6{,}63 \times 10^{-34}$ J.s

$1 \text{ eV} = 1{,}60 \times 10^{-19}$ J

PARTIE B : Alimentation d'une lampe à décharge

Voici un des chemins empruntés par l'électricité :

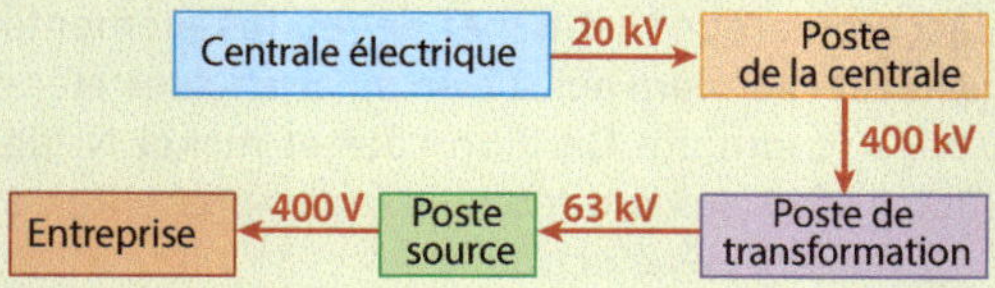

1. **Quelle est la particularité du transformateur utilisé au niveau du poste de la centrale par rapport aux deux autres sur les postes de transformation et source ?**

2. **Que vaut le rapport *m* de tranformation entre la centrale électrique et le poste de la centrale ?**

> **Doc. 1 – Facteur de puissance**
>
> Le facteur de puissance, cos φ, d'une installation électrique industrielle ne doit pas être inférieur à 0,93 sinon cela entraîne une facturation supplémentaire. Pour y remédier, il faut utiliser l'effet capacitif des condensateurs, à placer dans le circuit, pour augmenter le facteur de puissance.

3. **Rappeler l'expression du facteur de puissance en fonction des puissances active *P* et apparente *S*. Préciser les unités.**

Voici l'enregistrement des tension et intensité électriques aux bornes d'une lampe à décharge.

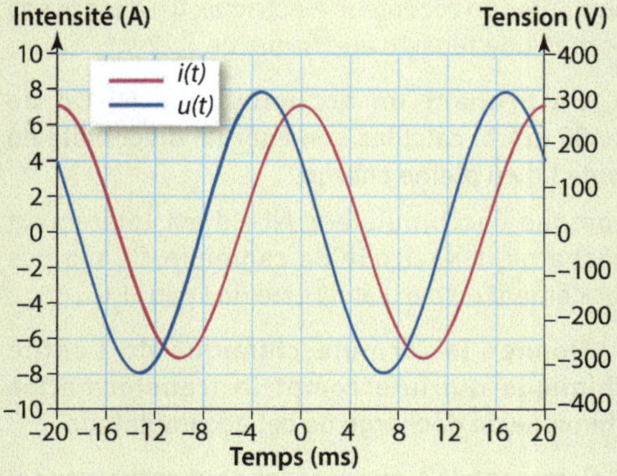

$|\varphi| = 2\pi \times f \times \Delta t$ en rad avec f la fréquence en Hz et Δt l'écart temporel entre *i*(*t*) et *u*(*t*) en s.

4. **L'installation électrique de cette entreprise doit-elle comporter une batterie de condensateurs pour répondre aux attentes du distributeur d'électricité ? Détailler votre démarche.**

FAIT ☐ REVU ☐

Exercice 3

Voir Fiches 5 et 10

Conservation de vaccins

En raison de la dégradation rapide des molécules présentes dans certains vaccins, comme pour certains de la covid-19, il faut les conserver à −80 °C alors que la température ambiante est bien supérieure. Cela impose des installations particulières, des super-congélateurs !

> **Doc. 1 – Cycle frigorifique**
>
> Pour les échanges thermiques, un fluide frigorigène est nécessaire dans le but de refroidir l'intérieur d'un congélateur.
>
> Voici le schéma simplifié du cycle frigorifique :
>
> 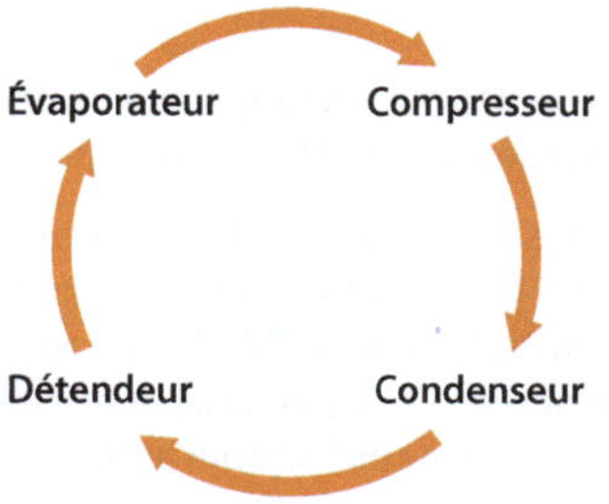
>
>
> **L'évaporateur :** sous pression atmosphérique normale, le fluide frigorigène passe de l'état liquide à l'état gazeux.
>
> **Le compresseur :** la pression du fluide frigorigène augmente en restant à l'état gazeux.
>
> **Le condenseur :** au contact de l'air extérieur, a lieu la liquéfaction du fluide frigorigène.
>
> **Le détendeur :** il permet de baisser la pression du fluide frigorigène pour la ramener à la pression atmosphérique normale avant qu'il ne repasse dans l'évaporateur...

1. **Dans l'évaporateur, le changement d'état provoque-t-il une absorption ou une libération d'énergie de/vers l'intérieur du congélateur ? Justifier.**

2. **En déduire l'évolution de la température de l'air intérieur du congélateur lors du fonctionnement de l'évaporateur.**

3. **Que se passe-t-il au niveau de la température pour le fluide frigorigène dans le compresseur ? Justifier.**

4. **La liquéfaction du fluide frigorigène dans le condenseur a quel impact sur l'air extérieur ? Justifier.**

5. Que se passe-t-il au niveau de la température pour le fluide frigorigène dans le détendeur ? Justifier.

Parmi les fluides frigorigènes disponibles, le propane est couramment utilisé pour cet usage car, mis à part le danger présenté par le pictogramme ci-dessous, il ne présente aucun risque pour l'environnement (couche d'ozone, etc.) en cas de fuite. Il bout à −42 °C sous pression atmosphérique normale et son énergie massique pour ce changement d'état est L_v valant 426 kJ.kg^{-1}.

6. Quel est le danger encouru en cas de fuite du propane utilisé comme fluide frigogène ?

7. Dans un super-congélateur, quelle baisse maximale de température peut subir 750 g d'air intérieur, initialement à 20 °C, si, au cours du cycle frigorifique, 100 g de propane sont passés à l'état de vapeur dans l'évaporateur ?

Donnée :

Capacité thermique massique de l'air gazeux (considérée constante) : c_m(air) = 1,0 kJ.kg^{-1}.K^{-1}

Cette baisse de température à l'intérieur d'un super-congélateur est moins rapide que prévu en raison, entre autres, des pertes thermiques. Pour limiter celles-ci, les fabricants utilisent des panneaux isolés sous-vide couplés à une mousse de polyuréthane haute densité, l'ensemble donnant une conductivité thermique globale des parois de 0,0050 W.m^{-1}.K^{-1}.

8. Que peut-on dire de la conductivité thermique des panneaux sous-vide utilisés sachant que la conductivité thermique du polyuréthane est voisine de 0,022 W.m^{-1}.K^{-1} ? Justifier.

Prenons le cas d'un super-congélateur avec 10 m^2 de parois donnant sur l'extérieur.

9. Calculer la résistance thermique R_{th} des parois d'épaisseur 10 cm et de conductivité thermique valant 0,0050 W.m^{-1}.K^{-1}.

10. En déduire le flux thermique ø lorsque des vaccins y sont stockés à −80 °C et que la température ambiante extérieure vaut 20 °C.

FAIT ☐ REVU ☐

Exercice 4 Voir Fiches 2 et 13

Accumulateur Ni-Cd

L'accumulateur Ni-Cd met en jeu les éléments nickel et cadmium aussi bien au niveau des électrodes (cadmium Cd d'un côté et nickel Ni de l'autre) que des entités chimiques présentes à proximité de ces électrodes.

1. Quelle différence faites-vous entre une pile et un accumulateur ?

Voici les demi-équations électroniques de cet accumulateur :

$$Cd(OH)_2 + 2\,H^+ + 2\,e^- = Cd + 2\,H_2O$$

$$2\,NiOOH + 2\,H^+ + 2\,e^- = 2\,Ni(OH)_2$$

2. Quels sont les porteurs de charge qui circulent dans un récepteur électrique branché à un accumulateur se déchargeant ?

3. Pour chaque demi-équation électronique, donner le couple oxydant/réducteur.

4. Sachant que le cadmium Cd est oxydé lors de la décharge de cet accumulateur, en déduire l'équation de la réaction ayant lieu.

5. Lors de la décharge de l'accumulateur Ni-Cd, indiquer laquelle des deux électrodes est la cathode et l'autre l'anode. Justifier.

6. Préciser si l'électrode de cadmimum Cd est la borne positive ou négative. Justifier.

Lorsque l'accumulateur Ni-Cd se décharge pour alimenter un récepteur électrique, il y a entre ses bornes une tension électrique de 1,22 V.

7. En prenant un accumulateur Ni-Cd de 2 400 mA.h, calculer son énergie disponible en joule (J) en pleine charge.

Lorsque l'accumulateur Ni-Cd est totalement déchargé, l'électrode de cadmium Cd n'a pas totalement disparu et il reste de l'eau H_2O.

8. Donner la formule chimique de l'entité chimique qui interrompt la transformation chimique de décharge de cet accumulateur.

9. Comment doit-on procéder pour recharger cet accumulateur Ni-Cd ? Préciser les branchements à effectuer.

10. Donner l'équation de la réaction qui a lieu lors de la recharge de l'accumulateur Ni-Cd.

FAIT ☐ REVU ☐

Exercice 5 Voir Fiches 2, 12 et 13

Piles à combustible

Les piles à combustible permettent à partir d'une réaction chimique de produire un courant électrique.

Voici le schéma de principe d'une pile à combustible :

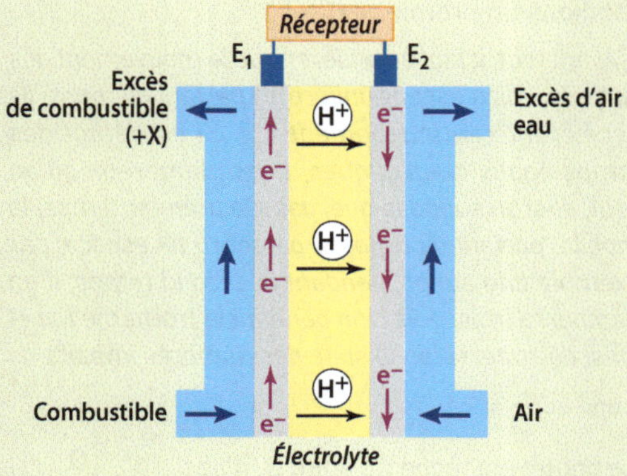

« X » est libéré après combustion pour une pile à combustible avec CH_3OH et l'air.

PARTIE A : Pile à combustible avec H_2 et l'air

Le combustible est dans ce cas le dihydrogène H_2.

Voici les couples des espèces chimiques mises en jeu et leurs demi-équations électroniques en milieu aqueux acide :

$$H^+/H_2 : 2\ H^+ + 2\ e^- = H_2 \ (1)$$

$$O_2/H_2O : O_2 + 4\ e^- + 4\ H^+ = 2\ H_2O \ (2)$$

1. Pour chaque couple mis en jeu, nommer l'oxydant et le réducteur, puis justifier la nécessité de travailler en milieu aqueux acide.

2. Quels sont les réactifs dans cette pile à combustible ?

3. Pour qu'il y ait échange du même nombre d'électrons, écrire l'équation de la réaction modélisant la transformation chimique ayant lieu quand cette pile à combustible débite un courant électrique.

4. Préciser les noms des électrodes E_1 et E_2.

5. De E_1 ou E_2, quelle électrode est la borne positive de cette pile à combustible ?

Regardons de plus près, l'efficacité de cette pile à combustible en fonction de la puissance voulue sur la courbe ci-après.

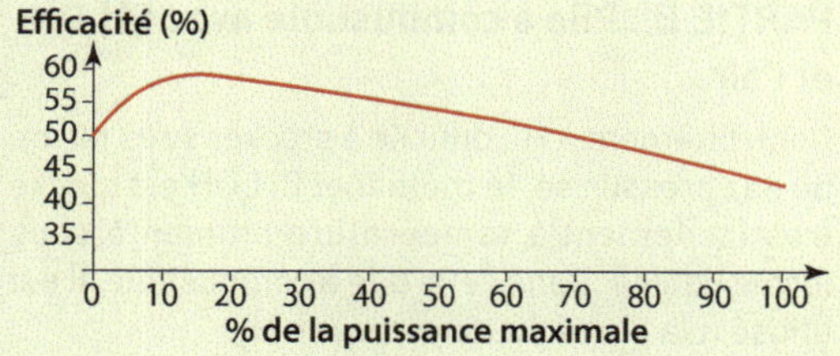

6. Analyser cette courbe donnant l'évolution de l'efficacité d'une pile à combustible par rapport à la puissance voulue.

Regardons de plus près le diagramme de la chaîne hydrogène ci-après, exprimant l'énergie nécessaire pour produire un kilogramme de dihydrogène et l'énergie électrique résultante.

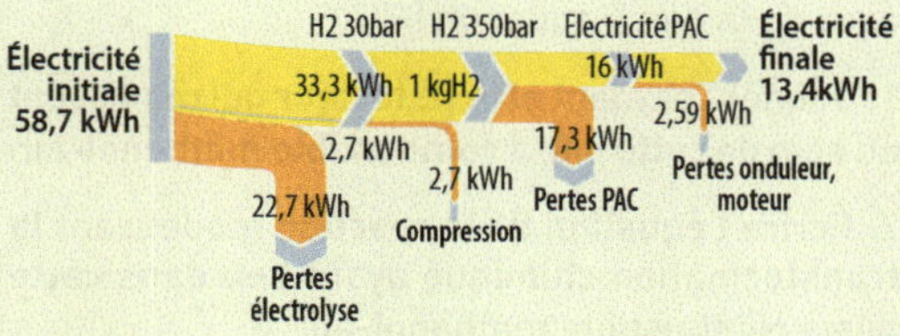

7. Sachant qu'un wattheure vaut 3 600 J, exprimer en joule (J) l'énergie électrique disponible après combustion d'un kilogramme de dihydrogène dans cette pile à combustible.

8. Quelle masse de dihydrogène est consommée lors de l'utilisation de cette pile à combustible alimentant sous 6,0 A et 220 V, un récepteur électrique pendant dix heures ?

9. Que vaut le rendement global η_{tot} de la chaîne à hydrogène de la production de dihydrogène à celle d'électricité avec une pile à combustible ?

Doc. 1 – Batterie ou hydrogène ?

Dans une optique de comparaison des rendements énergétiques, pour un véhicule par exemple, on peut s'appuyer sur les éléments suivants : le rendement de charge d'une batterie de véhicule est de l'ordre de 88 %, le rendement de décharge étant estimée à 93 %. En considérant un onduleur et un transformateur entre la sortie batterie et le moteur électrique, on obtient ainsi un rendement global de 70 %.

Source : ADEME, janvier 2020

10. Le stockage d'énergie à privilégier actuellement doit-il être les batteries ou la chaîne hydrogène ?

PARTIE B : Pile à combustible avec CH_3OH et l'air

Contrairement à H_2, difficile à stocker sous forme de gaz pressurisé, le méthanol CH_3OH est stocké très facilement à température ambiante sous forme liquide. Dans cette pile à combustible, il est utilisé à la place du dihydrogène H_2.

Voici les couples des espèces chimiques mises en jeu et leurs demi-équations électroniques en milieu aqueux acide :

$CO_2/CH_3OH : CO_2 + 6\,H^+ + 6\,e^- = CH_3OH + H_2O$ (3)

$O_2/H_2O : O_2 + 4\,e^- + 4\,H^+ = 2\,H_2O$ (4)

Pour qu'il y ait échange du même nombre d'électrons, il faut multiplier par deux les nombres stœchiométriques de la demi-équation (3) et par trois ceux de la demi-équation (4).

1. Donner l'oxydant et le réducteur qui réagissent au sein de cette pile à combustible méthanol-air.

2. Écrire l'équation de la réaction modélisant la transformation chimique ayant lieu dans cette pile à combustible méthanol-air.

3. En plus de l'excès de méthanol CH_3OH, quelle autre espèce chimique est « X » mentionnée dans l'introduction de cet exercice ?

PARTIE C : Émissions de CO_2

Comparons les émissions de dioxyde de carbone CO_2 de la pile à combustible méthanol-air à celles d'un groupe électrogène alimenté en gazole, assimilé à un composé de formule brute $C_{12}H_{26}$.

1. Donner l'équation équilibrée de la combustion complète du gazole.

2. Déterminer la masse de gazole qui libère autant d'énergie par combustion qu'une mole de méthanol dans une pile à combustible méthanol-air.

3. Comparer la quantité de matière de dioxyde de carbone émis par les deux dispositifs fournissant la même énergie. La pile à combustible méthanol-air est-elle une alternative « beaucoup plus propre » au groupe électrogène ?

Données :

- Pouvoir calorifique inférieur (PCI) :

$PCI(CH_3OH) = 20{,}0\ MJ.kg^{-1}$

$PCI(C_{12}H_{26}) = 44{,}0\ MJ.kg^{-1}$

- Masses molaires atomiques ($g.mol^{-1}$) :

$M(C) = 12{,}0$; $M(O) = 16{,}0$; $M(H)$ 1,0

FAIT ☐ REVU ☐

Exercice 6 Voir Fiche 6

Attention à la chute !

Galilée (1564-1642) aurait étudié la chute des corps en lâchant divers objets du sommet de la tour de Pise (Italie). Il y fait référence dans deux ouvrages : *Dialogue sur les deux grands systèmes du monde* et *Discours concernant deux sciences nouvelles*.

Étudions un premier extrait :

« *Avant tout, il faut considérer que le mouvement des corps lourds n'est pas uniforme : partant du repos, ils accélèrent continuellement (...). Si on définit des temps égaux quelconques, aussi nombreux qu'on veut, et si on suppose que, dans le premier temps, le mobile, partant du repos, a parcouru tel espace, par exemple une aune*, pendant le second temps, il en parcourra trois, puis cinq pendant le troisième (...) et ainsi de suite, selon la suite des nombres impairs* ».

* une aune = 1,14 m

Le boulet est lâché au point O, d'abscisse $x_0 = 0$ à la date $t_0 = 0$. On suppose l'action de l'air négligeable ; dans ce cas, nous considérons qu'il s'agit d'une chute libre et l'équation horaire du mouvement du centre d'inertie G du boulet est :

$$x(t) = \frac{1}{2} \times g \times t^2$$

Soient x_1 la distance parcourue au bout de la durée τ, x_2 la distance parcourue au bout de la durée 2τ et x_3 la distance parcourue au bout de la durée 3τ.

1. Exprimer x_1, x_2, x_3 en fonction de g et de τ.

2. Exprimer $h_1 = x_1 - x_0$, $h_2 = x_2 - x_1$ et $h_3 = x_3 - x_2$ en fonction de g et de τ.

3. Exprimer h_2 et h_3 en fonction de h_1.

4. Retrouve-t-on la suite des hauteurs de chute annoncée par Galilée dans le premier extrait ? Justifier.

Étudions un second extrait concernant les points de vue d'Aristote et de Galilée, au sujet de l'influence de la masse m du boulet sur la durée totale Δt de sa chute suivant l'axe Ox :

« *Cherchons à savoir combien de temps un boulet, de fer par exemple, met pour arriver sur la terre d'une hauteur de cent coudées*.*

*Aristote dit qu'une « boule de fer de cent livres**, tombant de cent coudées, touche terre avant qu'une boule d'une livre ait parcouru une seule coudée », et je vous dis, moi, qu'elles arrivent en même temps.*

Des expériences répétées montrent qu'un boulet de cent livres met cinq secondes pour descendre de cent coudées ».

* cent coudées correspondent à une distance de 57 m
** cent livres correspondent à une masse de 45,36 kg

5. **Parmi les propositions ci-dessous, attribuer celle qui correspond à la théorie d'Aristote et celle qui correspond à la théorie de Galilée :**

– La durée de chute augmente quand la masse du boulet augmente ;
– La durée de chute diminue quand la masse du boulet augmente ;
– La durée de chute est indépendante de la masse.

6. **Calculer la durée Δt de la chute d'un boulet qui tombe d'une hauteur totale H de cent coudées sachant que $g = 9{,}8$ m.s^{-2} en considérant qu'il s'agit d'une chute libre.**

7. **La chute d'un boulet est-elle libre ? Justifier.**

En considérant uniquement le poids P agissant sur le boulet de cent livres et les forces de frottement dont la norme f a pour expression $f = k \times v^2$, où v est la vitesse instantanée du boulet au cours de sa chute, appliquons le principe fondamental de la dynamique pour approfondir cette étude lancée par Galilée.

8. **Énoncer le principe fondamental de la dynamique.**

9. **Démontrer qu'en l'appliquant, nous obtenons :**

$$m \times \frac{dv}{dt} = m \times g - k \times v^2$$

10. **En déduire l'expression de la vitesse limite v_{lim} atteinte par le boulet lorsque la vitesse ne varie plus en fin de chute.**

11. **Calculer la valeur de v_{lim} sachant que $k = 1{,}1 \times 10^{-2}$ kg.m^{-1} et $g = 9{,}81$ m.s^{-2}.**

FAIT ☐ REVU ☐

Exercice 7 Voir Fiche 7

Un bon coup de pédale ?

Lorsqu'un cycliste pédale, il existe une force qui varie lors de la rotation des manivelles.

À un instant précis, prenons en compte la force $\vec{F}$ exercée par le pied sur la pédale, mettant en rotation le plateau. Cette force $\vec{F}$ a deux composantes $\vec{R}$ et $\vec{T}$, où ici $\alpha = 20°$.

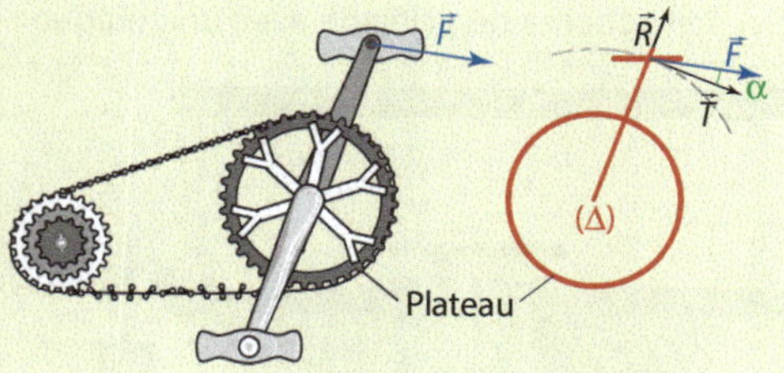

1. **Des deux composantes $\vec{R}$ et $\vec{T}$, laquelle agit efficacement pour la rotation du plateau ? Justifier.**

2. **En déduire une des conditions d'un « bon coup de pédale », c'est-à-dire que la force $\vec{F}$ exercée soit la plus efficace possible.**

3. **Calculer les valeurs R et T des composantes sachant que $\vec{F}$ a pour norme $F = 100$ N.**

4. **Calculer la valeur du moment de la force $\vec{F}$ sachant que le point d'application de $\vec{F}$ est situé à $L = 180$ mm de l'axe de rotation (Δ).**

5. **Calculer la vitesse angulaire ω du plateau en rad.s^{-1} lorsque la fréquence de pédalage est de 80 tours par minute.**

Suivant le nombre de dents sélectionné à la fois sur le plateau actionné par la pédale et au niveau de la roue arrière, la vitesse angulaire ω' de la roue a pour expression en fonction de la vitesse angulaire ω du plateau :

$$\frac{\omega'}{\omega} = \frac{\text{nombre de dents sur le plateau}}{\text{nombre de dents sur la roue}}$$

6. **Déterminer la vitesse angulaire de la roue ω' si le cycliste sélectionne 52 dents pour le plateau et 16 dents au niveau de la roue arrière en conservant la même fréquence de pédalage de 80 tours par minute.**

7. **Quelle est alors la vitesse linéaire v du cycliste si le rayon de la roue arrière vaut 34 cm ? L'exprimer en m.s^{-1} puis en km.h^{-1}.**

FAIT ☐ REVU ☐

Exercice 8 Voir Fiche 8

Une presse hydraulique

La presse hydraulique est couramment utilisée en industrie. Elle peut comporter une plaque sur laquelle est posé un matériau pouvant être soulevé et/ou écrasé, ou un lit dans lequel un matériau peut être moulé, plié, etc.

Voici son schéma de principe avec une plaque :

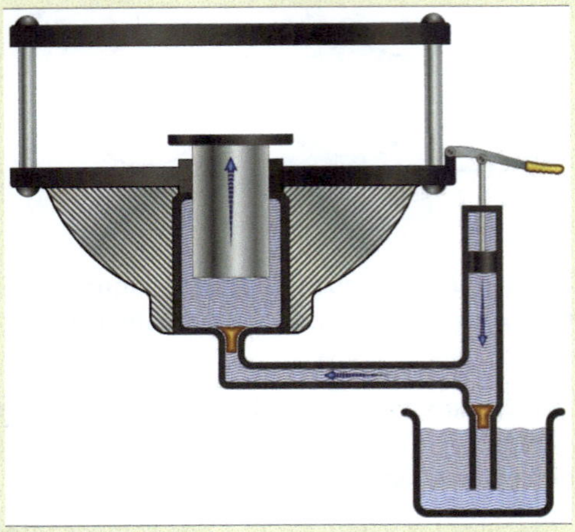

Une presse hydraulique est constituée de deux pistons de diamètres différents. Un fluide, de l'huile par exemple, permet de transmettre intégralement toute variation de pression ΔP, produite en abaissant le petit piston, vers le grand piston.

Soient d le diamètre du petit piston et D celui du grand piston.

L'aire d'un disque de rayon r a pour expression : $A = 4 \times \pi \times r^2$.

1. Exprimer la force pressante f exercée sur le fluide, subissant une surpression ΔP, au niveau du petit piston de diamètre d.

2. Exprimer la force pressante F exercée sur le fluide, subissant une surpression ΔP, au niveau du grand piston de diamètre D.

3. En déduire la relation entre f, F, d et D.

Un technicien désire utiliser une presse hydraulique de « 20 tonnes », c'est-à-dire exerçant une force F de 200 kN environ sur un matériau.

4. Quelle force f doit-être exercée sur le petit piston si $d = 1{,}00$ cm et $D = 40{,}00$ cm ?

FAIT ☐ REVU ☐

Exercice 9 Voir Fiche 8

Que de pression !

La fosse des Mariannes, de profondeur h estimée à 10 994 mètres, située le long de l'archipel des îles Mariannes dans l'océan Pacifique, est la fosse sous-marine la plus profonde du monde.

Considérons que la masse volumique ρ de l'eau de mer vaut 1 030 kg.m^{-3} et que la pression atmosphérique P_{atm} au niveau de la surface de l'eau vaut 1 013 hPa.

1. En utilisant la loi fondamentale de la statique des fluides, calculer la variation de pression ΔP, exprimée en Pa, entre le niveau de la mer et le fond de la fosse des Mariannes.

2. En déduire la valeur de la pression absolue P_{abs}, exprimée en Pa, au fond de la fosse des Mariannes.

Le 23 janvier 1960, la mesure de la pression absolue a été effectuée par les instruments de bord d'un bathyscaphe et elle était de 1 087 bars. Des formes de vie ont aussi été vues au fond de la fosse des Mariannes !

3. Estimer l'erreur relative sur la détermination par calcul de la pression absolue au fond de la fosse des Mariannes.

4. Quel doit-être l'ordre de grandeur de la pression interne au sein des formes de vie au fond de la fosse des Mariannes ?

Données : intensité de la pesanteur : $g = 9{,}807$ N.kg^{-1} ; 1 bar $= 1 \times 10^5$ Pa

FAIT ☐ REVU ☐

Exercice 10 Voir Fiche 9

Solar impulse 2

L'avion Solar impulse 2 a fait un tour du Monde de 40 000 km, effectué en 17 étapes, sans une goutte d'essence, en 2016, grâce à ses panneaux photovoltaïques placés sur 269,5 m² de surface exposée aux rayons du Soleil.

Il disposait de moteurs électriques de puissance moyenne totale de 11 kW et de batteries, de masse globale 633 kg, pouvant stocker 260 W.h par kilogramme. Voici les divers rendements des cellules photovoltaïques jusqu'aux hélices :

	PANNEAUX PHOTO-VOLTAÏQUES	BATTERIES	MOTEURS	HÉLICES
η(%)	23	95	80	70

1. Calculer l'énergie de rayonnement, exprimée en W.h, reçue par Solar impulse 2 pendant une journée de vol sachant que les panneaux photovoltaïques sont éclairés pendant douze heures sous une puissance moyenne surfacique de 500 W.m^{-2}.

2. **En considérant que les batteries sont déchargées au bout de 24 h de vol, tracer le diagramme énergétique lors d'un jour de vol de Solar impulse 2 en précisant à chaque fois leurs valeurs respectives.**

3. **Quelle énergie E_{moteur}, exprimée en W.h, est consommée par les moteurs électriques pendant une journée complète de vol de 24 h ?**

4. **Vérifier que les moteurs ne risquaient pas d'être à court d'énergie pendant le vol.**

FAIT ☐ **REVU** ☐

Exercice 11 Voir Fiche 11

Le thorium

Le thorium $_{90}$Th est un métal gris, lourd, mou, malléable et ductile, radioactif. Il ternit au contact de l'air et réagit avec l'eau. Il réagit violemment avec les oxydants.

1. **Comment appelle-t-on la valeur « 90 » figurant dans $_{90}$Th ?**

2. **Le thorium est-il un acide, une base, un réducteur ou un oxydant ? Justifier.**

3. **Compléter l'extrait du diagramme de la famille du thorium 232 ci-dessous en précisant les nombres de charge et de masse manquants et le type de radioactivité.**

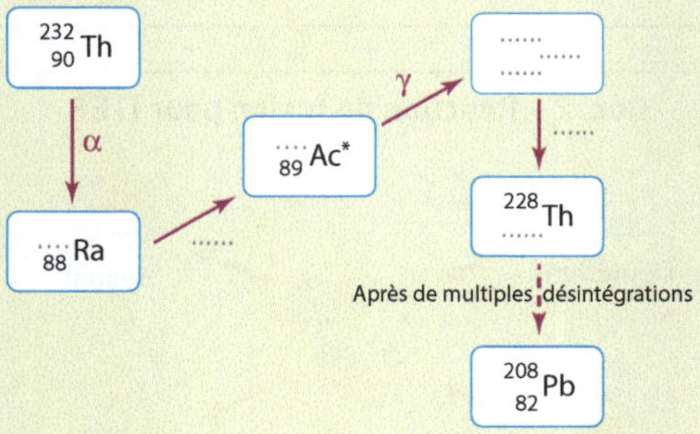

La loi de décroissance radioactive, donnant le nombre de noyaux radioactifs restants N en fonction du temps t est :

$$N(t) = N_0 \times e^{-t/\tau}$$

4. **Que désignent N_0 et τ ?**

5. **En déduire l'expression de l'activité, notée $A(t)$, en fonction de τ et $N(t)$ sachant que $A(t) = -\dfrac{dN(t)}{dt}$.**

6. **Quelle est l'unité officielle de l'activité A ?**

Le temps de demi-vie (ou demi-vie) du thorium 232 est $t_{1/2} = 1{,}405 \times 10^{10}$ ans.

7. **Donner la définition de la demi-vie $t_{1/2}$ (ou temps de demi-vie).**

8. **En appliquant la définition précédente, démontrer la relation suivante : $t_{1/2} = \tau \times \ln 2$.**

9. **En déduire la valeur de τ pour le thorium 232.**

Après extraction et traitement, un chercheur est en possession de 1,00 mg de $^{232}_{90}$Th pur.

10. **Combien de noyaux radioactifs contient cet échantillon de 1,00 mg de $^{232}_{90}$Th pur sachant que 232 g en contiendrait $6{,}02 \times 10^{23}$?**

11. **En déduire l'activité initiale A_0 de cet échantillon pur dans l'unité officielle.**

Doc. 1 – Datation

La datation par la méthode uranium-thorium est très utilisée car elle s'applique à la plupart des matériaux géologiques (fossiles, sédiments, laves, etc.) et à la datation de squelettes dont l'âge est inférieur à 450 000 ans. Lors de la formation des cristaux de calcites, il y a capture de l'uranium 234 et rejet du thorium. On suppose donc qu'au moment de la cristallisation les cristaux de calcite ne contiennent pas de thorium et qu'il n'y a pas d'échange ultérieur avec le milieu extérieur.

Le thorium ^{230}Th détecté actuellement dans ce type d'échantillon proviendra alors de la désintégration de l'uranium 234. La méthode consiste à mesurer par des procédés physico-chimiques le rapport ^{230}Th/^{234}U pour en déduire la date de cristallisation.

Sur le graphique ci-après, est représentée l'évolution du rapport ^{230}Th/^{234}U en fonction du temps, pour la période de datation concernée [35 000 ans, 38 000 ans]. L'origine des dates est prise à partir du moment où le rapport ^{230}Th/^{234}U est non nul.

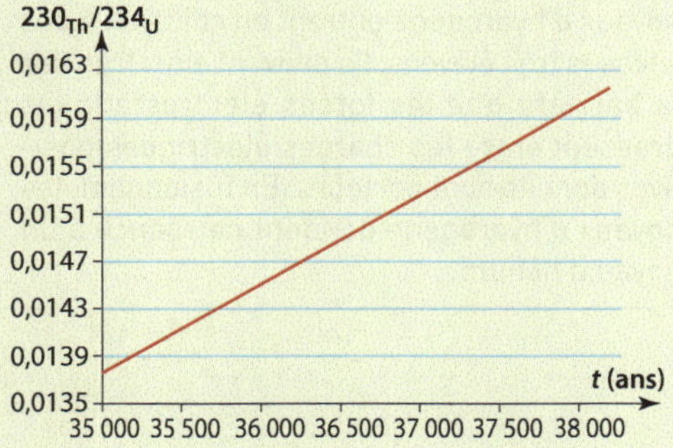

12. Lors de la cristallisation (formation de calcites), que vaut le rapport $^{230}Th/^{234}U$?

13. Pourquoi le rapport $^{230}Th/^{234}U$ est-il croissant sur l'intervalle de temps choisi ?

Lors d'une fouille, deux squelettes furent découverts au même endroit. L'un d'eux présente un crâne tellement « endommagé », qu'il laisse présager une mort violente.

En l'an 2000, des paléoanthropologues réalisèrent une datation avec la méthode uranium – thorium.

Voici la valeur du rapport $^{230}Th/^{234}U$ pour chacun :

	$^{230}TH/^{234}U$
ossements squelette 1	0,01410
ossements squelette 2	0,01476

14. La victime et le meurtrier étaient-ils côte à côte ? Justifier.

FAIT ☐ REVU ☐

Exercice 12 Voir Fiches 11 et 12

ITER

Doc. 1 – Le projet ITER

ITER est l'un des projets les plus ambitieux au monde dans le domaine de l'énergie.

En France, dans le département des Bouches-du-Rhône, 35 pays sont engagés dans la construction du plus grand tokamak jamais conçu, une machine qui doit démontrer que la fusion, l'énergie du Soleil et des étoiles, peut être utilisée comme source d'énergie à grande échelle, non émettrice de CO_2, pour produire de l'électricité.

Les atomes sont animés d'un mouvement incessant. Plus ils sont chauds, plus ce mouvement est rapide. Au cœur du Soleil, où la température atteint 15 millions de degrés, les noyaux d'hydrogène entrent en collision à des vitesses très élevées. Ils peuvent ainsi franchir la barrière que les forces électrostatiques dressent entre les charges électriques positives dont ils sont porteurs. En fusionnant, les noyaux d'hydrogène donnent naissance à un noyau d'hélium.

La masse de l'atome d'hélium ainsi obtenu ne correspond pas exactement, toutefois, à la somme des masses des deux atomes de départ. Un peu de la masse a disparu et une grande quantité d'énergie est apparue. Ce phénomène est exprimé par la célèbre formule d'Einstein $E = m.c^2$: l'infime perte de masse (m) multipliée par le carré de la vitesse de propagation de la lumière (c^2) produit un nombre très élevé (E) qui correspond à la quantité d'énergie créée par la réaction de fusion nucléaire.

Chaque seconde, le Soleil transforme 600 millions de tonnes d'hydrogène en hélium, libérant ainsi une gigantesque quantité d'énergie. Faute de pouvoir disposer, sur Terre, de l'intensité de la force gravitationnelle à l'œuvre au cœur des étoiles, une nouvelle approche a été développée pour réaliser des réactions de fusion.

Au XXe siècle, la science de la fusion a identifié la réaction de fusion la plus efficace réalisable en laboratoire : il s'agit de la réaction entre deux isotopes de l'hydrogène (H), à savoir, le deutérium (D) et le tritium (T). La réaction de fusion D-T est celle qui permet d'obtenir le gain énergétique le plus élevé aux températures les plus « basses ». Mais elle exige des températures de 150 millions de degrés, soit dix fois plus que la réaction H-H qui se produit au cœur du Soleil.

Source : https://www.iter.org.

Doc. 2 – Réaction de fusion pour ITER

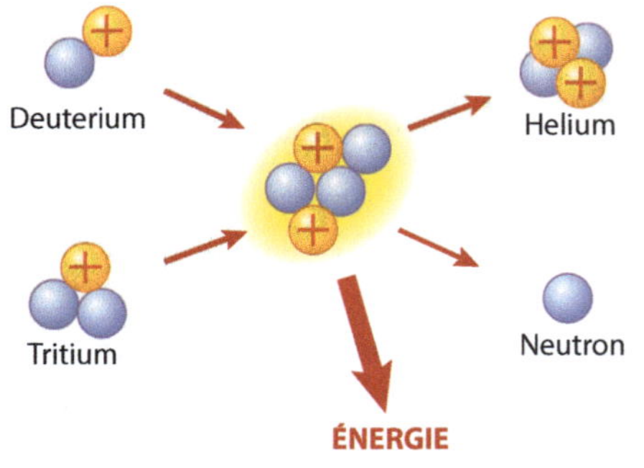

$${}^{2}_{1}H + {}^{3}_{1}H \rightarrow {}^{4}_{2}He + {}^{1}_{0}n + \text{ÉNERGIE}$$

Doc. 3 – Einstein

Données :

- Célérité de la lumière : $c = 3{,}00 \times 10^8$ m.s^{-1}
- Masse d'un neutron : $m_n = 1{,}67492 \times 10^{-27}$ kg
- Masse de quelques noyaux :

NOYAU	DEUTÉRIUM	TRITIUM	HÉLIUM
Masse (kg)	$3{,}34358 \times 10^{-27}$	$5{,}00736 \times 10^{-27}$	$6{,}64465 \times 10^{-27}$

1. Calculer, en kg, la valeur du défaut de masse au cours de cette fusion nucléaire.

2. Calculer l'énergie libérée par cette fusion nucléaire.

Cette fusion nucléaire libèrerait chaque seconde 500 MJ en consommant environ 1,5 mg de mélange deutérium-tritium.

3. Sachant que le pouvoir calorifique du pétrole est de 42 MJ.kg^{-1}, quelle masse de pétrole faudrait-il brûler pour obtenir la même énergie que celle libérée chaque seconde par cette fusion nucléaire ? Conclure.

FAIT ☐ REVU ☐

Exercice 13 Voir Fiche 14

Le b.a-ba des réactions acido-basiques

Les quatre questions ci-après permettent de faire le point sur les notions concernant les acides et bases.

1. Compléter le tableau en retrouvant l'acide ou la base du couple acide/base.

ACIDE	HNO_2		$CH_3NH_3^+$	
BASE		$CH_3CH_2COO^-$		NH_3

2. Les équations suivantes sont-elles celles d'une réaction acido-basique ? Si oui, préciser le réactif qui est l'acide et donner les deux couples acide/base.

ÉQUATION DE LA RÉACTION	OUI ou NON ?
$NH_{3(aq)} + H_2O_{(l)} \rightarrow NH_{4\,(aq)}^+ + HO_{(aq)}^-$	
$C_2H_5OH_{(aq)} + Na_{(s)} \rightarrow C_2H_5O_{(aq)}^- + Na_{(aq)}^+ + \frac{1}{2}H_{2(g)}$	
$HCl_{(g)} + H_2O_{(l)} \rightarrow H_3O_{(aq)}^+ + Cl_{(aq)}^-$	
$H_2O_{(l)} + H_2O_{(l)} \rightarrow H_3O_{(aq)}^+ + HO_{(aq)}^-$	

3. Pour chaque proposition ci-dessous, indiquer si elle est vraie ou fausse.

a) La réaction se fait entre l'acide et la base d'un même couple acide/base.

b) L'acide capte un électron.

c) La base donne un électron.

d) Il y a échange d'électrons entre l'acide d'un couple et la base d'un autre.

e) Il y a échange de protons entre l'acide d'un couple et la base d'un autre.

f) La base cède un proton.

4. Compléter le tableau ci-dessous.

SOLUTION AQUEUSE	EAU DE JAVEL	JUS DE CITRON	EAU DE MER
$[H_3O_{(aq)}^+]$ (mol.L^{-1})	$3{,}2 \times 10^{-12}$		
pH		2,5	8,0
Acide, basique ou neutre ?			

FAIT ☐ REVU ☐

Exercice 14 Voir Fiche 14

Alerte pollution !

Nous allons étudier l'impact de certaines industries et gaz d'échappements entraînant la formation de pluies acides.

Doc. 1 – Formation des pluies acides

« Les pluies acides » est un terme utilisé pour décrire toute forme de précipitation acide (pluie, neige, grêle...). Deux types de polluants, le dioxyde de soufre et les oxydes d'azote, sont les principales causes des pluies acides.

Ces polluants réagissent avec le dioxygène (O_2) de l'air pour former de l'acide sulfurique et de l'acide nitrique. On les retrouve dans les nuages et les précipitations parfois à des milliers de kilomètres de leur point d'émission. Ceci concourt à des dépôts acides et à l'acidification accrue des pluies par rapport à celles résultant de la seule présence du dioxyde de carbone dans l'air (le pH « naturel » d'une pluie est de l'ordre de 5,6).

1. Définir une base selon Brønsted.

2. L'eau des précipitations normales a un pH :

☐ acide

☐ neutre

☐ basique

3. Quel est l'impact du dioxyde de carbone sur l'eau pure de pH neutre ?

☐ Il fait augmenter son pH.

☐ Il fait diminuer son pH.

☐ Il n'a aucun impact sur son pH.

4. Le dioxyde de carbone est un gaz :

☐ qui a des propriétés acides.

☐ qui a des propriétés basiques.

☐ qui n'a aucune propriété acidobasique.

5. Le rejet de polluants tels que le dioxyde de soufre et les oxydes d'azote fait :

☐ baisser le pH des précipitations.

☐ augmenter le pH des précipitations.

☐ n'a aucun impact sur le pH des précipitations.

Le dioxyde d'azote réagit avec la pluie et la vapeur d'eau atmosphérique pour former de l'acide nitrique, suivant l'équation :

$$3\ NO_{2(g)} + H_2O_{(l)} \rightarrow 2\ HNO_{3(aq)} + NO_{(g)}$$

6. S'agit-il d'une réaction acidobasique ? Justifier.

L'acide nitrique HNO_3 ainsi formé réagit avec l'eau suivant une réaction acido-basique.

7. Écrire l'équation chimique correspondante.

8. Écrire les deux couples acide-base mis en jeu lors de cette dernière réaction.

De son côté, le dioxyde de soufre SO_2 réagit avec le dioxygène de l'air pour former du trioxyde de soufre SO_3 suivant l'équation :

$$2\ SO_{2(g)} + O_{2(g)} \rightarrow 2\ SO_{3(g)}$$

Le trioxyde de soufre réagit avec la pluie et la vapeur d'eau atmosphérique pour former de l'acide sulfurique, suivant l'équation :

$$SO_{3(g)} + H_2O_{(l)} \rightarrow H_2SO_{4(aq)}$$

9. Combien de protons H_2SO_4 peut-il céder au maximum à une base ?

Quand ces pluies acides tombent, elles créent de nombreux dégâts sur les organismes vivants (forêts, poissons présents dans des rivières de plus en plus acides, etc.).

L'un des exemples les plus faciles à observer est l'impact de ces pluies sur les constructions. Les pierres calcaires sont lentement attaquées par les pluies acides. La pierre semble rongée.

Le calcaire a pour formule chimique $CaCO_3$. Il s'agit d'un solide ionique contenant les ions Ca^{2+} et CO_3^{2-}.

10. Donner les formules chimiques et états physiques de A et B dans l'équation ci-dessous modélisant la dissolution du calcaire dans l'eau acide. Tous les nombres stœchiométriques valent 1.

$$H_2SO_{4(aq)} + CaCO_{3(s)} + H_2O_{(l)} \rightarrow SO^{2-}_{4(aq)} + H_3O^+_{(aq)} + \mathbf{A} + \mathbf{B}$$

FAIT ☐ REVU ☐

Exercice 15 Voir Fiches 15 et 16

La reconnaissance vocale des manchots

Comment peut-on expliquer qu'un poussin manchot retrouve ses parents au milieu de colonies de milliers d'oiseaux marins tous semblables ? Ce n'est pas par la vue mais par la voix !

À partir d'enregistrements réalisés sur place et de modifications effectuées par ordinateur, Pierre Jouventin, Directeur de recherche au CNRS, et toute son équipe ont étudié les paramètres indispensables à la reconnaissance vocale.

Vous souhaiteriez intégrer une telle équipe en qualité de technicien du son. Mais vous vous posez bon nombre de questions après lecture des documents à suivre.

Doc. 1 – Deux manchots vous parlent !

Voici deux enregistrements effectués sur une durée identique.

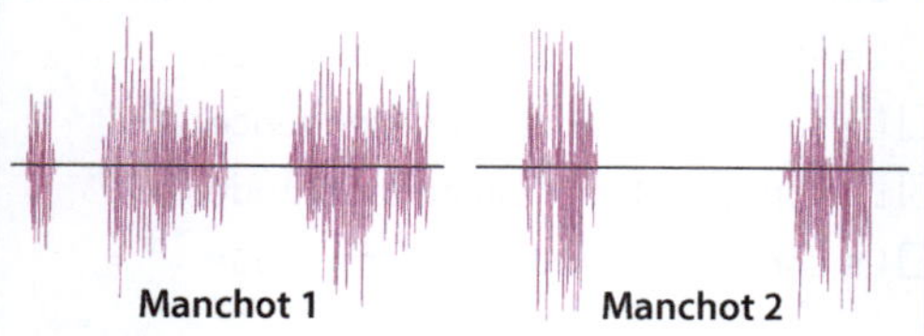

Doc. 2 – Analyse spectrale d'un son original de manchot reconnu par son poussin

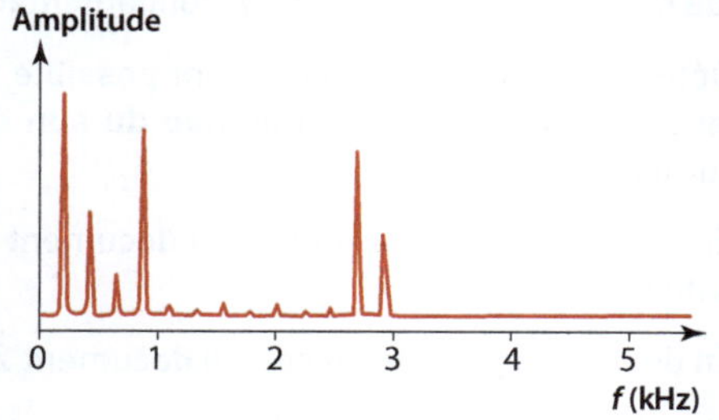

Doc. 3 – Quelques faits expérimentaux

Voici quelques informations tirées du film documentaire « La signature vocale des manchots » datant de 1999.

Profitons du nourrissage de poussins par leurs parents pour enregistrer les échanges vocaux. En modifiant à l'ordinateur le chant du parent, nous pourrons en isoler les éléments indispensables à l'identification par le poussin. Si un élément mineur est modifié, l'oiseau testé continuera à identifier le chant et répondra. Si c'est un élément majeur, il ne répondra pas. Ainsi, en supprimant les graves, le chant n'est pas reconnu. En supprimant maintenant les fréquences aigües, le poussin n'est pas gêné par la modification. Aucun élément subjectif n'est porté. Ce n'est pas l'Homme mais l'animal qui répond à l'enquête. Si les bonnes questions sont posées, nous aurons les bonnes réponses ! Le chant d'un individu est constitué d'une succession de syllabes (séparées par du silence). Si aucun manchot ne chante à proximité, deux dixièmes de seconde suffisent. Or le chant entier contient plusieurs syllabes et dure presque cinq secondes. Le manchot répète son message pour être entendu à coup sûr. Au cours des cinq secondes, le chant du manchot évolue en hauteur (modulation de fréquence) et en amplitude (modulation d'amplitude). Si la modulation de fréquence est supprimée, le poussin ne reconnaît plus son parent. Celle d'amplitude n'est pas indispensable à l'identification mais à la localisation du parent parmi d'autres. Un homme est capable de comprendre son interlocuteur même s'il parle plus bas que ses voisins. C'est ce qu'on appelle l'audition intelligente ou « l'effet cocktail ». Le niveau sonore d'une colonie est égal à celui du périphérique parisien, proche de 75 dB. On a mélangé le chant du parent électroniquement avec le chant de parents étrangers au poussin... On a du mal, nous, à détecter le chant du parent. Par contre, le poussin y arrive très bien. Si le son est à – 6 dB en-dessous du bruit de fond de la colonie, le poussin détecte son parent. La limite d'audibilité chez l'Homme se trouve à – 4 dB. Le manchot est donc beaucoup plus doué dans ce domaine que nous !

Vidéo intégrale (26'47'') :

https://www.canal-u.tv/video/cerimes/la_signature_vocale_des_manchots.9295

Doc. 4 – Analyse spectrale de deux sons modifiés à partir du son original d'un manchot reconnu par son poussin

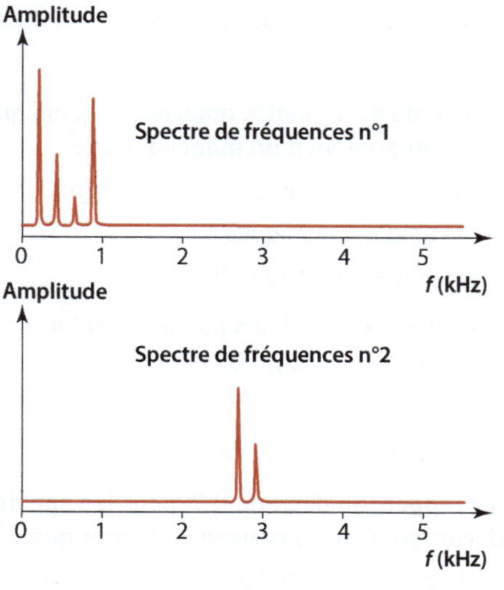

Doc. 5 – Exemples de sons modulés

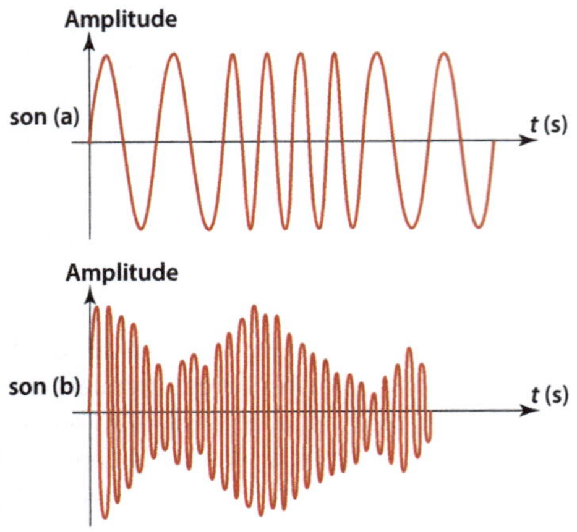

Partie A : QCM

1. Deux dixièmes de seconde correspondent à :

☐ 0,5 s.

☐ 0,2 s.

☐ 5 s.

☐ 2 s.

2. Les deux sons de manchots du document 1 :

☐ sont identiques.

☐ ont le même nombre de syllabes.

☐ ont des syllabes séparées d'une même durée.

☐ sont différents.

3. À partir du document 2, nous pouvons indiquer pour le son original d'un manchot que :

☐ ce son n'est pas audible pour l'Homme.

☐ il n'a pas d'harmoniques.

☐ ce son est audible pour l'Homme.

4. Les deux sons modifiés du document 4 :

☐ ont la même hauteur.

☐ ont le même timbre.

☐ n'ont aucun point commun.

5. Par rapport au document 2, pour les spectres du document 4, nous pouvons affirmer que :

☐ « Si le poussin entend le son dont le spectre de fréquences est le n° 1, alors il ne répond pas ».

☐ « Si le poussin entend le son dont le spectre de fréquences est le n° 2, alors il ne répond pas ».

☐ « Si le poussin entend ces deux sons simultanément avec la même amplitude, alors il ne répond pas ».

6. Concernant les sons modulés du document 5 :

☐ Le son (a) est modulé en fréquence.

☐ Le son (b) est modulé en fréquence.

☐ Le son (a) est modulé en amplitude.

☐ Le son (b) est modulé en amplitude.

Partie B : Analyse des documents 2 et 3

1. Définir la notion de hauteur d'un son.

2. Quelle relation lie la fréquence f_n de l'harmonique n à la fréquence f_1 du mode fondamental ?

3. Déterminer le plus précisément possible la fréquence du dernier harmonique du son du document 2.

4. En déduire la hauteur du son du document 2. Justifier.

5. En déduire la période du son du document 2.

6. D'après le document 3, quel niveau d'intensité sonore minimum L_{min} doit atteindre le son émis par un parent pour que son poussin puisse le détecter au sein d'une colonie de manchots ?

L'intensité sonore I est définie par : $I = I_0 \times 10^{\frac{L}{10}}$ avec $I_0 = 1{,}0 \times 10^{-12}$ W.m^{-2}.

7. En déduire l'intensité sonore minimale correspondante.

FAIT ☐ REVU ☐

Exercice 16 Voir Fiches 15 et 16

Silence à bord ?

Il existe depuis quelques années des casques audio à réduction de bruit active. Cette technologie est aussi utilisée dans un système innovant permettant de réduire le bruit au niveau des sièges passagers d'un avion.

Doc. 1 – Atténuateur de bruit pour siège d'avion

Chaque siège d'avion, équipé d'un atténuateur électronique de bruit, contient un module électroacoustique qui détecte le fond sonore ambiant et produit un autre son afin de le réduire grâce à deux haut-parleurs placés près des oreilles du passager.

Voici les résultats des tests effectués, avec ou sans ce dispositif, dans les mêmes conditions de bruit ambiant.

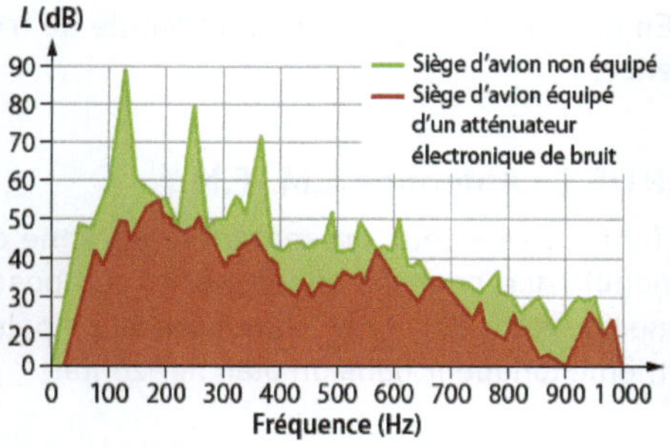

▲ Résultats du test de siège

Doc. 2 – Simulation de la réduction d'un son

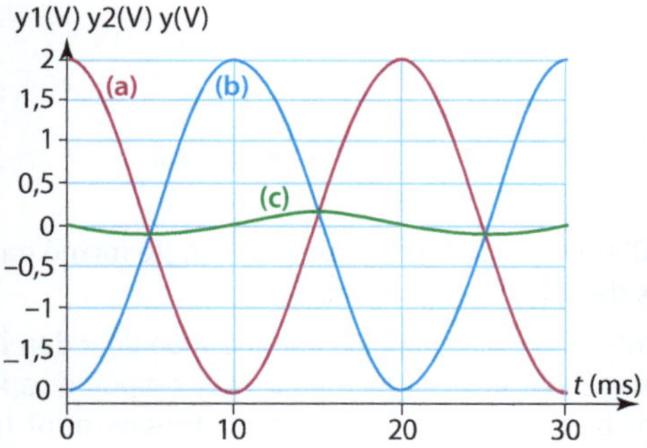

(a) : fond sonore ambiant

(b) : son émis par le siège équipé d'un atténuateur électronique

(c) : son perçu par le passager assis sur un siège équipé d'un atténuateur électronique

Doc. 3 – Quelques données

• Relation entre le niveau sonore L (dB) et l'intensité sonore I ($W.m^{-2}$) : $L = 10 \times \log \frac{I}{I_0}$ avec $I_0 = 1{,}0 \times 10^{-12}$ $W.m^{-2}$, intensité sonore de référence.

• Domaines de fréquences sonores :

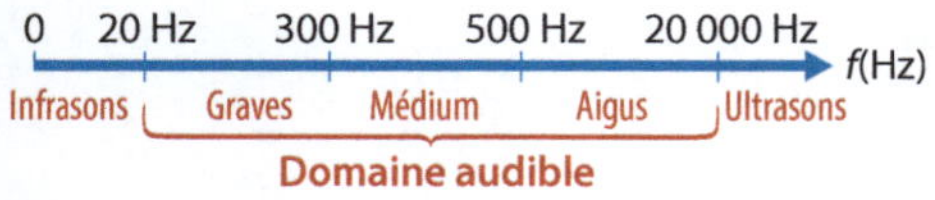

• Des signaux sont en phase lorsque leurs maximums (et minimums) coïncident. Ils sont en opposition de phase quand les maximums d'un signal coïncident avec les minimums de l'autre.

1. Le fond sonore ambiant du document n° 2 est-il pur ou complexe ? Justifier.

2. Déterminer la fréquence de ce fond sonore ambiant du document n° 2.

3. D'après les résultats des tests du document n° 1, estimer le niveau maximal d'intensité sonore et la fréquence de ce son que l'on peut percevoir dans une cabine d'avion sans aucun dispositif anti-bruit particulier.

4. a) Les sièges équipés d'atténuateur de bruit permettent :

☐ de plus réduire le niveau d'intensité sonore des sons graves que des sons médiums.

☐ de plus réduire le niveau d'intensité sonore des sons médiums que des sons graves.

☐ de réduire autant le niveau d'intensité sonore des sons graves que des sons médiums.

☐ de réduire au maximum de 10 dB environ le niveau d'intensité sonore.

b) Cocher la(les) affirmation(s) juste(s).

☐ Dans le document n° 2, les signaux (a), (b) et (c) sont en phase.

☐ Dans le document n° 2, les signaux (a), (b) et (c) ont la même fréquence.

☐ Dans le document n° 2, les signaux (a) et (b) sont en opposition de phase.

☐ Dans le document n° 2, les signaux (a) et (b) sont en phase.

☐ Dans le document n° 2, les signaux (a) et (b) sont presque en opposition de phase.

☐ Dans le document n° 2, les signaux (a) et (b) sont presque en phase.

FAIT ☐ REVU ☐

Exercice 17 Voir Fiches 15 et 17

Modulons puis recevons !

Pour transmettre un signal périodique quelconque, il faut filtrer les harmoniques, d'amplitude très faible, pour limiter la largeur de la bande de fréquences émise. Puis, avec ce signal, il faut moduler la porteuse, onde électromagnétique de haute fréquence. Cette transposition de fréquence permet d'émettre un signal contenant l'information à transmettre. Étudions deux cas de figure de modulation avant de nous intéresser aux antennes A.M.-F.M.

PARTIE A : Modulation d'amplitude

1. Pour ce type de modulation, quelle grandeur de la porteuse est modulée par la fréquence du signal modulant ?

Voici le spectre d'amplitude d'un signal obtenu après modulation d'amplitude.

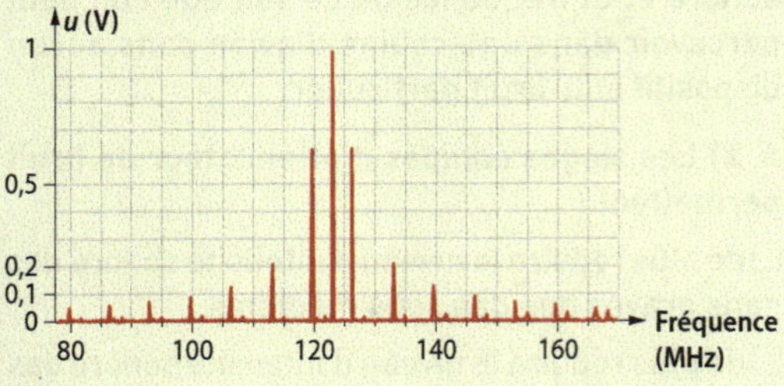

2. Déterminer le plus précisément possible la fréquence de la porteuse.

3. Déterminer le plus précisément possible la fréquence du fondamental.

4. Donner le rang et la fréquence des harmoniques présents.

5. Préciser si le signal transmis est un son audible pour l'être humain. Justifier.

6. Déterminer l'intervalle de fréquence minimal pour recevoir les harmoniques de ce signal d'amplitude supérieure à 100 mV.

PARTIE B : Modulation de fréquence

1. Pour ce type de modulation, quelle grandeur de la porteuse est modulée par la fréquence du signal modulant ?

Voici le spectre d'amplitude d'une modulation de fréquence obtenue en modulant une porteuse, de fréquence *F*, par un signal sinusoïdal de fréquence *f*.

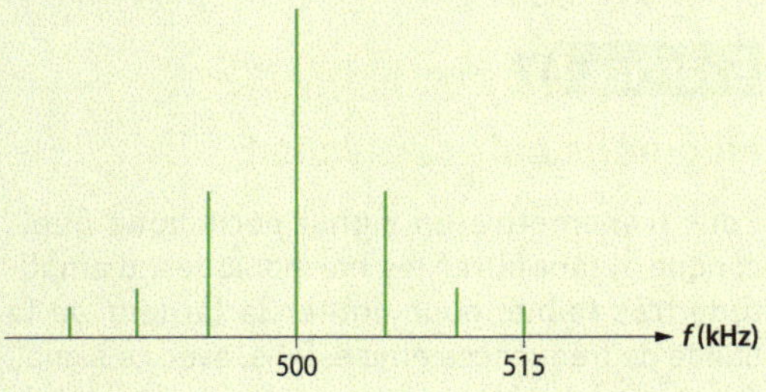

2. Déterminer les valeurs de *F* et *f*. Justifier.

3. Donner l'intervalle de fréquence nécessaire pour transmettre ce signal modulé en fréquence.

4. En déduire la largeur de cette bande de fréquence.

PARTIE C : Antennes A.M.-F.M.

La figure ci-dessous présente une antenne de radiodiffusion pour les bandes A.M., composée d'une tige verticale, et F.M. composée de 2 dipôles de même longueur dans un plan horizontal.

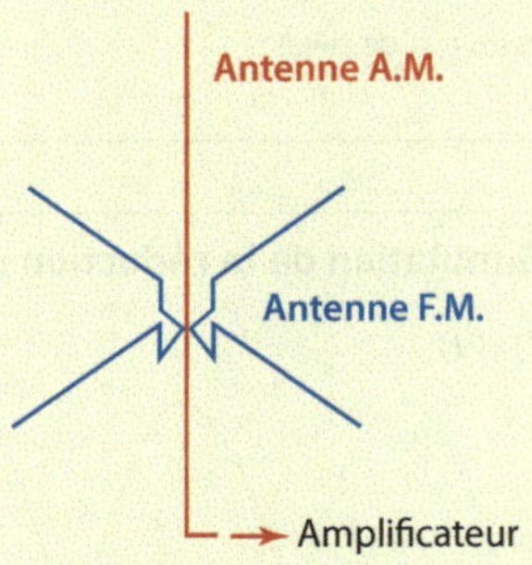

1. D'après cette figure, quel est l'angle formé par ces deux types d'antenne ?

L'antenne F.M. ci-dessus est qualifiée de « demi-ondes » car elle est formée de deux dipôles captant bien les fréquences de porteuses dont la longueur d'onde est égale au double de la longueur L de chaque dipôle.

2. Déterminer par calcul la longueur *L* préconisée pour une antenne F.M. « demi-ondes » captant des fréquences voisines $F = 100$ MHz.

Donnée : $c = 3{,}00 \times 10^8$ m.s^{-1}

Exercice 1 Voir Fiche 1

Métro VAL 208

Voici quelques informations portées sur le graphe de $p(t)$.

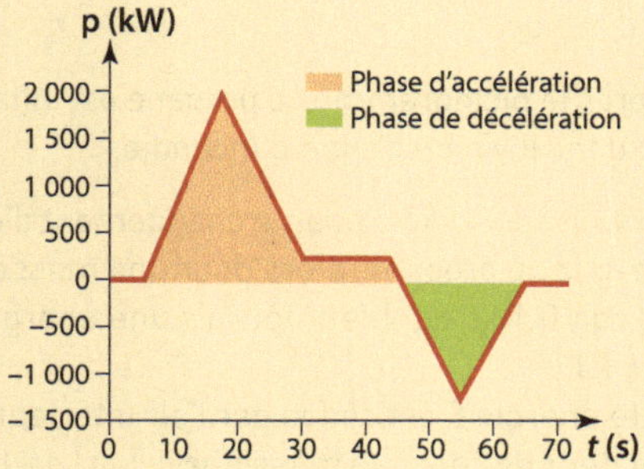

1. La phase d'accélération débute à 5 s et se termine à 45 s, instant où commence la phase de décélération qui se termine à 65 s.

2. a) p_{max} vaut 2 000 kW et est atteinte à 20 s environ.

b) $I_{max} = \frac{p_{max}}{U} = 2\,000 \times \frac{10^3}{750} = 2{,}67$ kA.

3. L'énergie consommée est l'aire entre l'axe des abscisses et la courbe de puissance $p(t)$. Ci-dessus, elles sont matérialisées ces deux aires, en orange pour la phase d'accélération (intensité et puissance positives) et en vert pour celle de décélération (intensité et puissance négatives).

Pour la phase d'accélération, la forme géométrique est équivalente à un triangle $\left(\text{d'aire : base} \times \frac{\text{hauteur}}{2}\right)$ et à un parallélogramme (de même aire qu'un rectangle valant base × hauteur).

$$E_a = \frac{(30-5) \times 2000 \times 10^3}{2} + (45-30) \times 250 \times 10^3$$

$E_a = 28{,}75$ MJ.

Pour la phase de décélération, le forme géométrique est celle d'une triangle.

$$E_d = \frac{(65-45) \times 1\,250 \times 10^3}{2} = 12{,}5 \text{ MJ}$$

4. $E_{tot} = E_a + E_d = 41{,}25$ MJ

5. $E_{tot} = \frac{41{,}25 \times 10^6}{3\,600} = 11{,}46$ kWh.

6. Voici le diagramme en tenant compte du rendement proche de 90 %.

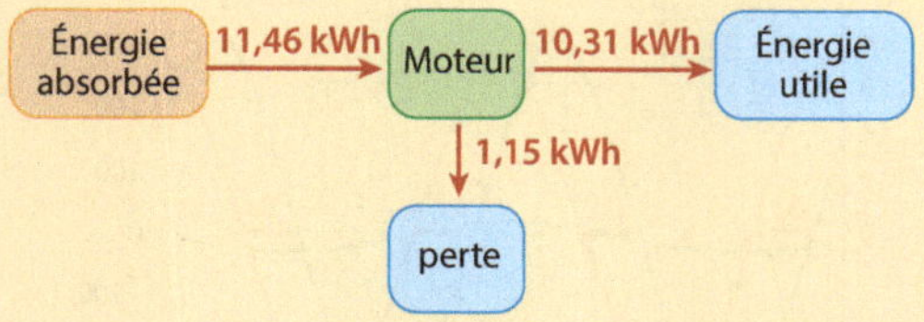

Exercice 2 Voir Fiches 3 et 9

Du producteur au consommateur

PARTIE A : Principe d'une lampe à décharge

1. Pour la transition (1), l'électron passe d'un niveau inférieur d'énergie à un niveau supérieur, donc il a absorbé un photon. Pour la transition (2), c'est l'inverse donc il libère de l'énergie en émettant un photon.

2. Si $f = 5{,}50 \times 10^{14}$ Hz, alors l'énergie mise en jeu est $E = h \times f = 6{,}63 \times 10^{-34} \times 5{,}50 \times 10^{14} = 3{,}65 \times 10^{-19}$ J.

Il faut convertir cette énergie en eV sachant que 1 eV $= 1{,}60 \times 10^{-19}$ J. Donc $E = \frac{3{,}65 \times 10^{-19}}{1{,}60 \times 10^{-19}} = 2{,}28$ eV.

Cette valeur de 2,28 eV est l'écart entre les niveaux d'énergie –2,71 eV et –4,99 eV.

Donc pour l'émission de ces photons, de fréquence $5{,}50 \times 10^{14}$ Hz, les électrons passent du niveau d'énergie –2,71 eV à celui de valeur –4,99 eV.

PARTIE B : Alimentation d'une lampe à décharge

1. Le transformateur au niveau du poste de la centrale élève la tension contrairement aux deux autres qui l'abaissent.

2. $m = \frac{400}{20} = 20$

3. $k = \cos \varphi = \frac{P}{S}$ où P est exprimée en watt (W) et S en volt.ampère (V.A). Le facteur de puissance k n'a pas d'unité.

4. Tout d'abord l'intensité et la tension ont bien la même fréquence f.

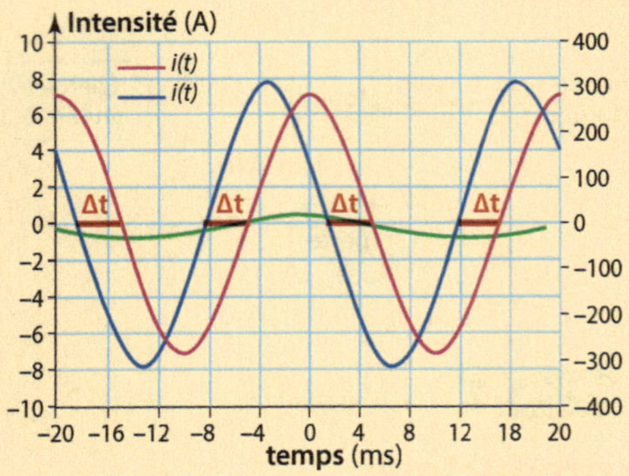

Une période T occupe cinq divisions horizontales donc elle dure 20 ms. Or $f = \frac{1}{T}$ donc $f = \frac{1}{20 \times 10^{-3}}$ $= 50$ Hz.

L'écart temporel Δt entre $i(t)$ et $u(t)$ occupe 0,5 cm tandis que 40 ms en occupent 6,0 cm donc $\Delta t = \frac{0{,}5 \times 40}{6{,}0} = 3{,}3$ ms.

Comme $|\varphi| = 2\pi \times f \times \Delta t$ alors $|\varphi| = 2\pi \times 50 \times 3{,}3 \times 10^{-3}$.$|\varphi| = 1{,}0$ rad.

Le facteur de puissance correspondant est $k = \cos \varphi = \cos (1 \text{ rad}) = 0{,}54$.

Ce facteur de puissance est largement inférieur à 0,93, donc cette installation électrique n'est pas conforme aux attentes du distributeur d'énergie et pour qu'elle le soit, il faut augmenter le facteur de puissance en ajoutant une batterie de condensateurs.

Exercice 3 Voir Fiches 5 et 10

Conservation de vaccins

1. Dans l'évaporateur, le fluide frigorigène passe de l'état liquide à l'état gazeux, donc il doit absorber de l'énergie pour être dans cet état plus désordonné. Cette énergie ne peut provenir que de l'air intérieur du congélateur. Donc ce changement d'état provoque une absorption d'énergie de l'intérieur du congélateur.

2. L'énergie cédée par l'air intérieur au congélateur provoque une baisse de sa température. Ceci est indiqué clairement dans l'introduction du doc. 1.

3. Dans le compresseur, la pression augmentant au sein du gaz, l'agitation moléculaire est plus importante donc la température du fluide frigorigène augmente.

4. Dans le condenseur, la liquéfaction n'est possible que si le fluide frigorigène cède de l'énergie à l'air extérieur. Donc la température de cet air extérieur augmente.

5. Si la pression sur le fluide frigorigène diminue dans le détendeur alors l'agitation moléculaire est moins importante donc la température du fluide diminue.

6. D'après le pictogramme, le propane est inflammable donc il y a un risque d'incendie.

7. Si L_v vaut 426 kJ.kg^{-1} pour le changement d'état liquide-gaz du propane, alors pour une masse de 100 g, soit 0,100 kg, il faut fournir une énergie E de 42,6 kJ.

Or cette énergie E est cédée par l'air intérieur du congélateur de capacité massique c_m(air) de 1 kJ. kg^{-1}.K^{-1}.

Donc $E = 42{,}6 \text{ kJ} = m_{air} \times c_{m(air)} \times \Delta T$.

$\Delta T = \frac{42{,}6 \times 10^3}{0{,}750 \times 1{,}0 \times 10^3} = 57$ K. La baisse de température de l'air intérieur est donc de 57 K (ou de 57 °C), donc la température de l'air intérieur est de −37 °C après vaporisation de 100 g de propane.

8. La conductivité thermique globale étant plus faible que celle du polyuréthane, on en déduit que les panneaux sous-vide sont de bien meilleurs isolants thermiques car ils abaissent la conductivité thermique.

9. $R_{th} = \frac{e}{\lambda}$ donc $R_{th} = \frac{0{,}10}{0{,}0050} = 20$ m².K.W^{-1}.

10. $\emptyset = \frac{S \times \Delta T}{R_{th}}$.

$\Delta T = 20 - (-80) = 100$ °C $= 100$ K car c'est la même valeur pour une différence de températures quelle que soit l'unité choisie.

$\emptyset = \frac{10 \times 100}{20} = 50$ W. Le flux thermique à travers les parois du super-congélateur vaut donc 50 W.

Exercice 4 Voir Fiches 2 et 13

Accumulateur Ni-Cd

1. Contrairement à une pile, un accumulateur peut être rechargé.

2. Il s'agit des électrons.

3. $Cd(OH)_2/Cd$ et $NiOOH/Ni(OH)_2$.

4. Si le cadmium est oxydé, alors NiOOH est réduit. Voici l'équation :

$$Cd + 2\ NiOOH + 2\ H_2O \rightarrow Cd(OH)_2 + 2\ Ni(OH)_2$$

5. La cathode est le lieu de la réduction donc dans le compartiment du nickel. L'anode est le lieu de l'oxydation donc dans le compartiment du cadmium.
Moyen mnémotechnique : anode et oxydation commencent par une voyelle tandis que cathode et réduction commencent par une consonne.
L'électrode de nickel est la cathode et celle de cadmium l'anode.

6. Au niveau de l'électrode de cadmium a lieu la demi-équation électronique : $Cd + 2\ H_2O = Cd(OH)_2 + 2\ H^+ + 2\ e^-$.
Des électrons de charge négative s'en échappent, donc l'électrode de cadmium est la borne négative.

7. $W = Q \times U$
$Q = 2{,}400\ A \times 3\ 600\ s$
$W = 2{,}400\ A \times 3\ 600\ s \times 1{,}22\ V$
$W = 1{,}05 \times 10^4\ J$.

8. Si ce n'est pas le cadmium Cd ou l'eau H_2O, alors d'après l'équation écrite à la question 4, il ne peut s'agir que de NiOOH.

9. Il faut brancher l'accumulateur à un générateur car celui-ci fournit les électrons permettant d'effectuer la transformation dans le sens inverse.
Il faut brancher l'électrode de cadmium à la borne négative du générateur et celle de nickel à la borne positive.

10. $Cd(OH)_2 + 2\ Ni(OH)_2 \rightarrow Cd + 2\ NiOOH + 2\ H_2O$.

Exercice 5 Voir Fiches 2, 12 et 13

Piles à combustible

PARTIE A : Pile à combustible avec H_2 et l'air

1. Pour H^+/H_2 : H^+ est l'oxydant et H_2 le réducteur.
Pour O_2/H_2O : O_2 est l'oxydant et H_2O le réducteur.
D'après les demi-équations électroniques, la présence des ions H^+ est nécessaire donc il faut que la solution aqueuse contienne des entités acides donneuses de protons H^+.

2. Les réactifs sont H_2 et O_2.

3. Pour échanger quatre électrons, il faut multiplier la demi-équation (1) par deux en mettant les réactifs à gauche et produits à droite.
$2\ H_2 = 4\ H^+ + 4\ e^-$ et $O_2 + 4\ e^- + 4\ H^+ = 2\ H_2O$.
On obtient $2\ H_2 + O_2 \rightarrow 2\ H_2O$.

4. Au niveau de l'électrode E_1 a lieu l'oxydation de H_2 donc il s'agit de l'anode.
Au niveau de l'électrode E_2 a lieu la réduction de O_2 donc il s'agit de la cathode.
Moyen mnémotechnique : anode et oxydation commencent par une voyelle tandis que cathode et réduction commencent par une consonne.

5. La borne positive est celle où arrivent les électrons, il s'agit donc de E_2, la cathode.

6. L'efficacité d'une pile à combustible hydrogène-air augmente jusqu'à 15 % de sa puissance maximale puis décroît inexorablement.

7. $13{,}4\ kWh = 13{,}4 \times \mathbf{10^3} \times 3600\ J = 4{,}82 \times 10^7\ J$

8. $Q = I \times \Delta t$ avec I en A et Δt en s. $W = Q \times U$ avec U en V.
Donc $W = (I \times \Delta t) \times U$.
$\Delta t = 10\ h = 10 \times 60 \times 60 = 36\ 000\ s$. $I = 6{,}0\ A$ et $U = 220\ V$.
Donc $Q = 6{,}0 \times 36\ 000 \times 220 = 4{,}8 \times 10^7\ J$.
Nous trouvons la même valeur qu'à la question précédente donc il faut un kilogramme de dihydrogène pour alimenter sous 6,0 A et 220 V un récepteur électrique pendant dix heures.

9. $\eta_{tot} = \dfrac{13{,}4}{58{,}7} = 0{,}228 = 22{,}8\ \%$.

10. Actuellement, la chaîne hydrogène ne peut pas rivaliser avec les batteries de rendement beaucoup plus élevé.

PARTIE B : Pile à combustible avec CH_3OH et l'air

1. Le réducteur est le méthanol CH_3OH et l'oxydant est le dioxygène O_2.

2. Il faut multiplier la demi-équation (3) par deux en l'inversant et la (4) par trois.

$$2\ CH_3OH + 2\ H_2O = 2\ CO_2 + 12\ H^+ + 12\ e^-$$
$$3\ O_2 + 12\ e^- + 12\ H^+ = 6\ H_2O$$

On obtient $2\ CH_3OH + 3\ O_2 \rightarrow 2\ CO_2 + 4\ H_2O$.

3. « X » est donc le dioxyde de carbone CO_2.

PARTIE C : Émissions de CO_2

1. $2\ C_{12}H_{26} + 37\ O_2 \rightarrow 24\ CO_2 + 26\ H_2O$.

2. Il faut tout d'abord calculer la masse molaire moléculaire du méthanol : $M(CH_3OH) = 12{,}0 + 4 \times 1{,}0 + 16{,}0 = 32{,}0\ g.mol^{-1}$.
L'énergie libérée par un kilogramme de méthanol valant 20,0 MJ et une mole de méthanol pesant

32,0 g, alors l'énergie libérée par une mole de méthanol vaut 0,0320 × 20,0 soit 0,640 MJ.
Pour libérer cette énergie de 0,640 MJ par la combustion complète du gazole de PCI 44,0 $MJ.kg^{-1}$, il en faudrait $\frac{0,640}{44,0}$ soit 0,0145 kg ou 14,5 g.

3. Lorsqu'une mole de méthanol réagit, il s'en forme autant en dioxyde de carbone d'après l'équation $2\ CH_3OH + 3\ O_2 \rightarrow 2\ CO_2 + 4\ H_2O$ car quand deux molécules de CH_3OH disparaissent deux molécules de CO_2 apparaissent. Pour libérer la même énergie, il faudrait réaliser la combustion complète de 14,5 g de gazole de masse molaire moléculaire $M(C_{12}H_{26}) = 12 \times 12,0 + 26 \times 1,0 = 170,0\ g.mol^{-1}$.
Cela correspond donc à la combustion complète de $\frac{14,5}{170,0}$ mol de gazole.
D'après l'équation $2\ C_{12}H_{26} + 37\ O_2 \rightarrow 24\ CO_2 + 26\ H_2O$, il se forme une quantité de matière en CO_2 douze fois plus élevée que celle initiale en gazole. Donc la combustion complète de gazole, libérant 0,640 MJ, génère la quantité de matière suivante en CO_2 : $\frac{12 \times 14,5}{170,0}$ soit 1,02 mol de CO_2.
Pour libérer la même énergie, la pile à combustible méthanol-air libère 1 mol de CO_2 et un groupe électrogène alimenté en gazole en libère 1,02 mol. La différence est minime donc la pile à combustible méthanol-air n'est pas une alternative beaucoup plus propre.

Exercice 6 Voir Fiche 6

Attention à la chute !

1. $x_1 = x(\tau) = \frac{1}{2}g\tau^2$

$x_2 = x(2\tau) = \frac{1}{2}g \times (2\tau)^2 = 4 \times \frac{1}{2}g\tau^2$

$x_3 = x(3\tau) = \frac{1}{2}g \times (3\tau)^2 = 9 \times \frac{1}{2}g\tau^2$

2. $h_1 = x_1 - x_0 = x_1 - 0 = \frac{1}{2}g\tau^2 = \mathbf{1} \times \frac{1}{2}g\tau^2$

$h_2 = x_2 - x_1 = 4 \times \frac{1}{2}g\tau^2 - \frac{1}{2}g\tau^2 = \mathbf{3} \times \frac{1}{2}g\tau^2$

$h_3 = x_3 - x_2 = 9 \times \frac{1}{2}g\tau^2 - 4 \times \frac{1}{2}g\tau^2 = \mathbf{5} \times \frac{1}{2}g\tau^2$

3. $h_2 = \mathbf{3} \times \frac{1}{2}g\tau^2 = 3h_1$

$h_3 = \mathbf{5} \times \frac{1}{2}g\tau^2 = 5h_1$

4. On retrouve bien une suite des hauteurs égale à un nombre impair de fois la distance $\frac{1}{2}g\tau^2$ comme annoncée par Galilée.

5. Proposition b : « la durée de chute diminue quand la masse du boulet augmente » ⇔ Aristote
Proposition c : « la durée de chute est indépendante de la masse » ⇔ Galilée.

6. $H = x(t) - x(0) = \frac{1}{2}gt^2 - \frac{1}{2}gt_0{}^2 = \frac{1}{2}gt^2 - 0$

$H = \frac{1}{2}g\Delta t^2$ donc $\boldsymbol{\Delta t} = \sqrt{\frac{2H}{g}}$. Soit $\boldsymbol{\Delta t} = \sqrt{\frac{2 \times 57}{9,8}}$ $= 3,4$ s.

7. L'écart est significatif avec la valeur attendue de 5 secondes donc on ne peut pas négliger les actions de frottement de l'air. Donc la chute n'est pas libre.

8. Dans le référentiel terrestre, la résultante des forces $\overrightarrow{F_u}$ appliquée à un système, assimilé à un point, est égale au produit de sa masse m par son vecteur accélération $\overrightarrow{a_G}$ appliqué à son centre de masse.

$$\overrightarrow{F_u} = m \times \overrightarrow{a_G}$$

9. Ici nous avons deux forces appliquées au boulet :
– le poids $\vec{P}$ valant $m \times \vec{g} = m \times g \times \vec{i}$;
– les forces de frottement $\vec{f}$ valant $-k \times v^2 \times \vec{i}$.
Donc $m \times \vec{a} = m \times \frac{dv}{dt} \times \vec{i} = m \times g \times \vec{i} - k \times v^2 \times \vec{i}$.
Nous obtenons donc en projetant cette relation vectorielle sur l'axe Ox : $m \times \frac{dv}{dt} = m \times g - k \times v^2$.

10. Quand la vitesse v atteint sa limite v_{lim}, sa dérivée est nulle. Donc quand $v = v_{lim}$, $\frac{dv}{dt} = 0$
Dans ce cas, la relation précédente nous donne l'expression de vlim.

$$m \times \left(\frac{dv}{dt}\right)_{v=v_{lim}} = 0 = m \times g - k \times v_{lim}^2$$

Donc $v_{lim}^2 = \frac{m \times g}{k}$, $v_{lim} = \sqrt{\frac{m \times g}{k}}$.

11. $v_{lim} = \sqrt{\frac{45,36 \times 9,81}{1,1 \times 10^{-2}}} = 2,0 \times 10^2\ m.s^{-1}$.

Exercice 7 Voir Fiche 7

Un bon coup de pédale ?

1. Pour qu'une action mécanique soit efficace pour un mouvement de rotation, il faut que sa droite d'action ne passe pas par l'axe de rotation (ici (Δ)). Donc la composante R est inefficace et celle de T l'est.

2. Pour que le coup de pédale soit le plus efficace possible, il faut donc que la composante $\vec{R}$ ait une norme quasi nulle. Cela impose que l'angle α soit quasi nul.

3. Voici les relations de trigonométrie permettant de trouver R et T :

$$\cos\alpha = \frac{T}{F} \qquad \sin\alpha = \frac{R}{F}$$

Donc $T = F \times \cos\alpha = 100 \times \cos(20°) = 94$ N.
$R = F \times \sin\alpha = 100 \times \sin(20°) = 34$ N.

4. Voici l'expression du moment :
$M_\Delta(\vec{F}) = M_\Delta(\vec{R}) + M_\Delta(\vec{T}) = 0 + M_\Delta(\vec{T}) = M_\Delta(\vec{T})$.

Or $M_\Delta(\vec{T}) = T \times L = 94 \times 0{,}180 = 17$ N.m.

Donc $M\ (\vec{F}) = 17$ N.m.

5. Chaque tour l'angle 2π rad est balayé.

Donc $\omega = \dfrac{80 \times 2\pi}{60} = 8{,}4$ rad.s^{-1}.

6. $\omega' = \dfrac{52 \times \omega}{16} = 27$ rad.s^{-1}.

7. $v = \omega' \times r = 9{,}2$ m.s^{-1} $= 33$ km.h^{-1}.

Exercice 8 Voir Fiche 8

Une presse hydraulique

1. $f = \Delta P \times S_{\text{petit piston}} = \Delta P \times 4 \times \pi \times \left(\dfrac{d}{2}\right)^2$.

$f = \Delta P \times \pi \times d^2$.

2. De même : $F = \Delta P \times \pi \times D^2$.

3. Comme il s'agit de la même variation de pression ΔP alors : $\dfrac{f}{\pi \times d^2} = \dfrac{F}{\pi \times D^2}$.

Donc $f = F \times \left(\dfrac{d}{D}\right)^2$.

4. Ici $f = 200 \times 10^3 \times \left(\dfrac{1{,}00}{40{,}00}\right)^2 = 125$ N.

Exercice 9 Voir Fiche 8

Que de pression !

1. $\Delta P = \rho \times g \times h$.
$\Delta P = 1\,030 \times 9{,}807 \times 10\,994 = 1{,}111 \times 10^8$ Pa.

2. $\Delta P = P_{\text{abs}} - P_{\text{atm}}$ donc $P_{\text{abs}} = \Delta P + P_{\text{atm}}$.
$P_{\text{abs}} = 1{,}112 \times 10^8$ Pa.

3. $P_{\text{abs}} = 1{,}112 \times 10^8$ Pa $= 1\,112$ bars. La mesure effectuée en 1960 était de 1 087 bars. L'erreur relative sur ce calcul est donc : $\dfrac{1112 - 1087}{1087}$ $= 2{,}3$ %.

4. Pour qu'une forme de vie puisse exister au fond de la fosse des Mariannes, il faut que la pression interne au sein de son corps soit égale à celle extérieure donc proche de 1 087 bars !

Exercice 10 Voir Fiche 9

Solar impulse 2

1. Si $E = P_{\text{surfacique}} \times S \times \Delta t$ avec : $\Delta t = 12$ h, $S = 269{,}5$ m² et $P_{\text{surfacique}} = 500$ W.
Alors $E = 500 \times 269{,}5 \times 12 = 1{,}62 \times 10^6$ W.h.

2. En tenant compte des rendements, voici le diagramme énergétique. Toutes les valeurs sont exprimées en W.h.

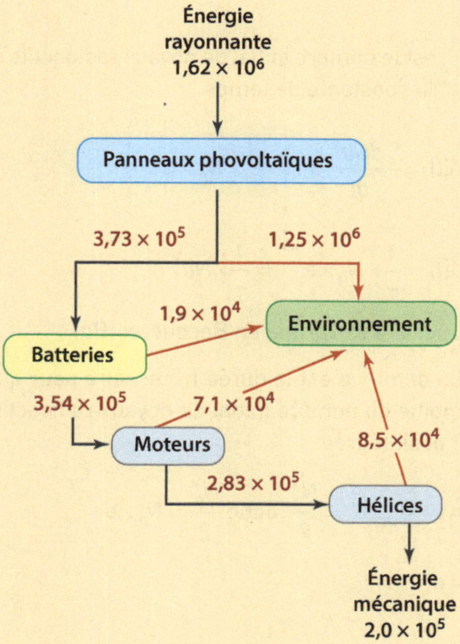

3. La puissance moyenne des moteurs vaut 11 kW et ils fonctionnent pendant 24 h.
Ils consomment donc l'énergie : $E_{moteur} = P_{moy} \times \Delta t = 11 \times 10^3 \times 24 = 2{,}64 \times 10^5$ W.h.

4. Les moteurs reçoivent une énergie de $3{,}54 \times 10^5$ W.h et ils n'en consomment par jour que $2{,}64 \times 10^5$ W.h donc il n'y a aucun risque qu'ils soient à court d'énergie électrique pendant le vol.

Exercice 11 Voir Fiche 11

Le thorium

1. Il s'agit du numéro atomique (ou nombre de charges).

2. Le thorium est un réducteur car il réagit violemment avec les oxydants.

3. Voici le diagramme complété :

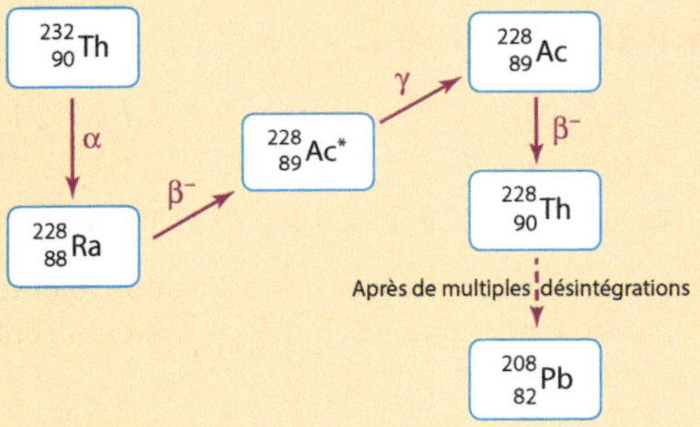

4. N_0 est le nombre initial de noyaux radioactifs et τ est la constante de temps.

5. $A(t) = -\dfrac{dN(t)}{dt} = -\left(-\dfrac{1}{\tau} \times N_0 \times e^{-\frac{t}{\tau}}\right)$

$A(t) = \dfrac{1}{\tau} \times N_0 \times e^{-\frac{t}{\tau}} = \dfrac{1}{\tau} \times N(t)$.

6. L'activité s'exprime en Becquerel (Bq).

7. La demi-vie est la durée nécessaire pour que la moitié du nombre initial de noyaux radioactifs soit désintégrée.

8. À $t = t_{1/2}$, $N = \dfrac{N_0}{2}$ donc $\dfrac{N_0}{2} = N_0 \times e^{-\frac{t_{1/2}}{\tau}}$.

$\dfrac{1}{2} = e^{-\frac{t_{1/2}}{\tau}}$.

Or $\ln \dfrac{1}{2} = -\ln 2 = -\dfrac{t_{1/2}}{\tau}$.

Donc $t_{1/2} = \tau \times \ln 2$.

9. Si $t_{1/2} = 1{,}405 \times 10^{10}$ ans alors $\tau = \dfrac{1{,}405 \times 10^{10}}{\ln 2}$.
$\tau = 2{,}027 \times 10^{10}$ ans.

10. 1 mg = 1×10^{-3} g donc dans 1 mg, on en aurait $N_0 = \dfrac{6{,}02 \times 10^{23} \times 1 \times 10^{-3}}{232}$.
$N_0 = 2{,}59 \times 10^{18}$ noyaux.

11. D'après la question 5 : $A(t) = \dfrac{1}{\tau} \times N(t)$.

Donc $A_0 = \dfrac{N_0}{\tau} = \dfrac{2{,}59 \times 10^{18}}{2{,}027 \times 10^{10}}$.

$A_0 = 1{,}28 \times 10^8$ désintégrations par an.
Or 1 an = $365{,}25 \times 24 \times 60 \times 60 = 3{,}16 \times 10^7$ s.

Donc $A_0 = \dfrac{1{,}28 \times 10^8}{3{,}16 \times 10^7} = 4{,}05$ Bq.

12. Le rapport est nul d'après le texte.

13. Au cours du temps l'uranium 234 se désintègre pour former le thorium 230.
Le nombre de noyaux d'uranium 234 décroît, tandis que celui de thorium 230 croît, donc le rapport ^{230}Th/^{234}U augmente au cours du temps.

14. D'après la courbe, le squelette 1 date de 35 500 ans, et le squelette 2 de 36 500 ans. Avec mille ans d'écart, il est impossible d'avoir côte à côte la victime et le meurtrier.

Exercice 12 Voir Fiches 11 et 12

ITER

1. $\Delta m = m\left({}^4_2\text{He}\right) + m\left({}^1_0n\right) - \left(m\left({}^2_1\text{H}\right) + m\left({}^3_1\text{H}\right)\right)$

$\Delta m = (6{,}64465 \times 10^{-27} + 1{,}67492 \times 10^{-27}) - (3{,}34358 \times 10^{-27} + 5{,}00736 \times 10^{-27})$
$\Delta m = -3{,}13700 \times 10^{-29}$ kg.

2. $E_{libérée} = |\Delta m| \times c^2$
$E_{libérée} = 3{,}13700 \times 10^{-29} \times (3{,}00 \times 10^8)^2$
$E_{libérée} = 2{,}82 \times 10^{-12}$ J.

3.

ÉNERGIE LIBÉRÉE EN MJ PAR SECONDE	42	500
MASSE DE PÉTROLE EN kg	1	m

$m_{pétrole} = \dfrac{500 \times 1}{42} = 12$ kg.

Pour libérer la même énergie par seconde, il faut brûler 12 kg de pétrole alors que l'on ne consomme que 1,5 mg environ de mélange deutérium-tritium, soit une masse 8 000 000 fois plus faible !

Exercice 13 Voir Fiche 14

Le b.a-ba des réactions acido-basiques

1.

ACIDE	**HNO_2**	**CH_3CH_2COOH**	$CH_3NH_3^+$	NH_4^+
BASE	NO_2^-	$CH_3CH_2COO^-$	**CH_3NH_2**	NH_3

2.

ÉQUATION DE LA RÉACTION	OUI ou NON ?
$NH_{3(aq)} + H_2O_{(l)} \rightarrow NH_{4\,(aq)}^+ + HO_{(aq)}^-$	**OUI**
$C_2H_5OH_{(aq)} + Na_{(s)} \rightarrow C_2H_5O_{(aq)}^- + Na_{(aq)}^+ + \frac{1}{2}H_{2(g)}$	**NON**
$HCl_{(g)} + H_2O_{(l)} \rightarrow H_3O_{(aq)}^+ + Cl_{(aq)}^-$	**OUI**
$H_2O_{(l)} + H_2O_{(l)} \rightarrow H_3O_{(aq)}^+ + HO_{(aq)}^-$.	**OUI**

Pour la première, H_2O est l'acide et les couples sont NH_4^+/NH_3 et H_2O/HO^-.
Pour la troisième, HCl est l'acide et les couples sont HCl/Cl^- et H_3O^+/H_2O.
Pour la quatrième, H_2O (l'une des deux) est l'acide et les couples sont H_3O^+/H_2O et H_2O/HO^-.

3. a) La réaction se fait entre l'acide et la base d'un même couple acide/base. **FAUX.**

b) L'acide capte un électron. **FAUX.**

c) La base donne un électron. **FAUX.**

d) Il y a échange d'électrons entre l'acide d'un couple et la base d'un autre. **FAUX.**

e) Il y a échange de protons entre l'acide d'un couple et la base d'un autre. **VRAI.**

f) La base cède un proton. **FAUX.**

4.

SOLUTION AQUEUSE	EAU DE JAVEL	JUS DE CITRON	EAU DE MER
$[H_3O^+_{(aq)}]$ (mol.L^{-1})	$3{,}2 \times 10^{-12}$	**$3{,}2 \times 10^{-3}$**	**$1{,}0 \times 10^{-8}$**
pH	**11,5**	2,5	8,0
Acide, basique ou neutre ?	**basique**	**acide**	**basique**

Exercice 14 Voir Fiche 14

Alerte pollution !

1. Selon Brønsted, une base est une entité chimique capable de capter au moins un proton H^+.

2. L'eau des précipitations normales est acide.

3. Il fait diminuer le pH de l'eau pure.

4. Le dioxyde de carbone est un gaz qui a des propriétés acides.

5. Le dioxyde de soufre et les oxydes d'azote font baisser le pH des précipitations.

6. Aucun échange de protons dans cette réaction donc il ne s'agit pas d'une réaction acido-basique.

7. $HNO_{3(aq)} + H_2O_{(l)} \rightarrow NO_{3\,(aq)}^- + H_3O_{(aq)}^+$.

8. HNO_3/NO_3^- et H_3O^+/H_2O.

9. L'acide sulfurique H_2SO_4 est un acide capable de céder au maximum deux protons H^+.

10. Les deux produits manquants sont $HCO_{3\,(aq)}^-$ et $Ca_{(aq)}^{2+}$.

Exercice 15 Voir Fiches 15 et 16

La reconnaissance vocale des manchots

Partie A : Q.C.M.

1. Deux dixièmes de seconde correspondent à **0,2 s**.

2. Les deux sons de manchots du document 1 **sont différents**.

3. À partir du document 2, nous pouvons indiquer pour le son original d'un manchot que **ce son est audible pour l'Homme**.

4. Les deux sons modifiés du document 4 **n'ont aucun point commun**.

5. Par rapport au document 2, pour les spectres du document 4, nous pouvons affirmer que : **« Si le poussin entend le son dont le spectre de fréquences est le n° 2, alors il ne répond pas ».**

6. Concernant les sons modulés du document 5, **le son (a) est modulé en fréquence** et **le son (b) est modulé en amplitude**.

Partie B : Analyse des documents 2 et 3

1. La hauteur est égale à la fréquence du mode fondamental, donc il s'agit de la plus basse.

2. $f_n = n \times f_1$

3. $f_{13} = 2{,}9$ kHz.

4. Si $f_n = n \times f_1$ alors $f_{13} = 13 \times f_1$.

Donc $f_1 = \frac{f_{13}}{13} = 0{,}22 \text{ kHz} = 2{,}2 \times 10^2$ Hz.

5. $T = \frac{1}{f_1} = \frac{1}{2{,}2 \times 10^2} = 4{,}5 \times 10^{-3} \text{ s} = 4{,}5 \text{ ms}$.

6. Le doc. 3 indique : « Le niveau sonore d'une colonie est égal à celui du périphérique parisien, proche de 75 dB… Si le son est à – 6 dB en dessous du bruit de fond, le poussin détecte son parent. » Le niveau sonore minimum vaut donc 69 dB.

7. $I_{min} = 1{,}0 \times 10^{-12} \times 10^{\frac{69}{10}} = 7{,}9 \times 10^{-6} \text{ W.m}^{-2}$

Exercice 16 Voir Fiches 15 et 16

Silence à bord ?

1. Comme il s'agit d'un signal sinusoïdal, le fond sonore utilisé pour la simulation est un son pur.

2. Une période de ce fond sonore vaut 20 ms, donc la fréquence vaut : $f = \frac{1}{T} = \frac{1}{20 \times 10^{-3}} = 50$ Hz.

3. $f_{son} = 1{,}2 \times 10^2$ Hz et $L = 88$ dB.
Sans le système anti-bruit activé dans une cabine d'avion, le niveau d'intensité sonore maximal atteint 88 dB à $1{,}2 \times 10^2$ Hz.

4. a) Les sièges équipés d'atténuateur de bruit permettent de plus réduire le niveau d'intensité sonore des sons graves que des sons médiums.

b) Dans le document n° 2, les signaux (a), (b) et (c) ont la même fréquence. Dans le document n° 2, les signaux (a) et (b) sont presque en opposition de phase.

Exercice 17 Voir Fiches 15 et 17

Modulons puis recevons !

PARTIE A : Modulation d'amplitude

1. En modulation d'amplitude, c'est l'amplitude de la porteuse qui est modulée par la fréquence du signal modulant (informations à transmettre).

2. La fréquence de la porteuse F est celle d'amplitude maximale et vaut 123 MHz.

3. La fréquence f du fondamental vaut 3 MHz.

4. Les harmoniques de rang impair sont présents (rangs 3, 5, 7, 9 ; 11 et 13) de fréquences respectives : 9, 15, 21, 27, 33 et 39 MHz.

5. La fréquence du signal transmis dépasse 20 kHz donc il est inaudible pour l'être humain.

6. L'intervalle de fréquence est compris entre 108 et 138 MHz.

PARTIE B : Modulation de fréquence

1. En modulation de fréquence, c'est la fréquence de la porteuse qui est modulée par la fréquence du signal modulant (informations à transmettre).

2. $F = 500$ kHz (fréquence centrale) et $f = 5$ kHz car $F + f$ est située à 505 kHz.

3. L'intervalle de fréquence est situé entre 485 kHz et 515 kHz.

4. La largeur de cette bande de fréquence est de 30 kHz.

PARTIE C : Antennes A.M.-F.M.

1. Les directions de ces deux antennes sont orthogonales donc l'angle vaut 90 °.

2. D'après la description des antennes demi-ondes : $\lambda = 2 \times L$ or $\lambda = \frac{c}{F}$.

Donc $2 \times L = \frac{c}{F}$ et $L = \frac{c}{2F}$.

$$L = \frac{3{,}00 \times 10^8}{2 \times 100 \times 10^6} = 1{,}5 \text{ m.}$$

L'art

L'art est une des premières manifestations de la culture humaine. Mais qu'est-ce qu'une œuvre d'art ? Comment la reconnaitre ? À quoi sert l'art et quel rapport entretient-il avec le réel ?

1 L 'art : à la recherche de définitions

Il n'existait pas d'opposition entre art et technique jusqu'au XVIIIe siècle.

a) Sous la Grèce antique, l'art et la technique étaient confondus. D'un point de vue étymologique, les deux termes désignent alors tout ce qui résulte d'une production humaine, tout ce qui n'est pas naturellement présent dans la nature. L'art désignait donc aussi bien l'art (la manière) de faire quelque chose, que la réalisation d'œuvres esthétiques.

b) On oppose depuis le XVIIIe siècle et l'apparition du terme « technique » dans le vocabulaire, la technique et l'art. Tandis que la technique vise l'utile, l'art vise le beau. Si l'artisan produit un objet utile, l'artiste crée une œuvre esthétique et désintéressée. On parle alors du génie de la création.

2 L'art doit-il imiter la nature ?

Perspective : l'existence humaine et la culture
L'art ne fait-il que reproduire la nature et en ce sens nous éloigne-t-il du réel ?

a) L'art ne serait qu'une imitation imparfaite de la nature (la mimésis : l'imitation de l'apparence des choses réelles). L'art serait un simulacre de la réalité. En cela l'art pourrait être « dangereux » car il nous éloignerait de la vérité.

CITATION *« vanité de la peinture, qui attire l'admiration par la ressemblance des choses dont on n'admire point les originaux ».* Blaise Pascal, *Les pensées*, 1670.

b) L'art classique nous laisse deviner que la beauté artistique est autre chose que la simple représentation de la beauté naturelle. La vérité de l'art n'est pas l'imitation. L'art est une transposition et non un reflet du réel. L'art est manifestation de l'absolu. L'art ne nous éloigne pas du réel mais le dévoile à sa manière.

CITATION *« Il n'est pas de serpent, ni de monstre odieux / Qui par l'art imité ne puisse plaire aux yeux ».* Nicolas Boileau, *L'art poétique*, Ch.III, 1674.

3 L'art, le révélateur d'une autre réalité

Perspective : la connaissance
L'art est peut-être ce qui nous permet de redécouvrir le monde.

a) L'art est révélateur d'une autre réalité, car il n'est pas simplement reproduction du réel. Il nous permet de découvrir une autre vérité sur le monde.

b) L'art est désintéressé. Il ne doit servir au sens strict à rien. Il ne doit rien viser d'autre que le beau qui est quelque chose qui s'éprouve et qui ne se prouve pas. Il est subjectif.

c) Par l'art, l'homme retrouve donc sa nature d'être de culture, il s'humanise. Les œuvres d'art ne répondent pas à un besoin vital mais répondent à une aspiration fondamentale de l'homme : l'œuvre d'un individu peut toucher une multitude d'autres. L'artiste est un révélateur : il nous montre une autre dimension de l'homme, de la vie, du monde.

Mes notes pour réviser

REPÈRES

Universel/général/particulier/singulier • Nécessaire/contingent • Transcendant/immanent

Savoir 2

La justice

Il semble que nous ayons naturellement l'intuition de ce qui est juste ou non. Mais est-ce aussi simple ? Comment savoir avec certitude ce qui est juste et comment faire régner la justice au sein de la société ?

1 la justice : des définitions multiples

La justice est un terme polysémique. Quelles définitions peut-on lui donner ?

a) La justice est tout à la fois un idéal, une vertu, mais aussi un ensemble d'institutions que met en place un État afin de faire respecter les lois.

b) Qu'est-ce qu'être juste ? Est-ce simplement respecter les lois et les institutions ou est-ce plutôt poursuivre un idéal de justice que nous dicte la loi naturelle ?

c) La justice supposerait l'égalité : un traitement strictement identique pour tous. Cependant, pour être juste, ne faudrait-il pas prendre en compte certains critères et ainsi viser avant tout l'équité ?

2 Il n'y a pas de justice sans loi

Perspective : la morale et la politique
Pour établir la justice dans la société, il semble nécessaire de mettre en place des règles qui valent pour tous. La loi positive a ici pour objectif de faire respecter le droit naturel et doit en découler.

a) Une société sans loi est une société où règne nécessairement l'injustice. Il faut donc qu'une puissance supérieure, l'État, fasse naître des lois qui s'appliquent à tous afin de permettre la vie en communauté.

CITATION *« Là où il n'est pas de pouvoir commun, il n'est pas de loi ; là où il n'est pas de loi, il n'est pas d'injustice. »* Thomas Hobbes, *Léviathan*, 1651.

b) À l'état de nature, c'est donc la loi du plus fort qui règne. La loi, pour être juste, et pour être fondée, doit reposer sur la loi naturelle afin que chacun comprenne qu'il est dans son intérêt comme dans celui de la communauté d'y obéir. La force ne peut être le fondement de la loi.

3 Suffit-il d'obéir aux lois pour être juste ?

Perspective : l'existence humaine et la culture
Obéir aux lois ne suffit pas à être juste. Ce qui est légal n'est pas légitime. La loi positive, promulguée par l'État, peut s'avérer contraire à un certain idéal de justice.

a) La loi, pour être juste, doit d'abord être générale, elle doit s'appliquer à tous. Pourtant, si la loi est générale, elle ne sert à traiter que des cas particuliers. Il ne faudrait donc pas faire preuve de stricte égalité mais bien d'équité.

b) Quand la loi ne semble pas légitime, il est du devoir du citoyen de lui désobéir, afin ne pas se retrouver lui-même agent de l'injustice. L'idéal de la loi naturelle doit toujours être à l'origine de la loi positive pour que celle-ci soit juste.

CITATION « *Le respect de la loi doit venir après celui du droit.* » Henry-David Thoreau, *La Désobéissance civile*, 1849.

Mes notes pour réviser

REPÈRES

Absolu/relatif • En fait/en droit • Idéal/réel • Identité/égalité/différence • Légal/légitime • Objectif/subjectif/intersubjectif • Obligation/contrainte • Public/privé • Théorie/pratique • Transcendant/immanent • Universel/général/particulier/singulier.

Savoir 3

La liberté

Notre liberté nous apparaît souvent comme une évidence : notre qualité d'être humain impliquerait que l'on soit libre. Mais si la liberté n'était pas innée chez l'homme ?

1 La liberté est limitée

Perspective : l'existence humaine et la culture, la connaissance
La liberté n'est peut-être qu'une illusion. En effet, est-on absolument libre ?

a) La liberté est limitée par les lois de la nature. Le déterminisme entrave également potentiellement la liberté. Il est possible que nos actes et nos pensées soient déterminés par avance.

CITATION *« Homme faible et vain ! tu prétends d'être libre ; [...] ? Ne vois-tu pas [...] que ce sont des circonstances indépendantes de toi qui modifient ton être et qui règlent ton sort ? »* Paul-Henri Thiry d'Holbach, *Système de la nature*, 1770.

b) La liberté est limitée par les désirs. Peut-être n'a-t-on pas conscience que ce sont nos désirs et nos instincts qui nous poussent à agir ?

CITATION *« Les hommes se croient libres pour cette seule cause qu'ils sont conscients de leurs actions et ignorants des causes par où ils sont déterminés. »* Spinoza, *Éthique*, 1677.

c) La liberté est limitée par la présence d'autrui avec lequel on vit et qui est également libre. Comment concilier ma liberté avec celle d'autrui ?

PHILOSOPHIE

2 Les contraintes, conditions d'une liberté collective

Perspective : la morale et la politique
L'homme est libre, mais cette liberté ne peut être totale au risque de détruire la liberté.

a) Le déterminisme et les désirs ne sont pas fatals à la liberté. Le stoïcisme nous invite à maîtriser nos désirs afin d'atteindre l'ataraxie.

b) La loi est une autre condition à la liberté. Elle est la condition de la liberté collective. Sans loi, impossible de vivre en société.

CITATION *« Une fois la société civile constituée, chaque citoyen ne conserve qu'autant de liberté qu'il lui en faut pour vivre bien et vivre en paix, de même les autres perdent de leur liberté juste ce qu'il faut pour qu'ils ne soient plus à redouter. »* Thomas Hobbes, *Le Citoyen, 1642.*

c) Pour être réellement libre on ne doit obéir qu'à soi-même. On doit donc être autonome, c'est-à-dire être capable de suivre sa propre loi.

CITATION *« L'obéissance à la loi qu'on s'est prescrite est liberté. »* Jean-Jacques Rousseau, *Du contrat social*, 1762.

3 La conquête de la liberté

Perspective : l'existence humaine et la culture

La liberté n'est peut-être pas innée. Elle est en puissance et s'actualise dans les choix conscients des individus.

a) La liberté consiste donc à avoir le choix et à être capable de choisir en connaissance de cause. C'est le libre arbitre.

b) Pour l'existentialisme, nous sommes libres par essence ce qui implique que nous devons assumer l'ensemble de nos choix. Ce qui peut entraîner une angoisse face à notre liberté et à la responsabilité qui en découle.

Mes notes pour réviser

REPÈRES

En acte/en puissance • Essentiel/accidentel • Obligation/contrainte

La nature

La nature s'oppose à l'artifice. Quelle place l'être humain occupe-t-il au sein de celle-ci ? Quels rapports les hommes doivent-ils entretenir avec la nature ?

1 Peut-on opposer nature et culture ?

Le mot nature vient du latin *nascor* « naître ». La nature est ce qui est inné, par opposition à la culture, qui vient de *colere*, cultiver la terre, domaine de l'acquis.

a) La nature et la culture semblent s'opposer par leur définition. La culture est ce par quoi l'homme transforme la nature pour la rendre conforme à sa volonté.

b) Par la culture, l'homme s'éloigne de ses instincts animaux innés et acquiert de nouvelles capacités. La culture semble donc être ce qui nous sépare de notre nature.

CITATION *« La perfectibilité est la capacité spécifiquement humaine de concourir à ses propres actions en qualité d'agent libre, alors que la nature fait tout dans celles des animaux »* Jean-Jacques Rousseau, *Discours sur l'origine et les fondements de l'inégalité parmi les hommes, 1755.*

c) Pourtant, il semble être dans la nature de l'homme que de se cultiver, de progresser. Ici la nature et la culture paraissent se confondre au sein de notre essence.

2 Existe-t-il une « nature humaine » ?

Perspective : l'existence humaine et la culture

Parler de nature des hommes, c'est faire référence à leurs caractères communs, alors que la nature d'un individu désigne au contraire les caractères à première vue innés. Doit-on parler de nature humaine, ou davantage de condition humaine ?

a) La nature de l'homme semble moins être une nature donnée qu'une nature acquise. C'est par la culture, l'éducation que l'on se forme à devenir humain. L'homme n'a pas de nature prédéterminée : chaque individu est singulier.

CITATION *« On ne naît pas femme, on le devient »* Simone de Beauvoir, *Le Deuxième sexe, 1949.*

b) La notion de nature humaine semble problématique car cela reviendrait à présenter un modèle d'homme figé et arbitraire duquel on exclurait tous ceux qui ne correspondraient pas à cette définition.

3 Avons-nous des devoirs envers la nature ?

Perspective : la morale et la politique

La crise écologique que nous traversons nous invite à repenser les rapports que l'homme doit entretenir avec la nature et la place qu'il doit y occuper.

a) Nous sommes entrés dans une période appelée « anthropocène », ou « l'ère de l'humain ». Cela signifie que l'influence de l'être humain sur l'environnement a atteint un tel niveau qu'il a tout modifié dans la nature.

b) L'homme serait responsable de son environnement à partir du moment où il se considère comme maître de la nature. Mais cela signifie-t-il que la nature aurait des droits ? Nous devons la protéger et la respecter pour notre bien.

CITATION « *Et si le nouveau type de l'agir humain voulait dire qu'il faut prendre en considération davantage que le seul intérêt de «l'homme» – que notre devoir s'étend plus loin.* » Hans Jonas, *Le Principe responsabilité*, 1979.

MES NOTES POUR RÉVISER

REPÈRES

Genre/espèce/individu • Identité/égalité/différence • Origine/fondement • Universel/général/particulier/singulier

Savoir 5

La religion

La religion se manifeste sous des formes multiples, tant qu'il semble presque impossible de parler du phénomène au singulier. Etymologiquement, le terme « religion » signifierait aussi bien « relier » que « rassembler ».

1 Qu'est-ce que la religion ?

a) La religion installe une séparation nette entre le domaine du profane et celui du sacré. Les croyances religieuses impliquent souvent le postulat d'une forme de transcendance.

b) La religion n'est pas définie par la croyance en un ou plusieurs dieux. Il existe des religions sans dieu.

c) La religion assigne des valeurs aux hommes. Elle leur impose des règles de vie concrètes et les protège de l'angoisse liée à la mort et à la vanité de leur existence.

CITATION *« Une religion est un système de croyances et de pratiques relatives à des choses sacrées, c'est-à-dire séparées, interdites, croyances et pratiques qui unissent en une même communauté morale, appelée Église, tous ceux qui y adhèrent »* Emile Durkheim, *Les formes élémentaires de la vie religieuse, 1912.*

2 La religion dans son rapport à l'individu et à la société

Perspective : la morale et la politique
Quelle relation entretiennent la religion et la société ?

a) La religion serait pour Freud une réponse culturelle à un besoin psychologique. Dans ce sens, la religion semble être un phénomène subjectif qui s'inscrit dans la foi, mais pourtant pratiqué collectivement au sein de rites et de dogmes.

b) Les institutions religieuses seraient fondamentales pour l'ordre social. La religion est créatrice de lien social, notamment dans les cérémonies religieuses qui créent le sentiment d'une appartenance collective.

c) Pourtant la religion serait aussi source de dangers et de conflits au sein de la société. Pour Marx, la religion est une institution qui permettrait de maintenir la population dans une situation de soumission. La religion produirait des illusions afin de rendre l'ordre social injuste supportable.

CITATION *« La religion est l'opium du peuple »* Karl Marx, *Critique de la philosophie du droit de Hegel, 1844.*

3 Religion et raison : un rapport de rivalité ?

Perspective : la connaissance
Considérant que la religion se distingue de la science par le fait qu'elle se fonde sur un système de croyances dont la validité réside dans l'assentiment plutôt que dans la démonstration, est-il possible de considérer la religion comme un discours de vérité ?

a) Est-il possible de connaître dieu rationnellement ? La foi est un don divin par lequel Dieu se fait connaître. Elle concerne un ordre de connaissances qui n'est pas rationnel mais qui est de l'ordre de l'intuition.

CITATION *« Nous connaissons la vérité non seulement par la raison mais encore par le cœur. »* Blaise Pascal, *Pensées, 1670.*

b) Le croyant fait appel à la foi comme à un principe supérieur de connaissance, l'athée se fie au contraire à la raison scientifique. La seule solution pour trouver un accord entre foi et raison est de distinguer des niveaux de vérité différents.

Mes notes pour réviser

REPÈRES

Absolu/relatif • Croire/savoir • Exemple/preuve • Objectif/subjectif/intersubjectif • Public/privé • Transcendant/immanent • Universel/général/particulier/singulier

PHILOSOPHIE

La technique

1 La technique : le propre de l'homme

La technique semble être le propre de l'homme. Elle est ce par quoi nous nous humanisons, elle révèle la liberté de la conscience.

a) La technique révèle la grandeur de l'homme, sa capacité à inventer, à se libérer des contraintes naturelles. L'homme se détache de la nature, la maîtrise et l'utilise pour ses fins. L'homme pour Bergson est *l'homo faber* avant d'être l'homo sapiens.

CITATION « l'intelligence [...] est la faculté de fabriquer des objets artificiels, en particulier des outils, à faire des outils, et d'en varier indéfiniment la fabrication ». Henri Bergson, *L'Évolution créatrice,* 1907.

b) L'homme doit se procurer artificiellement ce dont les autres vivants sont pourvus par la nature. Mais ce remède peut être pire que le mal si la mise en œuvre des techniques n'est pas subordonnée à un art de vivre ensemble (littéralement : la politique). Cf *Mythe de Prométhée* : Platon, *Protagoras*

2 L'interaction entre les sciences et la technique

Perspective : la connaissance
La technique et les sciences sont intrinsèquement liées. Elles avancent de concert et permettent le progrès de la connaissance théorique et pratique.

a) Historiquement, la technique a devancé la science. Par nécessité, pour survivre dans une nature hostile, l'homme a dû s'inventer (rôle de l'intelligence) des moyens artificiels. L'invention des premières techniques (le levier, la roue) a précédé la (science) physique mécanique.

b) Il y a une interaction permanente depuis la Renaissance entre la science et la technique. Les progrès de la technique (ex. microscope) ont permis le développement des sciences, qui lui-même fait progresser les techniques.

CITATION *« une science a l'âge de ses instruments de mesure ».* Gaston Bachelard, *La formation de l'esprit scientifique,* 1938.

3 La question du progrès et de la technique

Perspective : la morale et la politique
Par la technique, l'homme se dote de pouvoirs quasiment divins, mais sans connaître et accepter les limites. Il faut donc appréhender la technique d'un point de vue éthique : la possibilité technique doit être confrontée au devoir moral.

a) les techniques et les sciences posent des problèmes déontologiques : elles ont été au siècle dernier au service du totalitarisme et de l'horreur.

b) La bioéthique remet l'éthique dans le domaine de la connaissance au goût du jour. Michel Serres pense des « droits de la nature » : nous ne sommes pas les « propriétaires de l'environnement », nous n'en sommes que les « locataires ».

c) Si la technique paraît améliorer les conditions de travail, le travail industriel produit la déshumanisation, et la machine crée le chômage. L'ouvrier devient un automate, victime de la division du travail.

CITATION *« l'homme s'est "adapté" à un milieu de machines <au> moment où il les a inventées…les machines exigent que le travailleur…adapte le rythme naturel de son corps à leur mouvement mécanique…pdt la durée du travail à la machine, le processus mécanique remplace le rythme du corps humain »*, Hannah Arendt, *Condition de l'homme moderne*, 1958.

Mes notes pour réviser

REPÈRES

Universel/général/particulier/singulier • Nécessaire/contingent • Impossible/possible • Transcendant/immanent

Savoir 7

La vérité

Opposée à l'opinion et à la croyance, la vérité nous permettrait de posséder une connaissance parfaite, certaine, du monde. Mais existe-t-il une vérité unique, absolue et universelle ? La vérité pourrait-elle être relative à chacun ?

1 Quels sont les critères pour affirmer : « c'est la vérité » ?

a) La première forme de vérité est ce que l'on nomme la « vérité correspondance ». Serait vrai ce qui correspondrait à la réalité.

CITATION *La vérité est « l'adéquation de la chose et de l'esprit. »* Thomas d'Aquin, *Somme théologique*, 1266-1273.

b) Par la « vérité cohérence » on admet que la vérité n'existe qu'au sein des propositions que nous émettons à propos du monde qui nous entoure. La vérité tiendrait donc à la cohérence de nos raisonnements et de nos énoncés.

c) Cependant, nous pouvons ne pas percevoir la réalité telle qu'elle est vraiment et produire des énoncés en apparence cohérents mais finalement faux. Le critère le plus « certain » pour atteindre la vérité serait donc l'évidence.

CITATION *« Est vrai ce qui se présenterait si clairement et distinctement à mon esprit que je n'eusse aucune occasion de la mettre en doute. »* René Descartes, *Discours de la méthode*, 1637.

2 La recherche de la vérité

Perspective : la connaissance

Il existe différentes méthodes pour rechercher la vérité.

a) Le rationalisme postule que nous ne pouvons atteindre la vérité que par la force de la raison car l'expérience sensible serait source d'illusions. La vérité ne peut être qu'une construction rigoureuse de la pensée. C'est le cas du *cogito* de Descartes, vérité première et issue d'un raisonnement purement logique.

CITATION *« Je pense, donc je suis. »* René Descartes, *Méditations métaphysiques*, 1641.

b) L'empirisme postule au contraire qu'une connaissance vraie ne peut provenir que de l'expérience sensible, c'est-à-dire de nos sensations.

CITATION *« L'expérience est le fondement de toutes nos connaissances, et c'est de là qu'elles tirent leur première origine. »* John Locke, *Essai sur l'entendement humain*, 1689.

c) Cependant on peut penser que la vérité absolue n'existe pas, et qu'il serait donc inutile de la rechercher. C'est le relativisme. Ce relativisme peut toutefois être dangereux, notamment dans le domaine de la morale.

3 Faut-il toujours rechercher la vérité ?

Perspective : l'existence humaine et la culture
Croire en la vérité pourrait s'avérer chose dangereuse. N'est-elle qu'un idéal ?

a) Croire en la vérité serait constitutif de comportements dangereux comme le dogmatisme et le fanatisme qui nous pousseraient à l'intolérance.

b) C'est pourquoi il ne faudrait pas perdre de vue qu'un des premiers critères de la vérité serait sans doute de pouvoir être remise en question. C'est l'objet du falsificationnisme (Popper) qui permettrait le progrès.

Mes notes pour réviser

REPÈRES

Absolu/relatif • Croire/savoir • Exemple/preuve • Hypothèse/conséquence/conclusion • Idéal/réel • Médiat/immédiat • Vrai/probable/certain

Exercice 1

L'existence humaine et la culture

1. Quelle différence fait-on aujourd'hui entre art et technique ?

a) L'art produit des objets esthétiques tandis que la technique produit des objets utiles.

b) Aucune.

c) L'art produit des œuvres coûteuses tandis que la technique produit des objets abordables.

2. Que veut dire Kant quand il écrit : « *Le beau est ce qui plaît universellement sans concept.* » ?

a) L'art conceptuel n'est pas esthétique.

b) Tout ce qui est beau est de l'art.

c) Le beau s'éprouve, il ne se prouve pas rationnellement.

3. Qu'est-ce que l'ethnocentrisme ?

a) Croire que toutes les cultures se valent.

b) Croire que sa culture est supérieure à celle des autres.

c) Croire qu'il existe une culture commune.

4. Le déterminisme est une théorie selon laquelle ?

a) Nous sommes absolument libres de nos choix.

b) L'homme ne serait pas libre car l'ensemble de ses choix et de ses actions seraient les conséquences de faits antérieurs.

c) Tout est écrit à l'avance, impossible d'échapper à son destin.

FAIT ☐ REVU ☐

Exercice 2

La morale et la politique

1. Qu'est-ce que le progrès au sens philosophique ?

a) L'accroissement des connaissances.

b) L'amélioration des techniques.

c) L'amélioration de l'humanité.

2. Qu'est-ce que l'autonomie au sens philosophique ?

a) La capacité de se donner à soi-même sa propre loi.

b) La capacité de vivre seul.

c) L'indépendance.

3. Qu'est-ce que l'équité selon Aristote ?

a) C'est être juste en étant parfaitement égal.

b) C'est être juste en prenant en compte la valeur de chacune des parties.

c) C'est être injuste car on traite les individus de manière différente.

4. Que veut dire Thoreau lorsqu'il écrit : « *Le respect de la loi doit venir après celui du droit.* » ?

a) On doit d'abord respecter la loi naturelle avant la loi positive.

b) On doit d'abord respecter la loi positive avant la loi naturelle.

c) On doit désobéir à la loi quelle qu'elle soit.

FAIT ☐ REVU ☐

Exercice 3

La connaissance

1. Que veut dire Pascal lorsqu'il écrit : « *Nous connaissons la vérité, non seulement par la raison, mais encore par le cœur ; c'est de cette dernière sorte que nous connaissons les premiers principes.* » ?

a) Il existe des vérités qui ne se démontrent pas mais qui s'éprouvent, dont nous avons l'intuition.

b) La vérité ne peut provenir que de la raison.

c) La raison ne nous apporte aucune connaissance.

2. Qu'est-ce que le falsificationnisme ?

a) Une théorie selon laquelle la preuve est le critère de la vérité d'une théorie scientifique.

b) Une théorie selon laquelle le fait de pouvoir être réfutée est le critère de la scientificité d'une théorie.

c) Une théorie selon laquelle est vrai ce qui ne peut pas se prouver.

3. Quel est le premier critère de la vérité selon cette citation de Descartes : « *Est vrai ce qui se présenterait si clairement et distinctement à mon esprit que je n'eusse aucune occasion de la mettre en doute* » ?

a) La démonstration. b) L'évidence. c) La preuve.

PHILOSOPHIE

4. Que veut dire Simone de Beauvoir lorsqu'elle écrit : « *On ne naît pas femme, on le* devient » ?

a) Il faut attendre de devenir adulte pour passer de « fille » à « femme ».

b) Le genre dépend du sexe qui est une donnée naturelle.

c) Le genre n'est pas une donnée naturelle mais une construction sociale et culturelle.

FAIT ☐ REVU ☐

Exercice 4

Explication de texte

La *loi* ne consiste pas tant à limiter un agent *libre* et *intelligent* qu'à le *guider* vers ses propres intérêts, et elle ne prescrit pas au-delà de ce qui conduit au bien général de ceux qui sont assujettis à cette loi. S'ils pouvaient être plus heureux sans elle, la *loi* s'évanouirait comme une chose inutile : et ce qui nous empêche seulement de tomber dans les marais et les précipices mérite mal le nom de contrainte. De sorte que, quelles que soient les erreurs commises à son propos, la *finalité de la loi* n'est pas d'abolir ou de restreindre mais de *préserver et d'élargir la liberté* ; et, dans toutes les conditions des êtres créés qui sont capables de vivre d'après des lois, *là où il n'y a pas de lois, il n'y a pas de liberté*. Car la *liberté* consiste à être délivré de la contrainte et de la violence exercées par autrui, ce qui ne peut être lorsqu'il n'y a point de loi ; mais la liberté n'est pas ce que l'on nous dit, à savoir une *liberté, pour tout homme, de faire ce qui lui plaît* (car qui peut être libre quand n'importe quel homme peut nous imposer ses humeurs ?). Mais c'est une *liberté* de disposer et d'ordonner comme on l'entend sa personne, ses actions, ses biens et l'ensemble de sa propriété, dans les limites de ce qui est permis par les lois auxquelles on est soumis ; et, dans ces limites, de ne pas être assujetti à la volonté arbitraire de quiconque, mais de suivre librement sa propre volonté.

Locke.

Questions de l'explication

Les trois séries de questions posées sont des guides pour procéder à l'explication du texte. Les questions sont là pour vous aider à construire votre réflexion à propos du texte. Vous pouvez choisir de les traiter dans l'ordre, ou de les intégrer à un commentaire unique du texte comme il est présenté à la question 3.

1. a) Précisez la conception de la liberté à laquelle Locke s'oppose dans ce texte.
b) En vous appuyant sur l'image de la ligne 4, expliquez : « *guider* [un agent *libre et intelligent*] vers ses propres intérêts ».
c) Comment Locke définit-il la liberté ? Expliquez cette définition en vous appuyant précisément sur le texte.

2. Dégagez la thèse de ce texte et mettez en évidence les étapes de son argumentation.

3. La loi est-elle la condition de la liberté ?
Pour répondre à ces questions, suivez la démarche guidée, étape par étape.

Démarche guidée

Étape 1 (éléments d'analyse) : expliciter le sens d'un extrait du texte ou d'une expression

1. a) Précisez la conception de la liberté à laquelle Locke s'oppose dans ce texte.
b) En vous appuyant sur l'image des lignes 1-2, expliquez : « *guider* [un agent *libre et intelligent*] vers ses propres intérêts ».
c) Comment Locke définit-il la liberté ? Expliquez cette définition en vous appuyant précisément sur le texte.

Étape 2 (éléments de synthèse) : dégager la thèse et le plan du texte
Dégagez la thèse de ce texte et mettez en évidence les étapes de son argumentation.

1. Quelle est l'idée principale du texte ?
a) La loi empêche la liberté de s'exercer.
b) La loi s'oppose à la liberté.
c) La loi est la condition de la liberté.

2. Dans quelle phrase du texte la thèse est-elle présente ?
a) « La *loi* ne consiste pas tant à limiter un agent *libre* et *intelligent* qu'à le *guider* vers ses propres intérêts. »

b) « *Là où il n'y a pas de lois, il n'y a pas de liberté.* »
c) « La *liberté* consiste à être délivré de la contrainte et de la violence exercées par autrui. »

3. Remettez les étapes de l'argumentation dans l'ordre.
a) 1 : Locke rappelle le préjugé selon lequel la loi s'oppose à la liberté, elle en serait destructrice, puisqu'elle la limite par définition
2 : La loi est ce qui nous permet de préserver nos droits face à autrui. Elle est la garante de la liberté.
3 : La liberté se trouve donc dans la reconnaissance de la légitimité de la loi, dans une certaine forme d'autonomie.
b) 1 : Locke nous dit que la loi est un obstacle à la liberté.
2 : Il ne faut pas suivre la loi pour pouvoir survivre face à autrui.
3 : La liberté consiste donc à faire tout ce que l'on veut.
c) 1 : Dans un premier temps Locke rappelle le principe selon lequel la loi est la condition de la liberté.
2 : Il faut alors se méfier de la croyance selon laquelle la loi est un obstacle à la liberté.
3 : La liberté ne consiste donc pas dans le pouvoir de faire ce que l'on veut.
Étape 3 (commentaire) : rédiger l'explication
La loi est-elle la condition de la liberté ?
La réponse à la question 3 de l'explication de texte exige de rendre compte de votre compréhension du texte, mais également de mettre la thèse de celui-ci en perspective à l'aide de vos connaissances, extérieures au texte étudié.

1. Quelle phrase parmi les propositions suivantes pourrait constituer le point de départ de l'introduction ?
a) Locke remet en question le préjugé selon lequel la liberté est le pouvoir de faire tout ce que l'on veut sans aucune limite.
b) La liberté est un problème que de nombreux philosophes ont traité.
c) Tout le monde souhaite être libre. Mais comment atteindre cette liberté alors que nous vivons sous des lois ?

2. Quelle est la problématique la plus adaptée à la question posée ?
a) La loi est-elle la condition de la liberté ?
b) Peut-on être libre et soumis aux lois en même temps ?
c) Qu'est-ce que la liberté ?

3. Quel est le plan le plus adapté pour répondre au sujet ?
a) I. La loi est la condition de la liberté
II. Qu'est-ce que la liberté ?
b) I. Définition de la liberté
II. Ce que n'est pas la liberté
c) I. La loi est un obstacle à la liberté
II. Pourtant, sans loi la liberté n'existerait pas

FAIT ☐ REVU ☐

Exercice 5

Dissertation

Sujet Les hommes sont-ils des êtres à part dans la nature ?
Démarche guidée
Étape 1 : comprendre le sens du sujet
– À quoi vous invite à réfléchir l'intitulé de ce sujet ?
a) Savoir si l'homme est un être naturel.
b) Savoir si l'homme est différent des animaux.
c) Savoir si l'homme est le plus exceptionnel des créatures terrestres
Étape 2 : formuler la problématique
– Quel est le problème que pose véritablement le sujet ?
a) Les hommes sont-ils des êtres déterminés par leur nature ou sont-ils absolument libres ?
b) Les hommes sont-ils des êtres naturels qui occuperaient une place privilégiée dans la nature ou bien n'y aurait-il aucune nature humaine prédéfinie ?
c) L'homme est-il le maître de la nature ?
Étape 3 : élaborer le plan
– Quel plan est le mieux adapté à la question posée par le sujet ?
a) I. Oui, les hommes sont des êtres à part dans la nature.
II. Non, il les hommes ne sont pas des êtres à part dans la nature.
III. Les hommes peuvent être considérés comme des êtres libres mais qui restent régis par une certaine nature.
b) I. Oui.
II. Non.
c) I. Les hommes sont des animaux comme les autres.
II. Les hommes sont des animaux particuliers
III. Les hommes sont les maîtres de la nature.

Étape 4 : rédiger l'introduction

– Quelles sont les étapes à respecter dans une introduction ?

a) Annonce de la problématique et annonce du plan.

b) Accroche qui caractérise le problème, annonce de la problématique et annonce du plan.

c) Rappel du sujet et annonce du plan.

Étape 5 : rédiger la conclusion

– Quelle réponse la réflexion que nous avons construite nous permet-elle d'apporter au sujet ?

a) On ne peut pas connaître ce dont on a n'a pas l'expérience.

b) On peut connaître ce dont on n'a pas l'expérience.

c) Connaître nécessite non seulement l'expérience mais aussi une activité de la raison.

Étape 6 : passer à la rédaction de la dissertation

Corrigés

Exercice 1

L'existence humaine et la culture

1. Réponse a).

2. Réponse c).

3. Réponse b).

4. Réponse b). Attention à ne pas confondre déterminisme et fatalisme (réponse c).

Exercice 2

La morale et la politique

1. Réponse c). Attention, au sens large, le progrès peut être défini par l'ensemble des réponses proposées. Dans le sens de la question, on comprend que tout progrès technique n'est pas forcément un progrès pour l'humanité.

2. Réponse a). Attention à ne pas confondre l'indépendance, qui consiste à suivre ses désirs, et l'autonomie, qui consiste à agir d'abord selon sa raison.

3. Réponse b).

4. Réponse a).

Exercice 3

La connaissance

1. Réponse a).

2. Réponse b).

3. Réponse b).

4. Réponse c).

Exercice 4

Étape 1 : expliciter un extrait du texte ou une expression

1. a) Locke s'oppose ici à la conception de liberté comme indépendance, c'est-à-dire comme pouvoir de faire tout ce que l'on veut. Pour lui, la liberté est obéissance raisonnable aux lois.

b) La loi guide un « agent libre » car il n'est pas soumis à la contrainte d'autrui et « intelligent » car il n'est pas soumis à la contrainte de ses désirs. En effet, nous avons tendance à nous laisser guider par nos désirs ce qui nous pousse dans les marais et les précipices. C'est pourquoi la loi existe afin de nous protéger de nos propres décisions que nous pouvons prendre sous l'emprise de nos passions.
La loi protège nos intérêts et nous y obéissons donc volontairement.
c) La liberté selon Locke est de ne pas être soumis à autrui, ni aveuglé par ses propres désirs. La liberté se trouve dans l'autonomie : l'obéissance à la loi que l'on s'est soi-même prescrite.

Étape 2 : dégager la thèse et le plan du texte

1. Réponse c).

2. Réponse b).

3. Réponse a).

Étape 3 : rédiger le commentaire du texte

1. Réponse a). Nous reprenons ici le point de départ du texte de Locke.

2. Réponse b).

3. Réponse c).

Plan détaillé de la réponse à la question 3. Ici nous vous présentons le plan détaillé d'une explication du texte, réalisé grâce aux éléments d'analyse et aux éléments de synthèse.
Introduction :
Locke remet en question le préjugé selon lequel la liberté est le pouvoir de faire tout ce que l'on veut sans aucune limite. Pour lui, la loi est la condition de la liberté, elle en est la garantie. Mais peut-on être libre et soumis aux lois en même temps ? On pourrait penser que la liberté se définit par l'indépendance. Pourtant, la loi garantit l'existence de la liberté qui périt si elle n'est pas limitée.

I. La liberté comme pouvoir de faire ce que l'on veut

A/ La loi limite la liberté

– La liberté se définit comme absence de contraintes. La loi prend l'apparence d'une contrainte en tant qu'elle pose des interdits et des obligations.

– La liberté suppose de pouvoir faire ce que l'on veut. La loi est alors un obstacle à la liberté, contrairement à ce qu'affirme Locke.

B/ La conception anarchiste

– La liberté entre en conflit avec les lois. C'est ce que dénonce le mouvement anarchiste en affirmant qu'il est « interdit d'interdire ».

– « La liberté est indivisible » dit Bakounine. Donc retirer un peu de liberté à l'homme, c'est anéantir toute la liberté pour lui.

– On doit donc contester l'autorité politique qui anéantit la liberté individuelle, essence de l'homme.

C/ De la nécessité des lois positives

– L'homme est un être égoïste qui cherche à garantir son intérêt personnel.

– Parallèle Hobbes « l'homme est un loup pour l'homme ». Sans loi, pas de liberté.

– « La liberté consiste à être délivré de la contrainte et de la violence exercées par autrui. » Locke (l. 8).

La loi contraint chacun à respecter les droits inaliénables de tous.

– Mais à quelles conditions concilier loi et liberté ?

II. La loi, condition nécessaire de la liberté

A/ Obligation et contrainte

– Dire que la loi est contrainte, c'est considérer qu'elle va à l'encontre de la volonté de l'homme. Mais ne devons-nous pas vouloir la loi pour pouvoir vivre en société ? Reconnaître la légitimité de la loi, c'est aussi reconnaître qu'on doit lui obéir. La loi doit apparaître comme un guide et non comme une contrainte.

– Obéir à la loi, c'est donc d'abord obéir à soi-même (//démocratie), c'est choisir d'obéir car on reconnaît que c'est dans cette obéissance que se situe notre intérêt.

– La loi n'est donc pas, dans ce sens, obstacle à notre liberté car elle est obligation qui émane de notre propre volonté.

B/ La liberté comme autonomie

– La loi est utile, comme le dit Locke, car les hommes ne peuvent se limiter d'eux-mêmes.

« S'ils pouvaient être plus heureux sans elle, la loi s'évanouirait comme une chose inutile. »

– La liberté suppose une obéissance interne à la raison, elle est autonomie. L'homme est libre lorsqu'il agit suivant sa volonté, guidé par la raison.

– Ce n'est pas l'indépendance, mais l'autonomie qui caractérise la liberté (Kant). La liberté est maîtrise de soi, capacité à se limiter soi-même.

C/ Mais toute loi n'est pas source de liberté

– Certaines lois peuvent, être profondément injustes. Les lois arbitraires décrétées par tel ou tel dictateur peuvent ne pas favoriser la liberté.

– Pour que la loi soit source de liberté, elle doit répondre à plusieurs exigences.

– Rousseau (*Du Contrat social*) montre que la loi de l'État vise avant tout à garantir la liberté civile. Souveraineté du peuple. La loi émane de la volonté générale, volonté de tous en vue du bien commun.

– Tous étant soumis aux mêmes lois, chacun n'obéit finalement qu'à lui-même. Les lois, pour permettre la liberté, doivent être légitimes et ne pas aller à l'encontre du droit naturel.

Conclusion :

La liberté ne réside pas dans l'indépendance. La liberté est autonomie. De ce fait, la loi positive est la condition de la liberté tant qu'elle est légitime et qu'elle ne va pas à l'encontre de la loi naturelle.

Exercice 5

Étape 1

Réponse a). Le sujet invite à réfléchir sur la place de l'homme dans la nature et sur le rapport qu'il entretient à l'égard de la nature.

Étape 2

Réponse b). Le sujet appelle à réfléchir sur le paradoxe des hommes : à la fois des êtres inscrits dans la nature et dans l'évolution des espèces et à la fois des êtres doués d'une intelligence et d'une liberté leur permettant de comprendre la nature et de l'exploiter et donc d'y occuper une place particulière.

Étape 3

Réponse a). Pour traiter le sujet il faut bien mettre en avant l'ambiguïté de l'idée de nature humaine et l'originalité du rapport entre l'individu et l'espèce. La réflexion ne doit pas se restreindre à une comparaison entre l'homme et les autres êtres vivants. La réponse b) est l'exemple même du plan qui empêche de parvenir à une véritable réponse au sujet. La réponse c) a trop tendance à réduire le sujet à seulement l'une de ses perspectives.

Étape 4

Réponse b). L'introduction de la dissertation doit montrer que vous avez compris le problème posé par le sujet. Ici, il faut particulièrement montrer que le terme « expérience » est à prendre exclusivement au sens « d'expérience sensible ».

Étape 5

Réponse c). La conclusion doit résumer les étapes de votre argumentation et donner une réponse claire au sujet.

Étape 6

Cette réflexion doit vous mener à rédiger un plan détaillé au brouillon qui vous permettra de construire une dissertation structurée et pertinente qui doit être entièrement rédigée sur votre copie. Le plan ne doit pas apparaître. Les transitions servent à bien faire comprendre au correcteur la logique de votre réflexion.

Introduction : Dans la bible, la nature est présentée comme créée pour l'homme. La nature serait là pour le servir. Les hommes seraient donc des créatures qui profiteraient d'une place à part au sein de la nature. La liberté et l'intelligence dont seraient dotés les hommes à priori leur permettrait de se rendre maîtres de la nature : de la posséder et de la dominer. Mais l'homme fait aussi partie de l'évolution. Sa place particulière dans la nature serait la conséquence d'un processus qu'il ne maîtrise pas. L'homme serait déterminé par des lois de la nature dont il n'aurait pas conscience.

Le problème est donc de savoir si les hommes sont des êtres naturels dont la spécificité serait d'occuper une place particulière dans la nature ou s'ils échappent en fait à tout déterminisme ce qui nierait toute idée de nature humaine.

Si les hommes semblent être à part dans la nature, il semble toutefois que ce particularisme revendiqué soit discutable. Les hommes seraient à la fois dans la nature, et dotés d'un statut particulier par rapport à celle-ci.

I. Oui, les hommes sont des êtres à part dans la nature.

A/Les hommes sont des êtres de culture.

– L'homme serait soumis au besoin comme les animaux. Mais la satisfaction de ces besoins est immédiate chez l'animal tandis qu'elle passe par la médiation de la conscience et de la réflexion chez l'homme. L'homme, contrairement à l'animal peut aller à l'encontre de ses instincts. Les comportements humains sont variables et imprévisibles.

B/ L'homme est un être libre.

– Les hommes n'ont pas de nature. Leur existence n'est ni prévisible, ni totalement explicable. L'homme est un être doué de raison et de mémoire ce qui lui permet d'anticiper et de se projeter. L'homme est le « principe des futurs » selon Aristote.

– Le monde humain est caractérisé par la contingence. L'homme opère ses propres choix et n'est précédé par aucune nature. Il n'a pas d'essence : « l'existence précède l'essence » Jean-Paul Sartre. Il n'existe selon Sartre aucune nature humaine qui déterminerait les individus. L'homme est absolument libre et échappe au déterminisme.

C/ Les hommes sont maîtres de la nature.

– Les hommes sont des êtres à part car ils ne se contentent pas d'être dans la nature mais la transforment par leur technique et grâce à leur connaissance de ses lois. Ils se rendent comme « maîtres et possesseurs de la nature » René Descartes.

Transition :

Les hommes seraient donc à part dans la nature car ils la dominent et ne sont pas soumis au déterminisme de ses lois. Mais cette idée serait d'autonomie par rapport aux lois de la nature est peut-être le fruit d'une illusion. Les hommes sont inextricablement inscrits dans la nature.

II. Non, les hommes ne sont pas des êtres à part dans la nature.

A/ Le déterminisme naturel concerne aussi les hommes.

– Le libre-arbitre qui place les hommes hors de la nature ne serait qu'une illusion. Les hommes et les autres êtres sont soumis à la même nécessité. « L'homme n'est pas un empire dans un empire » Baruch Spinoza.

– Les hommes seraient tout autant aveuglés que les animaux quant à la fin de leurs actions. Les hommes seraient également soumis aux intérêts de l'espèce.

B/Les spécificités humaines sont l'œuvre de la nature.

– C'est peut-être la nature elle-même qui pousse l'homme à développer les capacités qui lui sont propres comme le langage, la politique, etc. « L'homme est un animal politique » Aristote. Par exemple, selon Aristote les hommes seraient naturellement enclins à vivre avec leurs semblables et dotés du langage car cela leur permet de progresser, d'actualiser leur essence.

– Les progrès de la culture seraient donc en fait les résultats d'un principe métaphysique naturel que l'homme ne maîtrise pas.
Transition :
Si les hommes sont certes dotés de qualités que ne possèdent pas les autres êtres naturels, ils n'échappent pas pour autant à l'ensemble des lois de la nature, et notamment à certaines qui sont propres à leur espèce. Cependant, la capacité de l'homme à se modifier montre bien qu'il a cela d'original qu'il est le seul à être à la fois déterminé par des lois naturelles et à la fois capable de les comprendre et de s'en libérer.

III. Les hommes sont à la fois déterminés par la nature et libres de s'en extraire.

A/ Les hommes ne sont pas limités par leur nature, ni limités par leur culture.
– Les institutions mises en place par les hommes recherchent l'épanouissement des individus en mettant en place les conditions nécessaires à la réalisation de leur liberté. La culture n'implique pas que l'on renonce à notre nature, mais l'actualise.
– Par exemple, Rousseau invoque dans *Le contrat social* le droit naturel pour fonder des Etats légitimes. Ce droit naturel ne consiste cependant pas à voir dans les choses de la nature le modèle du droit, mais vise à mettre en évidence la véritable nature du droit.

B/ Les actions humaines seraient explicables, comme les choses de la nature, mais seulement dans une certaine mesure.
– Le déterminisme à l'œuvre dans la nature permet de mettre en avant les causes qui sont à l'origine de tel ou tel effet. Et ce serait donc tout autant le cas pour les actions humaines.
– Cependant, comme le montre Kant dans *La critique de la raison pratique*, l'homme en tant qu'être doué de liberté peut échapper à ce déterminisme grâce à la conscience morale qui offre la possibilité à l'homme de s'arracher au déterminisme naturel. En tant qu'être raisonnable et libre, l'homme est donc un être à part dans la nature.

Conclusion : Ainsi les hommes n'auraient pas de nature fixe, contrairement aux autres êtres. Les hommes sont des êtres à part dans la nature et chaque homme est un être à part par rapport aux autres. On ne pourrait prétendre le connaître complètement. Sa conscience lui permet de se donner ses propres fins, et de dominer la part naturelle en lui. « L'homme est un animal qui a conscience d'être un animal ; du fait qu'il a conscience d'être un animal, il cesse de l'être » Hegel.

Savoir 1

Totalitarismes et Seconde Guerre mondiale

Question obligatoire

1 L'affirmation des totalitarismes et la guerre

1. Le totalitarisme, un nouveau type de régime politique

Depuis 1917, la Russie est un pays socialiste et collectiviste. En 1922, elle devient l'URSS, avec à sa tête un parti communiste dont le secrétaire général, **Joseph Staline**, établit un régime brutal fondé sur la terreur, le stalinisme. Dans la République allemande de Weimar, les élections législatives de 1933 donnent la majorité au NSDAP (parti national-socialiste ou Nazi) dont le chef **Adolf Hitler** devient chancelier. À partir de 1934, il exerce un pouvoir absolu et engage une politique brutale, raciste, antisémite et expansionniste.

2. Une guerre à l'échelle du monde

La guerre éclate en 1937 en Asie avec l'invasion de la Chine par le Japon, puis **en Europe en 1939** (Pologne) **et en 1940** (Allemagne et Italie opposées à la France et au Royaume-Uni), et **elle devient mondiale en 1941** avec l'invasion de l'URSS par l'Allemagne (juin) puis l'entrée en guerre des États-Unis (décembre).

La Seconde Guerre mondiale a recours à l'emploi de matériels de guerre : sur terre, matériels motorisés et blindés ; en mer, sous-marins et porte-avions ; depuis les airs, l'aviation permet des bombardements massifs. Au cours du conflit, de nouvelles armes apparaissent, fusées allemandes (V2), arme nucléaire, employée pour la première fois en août 1945 sur Hiroshima et Nagasaki.

3. Un déchaînement de violences

Avec **50 à 60 millions de victimes**, elle touche majoritairement les populations civiles victimes des bombardements aériens (Londres, Dresde en Allemagne).

De manière délibérée et programmée, **l'Allemagne nazie engage la destruction des Juifs et Tsiganes**. L'extermination massive des Juifs d'Europe est décidée par les responsables nazis en **janvier 1942 (conférence de Wannsee)**. Plus de la moitié (entre 5 et 6 millions de personnes) trouvent la mort dans ce génocide que le procès de Nuremberg qualifie en 1945 de « crime contre l'humanité ».

4. La France dans la guerre

En juin 1940, l'armée française est vaincue en quelques semaines. Le maréchal Pétain instaure **le régime de Vichy**, antidémocratique, autoritaire et réactionnaire, avec le slogan « Travail, Famille, Patrie », et engage la France dans la collaboration avec l'occupant. À partir de 1941, le régime devient antisémite (lois contre les Juifs) puis pro-allemand. En 1942, la police française participe à la rafle du Vel' d'Hiv (16 juillet).

Réfugié à Londres, un général, **de Gaulle**, lance **le 18 juin 1940** un appel à continuer le combat jusqu'à la libération du pays. À l'extérieur, il crée **la France libre**, et organise progressivement la **Résistance intérieure** (rôle de Jean Moulin), qui réunit les Français de toutes tendances politiques qui n'acceptent pas l'occupation, et qui agit par tracts, sabotages, renseignement pour les Alliés.

Mes notes pour réviser

MOTS CLÉS

Collaboration • Crime contre l'humanité • Génocide • Résistance • Totalitarisme

2 La guerre d'anéantissement à l'Est et le génocide des Juifs

1. De la théorie raciale à sa mise en œuvre

La théorie raciale d'Hitler place au sommet la race aryenne à laquelle appartiennent les Allemands. Les peuples slaves de l'est de l'Europe peuvent être réduits en esclavage ; Juifs, Tsiganes, handicapés doivent être éliminés au prétexte qu'ils corrompent la race allemande.
En juin 1941, lors de l'offensive à l'est contre l'URSS, les commandos des *Einsatzgruppen* exécutent en masse des civils, dont un million de Juifs, lors de leur avancée en Ukraine.
Plus de la moitié des Juifs d'Europe, un tiers des Tsiganes et 70 000 malades mentaux seront victimes de l'application de cette théorie raciale.

2. L'extermination du peuple juif

En janvier 1942, lors de la conférence de Wannsee, les responsables nazis décident de mettre en œuvre la « solution finale du problème juif », c'est-à-dire l'extermination de tous les Juifs d'Europe. Arrêtés lors de rafles ou sur dénonciations dans les pays occupés, hommes, femmes et enfants, déjà soumis au port de l'étoile jaune, sont transportés par trains entiers vers des camps de mise à mort, comme celui d'Auschwitz-Birkenau où a été expérimentée, en 1941, l'utilisation du gaz zyklon B dans des chambres à gaz.

3 De Gaulle et la France libre

1. Un homme

Né en 1890, le général de Gaulle commande en 1940 une unité de chars. Le 17 juin, refusant d'accepter la défaite et la demande d'armistice faite aux Allemands par le nouveau gouvernement de Philippe Pétain, il s'exile par avion à Londres.

2. Une action

Il lance à la BBC l'appel du 18 juin 1940 et parvient à se faire reconnaître par Winston Churchill comme « le chef des Français qui continuent la guerre ». Il crée les FFL, Forces Françaises Libres, et parvient à rassembler l'empire colonial. C'est la division Leclerc qui entre la première dans Paris le 25 août 1944, et le lendemain le général de Gaulle descend triomphalement les Champs-Élysées.

3. Un résultat

De Gaulle permet à la France de faire partie des pays vainqueurs, ce qui lui vaut d'être en 1945 l'un des 5 membres permanents du Conseil de sécurité de l'ONU nouvellement créée, elle est aussi l'une des puissances occupantes de l'Allemagne vaincue.

Au plan intérieur, dans la France libérée, la restauration républicaine se fait sur les bases du programme élaboré à partir de 1943 dans les réunions du Conseil national de la Résistance, présidé par Jean Moulin, l'envoyé du général de Gaulle auprès des mouvements de résistance.

Mes notes pour réviser

Savoir 2

Du monde bipolaire au monde multipolaire

Question obligatoire

1 Le monde de 1945 à nos jours

1. De l'ère des superpuissances aux nouvelles recompositions du monde

De 1947 à 1991, un affrontement idéologique et de puissance oppose les États-Unis et l'URSS. Cette période de guerre froide est émaillée de crises (Berlin 1948-1949 et 1961, Cuba 1962), d'affrontements indirects (en Corée, au Vietnam et dans le tiers-monde) et de moments de détente, le tout dans une course aux armements nucléaires. **Le monde est alors bipolaire**.

Minée par l'immobilisme économique, l'URSS éclate en 1991, les États-Unis semblent alors exercer leur domination sur le monde entier, mais font face au terrorisme international et à l'émergence de nouveaux acteurs internationaux.

À la fin de la décennie 2010, la Chine est devenue une nouvelle superpuissance capable de rivaliser avec les États-Unis comme **acteur d'un monde multipolaire**.

2. La fin des empires coloniaux et la naissance de nouveaux États

Après 1945, **les revendications indépendantistes s'amplifient** (Gandhi en Inde). En août 1947, le Royaume-Uni doit accepter l'indépendance des Indes, c'est le début du processus de décolonisation.

Le reflux des empires coloniaux européens s'étale entre 1947 (Indes britanniques) et 1975, date à laquelle le Portugal renonce à ses colonies africaines. La décolonisation prend deux formes, l'une est celle de **la négociation**, d'autres se font **à l'issue de guerres** avec, comme dans le cas de la France, celle d'Indochine qui prend fin en 1954, ou celle d'Algérie (1954-1962).

Les nouveaux États, baptisés tiers-monde pour les distinguer des deux blocs, sont confrontés à de nombreuses difficultés : frontières tracées artificiellement sans tenir compte des peuples et ethnies, économies fragiles, faible niveau de développement humain.

3. L'Europe en devenir

Les puissances européennes sortent ruinées du conflit en 1945, **l'Europe devient un enjeu dans l'affrontement des superpuissances**, le rideau de fer entre blocs de l'Est et de l'Ouest la coupe en deux. Berlin, avec le blocus de la partie Ouest en 1948-1949 et la construction du mur en 1961, devient le symbole de cette Europe divisée.

Dès le début des années 1950, les Européens prennent conscience de **la nécessité de s'unir** pour exister face aux superpuissances. La construction européenne s'amorce en 1951, avec la CECA (Communauté européenne du charbon et de l'acier), elle se poursuit avec le marché commun (traité de Rome, 1957) et la création de l'Union européenne (1992). Plusieurs élargissements portent le nombre de pays membres à **28**.

Réunissant près de 500 millions d'habitants, l'Union européenne constitue au début du XXIe siècle **un des trois pôles de l'économie mondialisée** mais révèle aussi des faiblesses. Depuis la décennie 2010, **l'euroscepticisme** gagne une partie des opinions publiques. En 2020, pour la première fois, un pays adhérent, le Royaume-Uni, sort de l'Union.

Mes notes pour réviser

MOTS CLÉS

Construction européenne • Décolonisation • Guerre froide • Monde bipolaire • Monde multipolaire

Du monde bipolaire au monde multipolaire

Sujets d'étude

2 De Youri Gagarine à la guerre des étoiles

1. Une compétition spatiale, largement médiatisée, témoigne de l'affrontement idéologique des deux superpuissances. Dans les années 1950-1960, l'URSS prend l'avantage en lançant en 1957 le 1er satellite artificiel (Spoutnik) suivi du premier vol emportant un animal. En 1961, le vol habité de Youri Gagarine confirme l'avance soviétique.
Créée en 1958, la NASA (agence aéronautique et spatiale américaine) est chargée du programme civil de conquête spatiale, elle permet un premier vol spatial habité américain en 1962. Le programme Apollo aboutit à l'envoi d'un homme sur la Lune en 1969.
À la puissance technologique américaine (navette spatiale lancée en 1981), l'URSS peut opposer la fiabilité de ses lanceurs Soyouz et sa maîtrise des séjours de longue durée dans l'espace (station Mir, 1986).

2. Le domaine spatial mêle enjeux civils et enjeux militaires, les satellites d'observation peuvent aussi bien avoir une finalité stratégique (espionnage) que scientifique, il contribue à l'équilibre de la terreur nucléaire, mais permet aussi des collaborations internationales comme la station orbitale ISS achevée en 2011.

3 Le 11 septembre 2001

1. Le 11 septembre, 19 terroristes affiliés à Al-Qaïda s'emparent de quatre avions de ligne ayant décollé de Boston, Washington et Newark, ces attentats provoquent la mort de 3 000 personnes. Avec l'effondrement des tours du World Trade Center retransmis en direct par les télévisions, l'événement devient mondial.

2. Aux États-Unis, un choc énorme. Le 20 septembre, le Président américain George W. Bush annonce engager la lutte contre Al-Qaïda, organisation terroriste islamiste créée en 1987 en Afghanistan par le Saoudien Oussama Ben Laden. En octobre 2001, une coalition internationale mandatée par l'ONU intervient militairement en Afghanistan.

3. Contrer le terrorisme islamiste. Les forces militaires classiques n'ont qu'une efficacité limitée contre les actions développées depuis les années 1990 par des organisations (Al-Qaïda, État islamique au Moyen-Orient ; Boko Haram, Shebab en Afrique) qui veulent l'instauration de régimes islamistes et la destruction des puissances occidentales présentes dans le monde musulman. Les actions de renseignement, la détention sans jugement ou les opérations ciblées contre des individus jugés dangereux menées par les États-Unis posent question au regard des valeurs démocratiques.

Savoir 3

La France de 1945 à nos jours : une démocratie

Question obligatoire

1 La France depuis 1945 : politique et société

1. Les évolutions de la République depuis 1945

En 1944-1945, la démocratie et la République se refondent sur les principes du Conseil national de la Résistance : vote des femmes (1944), Sécurité sociale. La constitution de la IVe République met en place en 1946 un **régime politique parlementaire** : le président de la République a peu de pouvoirs, c'est le président du Conseil des ministres qui conduit la politique du pays.
La question de la décolonisation s'impose rapidement, la France s'engage dans deux guerres coloniales (Indochine 1946-1958, et Algérie 1954-1962).
En 1958, le général de Gaulle, appelé pendant la crise algérienne, veut de nouvelles institutions garantissant un pouvoir exécutif fort et stable. En 1962, il propose l'élection du président de la République au suffrage universel direct, **la Ve République** devient à partir de cette date un régime à forte tonalité présidentielle.

2. Quelle place pour la France dans un monde en recomposition ?

La France fait partie en 1945 des « cinq grands » membres permanents du Conseil de sécurité de l'ONU. Après l'indépendance de l'Afrique noire (1960) et de l'Algérie (1962), elle se replie sur son territoire métropolitain, « l'hexagone », mais conserve ses territoires de l'outre-mer.
Dans les années 1950, la France est l'un des moteurs d'un **rapprochement entre États européens** (Europe des six), elle adhère à la CECA (Communauté du charbon et de l'acier) en 1950, au traité de Rome instituant le Marché commun en 1957.
La force de dissuasion nucléaire voulue par de Gaulle permet à la France d'assurer sa sécurité et de conserver une indépendance face aux deux superpuissances.
Dans un monde où le nombre d'acteurs ne cesse de croître, la France d'aujourd'hui peut se définir comme une puissance moyenne dont les capacités d'action et d'influence lui permettent d'exercer **un rôle international**.

3. Les mutations d'une société

Des années 1950 à 1970, pendant les années de forte croissance (les Trente Glorieuses), la France connaît le plein emploi et souffre même d'une pénurie de main-d'œuvre comblée par l'immigration, en provenance principalement d'Afrique du Nord. Depuis le milieu des années 1970, un chômage chronique culminant aux alentours de 10 % affecte la population active.
Au sortir de la guerre, près de la moitié des Français vivent encore dans les campagnes, la population des villes passe à 70 % en 1968 et se stabilise aux alentours de 80 %. Dans les années 1960-1970, l'urbanisation se fait dans des cités ou grands ensembles édifiés en périphérie immédiate des villes.
Avec les années 1960, une **société de consommation** (automobile, électroménager) se met en place, elle se double d'une **société de loisirs** dont l'offre s'élargit (vacances d'été, sports d'hiver, cinéma, etc.). La situation des femmes se modifie sous l'effet d'une série de lois (loi Veil sur l'IVG en 1975, lois sur la parité).

Mes notes pour réviser

MOTS CLÉS

Décolonisation • Démocratie • Immigration • Institutions • Parité • Puissance • Régime politique • République

Savoir 3

La France de 1945 à nos jours : une démocratie

Sujets d'étude

2 La guerre d'Algérie

1. L'Algérie coloniale

Elle occupe une place à part dans l'empire colonial français : c'est la seule colonie de peuplement où vivent environ 1 million de colons d'origine européenne, les Français d'Algérie. La population musulmane (90 % du peuplement) ne dispose pas des mêmes droits que les Français d'Algérie.

2. Huit années de conflit

Le 1er novembre 1954 (Toussaint), le FLN (Front de libération nationale) algérien déclenche une série d'attentats, à laquelle la France réplique par des « opérations de maintien de l'ordre ». Un climat de guerre s'installe.
Le conflit a des répercussions politiques et entraîne en 1958 la chute de la IVe République et le retour du général de Gaulle qui promet l'autodétermination à la population algérienne.

3. Vers une solution

Alors que l'armée française remporte la bataille d'Alger au prix de la torture, l'indépendance devient inéluctable, les négociations aboutissent aux accords d'Évian le 18 mars 1962. Approuvée par référendum, l'indépendance est proclamée et célébrée le 1er juillet 1962 en Algérie. Elle provoque l'exode vers la métropole de près d'un million de « pieds noirs » qui, ayant abandonné leurs biens, s'installent principalement dans le sud de la France.

3 L'évolution de la place et des droits des femmes dans la société française

1. Dans les années 1950, les femmes viennent tout juste d'accéder à la citoyenneté, et jusqu'en 1965 le Code civil maintient les femmes mariées dans un statut d'infériorité. Leur taux d'activité, de 50 % en 1970, s'élève à 80 % aujourd'hui, mais leur rémunération reste inférieure à celle des hommes.
Un combat est mené pour le contrôle des naissances par des mouvements et associations féministes (Planning familial et MLAC), il aboutit au vote des lois Neuwirth (1967) autorisant la contraception et Veil (1975) autorisant l'IVG (interruption volontaire de grossesse).

2. Dans les années 1980-1990, les revendications portent sur la parité dans l'accès aux fonctions privées (entreprises) ou publiques (élections) et aux postes de responsabilité. Elles débouchent sur plusieurs lois : loi Roudy sur l'égalité professionnelle (1983), nouvelle disposition sur la parité inscrite dans la constitution (2008).

3. Les améliorations apportées par la loi dans la situation faite aux femmes se heurtent à des inerties sociales dans le monde du travail (travail fractionné, emplois peu qualifiés, « plafond de verre » limitant l'accès aux postes les plus élevés).

Savoir 4

Mers et océans : au cœur de la mondialisation

Question obligatoire

1 Mers et océans : vecteurs essentiels de la mondialisation

1. Les ressources des mers et océans

Les mers et océans couvrent 71 % de la planète et jouent un rôle essentiel dans les équilibres naturels, climatiques en particulier. Ces étendues maritimes occupent une place importante pour l'humanité, tant pour la fourniture de ressources que pour la circulation des hommes et des biens.

La pêche en mer est la plus grande activité de prédation pratiquée au monde, et la surexploitation est une menace pour le renouvellement de la ressource. **L'aquaculture** connaît une forte augmentation depuis les années 1990.

Les forages sous-marins (production offshore) assurent **30 % de la production mondiale de pétrole et de gaz naturel**. À proximité des côtes, la production **d'énergies renouvelables** se développe en utilisant la force de la marée, celle des vagues, des courants sous-marins ou des vents (parcs maritimes d'éoliennes). Mers et océans recèlent d'autres ressources : biochimiques (utilisées dans l'industrie pharmaceutique et les cosmétiques), nodules polymétalliques.

Paysages côtiers et étendues maritimes constituent une ressource exploitée sous forme de **tourisme balnéaire** ou de **croisières** (30 millions de croisiéristes en 2019).

2. La maritimisation des économies

La mondialisation économique s'accompagne d'une **maritimisation croissante des économies**. Les échanges internationaux, les circulations de marchandises s'effectuent pour l'essentiel par mer et les activités de production se rapprochent des côtes dans de vastes zones industrialo-portuaires.

Les routes maritimes consistent en des couloirs de quelques kilomètres de large. Elles se dessinent en fonction des points de passage obligatoires (détroits, canaux), des contraintes physiques (côtes, vents, courants marins, profondeurs, récifs, glaces) et des aléas géopolitiques (insécurité, piraterie). Les principales relient les grandes **façades maritimes** et leurs ports (Europe, Amérique du Nord, Asie), concentrant ainsi l'essentiel des échanges mondiaux.

Les réseaux de câbles de télécommunications posés au fond des océans assurent l'essentiel des transmissions d'informations entre continents (téléphone et Internet).

3. Les enjeux stratégiques des espaces maritimes

La Convention des Nations unies sur le droit de la mer (CNUDM), a défini en 1982 un droit de la mer et de ses ressources : **la ZEE** (zone économique exclusive) permet aux États riverains de disposer de toutes les ressources dans la limite de 200 milles marins (370 km). Au-delà commencent **les eaux internationales** (64 % de la surface des océans) sur lesquelles s'applique le principe de liberté (circulation, pêche).

Les espaces vitaux pour le commerce maritime, comme les détroits et canaux internationaux, connaissent des **tensions géopolitiques** très fortes. Certaines routes maritimes menacées par des actes de piraterie sont surveillées par les marines militaires.

Mes notes pour réviser

MOTS CLÉS

Canaux et détroits maritimes • Maritimisation • Mondialisation • Route maritime

Savoir 4

Mers et océans : au cœur de la mondialisation

Sujets d'étude

2 Les réseaux de câbles : des infrastructures essentielles à la mondialisation

1. Le monde est sillonné en permanence par des communications immatérielles (Internet et téléphone) dans des volumes qui augmentent constamment. Les câbles sous-marins, dont les capacités ont décuplé avec l'utilisation de fibres optiques, sont l'infrastructure essentielle à la mise en connexion des différents continents, ils assurent 95 à 99 % des échanges mondiaux d'information contre une part très minoritaire pour les satellites.

2. L'installation, la surveillance et la maintenance des réseaux de câbles sont des enjeux vitaux dans notre monde hyper connecté. Ils mettent en jeu des acteurs publics (les États) et des acteurs privés comme Orange. Les géants du Net (Google, Amazon, Facebook, Apple) se dotent maintenant de leurs propres réseaux.

3. Ces réseaux sous-marins desservent inégalement les différents territoires, reliant principalement l'Europe, l'Amérique du Nord et la façade maritime de l'Asie. Ils connectent, en les renforçant, les principaux pôles de la mondialisation mais laissent d'autres continents comme l'Afrique à l'écart. Des points comme Marseille constituent des hubs reliant réseaux maritimes et réseaux terrestres.

3 Le détroit de Malacca : un point de passage majeur et stratégique

1. Le détroit de Malacca, qui tire son nom d'une ville côtière malaise, est un long couloir maritime de 850 km de long et de 50 à 350 km de large en moyenne (moins de 3 km dans sa partie la plus resserrée) entre la Malaisie et l'Indonésie. Il relie l'océan Indien (golfe du Bengale) à l'océan Pacifique (mer de Chine méridionale). Détroit le plus fréquenté du monde (1 navire toutes les 8 minutes, 1/3 du trafic maritime mondial) et principal axe de passage des échanges maritimes chinois, il assure à la cité-État de Singapour, située à son entrée sud-est, un rôle majeur dans les échanges mondiaux.

2. Un passage proche de la saturation. L'intensité du trafic accroît les risques de collisions et sa profondeur en eau (23 m) limite la capacité maximale des navires pouvant y circuler. C'est une des zones de piraterie les plus actives du monde qui s'exerce principalement sur les navires à l'ancre à l'entrée du détroit.

3. La sécurité de ce détroit actuellement incontournable pour les liaisons entre l'Asie de l'Est, le Moyen-Orient et l'Europe est vitale, en particulier pour la Chine (90 % de son trafic maritime) qui étudie la possibilité d'un nouveau passage plus au nord (canal de Kra).

Savoir 5

Des territoires inégalement intégrés dans la mondialisation

Question obligatoire

1 Dynamiques territoriales contrastées au sein de la mondialisation

1. Les pôles et espaces moteurs de la mondialisation : métropoles et littoraux

Quelques **villes-mondes**, comme New York, Londres, Paris, Tokyo, Shanghai, Singapour, **dominent la hiérarchie urbaine mondiale**. Elles sont à la fois des centres de décision politique, économique, financière, culturelle, des lieux clés de la production, de l'innovation et de la diffusion d'informations. Leur puissance se lit dans le paysage urbain du CBD (*Central Business District*, ou quartier d'affaires).
La majorité des métropoles mondiales sont installées **sur les littoraux** ou disposent d'une **ouverture sur la mer**. Les littoraux sont les interfaces privilégiées de la mondialisation contemporaine, avec de vastes infrastructures portuaires, des zones industrialo-portuaires et des plates-formes multimodales.
Trois espaces régionaux majeurs, l'Amérique du Nord autour des États-Unis, l'Asie orientale, l'Europe occidentale avec l'Union européenne, concentrent **75 % du PIB mondial**. De nouveaux pôles émergent en Chine, en Inde et au Brésil.

2. Des espaces en marge ou à l'écart

À l'écart des réseaux de transport et de communication rapides et efficaces, comme les grands hubs logistiques aéroportuaires, **les PMA, pays les moins avancés de la planète**, en urgence de développement économique et humain, sont en majorité situés en Afrique. L'insularité (micro-États du Pacifique), l'enclavement faute d'accès à la mer (Laos), la déficience des infrastructures de transport, isolent ces pays des grands circuits d'échanges et donc de la mondialisation.

3. Les dynamiques d'un monde en mouvement

Les entreprises et surtout les plus grandes d'entre elles, **les FTN (firmes transnationales)**, sont à la fois les principaux agents et bénéficiaires de la mondialisation. Elles organisent à leur profit une division internationale du travail en jouant sur les différentiels de niveau de vie, de législation et de fiscalité, et en éclatant leurs chaînes de production en plusieurs lieux de la planète.
Les États, agissant individuellement ou dans le cadre d'organisations économiques (Union européenne, ACEUM), conservent une certaine capacité d'action. Ils fixent des normes et déterminent les niveaux de fiscalité, pour favoriser l'implantation d'entreprises ou taxer certaines activités mondialisées qui échappent à l'impôt (GAFA).
Des ONG et mouvements citoyens dénoncent les effets sociaux et environnementaux de la mondialisation.
À partir des années 1980, la plupart des États ont participé à **l'ouverture généralisée des frontières et la déréglementation** favorisant la mondialisation des activités. Cette ouverture des frontières trouve aujourd'hui ses limites : les États cherchent à contrôler les mouvements migratoires, certains, comme les États-Unis, contestés dans leur prééminence économique, ont recours à des mesures protectionnistes (taxes douanières), et certaines entreprises relocalisent leur production.

Mes notes pour réviser

MOTS CLÉS

Centre de décision • Hub logistique aéroportuaire • Métropole • Plate-forme multimodale

Des territoires inégalement intégrés dans la mondialisation

Sujets d'étude

2 New York, un centre de la mondialisation

1. Une ville qui concentre les fonctions métropolitaines

Avec 8,3 millions d'habitants dans les limites de la ville et 22 millions dans le district urbain, New York n'est pas la capitale politique des États-Unis ni la plus grande ville du monde, mais elle est sans doute la plus puissante par la concentration de fonctions de commandement, dans les domaines économique, culturel, financier et politique. Elle accueille des fonctions mondiales comme l'ONU, et est connectée au monde par trois aéroports.

Le rayonnement de New York est également d'ordre symbolique, ses paysages (statue de la Liberté, *skyline* (immeubles de grande hauteur), alimentent l'imaginaire cinématographique et littéraire.

2. Les contrastes au sein de la métropole

Les activités qui font de New York une ville mondiale sont concentrées sur la presqu'île de Manhattan que domine le One World Center : bourse de Wall Street, banques, musées, salles de spectacle. Les quartiers de Harlem et du Bronx hébergent des populations avec des niveaux de formation et de revenus nettement inférieurs à la moyenne de l'agglomération. Dans cette ville fortement inégalitaire, 1 % des habitants de New York disposent de 36 % des revenus.

3 L'aéroport de Paris-Roissy-Charles de Gaulle, un hub au cœur des échanges européens

1. Le premier hub aérien d'Europe

L'aéroport, ouvert en 1974 sur la commune de Roissy-en-France à 30 km à l'est de Paris, plusieurs fois agrandi avec la mise en service de nouveaux terminaux, et rebaptisé Roissy-Charles de Gaulle, est aujourd'hui le 2e aéroport européen pour le trafic passager et le premier pour le fret. Outre les pistes et les terminaux, il englobe toute une zone d'activités. Desservi par autoroute et par TGV, c'est une plate-forme logistique multimodale permettant de passer du mode aérien au mode ferroviaire vers la France et plusieurs villes d'Europe.

2. Un aéroport international

Roissy est aussi la base principale de la compagnie Air France-KLM qui l'a organisé en hub concentrant les vols nationaux et européens pour les départs internationaux, et les redistribuant pour les arrivées. Principal hub aérien européen, il peut gérer 60 vols par heure soit jusqu'à 1 000 vols par jour.

3. La concurrence

Roissy est en concurrence avec les autres grands aéroports européen (Heathrow en Angleterre, Amsterdam, Francfort). Pour maintenir sa place, la liaison existante avec Paris par le RER devrait être améliorée dans l'avenir par une nouvelle ligne spécifique dite CDG-Express.

Mes notes pour réviser

Savoir 6

La France et ses régions dans l'Union européenne et dans la mondialisation

Question obligatoire

1 Les lieux de l'influence française dans la mondialisation

1. Un pays inséré dans la mondialisation

Le territoire métropolitain de 550 000 km², ouvert sur l'Atlantique, est un carrefour entre l'Europe du Nord et la Méditerranée, riche de la diversité de ses paysages et de son patrimoine. Les territoires de l'outre-mer offrent à la France le **deuxième domaine maritime mondial** et lui donnent une capacité de projection sur tous les océans de la planète.

Aux **67 millions de Français** de métropole et d'outre-mer s'ajoutent 1,8 million de Français expatriés à l'étranger. La société française est l'une des plus développées, des mieux formées de la planète malgré des inégalités qui se creusent.

La France participe à la libéralisation des échanges et de son économie, elle est **membre du G7**. De grandes FTN françaises comme PSA, Vinci ou Axa gèrent un réseau de filiales pour investir et produire dans tous les territoires. Membre actif et influent au sein de l'Union européenne, la France participe à des **projets européens** comme Airbus ou l'ESA, et occupe le **deuxième rang économique** derrière l'Allemagne, son principal partenaire économique.

2. Des secteurs économiques innovants et compétitifs

Le système productif s'articule autour d'entreprises diversifiées par leur taille, leur fonction et leur degré d'ouverture sur l'international. La production nationale reste dominée par des firmes transnationales (FTN) qui emploient plus de 10 millions de salariés, dont la moitié à l'étranger. La France métropolitaine fait preuve **d'attractivité pour les investisseurs étrangers**, dont les entreprises représentent 20 % des emplois nationaux et 30 % des exportations.

Les services (tourisme, banque, assurance) **et l'agroalimentaire** dégagent des excédents, contrairement aux produits industriels. Les échanges s'effectuent en grande partie avec l'Union européenne, dans le cadre du marché unique et de la zone euro.

L'Île-de-France, Rhône-Alpes et l'Aquitaine (aéronautique) sont les régions les mieux intégrées à la mondialisation, ce dont témoigne le dynamisme de leurs métropoles. À l'inverse, de vastes parties du territoire sont en difficulté ou à la traîne.

3. Une influence diplomatique, stratégique et culturelle

La diplomatie de la France lui permet d'exercer une influence dans le monde. **Membre permanent de l'ONU et puissance nucléaire**, elle est l'un des rares pays dans l'Union européenne à disposer d'une capacité militaire d'intervention extérieure.

La France est le siège d'événements internationaux dans divers domaines comme le sport (JO de Paris de 2024), le cinéma (festival de Cannes). Musées, défilés de grands couturiers et restaurants contribuent au rayonnement du pays. Depuis la création de **l'Organisation internationale de la francophonie** en 1970, des projets sont financés dans le monde pour diffuser la culture française, universités, médias (France 24 et TV5 Monde).

Mes notes pour réviser

MOTS CLÉS

Attractivité • Influence • Rayonnement

2 Le Centre spatial guyanais (Kourou) : coopérer pour s'affirmer à l'échelle mondiale

1. Le site de Kourou, ouvert par la France en 1965, est devenu le port spatial de l'Europe avec la création de l'Agence spatiale européenne en 1975. Le principal atout de Kourou, sur lequel ont eu lieu plus de 100 tirs d'Ariane V, est sa localisation à proximité de l'équateur qui permet des lancements vers l'est au-dessus de l'océan. Il assure à la France et à l'Europe une excellente position sur le marché du lancement des satellites commerciaux.

2. Le Centre spatial, un îlot de prospérité. Dans un territoire guyanais marqué par la pauvreté, il est l'un des acteurs économiques majeurs de l'économie locale, 10 % des emplois lui sont liés, directement (1 700 salariés sur le site) ou indirectement, et il contribue pour 15 % au PIB guyanais.

3. Des concurrences. De nouveaux acteurs apparaissent sur le marché du lancement commercial de satellite : États (Chine en particulier) et sociétés privées parmi lesquelles Sea Launch (lancement depuis des plates-formes en mer), et surtout SpaceX, société d'Elon Musk qui travaille en lien étroit avec l'État américain. La mise au point d'Ariane VI devrait permettre à l'Europe spatiale et au site de Kourou de rester en bonne place.

3 Disneyland Paris : un marqueur de l'intégration de la France dans la mondialisation

1. Le choix du site

Arrêté en 1987 (à 32 km à l'est de Paris) par la société Disney pour son implantation européenne, il tient pour une large part à l'engagement des pouvoirs publics français d'en renforcer l'accès par des travaux d'infrastructure : desserte par TGV, par RER, ou par les airs (proximité de l'aéroport Roissy-Charles de Gaulle). En 1992, l'ouverture du parc coïncide avec celle de la gare multimodale de Marne-la-Vallée. Avec ces équipements, le parc est accessible en moins de trois heures par TGV du territoire français et par avion de l'ensemble de l'Europe occidentale.

2. Un pôle touristique de masse

Le parc a accueilli plus de 300 millions de visiteurs depuis son ouverture, soit une moyenne de plus de 10 millions par an. Premier pôle touristique français, c'est aussi le parc d'attraction le plus fréquenté d'Europe, plus de la moitié (56 %) de la clientèle vient de pays européens autres que la France.

3. Un pôle économique majeur

Disneyland Paris, avec ses parcs et ses équipements hôteliers, est un pôle économique majeur : premier employeur privé d'Île-de-France, il pèse pour 1 % dans la création d'emplois dans la région et pour 10 % dans le département de Seine-et-Marne.

Mes notes pour réviser

Exercice voir Fiche 1

Sujet d'étude 1 : La guerre d'Algérie

Scène de rue à Alger en 1957

Un soldat français utilise un détecteur de mines sur les passants le 16 janvier 1957, pendant la bataille d'Alger. Il s'agit de retrouver ceux qui posent des bombes dans les quartiers européens d'Alger.

1. **En quoi la photographie témoigne-t-elle d'une situation particulière dans la ville ?**
2. **La photographie est datée du 16 janvier, l'image confirme-t-elle cette indication ?**
3. **Quelle a été l'issue de cette « bataille d'Alger » ?**

Sujet d'étude 2 : L'évolution de la place et des droits des femmes dans la société française

Le référendum du 21 octobre 1945 sur la mise en place de la IVe République

Dessin de Frédéric Deligne, caricaturiste de presse

1. En quoi la photographie témoigne-t-elle d'une nouveauté ?
2. Décrivez la caricature.
3. Montrez sur cette question la distance entre les principes et la réalité.

Sujet d'étude 1 : La guerre d'Algérie

1. Elle montre deux groupes de personnes : des civils, eux-mêmes partagés entre ceux qui portent des vêtements traditionnels et les autres des vêtements occidentaux, et des militaires. Ces derniers procèdent au contrôle des premiers.

2. Il s'agit de l'hiver, qui peut être froid même en climat méditerranéen, ce que semble confirmer le port du manteau de fourrure d'une femme et la tenue des militaires.

3. Le général Massu, commandant des parachutistes, reçoit pour mission de nettoyer Alger du terrorisme, ce qu'il fera en employant tous les moyens, y compris la torture, pour obtenir des résultats. La victoire de la France dans la bataille d'Alger illustre de manière plus générale le paradoxe d'une guerre d'Algérie gagnée militairement mais perdue politiquement.

Sujet d'étude 2 : L'évolution de la place des femmes dans la société française

1. En France, le droit de vote des femmes a été reconnu par le gouvernement provisoire de la République en 1944, elles ont voté pour la première fois en avril 1945 (municipales), il s'agit ici du deuxième exercice de ce droit.

2. Le dessin de presse représente une campagne électorale pour des élections cantonales. Des candidats de tous partis encouragent à voter, mais les hommes en premier plan masquent des candidates femmes à peine visibles.

3. Si les femmes sont devenues citoyennes à part entière en accédant au droit de vote, il en va autrement pour les fonctions électives. Différentes lois (2000) ont posé le principe de parité en politique, celui-ci est même inscrit dans la constitution depuis 2008, mais les réticences des partis politique à l'appliquer demeurent.

Savoir 1

Compréhension orale

1 Comment l'épreuve se déroule-t-elle ?

L'épreuve de compréhension orale apparaît au sein de l'épreuve 3 en Terminale. Vous disposez tout d'abord de **cinq minutes** pour prendre connaissance de l'**intégralité** du sujet.
– Le document audio ou vidéo proposé dure 1 minutes 30 maximum.
– Vous allez entendre trois fois le document, les écoutes sont espacées d'une minute.
– Vous pourrez prendre des notes pendant les écoutes.
À l'issue de la troisième écoute, vous organisez votre temps comme vous le souhaitez pour **rendre compte en français** du document oral et pour traiter ensuite le sujet d'expression écrite (épreuve 1) et/ou de compréhension écrite (épreuve 3) **en anglais**.

2 Méthodologie

a) Organiser son temps pour être le plus efficace, le plus productif et répondre aux objectifs
– Faites systématiquement des hypothèses sur le sujet de l'audio ou de la vidéo.
– Anticipez non seulement les idées mais aussi le vocabulaire.
b) Prendre des notes le temps des 3 écoutes/visionnages :
– Noms, lieux, sujets
– Champs lexicaux

3 Exemple guidé : document audio

Audio
https://liennathan.fr/ct97i4

a) Avant l'écoute
– Titre du document : « *Tips for homebound bakers* »
– Origine et date du document : *ATC (All things considered), an American radio program, aired on April 4, 2020.*

→ **1re anticipation : utilisez le titre**
– *"A tip" is a piece of advice.*
– *"Bakers" is related to bakery, which is a place where you buy bread, pastries, etc. So a baker is somebody who makes bread.*
– *"homebound" is an adjective that describes "bakers". So people who bake at home to make cakes, etc.*
Votre conclusion : Conseils pour les pâtissiers confinés à la maison.

→ **2e anticipation : développez chacun des éléments du titre**
The vocabulary that you may expect to hear:
– *The ingredients and the results: bread, cakes/cookies/biscuits, flour, eggs, baking powder, dough, etc.*
– *The cooking equipment: dishes, cake pans, oven, etc.*
– *The activities that we carry out: knead, mix/beat, let it stand/let it rest, etc.*

– *Reasons for cooking: to pass time, not to be bored, to make somebody happy, etc.*

→ **3e anticipation :**
– Qui peut donner des conseils ?
– Où trouver des conseils ?

b) Pendant l'écoute

• **1re écoute :** noter et organiser
– Comment le sujet est présenté : *Things to do : yoga, meditation, etc.*
– Combien de personnes ? *2.*
– Où sont-elles ? *America.*

Vocabulaire :
a) Mots qui appartiennent au même champ lexical : *difficult, coronavirus, anxious, stress, pandemic*
b) Mots du champ lexical culinaire : *bread, cookies, ingredients, delicious*
c) Mots sans lien : *« Bon appétit », hashtag*

• **2e écoute :** ajouter et affiner les idées
– Qui est l'interlocutrice ? Nom ? *Clare, a freelance recipe developer.*

Vocabulaire :
a) Mots en lien avec les sentiments : *calm, stress, reassuring, distraction*
b) Autres lieux/apps pour s'occuper : *stressbaking, coronavirusbaking*

• **3e écoute :** étoffer avec d'autres idées pour le plan
Collection of words that have to be classified: social media, pictures, no phone, hands

c) Après l'écoute

Organisez, organisez, organisez.

Introduction

Une émission radiophonique propose des astuces pour occuper son temps quand on est confiné. Ici, il s'agit de faire des gâteaux et/ou du pain. Il y a deux interlocutrices : la présentatrice et une invitée qui propose des recettes sur une application appelée « Bon appétit ».

La présentatrice annonce que dans cette période difficile de confinement, certains font du yoga, de la méditation et d'autres font quelque chose de différent et de délicieux.

Développement

L'invitée, Clare S, indique que préparer quelque chose avec ses mains est une détente, cela permet d'oublier son téléphone et cela rassure. Faire la cuisine a donc des vertus en cette période de pandémie. L'invitée indique de plus que cuisiner est une distraction. On peut se lancer dans une création qui prend plus de temps : un pain artisanal. En cette période de confinement on a plus de temps et le temps de cuisson au four peut donc être pris.

Elle n'est pas la seule à proposer des recettes. Il y a aussi coronavirusBaking ou stressBaking. On trouve aussi beaucoup de photos de biscuits et autres cookies sur les réseaux sociaux.

Conclusion

Faire des gâteaux fait plaisir et en même temps est rassurant.

Astuces

- **Vous écrivez dans la langue que vous voulez pour la prise de note.**
- **Vous pouvez utiliser différents stylos de couleur et ajouter des éléments au fur et à mesure.**
- **Vous pouvez utiliser votre feuille au format « paysage » pour avoir plus de place et déjà organiser les choses en prenant des notes.**

4 Exemple guidé : document vidéo

Vidéo
https://liennathan.fr/uq9m73

a) Avant l'écoute

– Titre du document : « *Warhol Exhibition* »
– Origine et date du document : *A Scottish TV programme.*

→ 1re anticipation : utilisez le titre

– *Faites une carte mentale : Warhol.*
Qui est-il ? D'où vient-il ? Un artiste ? Quelle période ? Quels objets d'art ? Connu ?
– *Faites une seconde carte mentale : Exhibition.*
Date, lieu, organisateur(s), fonds, partenaires, raisons

→ 2e anticipation : développez chacun des éléments du titre

– Vocabulaire attendu : *artist ; work of arts ; famous ; known for ; etc.*
– L'exposition et son vocabulaire : *tickets ; reserve/book ; price ; opening time/hours ; etc.*
– Les interviewés : nom(s) ; titre

→ 3e anticipation :

– Posez-vous toujours les mêmes questions : Qui ? Quoi ? Quand ? Où ? Pourquoi ? Comment ?

Astuces

- **Pour votre prise de notes, vous pouvez utiliser un stylo de couleur différente pour chaque visionnage.**
- **Attention, écrivez les mots qui apparaissent sur l'écran. Néanmoins, ne soyez pas hypnotisés par l'écran.**
- **Vous organisez votre feuille de notes en deux colonnes : l'artiste *versus* l'exposition OU avec les questions Qui ? Quoi ? Où ? Quand ?**
- **Vous subdivisez à nouveau votre feuille en groupes de mots qui vous semblent aller ensemble, les œuvres par exemple.**

b) Pendant le visionnage

• **1er visionnage :** noter et organiser
– **Noms notés :** présidents américains, Jimmy Carter, Richard Nixon ; la reine
– **Thèmes :** *Pop, power and politics* (nom de l'exposition)
– **Lieux :** le parlement écossais à Edinbourg
– **Interviewé :** le conservateur, M. Matt Wrbican

• **2e visionnage :**
Pendant la minute entre les deux visionnages, réfléchissez à ce qui vous manque, aux mots collectés qui donnent une idée sur un thème, à l'organisation globale que vous voulez obtenir.
Vous pouvez aussi faire des hypothèses que vous devez vérifier.

- **3e visionnage :**

Vous avez des notes éparses, vous organisez et structurez.

c) Après l'écoute

Organisez, organisez, organisez.

Introduction

Une exposition est organisée au parlement écossais à Edinbourg avec des partenaires américains, la Carnegie Trust UK et le musée dédié à Andy Wahrol situé à Pittsburg. L'exposition s'intitule « *Pop, power and politics* ».

Développement

Andy Wahrol est un artiste américain connu pour le pop art, les 15 minutes de célébrité et c'est bien sûr une personnalité iconique. Une quarantaine d'œuvres sont présentées, certaines jamais présentées en Ecosse. Parmi les plus connues, on peut voir des portraits de présidents américains tels que Richard Nixon et Jimmy Carter, des portraits de la reine du Royaume-Uni et un autoportrait de l'artiste.

Le conservateur, Matt Wrbican est très heureux d'organiser cette exposition qui met l'accent sur le goût d'Andy Wahrol pour la politique. Le conservateur affirme qu'Andy Wahrol aurait été très heureux de cet événement.

L'exposition est gratuite mais il vaut mieux réserver. Elle a lieu du 5 octobre au 3 novembre. En allant sur le site, réservez votre billet. On ne sait pas pourquoi l'organisation a lieu à Edinbourg même si Carnegie, un mécène de cette exposition, est l'objet d'autres événements culturels.

Conclusion

Le parlement héberge cette exposition car le lien entre politique et cette institution démocratique est clair.

Mes notes pour réviser

....

....

....

....

....

....

....

....

....

....

Savoir 2

Expression écrite

1 Comment l'épreuve se déroule-t-elle ?

L'épreuve d'expression écrite apparaît dans toutes les épreuves de Première et de Terminale : épreuve 1, 2 et 3. Vous devrez vous exprimer en anglais à partir d'une ou deux questions. Ces questions seront en lien avec :
– Pour l'épreuve 1 : la thématique générale du document support de l'évaluation de la compréhension de l'oral.
– Pour l'épreuve 2 : la thématique générale du document support de l'évaluation de la compréhension de l'écrit. Le sujet peut prendre appui sur un document iconographique.
– Pour l'épreuve 3 : la thématique du dossier constitué par les documents supports de l'évaluation de la compréhension de l'oral et de l'écrit.

2 Méthodologie

a) Des textes de nature différente
On pourra vous demander de produire :
– un texte narratif (une lettre / une suite à l'histoire / un dialogue / une conversation entre deux personnages / un article de journal)
– un texte argumentatif. Vous devez défendre un point de vue : problématiques possibles (toujours en lien avec les documents proposés).
b) Comment rédiger un texte narratif ?
– Si c'est une lettre, le texte doit respecter la mise en page d'une lettre avec les formules de salutation d'usage.
– Si c'est un dialogue, il faut veiller dans votre texte à poser des questions et à y répondre.
– S'il s'agit d'imaginer une suite à l'histoire, il faut utiliser les temps grammaticaux qui conviennent. Le temps de la narration en anglais est généralement le prétérit. Veillez à respecter la tonalité du texte, évitez les anachronismes (pas de téléphone portable avant les années 1995, etc.).
c) Comment rédiger un texte argumentatif
– Il faudra obligatoirement une introduction, un développement en deux ou trois parties et une conclusion.
– Le développement doit être organisé : vos idées doivent s'enchaîner, pour cela utilisez des connecteurs logiques, donnez des exemples.
– Dans la conclusion, vous récapitulez l'essentiel de ce qui a été écrit afin de faire avancer la réflexion en amorçant des pistes encore inexplorées.
d) Comment rédiger un discours
Le discours relève généralement de l'expression orale. Il peut cependant vous être demandé d'en écrire un lors de l'épreuve d'expression écrite. En fonction du sujet celui-ci relèvera davantage du texte narratif ou argumentatif. Quel que soit le thème, il vous faut organiser votre pensée avec une introduction, un développement et une conclusion.
Même s'il est écrit, le discours a pour objectif premier d'être dit. C'est la raison pour laquelle votre discours se doit d'être informatif ou amusant en fonction du contexte

et de tenir en haleine votre auditoire. Il est donc important de faire des citations, d'avoir des anecdotes et des exemples. Un discours a également toujours une durée bien précise.
Par conséquent, écrire un discours est tout à la fois un écrit construit mais aussi un écrit qui peut utiliser des éléments de la langue « orale ». Il a pour but de convaincre avec des arguments.
Le discours sera toujours un « texte » à la première personne du singulier et/ou du pluriel.

Les deux exemples suivants sont les sujets d'un sujet « zéro » ; lors de l'épreuve, vous n'en traiterez qu'un seul. L'ensemble du sujet porte sur l'**axe 1** du programme : **Identités et échanges**.

3 Exemple guidé : texte narratif

Question A : ***Next to your house, a traditional restaurant has been replaced by an international fast food chain restaurant. Write an article for the school magazine to describe what happened and the reaction of the people living on your street.***
Le sujet A de ce sujet zéro est un article de journal donc un texte narratif. Votre article de journal doit respecter les règles du genre : un titre, une date, une signature, un ton enlevé pour « accrocher » votre lecteur, une information à transmettre, une information plaisante à lire.
Il faut décrire le restaurant traditionnel, puis la chaîne et enfin les réactions sans oublier l'introduction et une phrase de conclusion. Faites attention au contexte : il s'agit d'un article pour le journal de l'école, il vous faut donc un titre.

→ ***What do you need? Ideas, vocabulary and grammatical sentences***
– Your article must ring true: name of a restaurant; type of food: if it is a trattoria, you will have pizza, pasta, antipasti, a side dish, pastries as desert.
– Your article must convey feelings: you liked the place, you wish it was still open, you compare with other local restaurants.
– Your article must offer some kind of background: it is in your neighbourhood; it is a family-run business ; the cook speaks English with a thick accent because s/he was not born in the country.
– Your article clearly belongs to the axis "Identities and Exchanges".

EXEMPLE DE RÉPONSE

"Yellow Wallpaper" our beloved Lebanese restaurant is leaving us. A fast food restaurant will take its place.

The food there was so good and so tasty and it was cheap. Everybody knew the chef, Sammy. He would sit outside and drink his coffee at around 5. I have met with some patrons who are awfully sad. Chris, 35, said that the first time he went there was with his parents when he was 12. Tammy explained that it was the best eatery in the neighbourhood.

Instead, we will have a fast food restaurant. I am sure it will attract another crowd and some people might like it. But, I feel, it is part of my childhood that is going with Yellow Wallpaper. I am sad and I will miss Sammy and his kindness.

(*133 words*)

• **Astuces pour atteindre votre objectif :**
– Nom du restaurant : on qualifie le restaurant grâce à un adjectif ; la nourriture est décrite, ainsi que les habitudes du cuisinier.
– Les habitudes pour décrire le cuisinier : il a un nom et on relate une habitude grâce à « *would* » (valeur fréquentative).
– Les clients racontent des souvenirs et des sentiments dans deux phrases complexes.
– Votre point de vue : le second paragraphe (*my childhood is going ; sad ; I will miss*).

HERE IS ANOTHER WAY OF DOING IT. ENJOY:

Dear readers,

Guess what? Last week, on April1st, a new FFC opened round the corner of Lafayette and Alsace streets, next to the railway station: remember where the French Brasserie was? Well, that is what happened apparently: the owner went on retirement and sold the place to a franchisee, so now instead of the smell of Burgundy Beef, Parsley and Garlic snails or Onion soup, it smells of burgers and fries from 11am to 11pm! How awful!

As for the type of customers, the usual British tourists coming from or going to Gare du Nord (as well as travelers from Switzerland, Germany and Luxembourg) have been replaced.

So, if you want to join the group of Protesters, just sign the online petition!

We shall overcome the Yankee invasion!

• ***Some other tips in English:***
– The owner of the restaurant/eatery is a funny/friendly/generous guy. S/he makes sure you enjoy the food you have ordered.
– The restaurant is busy ; you need to book in advance ; it is a cosy place where you can relax ; the menu is brought to you immediately/straight away ; you are often offered an aperitif by the chef if you are a loyal patron/customer/client.
– You know the place well and the chef: she always has a cup of coffee after lunch when the restaurant starts emptying and everybody has been served. You went to school with the oldest daughter.

4 Exemple guidé : texte argumentatif

Question B : *Do you think globalization only has negative effects? Give an example to illustrate your point.*
Le sujet B de ce sujet zéro est une question où vous donnez votre point de vue donc un texte argumentatif. Votre texte comportera des arguments en faveur et des arguments contre. Il faut une introduction, un développement et une conclusion.

EXEMPLE DE RÉPONSE

INTRODUCTION

We live in a global village, said Hillary Clinton. Indeed, globalization means designing goods in one part of the world, making them in China and selling them worldwide. Economists also speak of global multi-factory goods. But should we not worry not to be able to produce enough medecines, ventilators, facemasks, etc.? In brief, isn't globalization negative?

DÉVELOPPEMENT

Globalization at the time of the coronavirus pandemic shows how viruses travel very fast and how little we were prepared for it. Gobalization is also synonymous with relocation.

We know for a fact that many manufacturing jobs have been relocated to China, India or Vietnam. Jeans that we wear are made in Bangladesh. Iphones are also made in China.

So globalization can be accused of destroying jobs in Europe or in the USA. However, as consumers, we have been able to buy at much lower prices goods that would cost more if made in Europe.

CONCLUSION

Producing globally is both good and bad. It has brought prosperity to many but it also takes advantage of the poorest.

(172 words)

Étudions la structure :

– Dans l'introduction : un nom, une définition et la question.
– Dans le développement : deux exemples qui indiquent des effets négatifs. Puis, un exemple positif.
– Dans la conclusion : un propos nuancé.
– Dans l'ensemble du texte :

- Des mots de liaison pour nuancer/contraster (*However/But*), pour tirer une conclusion (*So*).
- Le temps des verbes – présent simple de vérité générale (*mean/speak/live, etc.*).
- Des voix passives – *were made/can be accused/*etc. – car c'est bien le résultat qui nous intéresse.
- Le parfait – *have been relocated/have been able* – pour montrer que l'action a commencé et se poursuit encore.
- Le vocabulaire utilisé est un peu technique : *goods* (marchandises) ; *multi-factory* (pièces faites dans différentes usines) ; *global/globally/globalization* ; *at lower prices* (à bas prix) ; *relocation* (délocalisation) ; *sell* ; *jobs* ; etc.

Astuces pour atteindre votre objectif :

– Vous avez des exemples en tête mais vérifiez que vous connaissez le vocabulaire.
– Vous pouvez donner un exemple personnel : votre Iphone est une marque américaine produite en Chine.
– Le consommateur y gagne : les biens et les services sont moins onéreux mais le salarié y perd.

HERE IS ANOTHER WAY OF DOING IT:

Globalization is a dirty term today especially when going through the covid-19 pandemic. Indeed, it seems that face masks, ventilators, even medicines are produced either in China or abroad and therefore we faced a shortage. However, should we be so adamant in condemning it? Shouldn't we try to see what good it could bring the world?

Food is a field where we have gone global: we no longer need to go to Rome to have an expresso that tastes like an expresso. We also travel much more easily and have access to cultures, ideas and knowledge thanks to budget airlines and low-cost hostels. The internet has enabled globalization to spread rapidly every corner of the world.

Moreover, some may think that it is new. But, in fact, only the term "globalization" is new, we have always travelled the world, exchanged ideas and imported and exported goods for centuries. It looks like a threat today because factories are moving abroad and jobs are lost. However, maybe some jobs have been replaced by AI bots, i.e. technology.

To conclude, wealth should be better spread worldwide and there should be fewer discrepancies between countries. But maybe globalization is not responsible and only greed is.

Analyse du texte argumentatif :

– Nous avons la même structure : 4 paragraphes pour l'introduction, le développement en deux parties et la conclusion.

– Le sujet annonce que la mondialisation est néfaste : « *only negative effects* ». Vous abondez dans le sens de cette déclaration et donnez un exemple. La mondialisation est « *a dirty word* » surtout en période de pandémie quand il y a « *a shortage of masks, ventilators and medicines* », une pénurie de masques, de respirateurs et de médicaments car ils ne sont pas fabriqués sur le territoire national. Puis vous posez la question : ici l'adjectif « *adamant* », inflexible, catégorique à propos de cette condamnation. Vous posez une seconde question pour comprendre le positif de la mondialisation, « *what good it has brought to the world* ».

– **Le développement est en deux temps :**

Des exemples en faveur de la mondialisation : l'expresso est à notre porte et aussi succulent ; nous voyageons et apprenons des autres cultures et Internet a joué un rôle fondamental.

La mondialisation n'est pas nouvelle. Les échanges avec les pays étrangers ne sont pas nouveaux. → *It is not new. Only the word « globalization » is new. People have travelled the ocean blue forever. They have traded, exchanged with their neighbours since the beginning of times.*

Si certains pensent que les emplois partent à l'étranger, ils doivent aussi savoir que les emplois sont remplacés par les robots et autres algorithmes.

– **Conclusion :**

Ce n'est pas noir ou blanc. → "*It is neither black nor white*".

L'appât du gain est surtout l'origine des sentiments négatifs à l'égard de la mondialisation. → "*Greed is responsible for negative feelings toward globalization.*"

La mondialisation apporte globalement une richesse pécuniaire. → *Wealth has been brought to people worldwide.*

Mes notes pour réviser

....

....

....

....

....

....

....

....

....

....

ANGLAIS

Savoir 3

Compréhension écrite

1 Comment l'épreuve se déroule-t-elle ?

L'épreuve de compréhension écrite apparaît au sein de l'épreuve 3 en Terminale. Vous serez confronté à un ou deux textes dont vous devrez rendre compte en anglais, de manière libre ou en vous appuyant sur une série de questions. Les textes peuvent être narratifs, c'est-à-dire extraits d'un roman, d'un texte de fiction ou il peut s'agir de textes journalistiques qui décrivent et commentent un événement.

2 Méthodologie

Il y a deux façons de procéder :

Première manière : lecture active avec annotations du texte

a) Compréhension générale
Lisez le texte en entier au moins une fois en repérant où l'action se passe, quand elle se passe et qui sont les personnages principaux, le thème principal. Il faut repérer / souligner / entourer / surligner les dates, les noms propres, pronoms personnels et possessifs (noms géographiques, noms de personnes).
N'oubliez pas de lire le paratexte qui vous permet de noter de précieuses informations : auteur, date, nature du document...
b) Compréhension détaillée du texte
Relisez le texte en repérant :
- les actions des différents personnages et ce qui motive leurs actions ;
- les verbes et formes verbales ;
- le vocabulaire qui vous est inconnu pour essayer d'en trouver le sens d'après le contexte.

Seconde manière : lecture de chaque question et recherche de la réponse

Vous pouvez préférer lire les questions afin d'y répondre directement. Les questions sont des guides pour vérifier que vous savez repérer les éléments **explicites** et les éléments **implicites.**
- Qui est le narrateur / la narratrice ?
- Où se situe l'action ? Quand ?
- Qui sont les personnages ? (Le narrateur peut être un personnage.)
- Quels péripéties et obstacles doivent-ils affronter s'il s'agit d'un texte de fiction ?

Les éléments **implicites** sont ceux que l'on déduit. Le lecteur doit inférer le sens, déduire un sens caché, interpréter. Le sens de la phrase est suggéré. Voici quelques exemples :
- Si un personnage salue un autre personnage en disant : « *Eh, Dude !* » ou s'il dit : « *Good Morning* », vous êtes capable de déduire que le premier utilise une langue relâchée, familière pour s'adresser à un de ses « potes ». A contrario, le « *Good Morning* » indique que nous avons à faire à un personnage plus conventionnel, traditionnel et peut-être plus âgé.

– Un autre exemple : l'énoncé « *This suitcase is really heavy* » est une déclaration pour signaler que le personnage qui parle aimerait que quelqu'un l'aide.
Ainsi quelle que soit la méthode que vous utilisez, vous devez arriver à cerner les éléments explicites (Qui ? Quoi ? Où ? Quand ? Pourquoi ?) et les éléments implicites, suggérés, qui demandent une interprétation de votre part à partir du lexique utilisé, des informations données, etc.

Confronter les documents

Comme vous aurez probablement deux textes, vous aurez à répondre à une ou plusieurs questions portant sur les deux textes. Il faut donc voir les points de dissemblance et les points de ressemblance. Il vous faut confronter les deux documents.

Les questions que vous devez vous poser :

– *What theme do document 1 and 2 have in common?* → Quel est le thème commun à ces deux documents ?

– *Which sentence best describes the differences between the two texts?* → Quelle est la phrase qui décrit le mieux les différences entre les deux textes ?

– *Write down the two titles that correspond to both documents 1 and 2.* → Choisissez les deux titres qui conviennent aux deux documents.

– *Compare them.* → Comparez-les.

– *Write down the 5 adjectives that can apply to both.* → Choisissez les 5 adjectifs qui conviennent aux deux.

Enfin, n'oubliez pas que vous ne pouvez pas recopier le texte. Vous devrez en effet respecter la consigne suivante : *Answer the following questions **in English**, using your own words.*

3 Exemple sur un extrait de sujet

La compréhension écrite est évaluée à partir d'un ou deux textes d'une longueur cumulée comprise entre :
– 2300 et 400 signes en épreuve 2 ;
– 2500 et 4500 signes en épreuve 3, blancs et espaces compris.
Le texte suivant est un extrait de sujet portant sur l'**axe 5** du programme **Fictions et réalités**.

Six days into what should be the greatest two months of my life, and it's turned into a nightmare. I don't even know who'll read this. I guess someone will find it eventually. Maybe a hundred years from now.

For the record... I didn't die on Sol 6[1]. Certainly the rest of the crew thought I did, and I can't blame them. Maybe there'll be a day of national mourning for me, and my Wikipedia page will say, "Mark Watney is the only human being to have died on Mars."

And it'll be right, probably. 'Cause I'll surely die here. Just not on Sol 6 when everyone thinks I did.

1. A sol is a Mars solar day. It lasts 24 hours and 39 minutes, the duration of the day-night cycle on Mars.

Let's see... where do I begin?

The Ares Program. Mankind reaching out to Mars to send people to another planet for the very first time and expand the horizons of humanity blah, blah, blah. The Ares 1 crew did their thing and came back heroes. They got the parades and fame and love of the world.

Ares 2 did the same thing, in a different location on Mars. They got a firm handshake and a hot cup of coffee when they got home.

Ares 3. Well, that was my mission. Okay, not mine *per se*. Commander Lewis was in charge. I was just one of her crew. Actually, I was the very lowest ranked member of the crew. I would only be "in command" of the mission if I were the only remaining person. What do you know? I'm in command.

I wonder if this log will be recovered before the rest of the crew die of old age. I presume they got back to Earth all right. Guys, if you're reading this: It wasn't your fault.

You did what you had to do. In your position I would have done the same thing. I don't blame you, and I'm glad you survived.

Andy WEIR, *The Martian*, 2011.

Conseils de lecture et repérage d'éléments utiles à la compréhension :

- **Les premières lignes sont toujours prépondérantes :**

– Le premier paragraphe donne des informations de temps : *6 days*, *2 months*, *a hundred years*. Ces éléments vous indiquent une temporalité liée au passé, au présent et au futur. Le lecteur comprend que le personnage/narrateur examine des moments cruciaux.
– La première ligne oppose deux mots : *greatest* / *nightmare*. Ici encore, ces termes vous donnent accès à une information : l'appréciation, le point de vue du narrateur sur ce qui lui arrive. Vous avez un commentaire sur des faits. Ici, ce qui devait être extraordinaire se révèle un cauchemar. Les deux mois envisagés comme extraordinaires sont réduits à 6 jours de cauchemar.

- **Le deuxième paragraphe :**

Le rôle des points de suspension, le mot « *die* » qui est répété deux fois avec une négation et à la forme affirmative, et l'opposition entre *5 crew versus* « *I* » et/ou « *me* » donnent des renseignements. Lesquels ?
– Les points de suspension indiquent une respiration, un silence qui permet au narrateur d'organiser son histoire.
– Le mot « *die* » indique qu'il y a deux points de vue : le narrateur qui sait qu'il a survécu et les 5 membres de l'équipage qui penseront qu'il est mort.
– « *5 crew* » et « *I/me* » indiquent les participants du voyage interstellaire et de l'aventure unique du narrateur.

- **Le troisième paragraphe, à son tour, donne accès à d'autres informations.**

Vous devez construire un sens à l'aide des éléments donnés et, au fur et à mesure de votre lecture, émettre des hypothèses de sens et les vérifier.
– Exemple n° 1 : est-il mort ? Qui pense que le narrateur est mort ? Pourquoi les membres de l'équipage peuvent-ils en arriver à cette conclusion ?

– Exemple n° 2 : le narrateur se représente en héros. Il y aura un jour de deuil national, il aura sa page Wikipédia. Ces éléments nous permettent d'en déduire qu'il va écrire ses mémoires pour laisser un témoignage.

Chaque lecture d'un texte nous transporte dans un univers dont nous devons comprendre le cadre temporel et spatial, les personnages, leurs actions et leurs sentiments et ce sont les mots utilisés qui nous livrent les clefs de lecture et d'interprétation.

Compréhension de l'écrit (10 points)

Text 1

Answer the following questions **in English**, using your own words:

a) After reading the text, what can you say about the narrator and the situation he is in?

EXEMPLE DE RÉPONSE

It is a first person narrative in which the narrator who is at the same time a character in the story tells the reader he is a human being (l.4) who did not die on Mars. The reader finds out the name of the narrator, Mark Watney (l.6) as the narrator imagined that there would be a Wikipedia page about him. 5 crew members believe that he died although he did not.

The narrator, the reader may believe, is writing his log (l.21). He starts at the beginning of his voyage or journey to Mars.(l.10). The log is there to list every event of the Ares 3 mission.

b) Focus on the following three clues:

– "I don't even know who'll read this" (l. 2),

– "Let's see...where do I begin?" (l. 10),

– "Guys, if you're reading this" (l. 22).

What do they reveal about what the narrator is doing? Explain why he is doing that.

EXEMPLE DE RÉPONSE

The narrator is keen on leaving a written trace of what happened to him. However, he does not know if anybody will find this account of his trip. He thinks out loud "let's see... where do I begin?" He is about to start writing. He wants to start at the beginning for "Guys" to understand what happened to him. So clearly the writing is to explain what happened to him. The narrator is keen on leaving a written account for other people to read, to know the truth. "Guys" are the crew members who were with the narrator on Ares 3 mission.

c) Focus on what is said about the Ares program (l. 11 to 20). In what ways do the three missions Ares 1, Ares 2 and Ares 3 differ?

EXEMPLE DE RÉPONSE

The Ares program consists in 3 different missions. The first one, Ares 1 was a real success. The crew members are described as "heroes" by the narrator. Ares 2 was the second mission that was also successful as the crew members were congratulated (l.15 a firm handshake). Ares 3 was not as successful as the narrator was left behind. But the narrator is not bitter about it. The Ares program is to expand "human beings" horizons. Human beings are about to colonise Mars.

Every question focuses on part of the text. Question 1 focuses on who and what and where. Question 2 focuses on what the narrator is about to do or is doing. Question 3 focuses on the interstellar voyage and its purpose.

Savoir 4

Épreuve orale d'ETLV (enseignement technologique en langue vivante)

1 Comment l'épreuve se déroule-t-elle ?

L'épreuve d'ETLV se déroule au 3e trimestre de Terminale. Cette épreuve dure 10 minutes en tout : 10 minutes de passage devant les deux examinateurs, un professeur de l'enseignement technologique choisi et un professeur de langue.
L'épreuve est divisée en 2 temps :
- 5 minutes d'exposé d'un aspect de votre dossier (EOC)
- 5 minutes en interaction avec les deux examinateurs (EOI)

Vous venez avec votre dossier.

2 Comment se préparer à cette épreuve ?

Vous avez opté pour un aspect de votre dossier dont vous allez parler. Soyez confiant, vous connaissez le sujet que vous allez exposer.
- Organisez votre pensée et préparez un plan.
- Enregistrez-vous pour vérifier votre prononciation.
- Répétez devant un(e) camarade.

3 Un exemple

Vous avez choisi de travailler sur l'association caritative OXFAM. Vous pouvez avoir rassemblé des documents sur sa fondation, sa dimension mondiale, ses terrains d'opération, le rôle primordial de son président, son rôle d'informateur et de lobby, le mode de fonctionnement entre les employés et les bénévoles, les scandales récents qui ont éclaboussé l'association, etc.
Vous aurez donc préparé un sujet particulier sur OXFAM et serez capable d'en parler en continu pendant 5 minutes.
Vous avez choisi de présenter les salariés et leur mode de recrutement et les bénévoles.
Les documents vous permettront d'étayer votre propos, d'illustrer par des exemples vos déclarations. Ces documents ne seront en aucun cas un double et/ou une répétition de votre discours.

Introduction possible

I will present you the British charity Oxfam and especially the workforce and how the wage-earners are recruited and how the volunteers are recruited and if they have to undergo a training session. I will also try to examine if employees, executive managers who work for OXFAM have a special profile. And last but not least if the working conditions are better at OXFAM.

Développement

Whoever wants to work for OXFAM needs to go online and visit their vacancy programme. As in a regular company, you can apply for a job that is advertised on the site. You do send your resume and your cover letter. You will then have a job interview if you have been selected. Like any job interview, you will have to show that you are qualified for the job, that you have experience and that if you work abroad that you speak the language of the country to some extent.

Today there are 5,300 people worldwide and 22,000 volunteers. However, because of the covid-19 pandemic, OXFAM is about to reduce its workforce. Slate revealed on 20 May 2020 that OXFAM was about to close its offices in 18 countries as it is no longer able to collect as many donations.

But OXFAM also recruits volunteers. You may have seen volunteers in OXFAM shops in Britain. Most of the time, the volunteers are older people who have time as they have retired. However, being a volunteer means that you have the abilities to work in a shop or elsewhere.

We can take the example of Radha, 72, a volunteer at the OXFAM shop in Kingston since 2012. But we can also talk and examine what is called "Corporate Volunteer"...

Exemple de conclusion possible

So clearly Oxfam is a charity that is recognised for its expertise in many areas. Working at Oxfam might feel like a privilege for some and be a real choice. But for other employees, a charity is like any other business and has its downsides and its advantages.

Astuces

Quelles sont les compétences requises pour cette épreuve ?

- **Vous devez vous exprimer clairement en indiquant comment vous allez procéder. → D'où la nécessité de s'entraîner, de s'enregistrer, de vérifier la prononciation des mots.**
- **Vous devez présenter des idées.**
- **Vous devez être capable de donner des exemples de ce que vous avancez. → D'où la nécessité d'avoir de la matière par-devers vous pour montrer que vous avez approfondi la question.**
- **Vous devez savoir anticiper les questions qui vont vous être posées. → D'où la nécessité de travailler en groupe pour discuter en amont.**

CYCLE TERMINAL : QUELQUES MOTS CLÉS

IDENTITIES & EXCHANGES

- **Asylum rights:** *droit d'asile*
- **Borders / boundaries:** *frontières*
- **Conflicts / riots:** *conflits*
- **Contacts / to be in touch:** *contacts / être en contact*
- **Cultural and/or langage barriers:** *incompréhension culturelle et/ou linguistique*
- **Culture shock:** *choc des cultures*
- **Dialogue :** *dialogue*
- **Disorientation / Change of scene:** *dépaysement*
- **Diversity / Social mix:** *mixité*
- **Exiles:** *exils*
- **Ghettos:** *ghettos*
- **Invisible borders:** *frontières invisibles*
- **Loss of social position / Upward mobility:** *déclassement social / ascension sociale*
- **Mediation / Arbitrage:** *médiation*
- **Migrations:** *migrations*
- **Mobility / Movement/ Flexibility:** *mobilité*
- **Protectionism:** *protectionnisme*
- **Sharing:** *partage*
- **Solidarity:** *solidarité*
- **To give shelter to somebody:** *donner l'hospitalité à quelqu'un*
- **Tourism:** *tourisme*
- **Transgression / Minor offence:** *transgression*
- **Trips / Voyages / Travelling:** *voyages*
- **Welcome:** *accueil*

PRIVATE SPACE & PUBLIC SPACE

- **Accommodation / housing:** *logement*
- **Churches / synagoques / mosques / prayer rooms:** *espaces religieux*
- **Co-education / Diversity:** *mixité*
- **Emancipation / Empowerment:** *émancipation*
- **Enclosed public areas:** *lieux de convivialité*
- **Equality / Parity:** *égalité / parité*
- **Family rights:** *droits de la famille*
- **Feminism:** *féminisme*
- **Freedom of movement:** *liberté de mouvement*
- **Gender equality:** *égalité homme-femme*
- **Male chauvinism:** *machisme*
- **Public areas / recreational areas:** *espaces publics*
- **Telecommuting / teleworking:** *télétravail*
- **Upbringing / education:** *éducation*

ART & POWER

- **Architecture (residential areas/public/federal buildings):** *architecture (résidence, édifices institutionnels...)*
- **Caricature:** *caricature*
- **Censorship:** *censure*
- **Cinema (propaganda film, patriotic film):** *cinéma (film de propagande, film patriotique...)*
- **Counter-culture:** *contre-culture*
- **Engaged art/literature:** *art engagé*
- **Forefront:** *avant-garde*
- **Literature (eulogy, satire, dedication):** *littérature (apologie, satire, dédicace...)*
- **Music (opera, anthem, hymn, carol, songs):** *musique (opéra, hymnes, chants)*
- **Official art:** *art officiel*
- **Painting (portraits/self-portraits/religious art):** *peinture (portraits, auto-portraits, art religieux...)*
- **Poster / billboard:** *affiche*
- **Resistance:** *résistance*
- **Street art:** *street art*
- **Underground:** *underground*

CITIZENSHIP & VIRTUAL WORLDS

- **Artificial intelligence:** *intelligence artificielle*
- **Blogs:** *blogs*
- **Censorship and internet control:** *censure et contrôle d'internet*
- **Cyber bullying:** *cyber-harcèlement*
- **Electronic payment:** *paiement virtuel*
- **Fake news / Misinformation / Disinformation:** *fausses informations*
- **Forums:** *forums*
- **Freedom of expression:** *liberté d'expression*
- **Identity fraud / theft:** *usurpation d'identité*
- **Manipulation:** *manipulation*
- **Media education:** *éducation aux médias*
- **Participatory democracy:** *démocratie participative*
- **Personal details:** *données personnelles*
- **Social networks:** *réseaux sociaux*
- **Telecommuting / Teleworking:** *télétravail*
- **Whistle blower:** *lanceur d'alerte*

FICTIONS & REALITIES

- **Belief:** *croyance*
- **Diary:** *journal intime*
- **Dystopia:** *dystopie*
- **Heroes:** *héros*
- **Leading figure / protective figure:** *figure tutélaire*
- **Legend:** *légende*
- **Legendary character:** *personnage de légende*
- **Literature:** *littérature*
- **Monuments:** *monuments*
- **Mythology / myth:** *Mythologie / mythe*
- **National identity:** *sentiment national*
- **Popular culture:** *culture populaire*
- **Science fiction:** *science-fiction*
- **Superheroes:** *super-héros*
- **Utopia:** *utopie*
- **Villain:** *le méchant*

SCIENTIFIC INNOVATIONS & RESPONSIBILITY

- **Arms race:** *course à l'armement*
- **Biodiversity** *biodiversité*
- **Car-pooling:** *covoiturage*
- **Cloning:** *clonage*
- **Commitment / Engagement:** *mobilisation*
- **Eco-citizen:** *écocitoyen*
- **Genetic / gene research:** *recherche génétique*
- **GMO:** *OGM*
- **Green growth:** *croissance verte*
- **Nanotechnology:** *nanotechnologie*
- **NGO:** *ONG*
- **Organic:** *bio*
- **Overpopulation:** *surpopulation*
- **Pollution:** *pollution*
- **Recycling:** *recyclage*
- **Renewable energies:** *énergies renouvelables*
- **Robot / Bot:** *robot*
- **Sectarian-based violence / sectarianism:** *dérives sectaires*
- **Short circuit / route:** *circuit court*
- **Space conquest:** *conquête spatiale*
- **Transport:** *transport*
- **Vaccine:** *vaccin*
- **Workplace alienation:** *aliénation au travail*

DIVERSITY & INCLUSION

- **Discrimination / Prejudice:** *discrimination*
- **Equality:** *égalité*
- **Emancipation / Empowerment:** *émancipation*
- **Generation:** *génération*
- **Handicap / Disability:** *handicap*
- **Idiolects:** *idiolectes*
- **Integration:** *intégration*
- **Official languages and non-recognised languages:** *langues officielles et langues non reconnues*
- **Freedom of movement:** *liberté de mouvement*
- **Minority:** *minorité*

TERRITORY & MEMORY

- **Amnesty:** *amnistie*
- **Border areas:** *espaces frontaliers*
- **Built heritage:** *patrimoine bâti*
- **Countryman:** *compatriote*
- **Duty to remember / Duty of remembrance:** *devoir de mémoire*
- **Gateways:** *points de passage, porte*
- **Historic district / Quarter:** *quartier historique*
- **Homeland:** *terre natale*
- **Loss of memory / Amnesia:** *amnésie*
- **Memorials:** *mémoriaux*
- **Naturalisation ceremony:** *cérémonie de naturalisation*
- **Official history:** *histoire officielle*
- **Promised land:** *terre promise*
- **Sovereignty:** *souveraineté*
- **Traces of time / Facts of history:** *traces de l'histoire*
- **War memorials:** *monuments aux morts*

Sujet du bac

Compréhension écrite et expression écrite

'This is how democracy dies': Pro-Trump mob storms Capitol in bid to overturn election

Four people dead; shock, outrage after unprecedented attempt to subvert democracy

WASHINGTON — A violent mob loyal to President Donald Trump stormed the U.S. Capitol on Wednesday and forced lawmakers into hiding, in a stunning attempt to overturn America's presidential election, undercut the nation's democracy and keep Democrat Joe Biden from replacing Trump in the White House.

The nation's elected representatives scrambled to crouch under desks and don gas marks, while police futilely tried to barricade the building, one of the most jarring scenes ever to unfold in a seat of American political power. A woman was shot and killed inside the Capitol, and Washington's mayor instituted an evening curfew in an attempt to contain the violence.

The rioters were egged on by Trump, who has spent weeks falsely attacking the integrity of the election and had urged his supporters to descend on Washington to protest Congress' formal approval of Biden's victory. Some Republican lawmakers were in the midst of raising objections to the results on his behalf when the proceedings were abruptly halted by the mob.

Together, the protests and the GOP election objections amounted to an almost unthinkable challenge to American democracy and exposed the depths of the divisions that have coursed through the country during Trump's four years in office. Though the efforts to block Biden from being sworn in on Jan. 20 were sure to fail, the support Trump has received for his efforts to overturn the election results have badly strained the nation's democratic guardrails.

Congress reconvened in the evening, lawmakers decrying the protests that defaced the Capitol and vowing to finish confirming the Electoral College vote for Biden's election, even if it took all night.

Republican Senate Majority Leader Mitch McConnell said the "failed insurrection" underscored lawmakers' duty to confirm the vote. Democratic House Speaker Nancy Pelosi said Congress would show the world "what America is made of" by finishing the count.

The president gave his supporters a boost into action Wednesday morning at a rally outside the White House, where he urged them to march to the Capitol. He spent much of the afternoon in his private dining room off the Oval Office watching scenes of the violence on television. At the urging of his staff, he reluctantly issued a pair of tweets and a taped video telling his supporters it was time to "go home in peace" — yet he still said he backed their cause.

The domed Capitol building has for centuries been the scene of protests and occasional violence. But Wednesday's events were particu larly astounding both because they unfolded at least initially with the implicit blessing of the president and because of the underlying goal of overturning the results of a free and fair presidential election.

Tensions were already running high when lawmakers gathered early Wednesday afternoon for the constitutionally mandated counting of the Electoral College results, in which Biden defeated Trump, 306-232.

Earlier, protesters had fought past police and breached the building, shouting and waving Trump and American flags as they marched through the halls. The mob's storming of Congress prompted outrage, mostly from Democrats but from Republicans as well, as lawmakers accused Trump of fomenting the violence with his relentless falsehoods about election fraud.

"I think Donald Trump probably should be brought up on treason for something like this," Rep. Jimmy Gomez, D-Calif., told reporters. "This is how a coup is started. And this is how democracy dies."

Jan. 6, 2021 adapted from *Associated Press*

ANGLAIS

I COMPRÉHENSION DE L'ÉCRIT (10 points)

Answer the following questions in English, using your own words:

a) After reading the text, what can you say about:

- The main topic of the text
- The people involved
- Their reasons for protesting

b) Comment on the following paragraph and explain:

"The domed Capitol building has for centuries been the scene of protests and occasional violence. But Wednesday's events were particularly astounding both because they unfolded at least initially with the implicit blessing of the president and because of the underlying goal of overturning the results of a free and fair presidential election."

II. EXPRESSION ÉCRITE (10 points)

Vous traiterez **en anglais** et en 120 mots **au moins l'un des deux sujets au choix** :

Question A

Do you agree with Representative Jimmy Gomez from California that this is how democracy dies?

Question B

What is treason?

L'épreuve d'expression écrite en Terminale est la seconde partie de l'évaluation de 2 heures. La première partie évalue votre compréhension orale et écrite. C'est à vous de gérer votre temps après l'écoute du document audio ou vidéo pour mener à bien les différentes tâches.

Sujet du bac

Compréhension orale

Ceci est un sujet zéro qui a été élaboré pour un entraînement à l'épreuve de Ter de langue au 3ème trimestre. Il s'intitule E3C3 (le 3 signale qu'il s'agit de la dernière épreuve)

L'ensemble du sujet porte sur **l'axe 7** du programme **: Diversité et inclusion.**

Kansas' Sharice Davids is the first gay Native American woman elected to Congress

Watch the video
liennathan.fr/d9zm94

Arrêter la vidéo à 1'32

Source : KCTV5 News

I. Compréhension de l'écrit

Conseils et méthodologie pour la compréhension écrite :

1. **L'axe « citizenship and virtual worlds » est l'axe auquel vous pouvez penser d'emblée car il s'agit bien de citoyens qui expriment un mécontentement vis-à-vis d'un monde qu'ils pensent être virtuel.**
Ici, vous devez décliner le terme « citoyen » à partir du concept de démocratie et du champ lexical de ce dernier
Ici, vous devez aussi penser l'opposition entre mensonge et vérité ou réalité et « fake news »

2. **Le titre donne des indications : le titre est composé d'une citation et d'un fait. Les « : » peuvent être remplacés par « car » ou « parce que ». Voici comment une démocratie meurt quand the supporters de Trump donnent l'assaut au Capitol afin de renverser les résultats des élections.**
Ou Quand le Capitol est attaqué pour renverser les résultats d'une élection, on s'attaque à la démocratie et à ses principes car le Capitol est le lieu où s'exerce la démocratie.

3. **Une lecture active s'impose pour comprendre les faits d'abord, puis comprendre les symboles. Il s'agit de bien voir que le Capitol est le siège du pouvoir législatif où se réunissent les représentants élus par le peuple. Ils sont au nombre de 435 représentants dans la chambre des représentants et de 100 sénateurs. L'ensemble de la chambre basse (House of Representatives) et la chambre haute (Senate) a pour nom le Congrès.**
Le nom « Capitol » vient du latin et du Capitol à Rome. Chaque état a aussi son Capitol où se réunissent les représentants des élus au niveau des états. On se souvient que les Etats-Unis sont un état fédéral.

4. **Collectez les faits de cet épisode en trois temps : avant l'attaque, l'attaque et après l'attaque. Et collectez ce qui vous semble être de l'ordre du symbole.**

	L'ATTAQUE	SYMBOLES
Who?	Trump pro-Trump protesters stormed/ The rioters/ the mob/ protesters Lawmakers/The nation's elected representatives The police The Mayor of Washington, DC	Democracy dies/ To subvert democracy
What?	has spent weeks falsely attacking the integrity of the election and had urged his supporters to descend on Washington 4 people die; fought past police and breached the building, shouting and waving Trump and American flags as they marched through the halls. Lawmakers went into hiding/ Lawmakers scrambled to crouch under desks and don gas marks; police futilely tried to barricade the building instituted an evening curfew	
Why?	and keep Democrat Joe Biden from replacing Trump in the White House. to block Biden from being sworn in on Jan. 20	To undercut the nation's democracy; to overturn America's presidential election
How?	violent	
Where?	a seat of American political power./ inside the Capitol, and Washington	
	Après l'attaque	
Who?	Lawmakers Trump	
What?	Reconvened go home in peace"	
	Avant l'attaque	
Who?	Trump His supporters	
What?	gave his supporters a boost into action Wednesday morning at a rally outside the White House,/ urged them to march to the Capitol	

En conclusion, Trump, le president des États-Unis a incité ses supporters à attaquer le Capitol. L'attaque a été violente et il y a eu 4 morts. Les raisons de ces incitations à la violence : les résultats des élections du 3 novembre 2020 qui sont « dits » truqués par le président et le silence des Républicains

Point Vocabulaire :

- Storm: attaquer/ a storm: une tempête
- To overturn the election: renverser/retourner
- A boost into action: un encouragement à agir
- Urge them to march: il presse de façon urgente de marcher sur le Capitol

Corrigé

a) *The main topic: the Capitol was attacked by Trump-supporters on Wednesday 6th January 2021 when lawmakers were about to certify the victory of Joe Biden.*
The storming of the Capitol was incited by Donald Trump who had talked to his supporters before in the morning from the White House at a rally.

b) *The people involved: there were Trump-supporters on the one hand facing the police who were trying to stop them. The elected representatives were in the House of Representatives and in the Senate and had to leave so as to escape the violence of the rioters. Mr Trump was at home watching the whole thing on TV.*

c) *Their reasons for protesting: Trump did not concede that he had lost to Joe Biden although the Electoral College results show that Biden defeated Trump, 306-232. So he kept repeating that the elections were rigged and his supporters believed him.*

d) Comment on the following paragraph and explain
"The domed Capitol building has for centuries been the scene of protests and occasional violence. But Wednesday's events were particularly astounding both because they unfolded at least initially with the implicit blessing of the president and because of the underlying goal of overturning the results of a free and fair presidential election."
This paragraph gives the reader two major pieces of information: first, the Capitol was attacked in the past. It is not the first time that there has been violence as citizens wanted to show their disagreement. However, we are not told when it happened and why. So we may feel a little frustrated.
However, it is the first time ever that the assault was ordered by the president of the USA himself. The president who was elected democratically in 2016 and who had the top job is responsible for attacking the political regime.
So the key word is "astounding". One is surprised, amazed at understanding that the president fomented the riot himself. "The implicit blessing" are three words that show that the president tried to hide his involvement in the storming. "free and fair" are two adjectives to describe that the elections were in no way rigged, that the elections were not stolen from Trump, that the elections were carried out with the utmost care to rules.

II. Expression écrite

Voici quelques conseils méthodologiques pour l'expression écrite :

Question A

1. Analysez le texte pour comprendre le contexte.
Vous avez lu le texte et donc vous vous souvenez des raisons qui ont donné lieu à cette déclaration. Vous vérifiez que vous savez en faire une liste :
- A mob stormed the Capitol to overturn the results of the Nov 3rd 2020 presidential elections
- People were killed
- Lawmakers dutifully elected went onto hiding
- An evening curfew was declared to contain violence
- To prevent Joe Biden from replacing Donald Trump
- The GOP election objections amounted to unthinkable challenge to American democracy

Vous les classez :
- Ceux qui ont donné lieu à de la violence, de la destruction, et la mort
- Ceux qui ont verbalement remis en cause la démocratie.

Conclusion : L'élu de Californie montre comment deux types d'actes mènent à la mort de la démocratie : la violence et le refus d'accepter les résultats d'un processus électoral dont les règles sont inscrites dans la constitution.

2. Obtenez une définition à partir de ce que le texte énumère comme des éléments contraires à un régime démocratique.
Cette analyse du texte vous permet d'obtenir une définition en creux de ce que la démocratie est :
- Elle est un régime pacifique qui suit des règles établies dans des documents sacrés
- Elle donne au peuple le droit de s'exprimer sur les lois qui seront appliquées et elle investit des représentant/e/s du pouvoir de représenter le peuple.

3. Recherchez le vocabulaire nécessaire dans le texte pour formuler vos idées :
– Who? lawmakers/ Representatives/
– What? to confirm the election/ to accept defeat/ a fair presidential election/ not to overturn the election/not to subvert democracy
– How? To vote/to count/to be elected/to protest/ to force/

4. Recherchez le vocabulaire nécessaire pour traiter de ce sujet.
– Who ? the citizens/ the people/ to be a law-abiding citizen
– What ? to cast a ballot/to vote for a candidate/to register on the electoral roll/ to abide by the rules
– How to be killed? How to be endangered? How to be wounded? How to break the law? How to respect the law?

5. Introduction.
– Lieu, date, occasion de cette déclaration
– Annoncez le plan

The Democratic Representative from California, Mr. Jimmy Gomez, was in the House of Representatives on Wednesday 6th January 2021 to certify the election of Joe Biden. But the certification process did not go smoothly as it was stopped when a mop stormed the Capitol. When asked later by the press his thoughts on what had happened, he declared that this is how democracy dies. First I will try to define what democracy is and then what Representative Gomez means when he uses "how".

6. Développement.
Partie A :
– Ce que la démocratie n'est pas
– Ce que la démocratie est

Democracy is everything that did not happen on Wednesday 6th January 2020. It is not a violent process. It does not lead to death. It does not force lawmakers into hiding fearing for their life. It does not try to overturn election results because they do not please around 74 million Americans. Indeed, democracy is a peaceful process that is ongoing. It requires that you agree to respect the constitution and its amendments. The sacred document that the constitution is entitles you to have rights and duties. You get the right to vote and decide on who you want to become the next president. So democracy requires that you concede defeat if your candidate does not get enough votes. Democracy is about agreeing to be ruled for 4 years by a president. Democracy is also a slow process that requires time, many debates and discussion and follows rules that have been agreed upon previously. Democracy is a political structure that believes in equality.

Partie B :
– La démocratie se meurt : par quel processus ?
– La démocratie est une institution fragile

Democracy can easily die if some citizens, a president no longer want to play by the rules. Here Trump-protesters introduced their own rules that they wanted to apply by force. Here force, violence, a mob tried to rampage through the Capitol. Some Americans were no longer happy with the political institutions and wanted to destroy them at the behest of President Donald Trump. Representative Gomez implies that when an insurrection, a sedition are carried out, democracy starts dying. It is a gradual process that restricts the rights of the citizens. So every minute we have to be careful that our rights are not limited or controlled. But democracy starts dying when a president keeps lying and the party members remain silent and therefore give credibility to the lies of the president.

7. Conclusion.
– Donnez votre point de vue
– Élargissez le propos

So to conclude, Representative Gomez's statement shows that the storming of the Capitol rightly reflects that some people no longer consider their democracy as their political regime. So I agree that democracy is an idea that needs to be applied every day and we have to be careful we do not let it die. Isn't it the best political regime we have even if we think it has its shortcomings? Democracy is not perfect and that is why we need to protect it.

Question B

1. Donnez une définition du mot "treason".
En contexte :
Le mot est prononcé par le membre de la Chambre des Représentants, Jimmy Gomez lors de l'assaut mené par des supporters de Trump le 6 janvier 2021. Le mot est utilisé pour décrire le rôle de Trump dans cet assaut. Il est clairement l'instigateur, le meneur, le chef de bande. Il a commandé à ses « troupes » de mettre à mal une institution garante de la démocratie.

Hors contexte :
Le mot peut être utilisé dans différents contextes :
– Le contexte militaire : Alfred Dreyfus avait été accusé à tort de trahison
– Le contexte de guerre : Pétain a été présenté comme un traître à sa patrie

– Les lanceurs d'alerte : Edward Snowden en révélant des documents de la National Security Agency est pour certains un traître
– Dans un roman de Joyce Carol Oates, un personnage révèle que ses frères sont ceux qui ont tué un jeune homme noir de 17 ans d'où le titre « My Life as a rat » traduit par « Ma vie de cafard ».

2. Collectez des idées et des éléments de votre vécu.

– Le sentiment d'avoir été trahi : Par qui ? Comment ?
– Le sentiment d'avoir trahi un secret ? sa parole ? la confiance de quelqu'un ?
– Le sentiment d'avoir révélé un secret de famille
– Le sentiment d'avoir agi à l'encontre de qqn alors qu'elle/il attendait un soutien, un silence, une prise de parole en sa faveur, etc.

3. Vocabulaire nécessaire pour rédiger.

– To rat to the cops : moucharder auprès des flics
– To rat out: retourner sa veste
– To inform on someone/ to tell on somebody
– To betray sb/ to betray one's own side
– To give yourself away
– To violate the trust of sb

4. Introduction.

– Définir le terme "treason"
– Donner son plan

"Treason" applies to the act of overthrowing one's government or of being disloyal to it. One can also define it as the betrayal of a trust or confidence. Clearly it is a negative term that is applied to someone who is not loyal to someone or her or his country. Mr Trump is accused of betraying his country or being disloyal to the American institutions. He is accused of having incited his supporters to storm the Capitol. In a first part, I will examine the term "treason" or "betrayal" on the personal sphere. Then, I will look at public figures that were or are accused of betraying their country.

5. Développement.

Partie A

Feeling that you have been personally betrayed happens quite often. A close friend, a sibling or a colleague might reveal something that you wish had remained hidden. They did it not having promised to keep your secret safe. They did not even know that they should not talk about it. However, you feel betrayed because something has been uttered about you when you did not want it to happen. So you feel your friend has been disloyal to you. And either you voiced your disagreement or you no longer speak so freely with her or him. The fictitious character, Violet Rue, sees her two brothers burry the bloody baseball bat that they used to beat a black high school kid to death. She is 12 when she denounced it or ratted to the cops. She is sent into some kind of exile and will no longer see her family until she is 29. She sees herself as a rat, as being responsible for the sentence to prison that the court has pronounced. She is left to her own devices. She misses her family. She is traumatized by her family's reaction of sending her away. Her parents clearly do not want to know the truth and are only eager to protect the male offspring.

Partie B

Edward Snowden debated about revealing what he knew was illegally done by the NSA. He had much to lose. And he lost it all and now lives in exile in Russia. If he goes back to the USA, he will be arrested and tried. So his "treason" that some see as a heroic deed has turned him into an outcast, a pariah. Edward Snowden is a whistleblower who knew that he would displease the American authorities but he believes that to live in a democracy, it is unacceptable to have the NSA spy on people. We can conclude that the border between betrayal and honesty is thin. Here again, the young Violet Rue has revealed that her brothers were murderers and had to pay for what they did. She also wanted the truth out. So is she a traitor? Only in the eyes of her family. In the eyes of the victim's family, Violet Rue enabled the police and the justice to do their job.

6. Conclusion.

We can clearly see that there is not always a black or white answer as to who can be described as a traitor. It depends very much on what you think, and what your values and principles are. Some may believe that Donald Trump is a traitor but his supporters do not.

III. Compréhension orale

Méthodologie

a) Organiser son temps pour être le plus efficace, le plus productif et répondre aux objectifs
– Faites systématiquement des hypothèses sur le sujet de l'audio ou de la vidéo
– Anticipez non seulement les idées mais aussi le vocabulaire

b) Prendre des notes le temps des 3 écoutes/ visionnages :
– Noms, lieux, sujets
– Champs lexicaux

Un exemple guidé : document vidéo

a) Avant l'écoute

Titre du document : "Kansas' Sharice Davids is the first gay Native American woman elected to Congress"

Origine et date du document: KCTV5 News aired in 2018

1re anticipation : Utilisez le titre

– Sharice Davids has been elected to Congress, so in the USA

– She represents the state of Kansas

– She is gay or homosexual and she is a Native American, which means that her ancestors were on the American continent before the settlers arrived

2e anticipation : l'implicit

– She is more likely to belong to the Democratic Party

– It is unusual for a state like Kansas to vote for a woman, a gay woman and a gay Native American woman: she is the first.

– So it is a real victory as it means that American society is becoming more open-minded

3e anticipation : Une élection = une campagne = un/e adversaire

– Who did she beat?

– Her/his name?

– How long had s/he been a congressman?

– Results: %

– Feelings of the voters

– turnout

b) Pendant l'écoute :

1re écoute : notez et organisez

– Combien de journalistes ? 2 Amy Anderson

– Que peut-on lire sur l'écran ? Historic Win, Campaign 2018,

– Comment le sujet est-il présenté ? Combien de parties y-a-t-il ? 5 parties : l'annonce de la victoire, les détails donnés par la journaliste sur le terrain, le retour au studio, les « tweets » des acteurs/trices et l'entretien avec S Davids

Vocabulaire :

a) Mots qui appartiennent au champs lexical de la politique: to vote; to be elected; congressman/congresswoman, Congress, political platform, to support a candidate, the House of Representative, the district, political campaign, a winner, a loser, etc.

b) Mots qui appartiennent au champs lexical des sentiments: to be disappointed, to be happy, to be overjoyed, to shout, to celebrate, to be grateful, surreal,

c) Point de vue de la/du journaliste:

2e écoute : ajoutez et affinez les idées

– Qui est l'autre femme politique qui a été élue ?

– Qui sont ses « supporters » ?

– Son programme politique

– Sa campagne électorale : quand a-t-elle commencé ?

Vocabulaire :

a) Mots en lien avec la bataille menée : clear winner, to defeat, to run for office, a hard fought battle, her opponent Kevin Yoder

b) Mots en lien avec sa popularité : national level, a household name,

3e écoute : étoffez avec d'autres idées pour le plan

Collection of words that need to be linked to the victory such as Johnson county, the third district, Debra Haaland, another winner, etc.

c) Après l'écoute

Organisez, organisez, organisez

Introduction

Le bulletin d'information présenté sur la chaîne locale KCTV5 News (KC signifie Kansas City) annonce une victoire historique pour la candidate Sharice Davids aux élections de mi-mandat en novembre 2018 dans l'état du Kansas. La victoire marque un tournant dans l'histoire car Sharice Davids est non seulement amérindienne mais aussi homosexuelle. Elle est démocrate.

Développement

Sharice Davids a commencé sa campagne électorale il y a 9 mois dans le comté de Johnson, le 3e district, et a gagné avec 53 % des voix contre son adversaire, Kevin Yoder qui a obtenu 44 % des voix. Sa victoire ne fait aucun doute et du jour au lendemain elle est devenue connue au niveau national. La victoire arrive après une bataille durement combattue.

Elle n'est pas la première amérindienne à être élue à la Chambre des Représentants. Debra Haarland a aussi gagné au Nouveau Mexique. La victoire de Sharice Davids a été célébrée par des personnalités du cinéma telles que John Cusack, un acteur très connu ou encore Melissa Etheridge.

Conclusion

Sharice Davids ne représentera pas seulement ceux et celles qui ont voté pour elle mais aussi tous les Américains de son district. Lors de son entretien, elle dit son émotion et sa gratitude et son sentiment d'irréalité : elle a du mal à croire à sa victoire.

Astuces : Si vous avez quelques connaissances sur le système politique et la fréquence des élections aux EU, vous avez un avantage certain. Si vous ne vous y connaissez pas, il faut penser que c'est une démocratie et donc il y a partage des pouvoirs entre l'exécutif, le législatif avec les 2 chambres (chambre des Représentants et Sénat) et le pouvoir judiciaire.

Sinon, utilisez une feuille au format « paysage », vous aurez plus de place. Utilisez des stylos de différentes couleurs pour ajouter des indications au fil des trois écoutes/visionnages

Savoir 1

Le présent de l'indicatif

SOUVENEZ-VOUS QUE...

- La diphtongue ne s'applique qu'aux formes *nosotros/as* et *vosotros/as* ;
- Les terminaisons ne changent pas ;
- Les irrégularités seront les mêmes au présent du subjonctif.

1 Les verbes terminés en -AR

	RÉGULIERS	AINSI QUE...	E>IE	AINSI QUE...	O>UE	AINSI QUE...
	(hablar)		*(pensar)*		*(contar)*	
(yo)	*hablo*	*cantar*	*pienso*	*atravesar*	*cuento*	*almorzar*
(tú)	*hablas*	*comprar*	*piensas*	*calentar*	*cuentas*	*costar*
(él/ella/Ud)	*habla*	*llegar*	*piensa*	*cerrar*	*cuenta*	*demostrar*
(nosotros/as)	*hablamos*	*llevar*	*pensamos*	*despertar(se)*	*contamos*	*mostrar*
(vosotros/as)	*habláis*	*olvidar*	*pensáis*	*gobernar*	*contáis*	*soñar*
(ellos/as, Uds)	*hablan*	*trabajar*	*piensan*		*cuentan*	*sonar, volar*

¡OJO!

- *Necesitar* (verbe régulier) n'est suivi d'aucune préposition : *Necesito hablarte* – J'ai besoin de te parler.
- « penser à » se dit *pensar en* : *¿En qué piensas? – Pienso en las vacaciones. ¿En quién piensas? – Pienso en Luisa.*
- « rêver de » se dit *soñar con* : *Sueño con viajar a Brasil. Soñamos con ganar el campeonato.*
- Attention à la construction : *Recuerdo mi infancia.* (sans pronom). ***Me** acuerdo **de** mi infancia.*

2 Les verbes terminés en -ER

	RÉGULIERS	AINSI QUE...	E>IE	AINSI QUE...	O>UE	AINSI QUE...
	(aprender)		*(querer)*		*(volver)*	
(yo)	*aprendo*	*beber*	*quiero*	*defender*	*vuelvo*	*devolver*
(tú)	*aprendes*	*comer*	*quieres*	*encender*	*vuelves*	*envolver*
(él/ella/Ud)	*aprende*	*correr*	*quiere*	*entender*	*vuelve*	*poder*
(nosotros/as)	*aprendemos*	*creer*	*queremos*	*perder(se)*	*volvemos*	*resolver*
(vosotros/as)	*aprendéis*	*leer*	*queréis*	*tender*	*volvéis*	
(ellos/as, Uds)	*aprenden*	*vender*	*quieren*		*vuelven*	

¡OJO!

- Les verbes *comprender* (régulier) et *entender** (diphtongue en « ie ») sont synonymes : *No comprendo. = No entiendo.*

*Attention aux faux-amis : « entendre » se dit *oír.*

- *Llover* (pleuvoir) ⇒ *Lueve* (il pleut).
- *Oler* (sentir) ⇒ *Huele **a** café* (Ça sent le café).

¡OJO!

Certains verbes ne sont irréguliers qu'à la forme « *yo* » (souvenez-vous que le présent du subjonctif se forme à partir de celle-ci) :

Ver : veo, ves, ve,...
Hacer : hago, haces, hace,...
Poner : pongo, pones, pone,...
Traer : traigo, traes, trae,...
Saber : sé, sabes, sabe,...
Caerse : me caigo, te caes,...

verbes en « ZC »
conocer : *conozco, conoces,...*
Ainsi que : *agradecer, crecer, ofrecer, parecerse.*

3 Les verbes terminés en -IR

	RÉGULIERS	AINSI QUE...	E>IE	AINSI QUE...	O>UE	AINSI QUE...
	(vivir)		*(sentir)*	*advertir*	*(dormir)*	*morir*
(yo)	*vivo*	*abrir*	*siento*	*consentir*	*duermo*	
(tú)	*vives*	*cubrir*	*sientes*	*divertir(se)*	*duermes*	
(él/ella/Ud)	*vive*	*consumir*	*siente*	*preferir*	*duerme*	
(nosotros/as)	*vivimos*	*descubrir*	*sentimos*		*dormimos*	
(vosotros/as)	*vivís*	*escribir*	*sentís*		*dormís*	
(ellos/as, Uds)	*viven*	*recibir*	*sienten*		*duermen*	

	E>I	AINSI QUE...
	(pedir)	
(yo)	*pido*	*medir*
(tú)	*pides*	*reírse*
(él/ella/Ud)	*pide*	*repetir*
(nosotros/as)	*pedimos*	*servir*
(vosotros/as)	*pedís*	*vestir(se)*
(ellos/as, Uds)	*piden*	

¡OJO!

e>i irréguliers à la forme « *yo* »
Corregir *: corrijo, corriges*
Elegir *: elijo, eliges,...*
Seguir *: sigo, sigues,...*

¡OJO!

Certains verbes sont totalement irréguliers :
Ir *: voy, vas, va, vamos, vais, van*
Oír *: oigo, oyes, oye, oímos, oís, oyen*
Salir* *: salgo, sales, sale, salimos, salís, salen*
Venir *: vengo, vienes, viene, venimos, venís, vienen*
Decir *: digo, dices, dice, decimos, decís, dicen*
*Attention aux faux-amis : *salir* signifie « sortir » et « salir quelque chose » se dit *ensuciar algo*.

verbes en « ZC »
Traducir : traduzco, traduces, traduce,...
Ainsi que : *conducir, deducir, producir*

4 Le futur proche

Le futur proche se forme avec le verbe *ir* suivi de la préposition *a* :
Mañana, vamos a visitar la ciudad.

5 La forme progressive (le gérondif) : « être en train de »

La forme progressive se forme avec le verbe *estar* conjugué au temps adéquat (présent, passé, futur).

EXEMPLE

Estamos preparando el campeonato de futbol.	(présent)	verbes en –AR -> *-ando*
Mañana a esta hora Luis estará viajando a Quito.	(futur)	
Cuando llamé a Lola estaba viendo la tele.	(imparfait)	verbes en –ER -> *-iendo*
Estoy escribiendo un correo electrónico.	(présent)	verbes en –IR -> *-yendo*

¡OJO!

1- Les verbes en –IR irréguliers au présent de l'indicatif le sont également au gérondif :

Decir (digo, dices)	➔ *estás diciendo*	*Servir(se) (me sirvo)*	➔ *se está sirviendo*
Pedir (pido)	➔ *está pidiendo*	*Dormir (duermo)*	➔ *están durmiendo*
Divertir (divierto)	➔ *me estoy divirtiendo*	*Morir(se) (me muero)*	➔ *se están muriendo*

2- Si le radical finit par une voyelle, le gérondif se forme en « *-yendo* ».

Construir ➔ *Los obreros están construyendo un puente nuevo.*
Huir ➔ *Cuando llegó la policía los ladrones estaban huyendo.*
Ir ➔ *Lola se estaba yendo cuando yo llegué.*
Leer ➔ *Estoy leyendo una novela policiaca muy interesante.*

3- *Seguir* + gérondif = « continuer à faire quelque chose »

Juan sigue estudiando – Juan continue à étudier.
Siguen viviendo en México. – Ils continuent à vivre / ils vivent toujours au Mexique.
≠ *(ellos) Ya no viven en México.* – Ils **n'**habitent **plus** au Mexique.

MES NOTES POUR RÉVISER

....

....

....

....

....

....

....

....

Savoir 2

Les verbes *ser* et *estar*

1 Conjugaison et utilisation

Le verbe *SER*	Il s'utilise pour exprimer…	
soy *eres* *es* *somos* *sois* *son*	➢ une caractéristique essentielle : la nationalité : *Felipe es español.* la provenance : *Es de Perú.* la taille : *La casa de Luca es grande.* la profession : *Juan es profesor.* la forme : *La pelota es redonda.* la couleur : *Mi jersey es azul.* la matière : *Mi jersey es de lana.* le caractère : *Son simpáticos.* ➢ la possession *Este lápiz es de Patricia.*	➢ le temps, l'heure *Hoy es lunes.* *Ahora es primavera.* *¿Qué hora es? Son las tres.* *Es tarde / Es temprano.* ➢ un évènement *La competición es en el estadio.* ➢ une somme *Son diez euros.* *Somos cuatro hermanos.*

Le verbe *ESTAR*	Il s'utilise pour…	
estoy *estás* *está* *estamos* *estáis* *están*	➢ décrire l'état physique d'une personne ou d'un objet : *Estoy enfermo.* *El plato está sucio / limpio.* *Hoy el cielo está gris.* ➢ décrire l'état moral d'une personne : *Rafael está deprimido.* *Ana está contenta.*	➢ Localiser *Felipe está en España.* *Buenos Aires está en Argentina.* *El gato está en el sofá.* ➢ Situer dans le temps *¿A qué día estamos hoy?* *Hoy estamos a lunes 10 de junio.* *Estamos en otoño.*

¡Ojo!

- Les adverbes *bien* et *mal* s'utilisent toujours avec le verbe *estar* : *Está bien / Está mal.*
- Selon le verbe utilisé, certains adjectifs changent de sens.

Exemple
- *Ana está mala* (Ana est malade).
  Ana es mala (Ana est méchante).
- *Lola está alegre* (Lola est joyeuse, en ce moment).
  Lola es alegre (Lola est une personne joyeuse, c'est son caractère).
- *Está listo* (il est prêt).
  Es listo (il est intelligent).

- Lorsque le verbe « être » peut être remplacé par « se trouver », il se traduit toujours par *estar* :

➔ Pablo est/se trouve au Pérou. *Pablo está en Perú.*

Souvenez-vous… « [ne pas] être d'accord avec… »

Antonio [no] está de acuerdo… / *Mis padres [no] están de acuerdo…*
conmigo
contigo
con él, con ella, con usted
con nosotros, con nosotras
con vosotros, con vosotras
con ellos, con ella, con ustedes

MES NOTES POUR RÉVISER

Savoir 3

L'imparfait, le passé composé et le passé simple

1 L'imparfait

	-AR	-ER	-IR	UNIQUEMENT 3 VERBES IRRÉGULIERS		
	(cantar)	*(querer)*	*(vivir)*	*ser*	*ir*	*ver*
(yo)	cantaba	quería	vivía	era	iba	veía
(tú)	cantabas	querías	vivías	eras	ibas	veías
(él/ella/Ud)	cantaba	quería	vivía	era	iba	veía
(nosotros/as)	cantábamos	queríamos	vivíamos	éramos	íbamos	veíamos
(vosotros/as)	cantabais	queríais	vivíais	erais	ibais	veíais
(ellos/as, Uds)	cantaban	querían	vivían	eran	iban	veían

Comme en français, l'imparfait s'utilise dans 3 cas, pour exprimer :

- une durée *Cuando Rodrigo era niño…*
- une action répétitive dans le passé *Iba a la escuela todos los días.*
- une description dans le passé *La escuela estaba cerca y era agradable.*

2 Le passé composé

Le passé composé se forme toujours avec l'auxiliaire *haber*, et le participe passé ne s'accorde ni en genre ni en nombre. Tous les verbes terminés en –AR sont réguliers.
➔ *He comido dos manzanas. Las dos manzanas que he comido estaban ricas.*

(yo)	*he*	
(tú)	*has*	*cantado* (verbes en-AR)
(él/ella/Ud)	*ha*	*querido* (verbes en –ER)
(nosotros/as)	*hemos*	*vivido* (verbes en –IR)
(vosotros/as)	*habéis*	
(ellos/as, Uds)	*han*	

Verbes irréguliers en -ER
Hacer ➔ *he hecho*
Poner ➔ *he puesto*
Resolver ➔ *he resuelto*
Romper ➔ *he roto*
Ver ➔ *he visto*
Volver ➔ *he vuelto*

¡Ojo! Les verbes dérivés se forment sur le même modèle :
deshacer (défaire) -> deshecho
descubrir (découvrir) -> descubierto
devolver (rendre) -> devuelto
envolver (emballer) -> envuelto
describir (décrire) -> describir

Verbes irréguliers en –IR
Abrir -> *he abierto*
Cubrir -> *he cubierto*
Decir -> *he dicho*
Escribir -> *he escrito*
Morir -> *he muerto*

Le passé composé s'utilise pour une action qui a lieu dans une période de temps dans laquelle on se trouve encore au moment où l'on parle, qu'elle soit courte ou longue.

On l'utilise donc avec les expressions suivantes :

hoy	*este mes*
esta mañana	*este semestre*
esta tarde	*este año*
esta noche	*este siglo*
esta semana	

Exemple

Ainsi qu'avec *ya* (déjà), *todavía no/aún no* (pas encore) *nunca, jamás* (jamais):
¿Has visitado ya el museo de la Reina Sofía?
Sí, ya lo he visitado.
No, nunca lo he visitado.
No, todavía no lo he visitado.

3 Le passé simple

Le passé simple, très utilisé en espagnol, est l'un des temps les plus compliqués, de par ses nombreux verbes irréguliers. Notez que seul le radical change.

	-AR	-ER	-IR
	(cantar)	*(comer)*	*(vivir)*
(yo)	*canté*	*comí*	*viví*
(tú)	*cantaste*	*comíste*	*vivíste*
(él/ella/Ud)	*cantó*	*comió*	*vivió*
(nosotros/as)	*cantamos*	*comimos*	*vivimos*
(vosotros/as)	*cantasteis*	*comisteis*	*vivisteis*
(ellos/as, Uds)	*cantaron*	*comieron*	*vivieron*

VERBES IRRÉGULIERS EN « U »

Estar -> estuve, estuviste, estuvo, estuvimos, estuvisteis, estuvieron.
Poder -> pude, pudiste, pudo,...
Poner -> puse, pusiste, puso...
Saber -> supe, supiste, supo...
tener -> tuve, tuviste, tuvo...
ainsi que *suponer* (supuse) et *obtener* (obtuve).

Verbes irréguliers en « j » (absence de « i » à la 3e pers.pluriel)

Traer -> traje, trajiste, trajo trajimos, trajisteis, trajeron
Conducir -> conduje
Deducir -> deduje
Distraer -> distraje
Introducir -> introduje
Producir -> produje
Reducir -> reduje
Traducir -> traduje

Verbes irréguliers dont le « e » se transforme en « i » aux 3ᵉ personnes du singulier et du pluriel

Corregir (présent : *corrijo, corriges*)
→ *corregí, corregiste, corrigió*
corregimos, corregisteis, corrigieron
Pedir (présent : *pido*) → *pedí,... pidió,... pidieron*
Elegir (présent : *elijo*) → *elegí,... eligió,... eligieron*
Medir (présent : *mido*) → *medí,... midió,... midieron*
Repetir (présent : *repito*) → *repetí,... repitió,... repitieron*
Reírse (présent : *me río*) → *me reí,... se rió,... se rieron*
Servir (présent : *sirvo*) → *serví,... sirvió,... sirvieron*
Vestirse (pr. *me visto*) → *me vestí,... se vistió,... se vistieron*

¡Ojo!
Decir → ***dije**, dijiste, dijo*
dijimos, dijisteis, dijeron
Hacer → *h**i**ce, hiciste, hi**z**o*
hicimos, hicisteis, hicieron
Querer → *qui**se**, quisiste, quiso*
quisimos, quisisteis, quisieron
Venir → *v**i**ne, viniste, vino*
vinimos, visiteis, vinieron
Dar → ***di**, diste, dio*
dimos, disteis, dieron

Verbes dont le « o » se transforme en « u » aux 3ᵉ personnes du singulier et du pluriel

Dormir → *dormí, dormiste, durmió,...*
durmieron
Morir → *morí, moriste, murió,... murieron*

Au passé simple, les verbes *SER* et *IR* se conjuguent de la même manière

fui, fuiste, fue
fuimos, fuisteis, fueron

Le passé simple s'utilise principalement pour parler d'une action qui s'est déroulée dans une période de temps dans laquelle on ne se trouve plus au moment où l'on parle, ainsi que pour une action unique (ex : *Nací en Quito* – Je suis né à Quito).
On l'utilise donc après les expressions suivantes :

Exemple
ayer
anoche
la semana pasada
hace unos días / meses /años
la semana pasada
el mes / semestre pasado
el año pasado
el siglo pasado

Mes notes pour réviser

....

....

....

....

Savoir

4

Le futur simple

Le futur simple se forme à partir de l'infinitif auquel on ajoute toujours les mêmes terminaisons.

EXEMPLES :

acabar	*acabaré, acabarás, acabará, acabaremos, acabaréis, acabarán*
beber	*beberé, beberás, beberá, beberemos, beberéis, beberán*
ir	*iré, irás, irá, iremos, iréis, irán*

Verbes irréguliers

Decir	*diré*	*Poder*	*podré*	*Saber*	*sabré*	*Venir*	*vendré*
Haber	*habrá*	*Poner*	*pondré*	*Tener*	*tendré*	*Salir*	*saldré*
Hacer	*haré*	*Querer*	*querré*	*Valer*	*valdré*		

EXEMPLE

Habrá mucha gente.

Il y aura beaucoup de monde.

MES NOTES POUR RÉVISER

Savoir
5

Le présent du subjonctif

La formation du présent du subjonctif

1- Les terminaisons : Verbes en –AR (*cantar*) ➔ *cante, -es, -e, -emos, -éis, -en*
Verbes en –ER (*comer*) ➔ *coma, -as, -a, -amos, -áis, -an*
Verbes en –IR (*subir*) ➔ *viva, -as, -a, -amos, -áis, -an*

2- Le passé simple se forme à partir de la conjugaison de la première personne du singulier au présent de l'indicatif :

pensar	*(pienso)*	*piense, pienses...*	construir	*(construyo)*	*construya, construyas...*
entender	*(entiendo)*	*entienda, entiendas...*	decir	*(digo)*	*digas, digas...*
preferir	*(prefiero)*	*prefiera, prefieras...*	hacer	*(hago)*	*haga, hagas...*
			oír	*(oigo)*	*oiga, oigas...*
mostrar	*(muestro)*	*muestre, muestres...*	poner	*(pongo)*	*ponga, pongas...*
volver	*(vuelvo)*	*vuelva, vuelvas...*	salir	*(salgo)*	*salga, salgas...*
			tener	*(tengo)*	*tenga, tengas...*
pedir	*(pido)*	*pida, pidas...*	traer	*(traigo)*	*traiga, traigas...*
traducir	*(traduzco)*	*traduzca, traduzcas...*	venir	*(vengo)*	*venga, vengas...*

Cas particuliers

Dar	*dé, des, dé...*	*Ir*	*vaya, vayas, vaya...*
Estar	*esté, estés, esté...*	*Saber*	*sepa, sepas, sepa...*
Hubo	*haya, hayas, haya...*	*Ser*	*sea, seas, sea...*

Mes notes pour réviser

Savoir 6

Les verbes *gustar* et *doler*

Les verbes *gustar* et *doler* se forment comme le verbe *plaire* en français.

EXEMPLES :
Cette maison me/te/lui/nous/vous/leur plaît (singulier) – Ces voitures me plaisent (pluriel)

		gustar	
A mí *A ti* *A él/ella/usted* *A nosotros/as* *A vosotros/as* *A ellos/ellas/ustedes*	*me* *te* *le* *nos* *os* *les*	*gusta*	*el café (masc.)* *la música* *bailar (inf.)*
		gustan	*los quesos (pl.)* *las manzanas* *todos los quesos*

	doler	
me *te* *le* *os* *nos* *les*	*duele*	*el pie* *la cabeza* *todo el cuerpo*
	duelen	*los pies* *las piernas* *todos los músculos*

→ Les verbes *encantar* (adorer), *interesar* (intéresser) et *molestar* (déranger) se forment comme les verbes *gustar* et *doler*.

¡OJO!
- *A mí, a ti*, etc. ne s'utilisent que pour insister sur une différence : *A ti te gustan las series policiacas, pero a mí no.*
- Les formes *gustar que / encantar que / molestar que*, sont suivies du subjonctif.

EXEMPLE
Me gusta que cantes / Me molesta que la gente grite.
A Felipe le encanta que vayamos al cine.

MES NOTES POUR RÉVISER

....

....

....

....

....

....

....

....

....

....

....

Savoir 7

Rapporter un discours

Juan dice : « Tengo que llamar a mi amigo. »
« He trabajado mucho. »

Présent de l'indicatif → présent de l'indicatif / passé composé

- *¿Qué dice Juan?*
  - *Dice que tiene que llamar a su amigo.*
  - *Dice que ha trabajado mucho*

Passé composé → présent de l'indicatif / imparfait / passé composé

- *¿Qué ha dicho Juan?*
  - *Ha dicho que tiene que llamar a su amigo.*
  - *Ha dicho que tenía que llamar a su amigo.*
  - *Ha dicho que ha trabajado mucho.*

Passé simple → imparfait / plus-que-parfait

- *¿Qué dijo Juan?*
  - *Dijo que tenía que llamar a su amigo.*
  - *Dijo que había trabajado mucho.*

Si la phrase initiale est au futur simple → futur /conditionnel

Juan : « No iré al estadio ».

¿Qué dice Juan?	– *Dice que no irá al estadio.*
¿Qué ha dicho Juan?	– *Ha dicho que no iría al estadio.*
¿Qué dijo Juan?	– *Dijo que mañana no iría al estadio.*

Mes notes pour réviser

La description : *ser* ou *estar*

* masculin/féminin : forme identique

abierto/a	ouvert	*simpático/a*	sympathique	*interesante**	intéressant
≠ cerrado/a	fermé	*≠ antipático/a*	antipathique	*fuerte*≠ débil**	fort / faible
alto/a	grand	*divertido/a*	drôle	*(in)consciente**	(in)conscient
≠ bajo/a	petit	*≠ aburrido/a*	ennuyeux	*(in)útil**	(in)utile
bueno/a	bon	*limpio/a*	propre	*horrible**	Horrible
≠ malo/a	mauvais	*≠ sucio/a*	sale	*grande* ≠ pequeño/a*	grand / petit
delgado/a	mince	*trabajador/a*	travailleur	*difícil ≠ fácil*	difficile / facile
≠ gordo/a	gros	*≠ perezoso/a*	paresseux	*menor* / mayor**	plus petit/grand
bonito/a	joli	*moderno/a*	moderne	*convincente**	convainquant
≠ feo/a	laid	*≠ antiguo/a*	ancien	*natural**	naturel
curioso/a	curieux	*(in)justo*	(in)juste	*≠ artificial**	artificiel

***Ser* ou *estar* ? Choisissez le verbe adéquat puis conjuguez-le au temps approprié.**

1. *Comer fruta y verdura .... muy bueno para la salud.*
2. *Cuando .... (nosotros) niños, Juan .... más bajo que yo, pero ahora .... más alto.*
3. *Estos zapatos .... bonitos pero como ayer llovió mucho ahora .... sucios.*
4. *Cuando llegamos, las tiendas ya .... cerradas. Ya .... tarde, casi .... las 9 de la noche. José .... furioso porque quería comprar unos huervos para hacer una tortilla.*
5. *Elena .... en casa porque .... enferma. Tiene fiebre.*

Donner son opinion (1)

suponer que	*supposer que*	*para mí/ti/él/ella*	*pour moi/toi/lui/elle*
creer / pensar que	*croire/penser que*	*decir algo porque*	*dire quelque chose parce que*
parecer que	*sembler que*	*según (tener) entendido*	*d'après ce que j'ai/tu as... compris*
poder decir que	*pouvoir dire que*		

Traduisez les phrases suivantes :

1. Je suppose que José a raison. Moi aussi, je crois que c'est une bonne idée.
2. L'auteur dit que, pour lui, la situation n'est pas dramatique.
3. D'après ce que j'ai compris, il le dit parce qu'il pense que c'est important pour le futur.
4. Pour moi, la situation est grave. – En effet, nous pouvons dire que les choses sont compliquées.

Donner son opinion (2), exprimer une préférence, un souhait

creer que *pensar que* *decir que* *estar seguro que*	+ indicatif	MAIS	***no** creer que* ***no** pensar que* ***no** decir que* ***no** estar seguro que*	+ subjonctif
(no) esperar que *(no) querer que* *(no) preferir que* *(no) ser mejor que*	+ subjonctif	¡OJO!	*(Yo) Prefiero hacer el trabajo yo mismo. (1 sujet)* *(Yo) Prefiero **que hagas** (tú) el trabajo con Pablo. (2 sujets)*	

Présent de l'indicatif ou du subjonctif ? Conjuguez les verbes suivants au temps adéquat et/ou soulignez la forme adéquate.

1. José (preferir) ir al cine pero yo (querer) ir a la playa. ¿Y tú?
– Pues yo (preferir) que *vamos / vayamos / iremos* a casa de mis amigos.

2. (creer, tú) que Antonio vendrá con nosotros?
– No, no (creer, yo) que *vendrá / venga / irá* con nosotros.
– (estar, yo) seguro que Antonio *prefiera / prefiere / preferir* quedarse con su novia.

3. Mis padres (creer) que (ser) mejor que yo *me quedo / me quede / me quedé* en casa los fines de semana.
– Pues yo no (creer) que (ser) bueno que siempre (quedarse, tú) en casa. Yo (creer) que (ser) mejor que *sales / salgas / saldrás* a pasear de vez en cuando.

Exprimer un but

para + infinitif *para que* + subjonctif *para que no* + subjonctif

Présent de l'indicatif ou du subjonctif ? Conjuguez les verbes suivants au temps adéquat :

1. *El autor no explica el contexto histórico para que (entender, nosotros) la situación.*
2. *Tenemos que tomar un taxi para (llegar, nosotros) temprano al aeropuerto.*
3. *Te doy diez euros para que (comprar, tú) un pan y queso.*
4. *Cierro la puerta de la habitación para que el ruido no (despertar) al niño.*
5. *Isabel llama a sus padres para que no (preocuparse, ellos).*

Exprimer une éventualité

quizá *= quizás* *= tal vez*	+ subjonctif	*es posible que* *es probable que* *probablemente*	+ subjonctif

Conjuguez les verbes au temps approprié.

1. Llévate el paraguas. Es posible que (llover).
2. No llames ahora a Juan, es muy temprano aún. Quizás (estar, él) durmiendo.
3. ¿Tú crees que el periodista (tener) razón ? – No (saber, yo), Quizás (tener, él) razón, pero no (estar, yo) seguro.
4. Hay mucha nieve. Es probable que (llegar, nosotros) tarde a la estación y que (perder, nosotros) el tren.
5. Felipe dice que es posible que (construir, ellos) un puente de hierro.

Exprimer la cause

porque	*parce que*	*a causa de + nom*	*à cause de*
como	*comme*	*= por + nom*	
ya que /puesto que	*puisque*	*por + infinitif*	*parce que, car*
dado que/visto que	*étant donné que*	*debido a + nom*	*parce que, à cause de*

Soulignez la forme correcte. Plusieurs solutions sont parfois possibles.

1. *¿Por qué no quieres venir con nosotros ? – Como / Porque / A causa de tengo que estudiar.*

2. *El autobús tenía retraso como / ya que / a causa de la nieve.*

3. *Se enfermó porque / debido a / por andar bajo la lluvia.*

4. *Ya que / Debido a / Puesto que no quieres venir al cine, iré solo.*

5. *Cancelaron el vuelo de Iberia debido a / a causa de / dado que la nieve.*

Exprimer la conséquence

por eso	*c'est pour cela que*	*de tal manera/modo*	*de telle manière / sorte*
así que = por lo tanto	*ainsi, donc*	*hasta tal punto que*	*jusqu'à tel point que*
entonces	*alors*	*tanto que*	*tellement... que*
en consecuencia	*en conséquence*		

Complétez les phrases suivantes (plusieurs solutions sont parfois possibles) :

1. *¿Sabes que Rafa está enfermo ? – Sí, ... no ha podido venir al cine con nosotros.*

2. *Trabajan .... no tienen tiempo de hacer deporte.*

3. *No conozco bien los verbos irregulares. – .... tienes que estudiar más.*

2 – Complétez puis donnez une forme équivalente :

1. *El conferenciante explicó las cosas .... que todos entendieron la situación.*

= ....

2. *El estadio está inundado, ... no podremos jugar el partido de fútbol esta tarde.*

= ....

Ordonner un discours

Para empezar	*Pour commencer*	*Por un lado /*	*D'un côté /*
Primero	*D'abord*	*Por otro lado*	*D'un autre côté*
En primer lugar /	*En premier lieu /*	*Después / Luego*	*Après / Ensuite*
En segundo lugar	*Ensuite, en 2e lieu*	*Para terminar*	*Pour terminer*
		Para concluir	*Pour conclure*

Ordonnez les expressions suivantes dans l'ordre logique d'un discours ou d'une présentation.

	Discours 1		Discours 2
	Pero por otro lado nos dice que...		Para terminar, yo diría que...
	Para empezar al autor presenta...		En segundo lugar, estudiaremos...
	Para concluir, diré que...		Luego, les enseñaré unas fotos...
	Por un lado explica que...		En primer lugar les presentaré....

Rapporter un discours

Complétez les dialogues en conjuguant les verbes à la forme adéquate.

1. *« Hay mucha gente. »*
   ➔ *¿Qué dices?*
   ➔ *Digo que* ....
   ....
2. *Isabel : « No sé si vendrán mis amigos ».*
   ➔ *¿Qué ha dicho Isabel ?*
   ➔ ....
   ....
3. *Antonio : « Nunca he visto un tucán. »*
   ➔ *¿Qué dijo Antonio ?*
   ➔ ....
   ....
4. *José : « Te llamaré el lunes sin falta. »*
   ➔ *¿Qué te dijo José ?*
   ➔ ....
   ....
5. *« Usted tiene que mandar el mail cuanto antes. »*
   ➔ *¿Qué le dijo el señor Rodríguez?*
   ➔ ....
   ....

La description : *ser* ou *estar* ?

1. es

2. éramos / era / es

3. son / están

4. estaban / era / eran / estaba

5. está / está

Donner son opinion (1)

1. Supongo que José tiene razón. Yo también creo que es una buena idea.

2. El autor dice que, para él, la situación no es dramática.

3. Según tengo entendido, lo dice porque piensa que es importante para el futuro.

4. Para mí, la situación es grave. – En efecto, podemos decir que las cosas son complicadas.

Donner son opinion (2), exprimer une préférence, un souhait

1. José *prefiere* ir al cine pero yo *quiero* ir a la playa. ¿Y tú?
– Pues yo *prefiero* que ***vayamos*** a casa de mis amigos.

2. ¿*Crees* que Antonio vendrá con nosotros?
– No, no *creo* que ***venga*** con nosotros.
– *Estoy* seguro que Antonio ***prefiere*** quedarse con su novia.

3. Mis padres *creen* que *es* mejor que ***me quede*** en casa los fines de semana.
– Pues yo no *creo* que *sea* bueno que siempre *te quedes* en casa. Yo *creo* que *es* mejor que ***salgas*** a pasear de vez en cuando.

Exprimer un but

1. entendamos

2. llegar

3. compres

4. despierte

5. se preocupen

Exprimer une éventualité

1. llueva

2. esté

3. tiene / sé / tenga / estoy

4. lleguemos / perdamos

5. construyan

Exprimer la cause

1. Porque

2. a causa

3. por

4. Ya que / Puesto

5. debido a / a cause de

Exprimer la conséquence

1. 1. por eso
2. hasta tal punto que / tanto que
3. Entonces

2. 1. El conferenciante explicó las cosas *de tal manera que* todos entendieran la situación.
= El conferenciante explicó las cosas *de tal modo que* todos entendieran la situación.
2. El estadio está inundado, *así que* no podremos jugar el partido de fútbol esta tarde.
= El estadio está inundado, *por lo tanto* no podremos jugar el partido de fútbol esta tarde.

Ordonner un discours

Discours 1

3	Pero por otro lado nos dice que...
1	Para empezar al autor presenta...
4	Para concluir, diré que...
2	Por un lado explica que...

Discours 2

4	Para terminar, yo diría que...
2	En segundo lugar, estudiaremos...
3	Luego, les enseñaré unas fotos...
1	En primer lugar les presentaré....

Rapporter un discours

1. Digo que hay mucha gente.

2. Ha dicho que no sabía si vendrían sus amigos.

3. Dijo que nuncq había visto un tucán.

4. Me dijo que me llamaría el lunes sin falta.

5. El señor Rodríguez me dijo que yo tenía que mandar el mail cuanto antes.

Mon planning de révisions

Mon planning de révisions

Mon planning de révisions

Mon planning de révisions

Mon projet professionnel

IMPRIM'VERT®

Achevé d'imprimer par ISIPRINT en juillet 2024
N° de projet : 10303195
N° d'impression : 202406.0283
Dépôt légal : juillet 2023
Imprimé en France

Ce livre est imprimé sur du papier
issu de forêts gérées durablement.